NeoCogito

阅读即行动

三只
(Tres Tristes Tigres)
忧伤的
老虎

Guillermo Cabrera **INFANTE**

[古巴] 吉列尔莫 · 卡夫雷拉 · 因凡特　著
范晔　译

四川人民出版社

图书在版编目(CIP)数据

三只忧伤的老虎 / (古巴)吉列尔莫·卡夫雷拉·因凡特著；范晔译. 一成都：四川人民出版社，2021.7(2025.8 重印)

ISBN 978-7-220-12367-2

Ⅰ. ①三… Ⅱ. ①卡… ②范… Ⅲ. ①长篇小说一古巴一现代 Ⅳ. ①I751.45

中国版本图书馆 CIP 数据核字(2021)第 127601 号

四川省版权局著作权合同登记号:图［进］21-2021-206

SANZHI YOUSHANGDE LAOHU

三只忧伤的老虎

［古巴］吉列尔莫·卡夫雷拉·因凡特 著　范晔 译

出 版 人	黄立新
出版统筹	杨全强　杨芳州　王其进
责任编辑	唐　婧　彭梓君
特约编辑	菲毛虎　玛玛虎　雪域虎
内文设计	傅红雪
封面设计	compus·汐和
出版发行	四川人民出版社(成都市三色路 238 号)
网　　址	http://www.scpph.com
E-mail	scrmcbs@sina.com
新浪微博	@四川人民出版社
微信公众号	四川人民出版社
发行部业务电话	(028)86361653　86361656
防盗版举报电话	(028)86361661
照　　排	南京紫藤制版印务中心
印　　刷	北京启航东方印刷有限公司
成品尺寸	123mm×203mm
印　　张	20.25　插页 2
字　　数	380 千
版　　次	2021 年 7 月第 1 版
印　　次	2025 年 8 月第 4 次印刷
书　　号	ISBN 978-7-220-12367-2
定　　价	82.00 元

献给米丽娅姆，这本书其实有太多地方要归功于她。

说明

书中人物虽基于真实原型，仍作为虚构出现。全书中提及的人名都应视为化名。事件部分取材于现实，但最终成为想象的产物。文学与历史之间的任何雷同，均属巧合。

提示

本书用古巴语写作。也就是说，用古巴的各样西班牙语方言来写，而写作不过是捕捉人声飞舞的尝试。古巴语的不同形式融为（或我自认为如此）一种文学语言。但其中占主导的还是哈瓦那人的说话方式，尤其是夜生活的俚语，就像在所有的大城市一样，往往成为一种秘密语言。再现并不容易，书中有些部分比起阅读更适合聆听，念出声来是个不坏的主意。最后，我想借马克·吐温的话表达同样的顾虑：

> “我之所以做这些解释，原因很简单：如果不解释，很多读者会以为书里所有的人物都要用一个模子说话，只是没有成功。”

GCI

她试着想象蜡烛熄灭后会发出怎样的光。

刘易斯·卡罗尔

目录

序　幕

Showtime! 女士们先生们，蕾迪斯安得杰特曼，尊敬的女士们先生们，晚，上，好！*Good evening, ladies & gentlemen.* “热带乐园”，全世界**最最最**劲爆的夜店……“热带乐园”，*the most fabulous night-club in the WORLD*……盛大推出……*presents*……全新演出……*its new show*……红遍大陆的明星……*where performers of continental fame*……将把各位带入神神神奇的世界……*They will take you all to the wonderful world*……绝妙……*of supernatural beauty*……绝美的……*of the Tropics*……热带世界，各位亲爱的同胞们……就在“热带乐园”！*In the marvelous production of our Rodney the Great*……我们的**大师**，罗德里格·内伊拉的豪情钜献！……“*Going to Brazil*”……名叫，我，要，去，巴西！……嗒拉嗒腊嗒拉腊，嗒拉嗒腊嗒拉腊嗒拉嗒雷噢……巴西巴西我们的快乐大地……*That was Brezill for you, ladies and gentlemen. That is, my very, very particular version of it!* 巴西，女士们先生们，今晚各位请听我介

绍，我的独家版本，卡门·米兰达和乔鹦哥[①]的巴西。注意……是巴西，在这座无虚席、激情、欢乐和幸福的竞技场里，亲爱的观众们！又是巴西，永远的巴西，在我们狂歌劲舞光影浪漫的罗马菊场[②]，亲爱的客人尊敬的来宾！喔，喔，喔！*My apologies!* …… 亲爱的朋友，亲爱的观众，古巴人民，古巴——人类的眼睛所见过的最美的土地，正如“发现者”哥伦布所说（不是哥伦布区的哥伦布[③]，不是……嘻嘻。是克里斯托瓦尔·哥伦布，坐帆船来美洲的那位！）观众朋友，亲爱的来宾，请稍等片刻，允许我，用莎四比亚的语言，用英格力士，向来到我们爱与欢乐的大本营里的每一位尊贵客人致敬。接下来，全世界闻名的友好的古巴人民会允许我这么做，我想问候一下我们这么多的美国客人：风度十足活力四射的嘉宾，访问风流女郎和英勇骑士的家乡 …… *For your exclusive pleasure, ladies and gentlemen our Good Neighbours, you that are now in Cuba, the most beautiful land human eyes have seen, as Christofry Columbus, The Discoverer, said once, you, hap-py visitors, are once and for all, welcome. WelCOME to Cuba! All of you... be WELLcome!* 宾比你

① 卡门·米兰达（Carmen Miranda，1909—1955），出生于葡萄牙的巴西女歌手，好莱坞影星。乔鹦哥，又译乔·卡里奥卡（Joe Carioca）是以巴西鹦鹉为原型的迪士尼动画形象，唐老鸭的好友。

② 此处将“foro romano”（罗马广场）说成“forro romano”（罗马避孕套）。

③ 哥伦布区是哈瓦那的红灯区。

多，*as we say in our romantic language, the language of colonizadors and toreros (bullfighters) and very, very, but very (I know what I say) beautiful duennas. I know you are here to sunbathe and seabathe and sweatbathe Jo jo jo... My excuses, thousand of apologies for You-There that are freezing in this cold of the rich, that sometimes is the chill of our coollness and the sneeze of our colds: the Air Conditioned I mean. For you as for every-one here, its time to get warm and that will be our coming show. In fact, to many of you it will mean heat! And I mean, with my apologies to the very, very oldfashioned ladies in the audience, I mean, Heat. And when, ladies and gentlemen, I mean heat is HEAT!* 尊敬的，最尊敬的，不能再尊敬的观众们，现在我为各位按字面翻译一下。我刚才跟我的美国朋友们，访问我们的北方好邻居们说，女士们先生们，先生们女士们，女士们和小姐们以及……少爷们，我们今晚应有尽有……我对可爱的美国来宾说，很快，非常快，就几秒钟，看这金光银闪的锦绣大幕，“热带乐园”——全世界最豪华的夜总会！——准备好见证这个传奇舞台的荣耀，我对他们说在这热带的夏日之夜室内却冰冷如冬，“热带乐园”玻璃拱顶下的热带冰爽……（我说得不错吧？棒，极，了！）这是空调气候打造的富人们的冬天，但马上就要在我们今夜第一场盛大演出的热度和火辣中融化，就等这金银大幕拉开。不过在此之前，

请亲爱的来宾允许，我想问候一下这座欢乐之宫的几位老朋友……*Ladies and gentlemen tonight we are honored by one famous and lovely and talented guest... The gorgeous, beautious famous film-star, madmuasel Martine Carol! Lights, lights! Miss Carol, will you please?... Thank you, thank you so much Miss Carol! As they say in your language*，麦赫西啵咕！（各位亲爱的来宾你们没有看错在座的就是荧屏巨星美艳女神：玛蒂妮·卡洛[①]小姐！）*Less beautiful but as rich and as famous is our very good friend and frequent guest of Tropicana, the wealthy and healthy (he is an early-riser) Mr William Campbell the notorious soup fortune heir and World champion of indoor golf and indoor tennis (and other not so mentionable indoor sports*——哈哈哈哈)，*William Campbell, our favorite play-boy! Lights (Thank-you, Mr Campbell), Lights, Lights! Thanks so much, Mr Campbell, Thank-you very much!*（亲爱的耐心的古巴观众，这位是密斯脱坎贝尔著名百万富翁巨额财产继承人汤业大亨。）*Is also to-night with us the Great Emperor of the Shriners, His Excellency Mr Lincoln Jefferson Bruga. Mr Lincoln Jefferson? Mr Jefferson?*（这位是密斯脱林肯·布鲁加，圣

① 玛蒂妮·卡洛（Martine Carol，1920—1967），法国女影星，曾于二十世纪五十年代访问哈瓦那。

地弟兄会的领袖，感谢观众朋友们的耐心。）*Thank-YOU, Mr Bruga. Ladies and gentlemen, with your kind permission...* 女士们先生们，所有的古巴同胞，现在该介绍我们剧场的本地嘉宾，诸位发扬了举世闻名的慷慨气派和典型的克里奥约骑士风度，就像里头那些棕榈树和高雅的哈瓦那人爱穿的薄布短衫（配上小领结，对吧？）一样典型，一样古巴，以及永远不变的好客精神，允许我首先介绍了国际友人，现在，理所当然，轮到我们自己社会、政治和文化生活中最杰出的嘉宾登场。年轻有为、严肃老成的青年和常胜不败、老当益壮的长者！全世界**全宇宙**最欢乐迷人的来宾！请给灯光！对，对，就这样。让我们致敬迷人的少女，按法文就是 jeune-fille（按我们的社会评论家的说法），薇薇安·史密斯·歌罗娜·阿尔瓦雷斯·德尔·雷阿尔小姐，今晚是她的十五岁生日，她选择了星光下永远辉煌的俱乐部来庆祝，今晚在这玻璃天顶下，远离雨水和坏天气。薇薇安迎来了她渴望已久的时刻，十五个金子般的春天，啊，对我们来说已经是很遥远的事了。但我们也可以自我安慰说，我们有过两次十五岁。薇薇安，生日快乐。Happy, happy birthday！我们来为薇薇安唱 happy-birthday。开始！Happy-birthday to you, happy birthday to you, happy birthday dear Vivian, happy-birthday to you！现在大声点我们一起唱，所有人一起，一个不落，和薇薇安的父母一起，史密斯·歌罗娜·阿尔瓦雷斯·德尔·雷阿尔夫妇，就在他们的千金身边。来吧各位，让我看看你们的热情！Happy birthday to you，happy-birthday to you，happy-birthday dear Vivian，happyyy-birthdaaayyy tooo-yyyoouuuuu！祝你你生～～日～～快～～乐～～～～～～！好吧，言归正传，在尊贵的来宾中我们还有幸邀请到西普里亚诺·苏亚雷斯·达梅拉上校，战斗勋章，海军及警察功勋奖章得主，荣誉至上的军人和正直无私的骑士，跟往常一样，由他美丽优雅高贵的妻子，阿拉蓓娅·隆歌莉娅·德·苏亚雷斯·达梅拉陪伴。上校先生，祝您和妻子共同度过一个美好的夜晚！啊我看见了什么，那边，在那张桌子，对就在那里，在舞池边上，参议员广告大亨比里亚托·索劳恩博士，这家欢乐之宫的常客，“热带乐园”的嘉宾！参议员像往常一样，有佳人作陪。从文化的世界来为我们的“热带乐园”之夜增光添彩，美丽、高贵、文雅的女诗人密涅娃·爱洛斯，戏剧天分绝伦、嗓音精致纯净的朗诵家——诗歌在她爱抚一般的柔声诵读中被赋予天鹅绒的韵律。**密涅娃**！灯光！灯光！**灯光**！（见鬼）。稍等，朋友，现在轮到那些美女了。不，等一下，那是谁？是我们了不起的明星摄影师。*Yes, the Photographer of the Stars. Not a great astronomer but our friend, the Official Photographer of Cuban Beauties. Let's greet him as he deserves*！给伟大的柯哒来点掌声！好，现在密涅娃就在那里，密涅娃·爱洛斯，高雅的观众们。掌声。这就对了。我要向各位宣布，从下月一号起密涅娃将用她古典式的风度，雕塑般的形象，特别是她的声音，那就是文化之声，为“热带乐园”每一晚的压轴大秀增光添彩。到时见，密涅娃！祝你圆满成功！不，密涅娃，该感谢**你**，你是我们盛宴的缪斯。好的现在……*and now*……女士们先生们……*ladies and gentlemen*……真正有品位的观众们……*Discriminatory public*…… 不需要翻译……*without translation*……不需要言语只要你们的呼喊，不需要声响只要你们热情的掌掌掌声……*Without words but with your admiration and your applause*……不要言语只要音乐和欢乐和激情…… *Without words but with music and happiness and joy*……献给诸位！……*To you all*！我们今夜的第一场秀——精彩尽在“热带乐园”！*Our first great show of the evening... in Tropicana*！大幕起！……*Curtains up!*

首　秀

我们从没跟任何人说过，就是我们也在卡车底下干了点儿事情。但其他的我们都说了镇上所有的人都立马知道了都跑来问我们。妈咪自豪得不得了每次有人登门，她都请人进来煮好咖啡等咖啡端上来，客人一口气儿喝了然后放下杯子，慢慢地，非常小心，好像那是蛋壳做的似的，在桌上放稳，看着我眼睛里全是笑，但装出什么也不知道的样子，声音非常无辜，永远是同一个问题，“小姑娘，过来告诉我，你们在卡车底下干什么？”我什么也不说于是妈妈到我跟前托起我的下巴对我说，“孩子，说说你看见了什么。怎么跟我讲的就怎么告诉人家，别不好意思。”我不是不好意思也不是害羞什么的，但我什么也不说除非奥蕾丽塔跟我一起说，于是他们就会让我去找奥蕾丽塔，她和她妈妈一起过来我们两个就卖力地讲起来。我们知道自己成了我们街区、我们镇子的焦点，开始是街区后来是整个镇子，我们一起在公园散步，腰板儿笔挺，谁也不看，但心里清楚所有人都在看我们，在我们经过的时候小声儿嘀嘀咕咕用眼角瞄着我们。

整个一星期妈咪都给我穿上新裙子我去找奥蕾丽塔（她也换上了新衣服）我们去雷阿尔大街溜达直到天黑。

全镇子的人都到临街的门口看我们经过时不时会从某一家叫我们，我们就从头到尾把故事讲一遍。不到一星期所有人都知道了没人再叫我们问我们于是我和奥蕾丽塔开始编故事。我们每次讲的时候都加点东西后来差点把我们干的事情也说出来，幸亏我和奥蕾丽塔总能及时打住从没讲出我和她在偷看的时候也在干的事情。最后恰纳·卡夫雷拉带着她女儿佩特拉搬家到“新镇”去了，镇上就没人再问我们了于是我和奥蕾丽塔就到“新镇”去给那边的人挨个讲。每次当我们编出新东西有人要我用我母亲发誓是真的我就立刻亲着所有的手指头用我神圣的妈咪发誓，因为那时候我也已经分不清哪些是真哪些是假。在“新镇”，跟我们街区正相反，是男人们问的更多他们总是待在镇子入口的商店叫我们，胳膊肘杵在柜台上嘴边叼着烟，也是眼睛里带笑好像已经知道了怎么回事，但仍然显得很感兴趣问我们的时候样子很无辜，声音很温柔，“小姑娘，过来过来。”然后他们就不说话就算我们就在旁边也得再凑过去一点儿这时候他们才说，“说说，你们在卡车底下干什么来着？”最好玩的是每当我听到这个问题我总觉得他们是想问别的，想让我们说说我和奥蕾丽塔在卡车底下真正在干的事情，不止一次我真差点说出来。但我和奥蕾丽塔从来没说过我们也在卡车底下干了点儿事情。

事情是这样的我和奥蕾丽塔每周四去看电影，因为那天是女士日，但实际上我们没去电影院。妈咪给了我五分钱奥蕾丽塔早早来找我每周四我们去看电影，因为周四是女士日我们女孩只要五分钱。在电影院永远在放豪尔赫·内格雷特和加德尔[1]之类的电影，我们很快觉得无聊就出了电影院溜到公园然后开始偷看。有几次，电影很好笑我们喜欢，但其他时候一开始我们就走了，躲到分装烟叶的卡车下面。卡车不在的时候我们就躲在空地上的长草丛里。从那里看更费劲儿，但卡车不在的时候他们就会干更多的事儿。碰巧恰纳的女儿佩特拉的男朋友也是每周四来。好吧，他周四和周日都来，但周日他们去公园散步而周四所有人都在电影院里因为是女士日，他们就待在家，坐在客厅抓紧机会。我们从没周日去过，但周四我们都假装去电影院实际上我们从门口往里看。她母亲也在家，但在里面因为家里好像是木地板，她母亲过来的时候会吱吱响，她听见就站起来回到自己的座位，母亲来了跟他们说话或者从窗户探头往街上左看右看或者往天上看或者装作往街上看或者往天上看然后又进去待在里面。但当她母亲在家里面走来走去，还没过来跟他们说话或者往窗外看或者假装往窗外看的时候，他们就抓紧机会，我们看得很清楚，因为他们把门敞开着装无辜。

开头总是一样。她坐在她的摇椅上，他也坐在自己的摇椅上，这样，并排，她总是穿着蓬蓬裙，很肥大的那种，安安静静地坐在自己的摇椅上，穿着颜色很素的蓬蓬

---

① 豪尔赫·内格雷特（Jorge Negrete，1911—1953），墨西哥歌手，墨西哥电影"黄金年代"的代表人物；加德尔（Carlos Gardel，1890—1935），阿根廷探戈歌王、电影演员。

裙，说话或者假装在说话。等老太太进去的时候，她就从一边探出头瞧瞧，她男朋友就掏出家伙她就开始摸上去，这时候一边抚摸，一边注意着老太太来了没有，然后从摇椅上站起来撩起裙子坐到男人身上这时候她就开始动作男人开始晃摇椅突然间她蹦起来回到自己的座位上她男朋友翘起腿，这样，朝那边，这样别人就看不见了，因为老太太来了，老太太很无辜地走到窗户边上往街上看或者往天上看或者假装往街上看或者往天上看然后又进去他们就继续抚摸她摸男人的家伙男人现在也摸她然后她低下头伸到男人腿中间停了一会儿然后突然抬起来因为老太太又来了然后他们又互相摸。就这么整个晚上干这个老太太时不时过来从窗户往外看或者不看的时候他就装模作样和老太太说话还笑起来，佩特拉也笑还大声说话老太太又到窗边又回去在里面待上好一阵，祈祷或者类似的事因为她是最虔诚的那种永远在祈祷，特别是从她丈夫死了以后。这时候他们又开始那一套而我们就从那边看着他们，在卡车底下，我们也抓紧机会干点儿事情。

事情捅出来的那天我们差点被卡车压死，因为司机不知道我们在车底下就发动了差点用后轮把我们压扁我们嗷嗷大叫所有的人都过来看怎么回事。我相信司机不知道我们在卡车下面，但有时候我想或许司机知道只有他一个人知道我和奥蕾丽塔在卡车底下也在干点儿事情。当时所有人都来了司机骂我们佩特拉骂我们佩特拉的男朋友也骂我们而佩特拉的母亲，恰纳，倒没骂我们，但跟我们说她要去告诉我母亲也告诉奥蕾丽塔的母亲，就是在这个时候我们决定，如果她，恰纳·卡夫雷拉什么都说，我们也什么都说。因为她后来说了，我们也就说了。妈咪肯定要揍我，但当我告诉她一切之后，她笑了起来说佩特拉是得抓紧机会了。好像她的意思是佩特拉岁数很大了从十年前就成了她男朋友的女朋友，因为街区里所有人都这么说，我妈妈的原话是，“好啦，看来佩特拉决定在教堂背面结婚了。”我知道这不是说佩特拉在教堂的另一边结婚，而是别的意思，但我很清楚不能说出来（就像不能说我和奥蕾丽塔在卡车下面干的事情）我就问妈咪，“妈咪，怎么在教堂背面结婚呢？不用神甫吗？”妈咪一阵大笑说，“对，孩子，没错：不用神甫，”她笑得差点背过气去。这时候她就去叫邻居。

我和奥蕾丽塔就这样开始讲故事每次家里来人就为了这一件事（后来妈咪就不准备咖啡了）问晚上好或上午好或下午好然后紧接着就问，“孩子，这边来。你们在卡车底下干什么来着？”我们讲了一遍又一遍，最后差点把我们真正在卡车下面干的事说出来。但那时候恰纳·卡夫雷拉和她女儿佩特拉已经搬去“新镇”，那其实不是另一个镇子也不新，就在镇子另一头比这儿还穷的一个街区，那儿的人都住泥巴地棕榈叶铺顶的屋子，我们街区的人已经不问我们了，我和奥蕾丽塔决定放学以后天天去“新镇”，等人问我们，“小姑娘，这边来，你们在卡车底下干什么来着？”

在“新镇”我们知道了佩特拉的男朋友没回镇子不管是周四还是周日，后来就只在周日回镇子在公园转悠，我们还知道佩特拉再没出过门，因为她母亲一天到晚锁着家里的门再没人见过她，老太太出门采购的时候不跟任何人说话，一家人不跟任何人来往，不像从前那样，总爱串门。

哈瓦那，1953 年 4 月 22 日

亲爱的埃斯特维娜：

我真心希望收到这封信的时候你和你的家人一切都好，我们这边还是那样不好不坏。埃斯特维娜你的信给我带来人家说的那种特大开心，你不知道我收到你的信有多高兴，你太长太长时间没给我们写信了。你完全有道理不高兴生我们的气，好吧，因为发生的那些事，但实际上格洛丽亚离开家到哈瓦那这边不是我们的错。你知道她也骗了我们跟我们说是你让她来这儿学习的还给我们看了一封信她说是你写的在信里你说你让她来我们这边学习学成一个有用的人等等我们太傻了竟然信了让她睡在我们这儿了你知道这对我们不容易因为这屋里一直都很挤。

你现在问我她的消息说差不多八个月没有她的信了我可以告诉你已经很久真的很久我们没有她的任何消息，一个字儿也没有。我不知道你们现在住的地方就是远到背心儿都会搞丢的地方就像西尔贝多说的，有没有卖《波西米亚》杂志的，如果没有就让巴西利奥去镇上的时候给你找一期你就立马知道你的宝贝女儿在干啥了。她好像混成了什么搞艺术的。我不知道你知道不她到哈瓦那这边刚十五天就开始工作帮人带孩子在贝达多那种高档街区问题是等我们问她在哪儿学习她跟我们说她压根儿不想学习她就是这么跟我们说的还跟我们说她不想花一生中四五年的时间白天工作晚上学习哪儿也不能去不能找乐子，就为了以后在办公室干罗子的活儿挣跳早的钱，她原话就是这么说的。

我向我圣洁的母亲发誓埃斯特我当时就想扇她的脸就冲她说话那副厚脸皮不知羞耻的样子，说话那样子就好像是个不懂事的小丫头十六岁都没到。幸亏西尔贝多拦住我跟我说到底她不是我女儿不是我什么人我能做的就是管好自己家让别人没话说。你女儿你知道她说什么吗？太对了这就是我想说的，她说完就走了。她没再回我家差不多十五天或者至少两星期然后她漂漂亮亮地回来了要我原谅她跟我说她已经不给人看孩子了现在在一个发廊挣得钱多多了强多了已经搬到一家旅馆了。我发誓当时我真高兴我对自己说我朋友埃斯特维娜的女儿在哈瓦那走上正道了我向最神圣的上帝发四埃斯特我当时想起了我们小时候一起在糖厂玩一起去上学所有这些回忆你知道我是有多傻多天真一点事儿我就会流眼泪直到西尔贝多生我的气说我老是无原无故的哭。然后我们为这个吵架差不多闹了一星期然后你给我的信到了，我发誓我的姐姐因为你对我来说就像姐姐一样，我心里难过我为这事哭得像个傻瓜。但我想一切会翻篇儿李子会变干儿就像西尔贝多说的，这个不高兴的事也过去了。我向圣母发四我们那时候压根儿不知道这回事你女儿可不像你的女儿连圣母本人都能骗。

后来她没多久又回来了我训了她一顿。你啊我对她说，不像是我干姐妹埃斯特维娜·加尔色斯的女儿，我干姐妹埃斯特维娜我对她说，是个正经女人谁也挑不出毛病，我又对她说姑娘你应该好好学学你母亲埃斯特维娜我对她说因为你的埃斯特维娜没有第二个，等她把你气死她就知道活着没有母亲的滋味就像你就像我从小都是没妈的娃，于是你女儿就哭了哭的鼻弟拉它我看着难过就安为她你都猜不着她临走前跟我说了什么，她先是安静下来不哭了我给她煮咖啡她都喝了。然后她停在门口一只手把着门另一只手挎着一个特好看的小包，差点没笑背过气去，洋洋得意的跟我说，您知道吗应该念埃特维娜不是埃斯特维娜这里面没有斯的事儿，就把门甩到我脸上没等门回去就已经溜了。你这个女儿埃斯特你亲生的这个是逆种，要知道还有好多事我还没跟你说呢。

我刚洗完午饭的盘子西尔贝多又回去工作了我可以踏踏实实接着给你写信。我说到你女儿已经变坏了在哈瓦那这个城市只会毒害没见过世面的年轻人。从哇塞尼奥·库哎他在这儿工作从他那儿我们听说你这个女儿整天在中央电台那边，那是一座大楼里面是CMQ电台还有剧院还有咖啡馆饭馆和好多别的。格洛丽亚很长真的很长时间没来这边有一天她来了一屁股坐下就要啤酒，我一点儿没夸张。姑娘，我跟她说。你以为这是酒吧吗，我们这儿没有啤酒也没有冰箱就算有西尔贝多肝不好也不能喝，你知道她说什么？西尔贝多还是去买瓶儿啤酒的好，好让你们看看我有多火。我不明白她想说什么。火我问她哪儿着火？她就跟我说，好吧找张报纸来你们就能看见我。西尔贝多这可怜的就去何那罗家我们一个卖烟的邻居，是个黑人但人很好，管他借了张报纸。西尔贝多刚拿来她就一把抢过去，打开给我们看，你能相信吗我们看见《世界报》上头，有你女儿给北极啤酒做的广告！她在上面差不多都光着，那种小的不得了的泳衣他们叫比几尼我猜你肯定没见过这种东西，就是一小片在上面另一片在下面更像小口招和小手绢然后就没穿别的了丁点儿都没有就那么呆着紧挨着一头大白熊，还用胳膊搂着。广告写着美女和熊都爱北极啤酒然后下面有个指示牌好像不正经的东西又不是其实就是如果你仔细看在这些中间指示牌就好像是字母拼成的手，字母就像手指头在摸你女儿格洛丽亚·佩雷湿她已经不叫格洛丽亚也不叫佩雷湿也不叫类似的名儿。

她现在叫古巴·维内加丝听起来是个好卖的名字她这么跟我们说的，但你别问我卖的是什么。你女儿古巴·维内加丝也做别的商业广告其中就有玛特尔巴饮料广告没用以前一直用的词变成了“尝尝古巴尝尝她”，就靠着这些她好像很出名挣了很多钱因为她来这儿的时候开着一辆大汽车那种没顶儿上头什么也没有的，她在街上叫我们让我们过去看她的敞朋儿她是这么叫的。我没出去，因为在路上，对面街上，车很多而且我穿的是天天在家干活的衣服，但西尔贝多就像个小孩一直特别迷汽车可怜的人他出去了告诉我说那车太神了。他还跟我说有个男人给她开车，我问西尔贝多是谁他说不认识，我问长什么样他说根本没注意杀了他他也说不出来那人是黄是黑，脸上长没长鼻子，知道是个男的因为长着小胡子虽然也有女人长点小胡子但不会是车把形状的，开车的男人就是那样的。

你女儿古巴·维内加丝，对不起埃斯特我一说这名字就想笑，她又来过几次，一次比一次穿的好。有一次她来了进门跟她一起的是一个小伙子特别瘦，特别弱总是用舌头把嘴巴田湿，朋松的头发波浪似的挂在脸上，拎着一个小草编箱，从头到尾屁股没沾椅子生怕我家的破椅子弄脏他雪白的段子裤子我敢说就像小镜子似的。你女儿穿的特别好特有型特高雅跟我说她现在也是大腕什么的，给电台和电视台干好家伙还跟我说挣钱多了去，她这么说的当我问她有没有给你寄点儿她跟我说寄了复活节的时候给你寄了些但还要花钱买衣服买鞋买化妆品还要估秘书给我指那个拎草编箱的小伙子。想想你女儿都有秘书了，你啥感想。然后她跟我说让我看她上电视还说了别的我已经不记得了。还有一次她穿着段子或类似东西做的礼服来了跟我说人家在给她做摄影采访她带着一个摄影师眼镜黑绿黑绿的一张蛤蟆脸上留着小胡子细的像铅笔画的似的，不是上次那个至少西尔贝多这么跟我说的，跟她来这儿的家里照相，你女儿，以前的格洛丽亚，跟我说摄影师要在《海报》杂志那是哈瓦那这边的另一个杂志发表一个文章报道她生活的细节她这么跟我说的他们就在这儿咔叉咔叉了整一个下午。说真的那个摄影师真是个不要脸的家伙整个下午都在摆弄你女儿在每个角落亲小嘴我差点就把他们赶出去因为我不喜欢家里一团糟。走的时候跟我说要送我几张照片，害我打扫半天院子结果到现在也没收到。西尔贝多买了杂志拍的都是家里最糟的地方院子水池厕所这些不好闻的地方，但都是背景，你女儿在前面作怪样，我一点儿也不喜欢那文章幸亏我们没出现在照片里。

我最后一回看见你女儿我已经不知道她叫什么了是大概六个月前。她来的时候是下午和一个金发的女友一起两个人都穿裤子，我这辈子都没见过那么紧身的长裤，她们抽着烟过来了，那种烟闻起来特别香。我给她们煮了咖啡她们在这儿呆了一会儿坐着我差点高兴起来因为她太美了。说实话她画了很重的妆抹了很多粉很多口红但是真的特别漂亮。她和她女友叽叽咕咕了半天聊什么烦人的秘密我跟你说我一点也不喜欢那样她们甚至还互相点烟你知道吗，一个人嘴里叼两根烟我真不喜欢还说些我基本听不懂的话然后笑起来一通傻笑然后到院子里笑话邻居，两个人手牵手一直在说我的好姐姐我的小亲亲什么的，走的时候也是手牵手告别的时候笑的要死就好像门口有个大笑话我陪她们到院门口她们在车里跟我摆手再见就红龙龙开走了一直笑笑的要死。这就是我最后一次看见你女儿，以前叫格洛丽亚·佩雷湿现在叫古巴·维内加丝。

你看我大惊小怪东拉西扯了半天差点忘了告诉你一

年前我就已经没希望生孩子了。我那时候一心想生但是没成现在我已经不抱幻想因为我也快绝经了。没啥埃斯特我们都要老了现在离那边更近了点儿。早点给我回信别忘了这个永远爱你的朋友一直记着小时候在学校人家老把我们当成姐妹，

爱你的，

得理娅·多塞

信后夫言：西尔贝多也向你老公问好。

我就让她说可劲儿说等她骂累了快没气了我才跟她说不不老太太，你活都活错了（就这么说的），错得厉害：我想要的就是开森我跟她说，我才不要一辈子跟个木乃伊似的埋在什么法老的坟里，我可不是老古董，凭我妈妈发誓我跟你说我可不想打扮好了不跳舞大好青春留不住，绝不，那我宁可就当个处女，这时候她跟我说，你，她这么跟我说，上上下下挥着她那小手真好笑，跟我说，你想去哪儿去哪儿，我不管也不拦着你：反正我不是你母亲，你听见吗，她跟我说着这样小手拢在她黑了巴儿的厚嘴唇上就在我耳边喊差点把我耳膜震破了都，我跟她说女士（没错我称呼她女士，需要的时候我也能有文化）问题是您不会把握现在只会苦挨要不就是您根本就过时了没法理解，然后她还是那老一套教训我：你爱去哪儿去哪儿，姑娘，我才不在乎你怎么过你用自己两腿中间的那地方干什么那是你自己的事儿我不想掺和，想去哪儿去哪儿赶紧走可别耽误了，我就跟她说，我说，根本就是你搞不清，我跟她说，谁告诉你去狂欢节跳舞就等于找男人，跳舞不犯法，她跟我说，好吧好吧反正我没绑着你也没给你上贞洁带她就这么骂个不停我真是烦透了，我就跟她说，我跟她说人只能活一回，朋友，得学会怎么把握这也是门学问你知道吗？她临走跟我说，你听你听，你的破音乐你的破舞你的那些闹腾：想走你就走，不过你，听，好，了，你走了就别回来，别回这个家因为你会瞧见门都上了锁，要是你赖在过道里不走我就叫看门的把你赶走，不信就试试你听明白没有，我正烦得不行的时候就听见，真的有音乐的声音，那节奏嘣嘣嘣甭蹦嘣嘣嘣甭蹦，近得像在街角，我对她说哎呀呀你好激动哦，放松放松点亲爱的要不吃两片那个镇静片，而这个老——算了不说了，她什么也没说一句话也没说一个字也没说，转过身背对着我，我也照样对她，拿上我的披巾，我的小包，迈了一步，嘿两步，又一步嘿，我就到了门边，但我没出门，突然转过身，就像贝戴维[1]在电影里那样，我跟她说，我的话你听清楚了：人这辈子只活一回，只活一回，我跟她说，扯破了嗓子喊：不多不少就一回，我跟她说，等我死了狂欢节就死了音乐就死了快乐就死了因为生命死了，你明白吗，我跟她说，因为在这里的这个人，麦卡雷娜·克鲁斯，不会再为另一边烦恼，到了那边什么也看不见什么也听不见，亲爱的，完了就都完了，听见了吗，我对她说，然后她就这样，派头十足，拧过身子不给我正脸，横着眼睛对我说姑娘，人家都说魔鬼代言人你就是浪女代言人。浪你的去吧，她对我说。

---

① 指贝蒂·戴维斯(Bette Davis，1908—1989)，美国著名女影星，两度获得奥斯卡最佳女主角奖。

我和哥哥发明了一种进电影院的方式，应该申请专利。我们已经不能再像以前混进翡翠影院那样干，因为我们已经长大了：不能再聊天打掩护或者假装打架或者冲看门人大喊快来人！抓小偷！趁机让一个人混进去然后另一个再来请求进去找自己的兄弟因为妈妈有急事找他这样两个人就都进去了——这些已经行不通了。但现在我们走上了圣塔菲之路[①]。一开始我们收集用过的包装袋，十个能在贝尔纳萨街上的水果摊换一分钱（有一回摊主跟我说凑一百个就给我两毛五，我当时被这一发现震惊了——这是个金矿啊！他是个傻子不会数数！得好好开发这个宝藏！于是我抱着二十个纸袋子跑过去，一脑子淘金热，找他要五分钱的时候却只收到嘲笑，然后是大笑和回答，“你以为我是傻瓜啊，”然后在我的惊诧中最后说了一句：“拿着你的破袋子走远点！”我明白了什么叫双重欺

① 圣塔菲是哈瓦那附近的海滩名。美国新墨西哥首府与此地同名，一般译为“圣非”，因考虑到谐音，本书中全部译为“圣塔菲”。圣塔菲之路（El camino de Santa Fe）指美国历史上自密苏里州到新墨西哥州圣塔菲的著名篷车小道，此处戏仿美国著名导演迈克尔·柯蒂兹曾执导同名电影《圣塔菲小路》（*Santa Fe Trail*，1940），因凡特写过相关影评。

骗），如果当天袋子狩猎不顺利，我们就看看有多少旧报纸，找遍左邻右舍和所有能找的地方最后拖着宝贵的收获去鱼市——那边报纸不如纸袋值钱。（永远不用想替人跑腿来挣小费因为只能免费干：院里的人都那么穷，蕾丝比亚·迪穆瓦，大方的十五岁妓女，马克斯·乌尔基奥拉，败家子和老练的夜场荷官，还有堂娜拉拉，慷慨，老迈，简直令人起敬，三重英雄的遗孀：飞行员，陆军上校和政客（他们都是，曾几何时，堪称传奇——所以不要当成可怜的小人物而轻视，以为仅仅是，一直是，彻头彻尾的龙套），他们所有人都搬走了，离开了，死了：我们失去了他们就像失去了童年的天真，能够毫不脸红地接受小费，我们现在已经明白什么是出卖帮助——相比之下还是卖别的更容易，不管卖废纸箱、旧报纸或者……）

我们终极的大买卖是书：我父亲的，他叔叔的，他叔叔的父亲的书：我们卖的是家族的文学遗产。首先是一套——准确说是一垛——卡洛斯·蒙特内格罗[①]的书，送给我父亲为了出钱（出我父亲的钱）和出名（出作者的名）和宣传（书本身），一本糟透了的剧作，名叫《拉齐维尔的狗》。我从来没读过，不仅如此——根本没人读

---

① 卡洛斯·蒙特内格罗（Carlos Montenegro，1900—1981），古巴作家，共产党员，卡夫雷拉·因凡特的父亲曾与其在《今天报》共事。其长篇小说《没有女人的男人们》（*Hombres sin mujer*）被认为是西语美洲最早涉及同性恋题材的文学作品之一，戏剧《拉齐维尔的狗》（*Los perros de Radziwill*）和短篇集《烽火连三月》（*Tre meses con las fuerzas de choque*）以西班牙内战为主题。

过，因为那些毛边书一直保持着原初的贞洁。还有同一位作者的另一馈赠，是他别的作品。《硝烟（或者是烽火）连六月》。这两部像圣母受孕一般纯洁无瑕的书，都走上了圣塔菲之路：被我们一块卖了。我的意思是，被我们一股脑儿卖了，而不是卖了一块——因为一共才卖了不到五毛钱——书商们从来不懂文学的价值。然后是不那么出名或者读得更多（因而数量不多）的书前仆后继奔向这条隐秘的小径。这些书有时候（当然有我们兄弟陪伴：货物不会自己去市场）五本一批，有时候十本一批，还有时候三到七本，二到四本，等等等等。（此处略去我父亲的吼叫，愤怒的爆发，达摩克利斯式的威胁，但没有省略任何粗话，因为我从没听他说过。也省去我母亲那些拙劣但有效的劝说，我们想不通她究竟如何做到消解父亲的丧书之痛，他的藏书一天天变得更像回忆而非实体：隔板间空荡荡，书架上东倒西歪，幸存者都在缅怀曾几何时紧紧依偎的书籍同伴，牺牲者都已为了电影而献身祭坛（有必要说明，每一本走向灭绝营——旧书店的书——街区里有多少旧书店啊，数目之多令人吃惊，充满诱惑，遍布在路上……圣塔菲之路——都贡献出文学的铅字来铺就电影的银屏，而完成这种升华只需一段路一首歌），记忆中还浮现但现实中已消失的那些书名，都在见证狐狸已经进入鸡舍。这意象真奇妙：狐狸不就是福克斯？或许用米高梅的狮子大张嘴形容更合适？）

我跑上这条路

要去圣塔菲

（变奏一：

我跑

跑步赛过飞

要去圣塔菲）

（变奏二：

我跑我跑我跑步赛过飞

一路跑去圣塔菲）

（变奏三：

我

我跑赛过飞

我跑你别追

我跑赛过飞

飞 / 飞 / 飞 / 飞到

圣～～塔～～～～～菲～～～～～～～～～～）

这首歌谣（及其哥德温变奏[①]）唱的时候要配相应的

① 哥德温（Sam Goldwyn，1879—1974），美国电影制片人；《哥德堡变奏曲》为约翰·塞巴斯蒂安·巴哈（Johann Sebastian Bach，1685—1750）的名作。

音乐，就是《圣塔菲小路》里的音乐，只不过我们那时候并不知道。我和哥哥我们是从哪儿学来的？估计是从某个电影——西部片里。

那天，就是那个星期四（星期四电影院有优惠），我们已经完成了去圣塔菲的第一个步骤（因为圣塔菲，您们应该已经猜到了，就是乐园，荣光，医治一切少年烦恼的灵丹妙药：电影院）在我父亲下班回来之前，我们已经洗完澡，选好片子（其实是选影院："凡尔登"，虽然会让人想起那场大战，但其实是很安逸的地方，接地气又凉快，铁皮房顶，白铁皮台板，一到炎热的晚上就吱吱呀呀地敞开，赶上下雨天也无法及时合上：在那儿很舒服，在楼上，正对着屏幕（特别是当你挑了顶层楼座——"鸡舍"（也叫"天堂"）第一排：在以前是贵人的位置，王室的包厢，是另一幅光景）就在群星下面：几乎比在记忆中还美）我们出了门，在楼梯上碰见"小个子内娜"，她跟很多邻居一样，不是个人而是个人物。可是，哎，"小个子内娜"（一个佝偻没牙肮脏的老太婆，对性有着无法满足的胃口）也是只不吉利的乌鸦。"去看电影，对不对？"好像是这么说的。我和哥哥说对，脚上没停继续走下巴洛克式弯弯绕的脏楼梯。"祝你们开心，"她说，可怜的人，费劲地上着楼梯。我们没说谢谢：唯一能做的就是往地上吐三次吐沫，交叉手指求好运和路上当心。

我们继续往电影院走。穿过中央公园的时候天已经黑了。我们穿过加利西亚中心去看西班牙舞蹈演员的照片，也许为了看穿泳装的伦巴女郎。然后我们继续沿着“卢浮宫”咖啡馆那条路，夜聊爱好者已陆续来到，咖啡瘾君子也在街角的咖啡馆就位，我们在杂志摊前停下，就像其他许多趋光的蝴蝶一样被美国杂志的五光十色吸引，我们转来转去转去转来，不买，不摸，也看不懂。“卢浮宫”这一路没有尽头：这里有其他的咖啡店更多的人，一群人在巨大的油画像旁边聊天，画上那些竞选市长、市议员或参议员的候选人在画家笔下个个光彩不凡（有一定润色加工）都像是获得了奥斯卡提名，这里有射彩游戏六个弹珠台外加一个机械拳击沙包。猛烈的射击声压过了弹珠台的铃声和作弊者搞出变向时的脏话。最后一站是狠揍破烂的沙包，这可怜的玩意儿应该早就吃饱了拳头。有人（弹珠机的小伙子，射彩的水手，沙包前的黑人）正中目标。我们裹着汉堡、热狗和夹肉面包的香气出来——在快到街角的地方，有个名叫“特热狗”[①]的摊位。我们没吃，我们不是来吃东西的。谁会想吃东西呢，正当面前的长路被心中的渴望缩短（或延长），正当冒险、自由和梦想在圣塔菲等着你？我们几步穿过三条街——普拉多，尼普顿和圣米盖尔的交汇处——在这忙碌，喧闹，浓烈，缤纷，稠密的交叉路口，未来的一天“骗人精”将从此经过，踩着恰

① “特狗”(ad hoc dog)，其中 ad hoc 为拉丁文，意为“专门，特设”，而 hot dog 是英文中的“热狗”。

恰恰的节拍[①]。我们来到路上的一站，“埃尔·里亚尔托”影院。今晚上映《刀锋》[②]，但（我们担心）听这名字会不会太抽象了？我们觉得是（的确如此）只不过我们用的是别的词。最好等到下星期，或者说，书房的下一格，来看《弗朗西斯·麦康伯短暂的幸福生活》[③]。标题又长又复杂里面还有那个酷似海蒂·拉玛[④]的女人，在海报正中间。但是啊，但是还画着狮子、探险队和猎人：非洲正是圣塔菲的心之所向。我们会再来。

我们继续穿梭在城市的喧闹里现在又加上水果的气味（曼密苹果，杧果，肯定还有番荔枝：这邪恶的水果，外表碧绿的变色龙，而内里灰色，果肉活像个患病的脑子，黑点似的种子包裹在黏稠的囊肿里，但那种气味就像知善恶树上才有可能结出的果子，巴比伦空中花园的香气，以及传说中仙果的味道无论仙果究竟是什么）水果奶昔的气味，哈密瓜、罗望子、椰子冷饮的气味，在混合中还有不同于水果的气味，鞋油、鞋蜡和抹布的气味来自气派的擦鞋亭，一旁的街角就是我们旅程中的落脚点：“久

---

① 《骗人精》(La Engañadora)，二十世纪五十年代的恰恰恰名曲，作者是古巴音乐家恩里克·霍林(Enrique Jorrín)。

② 《刀锋》(*El filo de la navaja*)，据毛姆同名小说改编的电影(*The Razor's Edge*, 1946)，获第 19 届奥斯卡最佳影片奖提名。

③ 《弗朗西斯·麦康伯短暂的幸福生活》(*La breve vida feliz de Francis Macomber*，即 *The Short Happy Life of Francis Macomber*)，海明威的中篇小说，1947 年被搬上银幕，片名为《兽国情鸳》(*The Macomber Affair*，1947)。

④ 海蒂·拉玛(Hedy Lamarr，1914—2000)，美国女影星和发明家。

立不倒”咖啡馆，这个名字表面是说顾客们一直站着不坐下，但似乎实际上有另一层意思，这里花六分钱（就像有人说的，等于一套《新一代》杂志[①]）我们就可以喝两杯机打汽水，然后出发去穿越充满冒险的干渴荒漠。

又回到尘土飞扬的路上。我们前方是“阿尔卡萨”的诱惑，那里总在放好电影。但上星期却是个女歌手号叫的声音从外面街上都能听到——其实那部电影，《血红雪白》[②]，是关于战争的：都怪那些艺术家编出来硬塞进去的作秀。再往前，紧挨着圣塔菲，就是“美琪”，排片非常好，连场，叁连场，肆连场（那时候觉得这个词很难）尽管很多时候并不适合未成年人，必须恳求看门的或者给他到街角找咖啡，结果到最后（总而言之）就看了些有病的人一个女人（非常瘦）在浴缸里（满是泡沫）神秘地洗澡还有一男一女夜里从家中逃出来一场暴风雨后，女人生了。垃圾。

突然，一切都乱了套。人们飞跑，有人推搡我的一边肩膀，一个女人尖叫着躲到汽车后面，我哥哥拽着我拽我的手，拽我的胳膊，拽我的衬衣，好像一场醒不过来的噩梦，冲我喊：“西尔维斯特雷你别让人打死了！”我感觉被推搡着到某个地方后来才知道是一家中国人开的小酒

---

① 《新一代》杂志（*Nueva Generación*），曾发表卡夫雷拉·因凡特的若干早期作品。

② 《血红雪白》（*Sangre en la nieve*，1942），西班牙电影，导演为拉蒙·夸德雷尼（Ramón Quadreny）。

馆我钻到桌子下面，那里已经有一对男女躲在一把木头草编椅和一盆槟榔组成的可怜避难所里，我听见哥哥的声音从地上传过来问我受没受伤这时候我才听见枪声很远/很近，我站起来（为了逃跑？为了躲到酒馆更里面？为了面对危险？不，就是为了看看）我从门口探头张望街上已经空荡荡半个街区以外或者在尽头或者就几步远（我不记得了）我看见一个男人又胖又老黑白混血（我不知道自己怎么知道他是黑白混血）躺在地上，抓住另一个男人的两条腿，那个人试图用脚踹他一次又一次没成功只有一个方法摆脱就冲他脑袋连开了两枪我没听见枪声，只看见火花一亮，一道闪光白色红色橙色或者就是绿色从站着的男人手里射出照亮了死去的黑白混血老人的脸——因为毫无疑问现在他死了那个人挣开一条腿然后另一条腿，跑了起来，一边朝天开枪，不是为了吓人，不是为了开路，而像是在宣告胜利，我觉得，就像一只公鸡杀死鸡圈里另一只公鸡之后的打鸣，街上又充满了人开始喊叫求助女人在号哭有人在很近的地方说“他们杀了他！”好像死的是个名人而不是丢在大街中间的货袋，被四个男人费劲地抬走了消失在街角，可能是上了辆车，就在夜里。我哥哥从某个角落回来，吓坏了。我对他说：“瞧瞧你的脸都吓白了。”他对我说：“瞧瞧你自己吧！”

我们继续往电影院走。在街角有一摊黑色的血迹在路灯下人们聚在周围看着评论着。我怎么想也想不起来那天我们要看的电影叫什么，虽然我们还是去看了。

喂丽维亚吗？是我蓓巴，蓓巴·隆歌莉娅。对就是我呀。怎么样呀亲爱的？啊太好呀。我？在床上歇着哪。哦怎么会嘛，红通通的小苹果说的就是我。啊，哪有那么久，嗯声音是有点哑，人家刚睡醒嘛。能赖着就赖不能就跳海反正海水有的是。你最了解人家啦，我一向爱睡觉爱犯懒，现在有条件干吗不享受。背靠椰子树椰汁随便喝，这是我外婆说的，要我说就是累了就歇着。我？没变一点儿没变。干吗要变？喂，丽维亚，等我一下下达令，别挂……我刚才说到哪儿了？不是，我有瓶香奈儿没盖盖儿，我怕挥发没了。我刚才说什么来着？嗨没关系。没什么要紧的亲爱滴。你问我是不是刚起床，我回答还是一模一样，就像咱们一起住的那会儿。明白？明白。我是被他影响的，你知道他模仿那位在所有所有所有事情上。好吧，除了这个。我猜。反正他们所有人都这么说。好吧别说这个话题了太抽象就像我家那位说的，我告诉你一个消息我刚才打电话正要跟你说来着，我就是为了这个才打电话。你知道嘛他们接受我老公当会员了在“贝达多网球俱乐部”。对姑娘对。好吧他们想不接受也不行啊。是头儿发了话给两个当创始合伙人的部长施压，他们只能照办，事情就是你听见的这样。好吧现在我觉得我们得去教堂结婚了，一堆麻烦事，你知道现在流行这个。我已经开始订制婚纱什么的啦。你看看这事儿，我现在要当新娘啦，当了这么久西皮里亚诺的“宝贝儿”，人老了（哈哈快二十五啦）倒披上白蕾丝婚纱啦。好吧现在我们都是正儿八经的会员了，我打电话就是要说这个。昨晚上，为了庆祝，我们去了“乐园”。不，姑娘，是 le-e-le 乐园不是 ji-yi-ji 妓院。你都想些什么呀孩子：我们去的是“热带乐园”度过了一个特～别爽的晚上。你知道“嘻”皮里亚诺那性格……喂，喂？笑也没关系，我自己也觉得好笑。他气得不行，但我实在忍不住笑。不管怎样他说这名字能带来好运。绝对的。既然将军自己叫富儿亨西奥，还有个兄弟叫艾尔梅内西儿多，他怎么就不能叫“嘻”皮，西皮里亚诺？至少他是这么说的。嘻皮里亚诺？好到不能再好。欢欢喜喜不缺钱花。我不知道你知不知道他们把丽莎市场交给他管了。对差不多一个月前的事儿。然后就是网球俱乐部，所以我们昨晚去庆祝。三克油亲爱的。不，加油站是他兄弟管，特拗哥拉吓，“感谢上帝”的意思。忍不住没关系。是的进水了，他母亲一定是脑袋进水了。家里的孩子都叫这种怪名字。另一个兄弟叫呸雷腻死，另一个几年前死了可怜的，叫梅多掉，还有一个活着在乡下，如果没死的话，因为他是个自顾自的家伙不管家里的事，叫什么掉黑内·蜡爱消。对，在乡下，不是莫阿就是托阿要么就是巴拉克阿，东方省那边。好吧我其实也不清楚，但他就是在那边儿认识的将军，鸟不拉屎的地方，他们一块儿参军打仗一块儿往上走然后……我是跟他这么说的但他说当个上校就够了让我看看赫诺韦沃让我看看戈麦斯戈麦说了一大堆名字就堵住了我的嘴。听他说最好的就是别引人注意这样干事就方便了。不孩子，不～是这回事。他们想让他外派但他溜了。我老公是个机灵鬼，可聪明了。他去找富老大，说总参需要他需要他的战术知识还有我也不懂的啥啥啥，他们就没让他动。不，那事现在已经没事了。库尔韦洛[1]你知道的。至少听人家说过。对有津贴。对很安全，安全是安全，但特别特别操心另外他也知道我不会去乡下把奥里诺科所有的金子都给我我也不去，我可受不了那些蚊子小咬小虫子对我来说过了阿尔门达雷河都是乡下。对所以我哪儿也不去就算他们把孔多丽比尔摩那些地方都给西皮里亚诺管也不去。你知道他简直离不开我！对就是这样。对对，为我发疯。给他？我什么也没给。真没有。你知道我不搞那些。我不浪费时间干傻事。我讲究实际：我给他我最有经验的东西。这就是平衡：一样东西得到的越多，另一样就越少。反之也是。不管怎么说我算是搞定了因为他很黏我。腻歪得不得了。对对五十多岁。喂小姑娘，别！乱！说！别说什么血栓血塞的我真

① 指坎迪多·库尔韦洛（Cándido Curbelo）上校，古巴革命军军官，1958年时负责马埃斯特腊山区的防务。

害怕。姑娘，你没听说米盖尔·特鲁科[①]的事吗？特-鲁-科。对，就是那个墨西哥演员。就是他。死在他老婆沙发上。沙发，沙发床——都一样。你知不知道我的一个朋友的朋友的事？也是一个男人跟她在一起的时候死了在 11 街和 24 街那边。哈姑娘别跟我装纯！当然是在开房的时候。情侣酒店就在河边，望海区那片。哈，是吧。我当然去过。你敢跟我说你没去过？哈好吧。好吧，这个我朋友的朋友去了结果那男人死在床上了。夜里两点。一个人影也没有。你猜她怎么办？一点没慌，镇静极了，把他扶起来，穿上衣服，叫人来，塞进车里，开车……我现在也正学开车当然跟这没关系。好吧，她开动汽车，开到急救站，人家说这位先生，在最后的诊断书写着，是心肌梗塞，在开车时犯的病。你有啥感想？就像电影里说的，完美罪行。嗯，我当然会小心。他倒是不在意……他经常让我一个人，因为他知道不能把我老绑在一个地方。我感觉，亲爱的这话就只能跟你说，他甚至有点喜欢这样。对姑娘，他们都这样。年龄问题。岁数不饶人……对，老色鬼。对，对。一点儿没错。对这就是我们的日子。不让我去狂欢舞会也晚了，反正舞我也跳过了……好吧如果你愿意就用另外一个词儿。但拜托，你别去外面乱说。好的好的，什么时候都行。好的，别忘了我随时可以邀请你去网

---

① 米盖尔·特鲁科(Miguel Torruco，1920—1956)，墨西哥电影演员，死于1956 年 4 月 22 日，那一天恰好是因凡特的二十七岁生日。

球俱乐部感受一下。喂？好吧，亲爱的，我得挂了我要去冲个澡洗洗头因为我要去发廊。不，是蜜儿达·德·裴腊乐。非常好，棒极了。发型做得可好了。你见了就知道啦。好吧，亲爱的，拜拜，嗖龙～

了不起啊！生生变成了一堂算术课。我原地惊呆望着墙。不是墙，是后面的版画——他后面，不是墙后面：我不是超人，顶多算“超鼠”①。那是一幅充满浪漫气息的画，画着几条任性的鲨鱼（实质上是搞基，柯呔会这么说）围着一只漂流的木筏，小船或小艇，上面有两三个浑身肌肉的美男，不像是海难逃生者倒像是美国杂志《青春与健康》里的模特，个个很艺术地躺在船舷上。我觉得这些画里的鲨鱼与这位现实中的大鲨鱼相比简直是小鱼见大鱼，都成了腼腆的沙丁鱼，此刻大鲨鱼正盯着我咬住我的眼神毫无羞怯或尴尬，毫不动摇地坚信应该脸红的那个是我才对。我记得当时自己从图画看向写字台，从蔚汹蓝涌的大海（或者应该说蔚蓝汹涌的大海？）——在大海尽头遥遥可见波浪毗邻滨海大道，或者应该说今天是滨海大道的地方，因为在背景深处，确实难以置信，但真的能看见十八世纪的灰黯哈瓦那，——我跃上坚实的陆地或黑土

① “超鼠”(Superratón)，即 Mighty Mouse，美国动画片中的人物，又译“大力鼠”。

地[①]撞上他坚定的拒绝，从海蓝转向桌垫的台布绿，转向咄咄逼人的裁纸刀（俨然一根獠牙生在包金手柄的牙床上），转向刻有洛可可风格花押字的棕色闪亮的雪茄盒，上面的设计或许出于描绘鲨鱼和基佬的同一位版画家之手，转向黑皮金扣的邮袋，我又用攀缘的视线爬上他炭灰色的意大利真丝领带，将难以置信的眼神滞留在领带结完美三角下的浑圆巨型珍珠，在愤恨的视网膜上录刻米耶雷斯定制的衬衣领口，这时我看见他的头（如果他是十八世纪的恶鲨野心家，断头台便会遭遇棘手的难题：他没有脖子），蓦然间入画仿佛葛饰北斋的满月呈现夏日里惊人的橘黄，你一开始以为是灯笼然后觉得是月亮最后确信是一盏猝然亮起的街灯而后知道那其实就是加勒比的月亮而不是一颗成熟的热带果实，无形中悬空为牛顿带来困惑。他那张肥胖闪亮，胡须刮得一干二净的脸几乎在微笑，同时一双浅色的欧洲人的眼睛看着我，毫不掩饰的商业目光把他从可怜的移民变成了商界大鳄（大恶？），还有他的嘴，他没有血色的精致嘴唇，他昂贵的牙齿，他遍尝美味的舌头都在颤动着温柔地对我说：您明白吗？

我本想对他说我不仅会描数字还会把数字加起来，但我没张开嘴却开了门，门上的玻璃上写着“进勿请非”。十。不，没那么多。五，三，三分钟之前我就在这外面，

① 原文为拉丁文 terra firma，意为“陆地，坚实的土地”；意大利文 terra nera，意为“（古时用作绘画颜料的）黑土”。

在前厅就是我现在回来的地方，因为再说什么做什么都没用只能说“再见”不是“一会儿见”然后离开在身后不声不响地关上门回到我的画桌。（回到我的那些“小海报”，就像阿塞尼奥·库埃说的，用他阴阳怪气的声音。）那时候，在这之前，我还想他不会见我，正想着就听见西西或茜茜或嘻嘻对我说：“索劳恩先生马上见您，力波特。”我告诉嘻嘻或茜茜或西西，“应该是公民马克西米利亚诺·罗伯斯庇尔·力波特”，但她没听懂。这就是我人生的写照：一辈子都在把自己有限的弹药浪费在无限的礼炮上。[①]我本来可以自报家门，就像以前常干的那样——虽然她一样听不懂或者根本没听，自称詹巴蒂斯塔·博多尼·力波托或威廉·卡斯隆·李波特或西尔维奥·格里弗·迪·波隆那。[②]我现在不是天才的字体设计师也不是著名的流行音乐家（塞尔希奥·克鲁帕或者恰诺波索·力波[③]），不过就是个显眼的革命者，一个为自己维权的乡下人。那个对上谄媚而对我倨傲的声音居高临下问道“您说什么？”，而我在想索劳恩先生明知道我是来

---

① 西班牙语谚语：“火药用在礼炮上”，形容无用之举。

② 詹巴蒂斯塔·博多尼（Giambattista Bodoni，1740—1813），意大利字体设计师，Bodoni 字体的设计者；威廉·卡斯隆（William Caslon，1692—1766），英国铸字工和字体设计师，Caslon 字体的设计者；弗朗西斯科·格里弗（Francesco Griffo，1450—1518），即弗朗西斯科·达·波隆那（Francesco da Bologna），意大利刻字工匠和字体设计师。

③ 基恩·克鲁帕（Gene Krupa，1909—1973），美国爵士鼓手和演员；恰诺·波索（Chano Pozo，1915—1948），古巴打击乐手和作曲家。

申请工资的技术性调升，还慨然允许我进城堡觐见并单独接待，唯一的原因只能是因为昨天的事，就回答："没什么。"

一个多月前我曾试图让广告业工会为我争取涨点工资结果一无所获，换成印艺工会也一样，因为我不是工人。也不算艺术家或工匠。我属于专业人士（此处是否要大写加粗，用 Stymie Bold 字体，磅值 90？）我藏身在这片无人地带，这个坑里，此坑名为我的二十世纪职业：不是艺术家不是技工不是工匠不是工人不是科学家不是流氓无产者也不是妓女：一个四不像，一个杂交产物，一个怪胎，一只大山生下的小老鼠，parturiunt montes（就像你，西尔维斯特雷，会用东方省口音的拉丁文说）nascetur ridiculus mus.[①]一个做广告的，哈。现在，今天，从一星期前，就开始自行奔走，就好像全凭运气一头扎进冷漠或敌对的大海，就像另一个海难幸存者的漂流瓶。因为我，乘着异性恋的小舟，也在随波逐流。

然后就上演了高空秋千[②]的节目。从上午，昨天上午，我一直看见有个阴暗肮脏浑身补丁的男人在等候室。他不抽烟也不和其他一直在等待的人说话，也没带文件夹，书包或公文包。会不会是一个无政府主义者，一个绝

① 拉丁文，意为"大山临盆，生下可笑的老鼠"。

② 戏仿美国流行歌曲《高空秋千上的勇敢年轻人》（The Daring Young Man on the Flying Trapeze）。

望的巴枯宁[1]晚期读者，（更有甚者）还带着炸弹，一个克里奥约刺客？我心里把这三重问题问了三次。我看见他进去，午餐时间待在那里，中午和下午我又看见了他，到我要走的时候，他也直起六英尺高的身躯，和我一起下去。就在这时候，参议员索劳恩先生，主宰者，管理者，天生的领袖驾到。他跳下车——肥胖、矮小却敏捷，身穿百分百斜纹布白衬衫头戴巴拿马草帽——严严实实地卡在秃顶上。一阵开场鼓声。就差有个声音在宣告，“女士们先生们！索劳恩参议员驾到，正在上楼梯。无绳保护，女士们先生们！无绳保护！请保持安静，丁点儿响动都会危及生命。”那男人和我同时看见了但我确定我们的想法不一样。男人肩耸得更厉害，头压得更低没有直视正在上楼的大索劳恩，将将要伸出手去，在这一姿势，或者说是在这一乞求姿势的空缺里，体现了行乞的形而上学。

——索劳恩先生——那男人的声音压得很低，在这重大时刻的沉寂中才能勉强听见，而我们，他和我都是这一时刻无言的见证者。而索劳恩，从头到脚扫了他一眼，我人生中直到那一刻才懂得并不需要比对方个子高才能从头到脚地俯视一个人。登场鼓声停止，取而代之的是一声咆哮——不是狮子，是索劳恩在说话。

——好～哇，您竟然拦住我上楼梯！

---

① 巴枯宁（Mikhail Bakunin，1814—1876），俄国无政府主义代表人物，著有《国家制度和无政府状态》。

不需要他再多说什么，因为来访者，求告者，专业诈骗犯都消失了，现在只剩下一个可怜的男人，畏缩不安，沦为嘲弄的对象，最终的笑柄。我想笑，想鼓掌，想抗议但我什么都没做，因为我看着那场景着了迷。或许是恐惧不是着迷？索劳恩看到了我又对那男人说：

——有事找我秘书说——然后继续上楼梯，但这时候的他已经变成一个普通的男人以日常的步伐走上平常的楼梯。是我，不是楼梯上的入侵者，听取了忠告，现在西西或茜茜也可能是何塞菲娜·马丁内斯为我降下吊桥我得以越过护城壕就像平生第一次蒙允入城堡觐见的乡巴佬似的手足无措。

——请进，请进——比里亚托·索劳恩对我说，百忙中尽可能展示出十足的礼貌，毕竟在说话的同时他还在做一些重要，至关重要的事：为妻子购物签支票，跟那个女孩在电话里再聊几句，点起这根“丘吉尔”雪茄（他的富有允许他，在隐喻的意义上，一小时干掉一位英国首相）为午后带来醇香。

——能为您做点什么，小伙子？

我看着他差点对他说，能让我活下去，或者死也行。我实际说的是：

——那个，您知道的，说实话，我遇上了困难……

——请说，请说。

——我挣的钱太少了。

——什么！我们不是六个月前就给您涨工资了吗？

——对，没错。是我结婚的时候，但是……

——请说，请说。

他仿佛在说，请别说了，但他如此智慧地摆弄这两个字，重复这两个字，我屈服了。

——呃，我就要有孩子了。

——哈好家伙。一个儿子——我本可以纠正下：或者一个女儿，也可能是个双性人。但说话的人是他：——这可是大事。您想好了吗？

我确实没想过，谈不上想好还是想坏。问题是孩子不是想出来的也不是感觉或者看出来的。他们说出现就出现了。就好像拼写错误。妈的，排版给我排出个孩子来。我应该来个体外排出。

——没有，如果说想的话，我没想过。

——哎力波特啊，事关孩子你应该想想啊。

后代是一个头脑问题，达·芬奇会这么说。我懂了。下回我一定坐在桌子后面，一只手托住下巴，就像诺贝尔在他所有的肖像里的姿势，在门上钉一张告示。“请勿打扰。本人正在设计一个八磅重的美丽男婴。”

——您说得对——我卑躬屈膝地说，——应该好好设计，好好想。

此刻主人就可以展现出与农奴·隶剥忒和解的姿态。

——这样吧——他说。——看看我能为您做些什么？

我什么也没说，在那一刻。我没想到我的请求会变成回答。我来是提问的，还经过事先演练。陆地能为海难者做些什么？这就是现在我心里的全部想法。让我上岸？伸出岬角拉我一把？把我遗忘在地平线后面？我决定求最容易的。或许是最困难的？

——我希望，如果可以的话，帮我一个忙，您，是否能，嗯，让我上岸，我是说给我涨钱。如果可能的话，当然。

我以精确的语法结构在卡斯蒂利亚语中营造出尊敬和等级感以及必要的间离效果。一切为了引发怜悯，无论出于公心私心。但没有答复。没有立刻答复。这就是大人物的秘密。小号的大人物也一样。他们清楚所有东西的价格和价值，甚至包括言语。也清楚沉默的价值，就像音乐家。清楚姿势的价值，就像演员或佛家大师。索劳恩，就像在主持一场宗教仪式，从内袋里掏出猪皮眼镜盒，缓慢而小心地取出他的双焦眼镜。从容不迫地戴上。看了我一眼，看了一眼桌布上的空白方块（或者空白的是眼神？），镇静地从不必要的墨水瓶里掏出一支无用处的钢笔，因为黑色的墨水瓶和钢笔，就像版画，珍珠，雪茄盒，邮袋和裁纸刀一样，都是摆饰。他成功地在那一刻制造出沉默。本可以，我本可以听见世上造物的一切声响，但听见的只是空调制冷的蜂鸣，毛利羽毛笔在白纸上刺青的微响，在午后的肠道中消化气体的风卷云涌。斯芬克·暴斯开口了。

——您挣多少？

——每星期二十五比索。

又是一阵沉默，我感觉这会是最终的沉默。这一回轮到了嗅觉，但几乎只能闻到蓝色手帕上娇兰香水微弱的商业气息，仿佛剪裁的地平线从胸前口袋的海岸稍上方逸出。我相信就在那一刻，出于隐喻性的好感，我开始凝神打量那幅将地图制版、异国风情和娘里娘气集于一身的印刷品杰作。此刻他的手（精心修饰的结晶，相比之下我的手简直就是粗制滥造的怪胎，无名艺术家的手完美刻录下这一出浪漫悲剧场景，有朝一日将成为寓言，而那只手已化作灰尘和遗忘，面对这修剪齐整的手，只是一只手的非实存概念）怪诞地紧握这钢笔仿佛一柄商业之剑，以凭空的虚假的精确上下舞动。要不是一开始忙于观看与海景冥想，我当时应该能听见做加法的声响，因为我的听力和视力一样好。实际上，如果再谦虚一点儿，我都能执导《天堂可以等待》就没刘别谦[①]什么事了。一阵可见的声音运动把我从幻想中拉了出来，这幻想堪比正牌（或盗版的）牾斯忒罗斐冬。

比里亚托·索劳恩·伊·苏卢埃塔，共和国终身参议员，商界巨鳄，巴斯克中心和店员中心荣誉主席，哈瓦那赛艇俱乐部及乡村俱乐部创始董事，帕勒林伯特公司第一大股东及索腊慈广告有限公司总经理，在哈瓦那社交黄页上占了满满一页（和他的儿子们，女儿们，儿媳们，女婿

① 恩斯特·刘别谦（Ernst Lubitsch，1892—1947），德裔美国演员和导演，曾执导《天堂可以等待》（*Heaven Can Wait*，1943）。

们和孙子们和侄子们和侄孙们，图文并茂地配上了全家福照片）的主角，终于再度开口，一锤定音：

——每星期二十五？天哪，力波特，这可是一百比索一个月啊。

敲门前我看了看自己的手：每片指甲上都有一弯黑月牙。我又走下台阶。已经是第二次。上一次我看见鞋里都是泥就下去到街上清理。结果证明是个糟糕的主意。左脚的鞋差点掉了跟儿我不得不像精神病似的在人行道上一个劲儿跺脚。我没能弄紧鞋跟，但却成功地让一个遛狗的老太太停下来，从马路对面盯着我看。“我就是古巴的弗雷德·阿斯泰尔！”[①]我冲她喊了一句，但她仿佛没听见的样子——狗倒是嗷嗷叫着回应仿佛另一个疯子在那段安宁的街道上。然后我在下面找来找去还真找到了一根小棍，捡起来认真把指甲弄干净。我又走上大理石楼梯，一步一顿，仔细打量整洁的花园，赞叹石制的白色立面。等到了上头我又想最好改天再来，但手已经攥紧了门环，再说还能再来么？我今天都快没力气了。

我敲了下门。我本想轻轻地敲，小心地敲，但门环脱了手好像一声枪响：那是一大坨，沉甸甸的金属。没人来。我还是走人的好。我又敲，这一回两下，轻柔了些。

---

① 弗雷德·阿斯泰尔（Fred Astaire，1899—1987），美国电影演员，舞蹈家，曾出演多部歌舞片。

我感觉有人来了，但门半天才开。开门的是个穿制服的家伙。

——你要干吗——他问我，好像在说我多余敲了三次，然后又补上一句，口气中无疑蔑视多过好意：——说你呢？

我开始在几个兜里到处找那张纸。没找到。我掏出一张转账单和口才及播音老师埃德尔米洛·圣胡安的地址还有我母亲最近的一封信，没有信封，皱巴巴的。我把那张纸塞哪儿去了？那男人等着，看上去不像很有耐心随时可能把门摔在我脸上。我终于找到了递给他，他接过去那表情好像怕被传染似的。他肯定觉得到此为止了。我告诉他是给谁的我等着回复。

——在这儿等——他说完关上了门。我仔细端详那门环。是截下来的一只金狮爪，长长的金爪子紧握着一个金球。估计是从旧金山进口的。我听见几个孩子在那边玩闹，呼喊彼此的名字。在公园的树上有一只鸟嘀呀嘀啦嘀呀嘀啦聒噪着。看起来下午要下雨，但天气并不热。门又开了。

——请进——那人说，很不情愿。

我进门首先闻到一种味道，很香，像是吃的。我想，会不会请我吃午饭呢。我至少已经三天只喝牛奶咖啡偶尔才有面包蘸点油。我看见对面有个年轻人（我进来的时候在我这一边，但我转了身）一脸疲倦，头发蓬乱眼神黯淡。他衣衫不整，衬衣很脏领带没系好松松垮垮领子没扣上也没有扣子。他胡子没刮，嘴两边垂下的髭须打了蔫也没梳理。我伸出手去握手，同时微微低下头，他也做同样的动作。我看见他微笑感觉自己也在微笑——我们两个同时明白过来：那是面镜子。

那家伙（什么身份：管家，秘书，保镖？）还在走廊一头等我。看起来有些不耐烦或者无聊。

——先生说请您坐下——他说着指给我左边敞开的一扇门，只有从那儿能逃离这客厅的黑暗。我隐约感觉这里有插假花的花瓶，蓬松的沙发、桌子上摆着杂志。敞开的门通向另一个厅，亮堂堂的。（从这个黑暗的客厅看过去，给我的印象那边很明亮。）我进去。我看见光线从窗户透进来：两扇巨大的落地窗洞开着。有一张装饰复杂的马尼拉藤艺草编沙发，一把棕色皮椅和一把维也纳扶手椅，还有一张名贵木材做的写字台和一台我猜是斯皮耐琴或巴洛克古钢琴。四面墙上挂着一些画，画框极尽奢华。我没看出画的主题或色彩因为光线太强在漆面上反射让人看不清楚。我估计还有其他家具，以为自己进了古董店，但还没坐下就有三件事同时发生或者一件紧挨一件。我听见一声紧促的颤响，然后雷鸣似的一声掌击，听见一声枪响并看见一只手一只穿着制服的胳膊关上了门。

我坐下，以为有人在外面叫门，刚觉得舒服一点（我才发觉自己真是累了，几乎累到恶心）就看见了小天使。那是个巴卡拉水晶或素瓷或硬胎瓷雕像，底座也是同样材质——也许是石膏。那是个健壮的天使，头上身后都带着光环。一只手捧着一本打开的书，左脚踩在石头上而右脚在底座，应该是代表大地，另一只手高举向天。最吸引我的是那本杏仁糖颜色的小书（小雕像是彩色的），好像杏仁糖糕，仿佛可以食用。我如此之饿（早上只在街角喝了杯黑咖啡）险些把小书吃下去，如果天使肯给我的话。我决心不去想它。

其实不用下决心我也不会再想，因为这时门开了出现一个姑娘，一个非常年轻的女人，看了我一眼毫不吃惊。她从头到脚都湿着，不仅如此，黏在头上和脸颊上的黑发还在滴水，直流到手臂和双腿。她有张颧骨宽而突出的脸，方下巴，美人沟，嘴大而厚，鼻子宽鼻梁高，眼睛又大又黑，睫毛眉毛还更黑。她本来很美，就是额头太高太鼓太男性化。她伸出舌头来舔水或者是在努劲儿去系上身穿的黄色比基尼。一根肩带松了夹在右腋下，左手在身后按着。她中等个子，大腿丰隆。人晒得很黑，虽然也从未白过。她又看了一眼，下颌紧贴在胸前，好像在用颌骨夹着一条想象中的毛巾。

——看见假夫列尔了吗？——她问我但应该只看到了我的惊讶，因为她转了半个圈没等我回答就走了，敞着门。我看见她最后还是脱了胸罩。她的背脊修长，黝黑闪亮，一道肉体的深沟下延没入三角裤。我站起来关上门。关上之前我听见又一声敲门，又一声枪响。

我还没坐下，门又开了。我刚想这又是个不速之客，但不是，我终于意识到：是他。他手里拿着我的纸片。看了我一眼或者试图看我，因为我正站在他和敞开的窗户之间。他没打招呼，却举起手里的纸片。

——这，这是您，您的——这不是表态也不是提问，让我惊奇的并非他平庸的腔调或口吃（没想到：我以为会是另一种声音，或许更具权威性或更有男人味儿——关于他有那么多故事听起来都像是传奇或流言）并非他向我走过来举着那张纸仿佛那是张调查清单以及他没有用“你”称呼我（这里其他人都那样做）或者是他的无礼：让我惊呆的是他左手里拿着一支乌黑的长手枪。他走到我面前，我想伸出手去跟他握手，但哪只手？他一直走到窗边关上窗户：把孩子的吵闹，鸟儿的叽喳和光线——把整个下午都挡在了外面。然后他在对面坐下。他发觉我并没看他，是他手里的武器吸引了我。

——我在打靶——他说，等于什么也没解释。他不年轻，也不老：他有种沧桑感。我从来没见过他真人：只在电视上，偶尔看见，看他一个接一个地吃热狗，同时报出香肠的牌子。那是很久以前的事，现在他是名人，巨头，政治领袖。看来那些热狗他真吃下去了，因为他很胖，胖得不太体面。他穿着白色套衫天蓝色短裤和奇特的海蓝色藤底布鞋。戴着眼镜留着蓬乱的小胡子（“英国式的”，报纸上这么描写）头发比电视上更卷颜色更浅。他好像格劳乔·马克斯[①]，但看起来明显有黑人血统。“像俄国人，”有人对我说过。“一个黑白混血的俄国人。”他的眼睛很小眯缝着，也有狡诈在里面。

——这么说你是玛丽亚的儿子——他现在说话了，但没表露什么。

——大家是这么说的——我说，微笑着。他没笑。

——你想要点什么。

——对——我回答。——我想要指引。

——什么？——这是他第一次提问。我正要回答就听见从我嘴里冒出一股音乐：强劲，无法控制，充满节奏。那是首摇滚，来自房子的某处，就在我座椅下面，我感觉。而他不用去找音乐的源头：他再清楚不过。他朝门那边冲过去。他用右手开门（我心想他把纸片放哪儿去了）喊了一声，用拿着手枪的那只手比比画画，喊声压过从门里涌进来的音乐，那乐声把所有的空气都挤压到房间尽头：

——麦卡！

音乐继续摇摆，节奏粗暴。

——麦卡！

我感觉听到有人声从电吉他、发情的萨克斯和西语翻版的“猫王”嚎叫中飘出来。

---

① 格劳乔·马克斯（Groucho Marx，1890—1977），美国著名喜剧演员，“马克斯兄弟”之一。

——麦卡雷娜妈的！

音乐声低了下去变成小心翼翼的背景在衬托那个甜美无辜的声音。

——怎么了老爹？

一听她说老爹[①]我就知道他不是她父亲。

——那个——他说。

——哪个？——她说。

——音乐。

——音乐怎么啦？你不喜欢啊？

——喜欢亲爱的，但是别太大声，普力～斯。

——已经小小声啦——她说，声音一直在家里某处飘荡。

——好的——他说，关上了门。

他重新坐下重新看着我。这一次我发现他的眼神有些奇怪。不是奇怪，是可疑。我试着让他想起我被音乐打断的履历。

——对就这样：我需要引导。

——但哪种引导——他说，声音又变得阴沉，干瘪。

——我不知道。不知道，真的，我该怎么活。我没法继续待在乡下。在那儿谁都没有前途。

——那你要干什么。

——我也想知道。我希望您能帮我。我希望学习。

---

① “老爹”(Pipo)在哈瓦那也用来称呼男友。

他没怎么迟疑。

——在哪儿学。学校到处都是。你想学什么。

——戏剧。

——当演员，你么？

——不，我想写剧本，踢维 。

我就是这么说的，“踢”（T），“维”（V）。我摇摆着幻想的指针，在荒唐和饥饿之间。

——但你知道这种生活什么样吗。是个大染缸。不适合你这样的乡下小伙子。

——说来您可能不信，我见过世面。我也写过东西。

我应该告诉他我说的世面就是从我们村到哈瓦那，我的动力到此为止，我写过一本十四行诗集和几个短篇。但我没说，饥饿阻止了我：我一直忍到现在，在正午的热浪中一度忘记了饥饿，而这个紧闭的房间里越来越热。我又看了一眼天使就更饿了。如果杏仁糖糕的书真能吃，如果那不是书皮而是酥皮。我面对面看着天使。他好像要把打开的书给我。然后我再看他我觉得看见了他的微笑。饥饿也是祝福吗？

——这，这样——他说，我吃惊他两个字也会结巴。他跟我聊了半天都很正常。我意识到他在用“你”称呼我，不是因为他现在开始用“你”而是因为他腔调的变化。

——对。您看了那张纸吧？用诗体写的。

实际上他没看也没听。

——你觉得怎么样？——他问我一个问题。

——什么怎么样？——我一头雾水，猜他在说诗歌。

他头一次露出笑容。

——她。

——谁？

——麦卡雷娜。

他问我那个姑娘：那个上面放摇滚的和在院子游泳池里洗澡还找某个加夫列尔（应该是穿制服的家伙）的是同一个。我差点问是不是他女儿，出于好奇，看他怎么说。他没等我问。

——她真的不错。

我不知道说什么就尽量简洁。

——当然。

——你喜欢吗？

——她？我？

不是我是谁？但我总得说点什么。我很羞愧自己就说了这个。

——当然，就是你。我非常喜欢，当然了。

——我，我不知道。我没看清楚，没怎么看。

——但她就在这儿，跟你说话来着。

——不，她过来，打开门，问一个什么加夫列尔就走了也没关门——我加了一句，可笑得要死，但笑死总比饿死好：——还滴答着水。

但他很认真：

——对，弄得整个屋子都是水，楼梯还有楼上。

好像要沉浸在水力学沉思中，但马上又回到那个话题。

——好吧，你喜欢还是不喜欢。

——可能吧——我说，有点害羞。我是乡下来的。

他站起来。有些烦躁。

——好吧，我们说完。你想要什，什么？

——人生中的帮助——我感觉自己太戏剧化。——在乡下就像是被关起来。我不能那样继续下去了。但在这里，我没钱，一整天只靠一杯咖啡。如果没人帮我我只能自杀，因为乡下我是不回去了。

——你的名字是安东尼奥。

我想他是在问我。

——不，阿塞尼奥。

——不，我说你真正的名字是安东尼奥，你是圣安东尼奥。

——我没听懂。为什么？

——你会懂的。你想要帮助。

——对——我说。

——好，我这就给你——他说着抬起手枪瞄准我。距离不到两米。他开了枪。我感觉胸前挨了一击肩头一撞心口被狠狠踢了一脚。然后我听见三声枪响就像是敲门声。我浑身瘫软朝前摔倒，什么也看不见，我的头猛地撞上地面一口井的井栏，朝里面栽了进去。

当她唱起波丽露

我认识“星星雷亚”的时候她还叫埃斯特雷亚·罗德里格斯，还没出名，没人想到她会死就算死了认识她的人里也没人会哭。我是摄影师，我那时候的工作就是为歌手和刷夜的各路神仙显影，我总在那些酒吧和夜总会游荡，拍片子。我整夜干这个，整个夜晚整个凌晨外加整个早上。有时候没事可干，在报社交了差，早上三四点钟，我常去“山区”或者“拉斯维加斯”或者国民饭店，和一个主持人朋友聊天或者看伴唱伴舞的姑娘或者听那些女歌手唱歌，用烟雾和空调的浊气和酒精来毒害自己。我就是这样，没人来改变我，因为时间过去人变老，日子过去变成日期年月过去变成年历而我还是这样，一天天泡在夜里，把黑夜泡进一杯加冰的酒里，或者印在一张底片或者记忆里。

在这些夜晚中的一个，我到“拉斯维加斯”遇见了所有那些人，像我一样没人去改变他们，一个藏在黑暗中的声音对我说，摄影家，坐这儿喝一杯，我请客，那不是别人，正是维克托·佩拉。维克托有家杂志专门推出半裸的姑娘，标题都是这种：一位星路在望的模特或者塔尼娅·

某某或者古巴的 BB 而且是芭铎[①]长得像她之类，我真不知道怎么想出来的因为脑袋里得有一座屎工厂才能产出这些话来形容昨天还什么都不是的保姆或女佣人或穆腊亚街的打工女今天就要押上自己的一切来搏出位。您看，我说话已经跟他们一样了。但是出于某种神秘的原因（如果我是个八卦专栏作者就会把“神秘”注音拼成 $henmi）维克托已经倒了霉，所以我很惊讶他还有这么好的心情。不，我真正惊讶的是他还逍遥在外，我就对自己说，这坨屎还在漂，也对他说了。好吧，我对他说的是，西班牙佬，你真是个西班牙软木塞[②]，他哈哈大笑回答我，没错，不过我得有个铅坠钉在里面，因为我的船快翻了。我们开始聊天他告诉我很多事，他告诉我几乎他所有的倒霉事，不过我不打算在这儿重复因为他告诉是信任我而我是个男人不会到处学舌。再说了，维克托的问题是他的问题，如果他解决了自然很好，如果解决不了，那么古德儿拜，维克托·佩拉。关键在于我听烦了他讲自己的倒霉事还歪着脸而我也没兴趣看一张丑嘴，就换了话题，我们开始聊别的，比如——聊女人什么的，突然他对我说，让你认识一下伊蕾娜然后不知道从哪儿变出一个金发小姑娘，很美，长得好像玛丽莲·梦露如果梦露被粗野的印第安人抓住又被他们费力变小不只是头还有身子及其

---

① 碧姬·芭铎(Brigitte Bardot，1934—　)，法国女星，昵称 BB，二十世纪五六十年代的性感偶像。

② 俗语“就像水上漂的软木塞”，指逢凶化吉，从变化或逆境中获益。

他所有地方，我说其他所有地方的意思就是其他所有地方。他就这样拽着一只手拽出伊蕾娜好像从黑暗之海里钓出来的，跟我说，其实是跟她说，伊蕾娜我让你认识一下全世界最好的摄影家，但他的意思是想说我在《世界》报社工作，金发姑娘笑了，有意张开嘴唇露出牙齿仿佛掀开衣服露出大腿她有一口我在黑暗里见过的最美的牙齿：发育良好，整齐，完美的牙齿像大腿一样性感，我们开始聊天而她时时刻刻展示她的牙齿毫无羞涩而我太喜欢她的牙齿差点请求让我摸一摸，我们找了张桌子坐下然后维克托叫侍者来我们开始喝东西，没一会儿我就已经非常微妙地，假装不是故意的，踩上金发姑娘的一只脚，脚小得让我几乎没有感觉，但她当我道歉的时候只是笑，不一会儿又握住她的一只手，这回明显是故意的，小手消失在我的手里我找了差不多一个钟头在欲望的黄斑之间（我以查尔斯·博耶[1]的做派假装那黄斑源自尼古丁而不是显影剂），然后，等我找到她的手抚摸起来并没向她道歉，一直叫她伊蕾妮塔这个名字更适合她，我们就接吻，这时候我发现，维克托已经起身走了他很有分寸，我们就在那儿待了一阵互相抚摸，紧紧相拥，沉没在黑暗里亲吻，忘掉一切，忘记了演出已经结束，乐队演奏给客人伴舞，大家跳啊跳啊跳累了，乐手们收起乐器走人只剩下我们在那

① 查尔斯·博耶(Charles Boyer，1899—1978)，法裔美国电影演员，四次获得奥斯卡最佳男主角提名，代表作有《煤气灯下》等。

儿，现在是彻底的黑暗，不是“古巴”·维内嘉丝唱的“模糊的阴影”，而是彻底的阴影，在五十，一百，一百五十米光表层以下的黑暗里游动，湿漉漉的，我们接吻，被世界遗忘，亲吻接吻激吻，忘掉我们自己，没有身体，只剩下嘴巴和牙齿和舌头，迷失在亲吻的唾液里，无声，沉寂，湿润的吻，全是唾液的气味当时却毫无感觉，吻到肿胀，我们接吻，接吻，来吧，离开世界，遨游天外。突然间我们就要离开。就在那时候我第一次看见她。

她是个巨大的黑白混血女人，肥肥胖胖，手臂就像大腿而大腿好像两根柱子支撑着她大水罐似的身体。我跟伊蕾妮塔说，我问伊蕾妮塔，我说，这个胖子是谁，这个女人好像完全掌控了“小加场”——我现在得解释下什么是“小加场”。“小加场”就是一帮人聚在一块儿在吧台即兴表演，挨着投币唱机，在最后一场演出结束以后还不走拒绝承认外面已经是白天这个时候所有人都已经开始上班或者在上班的路上，所有人除了这些人，他们沉浸在夜里遨游在随便哪个黑窟窿里（哪怕是人工的黑夜），在这个夜海蛙人的世界里。这时候胖女人就是“小加场”的中心，穿一件廉价的套装，衣料是种胆怯的咖啡色很容易跟她的巧克力肤色混淆，脚下一双同样不上档次的旧凉鞋，手里拿着杯子，随着音乐节拍扭动，扭动胯部，扭动整个身体，扭得很漂亮，并不淫秽而是很性感，漂亮地伴着旋律摆动，歌声从她饱满的嘴唇，肥厚的紫褐嘴唇哼出来，伴着旋律，伴着旋律晃着杯子，很有节奏，很美，很艺术，整个效果是一种非常不同，非常可怕，非常新奇的美，我后悔没带相机来拍下这头跳芭蕾的大象，这头踮脚尖的河马，这座被音乐带动的大厦，我对伊蕾娜说，当我还没开口问她名字，我正要问她名字，在我问她名字的时候插进一句，这是生命的野蛮之美，她自然没听见我说话，或者听见了也没听懂，我对她说，我问她，这是谁，告诉我。她用一种让人很不舒服的声调回答，这是唱歌的海龟，唯一会唱波丽露的乌龟，然后笑了，这时候维克托从黑暗那边来到我这边在耳侧低声说，当心，这是大白鲸莫比敌的表妹，大～黑～鲸，我很高兴自己刚喝了几杯，因为能趁机抓住维克托百分百斜纹布的手臂告诉他，狗屎西班牙佬，你是个狗屎歧视者，你是个狗屎种族主义者，混蛋：你是个混蛋，他对我说，我不跟你计较因为你醉了，只跟我说了这句，就像穿过帘子一样消失在黑暗深处。我走过去问她叫什么，她说，“星星雷亚”，我对她说，不，不，您的名字，她对我说，“星星雷亚”，我就是“星星雷亚”，孩子，然后爆出一阵男中音的深沉大笑或者叫作女版的男低音但听起来像男中音，女低音或类似的东西，她笑着告诉我，我叫埃斯特雷亚，埃斯特雷亚·罗德里格斯为您效劳，我告诉自己，这是个黑人，百分百的黑人，彻头彻脚的黑人，我们开始聊天，我想这会是个多无聊的国家如果没有拉斯卡萨斯神甫[①]我对他说，我赞美你，神甫，为了你当年从非洲拉来黑人当奴隶替代被奴役的印第安人虽然他们反正是要完蛋的，我对他说，神甫我赞美你，你拯救了这个国家，我又对埃斯特雷亚，对“星星雷亚”说我爱您，她大笑着对我说，你真喝醉了，我抗议而她打断我，你醉得像个混球儿她对我说，我对她说，您是位女士女士不能说脏话，她对我说，我不是什么女士，我是个艺术家妈的，我打断她对她说，您是“星星”，我开玩笑对她说而她又对我说，你喝醉了我对她说，我就像个酒瓶子，我对她说，里面装满了酒，但没醉，我问她，酒瓶子醉了吗，她说，没有，当然没醉，她又笑了，我就对她说，胜过一切一切，我爱“星星雷亚”，我喜欢您胜过一切东西，“星星雷亚”胜过过山车，胜过海上飞机，胜过旋转木马，她又大笑起来，一阵摇摆最后用她无限的大手拍了一下她无边的大腿发出啪的一声在墙壁间回响仿佛上午九点钟的要塞鸣炮在这家酒吧上演，这时她问我，是热……我对她说，是热情是疯狂也是爱，她对我说，不，不，我想问是不是我热～辣的卷发，说着举双手摸头指自己的头发，我告诉她，我爱您的全部，一瞬间她看起来好像世界上最幸福的人儿。这时候我向“星星雷亚”提出了最伟大，最空前绝后，最不可思

---

① 拉斯卡萨斯神甫（Bartolomé de las Casas，1484—1566），西班牙多明我会修士，著有《西印度毁灭纪略》等，致力于维护印第安人的福祉。早年曾提议以非洲黑奴替代印第安人从事劳役，后得悉真相后深表懊悔。

议的建议。我凑过去用非常低的声音，在耳边，对她说，“星星雷亚”我有个没节操的建议，我对她说，“星星雷亚”我们一起去喝一杯，她对我说，非～常～乐～意，一口喝了，喝了手里那杯，两步恰恰恰扭到柜台边跟调酒师说，嗨大娃娃，我那个，我问她，那个是哪个，她回答，不，不是那个，是**我那个**，我那个不是那个，她笑了说，我那个是“星星雷亚”点的其他人都不能点，你知道了吧，她又一阵大笑引得两只巨大的乳房好像一辆旧卡车的挡泥板在引擎的震颤中晃动。

这时候一只小手抓住我的胳膊，是伊蕾妮塔。你打算一整夜，她问我，跟这个肥女一起吗，我没回答她又问我，你就跟肥女一起吗，我告诉她，对，就说了这一个字，她没再说话但用指甲狠狠掐我这时候“星星雷亚”大笑起来，高高在上，充满自信，拉住我的手对我说，让她走吧，小母猫就该在屋顶，又对伊蕾妮塔说，小女孩，去吧，坐到椅子上，所有人都笑了，连伊蕾妮塔也笑了，她笑是因为不能不笑，不能出丑，露出缺的两颗牙就在上面的犬牙后面一笑就露出来。

在“小加场”总是一场表演完了又一场，现在就有个姑娘伴着点唱机的节奏跳伦巴，她停下来跟经过的服务员说，伙计，打开灯光我们嗨一把，服务员过去拔插销拔了一次又拔一次又一次，他一关点唱机音乐就断一回，伦巴姑娘就停住踩出几个奇特、悠长的舞步，带动整个惊人的身体，伸长的大腿颜色好像乌贼，又像土地，又像巧克力，又像烟草，又像蔗糖，褐糖，又像肉桂，又像咖啡，像牛奶咖啡，又像蜂蜜，因汗水发光，因舞步紧致光润，那一瞬间裙子撩起来露出膝盖浑圆光滑像乌贼像肉桂像烟草像咖啡像蜂蜜，大腿修长，饱满，完美韧弹，她的脸扭向后面，向上，向一边，另一边，左右，再向后，一直向后，向后拍打后颈，拍打敞露的背脊闪耀烟草色，向前向后，舞动双手，手臂，肩膀，皮肤有一种不可思议的情色，不可思议的性感，永远不可思议，舞动在乳房上面，倾身向前，丰满结实的乳房，明显无拘无束，明显坚挺竖立，明显光滑柔软：伦巴姑娘里面什么也没穿，奥莉娃，她以前叫这个名字，在巴西还这么叫，现在无双无对，无拘无束，自由自在，一张女孩的脸带着可怕的堕落和不可思议的天真，正在发明动作，舞步，伦巴就在我眼前：所有的动作，所有的非洲，所有的雌性，所有的舞蹈，所有的生活，就在我眼前而我却没带该死的相机，在我后面“星星雷亚”看着这一切说，你喜欢，你喜欢，然后从她矮凳的王座上起来这时候伦巴姑娘还没结束，走到唱机那儿，插座那儿，说着，就这些新奇玩意儿，就关了，拔掉，几乎满怀着怒火，嘴里像是吐泡泡似的冒粗话她说，拉倒吧，现在是真正的音乐。然后没有音乐，我是说没有乐队，没有伴奏，她开始唱一首陌生的歌，新歌，从她胸中，从她巨大的乳头，从她酒桶似的肚子，从那怪兽级的身体，险些让我想起歌剧里唱歌的鲸鱼的故事，因为她的歌里有不一样的东西，不是虚伪，甜腻，多愁善感，矫揉造作的情感，没有棉花糖似的愚蠢，商业定制的“菲灵”[1]，而是真正的情感，她出来的声音温柔，滋养，流动，带着油彩，一种胶质的声音流过她整个身体好像她声音的浆液，突然间我浑身一颤。好长时间没有什么东西能这样打动我，我开始笑出声来，因为刚刚记起了这首歌，笑自己，哈哈大笑因为那是《轮转之夜》[2]我想，奥古斯丁你什么也没创造，你什么也没写出来，是这个女人现在创造了你的歌：你明天来听听抄下来重新加上你的名字：《轮转之夜》诞生于今夜。

“星星雷亚”还在唱。好像永不疲倦。有人请她唱时兴的《帕蕾卡》而她，停下，一脚前一脚后，手臂的滚滚赘肉之下是胯部的滚滚巨浪，她抬脚敲打地面，一下又一下，凉鞋就像一只小艇淹没在她大腿的滚滚汪洋里，她扬起汗津津的脸，野蛮动物的凸嘴，没毛野猪的嘴，嘴毛间汗水嘀嗒，把整张脸的丑陋挺向前方，眼睛显得更小，更邪恶，更深藏在眉毛下面，其实不存在眉毛只有两道帽檐似的脂肪，用更深的巧克力色勾出眉线，她整张脸冲在无边的身体前方，她回答，“星星雷亚”只唱波丽露，她又说，甜蜜的歌，有感情的，从心直接到嘴唇从嘴直接到你耳朵，孩子，你明白了没，然后开始唱，《我们》，英年早

---

① “菲灵”(feeling)，二十世纪五十年代末在古巴流行的一种波丽露风格。

② 《轮转之夜》是墨西哥音乐家奥古斯丁(Agustín Lara，1897—1970)创作的波丽露舞曲。

逝的小佩德罗·红格[①]的歌，把他唉声叹气的歌唱成一首真正的歌，一首活力充沛的歌，充满了强劲的真正的怀念。“星星雷亚”还唱了更多，唱到早上八点，我们都不知道已经早上八点直到服务员开始收拾东西，其中一个，那个收银员说，不好意思，家人们，他说的是真的，家人们，不是就那么一说，说家人其实是别的意思，他真的是说家人，他说：家人们，我们得打烊啦。但之前，不久之前，在那之前，一个吉他手，很好的吉他手，一个小瘦子，干瘦，一个朴实而高尚的黑白混血，他没有工作因为他非常谦虚非常纯朴非常善良，但是个了不起的吉他手，他知道怎么找出一首流行歌里深处的旋律不管多廉价多商业的歌，他知道怎么钓出吉他深处的情感，在六根弦之间能抓住任何一首歌的根子，任何一个旋律，任何一种节奏，这个缺了一条腿装着木头脚，扣眼里永远别着一支栀子花的家伙，我们都很亲热地开玩笑似的叫他，“尼诺宝贝”，模仿那些弗拉明戈歌手，尼诺·撒皮卡或者尼诺·德乌德雷拉或者尼诺·德帕尔马，“尼诺宝贝”，他说，他请求，让我给你弹首波丽露伴奏，埃斯特雷亚，“星星雷亚”非常高傲地回答，抬手在胸口在她巨大的乳头上拍了两三下，不，小尼诺，她说，“星星雷亚”从来不要伴奏：她自己的音乐都用不完。然后她就唱《糟糕的夜》，

---

① 小佩德罗·红格(Pedro Junco Jr.，1920—1943)，古巴作曲家，波丽露舞曲《我们》的作者，死于结核病。

上演日后著名的“古巴”·维内嘉丝模仿秀，我们都笑得要死，然后唱了《黑夜白天》然后收银员就让我们散了。既然黑夜结束，我们就散了。

“星星雷亚”让我送她回家。她让我等她一下她要去拿东西就去拿了个包裹，我们出去上了我的车是那种小跑车，英国车，她正努力安顿自己，勉强把她的三百磅塞进座位，那地方塞她一条腿都困难，她把包放在中间，对我说，这是别人送我的一双鞋，我看了一眼发现她穷得够呛，我们出发了。她和一对演员一起生活，我是说一个叫阿历克斯·拜尔的演员。那家伙其实不叫这个，叫阿尔贝多·佩雷斯或胡安·加西亚之类，但他给自己起名叫阿历克斯·拜尔，因为阿历克斯是这伙人爱用的名字而拜尔来自拜尔公司，就是造止痛片的，问题是他们并不这么叫这家伙，那些人，比如中央电台咖啡馆的人，他的朋友们不叫他阿历克斯·拜尔按他自己那种发音阿～历克斯，拜～尔，在节目结束的时候，而是叫他，现在也这么叫，叫他阿历克斯·阿司匹林，阿历克斯·特效，阿历克斯·退烧灵之类，全世界都知道他是同性恋，所以他跟个医生住在一起就像真结了婚，去任何地方都一起去，去哪儿都一起一起，她就在他家里，“星星雷亚”，住在他家里，是他们的厨娘，他们的女佣给他们做饭饭铺床床伺候洗澡澡，等等等，她唱歌就是因为乐趣，因为唱歌的纯粹快乐，她唱歌因为爱唱，在“拉斯维加斯”和塞莱斯特酒吧或者尼克咖啡或者随便哪个拉兰坡那一片的咖啡馆或酒吧或夜总会。因为有她在车上，我一早晨得意扬扬虽然出于同样的原因换了别人可能会心情大糟或至少不自在因为拉着个巨大的黑女人在车上，清晨向所有周围的人展示，所有上班工作的人，正工作的，赶路的，挤公车的，充满街道，四处泛滥：大道，公路，街道，小巷，嗡嗡嗡地在建筑间飞来飞去就像不知疲倦的蜂鸟，就这样。我把她一直送到那户人家，她工作的地方，她，"星星雷亚"，是那儿的厨娘，女佣，那个特殊家庭的女仆。我们到了。

是在贝拉多区出来的一条街上，人们还在睡觉，还在做梦还在打呼噜，我换上空挡，慢慢减速，脚松开离合器，看着不安的指针怎样回到静止点，看着自己疲惫的脸映在表盘玻璃上，被黑夜击败，在清晨衰老，就在这时候我感觉她的手放在我大腿上：她把她的五根粗香肠放在我大腿上，她搭配整只火腿的五根萨拉米肠在我大腿上，她的手在我大腿上我看见把我的腿整个捂住我就想，"美女与野兽"，想到美女与野兽我笑了，这时候她对我说，上来，我一个人，阿历克斯和他的床头医生，她对我说的时候笑了她的笑简直能从梦中，梦魇或死亡或其他地方唤醒所有的邻居，她对我说，他们不在：去海边了，过"维看的"（就是周末），上来吧就我们两个，她对我说。我没看出这里面，没看出任何暗示，没有性暗示，什么也没有，但我一样回答，不了，我得走了，我对她说。我得工作，我得睡觉，她什么也没说，只说了句，好吧，就下了车，准确地说，是开始下车的行动，半小时以后我迷迷糊糊听见，她对我说，人已经在人行道上，一只脚在人行道上（气势汹汹地俯身向车上拿她装鞋的包，一只鞋掉了出来那不是女鞋，是男孩穿的旧鞋，她又捡起来）她对我说，你知道吗，我有个儿子，不像是借口，也不是解释，就是简单地说事情，她对我说，你知道吗，他是个傻子，你知道吗，但我更爱他，她说完就走了。

第一次

您会笑的。不您不会笑的。您从不笑。不笑不哭什么也不说。就坐在那儿记录。您知道我丈夫说什么？说您是俄狄浦斯而我是斯芬克斯，可我从不提问因为我已经不在乎答案。现在我只是说，听着要不我吃了你，然后说啊说啊说。我什么都说。甚至我不知道的也说。所以我是一肚子秘密的斯芬克斯。我丈夫这么说的。我丈夫很有学问，我丈夫非常有才，我丈夫非常聪明。他唯一失误的地方在于我在这儿而他在别处，不管在哪儿，我在说您在听而他一回家就坐下看书或吃饭，到他房间里（他称为工作室）听音乐，或者跟我说，换衣服我们去看电影，我就换上衣服我们出门他因为在开车也不说话，顶多动动脑袋或者用一两个字来回应我所有的问题。

您知道我丈夫是作家么？您当然知道，您什么都知道。但您不会知道我丈夫写了一个关于您们的故事。不，您不知道。是个非常精彩的故事。故事说的是一个心理医生挣了大钱，不是因为他的主顾很有钱，而是因为人家给他讲什么梦他就去押什么数。有人告诉他在梦里看见一只池龟在水塘中，他就打电话给下注的人说，潘乔，5 块押数字 6。又有人告诉他在梦里看见一匹马，他就打电话说，潘乔10块押1。还有人告诉他说梦见一头公牛泡在水里，水里全是虾，他就打电话给潘乔说，伙计，5块押16另外加5块押30，试试运气。[①]故事里的这位心理医生，总能押中，因为他的主顾们总能梦见将要揭晓的数字，有一天他中了大奖就不干了，余生过得非常幸福，就在家里玩纵横字谜，而他家是一座沙发形状的宫殿！怎么样？这故事不错吧？但您没有笑。有时候我在想您才是斯芬克斯。我丈夫也很少笑。他写的故事和专栏让别人发笑，自己却不怎么笑。

您知道我也有个关于心理医生的故事么？不，您不知道，因为我没写出来，因为那个故事除了我丈夫我从来没给别人讲过。那是我第一次想起去看心理医生时发生的事。是第一次还是第二次？对，是第一次。没错，第一次。我去了两次诊所。那个心理医生在诊所里放背景音乐。真的是背景音乐。我记得总是放完一首停一会儿然后你能听出来又重新开始。好像无穷尽。是这么说吧无穷尽？咨询开始我在那儿听着音乐等着，轮到我的时候音乐继续直到我晚上走的时候还响着，打扮成护士的前台小姐笑着跟我告别露出蛀牙对我说“馈见”同时满心相信我第二天还会来，那神奇的音乐还没停。有时候是阿根廷探戈，没完没了。或者国标伦巴。或者真正的背景音乐，因

① 指Charada，一种据说源自中国的古巴地下博彩，由图像代表数字，如池龟＝6，马＝1，公牛＝16，虾＝30，死人＝8。

为我不知道从哪儿来的，不是说从屋子的哪个部分传过来，而是说从世界的哪个部分。我已经去那里听了两轮音乐同时听那个脸长得像凯门鳄的四眼医生问啊问。问的都是些什么呀，净问些不该问的。抱歉，但我感觉和我丈夫的心理医生，我丈夫故事里的那位心理医生不一样，这个医生给我做完咨询就会到里面的房间自慰或者干别的。也有可能等我走了，护士就进去然后他就全讲给护士听听得她很兴奋，就在那个沙发上和她一起自慰。我脑子很脏，没错。我丈夫说的。但是更脏的是那个心理医生的脑子。第一天他给我个小本让我记下在家里所有发生的事。记下来好让他看。就像又回到了小学校。我随身带着小本，想到什么就写什么，不是遇到了什么或者想了什么，而是想到什么就写什么，所有我想了的和我想我想了的，然后他拿去看，非常镇静看了一遍又一遍，看的同时掐自己的嘴唇，揪着嘴唇上头那道黑线就是髭须，一前一后地点着头。等看完了他说，很好然后就没别的了。第三次咨询的时候，他过来坐在沙发上，紧挨着我的腿。我一下坐了起来，他对我说，别害怕，女士，他说。我是科学，他对我说。科学，我说，我心里说，您是无耻的科学，但我没对他说什么，只是并紧双腿手按在膝盖上。我哪儿也不看就盯住地面，我们就这样待了一会儿，直到我感觉那男人站起来几乎要坐到我上面，在我边上，但紧紧贴着我让我感觉好像坐到了我腿上。我真是这么感觉的，我发誓。我闭上眼睛想站起来但没能全站起来，然后做了件蠢事。我又坐回沙发上，但坐远了一些，那男人又坐到我身边我就又躲开往沙发那边坐过去而他又靠过来。我们就这样转战整个沙发谁也没说话。我感觉沙发的尽头就像悬崖我费了老大的劲儿才坐稳仿佛真的坐在悬崖边上。于是我站起来用不知道从哪儿来的老太太似的尖嗓门告诉那家伙，抱歉大夫，沙发没地儿了，然后我就走了。我丈夫听我讲完笑得要死，他说值得写下来，他就这么跟我说的。但每当我有了现在这种感觉，他又用心理医生来烦我，非让我再找个心理医生。这个是反射学派的。按他的话说是巴甫洛夫派。也是醉眠派的。是催眠派，他这么说的。他看人的眼神好像瓦伦蒂诺[①]。他这么看了我大概有一个月。他没让在本子上记东西，也没让我躺在沙发上或者看墨水点之类。最后，差不多一个半月后，他对我说，冷不防地说了句，您需要一个像我这样的男人。他自信得简直像个候选人。就像在说，哈瓦那需要一名像我这样的市长。我告诉了我丈夫，您猜他说什么？你得写一本书了，他说，书名就叫《我的心理医生，沙发床和我》。我丈夫真逗。不过，总是他催我去看心理医生。

您是正统派的，大夫？是叫正，统，派[②]吧？我问您

① 瓦伦蒂诺（Rudolph Valentino，1895—1926），生于意大利的美国演员，主演多部好莱坞默片，二十世纪二十年代的流行偶像，有“拉丁情人”之称。

② 此处戏仿正统党（Partido Ortodoxo），又称古巴人民党（Partido del Pueblo Cubano）。1946年由古巴真正党（即何塞·马蒂创建的古巴革命党）内分裂出的部分人建立，曾参与反巴蒂斯塔独裁政府的活动。1959年停止活动。

是因为没看见沙发或靠墙的扶手椅或类似的东西就知道您不是反射派的。至少您没有巴甫洛夫派的那种眼神。嗄，现在您笑了。不，我是认真的，大夫，我认真地跟您说：您知道，大夫，这一回我是自己要来的。

当她唱起波丽露

喔菲洛威[①]电台里放你的《芒果芒盖》，音乐和速度和夜晚把我们包围好像要保护我们或者要把我们装进空虚里，她在我身边，唱着，更像是哼着你的节奏而她不是她，就是说她不是“星星雷亚”而是麦卡雷娜或伊蕾妮塔或感觉像蜜儿蒂拉不管怎样不是她，因为我很清楚一头鲸鱼和一条沙丁鱼或一条金尾巴之间的区别或许是伊蕾妮塔因为她的确是金尾巴，她的骡子尾，马尾，松垮的发髻金黄，鱼肉一般雪白的牙齿闪耀在她的小嘴巴而不是“星星雷亚”那样鲸目动物的大嘴装得下整个生命之洋，但是：对老虎来说多一条斑纹算什么？这条斑纹我是在“皮迦尔”捎上的在去“拉斯维加斯”的路上，天已经晚了，她一个人在路灯下“皮迦尔”的灯光下冲我喊，宾虚停下你的战车[②]，我靠到路边她问我，你去哪儿帅哥？我回答去“拉斯维加斯”她问能不能送她去更远一点，我问去哪儿，她说边界另一边，哪儿？她说，“得克萨斯街角”再

---

① 菲洛威（Francisco Fellove，1923—2013），古巴通俗音乐作曲家和歌手，《芒果芒盖》（Mango mangüé）是他的名曲，二十世纪五十年代风行一时。

② 指美国电影《宾虚》（*Ben-Hur*，1959）中的同名主人公。故事发生在罗马帝国时代。其中马车赛一场十分著名。

过去一点儿，她说“得克萨斯”而不是“得哈斯”所以我捎上了她，当然也有其他原因比如我现在车上正看着的东西因为刚才借着街道灯光我已经看见她的巨乳在衬衫下舞动，这都是你自己的？我当然是开玩笑而她什么也没说就敞开衬衣，因为她穿的是件男衬衣而不是女式衬衣，她解开扣子露出一对乳房，不：是一对巨大的乳头，又圆又粗又尖挺看起来粉红，雪白，灰暗，在两旁街灯照上去的时候又变得粉红，我不知道该往旁边看还是向前看这时候开始害怕被人看见，害怕被警察拦下，因为虽然已经十二点甚至两点但总会有人在街上，我时速六十穿过因方塔街，在牡蛎摊上有人在吃海鲜视线比音速还快比马雷摄影枪[①]还精准因为我听见骚动的声音有人哄叫，甜瓜上市喽，我踩上油门飞速穿过因方塔街和卡洛斯三世，“得哈斯街角”消失在山上耶稣后面，我在淡水街拐错了躲一辆10路车用了一两秒钟然后就到了“山区”，就是这个已经面朝夜总会系好扣子的姑娘要去的地方，我对她说好吧伊蕾妮塔伸出一只手迎上甜瓜中的一只，它们从未上市因为得有人摘下来送去，她对我说，我不叫伊蕾妮塔我叫拉克丽塔，但你也别叫我拉克丽塔叫我“公牛”玛诺力拓朋友们都这么叫我，推开我的手下了车，我在想要不要改个名字，她说完穿过马路走向夜总会入口那里有个画片儿上的

---

① 指法国科学家马雷（Étienne-Jules Marey，1830—1904），1882 年设计的第一台便携摄影设备，外形酷似来复枪，一秒能连拍 12 张照片。

那种美人在等她，她们挽起手接吻然后开始小声聊天就在入口处，头上招牌一闪一灭，我看见她们，一会儿又看不见她们一会儿又看见，看不见又看见，我就下了车穿过马路到她们那里对她说玛诺力拓，她没等我说完就对我说，你看见的这位是佩佩，说着指着她的朋友，她朋友很严肃的样子，但等我说你好佩佩的时候她就笑了，我继续，玛诺力拓，我对她说，同样的价钱我送你回去，她说没兴趣，而我不想进"山区"因为一点儿也不想碰到黑白混血佬艾力波或贝尼或库埃，他们的自发音乐讲座已经开始，真该去兰心俱乐部或国家之友俱乐部讲或者在卡彭铁尔那本书里[1]，讨论音乐仿佛在讨论种族：是不是两个黑音符等于一个白音符但一个带附点的黑也与一个白的同长，五连音是古巴本土的因为非洲和西班牙都没有或者连击的打法很远古（库埃总这么说）或者响木在古巴已经不用了但还在真正的音乐家的脑子里回响，从响木到自己会响的木头，话题又转向巫术，桑德里亚教，阿巴库亚教[2]并列举灵异现象，不是在老房子里或半夜，就在凌晨播音员的麦克风前或者白天十二点的排练中，说到"进步电台"的一架钢琴在罗梅乌[3]死后自己弹奏起来，这类事情会让

---

① 指古巴作家阿莱霍·卡彭铁尔（Alejo Carpentier）的《古巴音乐》（*La músicaen Cuba*，1946）。

② 皆源自非洲的古巴唯灵论信仰，后者是只限男性参加的秘密会社，其成员称为 ñáñigo。

③ 罗梅乌（Antonio María Romeu，1876—1955），古巴作曲家、钢琴家和乐队指挥。

我回去睡不着觉，如果我不得不独自上床的话，我转头回到车上没忘了跟佩佩和玛诺力拓告别，再见姑娘们然后我飞快溜了。

我去了“拉斯维加斯”，在咖啡座那里遇见拉塞列[1]对他说，怎么样罗兰多，他对我说嗨伙计，我们开始聊天然后我告诉他这几天想给他拍些在这儿喝咖啡的照片，因为罗兰多看起来非常棒，非常歌手，非常古巴，非常非常哈瓦那配上那身百分百斜纹布的白西服和小草帽，只有黑人才会穿出那种范儿，小心翼翼地喝着咖啡不让咖啡弄脏他纯洁无瑕的西服，身体后仰而嘴巴贴上杯子，杯子在一只手里，手下面是另一只手托着，在吧台一口口抿着咖啡，我跟罗兰多告别，待会见，我对他说，他对我说，随时见伙计，我走进俱乐部您们肯定猜不到我在门口看见了谁。不是别人正是阿历克斯·拜尔来了跟我打招呼对我说，我正在等你，非常文雅非常有风度彬彬有礼，我对他说，等谁，等我，他说，对等你，我对他说，你想照照片吗，他说，不，我想跟你谈谈，我对他说随时可以不过现在是不是晚了点，我想着会不会打一架，这些人无法预料，何塞·穆希卡[2]在哈瓦那的时候有一次走在普拉多挽着两个女演员或者女歌手或者就是俩女孩，一个坐在长椅

① 罗兰多·拉塞列(Rolando Laserie，1923—1998)，古巴歌手，以演唱波丽露出名。

② 何塞·穆希卡(José Mojica，1896—1974)，墨西哥著名演员和男高音，在事业顶峰时加入方济各会，成为神甫。

上的家伙冲他们喊，去死吧三个妞，穆希卡非常严肃，非常墨西哥电影演员范儿，非常精准，就像在歌唱表演似的直奔长椅问那个人，您说什么先生，那家伙回答，您听见什么就是什么女士，穆希卡那时是大个子（或许现在也是，他还没死，但人老了都会缩水）把那人拎起来举过头顶丢在街上，不是街上，是围墙和街道之间的草地上，然后继续散步那么自然那么轻松那么无人能敌仿佛在用穆希卡式的宣叙调唱着《对我发誓》，我不知道阿历克斯是不是在想我所想的或者穆希卡所想的或者他自己所想的，我只知道他笑了，微笑着对我说，我们走吧，我对他说，我们在酒吧坐坐，他摇摇头，不我要对你说的最好在外面说，我就对他说，那最好坐我车里去说，他说不，不，我们走走吧，晚上很适合走走，我们出发沿 P 大街往下，走着走着他对我说，晚上在哈瓦那走走很好，你不觉得么，我点头然后说，对只要天气凉快，对，他说，天气凉快的时候很舒服，我经常走走，这是最好的滋养对身体对灵魂都是，去他的灵魂我想这家伙想的就是拉着我瞎走还冒充印度哲人。

走着走着我们看见有人从黑暗中出来，迎面过来，是“栀子花瘸子”，他的拐杖和栀子花托盘和充满“嘶”音和礼貌的“晚上好”礼貌得让人感觉不可能是真心实意，穿过另一条街我听见“刀疤胡安”颤抖的声音鼻音很重毫无怜悯的声音唱着歌谣唯一的一句永远唱这一句重复一遍又一遍千万遍，行行好吧行行好吧，意思是让人往他汗涔涔的草帽里扔钱他已经不由分说地强递过去，有种着魔了似的感觉让人难过因为大家都知道他彻底疯了。我看见洪堡俱乐部饭店的招牌就想起“星星雷亚”总在这儿吃饭心想那位睿智的男爵[①]是他重新发现了古巴如果他知道自己变成了这里一家饭馆一个酒吧一条街的名字会怎么说这片土地即使不是由他发现至少也是经他展示给全世界。圣胡安酒吧和提阔阿俱乐部和“狐狸与乌鸦”以及“石头伊甸园”（有一回一个黑女人晚上走错路下楼梯到那家门口进去吃饭结果被轰出来借口说不接待外来人口女孩就开始喊小石城小石城小石城因为福布斯事件正火爆[②]结果热闹了好一阵），还有“山洞”在那里所有的眼睛都闪着磷光因为在那个酒吧兼俱乐部兼卧房出没的生物都是些狡猾的深渊鱼类，还有“皮迦尔”或者“皮迦勒”或者“皮迦雷”随你怎么叫和“若叶自助”和“马拉卡斯”他家的英文菜单和他家外面的菜单和他家的中文霓虹灯足以折服孔夫子，还有“大地女神与克尔矛”和“火烈鸟酒店”或“火烈鸟俱乐部”，经过 N 街和 25 街的时候我看见在灯泡下面，室外，街上有四个老头儿穿着背心在玩多米诺，我笑笑阿历克斯问我笑什么我告诉他，没什么，没

① 指亚历山大·冯·洪堡（Alexander von Humboldt，1769—1859），德国博物学家、地理学家，近代植物地理学、地球物理学的创始人之一，被誉为古巴的“第二位发现者”，著有《新大陆热带地区旅行记》。

② 奥瓦尔·福布斯（Orval Faubus，1910—1994），美国阿肯色州第 36 任州长，因奉行种族隔离政策在州首府小石城引发严重的暴力冲突，史称 1957 年“小石城事件”。

什么他对我说，笑这个组合的诗意吧，我想，去你的审美家就像贝梅加，那个在报社当文化记者的西班牙人，每次有人说他是记者或者问他是不是记者，贝梅加总是回答，不，是审美家，去他的贝梅加，结果大家都叫他审美兄这说的也没错因为他就是毕生致力于审美“胸”的专家，靠。这时候我意识到阿历克斯没说话我问他他说不知道从哪儿开始我告诉他，很简单，从头开始或者从结尾开始，他对我说，当然了你是记者我告诉他不对，我是摄影师，摄影记者他对我说，我说对，摄影记者，哎，他对我说，好吧，我从中间开始我说好，他说你不了解“星星雷亚”你现在到处说的那些不是真的我知道真相我这就告诉你，我并没生气一点也没有，我看他一点儿也没生气，就对他说，好的你开始吧。

第二次

有三家浴场，一家挨一家，我走进最后那家，有开放的露台，楼是木头的，人们在靠墙的许多躺椅上喝饮料聊天和睡觉。我问起某个人，现在已不记得是谁，他们告诉我去海滩找。我出发，一路上太阳晒得厉害。路上闪着白光，草地看起来都烧焦了。海滩在左边走到头，我继续走，来到一片安静的海滩，海浪涌上沙滩冲出很远又退回海里然后再回来，潮水非常平缓。在岸边有一只狗在玩儿，但之后不像是在玩儿，因为它跑过整个海岸跑来把嘴伸进水里，我看见它在冒烟：从嘴里从背上从尾巴冒烟就像一支火炬。这时有一座很破的木房子出现在右手边，天空刚才还是柔和的冬天现在变成灰色，出现一片云，就一朵，非常厚，非常大非常软，还刮着风我不知道下雨了没有。我看见又有两只狗朝我跑过来，冒着烟，然后扑到海里。我感觉它们消失了。等到了房子一角，另一角，最远的一角，我看见两只或三只狗围着一个火堆转圈把嘴伸进去想要从火里叼出什么东西来。它们一只接一只烧着了逃向大海，海现在离得更远了。我走过去就看见在火里还有一只狗，在里面，被烧着，一只大狗，在火里四脚朝天，身体鼓起来，有些部位比如四只脚都被烤焦而且缺了尾巴和耳朵，估计被烧成了炭。

我看着那只狗燃烧然后好像我决定走进屋子，从对着空地的门（烧狗的地方是片空场，在隆起的沙地上），去提醒里面的人。我敲门没人回答，我推门进去。在屋里，有条大狗正盯着门看，几乎有牛犊那么大，一头长毛两耳尖尖，脏灰色样子可怕。我觉得狗的眼睛是红色的也许是因为冒红光，因为客厅或房间里漆黑一片。一看我推门它就站起来，低吼着冲向我。我正要叫出声，发现它已经和我擦身而过，用身体撞开门。我看见它跑向烧狗的地点，毫不害怕，一头钻进火里咬住那只被烧的狗。我记得它咬下一块烧焦的肉叼在嘴里。它继续咬用嘴把被烧的狗拖起来，后者几乎和它一样大，我说几乎是因为那只狗已经被烧掉了不少。活着的狗把死去的狗从火中拽起来，毫不费劲地带着它往回走，没让烧焦的狗的任何部位落到地面。它们应该是从我身边过去，因为我一直在门口，但却毫无感觉。

当她唱起波丽露

你这样不公平阿历克斯对我说，我刚要抗议他对我说，不，让我说完然后你就明白，你这样不公平，我就让他继续说，让他继续说用他圆润，美妙，精心修饰的声音，不漏过每一个“s”每一个“d”所有的“r”都发得很标准听他说话我开始明白为什么他能成为电台明星为什么每周都能收到那么多女性来信我明白了为什么他拒绝了那些求爱也明白了为什么他喜欢交谈，讲述，说话：他是个顾影自怜的那喀索斯让自己的词语映在交谈的池水然后享受自己创造的声波。是他的声音让他变成了同性恋吗？或者相反？或者在每个男演员身上都藏着个女演员？喔，我实在不适合提问。

你说的不是真的，他对我说，我们，他说，并一直坚持这个称谓，我们不是埃斯特雷亚，或者你所谓的“星星雷亚”的主人。实际上真相是我们是波吕斐摩斯的羊群①（精彩吧？不过还是得听他自己说才更有味儿。）她在我们的家里为所欲为。她不是什么女仆，她是个不速之客：

① 波吕斐摩斯（Polifemo，即 Polyphemus），希腊神话中的独眼巨人，荷马的《奥德赛》中提到他在岛上牧羊食用。

她六个月前的一天来的是我们晚上在塞莱斯特酒吧听她唱歌之后邀请她来：我邀请的她，来和我们喝一杯。那天凌晨她就留下睡了一睡一整天到晚上什么也没说就走了，但第二天早上又出现在门口敲门要进来。她上了楼，睡在上次我们给她的房间，正好是我的画室，我只能换到屋顶的用人间，她趁我们出外度假把我们用了很多年的佣人赶走了，又带了个厨子回来，一个小黑人什么事情都听她的每天晚上都和她一起出去。你明白了吗？他帮她拿着小提包，有时是破旧的大手提袋或者“魅力美”商场的购物袋，逛遍那些夜店早晨才回来。直到我们把他赶走。当然，这是后来的事。她待了一星期之后给我们讲她残疾儿子的故事利用我们的同情——一时的同情，我这么说吧——请求我们收留她，因为已经没法再请求留在家里，她已经赖了一星期。我们收留了她，按她的说法，没过几天她就找我们借钥匙为了“不再打扰”，她这么说的第二天也归还了，没错，确实“不再打扰”我们，没再敲过门。你知道为什么？因为她自己去配了一把钥匙，现在成了她的。

白痴儿子的故事也感动你了吧，就像感动我们一样？其实根本没有什么儿子，不管是傻还是聪明。是她丈夫，她丈夫有个女儿，正常人，12 岁左右。但不得不把女儿送到乡下，全是因为她。她结婚了，这是真的，跟这个在马里亚瑙（他停了一下，因为差点说成马里亚纳）海滩卖汉堡快餐的可怜男人，她常去敲诈，去看他的时候都是为了抢他卖的热狗、煎蛋和夹馅土豆球，拿回屋里吃。我得告诉你她吃东西顶得上一个杂技团全员而这些吃的都得我们买单她还总吃不饱。所以她块头就像一头河马，而且跟河马一样，是水陆两栖动物。她每天洗三次澡：早上回来的时候，中午醒来吃饭的时候和晚上出门前，因为她太能出汗了！她整天冒水就像永远在发高烧出汗，这样她一生都在水里度过：出汗喝水和洗澡。而且一直在唱歌：早上回来的时候唱歌，冲澡的时候唱歌，出门前打扮的时候唱歌，总是在唱歌。早晨一进门，没等开口唱歌我们就能感知到是她回来了，因为她抓住扶手上楼梯你知道贝达多老区的那种大理石楼梯带铸铁栏杆的。她就这样上楼抓紧扶手整个栏杆都在颤抖吱呀声在家里回荡就在铁与大理石的撕扯中她开始唱歌。我们跟下面的邻居有一千零一种矛盾，但没人对她说什么，因为她完全不可理喻。“嫉妒，”她说，“都是嫉妒。等我出了名看他们怎么讨好我。”因为她一心想出名我们也一心想让她出名：我们疯狂地盼她出名然后赶紧搬走带着她的音乐或者说她的声音——因为她总是强调她唱歌不需要音乐伴奏因为她自己里面就有——让她的声音到别处去吧。

她不唱歌的时候就在打鼾，不打鼾的时候就用浑身的香水味侵略这个家，因为她不是抹香水——廉价的“古龙水 1800”，你想想看：虽然我这么说不好，毕竟是我的“午间一点小说”节目的赞助商——她是倒香水，用香水冲澡，她毫无节制，还倒滑石粉就像倒香水就像往身上浇水，至于她吃东西，亲爱的，那根本不是人类的食量，相信我，不是人类的食量。（他是少数不把“相信”这个动词 creer 的第二个“e”吃掉的古巴人之一，相信我。）你看见那些肉圈儿了吗，她脖子上那些脂肪圈儿？下次你见着她的时候好好观察你会看见她每圈肉的皱褶上都有一层滑石粉的硬壳。而且她还非常在意身体的气味整天闻自己往身上喷除臭剂和香水拔掉体毛从眉毛到脚我发誓我没有夸张，有一天我们回家回得不是时候碰上她赤身裸体散步，一丝不挂在家里走来走去，我们很不幸看得清清楚楚，她浑身都是一圈圈人肉没有一根体毛。相信我，你的埃斯特雷亚是一种自然之力的化身或者还不止：一种宇宙奇观。她唯一的弱点，唯一的人性部分是她的双脚，不是形状问题，而是因为会疼，她长了一双平足，她为此抱怨，那是她唯一抱怨的事，她把腿搭在椅子上脚翘得高高的，抱怨来抱怨去，当她抱怨了一阵，就在有人要同情，安慰她的时候，她立刻站起来开始在整个家里喊叫：“但我会出名的！我会出名的！出名，妈的！”你知道她最恨什么吗？一，老人，因为她只喜欢年轻人她爱那些小男孩就像条母狗；二，那些等她成了名就会来剥削她的老板；三，叫她黑女人或者在她面前影射黑人种族的家伙；四，在她面前做出她理解不了的手势或者笑了但不知为什么笑或者使用她 ipso facto[①] 无法破解的密码。还有就是害

---

① 拉丁文术语，意为“根据事实本身，据此”。

怕没出名就死。我知道你在同意我之前你会说：是她感情充沛。对，感情充沛，不过感情充沛这件事，除非在古典悲剧里，亲爱的，不然只会让人难以忍受。

我忘说什么了吗？对，告诉你比起公平我更想要自由。你不用接受真相。继续对我们不公平吧。继续爱“星星雷亚”吧。但是拜托，请帮她出名吧，让她如愿，让我们重归自由。我们将崇拜她，就像崇拜圣徒，以神秘的方式，在回忆的销魂里。

塞塞力郭[1]

---

① 塞塞力郭(seseribo),意为"大自然母亲"。Sese,"神力,全能";eribó,"杯形鼓"。

埃库埃是神圣的，他住在一条神圣的河里。一天喜坎来到河边。喜坎这名字的意思可能是好奇的女人——或者就是女人。喜坎，十足的女人，她不仅好奇，而且冒失。这世上可有好奇又不冒失的人？

喜坎来到河边，听见神圣的声音，那声音只有我们几个埃弗的男人知晓。喜坎听了又听——然后就讲。她都讲给父亲听，但父亲不相信，因为喜坎总在讲故事。喜坎回到河边听见，这回也看见。她看见埃库埃听见埃库埃也讲给埃库埃听。为了让父亲相信，她追逐神圣的埃库埃用她的椰壳碗（用来喝水的）捉到了埃库埃，他不适合逃跑。喜坎把埃库埃带到村里盛在她喝水的椰壳碗中。她父亲就相信了她。

当埃弗的少数几个男人（不必重复他们的名字）来到河边要和埃库埃说话的时候却找不到他。从树木那里才知道他被迫逃跑了，被追赶，被喜坎捉住送到埃弗盛在喝水的椰壳碗中。这是罪行。让埃库埃说话又没有捂住凡人的耳朵，讲出他的秘密而且是一个女人（除了女人还有谁做出这种事？）不仅是罪行。这是亵渎。

喜坎为她的亵渎付出了皮囊。付出了她的生命，但也付出了她的皮囊。埃库埃死了，有人说死于羞愧因为被一个女人捉到，或者死于折磨因为在一个椰壳碗中旅行。也有人说他死于窒息，在路上——他确确实实，不适合跑动。但秘密没有失去，聚会的习惯和知晓他存在的快乐也没有。用他的皮包裹的埃库埃，在入门者的仪式中说话，是有魔力的。“冒失女”喜坎的皮被用在另一面鼓上，没有钉也没有结，不能说话，因为还在受长舌的惩罚。有四个羽饰带着四种最古老的力量在四角上。因为她是个女人，要把她装扮得美丽，用花朵和项圈和贝壳。但在鼓面上要放公鸡的舌头作为沉默的永远标记。没有人敲她，她自己也不能出声。这是秘密和禁忌，名叫塞塞力郭。

喜坎和埃库埃仪式

（古巴黑人魔法）

I

星期五我们在夜总会没有演出，这样我们就空出个晚上，这星期五看来是个完美的日子因为那天晚上“山区”的露天舞场重新开放。这么看跑过去听贝尼·莫雷[①]唱歌

① 贝尼·莫雷(Benny Moré，1919—1963)，二十世纪古巴最著名的歌手之一。

是个不错的主意。另外那天晚上“古巴”·维内嘉丝在“山区”首唱，我必须到场。你们知道真正发现“古巴”的人是我，不是克里斯托瓦尔·哥伦布。我第一次听她唱歌的时候，我已经又回去打鼓了，走到哪儿都在听音乐，所以耳朵特别灵。我一度放弃音乐去画广告，但也挣得很少在那个广告公司，或者说是个墓志铭公司，而且又有那么多夜总会耐特克鲁普开门，开张；我就从衣柜里拿出我的木鼓（木鼓就是古墓①，这是我最爱说的笑话每次说的时候我都会想起伊拿修②，伊拿修就是伊拿修·皮涅罗，是他写了这首不朽的伦巴曲说的是一位痛苦被虐决心复仇的男人给情人写了这样的墓志铭（必须让伊拿修来唱）就是伦巴的歌词：别为她哭泣，掘墓人：别为她哭泣，她是个偷心大盗，掘墓人，别为她哭泣）我开始疯狂猛练了一星期打出了那种又柔又甜的味道，我就去找巴雷托对他说：“吉耶尔莫③，我想回来打鼓。”

结果巴雷托给我找的工作是在“卡普丽”的第二乐队，就是在秀与秀之间和最后一场秀结束以后，给跳舞伴奏（给那些爱跳舞的）要么在节奏中互相踩死要么在沉默中累死在八六拍上。随你挑。

---

① 西班牙文单词“tumba”（墓）在古巴方言中也有“tumbadora”（康佳鼓）的意思。

② 伊拿修（Innasio）即伊格纳修·皮涅罗（Ignacio Piñeiro，1888—1969），古巴音乐家。

③ 吉耶尔莫·巴雷托（Guillermo Barreto，1929—1991），打击乐手，古巴乐坛的风云人物，曾在“热带乐园”夜总会演出。

就这样我听见窗外传来唱歌声我觉得那个声音有自己的东西。那首歌（是弗朗克·多明戈斯的《形象》，你们都听过：歌词是，好像在梦中，从未期待的事发生，你向我靠近，那天夜晚太迷人……），声音从底下出来我看见声音后出现一位高个儿黑白混血姑娘，头发很直像个印第安人，进来又去院子里，晾衣服。猜对了：那就是“古巴”她那时候还叫格洛丽亚·佩雷兹，是我（我这个广告人可不是白干的），我给她改成“古巴”·维内嘉丝，因为任何叫格洛丽亚·佩雷兹的人都不可能唱好歌。因此那个黑白混血姑娘就变成了如今的“古巴”·维内嘉丝（或者反过来）她现在在波多黎各或委内瑞拉或谁知道什么地方所以我现在就不再说她了，这里只是顺便一提。

“古巴”很快火了：她很快离开我，开始和我的朋友，那年的时尚摄影师柯哒在一起，然后跟皮洛托和维拉（先跟皮洛托后跟维拉）出了两三首好歌，比如《想念的相逢》，“古巴”有了自己的创作。最后跟瓦尔特·索卡拉斯同居（弗洛伦·卡萨利斯在他专栏里说他们结婚了：我知道没有，但这压根不重要，就像阿尔杜罗·德·科尔多瓦[①]说的），是这个编曲的带她在拉美巡演也是他那天晚上在“山区”弹钢琴指挥乐队。（这同样压根不重要。）所以我去了“山区”听“古巴”·维内嘉丝，她声音非常

① 阿尔多罗·德·科尔多瓦（Arturo de Córdova，1908—1973），墨西哥影星，墨西哥电影“黄金时代”的代表人物。拍过百余部电影，在二十世纪四五十年代风靡一时。

好听脸蛋非常漂亮（美人儿小古巴，他们跟她开玩笑）在台上形象好极了，等她看见我冲我挤眼，献给我那首《别跟我说话》。

II

那时我正在“山区”的吧台一边喝酒，一边和贝尼聊几句。请允许我谈谈贝尼是谁。贝尼就是贝尼·莫雷，谈他就等于谈音乐。所以请允许我谈谈音乐。想起贝尼就想起了过去，想起“伊索拉”丹松舞里木鼓重复着从头到尾的低音双拍，能击垮最高超的舞者，必须经受得起倾斜的、几乎垂直的旋律。这种飞速的低音击打在查波丁①那张碟里不断重复，五三年录的，《西恩富戈斯的梦图诺》，就好像把“瓜管够”变成松调，那里面低音大提琴确实占据了主导。有一次我问查波怎么做到的，他对我说（萨比诺·贝尼亚勒威尔②的手指头万岁）是录制当天的即兴发挥。只有这样才能把古巴节奏的僵硬方框变成一个漂亮的音乐圆圈。有一次我跟巴雷托在进步电台录音的时候说起这个，他来架子鼓，我打木鼓，偶尔我会搅在一起。巴雷托一个劲跟我说要打破四二拍的框框，我就给他举贝尼的例子，在那家伙的松调里，用他的声音，总在嘲弄这套节奏的牢笼，让旋律凌驾于节奏，逼着乐队跟着他

① 查波丁（Félix Chapotín，1907—1983），古巴音乐家，乐队指挥。

② 萨比诺·贝尼亚勒威尔（Sabino Peñalver），古巴低音提琴家。

飞，弹性十足就像萨克斯，就像连奏小号，仿佛让松调变成了橡皮筋。我想起我在他乐队里的时候，代替打击乐那哥们儿，他是我朋友，他求我替他因为他自己要空出晚上的时间——去跳舞！跟在贝尼后面是最不幸的，他背朝着乐队，对着观众唱着唱着做鬼脸，让旋律飞越我们那些戳在地面上的乐器，然后看见他转过身突然叫你在关键的时刻来一下。贝尼这家伙！

突然贝尼拍拍我肩膀对我说："嘿哥们儿，那个小仙女是你的吗？"我不明白他在说什么你永远不明白贝尼在说什么所以我一般不理他，但我看了一眼。猜我看见什么了？我看见一个姑娘，几乎是个小姑娘，差不多十六岁，正看着我。在"山区"外面或里面总是很暗，但我从酒吧柜台看过去她在另一边，外面那片，中间隔着玻璃。我看得很清楚她在看我看得很清楚，毫无疑问。而且我看见她对我微笑我也笑于是跟贝尼打过招呼一直走到她那桌。开始我没认出她因为她晒得很黑散着头发完全是个女人样了。她穿着一件白色连衣裙，前面很严实，但后面开口开得很深。非常，非常深，能看见整个后背能看出是很美的后背。她又冲我微笑对我说："不认识我了？"这时候我认出来了：是薇薇安·史密斯-科罗娜你们知道这个双姓意味着什么。她把我介绍给她的朋友们：哈瓦那游艇俱乐部的人，贝达多网球俱乐部的人，西班牙俱乐部的人。那是张大桌子。不仅有三张桌子拼起来那么长，而且有几百万身家坐在铁椅子上挺着地位和体积都很可观的屁股们。

没人把我太当回事，薇薇安是来当（准）监督女伴的，能和我聊一会儿，我站着她坐着，看没人给我让座，我就对她说：

——我们出去吧——我的意思是去街上，里面太热的时候很多人都出去说话呼吸一下火热发臭的公车尾气。

——不行——她对我说。——我是来陪别人的。

——那怎么了？——我说。

——我～不～行——她说，下了结论。

我不知道怎么办待在那儿犹豫不定，不走也不留。

——我们干吗不晚点见？——她低低的声音对我说。

我不知道晚点确切是什么意思。

——晚点——她说。——等他们让我回家的。爸比和妈咪都在庄园。你上来找我。

III

薇薇安的闺闹安[①]（牾斯忒罗斐冬的影响）于福斯卡大厦，27 层，我是说她住在那儿，但我不是在那么高的地方认识她的。我认识她是在一个几乎是地下室的地方。她一天晚上来"卡普丽"跟阿塞尼奥·库埃，和我朋友西尔维斯特雷一起。我那时候不认识库埃只听说过名字也不大有印象，但西尔维斯特雷是我高中同学，直到第四年我不上了去圣阿莱杭德罗美校学画画，相信自己迟早会改名

① 西文作"Vivian vivía..."，两个单词字形相似，意为"薇薇安住在……"

叫拉斐尔或米开朗基罗或达·芬奇而且《埃斯巴萨大百科全书》早晚要辟出专门一卷给我的作品。库埃首先给我介绍他女朋友或伴侣，是个又瘦又高的金发女，没胸但很有吸引力而且看来她也知道这一点，然后给我介绍薇薇安最后把我介绍给她们。是个风雅人，雅到夸张。他介绍用的是英语为了显示他生活在联合国的时代又开始说法语，跟他的女友或同居女友或类似的关系。我等着他稍微一受挑逗就切换到德语或俄语或意大利语，但他没有。他继续说法语或英语或同时说两种。我们（所有的老顾客）都声音不小而台上秀在继续，但库埃说着他的英语和他的法语压过了音乐压过了唱歌的人声压过了成年礼派对和宴席和酒吧这些夜总会里的一切喧嚣。他们两个看来很急切地要证明自己能同时说“法格力士”和接吻。西尔维斯特雷专心看秀（其实是看跳舞女郎们个个大腿丰满波涛汹涌）好像平生第一次看似的。瓜果是别人家的甜。（又是牾斯忒罗斐冬。）他忘记了身边真实的美人只顾台上美人的幻象。而我熟悉那些脸那些身体那些表情熟悉程度堪比像维萨里[1]对人体解剖，我是个能忍耐的贝都因人，在这性爱的沙漠里我选择待在绿洲，专心看薇薇安，她就在我面前。她在看秀，但有教养的小姑娘调整了姿势免得把后背给我，也看见我在看她（她不可能看不见因为我几乎摸到

---

① 维萨里(Andrés Vesalio，即 Andreas Vesalius，1514—1564)，现代人体解剖学的创始人，著有《人体的构造》。

她白衣下的皮肤，用我的眼睛）就转过身跟我说话。

——您刚才说您是？我没听见您的名字。

——总是这样。

——嗯，引见就像吊唁，都是社交的耳语。

我想说不对，是我自己总遇到这样的情况，但我喜欢她的聪明，还有她的声音，是柔和娇宠又好听的低音。

——我的名字叫何塞·佩雷兹，不过我的朋友都叫我文森特。

她好像没听懂，显得很诧异。太遗憾了。我跟她解释这是个玩笑，是戏仿的戏仿，是文森特·冯·道格拉斯在《渴望生活》里的对话。她说没看过问我好不好看我回答画面好但电影不好，柯克·凡膏要么边画画边哭要么边哭边画画而安东尼·高梗[①]就是“被拒参展者沙龙”的看门人[②]，但不管怎样还是等会儿听听我朋友西尔维斯特雷睿智渊博的专业意见。最后我告诉她我的名字，真名。

——很好听——她对我说。我附议。

看来阿塞尼奥·库埃都听见了，因为他松开女友皮包骨的章鱼手臂对我说：

---

① 柯克·道格拉斯（Kirk Douglas，1916—2020）、安东尼·奎恩（Anthony Quinn，1915—2001）皆为美国演员，分别在电影《梵高传》（*Lust for Life*，1956，即《渴望生活》，据同名传记改编）中扮演画家文森特·梵高和保罗·高更。

② “被拒参展者沙龙”（Saloon de Rechazados）即法文中的“Salon des Refusés”（落选者沙龙），以印象派画家为主体于1863年、1874年等数次在巴黎举办的画展。

——*Why don't you marry?* ①

薇薇安笑了，但那是个自动笑容，一个广告笑容，一个开玩笑的鬼脸。

——阿塞——他女友说。

我瞟了阿塞尼奥一眼他还在坚持。

——*Yes yes yes. Why don't you marry?* ②

薇薇安不笑了。阿塞尼奥醉了，用他的食指和声音坚持着。连西尔维斯特雷都停下不看秀，不过只停了一瞬间。

——阿塞——他女友说，有些不耐烦。

——*Why don't you marry?* ③

在他的声音里有种气恼，某种固执的让人不舒服的东西，仿佛我是在跟他的女友而不是薇薇安说话。

——阿松——她现在叫了起来。是女友不是薇薇安。

——是阿塞——我更正她。

她用她蓝色的愤怒的眼睛看了我一眼，把对库埃的不耐烦倾泻到我身上。

——*Ça alors*——她 对 我 说。——*Cheri, viens. Embrassez-moi.* ④

这句是对阿塞尼奥·库埃说的，当然。

---

① 英文，意为“你为什么不结婚？”

② 英文，意为“对对对，你为什么不结婚？”

③ 英文，意为“你为什么不结婚？”

④ 法文，意为“哦好吧”，“我亲爱的，来。给我一个吻”。

——*Oh dear*①——库埃说着彻底忘掉了我们所有人，倾身投入到那堆双语的，三语的尺骨，桡骨，锁骨中。

——他怎么了？——我问。问薇薇安。

她看了他们一眼对我说：

——没什么，他们就是想把西班牙语变成一门死语言。

我们两个都笑了。我感觉很好现在不仅是因为她的声音。西尔维斯特雷又不看秀了，很严肃地看我们然后又接着看那列由胸部、小腿和大腿组成的孔加舞火车行驶在音乐和颜色和喧嚣拼成的幻觉铁轨上。这个节目名叫“爱的小火车”，用的音乐是《海浪》。

——我们去看海浪，我们去看海浪花花——薇薇安故意说道，碰碰库埃女友的胳膊。

——*Qu'est-ce que c'est*？②

——别冒法语了——薇薇安说——陪我去。

——去哪儿？——库埃女友问。

——*Yes where*？③——库埃问。

——去 pipi-room，cherís④——薇薇安说。她们站起身刚走西尔维斯特雷立刻转头不看秀几乎是喊了一声，用手敲着桌子：

---

① 英文，意为“哦亲爱的”。

② 法文，意为“这是干吗”。

③ 英文，意为“对去哪儿”。

④ 英文和不规范的法文，意为“厕所，亲爱的们”。

——她可以睡。

——谁？——库埃问。

——你女朋～甭提啦，另一个，薇薇安。她可以睡。

——哈我还以为——库埃说，我从没怀疑他是个清教徒，但他及时加了一句——因为要说西比拉——这是阿塞尼奥·库埃的女友或什么人的名字我想了一夜到现在才想起来——就是另一回事了——他说着笑了。我觉得。

——她可以睡，但是跟鄙人——他想说跟他，库埃。

——不西比拉不是——西尔维斯特雷说。

——是东比拉是——库埃说。

他们俩都醉了。

——我说她可以睡——西尔维斯特雷又说。第三次。

——天天晚上在她床上睡——库埃说，声音里有多余的 s 音。

——不是睡觉，是可以睡，睡，妈的！

我觉得最好居中掺和一下。

——好吧，没错，老伙计，可以睡可以睡。现在最好接着看秀不然人家要赶我们走了。

——请我们走——库埃说。

——请我们走或赶我们走。都一样。

——不，不一样。——库埃说。

——不一样不——西尔维斯特雷说。

——对我们是从这儿被请走——库埃说——但对你是赶走。

——没错——西尔维斯特雷说。

——没错没错——库埃说然后哭了起来。西尔维斯特雷想要安慰他，但就在这时候安娜·格洛丽奥萨上台表演他不会错过这个大腿和大胸以及几乎能影射一切的黄腔展示。等薇薇安和西比拉回来的时候秀刚结束，库埃继续趴在桌上哭得一把鼻涕一把泪。

——他怎么了？——薇薇安问。

——*Qu'est qu'il y a cheri?*[①]——西比拉说着抱住她泪水中的男友。

——他害怕我被赶出去——我对薇薇安说。

——有可能，如果我们继续这么演戏的话——那我们就没戏了，西尔维斯特雷压过薇薇安的声音，——人家会把我们所有人都请出去——他说着用喝醉的手指头画了个偏心圆——还有这位——他用食指比作一支游走的箭瞄准我——还会丢工作，可怜人。

薇薇安发出啧啧啧的声音歪起嘴巴假装烦恼其实非常开心，西尔维斯特雷正面看了她一眼差点又要举起手来回到薇薇安性爱上手难度的论题，但他回过头去看一个伴唱的姑娘走向街上走向夜晚的遗忘。库埃还在哭。等我该去乐队的时候他的哭泣有了西比拉陪伴，她也喝多了，我离开这桌人漂在哭声（出自阿塞尼奥·库埃 & Co.）沮丧（西尔维斯特雷）和强忍住的笑（薇薇安）组成的海洋来

① 有误的法文，大意为“怎么了，亲爱的”。

到舞台——已经降下来当作舞池。

一开始打鼓我就什么都忘了。单击，轮击，点击，反打或者配合钢琴和低音大提琴几乎看不清哪张桌子坐着我号哭的腼腆的开心的朋友们，都混在舞厅的黑暗里。我继续打鼓忽然间看见舞池里阿塞尼奥·库埃在跳舞，没有一点哭过的样子，和依然开心的薇薇安一起。我没想到她跳得这么好，这么有节奏，这么古巴。库埃呢，由她带着跳，还抽着特大号雪茄烟嘴儿乌黑闪着金属光戴着墨镜面对整个世界一副自以为是、无所不知、生人勿近的样子。他们从我身边经过，薇薇安冲我微笑。

——我喜欢你打鼓的样子——她对我说，用“你”称呼代表暗含另一层笑意。

他们过来了很多次最后干脆到我这边跳舞。库埃醉得不能再醉现在摘了眼镜冲我挤眼又笑又用两只眼冲我挤弄，而且，我觉得，在对我无声地说，可以睡可以睡。最后节目完了，是首波丽露舞曲，《骗骗我》。薇薇安先下去库埃凑过来跟我说，清清楚楚，在耳边：——这个人睡了——笑着给我指西尔维斯特雷他趴桌子上睡着了，醉与乏的小身躯缩在一件远看似乎很贵的生丝外套里，蓝色衬着白色的桌布。下一曲阿塞尼奥·库埃又跳舞（姑且算跳舞）跟西比拉，她也东倒西歪，所以看起来他算跳得好的或者没有跟薇薇安的时候那么糟。我打鼓的同时看见她（薇薇安）一直看着我。我看见她起来。我看见她走到台边挨着乐队坐下。

——没想到你鼓打得这么好——曲子结束的时候她跟我说。

——不好不坏——我对她说。——正好够我养活自己。

——不，你打得特别好。我喜欢。

她没说是喜欢我打鼓还是喜欢我打得好还是也喜欢我。她会是个爱音乐的骨肉皮吗？或者爱完美？我做了什么暗示或者流露了什么？

——说真的——她对我说。——我也想像你一样打鼓。

——你不需要。

她摇摇头。她是骨肉皮吗？很快就能知道。

——游艇俱乐部的姑娘们不需要会打邦戈鼓。

——我不是游艇俱乐部的姑娘——她说完就走了我不知道哪儿刺痛了她。但我接着打鼓。

我继续打鼓打鼓看见阿塞尼奥·库埃叫侍者结账我打鼓打鼓他叫醒西尔维斯特雷我看见小气的作家站起来开始往外走挽着薇薇安和西比拉我打鼓打鼓库埃独自付账我打鼓侍者回来库埃给他小费我打鼓看来给得不少侍者脸上都是满足我打鼓我看见他也走了所有人在门口会合门童掀开门帘我打鼓他们从灯红酒绿的赌场出去帘子落在他们身上，背后，我打鼓。他们甚至没跟我说声再见。但我不在乎因为我在打鼓继续打鼓还要再打上好一阵。

IV

在“山区”这天晚上之前我极少见到薇薇安，但常见到阿塞尼奥·库埃和我的朋友西尔维斯特雷。我不知道为什么但总能见到他们。一天我排练完出来（我记得是个星期六下午）就碰见了库埃一个人在21街，居然在步行。那天下午很热南边阴着天但不像要下雨，而库埃还披着一件雨披（按他的话说，他的防水服）边走边叼着烟嘴迈着他罗圈腿的艰难步伐从鼻孔喷云吐雾，两只鼻孔，双股灰色烟柱招摇地飘摇在嘴唇上方。我想起害羞的龙①。一条不那么害羞又总是戴着墨镜和留着齐整小胡子的龙。

——真受不了这太阳——他这就算打了招呼。

——你肯定憋死了——我指指雨披对他说。

——不管有雨披或没雨披，穿衣服或不穿衣服，没人受得了这种气候。

这就是他的音乐主题。他从嘹亮抨击开始，对国家，人群，音乐，黑人，女人，不发达。一切。告别也是同样的主题用他自带共鸣的专业嗓音。那天他跟我说古巴（不是维内嘉丝，是另一个古巴）只适合生长花草昆虫和蘑菇，适合植物或低微的生命。证据就是动物都生活得很可怜，哥伦布登陆时就发现了。只剩下鸟儿和鱼和游客。所

① “害羞的龙”(el dragón chiflado)指迪士尼动画电影《为我奏乐》(*The Reluctant Dragon*,1941)。

有这些都能想走就走。最后他对我说，毫无过渡：

——你跟我去福斯卡吗?

——去干什么?

——不干什么。围游泳池转一圈。

我不知道去还是不去。我很累缠着保护胶带的手指头很疼而且天很热穿着衣服去游泳池边待着不是什么舒服的事儿，还得注意别把衣服弄湿，看着那些人就像水族馆里的鱼。就算有塞壬海妖女我也不想去。我说不了。

——薇薇安会在——他对我说。

福斯卡的游泳池全是人，小孩特别多。我们看见了薇薇安，她从水里跟我们打招呼。只看得见她没戴泳帽的头，头发贴在脑袋和脸和脖子上。看起来像个小女孩。但出水以后就不是女孩了。她晒得有点黑肩头和大腿闪着亮光看起来跟我认识她的那天晚上黑色礼服下露出的乳白很不一样。头发也更金黄。她向我要了支烟，风轻云淡，我感觉，那晚的一切，都抛进酒精的遗忘里：

——我在这儿泡了一天，从早到晚。看小孩——她说着一只手指向小孩比水还多的游泳池。我给她递火的时候，她抓起我的手凑到香烟上。她的手又长又瘦现在皱了，泡得颜色发淡。那是一只我喜欢的手我更喜欢的是她抓起我的整只手点烟时挨近她丰满的，宽嘴唇。

——风很大——她对我说。

库埃已经去了泳池另一边和一群认出他的女孩们说话。会找他签名么?她们坐在池边，脚在水里扑腾大腿都湿着，闪光。只是聊天。薇薇安和我走到一个水泥长凳，在金属伞下的混凝土桌子边坐下。我的脚踩在一块假装草地的绿色马赛克方块里。我撕下手指上的胶带塞进兜里。薇薇安看着我干这些现在是我看着她。

——库埃来看你又走了。

她往游泳池看了一眼，库埃和他湿嗒嗒的粉丝后宫的方向。不需要指出他的位置，即使需要她也不会这么做。

——不，他不是来看我的。他来为了让人看他。

——你爱上他啦?

她对这个问题毫不吃惊，反而一阵大笑。

——爱上阿塞? ——她还在笑。——你看清过他的脸么?

——不丑。

——不，不是丑。有些姑娘还觉得帅。虽然不像他自己以为的那么帅。但是，你见过他不戴墨镜么?

——在我认识你的那天晚上——我说漏了吗——认识你们的那天晚上。

——我是说白天。

——没印象。

这是实话。我记得在电视上看见过他一两次。但没注意他的眼睛。我跟薇薇安说了。

——我不是说电视上。那时候他是演别人。我说在街上。你下次等他摘了墨镜好好看看。

她嘬了口烟像是在吸入药物然后从嘴和鼻子里冒出

烟云。我打断了她尼古丁和焦油的气雾剂喷射。

——他是个名演员。

她说话前从嘴上刮掉一丝烟草末我忽然意识到在古巴男人直接吐掉粘在嘴上的脏东西，而女人则用长长的指甲。

——我永远不会爱上一个长着那样眼睛的人。更别说是一个演员。

我没说什么但感觉有点不舒服。我也算演员吗？我还想她怎么看我的眼睛。没等回答，库埃回来了。他的样子像是忧愁又像满足或者二者兼有。

——我们走吧——这是跟我说。他对薇薇安说：——看来西比拉今天没来。

我不知道——她说，我发觉或者我希望发觉她在水泥桌面上捻灭烟头时格外用力。然后丢到角落里。她就回游泳池去了。——再见——她对我们说看着我的眼睛对我说：

——谢谢。

——为什么？

——为了烟和火柴还有——她又说，我相信没有恶意但她明显停顿了一下——聊天。

我看了眼走远的库埃只看见他穿雨衣的背影。我们走出院子的时候有人喊叫。

——有人叫我们——我对他说。是个小伙子在水里向我们比画。是向库埃因为我不认识那人。库埃转过身。——找你的——我对他说。

那小伙子用头和胳膊做出奇怪的动作喊着阿塞尼奥·嘎嘎嘎。这时候我明白了。他在学鸭子。我不知道库埃看懂了没有。我觉得他懂。

——来——他对我说。我们回到游泳池。——那是西比拉的弟弟。

我们走到池边库埃叫那个小伙，叫他托尼。他朝我们游过来。

——干吗？

他和薇薇安和西比拉一样年轻。他抓住池边我看见在他一只手臂上有个金的身份手环。库埃一个字一个字地说。

——你才是鸭子，游来游去——他听懂了。我笑了。库埃也笑了。唯一没笑的是托尼他害怕地看着库埃，一脸痛苦的怪样。我刚才没明白但现在知道了。库埃用鞋踩在他一只手的手指上把全身的重量都压了上去。托尼喊了出来，双腿猛蹬泳池壁。库埃放开他托尼飞似的往后退，呛着水，抢着用脚划水，把手贴到嘴边，差点哭出来。阿塞尼奥·库埃笑着，在池边微笑。他的开心比这场面更让我惊讶，他那种复仇的满足。但出来的时候他全是汗摘下墨镜擦脸上的汗水。作为对温度对午后对气候的妥协，他终于脱下雨披拎在手里。

——看见了？——他问我。

——嗯——我说，在说话同时试着去看他的眼睛。

V

我说过这个故事跟“古巴”无关而现在不得不改口因为在我生活里没有什么跟“古巴”，维内嘉丝无关。我说的这天晚上我去了“山区”借口去听贝尼·莫雷，这是个非常好的借口，因为贝尼非常好，但其实我是去看“古巴”（“人类眼睛见过的最美的妖姬”①，弗洛伦·卡萨利斯说过）就像贝尼是耳朵的享受，“古巴”则是眼睛的盛宴：有机会看的话就好好看。

——进来进来——“古巴”在化妆室的镜子里对我说。她在化妆在演出服外面套了件浴袍。她从来没这么美：嘴唇湿红满溢眼睛上方的蓝影让眼睛显得更大更黑更闪亮，妆化得有点像维罗妮卡·莱克②的黑白混血版，腿翘着从梳妆衣露出来直到膝盖以上，紧致深棕柔和，简直可以吃。

——维罗妮卡·小水塘怎么样？——我对她说。她笑了，主要是为了展示她大而完美的白牙那么齐整，好像假牙嵌在玫瑰红的牙床上。

——准备好上派对了——她边说边用黑色的眉笔拉长眼角。

——你怎么了？

---

① 戏仿哥伦布当年对古巴的赞美：“人类眼睛见过的最美的土地。”

② 维罗妮卡·莱克（Veronica Lake，1922—1973），美国影星，英文 Lake 意为“湖”，所以后文说“小水塘”。

——我没事。

我过去揽住她的肩头，没吻她也没干别的，但她非常高雅地，停住，脱下梳妆衣也脱开我的手：她没拿开我的手，只是把我和衣服一起脱掉。

——秀完了我们出去？

——不我不行——她对我说。——我来好事了。

——只是去“拉斯维加斯”而已。

——可我感觉有点发烧。

我走到门口双手攥紧门框托住从中走进的空虚。我双手一推要走人，这时候听见她叫我。

——抱歉亲爱的。

我用脑袋做了个动作。

Sic transit Gloria Pérez.①

三小时后我到福斯卡与薇薇安碰面。我一进去门房就朝我过来，但我听见薇薇安叫我的声音。她坐在门厅的黑暗中，我是说她坐在黑暗中的一张沙发上。

——怎么了？

——巴比娜，女佣人，我上去的时候她醒着所以我下来告诉你等等我。

——你笑什么？

——笑巴比娜本来没醒，是我把她弄醒的因为我摸黑

① 拉丁文，意为“格洛丽亚·佩雷兹就此消逝”，戏仿拉丁文谚语“Sic transit gloria mundi”（尘世荣耀就此消逝），格洛丽亚的名字 Gloria 本意为“荣耀”。

碰倒了一盏灯。我不想吵醒她，结果把她彻底弄醒了不仅如此，我还打坏了妈咪很喜欢的灯。

——物质依然存在……

——失去的只是形式。你也来这种俗套？

——别忘了我是个打鼓的。

——你是个艺术家。

——两腿间绷着一张皮儿的艺术家。

——这话真粗俗。好像巴比娜说的。

——女佣人——我说。

——有什么不对吗？说仆人更难听。

——不，我不是说她，是说我。她是黑人？

——你说什么就是什么。

——到底是不是黑人？

——是行了吧。

我什么也没说。

——不，不是黑人。是西班牙人。

——不是这个就是那个。

——你就不是这个也不是那个。

——你不明白你说得有多对，美人儿。

——你说，咱们要不要出去嗨一下？

她当然是在开玩笑这时候我看出在晚装后面她仍然是个孩子，我想起那天去福斯卡去看看能不能看见她（下午，四点钟，借口是去咖啡馆吃午后点心）我看见她穿着校服，是那种富家女孩上的学校，谁看了都会觉得她只有十三四岁，她那样保护自己的身体，自己的童真和年轻，把课本抱在胸前，弯着腰缩起身子的样子。

——你不知道大家都叫我“比弗利小子”[①]？——我跟她说，自己也笑了。她勉强笑笑不是因为不可笑，而是因为不习惯大声笑，但同时又想表现出听懂了笑话能欣赏跟得上潮流，觉得自己的笑声粗俗是因为有人告诉过她上等人从不大笑。如果听起来很复杂是因为对我来说确实很复杂。

我试了试另一个版本：

——或者“比利小资”。

——好了，够了。你一开始就没个头儿。

——我们出不出去？

——出去。幸亏我下来了，因为门房不会让你进的。

——那咱们怎么办？

——你在 21 俱乐部的街角等我。我马上到。

说实话我已经不想跟她出去了。我不记得是因为我想到了门房还是因为我确信我们不会有任何结果。在薇薇安和我之间要穿越的不只是一条街。我抛下隐喻的街，穿过现实的街，想的是记忆的街，在同一条夜晚的街上我认识了薇薇安，也是在那里碰见西尔维斯特雷和库埃把薇薇安和西比拉送回家又回来。

---

① 戏仿“比利小子”(Billy the Kid，1859—1881)，美国西部枪手，著名罪犯。

——可怜的古诺[1]怎么说来着？——库埃对我说炫耀着他的音乐素养，欧洲音乐。——你不会不知道古诺，对就是圣母颂那个，曾是个定音鼓手？

——不，我不知道。

——但你知道他是谁吧古挪，喏？——西尔维斯特雷对我说。他醉了，随时随地摔倒。

——古挪诺？——我说。——不知道。谁是古挪诺？

——不是，我没说古挪诺，我说古挪。

阿塞尼奥·库埃笑了。

——人家在耍你，*mon vieux*[2]。我出一百比索对一个烟头赌这家伙一定知道古诺是谁。他是个有瘟化的定音鼓手——他故意这么说的。——就像古诺，外号古挪。

我还什么也没说。暂时。但会说的，库埃，*mon vieux*。

——阿塞尼奥——我对他说刚要说西尔维斯特雷，就听见有人打嗝儿在背后正是西尔维斯特雷差点摔倒在他后面——和西尔维斯特雷，二重唱。

他们笑了？二重笑？我能用一阵大笑分开他们，甚至一个微笑或眼神就可以。二重唱就是这样。我知道因为我是搞音乐的。总会有主有次即使在齐唱的时候他们仍是脆

---

① 古诺（Charles-François Gounod，1818—1893），法国作曲家，《圣母颂》是他最为人熟知的作品。

② 法文，意为“老家伙，老伙计”。

弱的组合。

——西尔维斯特雷，你知道库埃刚才露怯了么？

——是吗是吗——西尔维斯特雷说，勉强从酒醉中出来。——说说快说说。

——我这就说。

库埃看了我一眼。好像挺开心。

——库埃·老伙计我有很不幸的消息告诉你。古诺从来没当过定音鼓手。你搞混了，跟艾克托尔·柏辽兹混了，《齐格弗里德游塞纳河》的作者。①

我觉得有一瞬间库埃希望像西尔维斯特雷一样烂醉而西尔维斯特雷像库埃一样节制。或者相反，两人会这么说或者其中任一个都会这么说。如果那样的话我知道为什么。有一回阿塞尼奥·库埃坐出租车司机在听音乐西尔维斯特雷和库埃在车上争论起来广播里放的是谁（因为是古典音乐）海顿还是亨德尔，司机听他们争了一阵子然后说：

——先生们，不是嗨顿也不是嗨德尔。是莫啥特。

大吃一惊——库埃的脸色应该就像现在一样。

——您怎么知道？——库埃问。

——因为主持人说了。

阿塞尼奥·库埃无法保持沉默。

---

① 艾克托尔·柏辽兹（Hector Louis Berlioz，1803—1869），法国作曲家；《齐格弗里德游莱茵河》是德国作曲家瓦格纳的歌剧《诸神的黄昏》中的开篇。

——您，一个司机，也喜欢这种音乐?

然而没想到，是司机，一锤定音。

——您，一个乘客，也喜欢?

库埃不知道我在认识他之前就知道这故事。西尔维斯特雷知道。他以前给我讲过现在应该想起来了，笑着，在灵魂和肉体的双重醉意中摇摇晃晃。但库埃知道怎么摆脱尴尬。他是个演员，对吧?现在他在戏仿公众人物。

——靠，*mon vieux*，你这是以音乐为轴把我劈成两半啊。都是酒闹的。

——虎—卵—痰——西尔维斯特雷是想说“胡乱谈”。酒精把他变成了真正的牾斯忒罗斐冬的门徒，他嘴里长的不是舌头是饶舌令。

我看见库埃用种奇怪的方式看着我，有意为之。他跟他的搭档说话。一对闹剧组合。哲学的贫困啊[①]。

——西尔维斯特雷，我用我的工资押一根灭掉的火柴赌我能猜着那边那位，文森特，想问我什么。

我一惊。不是因为什么文森特，那天他可能听见了。

——信不信我知道你想知道什么?

我什么也没说。只看了他一眼。

——他知道?——西尔维斯特雷问。

他知道我知道。他是个混蛋。从把他介绍给我认识的

---

① 戏仿法国无政府主义创始人蒲鲁东(Pierre-Joseph Proudhon，1809—1865)的《经济矛盾的体系，或贫困的哲学》(1846)。

时候我就看出来了。不管怎么说，不得不佩服。

——对吾资到——库埃说。我觉得他带点美国口音，西尔维斯特微笑或笑然后傻傻地问：

——什么什么什么。

——知道了就闭嘴吧——我对库埃说。

——是什么事什么事——西尔维斯特雷说。

——干吗？我又没加入秘密会社。我又不是沉默的鼓。

——什么事先生们什么事——西尔维斯特雷说。

——什么也没有——我说，表达方式或许有点粗暴。

——恰恰相反——库埃说。

——什么恰恰相反——西尔维斯特雷说。

——很多——库埃说。

——什么很多——西尔维斯特雷说。

我什么也没说。

——西尔维斯特雷——库埃说，——这位——他指指我——想知道是不是真的。

这是猫和老鼠的游戏。两只老鼠和一只猫。

——什么真的——西尔维斯特雷说。我仍旧不说话。

我抱起胳膊从身体到灵魂双重袖手旁观。

——是不是薇薇安真的好上手。还是不好上。

——我没兴趣。

——好上好上——西尔维斯特雷说，用拳头捶一张空气桌子。

——不好不好——库埃逗他玩说。

——好上妈的好上——西尔维斯特雷说。

——我没兴趣——我听见自己说，声音笨拙。

——你有兴趣。我这就告诉你更多的事。你将跟薇薇安搞到一起而那不是个女人……

——是个女孩——我说。

——有什么不好？——西尔维斯特雷问，几乎没打岔。

——不，不是什么女孩——库埃说，他现在只对我一个人说话。——我说的是那没说她。那是一台打字机。连名字都是打字机的名字。

——怎么说怎么说——西尔维斯特雷说，他因为酒精忘了自己众多老师中的一位。——解四你解四。

阿塞尼奥·库埃，永远在演戏，看了西尔维斯特雷一眼又看了我一眼，屈尊往下说：

——你见过一台打字机恋爱吗？

西尔维斯特雷好像想了想才说，没没见过。我什么也没说。

——薇薇安·史密斯-科罗娜是台打字机。[①]

一个名字里有什么？有一切。就是一台打字机。但是供展览的，那种在玻璃柜里旁边有牌子写着请勿触摸。非卖品，没人买，没人用。就是看着漂亮。有时候都不知道

① 指美国史密斯-歌罗娜打字机公司。

是真的还是模型。以假乱真，我们的西尔维斯特雷会这么说，如果他能念出这个词的话。

——我能我能——西尔维斯特雷说。

——那你说啊。

——以假乱贞洁。

库埃笑了。

——这么说更好。

西尔维斯特雷笑得心满意足。

——谁会爱上一台打字机?

——我我——西尔维斯特雷说。

——不光你，明白吗——库埃说着看了我一眼。

西尔维斯特雷一阵狂笑，开始声势惊人后来就卡壳了。

我什么也没说。我只是紧闭嘴巴面对面瞧着库埃。我感觉他退了一步或者至少把脚挪开了。他踩了我的手指但他知道我不是托尼。说话的是西尔维斯特雷，调解人。

——好吧我们走吧。你想来吗? 库埃又问了一遍。这样好些。我也决定当个文明人，就像西尔维斯特雷会说的。

——去哪儿? ——我问。

——这儿，去圣米歇尔。去看一眼那些疯女人。

也没那么文明。

——我没兴趣。

西尔维斯特雷拽了我胳膊一把。

——来吧别犯傻。或许我们能碰见熟人。

——有可能——库埃说。——夜里什么都有。

——好吧——我说还有点其他打算。——但我可不想看娘炮们的现场。

——他们都半死不活的——库埃说。——非暴力抵抗。

他们追求非暴力的抵抗和共存和共处。

——我没兴趣。不管是被动的主动的非暴力的暴力的。

——不管是但丁还是维吉尔——库埃说。

——不管是在地上还是在海里——我说。

——在空中可以？——库埃说。

——他们在自己的元素中——西尔维斯特雷说，不无恶意，我觉得。

——谢谢没兴趣。

——你自己绕进去了——西尔维斯特雷说。

——这位也是——库埃说，笑着，像在报复。

——不我才不是，见鬼——西尔维斯特雷说。——我要去看跳舞什么的。

——吉恩·凯利总是跟赛德·查理斯[①]跳舞，没意思——库埃说。——你呢去干吗。

---

① 吉恩·凯利(Gene Kelly，1912—1996)和赛德·查理斯(Cyd Charisse，1922—2008)这两位美国影星曾多次合作出演歌舞片。

——我去国民饭店看个人。

——总是这么神秘——西尔维斯特雷说。

他们笑了。他们告别。他们走了。西尔维斯特雷边走边唱，声音渐渐模糊，模仿那首歌：神秘人想要统治我们/ 我追随追随他的脚后跟/ 因为我不想让人说/ 神秘人想要统治我们。

——尼科·萨奇科①——阿塞尼奥·库埃。——奏鸣鸣鸣曲，降逼调，嘬品 1958。

VI

我那天晚上哪儿也没去，就待在街角路灯下像现在一样。本来可以等“巴黎人”俱乐部第二场秀结束找个伴唱的姑娘。但这等于要从那边去个俱乐部，喝点东西然后找个旅馆最后早晨醒来舌头好像发黏的墓碑，在陌生的床上，跟一个几乎认不出来的女人因为她已经把所有的妆都卸在了床单和我的身上和我的嘴上，有人敲门无名的声音说时间到了就得一个人去冲澡去掉床的味道性的味道睡梦的味道，然后叫醒那个陌生女人，她仿佛结婚十年的夫妻似的跟我说，用同样的声音，同样的确信，宝贝你爱我吗，问我，她真正该问的是名字，我的名字，她不会知道因为我也不知道她的，我会对她说，爱你宝贝。

---

① 尼科·萨奇科（Ñico Saquito，1901—1982），古巴音乐家和吉他手；“神秘人想要统治我们……”戏仿了他的著名舞曲《玛丽亚·克里斯蒂娜》。

我现在待在那儿想着打邦戈鼓或木鼓或架子鼓（或者古巴特色打击乐器，蛋蛋鼓，就像库埃说的强调这样说才有文化而且有范儿，性感，人见人爱有灵气）就是独处，但并不孤单，就像飞，我感觉，我只坐飞机去过皮诺斯岛[①]，只是乘客，而我说的飞是飞行员，在飞机上，看着被碾压的景色，只有一个向下的维度，但同时知道自己被包在多维度里而机器，飞机，康佳鼓，都是联系，让你可以向下飞看那些房子和人或者向上飞看云彩在天地之间，停止，脱离维度，但又在一切维度中，我在那儿敲着，反复敲着，打鼓，配合着，脚踩着拍子，脑子里想着旋律，留意那内在的响木它还在敲，听起来像响木虽然乐队里已经没有这个，在讲述沉默，我的沉默，同时我听见乐队的声音，在回旋，悬停，急转，空翻，用左手的鼓，然后右手，然后双手，模仿一场事故，一次俯冲，骗过铃铛或小号或低音提琴，装作偶然不合拍，在似乎完全走调的时候找回节奏加入伴奏，拉直飞机最终降落：与音乐玩耍敲打从羊皮里掏出音乐从那块钉在一个骰子一个木桶上的不朽的羊皮它的幼崽变成音乐在双腿间就像音乐的睾丸和乐队一起离开和她在一起但既不在孤独里也不在陪伴里不在世界里：在音乐里。飞。

我还待在那儿夜里一个人库埃和西尔维斯特雷他们

---

① 皮诺斯岛（Isla de Pinos），古巴岛屿，现称青年岛（Isla de la Juventud）。

去了“圣米歇尔”的音乐笼子看鸟儿①展览，这时候过来一辆敞篷车开得飞快我感觉看见“古巴”在上面，在后面，跟一个男人可能是也可能不是我的朋友柯哒前面是另一对儿，都紧贴在一起。车继续往前钻进国民饭店的花园我想那不是她，不应该是她因为“古巴”应该在家里，已经睡了。“古巴”必须休息，她不舒服，“来好事了”她跟我说的：我正想着就听见引擎响，一辆车，开上N大街正是刚才停在半个街区外高处停车场旁边黑暗里的那一辆，我听见脚步声走上人行道走向街角从我后面过去我回过头是“古巴”走来和一个我不认识的男人，我很高兴不是柯哒。她看见我了，当然。他们都进了21。我什么也没做，动都没动。

没一会儿“古巴”出来走到我待的地方。我没说话。她没说话。她一只手搭到我肩膀上。我移开肩膀她移开手。她很安静，什么也不说。我没看她，我看街上，奇怪，那时我在想薇薇安该到了我希望“古巴”走人我觉得自己在装出一种灵魂中的剧痛就像牙疼那么厉害。或者我是真的疼？“古巴”慢慢走开，又转头对我说了一句，声音低得几乎听不见：

——学会原谅我。

听着好像一首波丽露的歌名，但我没对她说。

——你等我半天了吧？——薇薇安问，我还以为是

① “鸟儿”在古巴常指同性恋者。

“古巴”在说话，因为一个刚走另一个就到了我心想她会不会看见了。

——没有。

——等无聊了吧？

——真的没有。

——我害怕你已经走了。我得等巴比娜睡了。

她什么也没看见。

——没有，我没无聊。抽烟想事情。

——想我？

——对想你。

骗人。“古巴”走后我在想下午我们排练中一个不好弄的处理。

——骗人。

她好像听了很高兴。她没穿在夜总会穿的衣服，换成我认识她那天穿的那件。她更像女人了，但不像第一次那样白得像幽灵。她把头发挽成一个高高的发髻化了个鲜亮的妆。几乎称得上美艳。我对她说了，当然省去了“几乎”。

——谢谢——她对我说。——我们干什么去？总不能一整夜都待在这儿。

——你想去哪儿？

——不知道。你说吧。

带她去哪儿呢？已经三点多了。很多地方都开着，哪家适合这个富家女？找个有点寒酸，但很讲究的，比如

“巧丽”？这儿离海滩太远我的工资都得花在打车上。找一家深夜餐厅，比如21俱乐部？

她应该腻味了在这些地方吃饭。再说“古巴”可能会在。找个夜总会，夜店，酒吧？

——你觉得“圣米歇尔”怎么样？

我想起了库埃和西尔维斯特雷，这对孪生兄弟。但我估计这个点儿说“是”的女孩[①]和黑人灵歌的狂欢节目应该已经结束了只剩下零星几对儿，也许是异性恋。

——我觉得可以。不远。

——这话说得很委婉——我说着把俱乐部指给她看。——月亮也不远。

“圣米歇尔”几乎没人，长长的过道在夜里早些时候是鸡奸集散地，现在空荡荡。只有一对儿——一男一女——挨着留声机还有两个腼腆的拉拉完美融入在昏暗角落里。不能指望酒保——他也是侍者——因为我从来没弄清他真是同性恋还是为了做生意假装的。

——两位喝点什么？

我问薇薇安。一杯戴吉利给她。嗯，也给我一杯。我们连喝了三杯，这时候进来一帮很吵的人，薇薇安小声说了句：“我的妈呀！”

——怎么了？

---

① 说“是”的女孩（las niñas de sí）戏仿西班牙剧作家莫拉廷（Leandro Fernández de Moratín，1760—1828）的《女孩说“是”》（*El sí de las niñas*，又译《女孩们的允诺》）。

——是赛艇俱乐部那帮人。

是她俱乐部的朋友或者她妈妈的俱乐部或她继父的自然他们认出了她自然他们过来打招呼自然要有介绍以及其他一切。其他一切我是指表示理解的眼神和微笑其中两个女的站起来对整个西方世界说声失陪去了洗手间以及叽叽喳喳的聊天。我无聊地在酒杯的水汽上用食指画圈又用从杯脚流下的水画新的圈儿。这时有人开始放一张救命的唱片。那是“星星雷亚”，唱的是《让我一个人》。我在想那个黑白混血女人，硕大，英勇，黝黑浑圆的麦克风在她手里好像第六根指头，在“圣约翰”（现在哈瓦那所有的夜总会都起个外国圣徒的名字：这是搞分裂还是赶时髦？）唱歌离我们待的地方不到三个街区，在酒吧的墩座上唱歌仿佛一尊怪异的新女神，仿佛木马在特洛伊被崇拜，被粉丝包围，唱歌不用伴奏，高傲地凯旋，熟客们在她身边盘旋，就像蛾子在灯下，看不到她的脸，只看见她辉煌的声音因为从她专业的口中传出塞壬的歌声而我们，听众中的每一个，我们都是绑在吧台桅杆上的尤利西斯，被声音征服，那是蛆虫也无法吞噬的声音因为此刻在唱片里响起，在完美的外质中复刻，好像没有维度限制的幽灵，好像飞机的翱翔，好像木鼓的声响：那是原本的声音而几个街区外的只是她的仿品，因为“星星雷亚”就是她的声音我聆听她的声音向她说话，盲目中被黑夜里闪烁的声响牵引，听着她的声音看见她在突如其来的黑暗里，我说，“星星雷亚，领我去港口，带我安稳走，做我真正的罗盘针。我的北极星，”我该是大声说了出来，因为我听见我们周围的桌边笑声一片，有人说，我感觉说话的是个女孩，“薇薇安人家把你名字改了”，我说声失陪站起来去厕所，边尿边唱“尿我一个人”，此戏仿版权属于鄙人。

VII

我回来的时候，只剩薇薇安一个人喝她的戴吉利，我的那杯在我的位置上等我，几乎凝固。我全喝掉没说话她也喝完了她的，我就又要了两杯我们一个字也没提那些人我已经不确定他们来没来过这里还是我做梦或者想象。但他们的确来过，因为又开始放唱片，放第三遍《让我一个人》，我还看见黑塑料桌面上计杯数的记号。

我记得我们头顶有朦胧的灯光映下来在薇薇安的金发上闪着光晕，当时我正开始取下她发髻上的发卡，没说话。她看着我的眼睛距离这么近几乎是眯着眼睛在看。我吻了她或是她吻了我，因为我半醉半醒之间心里在想这个还不满十七岁的小女孩从哪儿学会的接吻。我又吻她，同时一只手抚摸她的背，一只手终于散开她的头发。我拉开她背上的拉链把手伸到腰以下她一阵扭动，但不是不舒服，我想。她没戴胸罩这是我的第一个惊喜。我们继续着同一个吻她非常用力地咬我的嘴唇一边跟我说着什么。我从背上的开口探到正面最终感受到她的乳房，小小的，像是在成形，在生长，在我手里含苞待放。你们相信么，尽管是个喝醉的鼓手我也能充满诗意。我没动，就把手停在那里。她在我嘴里说话我感到有点咸我以为是她咬破了我的嘴。是她在哭。

她离开我的怀抱向后仰头，光打在她脸上。她脸全湿了。有些是口水，但其他都是眼泪。

——对我好一点儿——她对我说。

这时她又哭了我不知道怎么办。哭泣中的女人总让我困惑，尽管我喝醉的时候已经很困惑了：比下一杯酒更能让我困惑。

——我太不幸了——她对我说。

我以为她爱上了我并且知道——她已经知道——关于我和“大古巴”（维内嘉丝女士的另一绰号）我不知道说什么好。爱上我的女人，比哭泣中的女人比下一杯酒更让我困惑。现在好了，正当这个爱上我的女人在哭泣，侍者送来两杯酒虽然并没人点过。我猜他是来结束我们这一轮扭抱。但她当着裁判的面开了口。

——我真不想活了。

——为什么呢？——我问。——在这儿多好啊。她看着我的眼睛继续哭。喝下的戴吉利都从眼睛里流光了。

——你想想，很可怕。

——什么很可怕？

——生活很可怕。

又一首波丽露歌名。

——为什么？

——不为什么。

——那为什么可怕？

——哎，太可怕了。

她突然不哭了。

——手绢借我用下。

我递过去她擦干眼泪和口水甚至还擤了鼻涕。我唯一的手绢。我的意思是，夜里唯一的：我在家里还有。她再没还给我。我的意思是，她到现在也没还：应该还在她家里或者包里。她一口气干了戴吉利。

——对不起。我是个傻瓜。

——你不是傻瓜——我说着试图吻她。她不让。反而拉上了拉链整理头发。

——我想告诉你件事。

——请说吧——我回答，试图做到聚精会神善解人意慷慨无私就像世界上最糟的演员试图做到慷慨无私善解人意聚精会神同时对着并未倾听的听众说话。又一个阿塞尼奥·库埃。

——我想告诉你一件事。别人都不知道。

——别人以后也不会知道。

——我要你发誓不告诉任何人。

——谁也不告诉。

——尤其不能告诉阿塞。

——谁也不告诉——我的声音此刻听起来像喝醉了。

——你发誓。

——我发誓。

——这很难，但最好还是一下全告诉你。我已经不是女孩了。

我的脸色一定很像库埃，在他遭遇古诺，莫扎特 & Co.，这些尴尬之声的大宗出品人的时候。

——真的——她对我说，没等我说出话来。

——我真不知道。

——没人知道。只有你和那个人和我三个知道。他不会告诉任何人，但我再不说就爆炸了。我必须找个人说，西比拉是我唯一的朋友，但世界上谁知道我也不想让她知道。

——我跟谁也不会说。

她向我要了根烟。我给她，但我自己没拿。给她点烟的时候她几乎没碰我的手，只是从僵硬汗湿的手指将颤抖传递到我的手上。她的嘴唇也在发抖。

——谢谢——她对我说吐出烟雾立刻接着说：——他是个非常迷惘的男孩，非常年轻，非常迷惘我想给他的生活一些意义。但是，我错了。

我不知道说什么好：把献出童贞当作一种利他行为让我彻底无语。但我有什么资格来讨论拯救的可能形式？归根结底，我不过是个鼓手。

——啊薇薇安·史密斯——她说，她从来没提过科罗娜这个姓我记得洛尔迦也总是自我介绍叫费德里科·加西亚。她声音里没有哀叹也没有责备，我觉得她只是想确认正跟我在一起，但没揭穿她因为我也感觉在做梦。只不过不是我梦想的梦。

——我认识吗？——我问她，努力不表现出好奇或嫉妒。

她没立刻回答。我认真看着她似乎酒吧里更暗了些，她没哭。但我看见她眼睛里水汪汪的。她停了两年那么久才回答。

——你不认识。

——你确定？

——好吧，认识。你认识他。你去游泳池那天他就在。

我不愿，不能相信。

——阿塞尼奥·库埃？

她笑了或者想要笑或者两者都有。

——拜托！你觉得阿塞一生中哪怕迷惘过一天吗？

——那我就不认识了。

——是西比拉的弟弟，托尼。

我当然认识。但我并没在意，那个半斜眼，狗屎两栖动物，脖子上戴着链子手腕戴着身份环的迈阿密公民，居然就是薇薇安的迷-惘-少-年。我在意的是她说“是”的时候用的是现在时。如果她用的是过去时，就意味着那只是暂时的或意外或被强迫。这只有一个解释就是她爱他。我看托尼不一样了：用不同的眼光。她会在他的眼睛里看见什么？

——喔这样——我说。——我知道是谁了。

我很高兴库埃踩了他的手。不，我希望他，像我一样，灵魂长在手指头上。

——拜托，无论如何，永远不要告诉任何人永远。答应我。

——我答应你。

——谢谢——她说抓住我一只手抚摸着既不机械也不温柔也没有企图。这是她的手拥有的另一种智慧，就像挨近她的脸点烟的时候。——我很抱歉——她对我说，但没说为什么抱歉。——我很抱歉真的。

这一夜所有人都对我说抱歉。

——没事儿这压根不重要。

我觉得自己的声音有点像阿尔多罗·德·科尔多瓦但也有点像我自己的声音。

——我很抱歉我很难受——她对我说，但也没说为什么难受。也许是因为告诉了我。——再帮我要一杯。

我招手叫来侍者想做到这一点必须会捕捉侍者：没有想象中那么简单：弗兰克·布克[1]也做不到活捉一个侍者。我再看她的时候她又哭了。她说着眼泪流了出来。

——你真的不会告诉别人吧？

——不会，真的。谁也不告诉。

---

① 弗兰克·布克（Frank Buck，1884—1950），美国导演和演员，也是野生动物收藏者，代表作《生擒活捉》（*Bring 'Em Back Alive*，1932）。

——拜托，谁也别告诉，任何人任何人任何人。

——我的嘴严得像古墓。

掘墓人我求求你，为我爱的人唱一曲/ 在她墓上唱安魂曲/ 别让魔鬼把她欺。/ 别为她哭泣，掘墓人，别为她哭泣（此处重复）。

当她唱起波丽露

还要我怎样？我感觉自己像个巴纳姆[1]我听从了阿历克斯·拜尔仇恨的忠告。我有个念头，“星星雷亚”需要发现，这个词本来是指艾力波和居里夫妇这样用毕生精力发现镭[2]以及雷人的新玩意。我告诉自己必须将她声音的金子跟大自然、天意或者其他什么存在用来包裹她的废矿分开，必须从埋葬她的狗屎山里提炼出那颗钻石，我所做的就是组织一场派对，一次突然袭击，按里内·莱亚尔[3]的话说就是小聚一场，我就让里内负责到处请人，剩下的人我来请。剩下的人就是艾力波和西尔维斯特雷和梧斯忒罗斐冬和阿塞尼奥·库埃和“埃姆西”，最后这家伙是个天真的傻子，但我需要他因为他是“热带乐园”的主持人，艾力波带来了“飞行员”和维拉还有弗兰埃米利奥，最后这位应该会最开心因为他是钢琴家富于感受力又是

---

① 巴纳姆（P. T. Barnum，1810—1891），美国马戏团“巴纳姆 & 贝利”（Barnum & Bailey）的创建者之一，曾搜罗各种畸人异物来展览巡演。

② 西语中“radio”做阳性名词指元素镭，但更多情况下做阴性名词意为“无线电广播”。

③ 里内·莱亚尔（Rine Leal，1930—1996），古巴戏剧批评家，卡夫雷拉·因凡特的朋友。

瞎子，里内带来了胡安·布兰科[①]，虽然是个音乐失去了幽默感的作曲家（是音乐，不是胡安·布兰科本人，外号约翰内斯·维特或乔瓦尼·毕安科的幽默感：他写的东西，在他是个懊丧的黑白混血佬的时候，被西尔维斯特雷和阿塞尼奥和艾力波称为严肃音乐）还差点把阿莱霍·卡彭铁尔拉来，就缺一个经纪人，但维克托·佩拉放了我鸽子而阿塞尼奥·库埃拒绝与任何电台的人说话只好这样了。但我还是指望广告的效果。

这个派对或者叫什么都好是在我家里，在那个被里内坚持叫作工作室的唯一的大房间，受邀的客人早早就开始出现，甚至有没受邀的，比如姜尼·不咋地（或类似的名字）是个法国人或意大利人或摩纳哥人或三合一人称“黄油之王”不是因为进口这些食用脂肪而是因为他是大麻贩子[②]也是他某天晚上试图为西尔维斯特雷传教是他带西尔维斯特雷去“拉斯维加斯”听“星星雷亚”唱歌而不久前所有人都已经知道她，他当真自认为是她的经纪人，和他一起来的还有玛尔塔·潘多和英格丽·宝儿曼和伊迪丝·卡维尔[③]我估计这就是那天晚上全部的女宾，因为我很小心没让伊蕾妮塔或“公牛”玛诺力拓或麦卡雷娜或者

---

① 胡安·布兰科（Juan Blanco，1919—2008），古巴音乐家，被誉为古巴电子音乐的先锋人物。

② Manteca（黄油）在古巴的西班牙语中有“大麻”的意思。

③ 伊迪丝·卡维尔（Edith Cabell，即 Edith Cavell，1865—1915），英国护士，第一次世界大战中的女英雄。

任何其他的黑湖[1]生灵出现，不管是不是森闵萝（一半是女人一半是马，哈瓦那夜间动物园中的传奇生物，我现在不能也不愿详细描述）或者像玛尔塔·维雷兹，著名波丽露作曲家，不是半人马是全马，杰西·费尔南德斯也来了，他是个古巴摄影师为美国《生活》杂志工作，那段时间正好在哈瓦那。就差“星星雷亚”了。

我准备好相机（我的相机）跟杰西说如果需要可以随便用，他选了一台哈苏是我那段时间买的，他对我说想在那天晚上试试，我们对比禄莱和哈苏的质量又拿尼康对比徕卡然后又聊曝光时间和瓦里加姆相纸那时候是新东西，聊所有我们摄影师聊的那些东西就跟女人们聊长裙短裙和腰身就像球迷聊排名和数据就像玛尔塔和“飞行员”和弗兰埃米利奥和艾力波聊延长号和三十二分音符就像西尔维斯特雷和里内聊鹅肝或菌类或啤酒花，都是无聊变体的话题，谋杀时间的弹药，今天尽量说明天再琢磨万事皆拖延，库埃这话太妙了应该是他从哪儿偷来的。而里内，在这时候，忙着分发酒类和炸肉皮和橄榄。我们聊啊聊啊时间这么过去突然一只猫头鹰从我阳台前面飞了过去，怪叫着，伊迪丝·卡维尔叫了声，快走开呸呸呸！我想起跟“星星雷亚”说我们为她开派对八点开始让她九点半到我看了下表已经十点十分了。我到厨房说我下楼去买冰，里内很奇怪因为他知道浴盆里有冰，我下了楼在所有的黑夜

① 戏仿美国电影《黑湖妖谭》（*Creature from the Black Lagoon*，1954）。

之海里寻找那个化身海牛的塞壬女妖，在大洋中淋浴歌唱的哥斯拉，我的纳金刚[①]。

我到“塞莱斯特”酒吧找她，在吃饭的人群中，在“埃尔南多的藏身所”，就像个没带白色盲杖的瞎子（因为都是徒劳，因为在那里即使有盲杖也看不见），出来的时候真的变成瞎子被洪堡街和 P 街街角路灯一照，在米提奥修车厂咖啡在那儿所有的饮料都有尾气的味道，在“拉斯维加斯”特别留心别撞见伊蕾妮塔或另一个或另另一个，在洪堡酒吧，已经累了直到因方塔和圣拉撒路都没找到她但在我往回走的时候，又经过“塞莱斯特”在最里面跟墙壁兴奋对话的正是她，一个人醉得不能再醉。她估计全都忘了因为她穿着平常的衣服，那身加尔默罗会修女服，但当我把她拉到一边她对我说，嗨大娃娃，坐下喝一杯，嘴巴笑得直咧到耳朵根。我瞪了她一眼，很生气，当然了，但她的话立刻让我心软下来，我做不到，她对我说。我害怕：您们太搞雅太有温化太有档次了对我这个黑女人来说，她说着又要一杯刚把手里的喝掉，酒杯在她手里好像个玻璃顶针，我向侍者打了个手势不要给她然后坐下。她又冲我笑开始哼唱什么我听不懂，但那不是歌。我们走，我对她说，跟我走。不行不行，她对我说，听起来像不“琼”，布克·琼斯[②]的简称，就是演那些牛仔电影

① 戏仿美国著名黑人歌手纳京高（Nat King Cole，1919—1965）与电影《金刚》（*King Kong*，1933）中的巨型大猩猩。

② 布克·琼斯（Buck Jones，1891—1942），美国演员，多出演西部牛仔。

的。我们走，我对她说，谁也不会吃了你。吃我，她问我，其实不是在问，吃我吗。哈，她对我说着扬起头，没等您们里哪个碰到我的热辣卷发一根毛儿我就能先把您们所有人一口吞了，她说着拽了把头发，很硬，样子很有戏剧感或者喜剧感。我们走，我对她说，整个西方世界都在我家里等你。等什么，她问我。等你去听你唱歌。我，她问，听我唱，她问，在你家，他们在你家，还在吗，她问，那他们可以听我从这儿唱因为你就住在一拐弯，她对我说，我只要待在这儿，她站起来，在门口我一亮嗓子他们就能听见，她对我说，不是吗，就倒在椅子上，椅子没吱吱响因为已经习惯，认命当一把椅子。对，我对她说，是这样，但我们回家，那样更好，我凑过去悄悄说。来了个经纪人，于是她抬起头或者没抬头，只是歪过头抬起眼睛上画出的一根细线瞥了我一眼我以约翰·休斯顿的名义起誓——大白鲸“莫比·敌她”就是这样看船长格里高利·亚哈的①。我的捕鲸叉中了没有？

我以我母亲和达盖尔②的名义发誓我想把她拖上货梯，但那是女佣人用的电梯我了解“星星雷亚”不想让她发飙我们上了对面的小电梯，它在载上超常货物前犹豫了

---

① 莫比敌她（Mobydita）戏仿美国作家麦尔维尔小说《白鲸》中的大白鲸莫比敌（Moby Dick）。美国导演约翰·休斯顿（John Huston，1906—1987）曾执导同名电影《白鲸记》（1956），由格里高利·派克主演。

② 达盖尔（Louis Daguerre，1787—1851），法国化学家、艺术家，银版照相术的发明者。

片刻，然后在痛苦的吱呀声里上了八层楼。从走廊就听见音乐声我们看见门开着“星星雷亚”首先听见的就是那个旋律，“西恩富戈斯”，在人群中间有艾力波永远在解说他的民歌库埃叼着烟嘴忽上忽下，表示赞同，弗兰埃米利奥站在离门不远处手背在身后标准的盲人姿势：与其说靠听觉不如是靠手指肚感觉自己的位置，一看见弗兰埃米利奥她嘟囔了一声就冲我喊，用她酒精浸泡的惯用词，见鬼你他妈的骗了我，我没明白问她怎么了她对我说，因为弗兰在这儿肯定来弹琴的但有音乐我就不唱，你听见吗，我不唱，弗兰埃米利奥一听没等我说或想到什么，就说，哈想什么呢，我怎么会在家里弹钢琴，用他温柔的声音说，进来，埃斯特雷亚，进来，在这儿你才是音乐，她笑了，我请大家安静关上电唱机“星星雷亚”来了，所有人都转过身在阳台的人也进屋大家鼓掌。看见了？我对她说，看见了？但她没理我正要唱的时候牾斯忒罗斐冬从厨房出来端着盛满酒杯的盘子后面跟着伊迪丝·卡维尔也端着盘子“星星雷亚”在人过去的时候抄了一杯对我说，这女人在这儿干吗？伊迪丝·卡维尔听见了转过身对她说，别叫“这女人”，听见没？我可不像您是个怪物，“星星雷亚”用刚才抄起酒杯同样的动作，把酒泼在了弗兰埃米利奥的脸上，因为伊迪丝·卡维尔躲开了同时身子一歪只好去拽牾斯忒罗斐冬的衬衣扯得他也身子一晃，但因为他身手敏捷伊迪丝·卡维尔也上过形体课两个人都没摔倒牾斯忒罗做了个姿势就像吊杆演员刚完成一个无绳保护高危动作连环跳，所有人，除了“星星雷亚”、弗兰埃米利奥和我，都热烈鼓掌。“星星雷亚”是因为忙着跟弗兰埃米利奥道歉撸起裙子给他擦脸，把她深色的巨腿暴露在晚会温吞的空气里，弗兰埃米利奥因为看不见而我是因为去关门请求大家安静，已经快十二点了而我们没有开派对的许可警察会上门，所有人都安静了。除了“星星雷亚”，她跟弗兰埃米利奥道完歉转过头来问我，你说的经纪人呢，弗兰埃米利奥没等我编出话来就说，没来，因为维克托没来库埃又跟电视台的人闹别扭。“星星雷亚”看了我一眼表情很不友善，用她和眉毛一样宽的眼睛，对我说，看来你是骗我的，没等我用所有祖先和历代大师发誓，甚至用涅普斯①发誓，说不，我事先不知道没人来，我是说，没有经纪人来，她就对我说，那我不唱了然后一头钻进厨房给自己来一杯。

我感觉默契是相互的：“星星雷亚”和我的客人们都决定忘记彼此生活在同一个星球，因为她待在厨房喝酒吃东西闹出很大声响而在客厅牾斯忒罗斐冬现在开始编各式绕口令我听见其中有那个三只忧伤的老虎在麦田，电唱机响起《圣伊莎贝尔·德拉斯拉哈斯》②艾力波一边拿我的餐桌和电唱机的那面墙当鼓打，一边向英格丽·宝儿曼和伊迪丝解释节奏感是天生的，就像呼吸，他说，所有人

① 涅普斯(Joseph Nicéphore Niépce，1765—1833)，法国发明家、摄影家，1822 年制出世界上第一张照片。

② 是古巴音乐家贝尼·莫雷的出生地，此处指他的同名金曲。

都有节奏感就像所有人都有性欲，您们知道有不举的人，不举的男人，他说，也有性冷淡的女人，但没人因为这些否定性的存在，他说，没人能否定节奏感的存在，只不过节奏感跟性一样是天生的，有人天生无感，他用的就是这个词，不会弹琴不会跳舞唱歌没有节奏而另一些人没有这个限制能跳舞唱歌甚至同时演奏不同的打击乐器，他说，就跟性一样，原始部落不知道什么叫不举什么叫性冷淡因为他们没有性方面的羞耻，同样也没有，他说，节奏方面的羞耻，因此在非洲有的是节奏感和性感，他说，我认为，他说，如果给人吃一种特殊的药，不一定是大麻之类，他说，一种药就像墨斯卡灵，他说完又重复那个词让所有人知道他知道那个词，又提高声音盖过音乐，LSD[①]，就能演奏任何一种打击乐器，而且不难听，就像人喝醉了以后跳舞不会太难看。只要还能站得住，我想我心里说真是一坨掷地有声的狗屎我刚想到这个词，我正想这个词的时候“星星雷亚”从厨房出来说，狗屎贝尼·莫雷，手里拿着另一杯酒，边喝边走到我这里，这时候所有人都在听音乐，说话，聊天而里内·莱亚尔在阳台自我解决，操练着在哈瓦那被称作“将死”的情爱游戏，她一屁股坐到地上靠在沙发上喝着酒躺在地上然后躺平手里还攥着空杯子，朝沙发一侧钻过来不是现代的沙发是古巴家具，那种老式的，草编木头那种，她整个人钻到下面睡着

① 即麦角酸二乙胺，一种强烈的人工致幻剂。

了我听着座位下面的鼾声仿佛一头抹香鲸的叹息，牾斯忒罗斐冬一直没看见“星星雷亚”，对我说，别这样伙计你在吹气球吗？他意思是说（我很了解他）我在放屁我就想到达利说过屁是肉体的叹息我差点笑出来因为我冒出一个念头——叹息是灵魂的屁，“星星雷亚”继续打鼾对一切都毫不在意，这场失败仿佛只跟我有关，我站起来去厨房喝一杯在那儿静静地喝完然后静静地走到门口出了门。

第三次

大夫您认为我应该回到舞台吗？我丈夫说我一切问题就是现在积蓄神经的能量但从不消耗。至少，以前的时候，在舞台上，我能想象自己是另一个人。

当她唱起波丽露

我不记得在街上逛了多长时间也不记得去了哪儿因为我同时在所有地方大约两点我往家走，路过“狐狸与乌鸦”的时候我看见出来两个姑娘和一个男人，其中一个姑娘雀斑巨乳另一个是麦卡雷娜，她跟我打招呼，走到我这里向我介绍她的朋友们，那个男人戴着墨镜，是外国人，他说，一上来就说，觉得我有意思，麦卡雷娜说，他是摄影师，那家伙惊叹得像打嗝，啊呃，摄影师，跟我们来吧，我心想如果麦卡雷娜说我是个广场小贩他会说什么：啊呃，市场搬运工，无产阶级，有意思，跟我们来喝一杯吧，那家伙问我叫什么，我告诉他叫莫霍利-纳吉①，啊呃匈牙利人？我告诉他，啊呃不，俄国人，麦卡雷娜笑得要死，但我还是跟他们去了，她走在前面跟自己的女人一起（我的意思是，走在我身边的这个男人自己的女人：不要理解错了，至少现在不要）女人是个古巴的犹太人而他是希腊人，希腊犹太人，说话带着一种不知什么见鬼的口音，我猜是在向我解释摄影的形而上学，对我说这光与影

① 莫霍利-纳吉（László Moholy-Nagy，1895—1946），匈牙利裔美国画家和摄影家，曾任教于包豪斯学院。

的游戏，激动人心就像银盐①（我的天啊，银盐：这个人是跟爱弥尔·左拉同时代的），就是说金钱的精华使人不朽，那是武器之一，存在所拥有的少数（他说成骚鼠）对抗虚无的武器之一，我想我是走了狗屎运碰见这些营养良好的形而上学家，他们吃掉超验的狗屎好像那是“天堂咸猪肉”②，我们来到“皮迦尔”一进门就遇见拉克丽塔哦不对是“公牛”玛诺力拓走过来亲亲麦卡雷娜的脸说你好亲爱的，麦卡雷娜跟她打招呼好像老朋友，我身边的哲学家对我说，您的这位女朋友有点意思，看着她拉过我的手对我说，嘿伙计怎么样啊，我跟希腊人说，给他介绍的同时纠正他，我哥们儿“公牛玛诺力拓”，玛诺力拓，一个哥们儿，希腊人对我说，更有意思了，表示明白我的意思，玛诺力拓一走我就问他您呢，您这位柏拉图也喜欢美少年吗？他问，您说什么？我说，您是不是喜欢像玛诺力拓这样的，他说，喜欢，她这样的我当然喜欢，我们坐下听罗兰多·阿吉罗和他的乐队，没一会儿希腊人问我，为什么您不请我妻子跳舞呢？我告诉他我不跳舞，他说怎么可能会有一个不跳舞的古巴人，麦卡雷娜对他说，不止一个，有两个，因为我也不跳舞，我说，看见了吧：一个古巴女人和一个古巴男人都不跳舞，麦卡雷娜开始唱歌，低低的声音，我要去月亮，乐队正在演奏这首歌，她站起

---

① 指用来显影的银盐颗粒，同时也暗指用来治疗梅毒的银盐溶液。

② “tocinillo del cielo”字面意思为“天堂咸猪肉”，是一种西班牙蛋奶甜点。

来，失陪，她说这话的时候“S”音咬得很重哈瓦那黑白混血女人特有的甜美口音，于是希腊人的妻子，这位将在死海倾覆万千舰船的海伦[1]，问她，你去哪儿？麦卡回答，洗手间，她说，我陪你，而希腊人，非常体贴，一位墨涅俄斯王，但不会为疑似的帕里斯而烦恼，站起身来，等她们消失了才重新坐下，看着我笑了笑。于是我明白了。见鬼，我心里想，这里简直是莱斯波斯岛[2]！二重奏从洗手间归来，这两位女士安东尼奥尼或许称之为“女友们”，罗梅罗·德·托雷斯会用他的吉卜赛笔触渲染而海明威将更审慎地描写[3]，等她们落座我开口说，抱歉我得失陪了，明天我必须早起，麦卡雷娜说，哎你为什么这么早就走，我顺着她的歌声说，啊把我灵魂也带走，她笑了，希腊人站起身来跟我握手说，很高兴认识，我说我也是，又向那位圣经里的美人儿伸出手去，对她来说我永远也成不了所罗门或大卫王，我走了。在门口麦卡雷娜追上我对我说，你生气啦？我问为什么这么说，她说，不知道，你这么早就走还这样，她做了一个本来很可爱的表情

---

① 指嫁给斯巴达王墨涅拉俄斯的美女海伦，因与特洛伊王子帕里斯私奔而引发著名的特洛伊战争。

② 莱斯波斯（Lesbos），古希腊诗人萨福的出生地，后世“女同性恋”（Lesbianismo）一词即源起于此。

③ 分别指意大利导演安东尼奥尼（Michelangelo Antonioni）的电影《女友们》（*Las amigas*，即 *Le amiche*，1955）；西班牙画家罗梅罗·德·托雷斯（Julio Romero de Torres，1874—1930）的某些被认为带有女同色彩的绘画作品；海明威《太阳照常升起》中的人物勃莱特（Brett）。

如果不是老做的话，我告诉她别担心，我很好：更忧伤但也更智慧，她又冲我笑了又做了那个表情，再见甜心，我对她说，拜，她说着转身回去。

我想要不要回家家里会不会还有人，路过圣约翰酒店的时候我无法抵抗诱惑，不是因为那些前厅里的老虎机，那些独臂强盗，我永远不会投一个硬币因为永远不会赢，诱惑来自另一个海伦，海伦·玻可[①]在那酒吧里唱歌，我到吧台坐下听她唱，听完我就留了下来因为有个迈阿密的爵士五人组，是冷爵士但很棒，其中一个吹萨克斯的好像范·赫夫林和盖瑞·穆里根的合体[②]，我边喝酒边听他们演奏《今夜正午》[③]沉浸在纯粹的声音里我想坐到海伦的桌边请她喝点什么告诉她我怎样被不喜欢伴奏的女歌手折磨，我喜欢她不仅仅是她的声音，还因为她的伴奏，但我一想到给她伴奏的是弗朗克·多明戈斯[④]就没说话，因为这个岛就是一个口吃的醉鬼所讲的暧昧故事，永远只有一种意义[⑤]，我继续听《一路只喝威士忌》这很适合当题

---

① 海伦·玻可(Elena Burke,1928—2002),古巴波丽露歌手。

② 范·赫夫林(Van Heflin, 1908—1971),美国演员;盖瑞·穆里根(Gerry Mulligan, 1927—1996),美国爵士作曲家和低音萨克斯乐手,“冷爵士”(又称西海岸爵士)的代表人物之一。

③ 美国爵士作曲家和贝司手查尔斯·明格斯(Charles Mingus,1922—1979)的作品。

④ 弗朗克·多明戈斯(Frank Domínguez, 1927—2014),古巴歌手、钢琴家,波丽露舞曲作者。

⑤ 戏仿莎士比亚《麦克白》第五幕第五场的名言:“它是一个白痴所讲的故事,充满着喧哗和骚动,却毫无意义。”

目形容如何面对生活只不过太显而易见，这时候在门口，酒店经理在和某人争执，那人已经玩了一会儿总是输，而且喝多了，他掏出把手枪指着经理的脸，而后者眼都没眨，没等说出保安这个词两个大块头已经过来夺下他的枪打了他两耳光按到墙上，经理卸下手枪里的子弹装回弹夹还给醉鬼，那家伙还没明白过来怎么回事，经理让人送他出去，手下人就把他带到门口一把推了出去，那家伙应该是个重要人物，不然早就被打成肉馅配上橄榄和曼哈顿鸡尾酒一起待客了，海伦和酒吧里的人过来（音乐停了）她问我怎么回事，我刚要说不知道经理回来了向大家宣告，这里平安无事，拍拍手让五人组继续演奏，那五个美国人正昏昏欲睡，执行起命令来像自动钢琴。

我走的时候在入口又一阵骚乱，原来是本图拉[①]来了，他每晚都来，到天空俱乐部吃饭听密涅娃·爱洛斯朗诵，听说她是这个杀手的情妇，嚎叫着，在上面，无比幸福，本图拉还向经理打招呼，由四个打手簇拥着上了电梯，同时还要有十个或十二个散布在大堂，我感觉这不是梦算了算今晚的倒霉事一共是三件，我就决定正是时候试试自己在赌博上的运气，从某个更像是迷宫的兜里掏出一枚没有牛头怪图案的硬币，因为那是一古巴雷阿尔不是五分，投进运气的槽口一拽拉杆即命运女神的独臂，另一只手

① 本图拉(Esteban Ventura，1913—2001)，古巴巴蒂斯塔独裁统治时期的警察总长，以酷刑和暗杀闻名，绰号“白西装杀手”。

在丰饶角上摊开期待即将到来的滚滚银流。滚轮转动首先是一个小橙子，然后一个小柠檬，最后几个草莓。机器发出预警的声响，最终停止在因我的存在而永恒的静寂里。

我家的门锁着。应该是忠诚的里内[①]干的。我开门后没看到友好的混沌，本来会在今早打扫卫生的姑娘所强加的外来秩序之后出现，因为我不在乎，因为我看不到，因为在尘世间有比失序更重要的东西，因为在我的沙发床白色的床单上，打开的床，没错，不再是沙发而是展开的一整张床，在周六纯净的床单上，我看见一摊巨大的斑点，鲸类的，肉桂色，巧克力色，伸展开来好像不祥之物，那就是，您们猜到了，当然：埃斯特雷亚·罗德里格斯，一等亮星黑太阳她的壮观令我床上的白色天穹显得狭仄："星星"在沉睡，打鼾，流口水，出汗，在我的床上发出奇特的声响。我以失败者的谦卑哲学收拾起一切，脱了外套领带和衬衣。我打开冰箱拿出一升凉牛奶倒了一杯，闻起来比牛奶更像朗姆酒，但牛奶应该像牛奶。我又喝了一杯。我把剩下的半瓶放回冰箱，把杯子丢在洗碗池，混进纷乱中。我第一次在夜晚感到令人窒息的闷热，该是积攒了一白天的热。我脱下背心和长裤只剩下内裤，我脱下鞋和袜子感到地面的温热，但还是比哈瓦那凉快，比夜晚凉快。我去浴室洗脸漱口我看见浴盆里满是水那是冰块留下

① 里内·莱亚尔（Rine Leal）的姓氏 Leal 在西班牙文中意为"忠诚，忠实"。

的纪念，我把脚伸进去也只是有些凉意。我回到唯一的房间，被里内·莱亚尔称作工作室的混蛋公寓，想找个地方睡觉：沙发，草编和木头的那个太硬而地板又湿又脏，全是烟头，如果这是部电影不是真实人生——这部电影里人真的会死，我会去浴室而那里不会有一滴水，而是一个又舒服又干净明亮的地方[1]：男女杂居的最大敌人，我会铺上我并没有的绒毯睡在那里像贞洁的义人一样做梦，就像一个不发达（曝光不足）的洛克·哈德森，而第二天早上“星星雷亚”会成为桃乐丝·黛[2]，唱歌不带乐队却配上巴卡利内可夫的音乐[3]，那位作曲家有超凡的透明天赋。（见鬼的娜塔莉·卡尔姆斯[4]——我现在说话好像西尔维斯特雷。）但当我回到现实已经是凌晨，那恐怖化身在我的床上而我困得不行就做了您，奥瓦尔·福布斯和所有人都会做的事。我睡到我的床上。在边缘。

---

① 《一个干净明亮的地方》是海明威的短篇小说。

② 洛克·哈德森（Rock Hudson，1925—1985）与桃乐丝·黛（Doris Day，1922—2019）皆为美国二十世纪五六十年代红极一时的影星，曾合作《枕边细语》等电影。

③ 康斯坦丁·巴卡利内可夫（Constantin Bakaleinikoff，1896—1966）曾为多部好莱坞电影编曲。

④ 娜塔莉·卡尔姆斯（Natalie Kalmus，1882—1965），特艺彩色（Technicolor）公司创始人的妻子，曾任该公司色彩顾问十余年，影响了包括《乱世佳人》在内的众多彩色电影的拍摄。

第四次

那应该是我小时候。我只记得有个铁皮盒子，橙色或红色或金黄色，装巧克力，饼干，糖果，上面画着一幅风景，在盒盖，画着一个湖全是琥珀色，在湖里有几只船，小艇，帆船，从一边驶向另一边，还有蛋白石颜色的云，波浪涌动那么轻柔，那么缓慢，一切都那么宁静，真想住在那里，不是在船上，而是在岸边，在糖果盒子边上，坐在那儿看着黄色的小船，黄色的静静的湖水，黄色的云。有一回我生病，他们送了我这个盒子，我一定是把它留在了床上，因为我梦见自己在那幅风景画里，直到现在还偶尔梦见。有一首歌听我妈妈唱过，歌里说，松开桨，划船的人，我爱你划桨的样子（然后是一段无趣的争论，陷入情网的美女和划船的人，而他不肯松开船桨怕被淹死，但这部分我听不见，因为我总是等不到这里就睡着了，即使没睡着也没听）我听着听着那首歌觉得自己像是在湖边观看小船来来往往没有声音一片永恒寂静。

镜　屋

I

我们沿着O大街往下开西尔维斯特雷和我在我的车上，从国民饭店过来穿过23街像个屁似的从马拉卡俱乐部正面飘过，西尔维斯特雷对我说灯光我说什么？他对我说车灯，阿塞，会罚你钱因为已经过了七点刚下O大街的坡穿过23街天就黑了在敞篷车上很难分辨是白天还是晚上（我知道有人会说怎么可能，你知不知道自己在说什么，敞篷车就是能打开车顶的车什么都看得很清楚：对这位或这些位或这群人我要告诉他们我只说了“在敞篷车上很难分辨是白天还是晚上”，请看上面，我可没说车篷放下没有，我不像普鲁，我的一个朋友，马塞尔·普鲁①，他生产以自己名字命名的东方饮料，他喜欢繁琐麻烦的东西胜过大麻，那些无穷无尽的列举，我想说但没说所有敞篷车的幸福的主人都有同感不用我告诉他们，因此我的话只是为了那些从未开着敞篷车经过滨海大道，在晚上五点

---

① 戏仿法国作家马塞尔·普鲁斯特（Marcel Proust，1871—1922）；普鲁（Pru）是古巴东方省的一种特色饮料。

到七点间，1958 年 8 月 11 日时速一百或一百二十：那种幸运，那种美妙，那种愉悦在一天里最好的时刻，夏天的太阳在靛蓝的海上变得通红，环绕的云朵有时会把它搞砸变成特艺彩色出品的宗教电影片尾的那种晚霞，幸好在这一天没有发生，城市有时上面是乳白，琥珀色，粉红而下面海的蓝色更深，变成紫红，绛紫，涌上滨海大道开始进入街道进入房屋只剩下钢筋混凝土的大厦是粉红，乳白，几乎就像我母亲烘焙的蛋白酥，这就是我一路在看的风景，感觉傍晚的风吹在脸上感觉前胸后背之间的速度，就在这时候这位西尔维斯特雷跟我说什么灯光）我打开车灯。亮的是前大灯，不知道为什么，光射出去好像水平喷出一股面粉，烟雾，棉花糖，向着街道深处，西尔维斯特雷对我说金发姑娘但我又听成什么灯光就跟他说你没长眼看不见吗？他回答我说当然看见了眼睛瞪得像盘子，就像两只盘子里各有一只蛋（因为他的眼睛特别黄）几乎可以忽略不计的脖子从衬衫口探出来整个脑袋贴在挡风玻璃上我还以为撞车了但并没感觉到响声和惯性的拉扯，因为我一直盯着他看，看他戴眼镜的脸，就这样死死贴在挡风玻璃上被压扁：玻璃磨玻璃，而汽车，与此同时，仍继续奔驰在 O 大街，我眼睛一扫（我知道街上本来没有人，我没白开五年的车）就看见了她们，我一脚刹车踩到底发出尖啸那声音几乎能传到洪堡大街，变成某个濒死者被人从嘴里（活生生的牙膏）挤出灵魂时发出的哀号。街上全是人我只得留在车里好像观礼台上的政客（我差点想说

"古巴人民，我们再次聚集在这里等等等等"）扯着嗓子大喊先生们，解散！这里什么事没有。但人群聚在那儿不是为了我们。

他们在看两个金发姑娘从街上过就借机停下把我们的紧急火爆刹车当幌子（其实不需要，因为金发姑娘就是最好的幌子：另外这一段总是聚集了各路潮人，渣人，搞基达人，就是穿过从"马拉卡"到自助咖啡"金波"那条街或者从"圣幺汉"到"皮迦尔"的人行道，挨着路桩聚集在卖牡蛎的摊子旁边，在咖啡摊角落里，在报刊亭和另一家对面的咖啡店或还停在"马拉卡"和"金波"门口）开始尖叫嚎叫喊叫"别推人"，"别挡路"，"给我们留一眼"，"往前走往前走"，还有人喊"同去总统府！"，但最绝的是一个家伙两手拢在嘴边（我猜就是牾斯忒罗斐冬，他总在那一带溜达，因为那人的声音里有牾斯忒罗斐冬那种冰冷的嘶哑：但人太多我不敢确定），这家伙，这个爱搞笑的无赖扯着嗓子喊："只许蕾丝边摸我的脸"[1]，整个整个整个西方世界都不禁笑了，包括西尔维斯特雷他现在脸真的撞在了挡风玻璃上（金发姑娘已经不在那个方向，差不多在车上方，因为她们继续沿着街走，我看出来她们不是美国人也不是游客，而是古巴人，当然，不仅因为她们走在马路中间：我之所以能看出来跟伊拿修大师[2]

---

① 戏仿贝尼·莫雷的著名舞曲《古巴爱抚》中的歌词"只许古巴女人摸你的脸"。

② 指古巴音乐家伊格纳修·皮涅罗的古巴松调舞曲《那不是古巴女人》。

三十年前在另一个奇特的城市不是哈瓦那而是纽约所说的理由一样："身材不够妖走路不够飘那不是古巴女人"）正在为急刹车而抱怨，我对他说你在给挡风玻璃上油吗，当然是开玩笑，但他一个字也没听见包括最后的你这羊脂球。我本来也没在听但那女人的声音谁听见都会变成尤利西斯除非把自己绑在桅杆上不然就会一头扎进全是鲨鱼的大海或者流动的火焰或者穿着簇新的百分百斜纹布的白西服掉进淤泥，阿塞那声音或塞壬之歌对我说，我抬眼就看见两个金发女双双停在我们面前，当然，我看见的是两件梳妆衣丝网眼纱或奥甘地薄纱（奥甘莎，金发女中的一个后来告诉我，那时候梳妆衣已经不再洁白）或某种非常精致的衣料，在车上方鼓出四处凸起，这就是呈现在我眼前的景象，在深紫色领口的尽头（因为她们两个穿的是同样款式的紫色），我看见两片胸脯的终点或起点处的雪白，乳白，在"皮迦尔"边上的钨丝灯下隐隐发蓝，颀长的脖子不像天鹅，倒像是雪白精巧教养有素的母马，绝对维也纳马术学校毕业，然后是高傲的下巴（居高临下的下），因为她们知道下面有精巧颀长雪白的脖子和雪白紫红的半身像足以吸引所有的目光（我们的目光，至少我的目光，几乎没从那里移开）然后投向那确定无疑的奇境，此刻暂时被这辆混蛋车挡住，然后（必须继续向上观赏）是丰满颀长红润的嘴唇（颀长的笑容仍未露出牙齿因为她知道蒙娜丽莎的微笑正再次走红）还有精巧的（抱歉：我没找着其他形容词……暂时）鼻子，以及，我的神啊，那两双眼睛！其中的一双自信地微笑着，蓝色的眼睛长睫毛好像假的（就像嘴唇仿佛是紫红其实是大红），但几秒钟后我就会知道那不是假的，然后是高高的额头，饱满，金发从那里登场，盘成那种流行的中空发型（那时候还没流行起来唯有对自己的美非常自信非常时尚作为现代美人非常自豪的女人才敢顶着这种发型走在哈瓦那街上，而到现在冒险的场地只限于贝达多的街道，以及拉兰坡）发型描写还未继续，赫然一根浅紫色天鹅绒bandeau[①]拦住我的视线。美人凶猛！

至于另一位金发女郎我不必再形容她的嘴唇她蒙娜丽莎的微笑她的发型——以及浅紫色发带。唯一的区别（如果有人有兴致来区分）在于她的眼睛是绿色，她的睫毛没有那么长她的额头没有那么高——尽管她个子更高些。别走那么快右边我认识的那个金发女说了一句，这时刻，她身子向后微倾让紫色的光线在她雪白光润明亮的颧骨上磷闪（她脸上涂了油来凸显日式肌肤），我认了出来。丽维亚我对她说姑娘，要是刚才认出是你我就撞上去，送你去医院的路上好好享受。她笑了，一个喉部微笑，头颤抖着后仰就像在用我的玩笑漱口然后用跟笑容一样假的声音说啊阿塞，你一点没变：你还是那样。丽维亚属于这种女人希望别人改变性格就像她改变头发的颜色。金发很适合你，我对她说。这话永远不要跟一个女人说

① 法文，意为“束发带”。

（那跟谁说，李伯拉斯[①]？）说着摆出同样假的严肃表情：嘴型仿佛要哭，撅起丰满又湿润的嘴唇，一只手冲我摆出姿势仿佛要用扇子敲我的头：坏人。（如果这一幕，这的确是戏中一幕，发生在天使山，一百年前，西里洛·比利亚维德[②]会真的看见扇子。）柠真坏另一个金发女说，她的声音，毫不奇怪，就像是回声。您两位是？西尔维斯特雷问安娜和丽维亚·普拉贝尔吗[③]？丽维亚看了他一眼用近视的目光然后用骄横的目光然后用金发祸水的目光然后用确认的目光然后用迷人的目光：丽维亚有个目光军火库，如果兑换成手榴弹的话，足够让她的双眼变成一座巴蒂斯塔军营里的弹药仓。柠她说着把目光切换到结识未知名流的一档，同时在数到七的时候发射，在西尔维斯特雷的脸上开花一定是阿塞的知识分子朋友啦？对我说这位是西尔维斯特雷·伊斯拉，《直路为谁而弯》的作者。丽维亚的女友不甘寂寞地加入战场，倒帮了我们：啊她说不是《丧钟为谁而鸣》吗？对我说也是他写的那是第一部。那姑娘说间的吗？像是在问西尔维斯特雷。间的西

① 李伯拉斯（Liberace，1919—1987），美国艺人和钢琴家，以华丽的表演风格和奢华的时尚打扮闻名。

② 西里洛·比利亚维德（Cirilo Villaverde，1812—1894），古巴作家，其代表作《塞西莉亚·巴尔德斯，或天使山》（*Cecilia Valdéz o la Loma del Ángel*，1882）被誉为第一部古巴小说。

③ 安娜·丽维亚·普拉贝尔（Ana Livia Plurabelle）是爱尔兰作家乔伊斯《芬尼根的守灵夜》中的人物，此处用复数形式（Plurabelles）取字面义："复数的美人"。

尔维斯特雷面无表情地说。千真万确我说不过他用的是笔名。丽维亚认为差不多是作为友军干涉的时候了，向盟军战壕投去爆裂的一瞥随后接连向我轰炸：姑娘她开火了你还没发现这个男孩在抓你的头发吗①？我说不是头发，我抓着的是她的手而且我还想占领她的首都，怎么称呼来着？真的：丽维亚的朋友手扶在车门边上有一会儿了我把自己的手压在她手上也有一会儿了：我们两个的手放在车门边上有一会儿了，虽然丽维亚的第二化身貌似没察觉。现在我说的时候她看了一眼我的手仿佛在看她自己的手——反之亦然。她笑了说啊间的。她抽出手，向丽维亚那边移了两英寸说啊先生您不太规矩哦但没看我，也没看丽维亚，看着我们与灵薄狱之间的某个湮灭点。我叫米尔恰·伊利亚德②西尔维斯特雷和我同时冒出一声什么？米尔塔·塞卡德 她重复了一遍——当然，我们都听错了。但我的艺名是蜜儿蒂拉。我给她挑的丽维亚说。挺不错的吧，阿塞？太好了我说，用上不久前才放弃的演员生涯中的最佳声线你总是这么会挑名字我对她说，除了我自己的，就是真名她说。好吧我说就剩下我介绍自己了。不用蜜儿蒂拉说柠是阿塞尼奥·库埃。你怎么知道的？西尔维斯特雷问甜蜜的蜜儿蒂拉。啊因为显示自己有文化的空洞表情，还在望着灵薄狱我看电视。西尔维斯特雷对我和丽

---

① 西文中习语“抓某人的头发”指取笑嘲弄某人。

② 米尔恰·伊利亚德（Mircea Eliade，1907—1986），罗马尼亚裔著名宗教史家，著有《永恒回归的神话》等。

维亚说啊，她看电视 然后对她说你也看电影吧?

对我也看电影蜜儿蒂拉说晚上不用工作的时候。

蜜儿蒂拉您一个人去吗? 西尔维斯特雷问。

对没伴的时候蜜儿蒂拉回答露出一个微笑几乎笑出声来而丽维亚也很团结地一起笑了：这才是她的全名，“团结者”·丽维亚。

机灵的小家伙我说不知道为什么让我想起梅泽尔的象棋手[①]但西尔维斯特雷已经没兴趣听我抖机灵，我的妙语只能自我欣赏像手淫一般私密。

你有可能会跟我去吗蜜儿蒂拉? 西尔维斯特雷说。

啊不蜜儿蒂拉说。

（我想到约翰逊博士，他的训谕从来都是以“先生”开始。）

为什么? 西尔维斯特雷坚持道。

（因为动词时态用得太文绉绉我解释道，但没有用，因为我没说出来。）

好吧，我不喜欢戴眼镜的男人蜜儿蒂拉说。

我的眼睛是黄色的西尔维斯特雷说，于是我看了他一眼而且在电影里我还算好看。

在哪部电影里? “恶毒者”·丽维亚问。

我表示怀疑蜜儿蒂拉说着并没有看西尔维斯特雷。

她不相信奇迹，小伙子 “背叛者”·丽维亚说。

---

① 《梅泽尔的象棋手》(1836)是爱伦·坡的作品。

西尔维斯特雷作势要摘下眼镜，这就过分了（对丽维亚来说也是，她不能忍受十秒钟以上的时间内全世界关注的中心不是自己）我突然听见一声可悲的喊叫从我们身后传来我不知道为什么之前没听到：来自那些排队的车辆他们等着我们让开地方或继续前进，在信号灯变化（丽维亚，那一刻好像置身于从未拍出的电影的全球首映式上姿态万方，淹没在万众瞩目的射灯光流中）和车喇叭声之间我听见一个声音可能是熟人喊了一声听得很清楚“别这儿聊了开房去吧”丽维亚摆出的脸色像是在她伟大之梦的丹麦王国某处闻到了臭气[①]，一边走回街区就像刚结束与加尔默罗会修女的对话回到尘世，一边说真野蛮真粗野真低俗蜜儿蒂拉什么也没听见但认定自己有义务接腔啊是的真低熟，同时再次把手从我的手下面抽出来。丽维亚对我说阿塞我们有个套房好宝贵（我以为她在说价格，但立刻意识到她说的是“宝贝”没谈钱谈的是情感，就像我知道她从来都说套房而不像其他所有人一样说套间）就在街角还有余暇举起一只完美苍白的手臂就是洋红色那栋。我在新一轮车潮的雷鸣前正要启动 哪天来看我们我飞快离开引擎和排气管和黑色沥青上把白色速度线抹成灰色的轮胎这一切的喧嚣之上我听见丽维亚忘记了她热带女低音的著名声线用大街女高音喊着第五层紧靠最后的呼喊变

---

① 戏仿莎士比亚《哈姆雷特》第一幕第四场的台词：“丹麦国里有东西在腐烂”，或“丹麦国里恐怕有些不可告人的坏事”（朱生豪译）。

成一个自我飞升的词如下：

i

i

i

ti

n

n

an

a

a

Di

直到我们拐上25街仍袅袅不绝。你觉得怎么样西尔维斯特雷问。什么怎么样我假装没听懂。蜜儿蒂拉西尔维斯特雷说让他的问题其实并不是问题悬浮在我们上方就像真正的车顶或黑夜的苍白王冠，受她压迫或者被她笼罩，我们穿过25街和N大街之间的黑暗区到了25街和L大街我从来不喜欢这一片，经过酒店街角和咖啡铺和旅馆的喧闹，还有去中央电台大楼的女孩们和来喝咖啡的学生们，我说蜜儿蒂拉？作为女人？还好。个儿高，漂亮又不过分，有气质红绿灯变绿了（交通变色龙，你的颜色是慈悲，不是希望）我没再说下去因为发现还在25街上我心里大骂自己，因为说得少想得多就在我说话的工夫还在这条街往前开这样就得穿过医学院，一想到铁栅栏后面那么多死人堆在一起，泡在福尔马林里的可怕未来，我立刻踩上油门。你觉得她怎么样西尔维斯特雷又问这时候快到总统大道说真的我感觉好点了，不是因为他的问题，是因为跑在那些花园中间是我最爱的路段之一。我必须回答要不他能问上该死的一整夜，从吃饭，去电影院，然后在12街和23街喝饮料或咖啡看着最后一波受欢迎的姑娘们走向各自的床，哦不，走向我们的床，然后把他送回家我自己去睡觉或看书直到早晨或打电话看谁跟我聊聊今天凌晨的主题，量子库埃学——也就是说，我将会被困在他提问的夹钳中折磨一整夜。所以我最好现在就回答他然后但愿伊利亚·卡赞的《伊甸园之东》[①]用DeLuxe公司的辉煌色调呈现的社会形而上学情怀能让他开心让他感动让他关注另一个世界对他来说比这小片雨林更真实，我们刚刚从其中穿过，没留下任何痕迹，至少表面如此。你太天真我对他说你他妈真的太天真。

II

电梯坏了，我本想转身走人，但最后还是决定爬楼梯。好了，就刚才，在疑问中面对通道尽头（我是说在尽头）好像一星亮光，望着长长的走道不如说是隧道，我知

① 伊利亚·卡赞(Elia Kazan，1909—2003)，希腊裔美国导演，曾执导《欲望号街车》《伊甸园之东》等。

道自己置身于世界上最幽深最黑暗最弯曲的煤矿坑道中，有三条，或者说两条矿脉可开发：一条已断绝（电梯）两条可供选择（绕到后面的街巷冲着她们的窗户呼叫，或者该死的楼梯）以及户外假期的机会，在午后，为生活打开天窗，假释的自由意志——因为我自己选择了要来。还有另一种可能的自由，即名为悲伤的矿井气体泄露。为什么要来？在某一边，在下面，也许（尽管下面应该只有儒勒·凡尔诺[①]所谓的蒸汽屋，俗称通风井）传来阵阵声响，那不可能是什么回答，因为听得很清楚是锤击声。他们在修电梯。我开始上楼梯感觉到一种倒置的眩晕（这种感觉真的存在吗？）如果有什么比走下一段黑暗的楼梯更让我讨厌的，那就是爬上一段黑暗的楼梯。我为什么来看你丽维亚·罗茨？（这是你的真名吗还是莉莉亚·罗德里格斯？）你真的邀请我来你家吗？如果你愿意，如果你可以，请回答这两个率直的问题忽略不怀好意的括号内你愿意吗？永远无法向西尔维斯特雷解释为什么要用鞋底统计这些形而上楼梯，同时我的一只手（汗津津的）握紧光滑的大理石扶手而另一只手（温柔的）徒劳地试图抓住渗出水滴的花岗岩墙壁。我觉得到了因为我用看不见的指关节碰到了不存在的门和一个遥远但有穿透力的熟识的声音说或喊或低声说这就来。我想起了另一个梦，梦见另一扇

① 儒勒·凡尔纳(Jules Verne,1828—1905),法国作家,被誉为“现代科幻小说之父”;阿凡尔诺(Averno)意大利火山湖名,希腊神话中地狱的入口。

门，很多扇门和另一次回应。我可以告诉西尔维斯特雷很多事。比如我认识丽维亚·罗茨在她还是黑头发的时候，应该是很久以前。她雪白，透明，生动的肌肤让我惊叹，深蓝色的眼睛让我欢喜，黑色的头发让我感动我以为是天然的黑色。她留下我的手——或至少一直握在她手里以至于我忘了她（我说的当然是手）。介绍我们认识的是蒂托·李比多①，他那时候还不是电影导演，只是电视摄像。等她停下来不笑了捋着头发脖子有韵律地摆动拉着我的手好像要玩“双人转转”②，当她说话的时候，也许早一点，当她张开嘴要说什么的时候，我感觉自己手里握着孔雀的爪子、鹦鹉的声音、天鹅的带蹼行走。这么说她说您就是停顿以便饱含感情地换气大名鼎鼎的心照不宣的鬼脸阿塞尼奥·库埃？这种问题让人怎么回答？不，我是他的一个兄弟正巧和他同名。普通笑容，精选笑容，特级笑容。蒂托解释阿塞是个玩笑篓子。小篓丸子我说。又是一阵笑声，我不知道有什么可笑的。您丽维亚说，第一次举起她本体论的扇子敲我的死脑壳真坏声调充满母性坏透了。说实话，我不知道该怎么办，因为她还没松开我的手。这时候，作为游戏的一个阶段（双人转转）她把我拉

① 蒂托·李比多（Tito Lívido）戏仿古罗马史学家蒂托·李维（Tito Lívio，即 Titus Livius，前 59—17），此处指古巴导演托马斯·古铁雷斯·阿莱阿（Tomás Guitiérrez Alea，1928—1996），绰号“大蒂托”（Titón）。

② “双人转转”（tieso-tieso），一种儿童游戏，两人手拉手，脚尖着地，身体后仰原地旋转，失去平衡即算输。

过去同时低头看我另一只手，左手，在耳边低低地说同时让全世界都看见她对文化事业的兴趣：啊语调和罗德里格·德·特里亚纳[①]发现美洲时一模一样您手里有本书！（我知道听起来有点复杂，但当时那情景真值得看看值得听听：我说听，是因为如果只是看，隔着玻璃比如，看见的几乎就是个情色场景。）什么书？我给她看。她朗读的样子好像刚刚扫盲。D－u－渡－h－e－河－r－u－入－l－in－林。在这里她几乎做了个厌恶的鬼脸。嗨明威？您看的是嗨明威？我似乎说了句对。不都过时了吗？我想自己笑了：因为我小时候生了病蒂托，充满力比多，在她耳边说了什么她的嘴巴展开一个没有圆点的惊叹号，我说所以我得把落下的日子都读回来。她现在用全部的颀长粉红的嘴唇在笑（她那天没化妆，我记得），笑容里在说我太太太无滋了，其实想说的是亲爱的您是个落伍的书呆子而实际说的是抱歉亲昵的停顿我可以用你称呼您吗？非常亲昵的新开始。

可以我说当然可以我一说她就握紧我的手表示感谢。谢谢：她也是强调语气爱好者。她伸出另一只手拿书。借用一下她对我说我得走了她说着把手伸进我的夹克里（这时候我才发现她已经抽出手去，留下我的手停在空中，让我想起那个考你肌肉反应的儿童游戏手臂和墙壁：动态张

---

① 罗德里格·德·特里亚纳(Rodrigo de Triana)，参加哥伦布远航的西班牙水手，作为当时“品达”号上的瞭望员，被认为是第一个看见“新大陆”的人。

力）掏出我的笔给你留下我的号码边说边写可以给我打电话。她把书和笔都还给我（我瞄了眼号码却没仔细看）她朝我微笑表示“再见-但也许-很快-就见”。拜拜她其实只说了这个，当然。

一天我给她打电话，就在我第三遍读完这本动人的悲伤的欢乐的小说这个世纪写出来的少数几本真正关于爱情的小说，当我看见“全书完”上面写着她的名字用一种大大的小学生似的字体但很可爱：是就是不虚伪/做作/男性化。人不在，但那是我第一次和她说话。我是说和劳拉，她的朋友那声音说我当时感觉有点太甜美了。丽维亚不在。需要留言给她么？不了，我改天再打。我挂了：很奇怪，我们都挂了。我们切断了联系，就这样，用一个动作，就在我们开始对话的时候。我觉得此后（很久以后）我们再没有相距这么近。她后来对我说自己守着电话（在楼下底层，挨着满是住客的饭厅）在那天晚上七点一刻，等着我再打过去。她说这话的时候是另一天丽维亚把我介绍给她，在电视台门口。她从一群人里出来跟我打招呼，因为她知道我不喜欢成群结队。阿塞她对我说我有个停顿朋友想认识你。我完全没概念会是谁，正想找个借口钻进车里，就看见一位高个子姑娘，穿着寒酸的黑衣服，很瘦，浅栗色头发，近乎沙色，在楼梯旁微笑着：我从她身边经过时就已经看了她一眼，看见那苗条美好的年轻身体心情大好，我想我也看到了她的眼睛灰色或栗色要不就是绿色（不，我当时没看，因为看了就能记住：她的眼睛是紫色，幽暗，深紫，我不可能忘记）还想溜走就被丽维亚的掌控之手牵到现场，当场介绍：劳拉一喊她的名字，她立刻走过来表现出对丽维亚的顺从，这一点我后来没少说她，太笨。来我给你介绍一下这是阿塞。阿塞尼奥·库埃/劳拉·迪亚斯。我承认我被这简单的“迪亚斯”惊到了，毕竟见过那么多响亮洋气独具一格的名字，但我喜欢，同样我喜欢她现在成了名也没有换。她握手没有什么独特之处：也许只适合人民公园里的独立日露天舞会。我看了她一眼：看见她的脸，现在想起来就笑了，因为现在那么多精心修饰，碧姬芭铎式的噘嘴，染黑的睫毛，种种日妆/晚妆/戏剧妆，那时却有一种简单的，外省的，开敞的美，但也是平静的，忧伤的和自信的，因为二十岁的美和饥渴在哈瓦那有太多竞争对手。此外，她是个寡妇——这我当然看不出，就像我看不出其他事情我想也许通过电话能了解更多比现在记忆中更多：说着笑着太阳落在她飞扬的头发和大海后面，已经是五个小时后，我们在海边吃过了迟到的午饭离开马列尔港，然后沿滨海大道送她回家。

在本段开始和上一个句号之间是另一个故事，我只想讲讲故事的结束。丽维亚有些偏好姑且这么说吧按古巴方式，不说癖好因为那是个医学词汇。其中之一就是找室友，另一个是不请自来（坐车兜风，吃饭，住在别人家），还有一个偏好是“抢闺蜜的男人”，就像劳拉某天归纳的那样。丽维亚和劳拉不仅是室友，现在是闺蜜，到哪里都一起也一起工作（丽维亚，以她奇特的能力，把劳拉从外省的丑小鸭——个子太高，太瘦，对圣地亚哥来说又太白——变成了雅芳公司的美天鹅：她现在是广告模特时尚宠儿和报纸杂志上的点缀。她教她怎么走路，怎么穿衣，怎么说话，怎么不再为自己雪白颀长的脖子而羞耻，反而要抖起来“仿佛你戴的是希望之心[①]大珍珠”）最后还让她把头发染成乌黑——“乌鸦翅膀那种黑，亲爱的”，丽维亚会在我肩头这么说，如果读到我在写她的这一页）最终变成了一个组合：劳拉和丽维亚/丽维亚和劳拉/劳丽维亚：一体。丽维亚有另一个毛病：她爱自我表现（劳拉也是，这让我想到我认识的所有女人以不同的形式都爱自我表现：或内向或外向，或放荡或腼腆……但我不也是吗在我的敞篷车里，那个带轮子的展柜，我们所有人都一样，人类不就是一种在宇宙间自我表现的造物在世界这个大敞篷车里？但这已经是个形而上问题而我只想关心形而下的部分：就是丽维亚的肉体和劳拉的肉体和我的肉体这是我现在想说的）生活在玻璃展柜里。有一天，刚认识的时候，我第一次走进她的房间，她坚持让劳拉试穿第二天拍广告用的新款泳衣，她也试她的比基尼。丽维亚提议让我们来折磨一下阿塞微笑着说，劳拉加入游戏考验他是不是正人君子？丽维亚回答考验他是个男人还是只是个正人君子，但劳拉为我说情拜托她说，严肃地停顿丽维

① “希望之心”(Hope)据说是世界上最大的钻石。

亚又对我说阿塞，普力斯，去阳台我们不叫你别看也别进来。

我因为看过太多米高梅的电影必然会犯这种错误，在这种时刻不当一个典型古巴人，去当什么遇见埃丝特·威廉斯时的安迪·哈代[①]，我转身去了阳台脸上的微笑属于一个自认为是正人君子的男人（或自认为是男人的正人君子）。我想起了当时没注意的一切：丽维亚近乎侮辱太露骨的暗示，外面麦尔维尔式的太阳，劳拉无辜的双重否定：不失高贵，以及近似大卫·尼文[②]的热带一游。我想起我看见几个孩子在公园玩，在水泥地上和空中的双重烈阳之间，同时三个黑女人——肯定是他们的保姆——在凤凰木的花影下[③]聊天。我想起自己坐在臆想的长凳上梦想树木的清凉，在听见她们叫我的瞬间回归，转过脸就感觉到阳光的烈度进入眼睛：是丽维亚。我进屋的时候，劳拉穿着一件白泳衣，不是比基尼也不是两件套而是“炫白色魅罗”[④]——根据丽维亚的专业解释：背后有宽而深的开口同时领口从脖子开到双乳间：我从没见过她有比在那阴

---

① 埃丝特·威廉斯(Esther Williams,1921—2013),美国女演员,《安迪·哈代的双重生活》(又译《一夫二妻》,1942)是她的银幕处女作;安迪·哈代是该系列电影的主人公,由美国演员米基·鲁尼(Mickey Rooney,1920—2014)主演。

② 大卫·尼文(David Niven, 1910—1983),英国演员,曾主演《八十天环游地球》。

③ 戏仿普鲁斯特《追忆逝水年华》第二卷篇名《在少女花影下》。

④ “魅罗”(Maillot)源于法语的英语词,指女式连体泳衣。

影中更美的时候——除了赤裸的时候赤裸的时候赤裸的时候[①]。我刚才说错误是因为从那一天，那一刻，丽维亚，用她欲望机器的某一部件，开始为我制造看见她裸体的欲望/渴望/需求：我知道因为阿塞她叫我帮我在这里打个结快来背对着我示意比基尼垂下来的肩带而摸索的手臂显示装出来的笨拙。我知道，因为我在镜子里看见，劳拉不高兴我那样停顿了一分钟不止一分钟在那个魅惑的结，芬芳肉体的结，最新时尚的结。

不，那天下午劳拉和我之间还没有爱情。有过，有着，还会有，只要我活着，现在。丽维亚知道，我的朋友们知道，整个哈瓦那/就是说整个世界/都知道。但我那时候还不知道。我不知道劳拉曾否知道。丽维亚的确知道：我知道她知道就在她坚持要我走进家门，在我去找劳拉的1957年6月19日。请进她对我说别害怕我不会吃了你。我的回答让丽维亚以为又在抖机灵，您们尽可以当作腼腆善感的表现但其实不过是一句莎士比亚台词：把你的手给我，梅萨拉，我说今天是我的生日（《尤利西斯·凯撒》第五幕第一场）。丽维亚以为在给她起外号就笑了：哎呀，阿塞她说你想什么呢亲爱的。我是梅萨利娜？[②]得了吧，这家里唯一的梅萨利娜是艾斯贝兰萨劳丽维亚的厨娘

---

① 戏仿莎士比亚《哈姆雷特》第二幕第二场主人公的台词："除了我的生命，我的生命，我的生命。"

② 梅萨利娜(Mesalina)，古罗马国王克劳狄一世(Claudio I，即 Claudius I)的第三个妻子，以放荡著名。

-女仆-洗衣妇-采购员她每天换一个男朋友（炮友你懂的）。我进了门。就我一个人她对我说。可怜的艾斯贝兰萨呢？我问而她在沙发里坐下，往背后塞了两个靠垫又翘起脚：她穿着长裤（对丽维亚来说是带卡普里蓝松紧线的宽松长裤）和一件男式衬衣光着脚，这时候才回答出去了，亲爱的捋了下头发休息日。她把扣子系到领口然后一一松开直到最终揭晓，她居然穿着胸罩。

我们聊天。聊我的生日，不是今天而是三个月后，聊周年纪念在那天莫莉和布鲁姆①坐在便器上释放悠长的stream-of-conciousness②文学史橛儿两周后，聊柯哒给丽维亚拍的照片将会登在《波西米亚》上：聊一切——或几乎一切，因为就在我决定不再等劳拉就回家的前一刻，发生了西尔维斯特雷会称之为主题的事情。柯哒认为丽维亚说有几张（当然是最好的几张）估计不会登出来她伸出两手捂住领口。哦不我说就像圣雄甘地，姑且这么说，在类似情况下会有的那种执着：为什么。她微笑，欢笑并顺势润了润嘴唇，最后说：因为我 *au naturel*③，当然她没说au naturel，但无限接近这个洋味儿发音。当然了这些胆小鬼不敢登。我的声音铿锵有力：混蛋！他们根本不知道自己干了些什么我看着她蓝色的眼睛，当时白金色的头发

---

① 莫莉和布鲁姆（Molly y Bloom），指列奥波德·布鲁姆和莫莉·布鲁姆，乔伊斯小说《尤利西斯》中的主人公。

② 英文，意为“意识流”。

③ 法文，意为“原样，天性”。

以及下巴上的黑色美人痣，被她当作透明的水印，以凸显她脸部肌肤的质地宽恕他们吧，丽维亚：减轻罪过的威压她的躯体更像是一尊雕像：配得上一台底座或一家博物馆或一架书档驱散地狱的畏吓她有型的大腿，在富于弹力的长裤包裹中反而更添诱惑，最后是双脚涂着最时髦的指甲油已经变成大小商铺中欲望的象征：指甲油请认准妮维雅，伴随着主持人的声音她缤纷的双手在荧屏和影院的广告中施纤足以美甲。

当她一连串的笑声不再像浑圆的烟圈升上屋顶，她对我说哎呀阿塞真拿你没办法然后站起来想看吗？她对我说。我没明白她从脸上看了出来看照片孩子她说着张开手臂装出愤怒的样子。你以为看什么？我盯着她当然是看原版。不是拷贝。她笑了：你一点没变她对我说你到底想看不想看？我说想她就走向房间说等着。我看着表但我不记得时间。但我记得在那一刻丽维亚在房间里叫我来阿塞我去了。门开着她在床上摆开那些照片上面露出她赤裸的乳房，很大。我是说，照片：两张或三张，就几乎摆满了整张床。在照片上只见

赤裸从腰间往上

双臂交叉在胸前或

衬衫半敞直到腹部或

全敞开但只露腹部或

赤裸，背过身子或

赤裸却隐藏在同谋的半明半暗中

但是都看不到完整的乳房。我对她说了。她笑了从一张照片下抽出另一张对我说这一张同时在提问和肯定。我要看但她藏到身后我看不见我对她说不让你看见她对我说不能看她笑着露出嗓子眼：按美国人的话说这叫只撩不做的骚货或者西班牙人说的搓火妞，在古巴我们没有专门的词：也许因为我们有太多——这样的女人。我决定走人。她看出来了小男孩开始发火火咯她对我说摆出个哭脸。如果小宝贝再待一会会儿，就有奖品哦。我看着她，她迎上我的眼神好啦她说着把照片丢到地上：她赤裸着，坐着，但现在，能看清她的乳房，被广角镜头刻意凸显：雪白无瑕美丽，丽维亚有理由为它们骄傲，为照片而虚荣，为拒绝展出而烦恼，那纯粹肉体的奇迹同时是审美的客体和激情的主体。我不相信这个我对她说这是3D乳房：也就阿奇·欧博勒[①]会喜欢她还没迈步就停下来那是谁？她看来有点恼火地问《非洲历险记》的导演。她弯下腰收起地上的照片和床上的照片，收进衣柜又走向卫生间一气呵成你别走她说然后走进去关上门。又出来。在进去和出来之间大约过了两三分钟但在回忆里却是即时发生的动作。她赤裸着出来。实际上，穿着迷你黑色内裤，但仅此而已现在如何？她挑战似的问我踮着脚尖向我走来，

① 阿奇·欧博勒(Arch Oboler，1909—1987)，美国导演，他自编自导的《博瓦那的魔鬼》(*Bwana Devil*，又译《非洲历险记》，1952)被认为是最早的彩色3D故事片之一。

鼓胀起胸腔同时手臂和肩膀向后应该是从简·曼斯菲尔德[①]那儿学的姿势，但我没觉得可笑因为在我面前的（我是说正对着的）是可以用各种感官观看，触摸，倾听，闻嗅和品尝的美：用手看，用嘴听，用眼睛品尝，用身体的所有毛孔闻嗅：是真滴还是假滴？她问。另一个充满感情的声音回答是演戏那不是我的声音：我看见，我们看见，在门口站着劳拉一只手拿着个圆盒另一只手牵着个很丑的金发小女孩，是她女儿。

此时我在丽维亚新家的门打开的这一刻，想起了被关上的另一扇门以及当时劳拉临走前淡淡的一句话她突然冷漠的语气确实有些戏剧性下次请关门，我想起她此后的漠然，在我给她打电话的时候，来找她的时候，去电视台看她的时候，还有那种敏感的疏离我们的关系最终在其中结束，怎么样，你好和再见替代了一切以前有热度，有感情的交流——也有爱？嗨幸运男孩好久不见丽维亚说蜜儿蒂拉看看谁来啦向房间喊着，走进房间让两扇门就那么敞着，只穿着裤子走到梳妆镜前坐下说进来阿塞坐下我马上就完事一边从镜子里看着我一边仔细地加工唇线技艺足以媲美复制品画册上维米尔[②]笔下的荷兰嘴唇，虽然衣服更少些，我是说她，丽维亚，不是维米尔也不是细密画上

① 简·曼斯菲尔德(Jayne Mansfield，1933—1967)，美国性感女星。

② 维米尔(Jan Vermeer，1632—1675)，荷兰风俗画家，代表作有《戴珍珠耳环的少女》《倒牛奶的女仆》等。

的女性。从浴室传出的声音说来了仿佛一声“开火！”，因为立刻浴室门洞开现出米尔恰·伊利亚德，米尔塔·塞卡德，或者干脆就是对您对广告对朋友来说的蜜儿蒂拉，没错裸体，一丝不挂，说哎呀阿塞认出是我对不起我不知道是你回到浴室但敞着门，披上一件梳妆衣（透明的）重新裸体出现开始把被热气和水分打湿的手臂塞到白底蓝花的袖子里。但她没系上梳妆衣就开始在衣柜/梳妆台/浴室的药箱/客厅地板上的行李箱/厨房/冰箱里找东西每隔一秒就回到我端坐的沙发床边，为了看窗外会不会下雨。我今天又不能试穿雨衣了妈的她说哎呀对不起阿塞但是我太～苦闷了。这儿根本不分季节。丽维亚起身去浴室一边仔细地打湿妆后的脸庞一边说她来自北方，孩子，加拿大（很干[1]，你懂的）蜜儿蒂拉从行李中跳出来一手拿着条蓝色热裤另一只手拎着双白色平跟凉鞋不对，我来自科托罗[2]，但这并不妨碍说这里不分季节她穿上短裤你清楚的丽维亚一个女人要想有品位甩掉浅蓝色的拖鞋换上凉鞋同时说至少许徐要两个季节丽维亚笑声响亮。听听，听听，阿塞，这语言水平还想当播音员呢她说着进去系上胸罩的背扣需要，姑娘，需～蜜儿蒂拉在梳妆台前坐下好吧不管需要还是徐要总之一个有品位的女人需要展示她的衣橱或役畜我想但在这狗屎国家她转向我对不起阿塞转

① 此处系双关语，Canadá Dry（Canada Dry）是加拿大著名干姜汁苏打汽水品牌。

② 科托罗（Cotorro），古巴城市，隶属哈瓦那。

向丽维亚连这也不行她站起身冲着窗户喊连这也不～行更有力地什么也不行妈的又转身坐回梳妆台前看着我对不起但我真的不能忍了抬起瘦长的手捋了下一绺稻草似的头发，染过一百次、一千次现在已经死掉，经白色染料防腐处理，显出真正的白金色，金属色，矿物色：真正的法尔默长发。

我能谈谈乳房么？我看见的是它们在镜中映出的侧面。在某个晚上曾经那样丰满，时刻准备着要跃出羞耻和领口的屏障，青春勃发，现在变得松弛，颀长并终结于幽暗，深紫而肥硕的一点：我不喜欢。丽维亚的乳房，在我看见它们的时候，也已经变化，并没有变好我也不想再看以免破坏以前的好/坏印象我一直铭记的印象：最好为一颗富欺骗性的鲜红苹果失去乐园而不是为乏味，确定的知识之果。蜜儿蒂拉在昨晚，另一晚，看起来只有十五岁，顶多二十岁而现在看不出多大年纪，我只知道有段时间，在小时候，她得过佝偻病，因为能看出鸡胸，身材不是苗条而是营养不良。那时的她没画口红嘴唇也泛着紫红，就像乳头的颜色，但更苍白，尽管鼻梁难以置信地精致完美，眼睛大而明亮睫毛长长，仍能看出一位黑人祖母藏在浓妆的化学和白炽灯的物理作用之后：她，和丽维亚一样，都只在晚上出门，必须浓妆艳抹。我还看见她刮掉眉毛让额头更加开阔。我不喜欢：这不是让我顶着八月午后地狱般的热浪主动来寻找的女人，在这天色渐暗的时刻，在蜜儿蒂拉无人应答的提问螺旋里，她在向已打扮齐整的丽维亚征求意见该如何化妆：丽维亚你能帮我开开灯吗亲爱的？丽维亚你觉得我用丽莎贝雅顿的紧致清爽霜还是用旁氏的去奏霜/丽维亚没听见因为她在客厅，在窗边，涂她的睫毛膏/丽维亚老婆子我用法兰西岛粉底还是爱莫莱她克林你觉得呢“晚会之星”是不是更好，别忘了我可是要用雅娜香粉的/丽维亚坐在客厅在腿上的小漆盒里找东西/你觉得是雅顿还是金罂粟，我不知道选哪个，我不喜欢那味道。露华浓的路易斯艾斯吉维不知道跟我配不配。今晚会怎么样你感觉宝贝儿/丽维亚从那小黑盒里掏出一只夸张的戒指/萝飒萝拉不错可我不知道和我穿的衣服搭不搭”/丽维亚掏出跟戒指配套的耳环戴上/我觉得还是用露华浓的香草三瑚就是它了：干吗这么费劲儿选来选去/丽维亚从漆盒里拿出一副绕来绕去的项链，人工珍珠：丽维亚用的所有东西都很有品质但那是一种平庸，虚假的品质：有一次一个摄影师，杰西·费尔南德斯，给她拍了些照片后跟我说：“北鼻 O.K.，她在这儿能当个模特，但要是在纽约或 L.A.也就是个高级应召女郎”/丽维亚你看赫莲娜的是不是比玛思卡华马妮科的要好还是我用爱莎朵还是雅顿的珂美丝蒂克/丽维亚去厨房打开冰箱倒了杯牛奶，对溃疡有好处/现在好了。你看姑娘我往自己身上倒了一桶墨尔妮浴盐水，六月玫瑰，现在我都不知道喷什么香水。你觉得我用蜜思迪儿奥还是迪儿奥拉玛。我觉得最适合我的是迪儿奥丽思梦/丽维亚坐到客厅同一把椅子上，不慌不忙，喝着牛奶/不过，宝贝，兰扣儿的玛季可

或浪凡的琶音都很好，非常好。好吧，我还是喷点纪梵希的禁忌好了，总能给我带来好运/

我向丽维亚看去她也第一次看我：她的口型在说一个难听的词，同时做了个厌烦的手势。蜜儿蒂拉站起来穿着一件黑色胸罩配套的紧身裤也是黑色然后坐在梳妆台的凳子边缘开始穿袜子（深紫色）：我仔细打量觉得她好像一只全副武装的螳螂，一位中世纪日本武士，一名曲棍球手。我不知道为什么冒出一句今晚一起？我问她我们有场爱伦康朵的走秀她回答丝毫没有中断手上精细的工作继续把她修长、圆润的大腿套进黑暗、丝滑、弹力的罗网里之后呢？我问我就回来我得休息。昨晚我一丁点都没睡一秒钟都没有。现在她站起身看着我怎么样？我看了她一眼对她说好极了确实好极了：完全另一个女人。我还差外套：这是首秀。我本来要问她第三个问题（Everything happens in threes①），但何必呢。幸亏丽维亚叫我我就站起来找她。改天再来阿塞蜜儿蒂拉对我说。我不知道怎么回答。

丽维亚这乡下妞越来越烦人小声对我说越来越自负居然还要给我上课音量提高当初可是我一手造就的她。随后，很大声问看我怎么样，亲爱的？她问我是不是最美的？我笑了是的，主人，不过在好莱坞森林深处生活着白雪公主，跟七个小矮人同居。她用看不见的扇子，温柔地

① 英文，意为“凡事皆三”。

敲我的头你总是这样她玩笑似的对我说。不，说真的，你美极了。都美极了。我简直不知道该选哪位。我打开门但我永远丽维亚说是你的真爱我走了。对我从走廊回答。独一，无二。我被扶手绊了下开始往下走同时诅咒这些楼梯：一只脚在眩晕里，另一只在深渊，另一只在虚无。这房子里什么时候才亮灯？

第五次

我记得那时候还只是我丈夫的女友。哦，不对，连女友都不是，但他来找我看电影或出门散步，那天他邀请我去他家，让我认识下他父母。那是平安夜，他来找我的时候已经不早了，差不多八点钟，我都以为他不来了，全楼的人都挤到阳台上看我们，我妈妈没去阳台因为她知道大家都在看特别为我自豪，因为我有个有钱的男朋友开着敞篷车来接我到他家吃饭，就对我说，“姑娘，所有的街坊都看见了。现在他必须把你娶回家。别让我们丢脸。”我记得自己走的时候还生她的气来着。那天是平安夜但天气特别热而我非常担心，因为我挑了自己唯一拿得出手的衣服，但那是件夏天穿的，为了证明自己穿它的理由，我一上车就跟男朋友说，“里卡多，天真热”，他就说，“是啊，热得吓人。要不要把车篷敞开？”非常体贴非常有教养非常绅士。

等我们到了他家，我感觉好极了，因为大家都没穿正装，虽然他家在乡村俱乐部那一片的高档区，他父亲很喜欢我要改天教我打高尔夫，我们决定在花园里吃饭，餐前小吃还是在屋里。我对阿图罗印象很好，他是里卡多的弟弟在学医，他母亲是个非常年轻非常漂亮的女人，就像古巴版的玛娜·洛伊[1]，非常出众，里卡多的父亲是高个子很英俊，整个晚上一直盯着我看。我喝了点酒，我们在客厅聊天，等火鸡烤到金黄，里卡多的父亲邀我去厨房看看。我记得我有点晕，里卡多的父亲紧紧挽住我的胳膊到了厨房，因为房子那边有树挡着光，我一下不太习惯厨房那么亮，白晃晃的。我过去看火鸡这时候我看见刚才为我们上饮料的女孩正在给厨师帮忙（因为他们家非常有钱，所以有个男厨师而不是厨娘）这时候我看见是个女孩并不老，我想起里卡多的母亲说她是新手，我在厨房的光下看见她，端着沙拉在桌子和洗碗池和冰箱之间忙活从未看我们一眼，我感觉她有点面熟，我看她并不老这时候我才看出她是我在镇子里上学时的同学，差不多十年前，自从我们家来哈瓦那就再也没见过她。她变得那么老，大夫，那么瘦弱，她跟我一样大，一样的岁数，我们小时候一起玩是非常要好的朋友，我们俩都爱豪尔赫·内格雷特[2]和格里高利·派克，夜里坐在我家门口一起计划长大了做什么，现在实在没法去跟她打招呼相认，因为她肯定非常难受，我离开了厨房。之后，回到客厅里，我差点再去厨房找她，因为我觉得自己没跟她打招呼是因为我害怕里卡多家会知道我来自农村以前那么穷。但我没去。

---

① 玛娜·洛伊(Myrna Loy,1905—1993)，二十世纪四十年代的美国女影星。

② 豪尔赫·内格雷特(Jorge Negrete,1911—1953)，墨西哥演员和歌手，见第 15 页注。

晚饭推迟了，我不知道：火鸡出了点问题，我们继续喝东西，于是里卡多的弟弟要带我在家里看看，我先去看了里卡多的房间然后是他弟弟的房间，不知道为什么我走进卫生间，浴池的帘拉着，里卡多的弟弟跟我说，“别往那边看，”我很好奇就拉开帘子一看，在浴缸里，有一具骷髅架子泡在脏水里上面还有残留的肉块，一具人的骨架，里卡多的弟弟告诉我，“我正在清洗。”我不知道自己怎么出的浴室怎么下的楼梯怎么坐回到院里的餐桌前。我只记得里卡多的弟弟抓住我的一只手吻了我我也吻了他然后他帮我穿过黑暗的房间。

在院子里一切都非常美，非常绿（因为草坪）非常明亮餐桌布置得非常好铺着非常贵的桌布，先给我上菜因为里卡多的母亲坚持。而我所做的就是看着肉，火鸡肉块，做得很熟，几乎焦黄泡在浅咖啡色的酱汁里，我把刀叉交叉摆在盘子里，垂下手哭了起来。我毁了全家人的平安夜，那么绅士那么和蔼的一家人，我回到家那么累那么伤心那么安静，连我妈妈都没发现我回来。

当她唱起波丽露

我梦见连着68天夜里去海湾但没逮着一条鱼，连条沙丁鱼都没有，牾斯忒罗斐冬和艾力波和阿塞尼奥·库埃不让西尔维斯特雷跟我去，因为他们说我已经完全彻底地走了霉运，但在第69天（那是夜间哈瓦那的幸运数字：牾斯忒罗斐冬说因为那是多米诺骨牌里的“双和”而阿塞尼奥·库埃有别的理由，里内也是——那是他家的门牌号）我真的下了海，在蓝色的，紫色的，超紫色的海水中间，来了一条磷光闪闪的鱼身体细长好像“古巴”然后变小了好像伊蕾妮塔然后变深褐色，发黑那是麦卡雷娜她咬了钩被我捉住，她开始长大越长越大，变得像小艇那么大漂了起来，仰面朝天，喘着气，用肝脏色的嘴发出声响，像猫似的呼噜着，吼叫着然后又发出不同的响声，好像堵塞的下水道，然后安静下来，开始出现鲨鱼，大魣，锯鱼，都长着陌生的脸，但其中的一张脸非常像姜尼·不咋地另一张像“埃姆西”嘴上有个星斑另一个是维克托·佩拉因为脖子上有颗珍珠（佩拉就是“珍珠”的意思）脖子好像系着血领带，我开始拽鱼线把我的鱼紧贴在船舷上对她说大鱼，我巨大的鱼，高贵的鱼，我捕到了你，捉住了你，但我不会让他们吃掉你，然后我把她拖起来连身子带尾巴塞进小艇，现在雪白，发亮但只是尾巴，而大鱼乌黑，接下来我开始跟她侧身战斗，柔软得好像果冻因为我发现在这一侧是只水母我又狠拽一把结果失去平衡摔进船里，整条鱼压在我上面小艇都盛不下我无法呼吸快要憋死因为她的鳃部紧贴着我的脸封住了我的口鼻吸走了空气所有的空气不光是我要呼吸的外面的空气还有我鼻子里我嘴里我肺里的没给我留下一点空气我马上要窒息。我醒了。

我不再与梦中高贵的大鱼作战，而是抵抗，推搡，蹬踹现实中那头背叛的抹香鲸，她正压在我身上用她牛肺似的大嘴唇亲吻我，吻我的眼睛，鼻子，嘴，还咬我的耳朵，脖子和胸，“星星雷亚”在我身上滑下去又重新涌上来发出奇特的声响，难以置信的声响，仿佛同时在唱歌和打鼾，在这咆哮中对我说我的小黑人我的爱来跟我好给你的黑姑娘一个吻来来来以及类似的话，我差点笑出了声要不是喘不过气的话，我用尽全身力气猛推一把，拿墙壁当杠杆（因为我被膨胀的肉团挤到了墙边，被压在身上的宇宙碾轧）让她失去平衡掉下床去在地上喘气发怒，我趁机跳起来开了灯就看见：她全身一丝不挂，两只乳房和胳膊一样肥厚，比我的脑袋大两倍，一只垂向一边挨到地上另一只搭在隔开双腿与疑似脖子（如果她有脖子的话）的三道肉卷的中心一卷上，离大腿最近的一卷可以视为她维纳斯丘[①]的延伸，我发现阿历克斯·拜尔说得对，她给自己全身脱毛因为她浑身上下没有一根体毛这不可能是正常的，虽然在“星星雷亚”身上没有什么是正常的。就在这时候我开始怀疑她会不会是火星人。

如果理性之梦催生恶魔[②]，那么无理之梦呢？我梦见（因为我又睡着了：睡梦像失眠一样执拗）火星人入侵地球但并不像西尔维斯特雷害怕的那样无声无息地降落在天台或以灵体形式附在地球物质中混入或者以细菌的形式入侵在动物和人类身上繁殖，而是以火星人的形式，有造风能力的生物，能用空气造出另外的墙在看不见的阶梯上下迈着庄严的步伐以他们黑色，闪光，沉默的存在散播恐惧。在其他的或同一个只是形式不同的梦里，他们变成声波隐藏在我们中间迷住了我们，好像塞壬妖女：随便哪个角落都会冒出使人呆傻的音乐，令人麻痹的曲调，没人会去抵抗这种外星入侵因为没人能想到音乐会成为秘密的终极武器更没人会想到用蜡或手指头堵住耳朵，在梦的最后我试图抬起手去够自己的耳朵，因为我明白这一切，但双手和后背和脖子都和看不见的尾巴粘在一起，我醒来的时候人在床下，身体下面一摊汗水，在地板上。于是我想起来自己已经躺在地上，滚到房间另一头，靠近门的地方就在那儿睡的。嘴里这是塞了摩托车手的手套吗？我不

---

① “维纳斯丘”(monte de Venus)，西语中指女性阴阜。

② 西班牙画家戈雅(Franciscco de Goya，1746—1828)的名作，即版画组画《奇想集》第 43 号。

知道因为嘴里全是胆汁的味道口渴但呕吐的欲望压过喝水的欲望，我在起身前好好想了想。我不想看见“星星雷亚”，不论是怪兽还是人形，睡在我的床上，大张着嘴打鼾眯着眼左右翻滚——没人希望醒来时又见到前夜的梦魇。我开始琢磨如何走到浴室，洗漱，回来找我的衣服，穿上衣服出门，不弄出响动。把这些在脑子里过了一遍我又开始考虑给“星星雷亚”写个便条大概是说等她起来请悄悄出门别让人看见，哦不说这个；请把一切整理好，不，也不对；请锁上门；见鬼，都是些傻话，而且也是废话因为“星星雷亚”根本不认字，噢好吧我用油性笔写，写得大大的，谁跟我说她不认字？一定是种族歧视，我心想，决定起身叫醒她直截了当跟她说。当然我得先穿好衣服。我站起来朝沙发床一看她已经不在了，不用怎么找，因为在我面前厨房是空的，浴室门开着，也是空的：她不在，已经走了。我看了看昨天一直没摘的手表两点了（下午？）我估计她一早起来就走了没惊动我。她还挺细心的。我进了浴室坐在马桶上，读每个柯达胶卷上都有的说明，胶卷满地都是不知为什么，这些说明简单便捷地把生活进行了划分，“阳光”，“室外多云”，“阴天”，“海滩”或“雪天”（“雪天”，见鬼，在古巴）最后是“室内明亮”，读着却不理解，突然门铃响了我差点蹦起来如果不计连带的肮脏后果，因为我敢肯定是“星星雷亚”回归，门铃响个没完而我努力让自己的肠子和肺和身体其他部分保持绝对沉默。然而没有什么比一个古巴朋友更够意思，有人从厨房和浴室的通风口喊我的名字，这一点不难做到，只要你了解这房子的构造，还要有体操运动员的身手，歌剧男高音的嗓门，橡皮胶布一般对友情的执着，就能这样冒着摔断脖子的危险从走廊窗户中伸出脑袋。那不是火星人的声音。我完成若干卫生仪式后开了门，西尔维斯特雷好似一道水龙卷冲进门情绪激动地喊叫说牾斯忒罗病了，很严重。谁？我问道，还没来得及捋顺被他的旋风刮起的头发，他说，牾斯忒罗斐冬昨晚我送他回家已经凌晨了因为他难受还吐了我跟他开玩笑还以为他多能喝呢但他说送回家就不用管他今天早上我去找他我们本来打算去海边女仆说家里没人主人和女主人都不在牾斯忒罗斐冬不在因为凌晨就送他去医院了，西尔维斯特雷说，就这样说的，一个喘气的逗号都没有。女仆跟你说牾斯忒罗斐冬？在又困又累，宿醉后的上午我问出一个愚蠢的问题，他回答靠当然不是，说的是他的名字，就是牾斯忒罗斐冬这人。那说他得的是什么病了吗，我边问边走向厨房，想喝一杯宿醉者在清晨的荒漠甘泉，牛奶。不知道，西尔维斯特雷说，我估计不会太糟不过也不会太好。症状不太乐观，估计是个颅内动脉瘤或动脉栓塞，不清楚，我笑了起来就在他说不清楚之前。见鬼你笑什么笑？西尔维斯特雷问。笑你这位大医生，伙计，我说。为什么？他吼道，我看他是生气了。不为什么，不为什么。你也觉得我是个疑病症患者？他问。我说不是，我笑的是那些名词，你的快速诊断和科学自信。他也笑了，但什么也没说开恩没再给我讲一遍他刚学医或想学医那会儿跟一个高中同学去系里，在解剖室看见那些尸体闻着福尔马林和死人的气味听见一位教授用锯子锯骨头发出的吱呀声等等等等。我请他也喝点牛奶他说吃过早饭了，从早饭我们又回到之前的话题，不是饭前是昨晚。

你昨晚干吗了？他问我，我没见过比西尔维斯特雷更爱问问题的人：可以改名叫西尔为什么。我出去了，我答道，出去转了一圈。去哪儿？就那边，我说。你确定？当然确定，我衣服里包着的那个人就是我，我说。哦，他说，发出洞察一切的声响，真有意思。我不想追问他，而他趁机继续问我。那就是说你不知道昨晚发生的事了？在这儿？我说，尽量不去问他。不，不在这儿，他说。在街上。从这儿我们是最后几个走的，我估计。没错是最后几个因为塞巴斯蒂安·莫兰①在你和“星星雷亚”回来表演（我听出一丝嘲讽的口气）之前就走了然后走的是姜尼和弗兰埃米利奥剩下我们艾力波和库埃和牾斯忒罗斐冬聊天，或者说是喊叫为了压过“星星雷亚”的呼噜，艾力波和库埃和比罗托和维拉一起走的牾斯忒罗斐冬和我送英格丽和伊迪丝，里内已经和杰西和胡安·布兰科走了，我记得，记不清楚了。好吧我要说的是我锁了门，牾斯忒罗和我我们送英格丽和伊迪丝要去“巧丽”，从来没见过牾

① 塞巴斯蒂安·莫兰上校，英国作家柯南·道尔的《福尔摩斯》系列之《空屋历险》中的反派。

斯忒罗这样，你真该听听，到河的对岸他感觉不舒服我们只好返回去，伊迪丝最后自己回的家，他说。

我在屋里走来走去找我的袜子，昨晚还是两只现在都固执地成为孤品，我厌倦了在整个宇宙的搜索就回到自己的星系去衣柜另拿了一双穿上，一边听着他给我讲一边盘算怎么打发星期天剩下的部分。问题是，他说，我泡上了英格丽（现在我得解释一下英格丽就是英格丽·宝儿曼，她不是真叫这个名字，我们给她起这个外号是因为她总把英格丽·褒曼的名字念成这样；她是个黑白混血妞，但白多黑少少到看不出来，她心情好的时候常这么说，头发染成金黄化很浓的妆穿全古巴最紧身的衣服，要知道在这个岛上女人们穿的不是套装而是手套大小的服装，她很容易上手，但这并不会减少西尔维斯特雷的乐趣因为女人在事成之前从不容易），我带上她去八十四街的旅馆，都已经开进去她说不哦不不不我只好让出租车又出来。但是，他说，等我们回到贝达多第四次或第五次穿过隧道，我们开始接吻还干别的让车往十一和二十五街开结果还是一样，唯一的细微区别就是司机说他是开出租的不是拉皮条的要拿钱走人于是英格丽开始和他争论，要送她回家我就给了司机钱让他走人。当然了，他对我说，英格丽大发脾气，在黑暗里上演堪称经典的吵架，我俩争论着来到街上，其实是她在吵而我在努力安抚她，比乔治·桑德斯[①]

① 乔治·桑德斯(George Sanders,1906—1972),英国电影演员,歌手。

还通情达理（西尔维斯特雷的原话，他总爱用电影术语：一天他用手摆成取景框对着我，换成他当摄影师，对我说，你别动再动就出画了，另一回我去他家，家里很黑，阳台的门都关着因为下午阳光正照着阳台，我开了阳台门他就说，你往我脸上打了两万烛光单位！还有一次我们几个人聊天，库埃、他和我，他正聊爵士库埃又卖弄说什么爵士起源于新奥尔良，西尔维斯特雷就对他说，你别在聊天的时候搞闪回，伙计，还有其他的例子我忘了或者现在想不起来了）边争吵边走沿贝达多往上，你猜我们到哪儿了，他问，他没等我回答就说，我们到了第二和三十一街那地方，若无其事地进去。我觉得，他说，她终于服软了，不过这仅仅是开始然后进去，进了房间以后发生了一场施特罗海姆式的坏蛋和格里菲斯式的女主角①之间的斗争，就只是为了让她坐下，你听清楚了，仅仅坐下而已还不是坐到床上，就是坐到椅子上，坐下以后连手里的包包都不肯放下。最后，他说，我终于说服她安静下来，踏实坐下，舒服一点，然后我一脱西装上衣她立刻以闪电的速度蹦起来，去开门马上要走，我看着她手在插销上的大特写，重新穿上西装安抚她，就在安抚的时候，她不小心坐到床上，一挨着床边她立刻蹦起来好像坐到了苦行僧的床

① 施特罗海姆(Erich Von Stroheim,1885—1957)，奥地利裔美国导演、演员，擅演反派角色；格里菲斯(D. W. Griffith，1875—1948)，美国默片导演。

上，我表现得非常老练，非常加里·格兰特[1]地说服她不要紧张，坐到床上就是坐到床上而已，床和其他家具没有什么不同，就当是个座位，她很镇定地站起来把包放在床头柜上又坐回床上。我不知道为什么，西尔维斯特雷对我说，我估计可以脱下外衣就脱了，坐到她身边开始抚摸她亲吻她，同时把她推倒，让她躺下她就躺下了但就像弹簧似的又坐起来我再把她推倒这回她躺下了没乱动我也躺上去，属于不算非常浪漫但有伤风化的场景，我抓住机会对她说天很热，把她的外衣糟蹋了很可惜，那么漂亮的衣服全都皱了，她对我说，是很漂亮对不对，然后没有过渡就对我说可以脱下外衣免得弄皱，但是不会再脱别的，要一直穿着衬裙，然后就脱了。她回到床上我已经脱了鞋，我忘掉海斯法案[2]开始推到中景或双人近景，请求，恳求她，差点就跪在床上让她脱掉衬裙，我想看看她明日之星的美丽躯体，只穿内裤和胸罩，那不过就是在床上遨游的花边泳衣，通过这样的论证，伙计，我说服她脱了衬裙，之前没忘了告诉我绝不会再脱一件。绝不。于是我们亲吻我们拥抱我们爱抚我说裤子会弄皱就脱了也脱了衬衣就剩下内裤等我再回到床上她火了或者装成发火的样子不让我靠近。但很快我抚摸她的双手爱抚她的身体我们又接

---

① 加里·格兰特(Cary Grant，1904—1986)，好莱坞著名影星，曾主演《费城故事》《美人计》《西北偏北》等。

② 《海斯法案》(Código Hays)，美国历史上限制影片表现内容的审查法案，由威尔·海斯等人制订，1930 年公布，1966 年被取消。

吻这一套我求她，开始很低的声音，就像画外音，对她说，恳求她脱掉剩下的衣服，哪怕就脱掉胸罩好让我看看那神奇的乳房，她不答应，就在我快要失去耐心的时候，她说，好吧好吧，一下解开道具，我在房间的粉红灯光下（那是另一场战斗：关上顶灯点亮红灯），我在见证世界第八大奇迹，第八及第九大奇迹，因为那是一对奇迹，我兴奋了她也兴奋了，整个气氛从暂停进到愉悦，就像出自希区柯克的手笔。不啰嗦了，用同样的技巧和同样的论证，我说服她脱了内裤，但是，但是，就在老希会把镜头切到焰火的时刻，我实话对你说，我再没能取得进展：世上没有人能说服她而我得出结论，强奸是大力神赫拉克勒斯才能达成的伟业，实际上不可能完成，如果受害者有意识而整个行为由一方完成就不算罪行。Nou，thats quite impossible[①]，傻傻的萨德。

我开始地震般的狂笑，但西尔维斯特雷打断了我。等等，等一哈，就像英格丽爱说的，故事到这儿还没完。我们度过了美好的夜晚，西尔维斯特雷对我说，或者说一小段夜晚，我从她灵巧的双手得到释放，几乎心满意足，在高潮中睡去，等我醒的时候，天已经亮了，我找我的心上人就看见我的联合主演已经随夜晚变化，睡梦改变了她。我按老卡夫卡的说法称之为变形记，虽然我身边没有格里高尔·萨姆沙但确实有另一个女人：夜晚和亲吻和睡梦去

---

① 不规范的英文，意为“不，那不可能”。

掉的不仅是嘴上的口红，而是全部装扮，全部：完美的眉毛，又长又浓又黑的睫毛，荧光色的眼影，还有，等等，等等，他对我说，你先别笑，注意我要煞风景了：在那儿，在我身边，在她和我之间仿佛一道伪装的深渊，有个黄色物体，差不多是又圆又软的样子，我摸了一下吓了一跳：上面有毛。我拿起来，他说，小心翼翼地捧在手里在环境光里仔细观察，那是，终极的惊喜：一副假发！那女人是个秃顶，他说，秃～～顶。好吧，也不是全秃，有一点儿绒毛，没有颜色的毛发，有点恶心。尤内斯库·布情布愿，西尔维斯特雷对我说，睡在秃头歌女身边①。我猜是自己想得太专注结果大声说了出来，因为她身体开始动了眼看要醒。就在上一个镜头我把假发放回原处，又躺下装睡，她已经完全清醒第一件事就是伸手向头上摸去，立刻急了，手忙脚乱，到处找假发，找到戴上……戴反了，伙计，戴反了。她起身，去浴室，关上门开了灯等门再打开的时候，一切都回到了应有的位置。她看了我一眼又一眼因为丢失假发的恐惧让她忘了我的存在，现在才想起来自己在房间里，旅馆里，和我在一起。她看了我一眼，西尔维斯特雷对我说，一眼又一眼好确定我还在睡，但她是从远处看我而我眯着眼装睡，一切都看得清清楚楚：镜头无所不在。她走开，拿起她的包包捡起她的衣服又钻进浴

---

① 尤内斯库（Eugene Ionesco，1909—1994），罗马尼亚裔法国剧作家，《秃头歌女》是他的荒诞戏剧代表作之一。

室。等出来的时候成了另一个女人。就是说，是那个你认识的我们大家认识的女人昨晚我费了那么大劲儿才观赏到她宽衣解带，她的脱衣秀，au depouillement à la Allais[①].

在这个过程中我笑得不行而西尔维斯特雷就在我的笑声浪潮中讲述他的艰苦征程，然后我们俩一起大笑。但他随后停下来对我说，但你不要笑我巴纳姆，贝尔[②]，我们两个都是怪兽贩子。怎么可能，我说。没错先生，您和有色版的奥列佛·哈台[③]做爱来着。怎么可能，我又问。没错没错。你看，我从测谎器房间出来，我打车把恢复美貌的金发姑娘送回家，然后回自己家路过这里，五点钟的样子，碰见在人行道上，正往二十五街去，“星星雷亚”，简直像蛇怪，满头发卷脚下拖鞋手里是破旧的女包。我叫她上车送她回家，在路上，摄影家朋友，她跟我说她遭遇了非常可怕的事她说自己在这间暗室里睡着了而您，喝醉了，想要强暴她，最后告诉我说永远，永远不会再踏上这儿一只脚，告诉你，她非常气愤。所以说，怪兽对怪兽，挫折遇蹉跎。她这么跟你说的，我问，用这些词儿？好吧她说你要强奸她，这是她跟我说的。但我跟你讲的是银幕

---

① 不规范的法文，意为“阿莱式去皮”；阿方斯·阿莱（Alphonse Allais，1854—1905），法国幽默作家。

② 巴纳姆＆贝利（Barnum & Bailey），美国马戏团，见143页注；亨利·贝尔（Henry Beyle，1783—1842），即法国小说家司汤达。

③ 奥列佛·哈台（Oliver Hardy，1892—1957），美国滑稽演员，“胖子和瘦子”组合中的“胖子”。

版本，不是文字版。

我没什么可笑的她没什么可气愤的，我任凭西尔维斯特雷坐在床上，自己去漱口，从浴室我问他牾斯忒罗斐冬在哪家诊所他说在安托马尔奇。我问他下午去不去探视，他回答不去，已经跟英格丽·宝儿曼约了在四点，想要在今天完成昨天未竟的事业不要拖到明天。我笑了，笑得不那么起劲，他说别笑我，我在乎的不是她的身体而是那赤裸的灵魂，再想想那些传奇中的前辈，珍·哈露[1]也戴假发。蜜丝佛陀出品。

---

① 珍·哈露(Jean Harlow,1911—1937)，美国女演员，常以一头闪亮金发的形象出镜。

第六次

大夫，您拼写“心理医生”（psiquiatra）这个词的时候加不加字母 p?

游　客

手杖事件始末及坎贝尔太太的异议

事件始末

我们到达哈瓦那是星期五大约下午三点。天气热极了。头顶上一层厚厚的灰云，或者应该说黑云。摆渡船刚进港口，让我们凉快了一路的风突然停了。我的腿又开始不舒服，下梯子的时候疼得厉害。坎贝尔太太一刻不停地在我后面说，她觉得一切都那么迷人：迷人的小城市，迷人的海港，迷人的大街正对着迷人的码头。而我觉得这儿的湿度有百分之九十到九十五，可以肯定我的腿会疼上整个周末。来这个又热又湿的小岛真是坎贝尔太太出的好主意。我从甲板看见城市上空一层雨云的时候就跟她说了。她不同意，说旅行社跟她保证在古巴四季长春，永远是春天。什么春天，我可怜的脚啊！我们是在热带。我跟她说了，她回答："甜心，this is *the* Tropic！"（这就是热带啊！）

在码头边上有一群迷人的土著人弹着吉他摇着大沙锤发出地狱般的号叫——他们大概会称之为音乐。为了给本地乐队锦上添花，还有一个露天小铺子贩卖旅游业之树的果实：响板，花里胡哨的扇子，木头沙锤，音乐棒，贝壳项链，陶土家什，又硬又黄的稻草编成的帽子这类东西。坎贝尔太太每样买了一两个。她被迷住了。我跟她说等走的那天再买。“甜心”，她说，“They are *souvenirs*.”（这是纪念品。）她不明白纪念品应该离开的时候再买。跟她解释也毫无意义。幸好过关很快，出乎我的意料。工作人员也很和气，甚至有那么一点献殷勤的感觉，诸位明白我的意思。

我后悔没把车带来，不带汽车来那何必坐摆渡船呢？但坎贝尔太太认为学交规会浪费我们很多时间。实际上，她是害怕再出事故。现在她又多了个理由。“甜心，你腿都这样了就更不能开车了，”她说。“Lets get a cab.”（我们去打辆车。）

我们叫了出租车，几个土著人——并不需要这么多——帮我们搬行李。坎贝尔太太很喜欢这种名不虚传的拉丁热情。没法让她明白这种热情的价钱也是名不虚传。她觉得人人都好极了，没来之前她就知道一切都好极了。等行李和坎贝尔太太买的一千零一样东西都装上出租车，我扶她上车，关上车门——在与热情司机的竞争中胜出，然后转身，方便起见从另一边的门上车。平时我一般先上车然后坎贝尔太太再上，对她更方便，但现在这种毫无实际意义的礼貌让坎贝尔太太很开心，感觉 very latin（很拉丁），也让我犯了一个永远不会忘记的错误。我就在那一刻看见了手杖。

那不是一根普通的手杖，但我买它也不是只因为这个。很惹眼，样式复杂也不便宜。确实是一种很贵的木头我觉得是乌木或者类似的，雕刻过于繁琐——坎贝尔太太称之为精致——换成美元实际上也不是那么贵。凑近看奇形怪状，看不出来雕的是什么。手杖顶端是一个黑女人或男人——永远搞不明白这些人，那些艺术家——五官粗俗。总之让人反感。不过那时候我立刻被吸引，尽管我并不是个轻浮的人，就算腿不疼我也会买下来。（如果坎贝尔太太发现我感兴趣估计也会怂恿我买下来。）当然，坎贝尔太太觉得这手杖很美很独特并且——我需要缓口气才能说出这个词——很刺激。老天，这些女人啊！

我们到了酒店，办了入住手续，庆幸预订没出问题，上到我们的房间洗了个澡。我们点了份便餐 room-service 送到房间然后睡午觉——入乡随俗……不，实际上外面很热太阳太晒也太吵，里面就好多了，房间干净舒服又凉快，开着空调几乎有点冷。酒店不错。的确不便宜，但值这个价。如果说古巴人跟我们学了点什么，那就是学会了什么是舒适，国民饭店是个舒服的酒店而且远不止舒服，还很有效率。醒来的时候已经是晚上，我们就出门到附近转转。

在酒店外我们碰到一个出租车司机，他自告奋勇给我们当导游。他说自己叫雷蒙德什么什么，还给我们看一张肮脏褪色的证件。然后他带我们去看这段古巴人称作拉兰坡的路，商店和灯光和走来走去的人。还不错。我们打算去“热带乐园”，到处有广告号称“世界上最神奇的夜总会”，坎贝尔太太几乎就是为这个来的。为了打发时间我们去看了场电影，我们在迈阿密想看但错过的。电影院离酒店不远，很新也有冷气。

我们回到酒店换了衣服。坎贝尔太太坚持要我穿上无尾礼服。她也换上晚装。刚出门，我的腿又开始疼——估计是由于电影院和酒店的冷气——我就拿上了手杖。坎贝尔太太没反对，看起来她还觉得很有意思。

“热带乐园”在远离市中心的一个街区。几乎是一家雨林里的夜总会。路两旁都是花园直到入口，到处是树木和攀爬植物，泉水和彩灯。这家夜总会的硬件可以说“神奇”，但里面的秀——我猜所有的拉丁夜总会都一样——就是半裸女人跳伦巴，歌手狂吼愚蠢的歌，以及平·克劳斯贝风格的crooners（慢歌王子），只不过是西班牙语版的。古巴的国民饮料名叫戴吉利，就是一种加朗姆酒的冰果昔，很适合炎热的古巴——我是指外面街上，因为夜总会里有“典型的”，他们这么告诉我们，“古巴空调”，相当于四面热带墙壁围起来的北极。还有个配套的露天夜总会，但那天晚上没开，因为预报有雨。古巴人预报天气很准，因为我们刚开始吃某种古巴的所谓国际菜式（全是脂肪和油炸，菜太咸而甜品太甜），就开始下起暴雨，雨声盖住了那些热带乐队的声音。我这么说是为了形容雨下得有多猛烈，因为世界上很少有什么能比一支古巴乐队更喧闹。对坎贝尔太太来说这一切都是高级野蛮的巅峰：暴雨，音乐，食物，她简直心醉神迷。一切本可以很好——

或至少过得去，因为当我们把饮品换成简单的威士忌加苏打的时候，我几乎找到了在家的感觉——如果不是那个愚蠢的娘娘腔 MC（主持人），他不仅向观众介绍节目，还把在场的观众介绍给演员，这家伙不知怎么想的，问起了我们的名字——我是说，在场所有的美国人——然后开始用他可怕的英语介绍我们。他不仅把我当成卖罐头汤的[①]，这是个常见的错误我也习惯了，但他还把我介绍成什么国际 playboy（花花公子）。而坎贝尔太太居然在一边笑到魂飞天外!

我们离开夜总会，已经过了半夜，雨停了也不那么热环境不再那么闷。我们两个都喝了不少，但我没忘记手杖。就这样我一手拄着手杖，一手挽着坎贝尔太太。司机坚持要带我们去看另一种秀，要不是可以拿我们都喝多了当借口，我一个字也不会提起。坎贝尔太太觉得非常刺激——就像古巴绝大多数的事物——但我必须承认我感觉很无聊甚至都睡了过去。那是当地旅游业的一个分支，租车的司机都是拉客的。他们没经你同意就把你带去，等你反应过来人已经在里面。那房子没什么特别之处，可一旦进去就会被带到一间客厅，周围一圈椅子，就像五十年代流行的那种剧场，圆形剧场，只是中间没有舞台却摆了一张床，圆形的床。他们提供饮料——卖得比在最贵的夜总

① 指美国著名的金宝汤公司(Campbell Soup Company)，其冠名的创始人也姓坎贝尔。

会还贵——然后，等所有人都坐下，灯光熄灭，只在床上方亮起一盏红灯和一盏蓝灯，但可以看得一清二楚。进来两个女人，赤身裸体。她们躺到床上开始接吻做爱以及某些实在恶心的事，既下流又不卫生。然后进来一个男人——是黑人，在灯光下显得更黑了——长着夸张的长家伙跟那些女人干极其私密的事并且好像很开心。那边还有几个海军军官，我觉得非常有损国家形象，但他们好像很开心。好吧，反正不干我的事，不管他们是不是应该穿着制服来寻开心。然后演出结束，灯光亮起——真够无耻的——那两个女人和黑人向观众致意。这家伙和那些女人拿我的黑无尾礼服和黑色手杖开了几个玩笑，而且是完全赤身裸体对着我们，那几个海军很开心甚至坎贝尔太太看来也很开心。最后，黑人凑到一个海军军官旁边用很古巴式的英语说他恨女人，暗示某种很肮脏的东西，但那几个海军都大笑起来，坎贝尔太太也是。所有人都鼓掌。

我们睡到星期六上午十点，十一点的时候我们去了那个海滩，离哈瓦那五十多英里的巴拉德罗，待了一整天。太阳晒得厉害，但大海的颜色变幻和白沙滩还有木头搭的老浴场，这一幕真值得拍成彩色电影。我照了很多照片，和坎贝尔太太过得很惬意。只是到了晚上整个背部起了泡并且因为那些海鲜，过量的古巴食物而消化不良。我们回到哈瓦那，由雷蒙德带着，他在午夜前把我们送回了酒店。我很高兴看到我的手杖，在房间里等着我，虽然一整天没有用到它，因为阳光海水和不那么潮湿的热度让我的腿有所好转。我和坎贝尔太太在酒店的酒吧里喝到很晚，还是听那种让坎贝尔太太着迷的夸张音乐，我也感觉不错，因为我把手杖带了下来。

第二天，星期天上午，我们让雷蒙德走了，等回酒店收拾东西时再来接。摆渡船下午两点开。然后我们决定出去在老城区走走，四下看看再买点纪念品，满足坎贝尔太太的意愿。我们在一家旅游商店购物，这家店正对着龋齿似的西班牙城堡，礼拜日也开张。我们因为大包小包太多就决定在一个老咖啡馆坐下喝点东西。一切都很安静，我喜欢在老城区周日这种古老有文化的氛围。我们待了一小时的样子，付了钱离开。走出两个街区我发现把手杖落在咖啡馆就回去找。但看来并没人见到，这我不奇怪：总会有这种事。我心情灰暗地走到街上，对于这么微不足道的损失来说，我自己的反应过于严重。但当我绕过一条窄街走向出租车 stand（站），巨大的惊喜在等着我：一个老头拿着我的手杖。走近我才看出不是老头，而是个无法确定年纪的男人，明显的痴呆症患者。无论用英语还是坎贝尔太太有限的西班牙语都无法与他沟通。那男人什么也不懂只知道紧紧攥住手杖。

我担心如果按坎贝尔太太的建议，抓住手杖一头拽过来会搞出 slapstick（闹剧），同时注意到那个乞丐——他是这些国家里无数职业乞丐中的一个——看起来很强壮。我打着手势，想让他明白这手杖是我的，但结果得到的回答只是他从嗓子眼里发出的某种奇怪的声音。那一瞬间我想起了那些土著音乐家和他们的喉音唱法。坎贝尔太太提议让我买下我的手杖，但我不同意。“亲爱的，”我对她说，说话的同时用自己的身体挡住乞丐的退路，“这是个原则问题：手杖是我的。”我不会允许让他拿走就因为他是个傻子，更不会花钱买因为那等于向勒索妥协。“想敲诈我可不行，”我一边对坎贝尔太太说着，一边走下人行道，因为那乞丐想要过到马路对面去。“我知道，甜心，”她说。

很快我们身边就围起了一小群本地人，我有点紧张，因为我可不想成为任何 lynching mob（暴民私刑）的受害者，而我的样子像是个外国人在欺负一个没有抵抗能力的土著。但围观的人，在当时那种情况下，表现得还不错。坎贝尔太太尽可能地向他们解释，其中居然有个人会说英语，相当原始的英语，他自告奋勇居中调解。他试图与那个傻子沟通，但没成功。那傻子只会紧紧抱着手杖，打手势嘴里发出声音表示那是他的。那些围观者，就像所有混乱的人群一样，一会儿站在我这边，一会儿站在乞丐那边。我妻子仍试图跟他们解释情况。“这是个原则问题，”她说，用她马马虎虎的西班牙语。“坎贝尔先生是手杖的合法主人。他昨天买的，今天上午落在咖啡馆，而这位先生，”她指那位呆小症患者，伸手指着，“拿走了，不属于他，不，朋友们。”人们现在站在我们一边了。

很快我们造成了公众场合的骚乱，引来了一位警察。万幸这位警察会说英语。我向他解释了事情的经过。他试图驱散人群，但那些人比我们还想知道问题会怎么解决。警察跟傻子谈话，但无法沟通，就像我告诉他的那样。警察肯定是没了耐心，掏出枪来威胁他。人们一下安静了我很担心出事。但傻子看来明白了，把手杖交给我，当时的表情让我很不快。警察收起枪，建议我给傻子一点钱，不叫补偿，算是礼物给“那可怜的家伙”，用他的话说。我明确表示反对：这等于接受敲诈，因为手杖是我的财产。我向警察解释了。坎贝尔太太试图协调，但我不肯让步：手杖是我的而乞丐拿走了不属于他的东西，物归原主还要给他钱不论多少都等于奖励偷窃。我拒绝。人群里有人说话，坎贝尔太太跟我解释，那人建议募捐。坎贝尔太太，出于愚蠢的纯真心肠，想要从自己的口袋里掏钱。眼看会变成一场闹剧，我妥协了，虽然我不应该这样做。我给了那傻子几个硬币——我不知道具体多少，但几乎赶上我买手杖的钱——我同意给他，也没摆脸色，但乞丐却不愿要。现在他开始演受侮辱的角色了。坎贝尔太太在中间调和。那人像是接受了，但立刻又从嗓子眼里发出同样的声音拒绝收钱。直到警察把钱塞在他手里，他才接受。我一点儿也不喜欢他的脸，因为他一直盯着手杖，就像失去骨头的狗，盯着我拿走。这一令人不快的事件终于结束了，我们在原地打了辆出租车——在警察的帮助下，态度很好，那本就是他的职责——我们走的时候有人鼓掌还有几个跟我们友好地告别。没看见呆小症患者的脸我很高兴。坎贝尔太太一路上什么也没说，好像在脑子里数礼物。手杖失而复得让我心情大好，这成了一件有始末由来的纪念品，比坎贝尔太太买的那一堆都更有价值。

我们回到酒店，我对前台说我们下午就回国，让人准备好账单，我们会在酒店吃午餐。我们上了楼。

像往常一样，我打开门让坎贝尔太太先进，她开了灯因为窗帘还拉着。她走进门厅直奔房间。她刚一开灯，就大叫一声。我以为她触了电，心想在国外总有电压的危险。我还想到有毒虫或撞见小偷的可能。我冲进房间。坎贝尔太太脸色苍白，说不出话来，活像癔病发作。我一开始没明白怎么回事，看着她在屋子中间，典型紧张症的症候。但她嘴里发出声音同时用手指向床。在那儿，横在床头柜的玻璃面板上，黑色映着木板的浅绿色分外显眼：**另一根**手杖。

异议

坎贝尔先生作为专业作家，却没讲好故事，一向如此。

哈瓦那从船上看去美极了。大海很平静，是一种浅蓝色，有时几乎是天蓝色，夹杂着一道深紫色，宽阔的水线，有人解释说那是 Gulf Stream（湾流）。有几朵小浪花，泡沫似的，好像海鸥飞在倒转的天空。城市突然出现了，洁白，让人晕眩。天上有脏脏的云，但太阳在外边闪耀，哈瓦那不是一个城市，而是城市的幻象，一个幽灵。然后向周边敞开陆续出现一些飞速的色块又立即融合在阳光的白色里。那是一幅全景画，真正的西尼玛斯科普式宽银幕，生命的全景电影——这么说为了让坎贝尔先生高兴，他那么爱电影。我们航行穿过的那些建筑更像是镜子，吞噬目光的反光镜，旁边是浓绿或焦绿色的公园，直到另一个更老旧更幽暗也更美丽的城市。码头慢慢挨近，势不可当。

的确古巴音乐有些原始，但也有种欢乐的魅力，总蕴含着强烈的惊喜，某种无法描述，诗意的东西，向上飞，在高处，用沙槌和吉他，同时用各种鼓扎根大地而响木——创造音乐的两根小木棒——就像这稳固不变的地平线。

何必把那条病腿说得那么有戏剧性？也许是想显得像

光荣负伤的军人。但坎贝尔先生得的是关节炎。

手杖就是一根普通手杖。深色的木头，也许还算好看，但没有奇怪的图案也没有男女不分的人像杖头。跟世界上的无数手杖没什么区别，粗糙，有种花哨的吸引力，仅此而已，没什么特别的。我猜很多古巴人都有这么一根一模一样的手杖。我从来没说过手杖很刺激：这是一个弗洛伊德式的粗鄙影射。另外，我永远不会因为色情原因去买手杖。

手杖没花多少钱。古巴比索兑换美元是一比一。

我觉得这座城市的很多东西都很迷人，而我从来不耻于表达自己的感受，我可以一一列举。我喜欢老城区。我喜欢人们的性格。我喜欢，非常喜欢古巴音乐。我喜欢“热带乐园”：尽管是个旅游热点人家也明白，但确实很美，丰盛蓬勃，就像这座岛屿的形象。吃的东西还过得去，喝的到处都一样，但音乐和女性之美以及编舞的出色想象力令人难忘。

坎贝尔先生出于他个人的那些理由，努力把我变成典型的普通妇女：就是说，没有自主能力，IQ 相当于白痴，俨然垂危者床前的债主。我从来没说过什么“Honey this is the Tropic”或者“They are souvenirs”。他看金发美女漫画看多了——或者是因为看了露希尔·宝儿所有的喜剧电影。

在讲述中多次出现“土著”一词，但这不该怪坎贝尔先生：我想这是无法避免的。但当 Mr.（他这么喜爱标点符号的人如果我忘了加这个缩略点他一定会不高兴）坎贝尔得知酒店的管理层是“我们的人”，按他的原话，他露出了心照不宣的微笑，因为在他看来热带地区的人都很懒惰。另外，很难分清谁是谁。举个例子：那位出租车司机，明明说自己叫拉蒙·加西亚。

我从来没觉得在城市里整天拿着那根手杖溜达有什么趣。在“热带乐园”，要走的时候，他酩酊大醉，在大堂门厅不大的地方手杖掉了三次，简直是一场公众灾难。他其实很喜欢，一向如此，喜欢别人把他当成百万富翁坎贝尔，他甚至坚称那是自家的亲戚。我笑不是因为什么国际花花公子，而是因为他当时那种虚伪的不快，其实被称为“汤大亨”他高兴还来不及。

确实是雷蒙德（我最后不得不这么称呼司机）建议去看 *tableux vivants* （“活体画”），但却是出于坎贝尔先生的暗示，他也没提自己在一家法文书店买了一打色情书，其中有本上世纪在巴黎出版的小说，英文未删版。享受演出的可不止我一个。

手杖不是在街上“碰到的”，好像走路的时候遇见果戈里笔下的人-物，其实就在那家咖啡馆里。我们坐着（咖啡馆里坐满了人）坎贝尔先生起身的时候，伸手去拿靠在邻桌上的那根黝黑，多节的手杖：跟他的那根一模一样。我们刚出门就听见有人从身后追来发出声音：是手杖的主人，只不过我们当时不知道他是真正的主人。坎贝尔先生想给他，是我反对。我跟他说手杖是花正经钱买的不能因为乞丐是个傻子就让他利用生理缺陷来占我们便宜。确实当时围上来一小群人（主要是咖啡馆的客人）也发生了争论，但他们一直都站在我们一边：乞丐不会说话。警察（是个旅游警）我觉得是碰巧路过。他也站在我们一边，毫不动摇甚至要把乞丐抓走。没人提议什么募捐，坎贝尔先生也没给一分钱补偿，我也不会同意。他讲的故事里仿佛我突然变成了好心的天使，因为一根神奇的魔杖。毫无疑问：实际上我才是那个坚持不肯放弃手杖的人。而且，我从没建议他抢过手杖来。（坎贝尔先生描写的整个场景仿佛出自某个意大利电影脚本。）

我的西班牙语并不完美，但让人听懂没问题。

从来没发生什么狗血剧。也没有 lynching mobs， 没有掌声，没有乞丐痛苦的脸，我们根本看不见。我看见另一根手杖的时候也没喊叫（我很遗憾读到坎贝尔先生笔下这几个夸张的加粗体字：“**另一根**手杖”，干吗不直接说“另一根手杖”？我只是指给他看，没有发癔症也没有紧张症。我感觉很糟糕，当然了，但我认为错误和不公还来得及纠正。我们又出了门找到咖啡馆，从咖啡馆的人要来拘留所的地址，乞丐被当成小偷送到那里：就是坎贝尔先生所说的龋齿城堡。人不在。那警察面对其他警察的嘲笑和小偷本人的泪水，在门口就把他放了——其实他才是唯一的受害者。很自然，没人知道到哪儿能找到他。

我们误了开船只能坐飞机回去，带着两根手杖。

一根手杖的故事，后附坎贝尔太太莫名其妙的订正

故事

我们到了哈瓦那一个周五下午，是个很热的下午，带着低垂的天花板，是又肥又重的乌云。当船进入小海湾[①]的时候运河的领航员简单地熄灭了凉快一路的微风。一直很凉快突然就不凉快。这样就是这样。作家海明威，我猜测，会把这叫大海的风扇。现在我腿疼得像魔鬼，走下跳板的时候非常疼，但没表现出来为了客人和主人的好处。（我应该说土著和探险者吗？）Mrs.坎贝尔走在我后面又说又比画又惊叹在整段该死的时间里，觉得每样小东西都很迷人：迷人的蓝色海湾，迷人的老城，迷人的风景如画的小街挨着迷人的码头。谁，我么？我想的是这里环境湿度有 90%或 95%，更确定的是我被诅咒的腿会可怕地疼上整个该死的周末。这是一个魔鬼的主意来这个燃烧[②]、湿透的岛屿度假，没被烧着的地方也被太阳晒褪了色。但

① 原文为西班牙语。——原注

② 原文为 *white hot*。字面意思是“白热”。——原注

丁的地屿。Mrs.坎贝尔的一个计划，当然。（Mrs.坎贝尔的一次决议执行，我差点说出来，后面绣上“出于她”。）我已经提醒她当我在甲板上看见黑云的穹顶悬在城市上空，一柄雨做的达摩剑悬在我腿上。她使劲儿反对说旅行社以他们黑暗的广告之心①发誓在古巴永远是春天。春天我痛苦的大脚趾。旅行社！他们都该去《非洲大探险》那部片里和卡瑞＆伦纳多一起再得上布思的病。（埃德温娜·布思，我是说，女人的病。）我们一头扎进蚊子成灾，疟疾肆虐，雨林遍布的热带。我这么和Mrs.坎贝尔说了，她回答，当然总按她的方式：“蜜糖，这就是热带！”

在码头上，仿佛登陆机器无法去除的一部分，有个三人乐队由那些迷人的土著组成，挠弹着一把吉他，摇着两个好像南瓜似的大响器，用木头敲木头，发出一些激烈的号叫，他们应该就叫作音乐。作为本地乐队的 *décor*② 有人支起一个露天帐篷，售卖各种旅游业的知善恶树结出的果实：响板，带画的哈瓦尼科（意思是“扇子”），植物响器，音乐小棒，贝壳做的项链和木头加种子做的念珠，一头灰牛牛角上刮出的平庸的动物展览，以及又硬又黄又干的稻草编的帽子：*Tutti fruti*③。Mrs. 坎贝尔每样物品

① 原文为 *postered heart*。字面意思是“被贴海报的心”。*Poster*，“海报，广告”。——原注

② 原文为法语，“布景，舞台”。——原注

③ 原文为意大利语，“所有的水果”。——原注

买了一两个，看起来整个人在发光。兴-高-采-烈。心醉神迷。我建议她把购物放在着地的最后一天。“蜜糖，”她说，“这是 *souvenirs*”[①]。她不能理解 *souvenirs* 常设为离开旅行国的时候才买的东西。感谢上帝，过海关一切都很快，这让我很意外，我应该承认。而且他们也很亲切，以一种油腻的方式，如果你们懂我的意思。

我很遗憾没带别克过来。坐摆渡还有什么意义如果你不带上自己的车？但是 Mrs. 坎贝尔想到，在最后一分钟，我们会浪费很多时间学习交通规则和街道。目前[②]，她害怕另一场事故。现在她增加了一个理由。“蜜糖，你的腿这种（说话的同时指着）情况，你一定不能以某种方式开车，”她说。“我们叫辆出租车。”

我们叫了出租车，几个土著（比需要的更多）帮我们在行李方面。Mrs. 坎贝尔非常迷恋这种所谓的拉丁热情。举世闻名，她说。一边给多余的人手付小费我一边想，徒劳的，跟她说这是一种举世闻名的付费的热情。她总会觉得他们都很神奇，不管他们怎么做和/或相反的证明。甚至没来之前她就知道一切都会很神奇。当行李和 Mrs. 坎贝尔买的一千零一样东西放进出租车，我关上车门（艰难地与司机竞争，他明显是“黑色闪电”杰西·欧文斯的亲戚）我转过弯要从另一侧车门上车。通常是我先

① “纪念品”。原文为法语。——原注

② 此处将英文的“actually”（实际上）误译为西文的“actualmente”（目前）。

上车然后 Mrs. 坎贝尔继续，这样事情更简单。但这次不实用的礼貌，——Mrs. 坎贝尔很沉醉，觉得拉丁得很 *mucho latino*①，——把我引向一个我永远不会忘记的错误。在那时候（从另一边）我看见了手杖。

那不是一根普通的手杖也不该仅仅为了这个原因买下它。除了是个很花哨，扭曲的东西，还很贵。没错，是用某种很珍贵的硬木做的，乌檀或类似的，以一种过分的精心雕刻。（雕工精细，Mrs. 坎贝尔说。）换成美元，然而，就不是很贵。拿到更近处检查，雕刻的其实是些毫无意义的怪诞装饰。手杖结束在一个 *Negro*（黑人）或 *Negra*（黑女人）的头（你永远不知道这些人，艺术家们），五官尤其粗俗。*In toto*②，总之，有点让人反感。太傻的我，立刻被吸引，我说不出真正的为什么。我不是个轻浮的人，但我觉得会买下来，腿疼或不疼。也许 Mrs. 坎贝尔也会推动我最终买下来，如果她看见我感兴趣。就像所有的女人一样，她热爱买东西。她说很美很独特而且（我应该吸入空气在说出这个词之前）刺激。我的上帝！女～人，*Los mujeres*③。

在酒店，我们的运气，仍然走得很好，预订被发现都有效。我开始考虑手杖有好运的魔力。我们上去，冲澡，点了简餐送到房间。服务很快就像简餐很好，我们睡了满

① 原文如此，错误的西班牙语。——原注

② 原文为拉丁语，“完全，全然”。——原注

③ 原文如此，错误的西班牙语。——原注

意的一小梦，古巴式午睡——人在哈瓦那……不，在外面非常热非常吵非常晒而屋里干净舒服又凉快。一个优质，安静，冷藏的酒店。很贵是真的，但值得。如果有什么是古巴人跟我们学得很好的就是 confort（舒适）的意义，国民饭店是一家舒服的酒店，甚至还更好，有效率。我们起床很晚，晚上的开始，我们在周围转了一圈。

在酒店芳香的花园里我们认识了一个那种出租车司机自告奋勇当我们的向导。他说自己叫拉蒙·什么，淘换出一张肮脏，皱巴的身份证来证实。然后他带我们穿过一个棕榈树和停靠的汽车的迷宫直到那条被哈瓦腊人[①]称作 *La Rampa*（斜坡）的大街，全是商店和俱乐部和餐厅，霓虹灯广告和拥堵的交通和上上下下的人在斜坡——大街由此得名。还不错，以旧金山的方式。我们想去认识"热带乐园"Night-club，号称"世界上最神奇的夜总会"。Mrs. 坎贝尔几乎来旅行就是为了拜访那里。我们，更准确地说是她，决定去那儿吃晚饭。与此同时，我们去了一场想在迈阿密看但错过的电影。剧院离酒店不远，很新很现代有空调。

我们回到酒店换衣服为了这个场合。Mrs. 坎贝尔坚持要我穿上半礼服。她会弄一身儿晚礼服出席。出门的时候，我的腿又开始疼，也许是因为剧院和酒店里的冷气，我拿上手杖。Mrs. 坎贝尔没有反对。相反，她觉得很

---

① 原文如此。——原注

有趣。

“热带乐园”位于城郊的一个街区。是一个丛林中的夜总会。花园生长在入口的小巷里，每一平方码都长满了乔木灌木和藤本植物和 *epyphites*（攀缘植物），后者被 Mrs. 坎贝尔坚持认为是兰花，还有古典雕像和涌水的喷泉和神秘颜色的 *spot-lights*（聚光灯）。夜总会可以描述为物理意义上的神奇，巅峰，但演出的水平就基本在赤裸的平地，简单就像所有的拉丁夜总会，我估计，半裸的女人跳伦巴和黑白混血的歌手嚎着那些愚蠢的歌以及矫揉造作的谣人照搬老平[①]风格，用西班牙语，当然。古巴的国民饮料名叫戴吉利，一种混合物最好的描述是加朗姆酒的冰果昔，很适合古巴的常见天气，离一座高炉不远。街上的热气，我的意思是，因为这家夜总会有“典型的”，他们是这么跟我们说的，“古巴空调”，就是说把北极的温度关在一间屋子里。有一家孪生夜总会尽管没有屋顶，空气自由，但今晚没开放因为期待十一点左右有雨。古巴人是很好的气象学家。我们开始吃这种在古巴所谓的国际餐，天主教式的多脂肪充满全油炸食品，正餐太咸点心太甜，当开始有沉重的雨点掉下来压在音乐上面。这么说是为了强调雨的暴力，因为在这个世界上比一个典型古巴乐队还吵的东西很少。对 Mrs. 坎贝尔来说，我们达到了极限，阿克梅，至高——精致的蛮荒生境：丛林，暴雨，音

① 平·克劳斯贝（Bing Crosby）。——原注

乐，食物，野生的大喧嚣——她，简单地，着了迷。或者说，是到了“着迷魔岛”。一切都还过得去或者说比过得去还过去一点，当我们改喝波本加苏打[①]的时候，几乎感觉在家里，如果那个搞基的埃姆西[②]没有在这时候开始把演员介绍给观众也把观众介绍给演员，每个人到另一个然后：最高潮！这个小丑或丑角找人来问我们的名字介绍我们用他难以置信的英语。不仅把我当成了那些卖汤的人中的一个，这是个常见的和可接受的错误，而且还说（通过麦克风，请您注意）我是个国际 *playboy*[③]。哦孩子！也许是西方世界的 *playboy*。您们认为 Mrs. 坎贝尔这段时间里一直在干什么？在流泪，泡在笑出的眼泪里，笑，大笑。享受！

当我们离开夜总会，已经过了半夜，雨不再下空气清新和透亮，一个干净的新的清晨。我们两个中了酒精毒，但我没忘记我的手杖。一只手拿着它另一只手对 Mrs.坎贝尔做同样的事。司机-导游-健康顾问，这个黑夜地狱里的维吉尔，坚持要带我们去看另一种演出（*show*）。我本来不会提起这个如果不是有借口说两个人，Mr. 和 Mrs. 坎贝尔都喝得烂醉，火兰西卒。Mrs. 坎贝尔觉得很刺激，这并没给我意外。我必须承认对我来说是一件烦人，

① 鸡尾酒名。“波本”（*bourbon*）是肯塔基出产的谷物酿造的威士忌。——原注

② 埃姆西，*MC*，*Master of Ceremonies* 的音译简称，“主持人”。——原注

③ “花花公子”，字面意思是“游戏男孩”。——原注

无聊的事，我相信自己还睡过去一段。这表演是当地旅游产业的副产品，出租车司机同时是做广告的（*admen*）和销售员。他们把你带到那里没经过同意，在你能意识到那里真正在发生的事之前，你就已经在里面。里面的意思是在一座房子里跟那条街上任何其他房子一样，但当房门在游客身后关闭，带你走过一条很多门的走廊①直到内部的隐蔽所或密室，实际上是一个大厅摆满椅子，好像外百老汇五十年代中期流行的那种演出场地，剧场竞技场，只不过这里的竞技场不是舞台而是一张圆形的，中央大床。一个伽倪墨得斯②给你倒上啤酒（要付钱的，是这样，这里比“热带乐园”的饮料贵多了）甚至到靴子③（？）晚些时候但不是很晚，当所有客人到达，全世界各就各位，他们熄灭灯火④然后又点亮灯（一盏红一盏蓝）在床上，这样你就能安全第一看清场景同时忘掉身边人很快变为尴尬的存在。两个女人入场，严格地赤裸。然后上来一个赤裸的男人，一个黑人，现在深黑色因为灯光的原因，一个被利用的奥赛罗，一个专业的洛塔里奥，被称为超人。观众中有几个海军军官而一切看起来有真实的反美色彩，但他们也很享受演出，这一点不关我的事如果海员在这里出

① 英语 *Corridoors*，无法翻译的乔伊斯式用语。——原注

② *Ganymede*，据《牛津简明辞典》，“侍应生，酒童”。——原注

③ “到靴子”（hasta las botas）是英文“to boot”（而且，此外）的误译。

④ 莎士比亚的语言游戏，出自《奥赛罗》第四幕，最后一场。本文中还有其他典故：海明威，威廉・布莱克，麦尔维尔，约翰・米林顿・沁孤，等等。——原注

现穿着军装或不穿。表演结束后所有的灯光亮起，啊神经，那些女孩（因为她们非常年轻）和黑人向观众致意。这个床上参孙三人组拿我的吸烟服和手杖的黑色开玩笑，用西班牙语，当然，带着恰当的表情，一丝不苟地面对我们，那些海军笑到死亡而同时 Mrs. 坎贝尔坚强地不笑，但没能成功。最后，黑人走近军官中的一个身边，用女性化，破碎（*fractured*）的英语说他恨女人，这一次海员们爆笑，Mrs. 坎贝尔也是。所有人都鼓掌也包括我。

我们睡到很晚到周六上午，大约十一点我们出门去巴拉德罗，一个海滩，准确地说哈瓦那以东一百四十一公里整，我们在那儿待了当天剩下的时间。太阳粗暴，像往常一样，但平静，杂色，开阔的海洋和雪白，闪亮的沙丘和假乔松和海滩棕榈叶顶阳伞和晚期维多利亚式别墅，海边木头建筑，这场景娜塔莉·卡尔姆斯可以学学。我拍了很多照片，彩色的，当然，但也拍 B & W[1]，我在那儿待得很高兴。没有人，没有音乐，没有门房，没有司机，没有埃姆西，没有~~婊子~~妓女，没有可怕的表现狂强迫你加入闹剧，憎恨和/或蔑视。找到天堂了？还没有。傍晚的时候我整个后背和手臂全是泡，与之相配的还有严重的消化不良，午饭海鲜的产物，太过量。我徒劳底试图使用 Bromo-S[2] 和冷霜来打破——吃下消化药并把全身的我涂

① *Black and White*，“黑白”。——原注

② *Bromo-Seltzer*，一种助消化药。——原注

满乳膏，不是相反。毫无效果。黄昏还带了一群群的特兰西瓦尼亚①蚊子。我们扑打着向哈瓦那撤离。

我很高兴发现我的手杖在房间里等着我，被冷落，几乎被遗忘，自从阳光、沙滩和双倍的热度缓解了我的腿疼。等烧伤和痛苦消失，Mrs. 坎贝尔和我下楼在酒吧待到很晚，听更多那种极端的音乐，她非常喜欢的，现在某种程度上因子夜和窗帘而缓和，减弱，我感觉不错有手杖在身边。

第二天早上是一个美好的周日早上，我打发拉蒙直到他午饭时，那时候他应该来酒店接我们永远离开。摆渡船预定下午三点起航。于是我们决定参观老哈瓦那在附近最后看一看并买更多的 *souvenirs*。现在您们可以看到又一次是她的多过我们的决定。我们购物（“现在，”Mrs. 坎贝尔说，“这里你在”）在一家面向游客的商店，对着一座古老、破烂的西班牙城堡。每天开放包括周末——我们说~~西班牙~~英语。满载各种 *cadeaus*②，我们决定即兴坐坐，喝几杯美好、清凉的东西在一家古老的 *café*，被 Mrs. 坎贝尔隔着广场，两个街区外发现。*El viejo café*（“老咖啡馆”）是它同义反复的名字，但正适合一个文明周末的沉寂、优美、压抑的氛围，在这个西班牙城市的老区。

---

① *Transylvanic*，源自特兰西瓦尼亚，德拉库拉伯爵的故乡。吸血鬼的转喻。——原注

② “礼物”。原文为法语（cadeaus 是错误的法语，应为 cadeaux）。——原注

我们待在那里喝东西，一个小时或差不多的时间，然后我们要账单付钱走人。三个街区后，我想起把手杖忘在*café*，就回去。没有一个人看起来见过或注意过它，我也毫不惊奇。一个这么奇特的事情就是发生在这些国家里的。我又出来，现在被痛苦咬住，带着一种过分深重的沮丧对于一个如此无足轻重的损失来说。

“世界上充满了手杖，亲爱的，” Mrs. 坎贝尔说，我想起我看着自己牢牢盯着她，不是奇怪也不是愤怒但是恍惚，无法移动自己走开或远离这个自由中的雌性邦葛罗斯博士①的荣耀光辉。

我快走离开寻找一个出租车站，转过街角我停下我往前看然后我往后看，这时候我能看见 Mrs. 坎贝尔惊讶的脸，像一面镜子因为她正在看我惊讶的脸。在那里，一条窄街上，走着一个有色人种的老头拿着我的手杖。再近一点，我看见那不是老头是一个没有年纪的男人，明显是一个患蒙古症的傻子。这里不是与他达成协议的问题，不论是用英语还是 Mrs. 坎贝尔很有限的西班牙语。那个人不懂任何语言，这对你来说就等于在国外的复仇女神。现在他海难遇难者似的抓紧手杖，用两只手。

我害怕出现 *slap-stick*② 的情形如果抓住手杖的末尾，就像 Mrs. 坎贝尔建议我做的，衡量到那个乞丐（是

① 邦葛罗斯博士(Doctor Pangloss)，伏尔泰小说《老实人》中的人物。

② 滑稽哑剧。敲打和棒击。字面意思是，“击掌和棍棒”。——原注

那种职业乞丐你能在外面所有地方遇到，即使在巴黎）是个非常强壮的人。我试图让他明白，用手势，我的手杖是我的，但我可悲地失败，他发出奇怪的，喉咙里的声音非常陌生对于我就像人类语言对于他。我想到那些土著歌手和他们抒情的歌喉。他也违背了现代科学观点，一般认为蒙古症病人都是快乐、感性和音乐爱好者。在某处一家电台在高声播放甚至更高亢的古巴歌曲。压过它（失败），Mrs. 坎贝尔，已经古巴化，喊出建议让我从他买下我的手杖，当然，我拒绝接受。"亲爱的，"我怒气冲冲地喊叫同时试图拦住乞丐的进程用我巨大的骨架，守住领地，"这是个原则问题，手杖是我的，"我没有觉得多么安心这样表达我的意义，因为一个原则喊出来立刻就不再是原则。无论如何，我不会让他带走只因为他是傻子，也不会真的买下手杖，损害我自己。"我不是一个有待勒索的人，"我对她说，现在声音没有那么高，对 Mrs. 坎贝尔，同时退了一步到人行道，当乞丐想要穿过马路的时候。"我知道，蜜糖，"她说。

但萨凡纳的梦魇在哈瓦那成为确切的事实。像往常一样，很快有一小群当地人围住我们，我开始紧张起来，因为不想成为任何暴民私刑的受害者。表面看来，我是个强势的外国人在欺负一个无助的土著，而且我看见不止一张深肤色的脸在周围。在中间坚定站着这个路德分子，孤独的最高纲领派，用外来的道理抗争非理性。

然而人群，表现得很好，鉴于当时情况。Mrs. 坎贝尔尽她最好的能力解释，围观者中甚至有一个人，说着破裂的英语，用一种原始的方式，献出自己作为调解员。这个自制的联合国秘书长试图与蒙古人，蒙古症人或火星人沟通，没有任何明显的成功。他只是后退了两步，撤退，握着，攥着，抱着手杖，嘟囔着讲一个故事用某种陌生的语言充满喧哗与骚动——没有任何意义，当然。或者，他一直想说，一直在推断手杖是他的私有财产。而旁观的人，就像所有混乱的人群一样，一会儿站在我们这边，一会儿在乞丐那边。我妻子仍在坚持申诉。“这是原则的事，”她说，操疑似西班牙语。“在这里坎贝尔先生是步行杖的合法主人。他为他买过它在昨天，今天早上丢在一个老咖啡馆。这位先生，”她是说那个傻子，用左手食指指着，“拿走了从我丈夫那里，”指着我用她的右手指，“他拿走的不属于他，”同时摇动她当前金发的脑袋，“不，*amigos*（朋友们）。”一个可疑的偷窃案例，因为语义含糊，模棱两可，用词不明（他是谁？），但申诉人的演说赢得了街头法庭的好感，法官现在彻底为我们。

很快我们成为公众滋扰，来了一个警察。双重好运，这是一个警察说英语。我对他解释了一切。他试图，徒劳地，驱散人群，但人们跟我们一样感兴趣给事情找到一个解决。他跟蒙古病人谈话，但没法跟这位小人物沟通，就像我已经说过的。确实，警察失去了他的脾气掏出手枪强迫乞丐。人群扩大，突然安静，我担心最坏的情况。但那傻子看来，终于，明白了，给我手杖，摆出一个我一点也不喜欢的表情。警察把手枪放回枪套，建议我给傻子一点钱。“不是补偿~~但是~~而是一个礼物给可怜的人，”用他的话说。我反对。那是真的接受公开勒索，因为手杖确实是我的。我这样告诉警察。Mrs. 坎贝尔试图调解，但我没看到让步的理由。手杖是我的，乞丐拿走了但不属于他。给他一些钱为了归还就等于为偷窃担保。我不同意，非常坚决，让他高兴。~~有大~~

有人从人群里，Mrs.坎贝尔给我翻译说，建议举行一次集体自愿捐赠。Mrs.坎贝尔，那么愚蠢可爱的心灵，想要从她个人的口袋里帮助。用某种形式，必须结束这种荒唐的情形，我让步了，而这样做本来不应该。我给傻子少量几个硬币（我不记得具体几个，但我确定是更多的钱比之前够购买手杖的钱）我想给他，不带感情，冷漠地，但乞丐甚至不愿意碰它。现在是他的时刻扮演被-冒-犯-的-人的角色。Mrs.坎贝尔又一次调解。那人好像接受了，但第二次……想法？拒绝收钱，用以前喉咙里的声音。只有当警察塞到他手里的时候，他以快捷的手法攥住。我不喜欢他的脸，因为他盯着（牢牢地）手杖当我拿走的时候，好像一只狗丢了一根被埋藏/挖出的骨头。不愉快的意外结束，我们就在那里坐上一辆出租车，警察的成果，很有礼貌因为他有责任成为。人群中的一个人鼓掌在我们走的时候，有人挥手跟我们说再见，善意地。我没看见傻子/乞丐/小偷最后的脸和他可怕的畸形，我很高兴。Mrs.坎贝尔（第一次也是唯一的一次在旅行中）完全没说话，好像忙着在脑子里计算她的众多礼物——人造的礼物，不是大自然。我感觉很好在失而复得的手杖陪伴下，这可以成为一个 *souvenir* 带着一个有趣的故事在里面为了以后向别人揭示，比 Mrs.坎贝尔一打一打买的所有东西宝贵得多。

我们回到酒店。我对店员说我们下午很早离开，账单应该准备好当我们下来，我们要在酒店吃午饭在餐厅当时付账。然后我们上楼。

像往常一样，我打开门让坎贝尔太太进去，她开了灯，因为窗帘还在下面。她进入套间的客厅走向卧室，我去升窗帘，路上赞美着热带的周末休憩。当她打开卧室灯的时候，发出一声高亢、有穿透力的尖叫。我以为她触电了，知道在国外存在危险的电流。我还害怕是某种毒蛇。或者是另一个小偷被当场抓住。我跑进卧室。Mrs.坎贝尔看起来麻木，僵硬，不说话，几乎歇斯底里。我不知道发生了什么看着她站在房间中间，强直性昏厥。她振作起来，用奇怪的喉音和第一根手指①，指向床。床上空着。没有 *mapanare*（南美毒蛇），没有小偷，没有超人复刻版悬在上空。于是我看向床头柜。在那里，躺着偷透过玻璃，在绿漆上面黑色的，引人注目的，位置显著的，无声控诉的，最终令人恶心的，另一根手杖。

---

① "第一根手指"(primer dedo)，是英文 first finger（"食指"）的误译。

订正

Señor[1] 坎贝尔，一位职业作家，把故事讲坏了，“像往常一样”。

哈瓦那从船上看很美地发光。大海平静，一种浅色的表面几乎是钴蓝，有时被一条宽阔的深蓝色接缝划过，有人解释那是湾流。有很少几个微小的浪花，泡沫的海鸥安静飞在一个倒转的天空。城市突然出现，全部白色，让人眩晕。我看见上面一些肮脏的云但太阳闪光在它们外面，哈瓦那不是一个城市但是一个城市的蜃景，一个鬼魂。然后她向两边展开开始穿透以某种方式速溶在太阳的白色里的固定颜色。她是一个全景画，一个真正的西尼玛斯科普，生命的全景电影：为了让坎贝尔先生开心，他过分爱电影。我们还航行在镜子建筑、光辉、*Gaselier*[2]之间，在眼睛里闪耀，经过一个公园柏树发光或烧焦，驶向另一个老镇——黑暗也更美。一个码头走向我们，不能阻挡。

的确，古巴音乐很原始但有一种高傲的魅力，一种强烈的惊奇永远囤积保存还有某种不能定义的、诗意的东西高飞，带着沙槌和吉他和男人的 *falsetto*[3] 或者——偶

① 原文为西班牙语。——原注

② *Gaselier*，挂在屋顶的灯，有多个发光点。用煤气和 *chandelier*（大蜡烛）。——原注

③ 原文为意大利语，“假声”。——原注

尔——刺耳的颤音，就像唱 *blues*[①] 的那些歌手，一种在古巴和巴西和南方都有效的和声手法因为那是一种非洲传统，同时各种鼓邦戈鼓和康佳鼓把她绑在地上而响木——神秘的“木头敲木头”按 Mr.坎贝尔的叙事，不是迷信仪式也不是什么秘密代码但是两根小棒表演音乐而不是指挥，精巧的打击乐器一个敲打另一个 *col legno*[②]，参见约翰·开奇的 LP[③] 琶音和弦敲击打击乐 AGO 690 封底护套上的附注——，那些“音乐棒”就像这地平线，永远稳定。

为什么要戏剧化那条无力但绝对不是残疾的腿？也许他想看起来是战斗减员。Mr. 坎贝尔目前是一个类风湿患者。

手杖正是一根平常的手杖。用的是深色的可能是硬木但不是乌木在我看来。没有奇怪的装饰也没有雌雄同体的脑袋在手柄。是一根手杖和千万根手杖一样粘在地上[④]，有点粗俗，有某种花哨的吸引力：任何东西除了奇异之外。我猜很多古巴人都有一根这样的手杖。我从来没说过手杖是刺激的：这是粗俗的弗洛伊德式的影射。另外，我根本不会买一根手杖的色情，永不。

---

① *Blues*（布鲁斯或蓝调），美国南方黑人的音乐。——原注

② 原文为意大利语，字面意思是“用木柴”。——原注

③ *Long Playing*，长时间播放，即黑胶唱片。——原注

④ 无法译成西班牙语的语言游戏，利用表示手杖的两个名词 cane，stick 和动词 stick，粘贴，黏合。——原注

手杖花了很少几分钱。古巴比索和美元是相等的。顺便说一句，阿瓦尼科才是西班牙语里的扇子，不是哈瓦尼科。也许这个错误出于对哈瓦那的好感。您永远不会说哈瓦腊人出于同样原因不会写哈瓦腊。形容词 *mucho* 永远要缩成 *muy* 在做副词用的时候。还有应该是 *las mujeres*，不是 *los*，*las* 才是定冠词的阴性形式。但您不能指望 Mr. 坎贝尔的 *finesse*① 在他必须对待 *mujeres* 的时候。女人这就是②。

城市里的很多东西我都觉得很迷人，但我从没忍受过我的感觉的羞耻感，我可以说出它们的名字。我喜欢——不，我爱，我爱哈瓦那和任何地方的人的性格，目前来说是气质。我爱，非常，这样，古-巴-音-乐，首字母大写的。是一见钟情，“热带乐园”和我。尽管是个旅游景点人都知道，但它是一个真的很美的和丰富的植物性的地方，这岛屿的一个形象。食物是可食用的这是食品唯一的内在属性，饮料就像饮料在所有地方。但音乐和合唱的姑娘们的美丽和编舞突出的野生的想象力我想着她们作为难以忘怀的。

仪式首领是个非常讲究的拉丁人，高个子深皮肤绿眼睛黑色小胡子和一个闪烁的微笑。一个真正的专业人士，用深沉的男中音调制迷人的美洲发音——绝不是像 Mr. 坎

---

① 原文为法语，“细腻”。——原注

② 语言游戏，利用了西班牙语的“mujeres”（女人）和 women（英语中的“女人”）的近似。——原注

贝尔描写的那样是什么搞基，简直有大逆的嫌疑：搞基不是登基，那个词在英语里有酷儿还有女王的意思。

以最高尚的理由 Mr. 坎贝尔爱上了语言——唯一他能负担得起的种类——体操来制造一个我的原型：唯一的种类，该物种的什普通雌性样本。就是说一个 IQ① 像傻瓜的精神无能者，一个呆小症“女星期五”②，一个白痴直女③，一个女性版的不是邦葛罗斯博士而是华生医生，连同放债人鲨鱼文书的备用部分在客户的致命床边。他短缺地称我坎太太 *toute courte*④。我从没说过什么“蜜糖这就是热带”或者“它们是 souvenirs 亲爱的”或者任何这类其他的塞口线⑤。他看了过量的一种《金发美女》漫画或者看了所有露希尔·宝儿的电视节目。很简单我不在乎成为露希尔如果他能有 Desi Arnaz⑥ 的眼神——以及后者的岁数。

在叙述的（欠）发展中您能多次看到“土著”这个词在一个贬义的语境里。请不要怪罪老人 Mr.坎贝尔和他的同义反复。这是不可避免的，我猜想。当 Mr.——他，这

---

① *Intelligence Quotient* ，“智商”。——原注

② 文学典故，坎贝尔太太也是用典爱好者。与笛福的小说《鲁滨逊漂流记》有关，其中的人物就叫“星期五”，英语作“男星期五”。——原注

③ *Straight-man* 的女性形式，喜剧中的配角。——原注

④ 原文为法语，“简言之”。——原注

⑤ 此处将英文 gag line（“简短的幽默话，如漫画上的说明等”）按字面误译为 línea de mordaza（“塞口线”）。

⑥ 原文如此。——原注

位密斯特逗号密斯特点密斯特分隔线这么爱这些标点符号一定会很不高兴当每次我故意忘记加他头衔的缩略号，Mr. “你在这里”——Mr. 鲁德亚德·吉卜林·坎贝尔得知酒店的管理者是“我们的人”，就像他说的，意思是美国人，笑出一个博物馆里的宽阔的 *connoisseur*[①] 的微笑。对他来说热带 *hoi polloi*[②] 永远是懒汉，不可逃避的，午睡人种。而且非常困难区别他们。司机很清楚地说了他的名字是拉蒙·加基亚[③]。

我没开心他手杖不离手，来来去去随时随地。在“热带乐园”，离开餐厅的时候并没有酒，精，中，毒，但确实彻底喝醉了，手杖一次又一次倒地在短暂的灯火通明的拥挤前厅和他不充足的平衡在捡起的时候他才是——这一回真的是——“公众滋扰”。

很简单他喜欢被混同为百万富翁坎贝尔家族的一员。他总是这样做。甚至他还坚持他们密切相关。我没笑跨国花花公子的头衔，只是瞧不起他假装的不快当听见别人叫他汤大亨时。他是个太糟糕的演员。

他夸张而有时伪造的喝酒习惯和其他很多文学特点都是从海明威，菲茨杰拉德 *et al.*[④]照抄来的。

没有性绑架。的确是拉蒙——我最后这么叫他，不得

---

① 原文为法语，“内行的，懂得”。——原注

② 原文为希腊语，字面意思是“民族”。——原注

③ 原文如此。——原注

④ 原文为拉丁语。字面意思是“及其他人”。——原注

不——提议带我们去看活展示，但那只发生在坎贝尔先生多次 *doubles entendres*① 之后，他没提自己在一家比利时②书店 Obelisk 和 Olympia Press③ 的书“一打打论打买”，还给我展示标签上说这些书既不应该在 U.K.④和 USA 出售也不介绍，还坚持要买下一本昂贵的，大部头法国小说，*Prelude Charnel*⑤，完全用彩色美化，我应该在将来的床上翻译一下。他也没提我们看的电影的名字。*Baby Doll*⑥。 他没要求 *tableaux vivantes*⑦ 和性爱冒险，但确实做了一两次暗示不止“玛丽娜之家”和哥伦布区即红灯区。他也没提自己投降给迷失的欲望作品或热带的 *Sexe*，*Son et Lumieres*⑧。 我要说不只是这个可怜的堕落女就是我独自享受那场洛塔里奥/奥赛罗/超人的表演，借用 Mr. 坎贝尔的术语和标点。我要补充，作为结束，从“郑无睑”⑨时代至今，他是世界上唯一能够入睡的同时大睁眼睛的人类。

---

① 原文为法语，“双关语”。——原注

② 应指“比利时之家”，哈瓦那老城的书店，很多美国人去那里买在本国被禁的书。——原注

③ 色情书籍出版社，以英文刊行，在法国。——原注

④ *United Kingdom*，联合王国的缩写。——原注

⑤《肉体序曲》，原文为法语。——原注

⑥ 伊利亚·卡赞执导。在古巴叫作《肉体玩偶》。——原注

⑦ 原文如此。原文为法语。——原注

⑧ “性，声响和灯光”，指旅游景点对照明和音响技术的应用。原文为法语。——原注

⑨ 活跃于中国海的著名女海盗。——原注

他并不是在街上“发现”了手杖在游荡，和一个怪男人就像果戈里的鼻子[①]，一个文学人一物，一根真正的步行手杖[②]。手杖从没丢下“咖啡馆”，那里实际上名叫“晨星酒吧”。我们两个人坐在一个拥挤的大厅里。当Mr. 坎贝尔起身要走的时候，简单而自然地拿起邻桌的一根手杖：一根深色多节的手杖跟他的那个它一模一样。我们在门口，当听见有人从我们后面跑过来发出在当时觉得很奇怪而现在很熟悉的声音。我们往后看就看见了那根手杖的真正主人，只是那时候我们不知道。Mr. 坎贝尔做了个表情好像要屈服那个人他的手杖，但是是我反对。我对他说手杖是他用自己的好钱买的不能因为乞丐是个傻子我们就让他走带着它，他头脑的残疾成为占便宜的借口。的确很快我们有一群人在我们的周围，主要是“咖啡馆”的顾客，也有一些令人困惑的论点。但他们一直为我们：乞丐不会说话，记得吗？警察——他属于旅游分部——介入出于一种纯粹的随机。他一直为我们，不可避免，毫不动摇地这样，他没进一步讨论就把乞丐带到监狱。没人提议募捐，Mr.坎贝尔没有掏任何补偿因为就没有任何。我也不会让他这样做，不管通过何种媒介。他讲的故事仿佛把我自己变成了圣人通过一根魔手杖[③]。根本没有这种

① 指尼古拉・果戈里的著名短篇小说《鼻子》。——原注

② 无法翻译的语言游戏。*Walking stick* 的字面意思是“步行的木棍”。原文为英语。——原注

③ 又一个翻译得很糟糕的语言游戏。——原注

事。目前是我坚持不能让手杖走开就像这样。我讨厌白痴，唯一只对 Mr.坎贝尔有少许耐心，随着岁月也在减少就像他的愚蠢在增长。

现在，我从没有建议他抓住手杖的一头，整个场景描述得好像 Mr.坎贝尔是一位四十年代晚期意大利银屏的编剧。

我的西班牙语不是，看在上帝之爱的份上，一种完美讲说的语言，但我可以让人明白很容易听懂。我上过里戈尔老师下面的“上天堂”强化班而 Mr.坎贝尔只是在嫉妒。①我来之前也打磨了一阵。我从不会向外展示一门自己没好好了解的语言。顺便说一句，*on dit*② 达摩克利斯之剑，*pas*③ 达摩剑。

没有情节剧。Mr. 坎贝尔的故事不仅讲得笨拙而且充满了半真话和假话。没有什么坎贝尔将军的最后一站没有骚乱私刑没有掌声也没有可怜乞丐的最后的脸，我们从出租车上不可能看见。我也没有喊叫当我看见另一根——我觉得那些强调字体很可怕，全是演戏和装样，就像这个故事的一个隐喻：“另一根手杖”：为什么不直接写“另一根手杖”？——另一根手杖，我也没有发作紧张症。没有歇斯底里我只是给他看手杖，我们现在的手杖。我相信是个可怕的错误，自然，但我当时还相信不公平和错误仍能

① 露骨的双关语。——原注

② 原文为法语，“人们说”。——原注

③ 原文为法语，“不”。——原注

纠正。我们直接回到咖啡馆咨询那里的人找到了关押所：Mr. 坎贝尔的西班牙龋齿城堡。乞丐不在那儿不再。警察在门口放他自由，在同事们的玩笑和小偷的无穷泪水的中间，他是唯一被抢的人。没有人，“当然了，”知道在哪儿找到他。

我们失去了我们的船不得不坐飞机回去——带着我们的行李我们的书和我们的 souvenirs 外加两根手杖。

第七次

周五我跟您撒了谎，大夫。弥天大谎。那个我跟你说起的男孩，没跟我结婚。我嫁给了另一个我都不怎么认识的男孩，他不会跟任何人结婚，因为他是同性恋我从第一天就知道，因为他告诉我了。问题是他找我约会，因为他父母怀疑他最好的朋友不仅是最好的朋友，威胁说要是不找女朋友就把他送到军校去。但我从没当过他的女朋友。虽然这一切之后他们就不用送他到军校了。

想破头

谁是牾斯忒罗斐冬？谁曾是谁将是谁恰是牾斯忒罗斐冬？B？想象他就仿佛想象下金蛋的母鸡，想象没有答案的谜题，想象螺旋线。他是所有人的牾斯忒罗斐冬，牾斯忒罗斐冬的所有都是他。[①]我不知道他从什么见鬼的地方找出这个雅词——或者俗词儿。我只知道自己常常被叫作牾斯忒罗造片或牾斯忒罗自动造片或牾斯尼塞福尔涅普斯，看情况而定，西尔维斯特雷则是牾斯忒罗菲尼克斯或牾斯忒罗菲多芬或牾斯忒罗菲茨杰拉德，而弗洛伦诺·卡扎利斯是牾斯忒罗弗洛，早在他改名叫弗洛伦·卡萨利斯并用新名字在报纸上写专栏之前，他的女友永远叫牾斯忒罗菲多拉，母亲叫牾斯忒罗菲丽萨父亲牾斯忒罗法泽尔，我甚至无法判断他女友是否真的叫菲多拉或母亲叫菲丽萨，他自己除了这个自我命名以外是不是还有另外的名字。我猜想他是从字典里找到这个言-司像个药名（在西尔维斯特雷的帮助下？）来自芳草菲菲的牾斯忒罗大陆，牾斯忒菲勒斯的牾斯忒罗翡冷翠。

---

① 此处或戏仿何塞·马蒂的著名演讲《同所有人一起，为所有人的利益》。也暗合牾斯忒罗斐冬（Bustrófedon）的本意："牛耕式转行书写法（一种古代书写法，左右互错成行，古埃及语、古希腊语等曾用过这种书写方法）。"

我想起一天我们一起去吃饭，有他，牾斯忒忠友（这是里内本周内的名字，他不仅被称为人类最忠实的朋友[1]，还被称为里内柔外刚，里内紧外松，里好内，里惧内，以及里内尔王，里内古特，莱里·内尔克，瓦莱里内，瓦萨里内，乔尔里内，里内乔托，托尔斯里泰[2]，泰晤士&里内，牾斯忒里内：各种变体显示着友情的各种变化：词语仿佛温度计），还有我，那两个人来报社找我，他对我说，我们去个牾斯忒倮小饭馆，因为他憎恶豪华餐厅和泪珠吊灯和纸花，我们到了，没等坐下他就叫侍应生，牾斯忒罗小伙，他说，——你们都知道哈瓦那夜深时那些侍应生是什么样，他们不喜欢别人叫他们的职业名称：侍应生或小伙或服务员或类似的称呼，所以那家伙过来的时候脸拉得比大蟒蛇的尾巴还长，几乎同样地冰冷多鳞，而且确实不是小伙了。牾斯忒吾们，他说，我-我们，要吃-吃饭，他在模仿结巴这个牾斯忒罗风趣人，而侍应生（或者随便怎么叫）回之以致命的目光，比起蟒蛇更像毒蛇或者毒蟒蛇，我把一张餐巾纸（这是一家现代化的小饭馆）塞进嘴里以扼杀笑声，但笑声会自由泳，蛇泳或蛙泳，于是餐巾纸开始产生老虎口水的味道而碰巧 B.

---

① 里内·莱亚尔（Rine Leal）的姓氏 Leal 在西班牙文中意为“忠诚，忠实”。见 158 页注。

② 分别戏仿美国作家冯内古特、德国诗人莱内·马利亚·里尔克、法国诗人瓦莱里、意大利文艺复兴时期文艺理论家瓦萨里、意大利画家乔尔乔内和乔托、俄国作家托尔斯泰。

（在这一时刻名叫牾斯忒罗菲特）对我说，我们应该叫上牾斯忒罗菲厄泼赖，我的笑已经抵达纸的堤岸，他问我，嘿牾斯忒罗菲林，我对他说，此时餐巾纸位于嘴巴的终点，在含混的发音中——“咪（没）嗦（错）”——如中程飞弹发射，随后是一阵超音速的大笑，相当于一组发自口腔或胸腔或后腔的连环屁，射出的制导物稳稳降落在侍应生的脸上，以他长脸的全程长度作为跑道，最终正中他的斜眼，然后那家伙拒绝为我们服务，走出了我们的生活就像沙砾奔向海洋（配上萨弗雷·马洛金的音乐）并在海底深处找波塞冬化身的店主大发牢骚，而我们在这边桌布的海岸上笑得要死，而这位不可思议的叫卖人，传信者，牾斯忒罗麦克风，喊叫着，牾斯忒罗现象你是个牾斯忒罗阵疯，喊着，牾斯忒海龙卷疯，喊着，牾斯忒台疯，牾斯忒萨姆疯，牾斯忒季疯，喊着，牾斯忒罗斐冬疯西疯南北疯虎虎虎生疯，左喊右喊左右喊。店主不得不出面，他是个秃顶的西班牙矮个儿小胖子，比侍应生还矮，当他站直没露出脚的时候就像是在跪着，一个行走的牾斯活脱半身像。

——你们有啥问题？

——我们只想（牾斯忒罗非，常，镇静，侧着身回答）恰饭。

——但是，朋友，总搞笑就吃不了饭。

——谁搞笑（牾斯忒张罗问道，他又瘦又高一张臭脸而这张臭脸上布满了青春痘或老年斑或岁月和硝石的痕迹或秃鹰的提前签到，或所有这些东西的集合，他停下，站起身，翻了一番，两番，三番，天文倍数番，随着每一个动作不断变大直达天际，顶梁或房顶）。

于是店主变小，如果他还能再小的话
成为不可思议的压缩人，小拇指
或小小指，反向的瓶中精灵
变得越来越来越来越小
小，更小，微小
直到消失在
老鼠洞的
深深处
小洞
口

我想到了爱丽丝漫游奇境，就告诉牾斯忒罗斐奇葩，他就开始再创作，再喷射：爱丽丝漫游奇境影院，爱丽丝漫游歧径花园，爱丽丝漫游孤独迷宫，爱丽丝漫游广漠世界，爱丽丝漫游马丘碧丘，爱丽丝漫游天使山，爱丽丝漫游科马拉，爱丽丝漫游黄金世纪，爱丽丝漫游光明世纪，爱丽丝漫游我们的美洲①，奇境漫游爱丽丝，万有爱丽丝，万能爱丽丝，万福爱丽丝，爱里死，死里爱，爱丽丝和疯狂和死亡②，爱里似冻结的火，爱里似燃烧的冰，爱丽丝太短遗忘太长，爱丽丝喜欢寂静的③，他开始唱歌，哆来咪发唻拉西，拿我的“咪唻”当韵（晕）脚，召唤爱丽丝和海滩还有马蒂以及玫瑰小鞋子④，那首歌是这样的（自带热带节拍）：

拉喇拉喇拉喇 拉喇喇喇拉法咪唻

（清清他的哑吉他嗓几）

我上来啰！请听这个！

（牾斯忒）多的泡沫在海里

小（罗）莎走在阳光沙地

她（斐）要出门来展示

---

① 分别戏仿阿根廷作家博尔赫斯的《小径分岔的花园》、墨西哥诗人帕斯的《孤独的迷宫》、秘鲁作家西罗·阿莱格里亚的《广漠的世界》、智利诗人聂鲁达的《马丘碧丘之巅》、古巴作家比利亚维德的《塞西莉亚·巴尔德斯，或天使山》、墨西哥作家鲁尔福的《佩德罗·巴拉莫》、古巴作家何塞·马蒂的《黄金世纪》和《我们的美洲》以及卡彭铁尔的《光明世纪》。

② 戏仿乌拉圭作家基罗加的《爱情、疯狂和死亡的故事》。

③ 戏仿西班牙巴洛克诗人克维多（Francisco de Quevedo，1580—1645）及智利诗人聂鲁达（Pablo Neruda，1904—1973）的名句。

④ 指何塞·马蒂的名作《玫瑰小鞋子》（Los zapaticos de rosa）。下面的歌即对这首童诗的戏仿。

扣（冬）里插羽毛的小帽儿

哎呀小姑娘花一朵
老父亲双眼泪沱沱
（非得）自由（尔）惹了祸
（卡似慝）在哪里的网（罗）

哦不这都没有用：这一切都必须听他来，听他唱出来，就像听他的达里奥腹调奏鸣曲：①

洗手疗法和臭鼻头非被雷闪泪后的可口酒。
突发的转义法装点被征挞的勒达
马洛米亚斯压榨渣滓磨海螺
迷离的方帆货船有豆蔻末弹落。
用铁马象牙杯之水仙花装饰三行诗作？

毗婆舍那火辣辣棍打马法法芋。
奶酪模套的灰泥，岂不在列柱廊上涂？
啊，克塞塔诺双座马车呕吐于抹布！

斑斑无赖行径爆炸在五度音程。

① 此处戏仿尼加拉瓜大诗人鲁文·达里奥，同时向刘易斯·卡罗尔的致敬。

欧洲防风西洋李竞争
霜月之时水鼷张触须
吹嗡食石失视者在型雏。

没有海滨沼泽哟!

深绿琥珀的 Ibídem 们兴奋万分
蜜果和弯刀一旁欢闹啰里脊索
在赤颈鸭的三圣嗦。

葵花糖铸碌碌驹
同在换喻里锚起弧口凿
好腐化驽马暨虐待儿茶。

不要波浪潮涌哟!

多语的肉欲超前于天蓝
追求小地毯乡俗的轻颤,
夜深人静时的金色争执
国王已死,万岁国王!
不在行间书写晨光?
被划格的修道院长!

花铃的奔刺纠缠台呢

在欣嫩子谷，火狱排水管
扭曲四月的腹鸣渎圣曲。

就在这个月罗杰利托·卡斯特雷西诺[①]趁机走上街而我们唱起所有我们认识的人的名字的所有变体，这是个秘密游戏——直到餐厅的长脸小伙或小脸长伙（或其他名称）赶来打断仪式，这时牾斯忒罗斐冬就向他致以最合适的合十礼，但不是用手掌，而是用手背，如下：

然后我们点东西吃。

牾斯忒罗非鱼牾斯忒罗斐冬说配白米饭我试图要说话但他说牾斯忒罗飞饼说牾斯忒忒忒（TTT）骨牛排说牾斯忒罗斐冬说牾斯忒罗肥冻说牾斯忒罗斐冬瓜说啊痛苦，牾斯忒多东西非要点他说，因为一直是他在说话而且他说话的时候一直盯着侍应生，脸对脸（或月佥佥月），面对

① 罗杰利托·卡斯特雷西诺(Rogelito Castresino)，贝达多区的真实人物，常在小圈子里流传的笑话中出现。

面，盯着侍应生的眼睛，两只眼睛，因为即使坐着也比后者高所以就微微弯腰，牾斯忒多风度，等我们吃完他又为所有人点了饭后甜食：所有的甜食，都是甜食。牾斯忒罗布丁咚，他说然后又说，牾斯忒罗啡咖，我终于飞速抢在中间说，三杯咖啡，但却把“浓点儿，辛苦”，说成了金箍或香菇，我不知道，我也不知道我们走的时候为什么竟没有人举报我们这些用笑声和啸声爆破和瓢泼的恐怖分子，这之前上了咖啡，我们喝完付账离开残（惨/餐）厅一路唱着吉斯特里希尼变调（copyright @牾斯忒罗斐冬Inc.）源自牾斯忒奥芬巴哈[①]创作的《咖啡康塔塔》：

莪给你
给你小美女
给你一样东西
只有莪知道
茄菲

珴给你
给你小美女
给你一样东西
只有珴知道

① 奥芬巴哈(Jacques Offenbach,1819—1880),德裔法国作曲家;《咖啡康塔塔》为德国作曲家约翰·塞巴斯蒂安·巴哈(Johann Sebastian Bach)所作。

珈琲

俄给你

给你小美女

给你一样东西

只有俄知道

伽俳

涐给你

给你小美女

给你一样东西

只有涐知道

泇淠

我给你

给你小美女

给你一样东西

只有我知道

加非

我负责节拍伴奏来模仿——为证明人类能升级为猿猴——黑猩猩版的艾力波，发出规律的噪音（我自觉有规律：我喝醉了但应该还剩点儿节奏感）用我的手指和一把勺子和一个杯子后来到外边就时不时地用双手和手指肚和嘴和双脚。啊哈哈！那天夜里我们真开心，××××，那个大爻爻（爽）之夜，我们真的开心而牾斯忒罗斐冬发明了最绕口的和最自由的和最简单的比如在喀喀喇西喀喇有一个西喀喇谁能把它喀喇喀喇就是喀喇喀喇西喀喇最好的西喀喇的喀喇喀喇大咖那种绕口令，以及所有那些回文，就像那么古老的绝妙的，永恒的经典的：Dábale arroz a la zorra el abad（糊米烹米糊，胡寺僧饲狐），还有他发明的那些，有一次跟里内打赌，说的这三个：Amor a Roma（吾爱七丘城，城丘栖哀鸟）和 Anilina y oro son no Soroya ni Lina（苯胺非安本，黄金不禁黄）。还有 Abaja el Ajab y baja lea jabá（打倒亚哈时哈亚到达），都很简单但并不容易而且是一半古巴一半外国或全是外国的对一个等距第三者来说让我很惊诧因为里内的晕脚（两只，牾斯忒罗斐冬说，右和左，吉和凶）是三只：哈瓦那，西班牙国旗（为什么？因为我们在中央公园散步夹在加利西亚和阿斯图里亚斯两个中心之间）以及一个路过的黑白混血姑娘，还有另一只脚（B. 说本来是三只韵脚丫现在成了四足，牛或水牛或亚洲水牛）即我们那时候永远的主题，不是别的正是"星星雷亚"，牾斯忒罗斐大拿她做换音造词（拆分后重组为箴言：比如埃斯特雷亚＝哎呀，忒蕾丝）用那句话 Dádiva ávida：vida（贪婪的赠礼：生命），写在隐秘处，写在吞噬自己的蛇身上，写在生命指环上那是魔法的圆圈将生命密写又解密只须读出三个词中的任意一个重新开始（不）幸运的转轮：

ávida（贪婪），vida（生命）， diva（女神），avi（飞行），vid（葡萄），David（大卫），dádiva（馈赠），dad（父亲），ad（到），di（说吧），va（去）：重新开始，旋转旋转旋转直到抵达“忆忘的涂场”[①]从那里讲述自己的故事（“灵魂深处”的听众们），完全适用于“星星雷亚”因为词-轮，句子，十二个字母也是十二个词的换音造词：

是一颗星星

而且听起来总像是 diva（女神）。

他给我们大段朗诵他称之为“相近词和无尽意辞典”未收录的节选，当然我不记得全部，但确实记得其中的很多词语和解释，不是作者插入的定义：abá，aba，ababa，acá，asa，allá，Ada(hada)，aná 和 Aya，他惋惜在西班牙语里“亚当”是 Adán 不是 Adá（或许在 Catalá 语[②]里？他问我）因为那样的话就不仅仅是世界上第一个人而且还是完美的人并宣称 oro（黄金）是所有金属名字里最宝贵

① 戏仿古巴 CMQ 电台播放的流行广播剧。

② 戏仿加泰罗尼亚语(català)。

的而 ala（翅膀）是大匠代达罗斯[①]的伟大发明，数字 101 是值得称颂的，因为与 88（赞美它）一样是完全、圆满的数字，与自身一致永恒也不能改变，无论你怎么看都是一样，尽管他说完美中的完美是 69（很对里内的胃口）是绝对的数字，不仅是毕达哥拉斯式的（刺激库埃）也是柏拉图式的而且是（取悦西尔维斯特雷：a mystic bond of writerhood[②] 联合他们两人）阿克美昂式的[③]，因为封闭在自身之内而各部分的总和加上总和的总和（这时库埃离场）与最后的数字相同，天知道还有多少能让 C 疯狂的数字花样而当他往门口去的时候 B 以古巴式的狡猾补刀，先生们这里有多少影射。

梧斯忒罗斐冬永远在词典中猎词（他的语义学游猎），从人们的视线中消失，藏在任何一本词典里，在他房间里，和词典一起上桌吃饭，和词典一起去厕所，挨着词典睡觉，整天骑在（压死）驴[④]之脊，那是他唯一的读物，据他说，对西尔维斯特雷说，比做梦更好，比情色幻

---

① 代达罗斯（Dédalo，即 Daedalus），希腊传说中的人物，曾为克里特国王米诺斯修建著名的迷宫用来关押半人半牛的怪物米诺陶洛斯，用鸟羽制造翅膀飞翔。

② 英文，“作家兄弟会的神秘纽带”，戏仿英国作家托马斯·卡莱尔（Thomas Carlyle，1795—1881）的名言：“A mystic bond of brotherhood makes all men one.”（兄弟之谊的神秘纽带使所有人成为一体。）

③ 阿克美昂（Alcmeón），公元前六世纪的希腊哲学家和医学家。

④ mataburro 字面意思是“杀驴”，在古巴等国的西班牙语中是“词典”的戏称。

想更好，比电影更好。甚至比希区柯克更好，你听听。因为词典能创造出悬念用一个迷失在词语丛林中的词（不是在草堆里的一根针那很容易找到，而是在针盒里的一根针）有用错的词和无辜的词和有罪的词，凶手词和警察词和救主词和大结局词，而词典的悬念就是自己在书里上天入地疯狂找一个词，终于当词出现的时候发现它是另一个意思，这比死海古卷的最后一卷还让人惊喜（他在那些天里正兴奋因为读到“adefesio”（荒唐）源自圣保罗给以弗所人（efesio）的书信，牾斯忒罗说道，不是给一个，是给所有人。你发现了吗伙计这创意正是来自那些不幸的伴侣和奸淫和舞会，而婚姻可能是最大的荒唐，因为牾斯忒罗斐冬一向是婚姻（他称之为婚殉）之敌，同时是完美的和不完美的已婚妇女[①]之友），他唯一遗憾的是词典所有的词典都收词太少，而所有不予收录的词都在他脑子里（其中一个，“自慰棒”，像鱼饵牢牢拴住了他，好几个星期都挂在嘴上，为了激怒西尔维斯特雷他故意把意大利电影《橄榄林（olivos）下无和平》说成《自慰器（olisbo）下无手动》）他还记得西班牙王家学院词典对“狗”的定义：阳性名词，家养犬科哺乳动物，大小、体态、皮毛因品种各异，但尾巴永远短于后足（此处他会停顿一下）而后足之一会在雄性小便时抬起，以下继续他的

① 戏仿十六世纪西班牙大作家修士路易斯·德·莱昂（Luis de León，1527—1591）的《完美的已婚之妇》（*La perfecta casada*）。

开心词汇：

Ana（“安娜”）

ojo（“眼睛”）

non（“不”）

anilina（“苯胺”）

eje（“轴”，一切围绕其转动）

radar（“雷达”）

ananá（“菠萝”，他最爱的水果）

sos（SOS）

gag（“笑话”，最开心的词）

他差点儿要皈依伊斯兰教就因为“Alá”（安拉）的名字，完美的神名，又兴奋于“alegoría”（托寓），“alegría”（喜悦）和“alergia”（过敏）之间的细微差别，“causalidad”（因果）与“casualidad”（偶合）之间的相似，以及“alineado”（成行）与“alienado”（癫狂）的混淆，还列出那些在镜中显出不同意义的词。

mano/onam（“手”/“欧南”）

azar/raza（“偶然”/“种族”）

aluda/adula（“羽蚁”/“轮耕”）

otro/orto（“其他”/“日出”）

risa/asir（“笑”/“抓”）

还指出音节变异的炼金术如“gato”（猫）与“toga”（长袍），“roto”（破碎）与“toro”（公牛），“labio”（嘴唇）与“viola”（中提琴），无穷无尽，说着解释着阐述着（他的游戏）与词语游戏直到清晨三点，他知道是因为有人在演奏那首华尔兹《清晨三点》，那一晚就像另一晚，用他新的不连续计数系统让库埃不胜其烦据说来自他不知从哪里看来的（或许B.更愿（原）意说是听来的）一则谚语说一个数字抵得上一百万在其中数字没有因位置或顺序而来的固定或指定的数值而是动态随机或彻底固定，比如从1到3然后从3开始并不是自然而然到4而是77或9或1563然后说迟早有一天会发现整个邮政编号系统都是错的，最合理的应该是给街道编号然后给每家每户一个名字，并宣称这与他全新的家庭命名系统配套即所有的兄弟姐妹都有各自不同的姓氏但名字统一，除了库埃感觉很扯淡（没有其他合适的词，我很遗憾）那是个短暂而美好的夜晚，我们人人都很开心因为在多维尔酒店西尔维斯特雷捡出库埃的荷官朋友丢弃的一张牌，方块二，他说他能分辨牌的上下，不是正反面，而是认出头和脚，头上脚下把牌立起来，全凭直觉，他这么说的，要知道方块二，众所周知，两头都可以是脚，牾斯忒罗非常兴奋以为发现了回文数字的图像版打赌说西尔维斯特雷不可能分辨真正的位置来打破这一回文而库埃说西尔维斯特雷在要老千西尔维斯特雷不高兴牾斯忒罗斐冬站在他一边辩护说不可能只用一张牌要老千并鼓励西尔维斯特雷给我们表演这个多配性游戏（他的原话）西尔维斯特雷问我们所有人，除了 B，知不知道六面形究竟是什么，里内说是一个六条边的多边形，库埃说是有六个面的固体，西尔维斯特雷说那叫六面体，于是我（当然，艾力波没在；要不就是

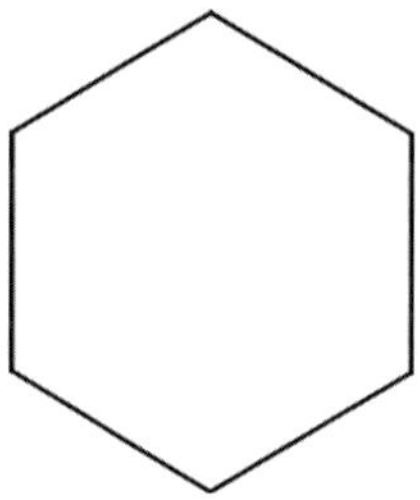

他来画了）就在纸上画了一个于是西尔维斯特雷说这其实是个失去了第三维的正六面体，就补全如下又说如果我们

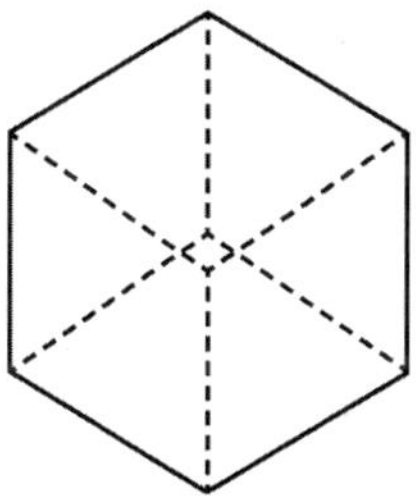

知道一个六边形怎样找到自己丢失的维度，我们就能找到第四第五维度以及其他维度就能在中间自由散步（在维度大道，B 说着指向哈瓦那的卫都大道）并进入一幅图，停在一个点，只需打开一扇门就能从现在旅行到未来或到过

去或他方彼世，里内趁机谈起他的发明，比如能把我们变成一束光（我说也可以是一束阴影）的机器把我们发射到火星或金星（我要去那儿，牾斯忒维纳斯说）很久以后在远方[①]会有另一架机器把我们再-转变，从光变成更多的光或固体阴影于是我们就成了太空游客，库埃说这与停靠港的技术一样，B.说这是伊萨克的折射光，不是伊贝尔的《停靠港》[②]，而库埃犯了个错误（B.会写成搓勿）说他构思了一个爱情故事，一个地球上的男人得知一个河外星系某行星上的女人（牾斯忒罗开始解说，银河又称全速（脂）牛奶路，从拉丁文或希腊文翻译而来）爱着自己而他也疯狂地爱上了她，两人都知道这是不可能的真爱因为他们永远永远不会相见只能在无尽空间的沉寂中相爱，当然牾斯忒罗斐冬终结了罗曼史惹恼了库埃，说那两人是特里斯-耗散和伊射线[③]，于是乎（南瓜南瓜各回各家，除了那没家可回的），有趣的是（有趣的事）我们又在“拉斯维加斯”碰见了阿塞尼奥·库埃，他逃之夭夭（不是邀请的邀）躲了我们一晚上因为陪着一个傻甜妞，湿婆或干婆，水仙或旱金莲（如果我说话从此变得像牾斯忒罗斐冬

① 戏仿歌名《很久以前在远方》(Long Ago and Far Away)，出自美国歌舞片《封面女郎》(*Cover Girl*，1944)。

② 伊萨克指物理学家伊萨克·牛顿(Isaac Newton，1643—1727)；雅克·伊贝尔(Jacques-François-Antoine Ibert，1890—1962)，法国作曲家，《停靠港》(*Escales*，又译《港口》)是他的名作。

③ 戏仿法国中世纪骑士小说《特利斯当与伊瑟》及瓦格纳由此改编的同名歌剧。

我并不遗憾我是故意的有意的蓄意的我唯一遗憾的是没能真实自然永远（永远也包括过去，不光是未来）这样说话忘记光和阴影和半光影，忘记照片，因为他的一个词抵得上一千张图片），麦金色头发，高个儿，白人，非常白，漂亮，上相，是个模特好像铬画片上的人物，库埃摆出一副讨人厌的铅脸并用他的播音腔说话，B.对他说俱乐部里充满了化学元素，我们肆意拿他开心，牾斯忒罗发明了犯罪口号“阿塞尼奥毒死老库埃”[①]，我们把它变成了一首夜之赞歌[②]直到黑夜结束，我正想继续把它变成热带黎明之赞歌[③]，里内说“诺，瓦利斯”[④]，我就闭了嘴崴了腿我呸呸呸这见鬼的文化，总用它的形而上学打断幸福时光。

那是最后一次（只要我能忘记想忘记的东西，所以加了这个大括号，括住不想记得的部分：星期六晚上）我见到活着的牾斯忒罗法佬（西尔维斯特雷有时这么叫他）而如果没有活着见到就不算见到，实际上是西尔维斯特雷最后见到他，活着。就在前天牾斯忒罗费里尼（那是他本周内的名字对我们而言对世纪而言）来了告诉我B.住院了，我以为是要做眼科手术因为他一只眼睛有毛病，斜眼不是

---

① 库埃的名字 Arsenio（阿塞尼奥）与 Arsénico（“砷，砒霜”）相似；《毒药与老妇》（*Arsenic and Old Lace*，1943）是由同名舞台剧改编的电影。

② 《夜之赞歌》是德国浪漫主义诗人诺瓦利斯（Novalis，1772—1801）的代表作。

③ 《热带黎明景观》（*Vista del amanecer en el Trópico*）是本书的前身。

④ no valis 字面上有“不可以”的意思。

邪眼，迷失在黑夜的丛林，一只眼瞄着存在，一只眼瞄着屁股，就像西尔维斯特雷一向所说的，或者其实就是虚无，这种变色龙的视野，对他的大脑造成负担令他一直头痛，巨大，剧烈的偏头痛被这可怜人称之为怖撕忒头痛或头部怖撕忒痛或牾斯忒罗沸洞头痛，我想周一中午去医院等我完成夜班的轮值任务，这曾被牾斯忒罗斐冬更简洁或更间接地称之为夜之轮转。但星期二昨天上午西尔维斯特雷打电话告诉我，直截了当，牾斯忒罗斐冬刚刚死了，我感觉话筒里在对我说着什么总之是同样的话不管你怎么拨，就像某个他发明的游戏，我意识到死亡是个陌生的玩笑，另一个组合：从话筒上千万个孔洞（牾斯忒罗空洞）中涌出来的一个回文词，尖酸得像一场盐酸淋浴。是在电话里，人生的种种偶合或因果中，牾斯忒罗音素，牾斯忒罗词态，牾斯忒罗词素开始改变事物的名字，真的，千真万确，他已经病了，不像开始的时候他把一切搞乱我们不知道什么时候是开玩笑什么时候当真，虽然现在我们也不知道该当真还是当心还是当点心，我们都当是严肃的，是严重的，因为已经不仅是奶加啡咖，这是他在纽约从布宜诺斯艾利斯俚语学来的（就是在那里阿塞尼奥·库埃认识了他，第一个见到，听到他），就像戈探（不是哥谭）是探戈的颠倒，引出巴伦，是反着跳的伦巴，头着地同时移动膝盖而不是胯，还有他的“民数记”-群英谱（稍后，往前看），就是阿美利加·维尼普[①]，哈伦拉·熙德[②]，阿格里·皮娜“碌碌之母”[③]，邓斯·死磕者[④]，奥尔加斯山伯爵[⑤]，格里高利·拉·卡萨诺瓦[⑥]，巴拿马六甲地峡，威廉·芝士比亚或莎士比利亚，莎翁失马，祸克纳，思考客·蜚词-嗟腊德[⑦]，萨默赛特·妈姆[⑧]，克丽奥怕忒落鼻[⑨]，查理蛮[⑩]，亚历山大小弟弟[⑪]，以及天才音乐家伊

---

① 阿美利加·维斯普奇（Américo Vespucio，即 Amerigo Vespucci，1454—1512），意大利商人、航海家，最早绘制了新大陆的地图，美洲因他而得名；维尼噗是英国作家 A.A.米尔恩（A. A. Milne，1882—1956）的童话《小熊维尼噗》中的主人公。

② 哈伦·拉希德（Harún al-Rashid，766—809），阿拔斯王朝最著名的阿里发。

③ 阿格里庇娜（Agripina，即 Agrippina，15—59），暴君尼禄的母亲。

④ 邓斯·司各特（Duns Scoto，1266—1308），苏格兰经院哲学家和神学家。

⑤《奥尔加斯伯爵的葬礼》为西班牙画家格列柯的名作；《基督山伯爵》是法国作家大仲马的名作。

⑥ 格里高利·拉卡瓦（Gregory La Cava，1892—1952），美国电影导演。

⑦ 斯科特·菲茨杰拉德（Francis Scott Key Fitzgerald，1896—1940），美国作家，《了不起的盖茨比》的作者。

⑧ 萨默塞特·毛姆（Somerset Maugham，1874—1965），英国小说家、剧作家。

⑨ 克丽奥帕特拉（Cleopatra），即“埃及艳后”。

⑩ 查理曼（Carlo Magno，即 Carolus Magnus，742—814），又称查理大帝，法兰克王国加洛林王朝国王，帝国创建者。

⑪ 亚历山大大帝（Alejandro el Grande，前 356—前 323），马其顿国王，亚历山大帝国建立者。

戈尔·查拉斯图拉文斯基[①]，让-保罗·萨德[②]，萨福侯爵[③]，托马斯·得·醌吸[④]，乔治·克拉克·肯特[⑤]，艾森特·梵鼓[⑥]（取笑鼓手西尔维奥·塞尔希奥·力波特，他更为人知的名字是艾力波，多亏了 B）还想为克利写一部小说[⑦]，类似还有把卡萨利斯家（对他来说就等于卡萨布兰卡）的厨娘安勒娜西亚称作安乐死西涯或者跟里内·莱亚尔比赛获胜，说乌克兰人（ucranianos）的头是 U 型，他们真正的名字应该是乌颅人（ucranenos）[⑧]或称自己的打扮严酷无情，意思是酷到毙，还跟西尔维斯特雷竞争看谁能给库埃的名字发明更多变体，或者给我起艺名为“柯哒”（我的这次洗礼再生也是出于他的手笔，灵感底片来自柯达，就这样覆盖了我平庸的哈瓦那本名，代之以普世的诗意形象），还知道有关沃拉普克语世界语伊多语奈欧

---

① 伊戈尔·斯特拉文斯基（Igor Fedorovitch Stravinsky，1882—1971），俄裔美国作曲家、指挥家。

② 让-保罗·萨特（Jean-Paul Sartre，1905—1980），法国哲学家。

③ 萨德侯爵（Marquis de Sade，1740—1814），法国情色作家；萨福（Safo），古希腊女诗人。

④ 托马斯·德·昆西（Thomas De Quincey，1785—1859），英国散文家。

⑤ 乔治·布拉克（Georges Braque，1882—1963），法国立体主义画家；克拉克·肯特是美国漫画人物超人的地球名字。

⑥ 文森特·梵谷（Vincent van Gogh，1853—1890），又译梵高，荷兰画家。

⑦ 保罗·克利（Paul Klee，1879—1940），瑞士画家；戏仿法语中的 roman à clefs，意为“根据真人真事写的小说”。

⑧ carneo 在西班牙语中是“头颅”的意思。

语[①]和 Basic English 所应知道的一切，他的理论认为与中世纪相反，那时单从一种语言，如拉丁文或日耳曼语或斯拉夫语发展出七种不同的语言，而在未来这二十一种语言（他说的时候看着库埃）会变成一种，模仿或粘合英语或被英语引导，人类将会说，至少在世界的这个部分，一种大型通用语，一座稳固的理智的可达成的巴别塔，同时这个人又是一只语言白蚁早在人们想到建塔之前就在攻击脚手架，因为他天天都在摧毁西班牙语，模仿维克托·佩拉——后者因其头部形状被称为维克托·之宝（Zippo），说什么刻工求意，异情国调，滑手不留，或者说他能媾到事件的内部或抱怨在古巴没有人理解他浓郁的幽默，并自我安慰地想象自己将在国外或未来被称颂，因为没有人，他说，是自己家乡的臭鼬。[②]

我听西尔维斯特雷说完，没说话，在挂上话筒之前，挂上那个黑色的、已经在服丧的可怕的话筒之前，我对自己说，见鬼所有人都会死，就是说所有幸福的苦闷的聪明的弱智的内向的外向的快乐的悲伤的丑的美的没胡子的大胡子的高的矮的阴险的坦诚的强壮的虚弱的有权有势的倒霉不幸的，啊还有秃顶的：所有人包括牾斯忒罗斐冬

---

① 沃拉普克语（Volapük）、世界语（Esperanto）、伊多语（Ido）和奈欧语（Neo）均为人造语言。

② 戏仿《圣经》中的名言“没有人能在自己的家乡成为先知”，或“没有先知在自己家乡被人悦纳”（路加福音 4:24）；此处将“先知”（profeta）替换为“臭鼬”（mofeta）。

这样能用两个词四个字母写一首颂诗和一个笑话和一首歌的人，这样的人，都会死，我想，妈的。没别的了。

到后来，就是今天，现在我才知道葬礼前（我拒绝参加葬礼因为在那里面，棺材里的牾斯忒罗斐冬，不是牾斯忒罗斐冬而是另一种东西，东西，一件白白收进保险箱的废品）尸检的时候，当穿颅打开牾斯忒罗斐冬活像问号的脑袋，从原包装内取出大脑，病理学家拿在手里东抠抠西挠挠尽情把玩，最终得知死者受过一次伤——他自己，可怜的家伙，会说是受赏——在小时候，在以前，从出生，从发育就有根骨头（什么东西，西尔维斯特雷&库埃：一个动脉瘤，一个血栓，一个幽默静脉中的泡沫？），脊柱上的一个结节，某种东西，一直压迫大脑让他说出那么多绝妙好辞，和词语嬉戏，终其一生为万物重新命名，仿佛真的在发明一种新语言——死亡也证实了他是对的，不是他而是杀他的医生，不是谋杀，当然不是，拜托，甚至不算杀，因为是想救他，以自己的方式，科学的方式，医学的方式，医生是位慈善家，人道主义者，又一位史怀哲博士，他的兰巴雷内[1]就是矫形医院，有那么多畸形的儿童瘫痪的女人和残疾人完全听他安排，是他打开 B 形的头颅为了消除头疼、词语的呕吐、口头的晕眩，为了一次性永远消除（可怕的词，嘿：永远，永恒，见鬼）现实在言

---

① 史怀哲(Albert Schweitzer,1875—1965),德国哲学家、神学家、医生、管风琴演奏家,用在欧洲举办巴哈演奏会的收入在非洲加蓬创办兰巴雷内麻风病院,1952 年获诺贝尔和平奖。

说中的重复和变化和叠韵或紊乱，按医生的说法，正合西尔维斯特雷的趣味，满足他人云亦云的疑病症，搔到他的科学之痒，几乎在模仿牾斯忒罗斐冬，当然医生有特许执照处置白和黑和黑白混血女人，刀客忒点（Dr.）的头衔在一堆花体字和小图案装饰中确保不可能之事，擅用大词，专业词，医学词，证明所有的专家都是骗子但永远有人相信就像所有的大骗子都有人相信，说着阿斯克勒庇俄斯一脉的黑话，施展盖伦[1]之石（哲人石还是点金石？），说什么“失语症”，“语言困难症”，“模仿言语症”诸如此类的东西，据西尔维斯特雷说态度非常傲慢，解释如下：严格地说，是语言能力的丧失；口头分辨力的丧失或者更确切地说，某种缺陷，不是发音方面而是源自某种官能障碍，也许是功能紊乱，或源于某种特殊病理学机制的异常现象，进一步造成对大脑语言思维的象征系统的扰乱，或——不，甭，甭来这套，事情已经很清楚了不要再废话，因为医生是世上仅存的假学究大象，孑遗的书蠹虫猛犸，自从詹姆意思·巧意思和爱吱啦·庞德和乔治·路德维希·博赫士灭绝之后。这都是些虚伪的借口，掩盖完美罪行的诊断，虚假的托词，借医学脱罪，他真正想的是看看在牾斯忒罗斐冬，或牾斯忒颅非洞（就像“门徒”西尔维斯特雷的说法）头脑里的哪个角落，哪个地方，发现

[1] 阿斯克勒庇俄斯（Esculapio，即 Aesculapius），罗马神话中的医学之神；盖伦（Galeno，129—199），古罗马医学家。

在怎样的特定位置那些傻话和俗套和日常话语经过神奇变形成为牾氏魔力黑夜妙语，这些却无法保存在名为怀念的福尔马林溶液里，因为我是最多跟他在一起的，曾经最多，但我不善于保存词语，除非与上方的配图照片有直接关联，即使那样也是瘸腿的文字因为总要让人修改——就像这个。但如果所有的游戏，或者说俏皮话（就像卡萨利斯的母亲说的）都已经遗失，我无法重复，我不想遗忘（我能保存下来的那部分，不是在西尔维斯特雷备忘录似的记忆里也不是在阿塞尼奥·库埃神经痛的怨气里也不是在里内批判性的致敬里也不在我从未能做到的准确的图像再现里，而是在我的抽屉，在一堆负片中间，照的是一个值得纪念的黑女人，照片是她逆光中洁白肉体的赤裸书面证词，胡安·布兰科会说那是鲁本斯式的，还有一两封只在当时有意义的书信，一封来自“原野虞美人”的电报，我的神啊这叫什么笔名，曾经蔚蓝如今泛黄的电报仍在说着从电台学来的西班牙语：时间与距离让我明白已经失去了你——写这样的话，陪审团的先生们，然后交给巴亚莫电报局的人，难道不是证明了所有的女人都是疯子或者比马塞奥和他英勇的马[①]更有种吗？）他的戏仿，我们在库埃家录下的那些，准确地说是阿塞尼奥录的，然后我复制了但从没想过还给牾斯忒罗斐冬，特别是在他和阿塞

① 马塞奥（Antonio Maceo Grajales，1845—1896），古巴独立战争时期的将军，在以其命名的公园里有他的骑马像，正对滨海大道。

尼奥·库埃讨论之后，两人断然决定抹掉录音——出于各自不同甚至相反的理由。因此我保留着这个西尔维斯特雷称为纪念物的东西，现在我还给它真正的主人：民间。（这话真漂亮，对吧？可惜不是我说的。）

不同古巴作家笔下的托洛茨基之死，事发后——或事发前

何塞·马蒂

玫瑰小斧头[①]

传说那陌生人并未问起在何处饮食，只关心何处是那高墙环绕的房子。未曾掸去行路的灰尘，便走向他的目的地，莱昂·“大卫之子”·勃朗施坦：同名教派的始祖，异教的先知，集弥赛亚、使徒、异端者于一身之人的最后避难所。旅者：扭曲的雅各布·莫纳尔，满怀惊人的仇恨来到那位希伯来尊者的众所周知的终点。流亡者：有着青铜般巉岩的姓氏，叛逆拉比的辉光令脸庞更显高贵；这恍如出自圣经的长者迥于常人：高傲远瞻如老视眼的眼神，古意盎然的行止，严锁的眉结和震颤的嗓音，深沉而雄辩，一如诸神命定凡人的宣告。未来的刺客：异见者游移的视线和犹疑的步态：这些草草移写的对象永不会，在撒都该人辩证的头脑中，步武历史上另一个卡西乌或布鲁图[②]。

不久他们就成为导师与门徒，高贵的东道主忘却了戒心和警惕，任情感敞开一道爱之火的捷径直取曾因审慎而

① 《玫瑰小斧头》(Los hachacitos de rosa)戏仿何塞·马蒂的诗作《玫瑰小鞋子》(Los zapaticos de rosa)，其中使用冒号的频率颇高。

② 两人皆为罗马元老会议员，组织和参与了刺杀凯撒的行动。

冰封的心灵。空洞如风的，幽暗如夜的，在恶者的心房位置所盘踞着的，却是邪恶，迟缓，执拗，最卑贱的背叛之孽胎——抑或是狡诈的复仇，因人们说在他眼神的深处总有某种秘密的怨恨，针对那被他以完美的伎俩，时常称之为导师的，冠以大写字母的不二师尊。时常能看见两人在一起，尽管良善的列夫·达维多维奇——如今可以这样称呼他，实际上他使用的是商人的假名和伪造的证件——已然极为谨慎，因为并不缺少，如同当年古罗马的悲剧，凶险的兆头、预感的讯号或恒久的猜疑积习——却总是单独接见那沉默寡言的访客；这人有时候，就像在那不祥的一日，也现出殷勤求索的模样。他苍白的手中携来欺骗的纸张；幽蓝的瘦削的颤抖的身体外罩的大衣，本应会在那个闷热的午后透露消息给更富于猜忌和疑问的眼睛：但猜疑不是俄国叛逆者的强项，系统性的踌躇、习惯性的恶意也同样不是。在大衣下面，狡诈者暗藏背叛的斧钺，行刺的铁锛：一柄凶刃；而更下面：俄罗斯新沙皇的持戟兵的灵魂。当毫无疑心的异教领袖浏览可疑的文字，另一人发动了背叛的一击，斧钺精准地嵌入那高贵如雪的头颅。

一声号呼回响在围墙之内，警卫（海地不肯派来他们善辩的黑人）匆匆赶到速速将他擒获。“不可杀他，”宽宏大量的犹太老人尚有时机提醒，而他激愤的追随者，竟服从了命令。四十八小时的守望与希冀：高贵的首领经历了可怕的挣扎，终于死于斗争，如同他斗争的一生。生命与政治的奔波已离他而去，如今属于他的是荣光与史册的永恒。

莱萨马·利马

十字军战士之委任状[①]

空气—最—明净—之—域[②]，星期四16日。（N.P.）[③]列夫·达维多维奇·勃朗施坦，伪名托洛莉基（*sic*）[④]的同名教派牧首，今日经瓦格纳式的弥留后殂落于此城，殒颠时兀自以普世圆啭的花腔吁呼“噫呀”不止，只因那先前名叫雅克布斯·莫纳尔都斯或穆尔瑟德尔（*sic*）或莫兰纳尔的外乡人，以经院学者般的审慎，从名为门徒实系叛徒底勃逆外装下，即上述已提及之斗篷，潜伏着的尘世的伊阿古扑向奥赛罗——把神圣母亲俄罗斯当做了苔丝德蒙娜[⑤]，自普林基波岛[⑥]（绝佳的呼应）直到如今承负的反斯氏冒险之重担，在此做一了断——因当今政治底高调

---

① 《十字军战士之委任状》(Nuncupatoria de un cruzado)戏仿古巴诗人莱萨马·利马的诗作《十字交错者之委任状》(Nuncupatoria de entrecruzados)。

② “空气最明净的地区”，出自十九世纪德国著名地质学家亚历山大·冯·洪堡之口。墨西哥作家阿方索·雷耶斯在名作《阿纳瓦克视景》(1519)中指墨西哥山谷。

③ “N.P.”，拉丁文 nisi prius 的缩写，“初审法庭”。

④ 拉丁文，“原文如此”。

⑤ 莎士比亚戏剧《奥赛罗》中的女主人公，奥赛罗的妻子。

⑥ 普林基波岛(Isla Prinkipo)，土耳其岛屿，托洛茨基曾流亡于此。

修辞而情热，运使弑神的凶器。这叛教者从黄昏底Valpurgis Nach[①]中掣出致命的尖头锤，或犹大之锥，或极贪婪又怯懦的矛刺，愤怒而未失准头，骺然钉入充斥着正题反题合题鬼魔三段式底头颅，辩证法的雄狮底脑壳（其咆哮于意识形态堪称深奥但于哲学层面犹显*naives*）[②]：结束了昔如晨光今如暮色的形象，正统与异端之父底征容，又令新近来到的*favori*[③]置身雷昆贝里狱[④]中无尽神秘的回廊，弥诺陶洛斯一般囚縶于缄默与效忠的迷宫。列夫·达维多维奇在吁呼出最后或终末启示之先，闻说他曾于流亡之诸神黄昏，政治之Sturng-und-Dran（*sic*）[⑤]，历史之末日审判中，如彼世的璜德帕诺尼亚察觉彼世的奥雷良诺[⑥]底论证正强力侵入其神学窅深处，吐露天机："我感觉如着魔者被洞穿/经由一柄温柔的斧。"[⑦]

---

① 错误的德文，应为Walpurgisnacht，"女巫之夜"。

② 应为法文naïves，意为"天真"。

③ 法文，意为"宠儿，心爱者"。

④ 雷昆贝里（Lecumberri），墨西哥旧监狱名，现已成为国家档案馆。

⑤ 错误的德文，应为Sturm und Drang，指德国十八世纪的"狂飙突进运动"。

⑥ 博尔赫斯的短篇小说《神学家》（Los teólogos）中的人物。

⑦ 出自莱萨马·利马的《从〈起源〉到胡里安·奥尔邦》（De *Orígenes* a Julián Orbón）。

比尔希略·皮涅拉[①]

凶手的下午[②]

我十分肯定没人知道他为谁工作。那个男孩，莫纳尔（这里没外人，我可以告诉您他的真名是圣地亚哥·梅尔卡德，古巴人，我讲这个是因为这是那些嚼舌鸟最爱的香蕉）来墨西哥专门为了杀死俄国作家莱昂·D.托洛茨基，就在他佯装展示作品让大师阅读指正的时候动手。托洛茨基从不知道莫纳尔的工作就像史达林的幽灵代笔。莫纳尔从不知道托洛茨基的工作就像文学的工蚁。史达林从不知道托洛茨基和莫纳尔的工作就像是历史的黑人（抱歉用词不当）奴隶。

当莫纳尔来到阿兹特克人的土地，夜晚像狼嘴一样黑，他的用心黑暗得就像那夜晚，正适合吞噬生命的夜晚。凶手的行为，就像那些卑劣的模仿者，算不上首创。

---

① 比尔希略·皮涅拉（Virgilio Piñera，1912—1979），古巴小说家和剧作家。

② “凶手的下午”（Tarde de los asesinos）戏仿皮涅拉的学生、古巴剧作家何塞·特里亚纳（José Triana，1931—2018）的名剧《凶手的夜晚》（*La noche de los asesinos*，1965）。

他当然有历史上的先行者，毕竟这流泪谷[①]的历史中充满了暴力。所以我特别恨那些历史学者，因为我打心底里厌恶暴力的东西。暴力仿佛成了我们所生活的这个小世界赖以生存的原动力。除了暴力还是暴力。

比如说法国贵族阶层确实衰落了，被大革命和丹东、马拉[②]他们那帮人终结。但就在大革命不久之前正是所谓的黄金时代，*son age d'or*.[③]这个时代我最熟不过，那时候所有的回忆录我一本也没漏下都看过包括之前的之后的……好吧别招人烦，我自己也厌恶那种卖弄学问，所有那些专家，等等等等，总之我知道所有那些*Aristocratie*，贵族的八卦，顺便说一句，他们都烂透了，就像凡尔赛宫，每过六个月就得撤离跑到卢浮宫去，因为从台阶到走廊到大厅都是王公贵族们尊贵的排泄物。等六个月以后卢浮宫也是一样。你们知道路易十四的牙医干了什么吗，本来要拔牙结果从国王的软腭掰下这么大一块骨头，结果那可怜的人严重感染严重到没人敢靠近这位“太阳王”怕被他嘴里散发的臭气熏晕过去。都是这种事。当然这也不能成为把他推上断头台的理由，毕竟砍下别人的脑袋算不上治疗口臭的最佳方式。

好吧，回到我们刚才在说的幽灵代……罪羊。那个小

---

① “流泪谷”(valle de lágrimas)源自《圣经》的西方习语，寓多难的人世。

② 丹东(Georges Danton，1759—1794)和马拉(Jean-Paul Marat，1743—1793)皆为法国大革命时期雅各宾派的领袖人物。

③ 不规范的法文，意为“黄金时代”。

伙，莫纳尔，来杀托洛茨基先生，而后者正在写回忆录——他的文风，说良心话，比史达林、日丹诺夫[①]及其他人都好得太多。如果说他们派人来杀他是出于嫉妒我也不会奇怪，在文学小圈子里嫉妒总是像马齿苋一样疯长。我奇怪的是为什么安东·阿鲁法特[②]说想写本手枪一样的书？显然，是为了杀死我，按文学的说法。然而皮涅拉不死！

这就是所有老师与他们的学生，模仿者，追随者等等之间的问题，L.D. 托洛茨基就不该教那些人写作。教育（特别是文学领域）没有回报。我们说到了问题的“痛点”。设想当托洛茨基决定写下他的戏剧——因为，我要一次性说清楚肚子里不留话，创造或已经创造或将要创造历史的人所写的回忆录都不过是历史剧。一出戏剧，我再重复一遍，关于师生对抗，需要在现实主义，社会现实主义，史诗，象征手法之间选择。他选择了最后一个。为什么他选择象征？——那些爱问问题的人可能会问，或一些倾向于现实主义或史诗或社会现实主义的，或危险地，可以这么说，倾身在人生边缘的人。

他那样选择是因为更喜欢象征，那样选择可以说是出于动物的本能，就像我们选择烤肉而不是烤鱼因为我们更喜欢烤肉。这样的话就等于，通俗地说，托洛茨基点的是

① 日丹诺夫（Andrei Zhdanov，1896—1948），斯大林的得力助手。

② 安东·阿鲁法特（Antón Arrufat，1935— ），古巴作家，诗人和剧作家。

烤肉。那么，选择烤肉或象征就意味着伪造和神化和伪造神化（或神化伪造）师生之间的对抗关系，我们已经证明这等同于，姑且这么说，烤肉-烤鱼之间的对抗？不管怎样都意味着伪造和神化和神化伪造或伪造神化烤鱼-烤肉之对抗关系，或者换言之，师-生之对抗关系，或神化和伪造和伪造神化或神化伪造烤鱼与烤肉之间的对抗或争斗的动因。或者卖弄一点说，鱼肉之争。一锅炖，就像人家说的。就这么回事。在一个舞台（不是别的东西，我再强调一遍，就是 *chateau*①，在这堡垒内凶手杀死了受害者）以现实主义或社会主义现实主义或社会现实主义的手法去伪装和去神化和去伪装神化或去神化伪装；换成在一出史诗剧里会把角色，按专业的术语，分为英雄和反派。在托洛茨基这里（这位阿伽门农——俄罗斯是他的克吕泰涅斯特拉②），他们是自己政治人格的神化者，神化伪造者或伪造神化者。但对抗关系是一样的，准确地说，在两种或三种或四种模式中。

这就顺理成章地引出了另一个方面：作者的良心或亏心。托洛茨基选择自己被暗杀的象征模式是出于自己的“亏心”吗？他难道不应该，正相反，用他的“良心”选择上述事件的现实主义或社会现实主义或社会主义现实主义或史诗模式吗？

---

① 不规范的法文，意为“城堡”。

② 克吕泰涅斯特拉（Clitemnestra），阿伽门农王的妻子，厄勒克特拉的母亲。皮涅拉曾将索福克洛斯的《厄勒克特拉》改写为古巴当代版本。

这两个问题使我们不得不反思如下：凶手的良心会露出针脚吗？凶手的良心，在选择这两种形式的同时难道不也是在排斥第三种或神圣的模式即导师的理想良心，并为此而亏心吗？被害者也在坚持自己的底线，就是用他头骨的坚硬抵抗凶手或刺客的刺穿工具（还真是一致）；就是说，那把破开坚冰的刺？这里，就像家庭主妇在水果摊前常说的，有得可挑。

那么凶手应当遵从什么样的象征模式来亏心行事？或者被害者这边——等于说这是一回事？在这个下午凶手（他们赢了，凶手赢了，我不得不承认，因为他们完成了自己的工作，在这真相的时刻或 *minute de la verité*①，以斗牛士的方式学生将终极的一刺命中了公牛父亲-导师兼领袖）圆满完成了师生对抗。在任何时候冲突或跺脚发脾气（来自孩子-作者，本可以通过父亲-导师狠狠打几下屁股来解决）都不会失效，或者按魔术师的专业术语来说，凭空消失；在任何时候导师的赎罪和学生的“狂妄”（或“逞能”）都不会比现实主义或社会主义现实主义或社会现实主义或在史诗中的良心更虚伪；在任何时候托洛茨基佯装的或自诩的亏心，都不会沦为，像他的学生们那样，伪造神化或神化伪造和神化和伪造对手。这就等于说：他者。艺术的形式，意识形态的内容和动因都融合在一样东西里：公开的冲突。或者按照法制栏目记者的说法：

① 法文，意为“真相时刻”。

案件。

最后一点我觉得非常有意思：很可能莫纳尔的父母（以及其他很多父母，甚至史达林的父母，这等于说自己的父母，因为雅克·莫纳尔就是史达林，众所周知）会说：这孩子真烦人！您看看，这么淘气去杀了托洛茨基！……这等于通俗地定义了什么是亏心。出于某种在人类中很常见的幻觉或 *mirage*，往往把凶手当作凶手的人格面具，附带上所有伪造和神化和神化伪造或者……（啊我都累了！）这些都被他在刺杀中贯彻。或者说，在计划中。这种幻景或 *mirage* 改变了方程的各项，“良心”自动变成亏心。自动，就是惯性，机械地，或者说没有什么亏心只有凶手良心的主体化。就是说，谎言重复一千遍就变成真理。

说到父母，我差点忘了告诉各位我十五岁的时候，在古巴的圣地亚哥，码头那一带，曾经认识凶手或学徒的母亲，卡丽达·梅尔卡德，而她的邻居们，我不知道为什么，都叫她卡奇达。在年轻时代她是个漂亮的姑娘，卡奇达，生下小圣地亚哥，那时候被阿姨们叫作小杂种，或者没有父亲的孩子（按那一片的说法），所以跟母亲姓梅尔卡德，当然了，比姓什么朱加什维利[①]更古巴。卡丽达·梅尔卡德，摇着当时摇篮里的小圣地亚-哥（谐音伊阿古），说或者重复着（当她说一遍以上）我曾听见的一句

① 斯大林的原姓。

话，应该当作某种预感、预知或预言或者未来的轶事？这位堪称楷模的母亲说（就像我妹妹路易莎爱说的）：

——等我儿子长大，会是个大人物。

但托洛茨基·内·布龙斯坦死了（看上去是的，死得很彻底，显而易见）没有什么办法因为不存在什么彼岸或者至少对于我们，就像佩佩·罗德里格斯·费奥①的厨娘说的，在“此岸”的人，不存在。就像对于彼岸或冰冷坟墓中的人来说也应该不存在此岸，这句话或 quolibet② 说得妙。莫纳尔好像活着或者至少被活着关在那个监狱里，这已经不错了。小圣地亚哥·梅尔卡德应该做的是要来纸和笔开始写作，因为据我所知文学是最好的镇静剂。记得在布宜诺斯艾利斯，我在那儿待过一十六年苦涩的时光，我甜美的安慰就是写作。这等于说搞文学，在我这里，就是伟大的文学。—V.P.

---

① 即何塞·罗德里格斯·费奥（José Rodríguez Feo，1920—1993），古巴评论家和作家，曾与莱萨马·利马一起创办《起源》杂志，又与皮涅拉共同创办《飓风》。

② 法文，意为“俏皮话，讽刺”。

莉迪亚·卡夫雷拉[①]

初入会者饮用令其布尔什维化的莫斯科巴[②]

他已经忘记了巴罗的断然拒绝——巴罗是老卡恰（卡丽达）的巴巴罗萨，当他来自圣地亚哥的母亲卡丽达，向巴罗借嗯甘加，为的是给“关帕啦”一个“用途”，那一天力量的主宰或噢哩沙来到，只带来了可怕的魔力神锅（歌乌窝·郭）藏在一件黑色外套里——木木恩窝波·弗替。住在里面的神灵（搵兹）告诉他一切正常（霜外外）因为“莫阿娜·蒙忒雷”（白人女人，这里指卡奇达·梅尔卡德）已经请求自己保护她的儿子和面前的任务（喔·不肝·噜）。老人很急切要实现这个请求（或邦·芒噜）因为他的嗯甘加也已许可（式式不拖）。这位巫师，很镇

---

① 莉迪亚·卡夫雷拉（Lydia Cabrera，1899—1991），古巴人类学家和作家，非洲文化专家。

② 戏仿莉迪亚·卡夫雷拉发表于《革命星期一》第 2 期的文章《初入会者饮用令其成为阿巴库亚的莫科巴》（1959 年 3 月 30 日），当时因凡特是该杂志的主编。阿巴库亚（abakuá）是十九世纪自非洲传至古巴的秘密宗教社团，仅限男性加入。

静地，赋予他以神圣的力量——“凭抵押许可”——如他所愿。噜夫嘟·嗯莫不嘟！

这是一个货真价实的嗯甘加，由于白人对摄影充满热情（否头-否头·饭），他想给高贵的老巴罗拍照（想起在圣地亚哥有过一个黑人“塔塔”）而巴罗，先祈求噢裸飞的许可，唱起一首仪式之歌或移狮-支各。

噢裸飞！

噢裸飞！

登顿嘟·奇蓬古雷！

哪米·马松哥·锡兰巴萨！

锡兰巴卡！

比卡！迪奥孔！比嘎·尼迪言呗！

噢裸飞！

噢！

裸！

飞！

贝壳（卡乌里斯）说了什么[1]，高贵的老巴罗？——白人不安地问，“有可能吗？”

高贵的老巴罗笑出他非洲式的，迷之微笑。

可能？（不可能？）不安的白人再次问道。

---

① 指用贝壳占卜。

——卡乌里斯（贝壳）说好，高贵的老巴罗说。——噢裸飞狠高兴。

我们能照相了？不安的白人问。

不！——高贵的老巴罗（或又老又高贵的）巴罗生硬地回答。

为什么？不安的白人不安地问。

巴罗拒绝不是因为不信任他的好意也不是害怕自己的形象可能落入其他巫师手里，拥有他的画像就可以对他施魔法（比隆戈）或轻而易举地用针尖（布扎-布扎）杀死他也不是因为嗯甘加，被亵渎之外，会被捆绑变得虚弱。也不是因为害怕相机令人不安的“门苏”。也不是因为不信任白人。也不是……

“那到底为什么？”——白人问。

巴罗，又高贵又老的黑人，用自己的非洲眼睛看了他一眼，然后（仍然用他的非洲眼睛）看了相机一眼，终于说：

——魔法机器捕捉猩象通过光底反射银在感光纸儿，用的系 Asahi Pentax Spotmatic 儿，硫化铬曝光表儿，光圈儿 f：2.8。但高贵的老巴罗肿是不上镜儿！

情况太棘手了！没有（难难尼哪）其他（忍·申玛）办法（呀喔·分特）只能（咯）离开（琉琉·彻）。

白人出发去墨西哥完成他的承诺。他穿白外套，白纽扣的白衬衣，白领带别白别针，白扣袢的白腰带，白袜子，白内衣和白鞋白帽。“扮”成“圣徒”[1]的人——有钱购置家当的人穿的衣服。他还带了一块当方巾用的红手帕。礼拜仪式？不，也许就是装饰或表现一种政治色彩来打破白色的单调。但也存在其他理论。浑身白色的男人名叫圣地亚哥·梅尔卡德，他来是准备刺杀“塔移塔”·托洛茨基，大能的力量的主宰。也许是暗号给一位色盲的同伙（艾科比奥）看。

白人（莫乐哪·蒙忒雷）来了，看见并杀死了莱昂（辛巴）·托洛茨基。他把“关帕拉”钉进他的“阔阔”里并把他送进了“因-坎巴·寒·盒盒”（冰冷的坟墓）。为了保证最后一击的准确，总要提前咨询那些欧哩沙。

词汇表

Asahi Pentax Spotmatic：日-拉丁-英文商业用语，照相机。

巴巴佬：巴巴罗萨，卢库米语。

巴巴罗萨：巴巴佬，也是卢库米语。

巴罗：专有名词。姓氏。

关帕啦：万帕啦，斯瓦希里语。源自阿拉伯语 Wamp’r。大意为登山杖。

门苏：嗯甘加的反面。差不多是“邪眼”的意思。

---

[1] “扮圣徒”(hacer el santo)，古巴桑德里亚教中的仪式，每天穿白衣，持续一整年。

莫阿娜·蒙忒雷：白人女人。皮埃尔·伯格认为，本意为“苍白行走的舌头”。

嗯甘加：源自达欧美雅诺语中的噢倮阔。护身符。

噢裸飞：被爱之神。有时候。其他时候，魔鬼。通常，以正常姿态出现。但有些情况中，嘴朝下。

噢哩沙：源自巴孔戈语中的噢哩沙。巴巴佬或巴巴罗萨。

塔塔：乳母，奶妈。

塔移塔：父亲或父亲形象。相当于俄语中的“爸爸”。

李诺·诺瓦斯[1]

把莫纳尔给我抓来![2]

——把那男人给我抓来! 牢牢绑住他。别让他跑了。抓到这儿来! 别让他逃走。看看他对我做了什么。这个东西(因为还在这里钉着,(那)东西,铁的,不是木头也不是石头,是铁,或者锻钢,插在,扎在,陷在骨头里,在额骨和顶骨之间,准确地说是靠近枕骨,并非冷酷计算的精确结果,但却熟练地钉在砸在插在头上使其即刻死亡,带着愤怒,带着仇恨和嫉妒和政治敌意所激发的冰冷的怒火,将两人合二为一,通过那铁器将手延长,好像一个姿势,或者说该姿势的讽刺漫画:一只伸出的友好的手变成杀人的凶器,现在合二为一,或者说,二:刽子手和他的牺牲品)在我头上顶着的可不是塞维利亚女郎的发髻。不先生。抓住他! 别让他跑了。别让他逃走。这不是个装饰。也不是幻想的犹太小圆帽。抓他到这里来! 就这

① 李诺·诺瓦斯(Lino Novás Calvo,1903—1983),出生于西班牙的古巴作家,记者和翻译家。

② 戏仿李诺·诺瓦斯的短篇小说《把那男人给我抓来》(Tríncenme ahí a ese hombre)。

样。也不是一撮不肯屈服的头发。这是把小斧头。钉在上面。在头盖骨。就这么简单。把那男人给我抓来！好了！

（因为他记得，因为他忘不了，因为他还没忘，因为他还记得，因为过去对他就好像一条图像的小溪，时断时续，但流动着，就像一个老电影的片段在卢亚诺或劳顿区[①]的电影院里，在郊区，在更远的地方，在那边的天台都有瓦片封顶，电话号码都没有开头的字母，甚至没有数字，因为已经不需要数字不需要首字母和数字。因为没有电话。不需要。喊一声就行。就这么样。

在那样的郊区我们玩盟军和德国人的游戏，就像德国人和盟军的关系，开出租车的以及开那种后来被叫作“呱呱”的，但当时还不叫“呱呱”，叫别的名字，公车，有轨电车，随便怎么叫，而我那时候是坏人那拨的，一天那个女孩在载客点，从两辆老爷车中间突然冒出来说她有了，我问，“怀孕了？”她回答，还在两辆老爷车中间，对，用脑袋，就这样，点头回答。所以我知道记忆是什么就像我知道那个男人，他记得。但他记得什么并不重要。对我来说。因为这是他的记忆。

记忆。不是别的东西。这个阿拉尼亚船长！[②] 看看他

---

① 皆为哈瓦那街区名。

② araña 在西语中意为“蜘蛛”。阿拉尼亚船长（Capitán Araña）出自西班牙语俗语：“阿拉尼亚船长，拉别人上船自己留岸上”，指让别人卷入风险自己却在关键时刻后退的人。此处戏仿诺瓦斯的短篇小说《那一夜死人出现》（Aquella noche salieron los muertos）的第一句：“这个阿米亚纳船长！”

们把这个男人送来这里，说打发就打发说派遣就派遣。因为没有救援连救援的意思都没有，他的牢房是要塞中的要塞，雷昆贝里监狱，没人会从那儿救他出去。阿拉尼亚船长。说的就是他。这家伙，这个野兽暴君，这个人民的刽子手，就是他，斯大林，不是别人。是他下的命令。我很清楚。我怎么能不清楚。是我开着我的老爷车把人带到玛琪娜码头坐上摆渡船，那天夜里闪耀着第九个月亮[①]。是的，先生，就是他。他本人。

刺客本人。那个男人，因为他是男人，不是女人也不是孩子也不是变脸演员，因为穿着男人的衣服却干出女人的行径，一次背叛，还给另一个男人头顶加上装饰，就在那老人读他的手稿的时候。而这一切，都发生在背后。）

在扶手椅背后，他动手了，更像是一个慢动作，一个冻结的姿势，一次延迟的进发来否定那一动作，但终究还是动了。刺客，雅各布。圣地亚哥，伊阿古，迭戈。不管叫什么。这个人，在这里的这个人。莫刺尔，梅尔卡德或什么鬼姓氏。那个人。是他刺杀我。我怎么知道？你看啊，因为只有我们两个人在房间里，我坐在这里，在这把扶手椅或摇椅或摇摆椅上正慢慢死去，在一种既不甜也不苦也不酸也不悲伤也不沉重的垂死中，缓慢地离开去往呼唤我的地方，并没有看到塔玛利亚的幻景也没有感受到拉

---

① 《第九个月亮》(La luna nona)是李诺·诺瓦斯的短篇名作。

蒙·印迪亚机械化的临死鼾息，也没有老安古索拉[①]和他女儿索丰西芭[②]（很美的名字，不是吗？我从福克纳那里拿来，而福克纳是从某部百科全书或类似的地方错抄来的，原本是意大利文艺复兴时期的女画家索丰尼斯芭·安古肖拉）什么也没有。没有。就是这样。他在后面那里而我在前面这里，一个人（他）在另一个（我）后面就这样一人在前一人在后，一切，阅读，审阅，这一切本可以变得更好如果不是这个人想要动手，鼓着眼睛，把钉在我头上的东西钉在我头上，上面，后面，后面和上面，我在这里一双眼睛（也许还有我灰白头发下面的脑灰质）鼓出来，垂死挣扎而您们审讯或正在审讯在我弥留之际[③]，提出问题问题更多的问题，都问我，没有一个问题问他，只知道把您们的拳头挥向他的脸，还鼓着眼睛的脸，揍他，狠狠揍他，却没想到问我们问他和问我，我们疼还是不疼。

就这样！牢牢抓住他！别让他逃了！别让他逃走。抓住他紧紧绑住他（是一回事）。抓住他！牢牢抓住他！别。让他。逃走。就这样。把那男人给我抓来！好。

---

① 分别戏仿李诺·诺瓦斯的短篇小说《塔玛利亚的幻景》(La visión de Tamaría)、《拉蒙·印迪亚之夜》(La noche de Ramón Yendía)和《安古索拉与刀子》(Angusola y los cuchillos)。

② 福克纳小说《去吧，摩西》中的人物。

③ 戏仿福克纳的小说《我弥留之际》。李诺·诺瓦斯是福克纳的西语译者。

阿莱霍·卡彭铁尔[1]

日西坠[2]

应当在 *Pavane pour une infante défuncte*[3] 一曲持续的时间内读完，每分钟 33 转。

I

L'importanza del mio compito non me impede di fare molti sbagli ...[4]老人凝神停在因打嗝的折磨而中断的那句话，心想道："我于对话有一种神圣的恐惧"又在头脑中把它译成法语来听听音韵如何，在他可敬的，受尊敬的，令人起敬的面容上勾勒出一个甘草汁里的苦笑，或许因为窗户敞开，新漆过的百叶窗，紧闭的百叶帘，高处的横撑在安特卫普舶来的轻盈的麦思林纱帘幔后依稀可见，金黄的

① 《日西坠》(El ocaso)戏仿卡彭铁尔的名篇《追袭日》(El acoso)。

② 忠告：译者先生，你可以把标题译作"老人与海上日落"。——原注

③ 法文，意为《悼亡故公主的帕凡舞曲》(1899)，法国作曲家拉威尔所作。

④ 意大利文，意为"我使命的重要性并未阻止我犯下许多错误"。

合页，同样泛黄的青铜色灯饰，金属的乌光与木件惊人的白色相辉映，镶板，插销和胡桃木的碰口条也被亚麻籽油漆刷得发白，宽石凳上摆满花盆，盛土的陶盆或瓷罐种着头巾百合或地肤，但他没有在皎皎的辉光前后看到花朵因为没有种在窗台而是在红砖阳台上，离开挡雨檐带纹路的遮庇，曝露在晌午，就像亚他拿西娅，熟谙民间俗语的女侍所说，出人意料的甜蜜韵律经过光辉的空洞到来。那音乐的来处比花腔袅袅流溢故乡风情的留声机更遥远，不是高音笛不是诗琴也不是大扬琴，比韦拉琴，埃及叉铃，维金纳琴[①]，三弦琴，笛号，西塔拉琴或索尔特里琴，而是一种巴拉莱卡琴[②]，轮弹中呈现泰勒明电子琴[③]的声响，基辅[④]风格，“基辅斯基·泰勒明那”，带来乌克兰生涯的回忆。“我于对话有一种神圣的恐惧，”他说，用法语，同时想着如果用英语说听来如何。那男人，两个人中更年轻的那个，因为有一个年轻人和一个老人，相对而言必定有一个比另一个更年轻，就是后者看着他，此刻笑着，流露出难称自然的狂喜，这句话注定日后被引用。那老人，因为必得有个老人，两个人在那间铺着伊尔库茨克长毛绒地毯的房间里，其中一个必然更老一些，因为岁月与记忆的重

---

① 维金纳琴（virginal），十六、十七世纪的一种古钢琴类乐器，多由少女（virgin）演奏，故名。

② 巴拉莱卡琴（balalaika），似吉他，又称俄罗斯三角琴。

③ 泰勒明电子琴（theremín），由俄国工程师泰勒明（Léon Theremin，1896—1993）发明于上世纪二十年代，当时被称为世界上唯一不需要身体接触的乐器。

④ 基辅（Kiev），乌克兰首都。

负，就是他向后上方望着，看着另一个人在透视中大张着心腹门生的巨口构成视觉的 *auri sectio*①，看他做笔记的同时，自己也在头脑中记录，嘴唇（两片），颚，后柱，悬雍垂，咽部，扁桃体（或其空洞，因青春期扁桃腺炎的缘故已被摘除），政治上赤红的舌头和牙齿（将近三十二颗），名副其实的牙齿分布于颌下部和上部，切牙，尖牙，前臼齿，臼齿和智齿，此时还在笑，除了追随者的谄媚之外并无其他动机，在周边的湿润中他看见软腭，缝际，悬雍垂（又一次），咽部，软腭前柱，又是舌头（或另一条？），扁桃腺空穴和软腭后柱，在齿科学的疲惫中转回书本。那年轻人，因为他是两人中更年轻的一个，两人所望着的那部煌煌大作在可憎的和被憎恶的大师拿在手中，在愤懑的视网膜上记录以下事物：衬页，书脊，封皮，书名人名；烫金，书背，皮脊，装订线，花饰，印花标签，堵头布，布护封，纸护封，印张缝装或纸沓，上切口，下切口，书口，插图，天头，边白，腔背，外封，腰封，并向书的内文扫了一眼。现在他把注意力从装帧艺术、书目文献、书籍命名法上收回，转向在热浪肆虐于高原的热带伏天里还一丝不苟地扣紧的大衣之下，精心剪裁的上装之侧，用手肘和前臂比量小快斧白柚木抛光短柄尽头的锋锐利刃。他的目光从书籍转向白发苍苍的高贵头颅，思考如何刺穿头皮，枕骨并穿过脑膜（a，硬脑脊膜；b，蛛网膜；c，软脑

① 拉丁文，意为“黄金分割”。

脊膜）破开大脑，刺透小脑并有可能抵达延髓，一切都取决于起初的力量，足以改变弑人惯性的动量。“我于对话有一种神圣的恐惧，”老人又一次说道，这一回用俄语，但同时想着如果用德语听来如何。这句回奏曲式的话激发了他敲击的欲望。

II

他扔掉用玉米纸卷的烟因为无法解释地带有童年玉米糊的味道，餐后玉米布丁，圣地亚哥玉米粽塔悠悠的味道，他看着那发白的发射物如何蓦地落在垂直粗重的铁质多面体组成的花饰栅栏侧畔，那些铁条在顶端盘织出巴洛克的精美，化作对称的倒三角形，图形诗的线条和剔透的随机边饰。栅门是由曲柄，滑轮，钢缆，弹簧，转栏，螺栓，滑车，齿条，轴承，栓孔，主轮，齿轮，凹槽组成，以及最终，由轮值门卫的手偶尔启动，只需以他男中音的嗓音吟诵出那个简单易记的暗号：

Queste parole di colore oscuro

vid'io scritte al sommo d'una porta;

per ch'io: "Maestro il senso lor m'e duro" ①

---

① 意大利文，引自但丁《神曲·地狱篇》第三歌：

“我看到这些文字色彩如此黝暗，

阴森森地写在一扇城门的上边；

我于是说：‘老师啊！这些文字的意思令我毛骨悚然’。”（黄文捷译）

他为自己精妙的意大利语发音感到欣慰，以格里高利式的挽歌风，朗诵腔从唇间流淌而出，但那水乳交融于但丁式 *terza rima* [①]的微笑却即刻消亡在看门人回复的瞬间，后者以完美的复古版托斯卡纳方言悠然唱响冥界之歌：

Qui si convien lasciare ogni sospetto;
ogni viltá convien che qui sia morta
Noi siam venutti al loco ov'io t'ho detto
che tu vendrai le genti dolorose,
c'hanno perdutto il ben de lo'nteletto. [②]

此刻他只盼望这些原始的隐秘的起重机械能尽快吊起以猬集的尖矛插入钢筋混凝土预制件的铁锈斑驳的大门。他走过海岸卵石铺成并以火山岩毛石为路沿石的二裂性小径，向赫然在目的威严的 *chateu-fort* 望去。他看见建筑各个立面形成风格的狂热杂糅，布拉曼特和维特鲁波埃，与

① 意大利文，意为“三行体”（即《神曲》中所用的诗体，三行为一节，每节的第二行与下一节的第一、三行押韵，如：aba，bcb，cdc）。

② 意大利文，引自但丁《神曲·地狱篇》第三歌：
“来到这里就该丢掉一切疑惧；
在这里必须消除任何怯懦情绪。
我们已来到我曾对你说过的那个地方，
在这里你将看到一些鬼魂在哀恸凄伤，
因为他们已丧失了心智之善。”（黄文捷译）

埃雷拉和丘里格拉[1]争夺主导，早期银匠风与晚期巴洛克混融一色，山墙看似古典三角，希腊式或锐角式，实则是无聊的猜谜游戏，因为门廊的尖端根本不是三角形，而在柱顶楣构的若干部分，幕墙和柱顶过梁之间，他察觉到雕带并在左右檐有侧拱支撑着加泰罗尼亚式拱顶仿佛空洞的教堂地下室，虽然挑檐带显示出至少具备审美方面的功用，但还是令他非常担心拱腹内弧面会使拱楔块引发不可预测的玄思。此处不能不提及上隅撑，其突出的扶壁看似经受了过度的线脚雕刻，让他想到浓缩洛可可精华的华丽托饰。然而，那三个明显不对称的尖穹隆是怎么回事：一个等边形一个浮夸风还有一个摩尔式？就是说这些侧剖面是四分之一圆的凸线脚，本身是椭圆？会不会成为更多偏离的枢轴？堪称奇特，抑或悖论式的主立面建造模式，因为线脚圆饰并非像我们所有人初看上去那样呈凹面，从其四分之一圆的侧剖面即可辨认，而是消解在边界处并在升至柱头时采用离心圆，而在柱头以下构成某种形式错谬——突然间 *façade*[2]呈现为病态的柱式大全：爱奥尼亚柱式，科林斯柱式，多立克柱式，多立克爱奥尼亚柱式，所

---

① 布拉曼特(Donato d'Angelo Bramante，1444—1514)，意大利文艺复兴时期的著名建筑师和画家，米开朗基罗的竞争对手；维特鲁威(Vitrubio，即 Vitruvius，前 70—15)，公元前一世纪的古罗马建筑师，著有《建筑十书》；埃雷拉(Juan de Herrera，1530—1597)，西班牙建筑师和数学家，西班牙文艺复兴风格建筑的代表人物；丘里格拉(Churriguera)，西班牙建筑师家族，此处指十八世纪前期的西班牙巴洛克建筑装饰风格。

② 法文，意为“立面，建筑物外观”。

罗门柱式，底比斯柱式，并且在柱头和柱础之间，柱身或柱体奇怪地延伸，我们的访客惊异地发现柱础位于柱基和下檐口之间，临近柱墩而非位于雕带和柱顶过梁之间，就像之前的访客赞颂这片异国土地上的大匠大师时所说的。关键之处，很奇怪，关键在于用作柱头的石材——而就在这一刻他知道自己走在正确的路上，并未舛误，因为这里出现了期待中的红紫色柱端环带，斑岩柱顶过梁，以及柱头与柱身连接处的 *chartreuse*① 配洋红色凹纹反圆线。这里便是他与历史宿命的相遇点，他感到的不是血浆而是水银在外周动脉和副动脉中奔涌循环。他来到叠覆着过剩齿状饰的入口，垂挂有花帘布和细绳条起到防雨罩的功用，决定叫门。在此之前他看了一眼那值得纪念的门扉，上面已经无须刻上铭文："Per me si va ne la cittá dolente... lasciate②，etc."

III

奇怪的门，他险些在心里说出来，同时望着支脚，属于古典框架，却用的是石英，长石和云母，这些元素合在一起，他知道就是构成花岗岩的成分，那些门扇如果不是钢的他会认为是铸铁，附带的保洁护板盖住了本应是锁眼的地方，好在扣环，青铜制，恰好在它应在的位置：在门

---

① 法文，意为"察吐士酒的淡黄绿色"。

② 意大利文，同引自但丁《神曲·地狱篇》第三歌："通过我进入痛苦之城……抛弃(一切希望吧，你们这些由此进入的人)。"

框上，隔开上下嵌板，引向三处同样金黄色的铰链之一。他没有敲门。何必呢？假若要敲的话则有必要带上铁护手。

门开了，估计是魔法眼或光电管的作用，他走进去，在过梁下迈过门槛，毫无困难亦无惊异。但当沉重的大门在他背后关闭，他立刻感到恐惧并试图在侧柱之间寻找依靠，当他感觉到背部挨上俄亥俄州阿克伦城铸造的铁护板，顿时瘫靠过去。他眼前的景象无法言说。从街上看过去整座大宅仿佛城堡，堡垒或碉楼赫然在目，因其仿似多立克式雕带的拇指圆饰的凸起上未见三陇板和排挡间饰，因为在规则的倒置阶梯上并未凸显底面，因为透雕格栅的某些部分其实是壁垒护墙，因为梁托在直角处经过加固，不仅是足以摧毁一切秩序的极度不规则，更因为他发觉了那些瞭望塔，射击孔，隆起物，看似暗门的隐蔽口，不通风甚至密闭的小窗，饰面上充当射垛的城齿保护凹半圆线脚以上的屋顶和天台，而庭院内则有坚固的护墙和扶垛拱卫厚实的外墙，不远处是天真的格栅，泄露出幽深处凉亭百叶窗费猜忌的神秘，环绕的是篱架上开放的素馨花，在上方，屋顶上，天沟凭借院墙末端的 *tromp-l'oeil* [①]掩饰粗麻袋和枪眼，而亚述-罗马形制的雉堞则伪装成哥特式拱扶垛，在明显过量的中分拱顶窗和联拱顶窗和天窗之间同时出现了喇叭口型铳，投石砲，时代错乱的弩架，骑兵马

---

① 法文，应作“trompe-l'oeil”，意为“欺骗眼睛，错觉画法”。

枪，而从山墙、滴水嘴和鹰头马身滴水兽之中很可能出现一名精准 *franc-tireur*[①] 以及由之而来的可怕的非对称。看到这一切他感觉自己在同志们中间：都是武装起来的人。然而，此刻，一旦步入院内，就成了迷狂的室内设计师的 *cauchemar*[②]。的确，噩梦已在庭院左翼开始，在那里，作为一处幽僻凉亭的 *pendant*[③]，设有一座单列圆柱式的古旧庙宇，经过柱间，穿过精致的柱廊，在沉默的壁柱之间，可以看见明显为丧仪所设的石碑。然而，这，这样的话……是否还要徒劳一击，或者索性溜之大吉？不可能，因为门已经紧闭，插销，弹子锁，门栓，横木，碰簧锁，铁锁以及明显能够抵御突击或赫拉克勒斯式大力推搡的铁栓，那样做的话不会有任何结果除了弄脏 *imper*[④] 的肩膀和袖子，而该外衣之下藏匿的就是那柄钢制登山镐，将要伸张正义——或残忍刺杀，取决于诠释者和诽谤者的不同看法。

记忆此刻在他脑海中涌现，在巨细无遗的笔记中忘记了华丽的柱顶过梁，花岗岩墙基下碎石砌起的柱脚以及目测立面的大小（该死的韵脚！）。他又回到现实，望着地面上的瓷砖在白色马赛克上拼出绿色回纹图案，毅然决然面对自己的疑惑，走向倚在凹槽方石的挑檐带上的呈螺旋形

---

① 法文，意为“狙击手”。

② 法文，意为“噩梦”。

③ 法文，意为“对称物”。

④ 法文，imperméable 的缩写，意为“雨衣”。

的拱门缘饰。比起后面的事情而言，这只能算 *peccata minuta*[①]，当他向客厅望去，那是门厅，场圊也是迷宫，有半圆拱，马蹄拱，三叶拱，葱形拱，披针形拱，二尖拱，弓形拱与平拱的集群，无声杂糅着新古典风的倒置金字墩，*art nouveau*[②] 风格的锒板，内拱肩，侧拱支撑的所谓的圆拱穹顶和用尽了光谱颜色的拱腹犹嫌不足，还有迷醉的倒挂金钟在互补的颜色中映衬着各色装饰，齿形，珍珠形，带花冠，回纹，环卷，饰边，凹纹，网格和网眼，然后在下方，是桃花心木的嵌条分开内雕带或柱脚，被本地人坚持称作边饰，这些都覆着紫红的丝绸。在里面，在壮观的楼梯侧畔，仿佛在引领这形式的混沌，挺身矗立，一只手臂和山羊胡一样苍白，蒙古人种模样，长大衣，鞋子或宽领带，依然能言善辩，或至少指点江山，立于底座上，正是弗拉基米尔·乌利特茨·乌里扬诺夫[③]或他的大理石复制品，铭文也镌刻于大理石，在伟人塑像的下方，用西里尔字母注明：列宁。看着那些玻璃柜，数着花纹大理石楼梯的台阶，记录的视线沿着同样是石灰岩的栏杆下行，他迷失在涡旋，螺线，曲线，叶状的装饰物，栏杆和过道中的垂直搁栅的铁艺之间，陷入沉睡，但没忘记睡前在永

① 拉丁文，意为“小过失，轻罪”。

② 法文，意为“新艺术”，指流行于十九世纪末二十世纪初的一种装饰艺术风格。

③ 弗拉基米尔·乌利特茨·乌里扬诺夫（Vladimir Ulitch Ulianoff）戏仿列宁的原名弗拉基米尔·伊里奇·乌里扬诺夫。

恒的惊异中挨近一张极具马塞尔·布劳耶[①]风格的扶手椅，在那里找到了慰藉。

IV

他被瓷砖地上的脚步声惊醒，透过睡梦和睫毛的网眼隐约看见，开始以为是军靴，随后又觉得像土著皮凉鞋而现在看见就是普通的鞋子，由鞋底，护皮，鞋垫，鞋底边，在本地被称为坎夫雷拉的鞋内底，鞋后跟，脚后跟，鞋面，鞋舌，在这美洲的穷乡僻壤被称为鞋襻儿或鞋耳朵的部件组成。在这一切之上走来一个男人，裹在老式色调的衣服里。在这人身边还有另一个男人，他看见，两人中的一个有着长颈子，他进而推测其构成：舌骨，甲状舌骨膜，甲状腺软骨，拉蒙·所培那出版社[②]，环状甲膜，环状气管软骨，用唯一的眼睛看向他（另一只眼睛戴着眼罩形似埃沃利公主或“奥洛纳人”文森特·诺[③]）仅用一只眼睛但他知道仍包括以下部分：角膜，虹膜，脉络膜，晶状

---

① 马塞尔·布劳耶(Marcel Breuer，1902—1981)，出生于匈牙利，美国著名设计师、建筑师。他的代表作是于1925年设计的世界上第一把钢管皮革椅，“瓦西里椅子”。

② 拉蒙·所培那(Ramón Sopena，1867—1932)，西班牙出版人，1894年建立同名出版社，以百科全书和辞典闻名。

③ 埃沃利公主(princesa de Éboli)，即安娜·德·门多萨·德拉·塞尔达(Ana de Mendoza de la Cerda，1540—1592)，西班牙著名贵族，以戴着独眼罩的肖像流传后世；“奥洛纳人”文森特·诺(Vicente Nau El Olonés)应指 Francisco Nau El Olonés，即 François l'Olonnais 或 Jean-David Nau，十七世纪著名的法国海盗，横行于加勒比海一带。

体，巩膜，视神经和视网膜，而视网膜：上颞动脉，巩膜，鼻上动脉，鼻下动脉，视神经乳头，下颞动脉和视网膜黄斑，从这一黄斑他得知在另一个人眼中自己至少是二维图像，且为彩色成像。

至于那人的同伙，他仅看到一只耳朵，尽管这始料不及的押韵令他极度不适，他还是一一计数，为了驱散不快，计算可见的诸部分，耳轮，前耳轮，耳蜗，耳垂，耳屏，对耳屏，耳郭（可想见其覆住糊满耳垢的耳道），前庭，鼓膜，砧骨和锤骨，外耳，中耳和迷路。他们中的一位向他挥手致意但他无法确知是哪一个（人还是手），但诚然知道不仅仅是人和手：腕关节，小鱼际隆起，手掌，小拇指，无名指，中指，食指，大拇指和鱼际隆起，跗骨，蹠骨和手指头，更不用说各色骨骼（见鬼！）肌腱，肌肉和起保护作用的真皮。他举起手回应致意，当动作结束时翻转掌心就看见掌纹和逻辑区，本能区，意志区，智慧区，神秘区，木星丘，土星丘，太阳丘，水星丘，分别掌管财富，心灵，健康，火星丘，智慧线，月丘，生命线，爱情线，他心中同时置疑自己会不会有好运，以及金星丘①旁边的红斑是疱疹还是瘀青。

他听见杀手们在方砖镶嵌的地上高谈阔论各种战争话题，出于分析的积习他不禁为人间王国的一切事物列出纵

---

① 金星丘(Mons Veneris)在手相学上意为手指根部在手掌上的微小凸起，同时也指女性阴阜，即“维纳斯丘”，见 202 页注。

览表。于是他听见来复枪就想到枪管，准星，枪箍，填弹夹，推弹杆，枪栓，扳机，扳机护圈，枪托；子弹，据他所知，组成部分有铅，钢，燃烧弹或曳光弹（*Arm.*），穿甲弹，开花弹和狩猎弹，都有黄铜弹壳，铅芯，硝石和底火；手雷，他想起撞针，保险销，保险握片，铅合金的阻铁，雷管和引信——但他从没想过自己会成为标的或靶心。他们继续向前，而他又独自一人，但没有多长时间，因为很快就有外来入侵和原生昆虫的嗡嗡声相伴，在其中他辨认出：头，复眼，足（第一对），前胸节，足（第二对），螯针，腹部，后胸，脊，前翅，后翅和足（第三对）。是一只马蜂吗？他感觉自己的情绪变得透明，恐惧变得隐喻化，意图在自我抑制中反而袒露无遗。由此推断一只入侵的膜翅目生物能催生极大的不适和重大的披露，只需一步而且那不会是消失的一步[①]，因为迈出这一步他们就会把白昼的恐惧与邪恶的意图相联系，将会知道他就是某种姬蜂，在奥里诺科丛林中奔波寻找蜘蛛，为的是在它后颈刺下致命的一针。或者是只工蜂，蜂王或雄蜂？为了摆脱终极的恐惧和可能的失眠，他望向客厅的另一端，看见那里有旗帜，但远在辨认出党最初的和正统的旗帜之前，发现像所有的旗帜一样，分成环索，套边，幅面，针脚，织边，垂穗，流苏，织边（另一边），接缝和竿梢，不是燕尾旗也不是长条旗更不是盾形旗却是方形旗，他知道

① 戏仿卡彭铁尔的长篇小说标题《消失的脚步》。

就是可敬的那面旗，尽管没找到交叉的锤子与镰刀，而且旗面在眼中是蓝色不是红色。色盲症？为了勘破假说的对与错（又来这套前后割裂的押韵！）他望向左右仿佛在守护旗帜的四面盾牌，在认出一面西班牙，一面法兰西，一面波兰，一面瑞士之前，他看见的是不同的分区：盾顶右，盾顶中，盾顶左，右翼，中点（或中心位），左翼，底部右，底部中，荣耀位，然后盯着盾脐看（盾牌的肚脐，四面盾牌，四个不同的盾脐但只有一个真正的）然后数起金色，银色，红色，蓝色，绿色，*m.* 紫色，黑色，灰色，作为背景或区别于：栎树，斜十字，带叶树，悬绳号角，狮口斜条饰，联冕，竖堞形，锯齿形，四分形，链接形，横纹形，包边形，拼合形，反松鼠皮，棋盘格，菱形，中孔菱形，T 形端，对分形，边饰，缘饰以及跃立狮，探爪鹰与蜿蜒蛇。

他走向前去观察更细微的区别，这时走来一位听差，扈从或书办，对他说请上楼，大师（这是照录的原话）接见，已经在等他——此处大可加上一句，耐心是不耐烦的前奏，按本地的说法：谁期望谁绝望，因为他看见了（并记下）那执拗或傲慢的表情。他精准转身九十度，稳稳踏在中心马赛克圆周里铭刻的百合花中的一朵，然后开始行进，以乔装的门徒的步态，走向 *hereticus maximus*[①] 的营地。他一级一级走上楼梯，不时停下来观察在栏杆上方，

① 拉丁文，意为“最大异端”。

顶端的扶手，琥珀色大理石嵌入板岩的纹路与同样琥珀色大理石的楼梯上板岩绘出的路纹相吻合，尽管脚下踩着的是红氍毹，不是大理石台阶，上面由铰链销和青铜色的铰链构成美丽的映衬。最上层楼梯平台的左侧有一副 *Quattrocento*① 时期的全身甲胄，带护眼罩的头盔，护喉甲，护肩甲，上臂铠，前臂铠，腿罩，插矛皮套，护膝，护腿，护胫甲，大盾（或盾），护胸甲和斧戟，托雷多钢刃横在圣栎木矛尖。虽然对浅浮雕纹样装饰的胸甲和带凹纹的肩甲都兴趣不大，但他的确想知道头盔是全盔抑或只是无面甲高顶盔附带延展向上的护喉甲，就凑近过去，几乎（墙壁妨碍了观察）绕到背后，在挨近时发现，所谓的护喉甲只不过是宽一些的护颌或在眼罩处穿孔开缝的鍪胄，由此得出结论这只能算半盔不是全盔——在弯腰时风雨衣里的斧戟让他想起必须上楼面对自己的敌人，就在他做出决定的瞬间楼梯平台上的玫瑰窗攫住了他的眼神。然而他奋力抵御住分神的诱惑终于毅然决然登上了楼梯。在上面，在入口处殖民地风格凹凸雕花的门帘匣，他看见了门和框架（或支脚），镶板，撑架，板条和门楣的材质是西班牙橡木，虽然没有保护性的门牌但确实有锁眼和扣环，明显都是青铜，以及同样合金材质的铰链销，他创造历史的手抚过凸起的线脚，而后攥起一只马克思主义的拳头用青筋暴出，紧张暴露的指节叩响门扉。

---

① 意大利文，意为“十五世纪”（意大利文艺复兴盛期）。

V～LV

（在审视房间内所有器具物品并开列清单之后，雅克·莫纳尔向列夫·达维多维奇·托洛茨基呈交了“八开纸习作”，就像阿莱霍·卡彭铁尔所说，当**大师**沉醉于阅读之时，他成功地掏出暗杀的铁锛——之前并未忘记依次数点这位伟大死者的每一处解剖学的，特异性的，个人的和政治的特征，因为刺客（或作者）罹患的正是法国文学圈所称的 *Syndrome d'Honoré* ①）。

① 法文，意为“奥诺雷综合征”，即对法国作家奥诺雷·巴尔扎克的病态模仿。

尼古拉斯·纪廉[1]

给雅克·莫纳尔的挽歌
(在雷昆贝里的天空)

曾经坚强又酷烈
还有低沉的声线
而他的背叛
钢铁一般。
(曾经，不。现在，
他仍然仍然
完整不变。)
是。
铁一般。
铁一般的背叛。
钢铁!
钢铁一般!

---

① 尼古拉斯·纪廉(Nicolás Guillén，1902—1989)，古巴诗人，古巴黑人诗歌的代表人物。

托洛茨基：我正在路上走却与死神相遇！①

（读到“路上”时他们夺了我的命去。）

莫 纳 尔：我不知为何你会这样想②

莱昂·托洛茨基，以为我夺你性命。

明明是你用脖子后颈

撞到我手里的斧头上。

歌　　队：（日丹诺夫，布拉斯·罗卡和杜克洛。③）

伟大船长斯大林

愿昌戈保护你

耶马雅看顾你！④

托洛茨基：普林基拔岛我要完全拥有你

还想要（当我死去的时候）

---

① “我正在路上走”(Iba yo por un camino...)出自纪廉的同名诗作。

② “我不知你为何这样想”(No sé por qué piensas tú)出自纪廉同名诗作的首句。

③ 布拉斯·罗卡(Blas Roca)，即弗朗西斯科·卡尔德里奥(Francisco Calderío, 1908—1987)，曾任古巴共产党总书记；杜克洛(Jacques Duclos, 1896—1975)，法国共产党领导人。

④ 出自纪廉的《给斯大林的挽歌》(Elegía a Stalin)；昌戈(Changó)，尼日利亚约鲁巴宗教中的雷神化身，耶马雅(Yemayá)为海水之神。

在我墓前放一束镰刀和一面旗！①

莫 纳 尔：你马上就有你的一束

镰刀和你的旗

不必等到你死去：

我已经亲手送你上路。

托洛茨基：如果我死在大路间

请不要为我把鲜花献！

如果我要求红菜汤加兵豆

请不要给我加甘蓝！

莫 纳 尔：别要什么红菜汤加兵豆

也忘掉什么把花献，

镰刀和甘蓝，

你并没在大路间，

就在特诺里奥②的家园

在那里庆祝欢喜

为你举行守灵趴体

---

① 戏仿何塞·马蒂的诗句："我想要当我死去的时候/……在我墓前放一束/花朵和一面旗"。

② 唐璜·特诺里奥(Don Juan Tenorio)是西班牙作家索里利亚(José Zorrilla，1817—1893)同名剧作中的主人公。

拿玻璃珠做游戏[①]。

托洛茨基：我已经死～了？

莫 纳 尔：正是，我的斧头把你杀死
在我手下死掉的家伙
帕雷（安布罗西奥）[②]也救不活！

托洛茨基：啊噫，真是尴尬这处境！
难不成没有来生的生命？
你看斯大林的“篡记”
我还没来得及完成。

莫 纳 尔：老莱昂我很遗憾，
莱恩，勒韦，莱昂内，列夫
达维多维奇·托洛茨基·内
布龙斯坦。你就像拿破仑，
列柠，恩赫斯，圣卡尔本尊。
你比沙皇死得更彻底：
Kaputt tot，dead[③]，咽气

---

① 戏仿德国作家赫尔曼·黑塞的小说《玻璃球游戏》(1943)。

② 安布罗西奥·帕雷(Ambrosio Paré，1510—1590)，法国外科医生，被后人誉为“现代外科医学之父”。

③ 分别为德文和英文，意为“死”。

被送往另一个世界，
死掉，mort[①]，永远安歇。
你已经蹬腿。

托洛茨基：谁在说话，见鬼？

莫 纳 尔：是你。你自己的鬼魅。[②]

托洛茨基：这光芒？

莫 纳 尔：是一颗天狼星为下葬。

托洛茨基：那这声响？

莫 纳 尔：是一种文学装潢。

托洛茨基：下葬？装潢？
你在说什么，莫非已疯狂？

莫 纳 尔：好吧，其实是烛光，花样。
（这个老文字匠！）

---

① 法文，意为“死”。

② 此处戏仿西班牙经典戏剧《唐璜·特诺里奥》中唐璜与石头客人的著名桥段。

声　　音：要为你写部传记

但实在资料太少

别指望准确清晰。

托洛茨基：这位说话者又是谁？

莫 纳 尔：伊～萨克·多伊彻[①]，博士。

托洛茨基：拜托普力斯，

别让他进来，我要死～了。

我要死了，是的。最好

能身体完整地死去

总好过做一个先知

没有信众也没有猎枪

只有一个洞在头上。

我死～～～了！

（蹬了下脚，死亡）

① 伊萨克·多伊彻(Isaac Deustcher，1907—1967)，波兰作家和政治家，著有托洛茨基传记。

歌　　队：（多伊彻，胡利安·戈尔金和甘必大[①]

后者赶来为的是凑韵脚及葬礼。）

为蒙特罗老爹哭一通！

来吧，一起跳伦巴！[②]

这位托洛茨基是个红色英雄。

来吧，一起跳伦巴！

拼上命揍了小约瑟夫一通。

来吧，一起跳伦巴！

坏蛋佚加什打了他一个洞。

来吧，一起跳伦巴！

（*Exeunt all except Hamlet*.）[③]

哈姆雷特：（实际上是斯大林戴着金黄的假发，穿长袜，紧身上衣，手上拿着一只 bogey bear[④] 或俄国熊。）

啊，但愿这一个坚实的托洛茨基

会融解，消散

化成一堆炉水……

---

① 胡利安·戈尔金（Julián Gorkin，1901—1987），西班牙记者、政治家，著有《托洛茨基之死》；莱昂·甘必大（Léon Gambetta，1838—1882），法国政治家，法兰西第三共和国的缔造者之一。

② 这两行出自纪廉的诗作《蒙特罗老爸的葬礼晚会》（Velorio de Papá Montero）。

③ 英文，意为"除哈姆雷特外全体退场"。

④ 英文，意为"鬼怪熊"。

抱歉，是露水。

（再次响起。）

多么可厌、陈腐、乏味而无聊[①]

在我眼中这一切马尔萨斯[②]的实践……

（百无聊赖地。）

就没有其他方式来摆脱这个混蛋，叛徒，恶棍（等等），不用化妆和朗诵蠢话？

就在这时，仿佛出自塞翁而非莎翁的剧本，从远处传来，开始时遥远随后临近（或相反），莫洛托夫[③]的声音喊道：

号外！号外！**莫纳尔杀了托洛茨基**！号外！照片大曝光，细节全披露！看啊！就这样杀了他！来一份！号外！号外！！！

声音嘶哑带着非洲腔调，但斯大林听出来是莫洛托夫而不是在二十三街和十二街路口卖报纸的贝博。他去掉伪装（斯大林，不是贝博也不是莫洛托夫更不是，托洛茨基）跑了起来，兴高采烈，赤身裸体，奔跑在克里姆林宫

---

① 戏仿《哈姆雷特》第一幕第二场中主人公的独白："啊，但愿这一个太坚实的肉体会融解、消散，化成一堆露水！……人世间的一切在我看来是多么可厌、陈腐、乏味而无聊！"（朱生豪译）

② 马尔萨斯（Thomas Malthus，1766—1834），英国经济学家，以其人口理论闻名。

③ 莫洛托夫（Vyacheslav Molotov，1890—1986），苏联政治家和外交家，斯大林的亲密战友。

的走廊中。远远就看见他光着脚上蹿下跳：有人一路洒下图钉。他的呼喊传来：

加米涅夫！季诺维也夫！李可夫！！①

（这些是俄语中最糟糕的词，仅次于托洛茨基）然后：

钉联平行中央！

清洗！清洗！大清洗！！②

从一扇门走出麦克白夫人（来自 Msknz 区）搓着手（天很冷）边走边睡。在头上顶着装蓖麻油的圆瓶，梳着斯拉夫式发髻。她停止搓手（天不那么冷了），从怀里掏出马克思恩格斯和列宁全集，一柄放大镜和一把勺子。她把书放在地上，利用放大镜和俄罗斯午夜的阳光来生火，加热蓖麻油。然后试图，徒劳地，给斯大林喂上一勺泻药，但后者猛力挣扎，手推脚踹，挣脱后继续在克里姆林宫奔跑，叫喊着新的粗话，被身边一位誊写员不断记在一部语言学专题著作上。从门扉，走廊，墙壁以及一个又一个的衣橱溜出卢那察尔斯基③的幽灵加入混乱，拉狄克④的幽灵

---

① 季诺维也夫（Grigory Zinoviev，1883—1936）与加米涅夫（Lev Kamenev，1883—1936）为苏联早期领导人，李可夫（Alexei Rykov，1881—1938）曾任苏联人民委员会主席，都死于“大清洗”，1988 年被平反。

② “清洗”（purga）也有“泻药”的意思。

③ 卢那察尔斯基（Anatoly Lunacharsky，1875—1933），苏联作家和文学批评家。

④ 卡尔·拉狄克（Karl Radek，1885—1939），苏联政治活动家，1936 年被指控参与托洛茨基的叛国阴谋活动被捕，1939 年死于劳改营。

在他身边叫着“卢帕那尔斯基，卢帕那尔斯基”[①]，还同时给阿诺德和皮亚塔科夫[②]的影子（另一侧）讲反革命笑话。

“只在一国建成的社会主义！要不了多久我们的社会主义就只有一条街！”

皮亚塔科夫和阿诺德笑了，但布哈林的影子，从后面赶了上来，警告道：

“别忘了，拉狄克，那个小笑话已经害你丢了一条命了！”

阿诺德，皮亚塔科夫和其他更小的影子小心翼翼地从拉狄克身边消失，而后者仍然不为所动地讲着红外笑话，虽然没有了听众，不时转过头往肩后喊：“卢帕那尔斯基！”而毫无反应（说的是肩头不是卢帕那尔斯基，那人已经灰溜溜地溜走了）。

还没等他说完斯达汉诺夫同志运动了运动了[③]，克里姆林宫里已经充斥着成百上千，上万，（数百的）百万政治幽灵。在影子上方响起了脏话（此时操格鲁吉亚语），“侏加什比利小子”的抱怨操国际无产语，无产阶级国际主义的语言：

---

① “卢帕那尔斯基”(Lupanarsky)中的 Lupanar，在西班牙文中有“妓院”的意思；lupa 即“放大镜”。

② 阿诺德(Valentin Volfridovich Arnold，1894—?)和皮亚塔科夫(Georgi Piatakov，1890—1937)，苏联政治人物，前者在 1936 年被判十年徒刑，后者在“大清洗”中被处决。

③ 戏仿“斯达汉诺夫运动”，即苏联早期以采煤工人斯达汉诺夫命名的生产竞赛运动。

“但愿托洛茨基主义只有一个头！”①

“我用总理换一匹苍白的马！”②

“自由，多少探戈假汝之名以行！”③

“等等其他！”

歌　　队：（阿拉贡，艾吕雅，西凯罗斯，肖洛霍夫和布莱希特④伴随着纪廉）：

啊斯大林！

伟大的船长！

愿昌戈保护你

耶马雅看顾你。

当然没问题！

就像我跟你说嘀！

---

① 戏仿古罗马暴君卡里古拉（Calígula，12—41）的名言：“但愿人民只有一个头，这样就能一次都砍掉！”

② 戏仿莎士比亚《理查三世》第五幕第四场中的著名台词：“My kingdom for a horse!”（我愿用整个王国换一匹马！）

③ 戏仿法国大革命时代罗兰夫人上断头台前的名言：“自由，多少罪恶假汝之名以行！”

④ 阿拉贡（Louis Aragon，1897—1982）和艾吕雅（Paul Eluard，1895—1952）皆为法国超现实主义诗人和共产党员；西凯罗斯（David Alfaro Siqueiros，1896—1974），墨西哥壁画三杰之一，斯大林主义者，曾参与刺杀托洛茨基未果；肖洛霍夫（Miail Sholojov，即 Mikhail Sholokhov，1905—1984），苏联作家，以小说《静静的顿河》获诺贝尔文学奖；布莱希特（Bertolt Brecht，1898—1956），德国剧作家和诗人。

阿塞尼奥·库埃的声音在录音带或戏仿的真实中叫喊，十分清晰，狗屎这不是纪廉啥也不是，然后就听见西尔维斯特雷的声音，里内·莱亚尔的声音，幽灵般的，在远处，以及我自己的声音，都重叠在一起。但牾斯忒罗斐冬的声音却再也听不见，这就是牾斯忒罗斐冬所写的一切，如果这也能叫作写的话，既然之前奥利金[①]（此处感谢西尔维斯特雷的贡献）及厄尔·斯坦利·加德纳[②]（此处为鄙人微薄的贡献）在二十个世纪后这样干过，那为什么他就不能？但我不觉得他有写的动机（此处强调为阿塞尼奥·库埃所加）为写而写，而是要给库埃上一课因为后者一行字也不肯写尽管西尔维斯特雷一再坚持，同时也让S.明白C.[③]错了但他也没对，文学并不比说话更重要，这两样都不重要，当作家跟卖报纸的或报纸人（按B.的说法）都一样，用不着说明/明说，不管归根结底还是从头说起。尽管牾斯忒罗斐冬不止一次说得清清楚楚，唯一可能的文学写在墙上（排泄兼俳谐）西尔维斯特雷说这话他说过，以前在一篇专栏里（他是这么说的而B.以专栏和出栏和出轨和出柜之间可能且应当存在的异同狠狠嘲弄他）牾斯忒罗斐冬说自己指的是写在公厕、洗手间、抽水马桶之屋、盥洗间或卫生间墙上的文学并朗诵了从排泄物

---

① 奥利金(Orígenes，182—254)，古代基督教神学家。

② 厄尔·斯坦利·加德纳(Earl Stanley Gardner，1889—1970)，美国侦探小说作家，以《梅森探案》系列知名。

③ S.和C.分别是西尔维斯特雷和库埃的名字首字母。

（当然，是阿塞尼奥·库埃的用词）之间选出的片段比如“送屁股上门”“放马过来我来对付”或者“这是个圣地谁也离不开”“再胆小也汹勇”“再刚强也吓出翔”或者印刷品小广告，散见各处，字体微缩，承诺治愈淋病，性病，梅毒，**即使你已经二十岁**，听起来疑似患病高危年龄，然后包治保密迅速彻底治愈否则全额退款，或专治睾丸活力不足或缺乏男性力量吗？不举？同性恋？请来阿尔赛医生的性学研究院——现代科学手段——**百分百包治愈**，在这套亵渎言语之后是手写的补记。另一种，这时候B.说，另一种文学应该写在空中，意思是用说话来写，或者如果你在乎某种身后名，他说，就录下来，这样，然后抹掉，这样（两件事同一天完成，除了以上的样本）然后皆大欢喜。皆大欢喜？我不知道。我只知道磁带的剩余部分录的是流行歌曲，探戈（由里内演唱），桌上的邦戈鼓（艾力波，还能是谁？）以及西尔维斯特雷和阿塞尼奥·库埃的讨论，还有朗诵九点档和午间一点档的广播小说，或伟大空中小说（请翻开空中的有声书页，让诸位在一处处尴尬中忍受陈腔滥调乌七八糟）和噪音，我们就是牾斯忒罗斐冬的噪音。至少，库埃以权威的口吻说，这些滋滋啦啦，咿咿呀呀，吱吱嘎嘎，可称为寄生的噪音。他没写过任何别的东西，确实，牾斯忒罗斐冬，如果我们不算他丢在床底下的回忆录，上面压着个夜壶当镇纸。西尔维斯特雷把这些送给了我，就在这里，一个标点也没改。我觉得某种意义上（按S.的说法）这些很重要。

若干启示[①]

① 以下三页空白页，戏仿英国作家劳伦斯·斯特恩（Laurence Sterne，1713—1786）的《项狄传》（*The Life and Opinions of Tristram Shandy, Gentleman*，1759）中的相似部分。

一个玩笑？B 的一生不是玩笑还能是什么？一个玩笑？一个玩笑中的玩笑？那样的话，先生们，就得严肃对待了。那些让西尔维斯特雷发狂的问题（就是这位西尔维斯特雷说，你是无形写作的卡帕布兰卡。为什么？牾斯忒罗问。他嫌棋盘 64 格不够多。他想要 69？牾斯忒罗笑着问。不，西尔维斯特雷严肃地回答，他严肃起来不接受玩笑（或相反）：他想为游戏-科学增加难度，觉得游戏太多科学太少（或相反）。牾斯忒罗说，我是个看棋子自己跟自己下的卡帕布兰卡——我用隐显墨水书写）欢乐的牾斯忒他好像越野障碍赛马的骑手（这种词组会激怒这位字典中跑马的冠军骑师，就像撒哈拉沙漠和勃朗峰或列宁格勒市这些，别人一说他就发怒，除非是他自己说，反而能让他放松似的）或更好：他自己就是文学障碍的设计大师，设计了一种文学其中每个词语的意思完全由作者决定，他只需在前言里说明凡是写着黑夜的地方其实意思是白天，或者写的是黑色但要理解成红色或蓝色或无色或白色，如果写一个人物是女人读者要当成男人，等书写完立刻删掉前言（此处西尔维斯特雷跳了起来：jump）再出版或者随机敲击打字机的键盘（这句 B.会喜欢假如他能读到的话，我肯定）然后打字如下.wdyx gtsdw ñ'r hiayseos! r'ayiu drfty/tp? 或者看一本倒着写的书，最后一个词是第一个以此类推，我现在知道牾斯去了另一个世界，去了他的反之亦然，底片，阴影，镜子的另一边，我想他会像他一直喜欢的那样读这一页，如下：

一个玩笑？B的一生不是玩笑还能是什么？一个玩笑？一个玩笑中的玩笑？那样的话，先生们，就得严肃对待了。那些让西尔维斯特雷发狂的问题（就是这位西尔维斯特雷说，你是无形写作的卡帕布兰卡。为什么？梧斯忒罗问。他嫌棋盘64格不够多。他想要69？梧斯忒罗笑着问。不，西尔维斯特雷严肃地回答，他严肃起来不接受玩笑（或相反）：他想为游戏-科学增加难度，觉得游戏太多科学太少（或相反）。梧斯忒罗说，我是个看棋子自己跟自己下的卡帕布兰卡——我用隐显墨水书写）欢乐的梧斯忒他好像越野障碍赛马的骑手（这种词组会激怒这位字典中跑马的冠军骑师，就像撒哈拉沙漠和勃朗峰或列宁格勒市这些，别人一说他就发怒，除非是他自己说，反而能让他放松似的）或更好：他自己就是文学障碍的设计大师，设计了一种文学其中每个词语的意思完全由作者决定，他只需在前言里说明凡是写着黑夜的地方其实意思是白天，或者写的是黑色但要理解成红色或蓝色或无色或白色，如果写一个人物是女人读者要当成男人，等书写完立刻删掉前言（此处西尔维斯特雷跳了起来：jump）再出版或者随机敲击打字机的键盘（这句B.会喜欢假如他能读到的话，我肯定）然后打字如下.wdyx gtsdw ñ'r hiayseos! r'ayiu drfty/tp? 或者看一本倒着写的书，最后一个词是第一个以此类推，我现在知道梧斯去了另一个世界，去了他的反之亦然，底片，阴影，镜子的另一边，我想他会像他一直喜欢的那样读这一页，如下：

他的灵魂几何学呢，在其中一个螺旋变成箭头作为几何学噩梦的体现，变成许多箭头，许多矢量，不断把人拉向中心，带着抽搐踌躇和愁楚，就像苦役犯，而螺旋线在脚下不断后撤，就像螺旋桨？还有他几何学幸福的体现呢：圆形，一个抛光的平面，或更好：一个玻璃球；体现一本正经的愚蠢，方形；体现原始的移动的固体（一头几何学犀牛，他说），梯形；体现沉迷：一个简单的螺旋；神经质：一个双重螺旋；以及

短暂：点

延续：线

起源：卵形

忠实：椭圆

精神病：离心圆？

天一亮就建议把“无内斯库”（UNESCO）改名叫有内斯库？[1]主席：马克斯，格劳乔·马克斯。大会秘书：

① UNESCO是联合国教科文组织的缩写，戏仿法国剧作家尤内斯库（Ionesco）。

雷蒙·格诺[1]。委员：哈勃·马克斯[2]（或他的雕像），丁当[3]，“至尊神探”和黏胶新主席，密斯特·毕剃崇。还有AA的悲喜剧呢（按照他的简称），当安托南·阿尔托[4]在墨西哥被奉若神明，去了汀汗坝[5]或夜之瓜达拉哈拉，漠然的玛利亚奇乐队向每一位客人致意，增进了晚会的气氛，其中一位，“审美家”贝梅加，对吉他手说，这位先生不是别人正是法国大诗人安托南·阿尔托，等玛利亚奇乐手回到乐队，诺列加喊了一句：来首哈里斯克州的舞曲，兄弟，不过得地地道道的！那位音乐大咔（他确实姓卡斯特罗）把头上的宽边帽往下压了压又理了理萨帕塔[6]式的八字胡，龙舌兰酒味的嗓音压过一切杂音：这一支曲子女士们先生们我们很荣幸献给今晚在我们中间的法国大诗人他的光临让我们蓬荜生辉：伟大的托托南·托托！最后说道，格劳乔·马克斯和克维多和佩雷尔曼[7]如

---

① 雷蒙·格诺（Raymond Queneau，1903—1976），法国小说家、诗人、剧作家和数学家，文学社团“乌力波”（OuLiPo）创始人之一。

② 哈勃·马克斯（Harpo Marx，1888—1964），美国喜剧演员，“马克斯兄弟”之一，喜剧演员格劳乔·马克斯（Groucho Marx）之兄。

③ “丁当”（Tintán），墨西哥电影中的喜剧角色，由墨西哥演员和歌手赫尔曼·巴尔德斯（Germán Valdés，1915—1973）饰演。

④ 安托南·阿尔托（Antonin Artaud，1896—1948），法国诗人、演员和戏剧家。

⑤ 戏仿墨西哥城附近的索奇米尔科湖上的原住民驳船（tinampas）。

⑥ 埃米利亚诺·萨帕塔（Emiliano Zapata，1879—1919），墨西哥大革命时期的农民军领袖。

⑦ 佩雷尔曼（Sydney Joseph Perelman，1904—1979），美国幽默作家和编剧，曾与马克斯兄弟合作。

此相似所以不可能是一个人？嗯？

正-反名

误蹈家

阿莉西亚·玛科娃[1]	伊莎多拉·林肯
阿莉西亚·阿隆索娃[2]	胡桃夹子
瓦斯拉夫·维金斯基[3]	苏-安娜·雷仁
维京斯基	约翰·柠檬
帕斯卡秋莎	“热情之花”[4]
啦·嘶咔啦	扎姬·麦德龙
儒勒·超人斯基[5]	莱克·斯万
米哈伊·斯托洛格诺夫[6]	“热情纸花”
迪克斯·击足跳	皮娜·暴击
双人舞科斯	吉普赛尔
莱缇·沃普怆	乔尼·帅缎蜕

---

① 阿莉西亚·玛科娃(Alicia Markova，1910—2004)，英国芭蕾舞艺术家。

② 阿莉西亚·阿隆索(Alicia Alonso，1920—2019)，古巴芭蕾舞领军人物。

③ 瓦斯拉夫·尼金斯基(Vaslav Nijinsky，1889—1950)，俄罗斯天才芭蕾舞演员。

④ “热情之花”(La Pasionaria)，即西班牙内战中的女英雄，共产党员多洛蕾丝·伊巴露丽(Dolores Ibárruri，1895—1989)。

⑤ 儒勒·超人斯基(Jules Supermansky)，戏仿法国诗人儒勒·苏佩维埃尔(Jules Supervielle，1884—1960)。

⑥ 戏仿《沙皇的信使》(*Michael Strogoff*，1876)，儒勒·凡尔纳的小说及其同名电影(1926)。

玛莎·格桑旺姆	仙度瑞拉
佻战者①	莱娅·葛佩莉亚②

歌锯家

施特劳斯 & 诗特劳思	文生忒·耶胡人③
施特拉斯 & 小诗特劳思	乔治·格式文④
施特劳斯 & 狮特劳饲	呼唤·波特!
老施特劳斯 & 圆舞曲之父	德米特里·波将金
小施特劳斯 & 圆舞曲之王	杰罗姆·科恩·杰罗姆⑤
施特劳斯 & 圆舞曲之父王	RCA. 维克托·赫伯特⑥
李奥波德 & 勒伯⑦	欧文·西·柏林⑧

---

① 意大利电影《挑战》(*La sfida*, 1958)。

②《葛佩莉亚》(*Coppélia*)是 1870 年于法国巴黎歌剧院首演的芭蕾舞剧，由阿蒂尔·圣-莱昂(Arthur Saint-Léon,1821—1870)根据音乐家莱奥·德利勃(Léo Delibes,1836—1891)的作品所编创。

③ 耶胡(Yahoo)，英国作家斯威夫特《格列佛游记》中的幻想生物。

④ 乔治·格什温(George Gershwin,1898—1937)，美国作曲家。

⑤ 杰罗姆·科恩(Jerome Kern,1885—1945)，美国作曲家，被誉为“美国现代音乐剧之父”。

⑥ RCA(美国广播唱片公司)的前身是 Victor Talking Machine(美国胜利唱片公司)；维克托·赫伯特(Victor Herbert,1859—1924)，爱尔兰裔美国作曲家。

⑦ 即轰动一时的“李奥波德与勒伯案”(Leopold and Loeb)。纳森·李奥波德(Nathan Freudenthal Leopold Jr.,1905—1971)、李察·勒伯(Richard A. Loeb,1905—1936)于 1924 年因绑票谋杀一名 14 岁的少年而被捕，该案件曾被改编为多部舞台剧和影视作品。

⑧ 欧文·柏林(Irving Berlin,1888—1989)，美国著名作曲家。

罗森格兰兹&吉尔登斯[1] 勋伯爵

舒曼·叁克拉 瓦格纳萃

修丁克&艾维斯（&常时机）[2]

忘·记者

杜梓源 狸耳客

志玛凯门[3] 矮轮·金丝煲

焦沃·以实玛利 S. S. 皮廓德[4]

杰克·敦伦 费厄·泼赖

托马斯·慢（“库埃之敌”） 瑰克苏替[5]

嚣俄[6] 福禄特尔[7]

安娜·剧臀破格[8]

① 罗森格兰兹和吉尔登斯吞皆为《哈姆雷特》中的人物，英国剧作家汤姆·斯托帕(Tom Stoppard，1937—)曾创作戏剧《罗森格兰兹和吉尔登斯吞已死》(Rosencrantz and Guildenstern Are Dead)。

② “Tinker to Evers to Chance”，棒球术语，一种双杀守备，源自当年芝加哥俱乐部游击手、二垒手和一垒手的名字廷克、艾维斯和常斯。

③ 欧文·海曼(Owen Seaman，1861—1936)，英国幽默作家；与英文Open Sesame！(“芝麻开门”)形似。

④ 皮廓德(Pequod)，美国作家麦尔维尔的《白鲸》中捕鲸船的名字。

⑤ 即堂吉诃德，林纾在《魔侠传》中译作“瑰克苏替”。

⑥ 今译“雨果”。

⑦ 今译“伏尔泰”。

⑧ 错格(Anacoluthon)，破格文体；culón，“巨臀”。

著名哲嚓家

芝胸·德·利亚[①]	圣奥古斯丁
亚里士多拉底	圣克莱门
亚里士多德·苏格拉底·奥纳西斯[②]	圣马克吐温[③]
恩倍多可乐·哈胳里沁坨[④]	怀特·江[⑤]
希俄斯岛的米高梅[⑥]	塞外卡
马丁·路得金	埃尔吉亚[⑦]
鲁特华夫·火-轰[⑧]	阿兰·德乌龙
苏格·兰场[⑨]	葛莱密斯领主[⑩]

① Senón de Lea,字面意思为"大胸女",戏仿(埃利亚的)芝诺(Zenón de Elea, 前490—前430),古希腊哲学家、数学家。

② 亚里士多德·苏格拉底·奥纳西斯(Aristóteles Sócrates Onassis, 1906—1975),希腊船王。

③ 戏仿美国作家马克·吐温(其本名为Samuel Clemens,将Samuel简称为Sam后形似San Clemente"圣克莱门")。

④ 恩培多克勒(Empedocles,前494—前434),古希腊哲学家,出生于西西里的阿格里琴托。

⑤ 怀特海(Alfred North Whitehead, 1861—1947),英国数学家和哲学家。

⑥ 希俄斯岛的梅特罗多劳斯(Metrodoro de Quíos, 前449—前350),古希腊哲学家;米高梅(Metro Goldwyn Mayer),美国好莱坞著名影业公司。西班牙文中的Oro与英文中的Gold同义,都有"黄金"的意思。

⑦ 高尔吉亚(Gorgias,前483—前380),古希腊哲学家。

⑧ 鲁特华夫(Luftwaffe),第二次世界大战中纳粹德国空军的称谓。

⑨ 苏格兰场(Scotland Yard),即伦敦警察厅。

⑩ 葛莱密斯领主(Thane of Glamis),莎剧《麦克白》中女巫对麦克白的称呼。

“酒鬼”周造[①] 杜威子久[②]

柏拉兔 柏萝丁[③]

马丁· 鲍曼[④] 乔达诺·布鲁丁[⑤]

格劳乔·牛克思 “魔笛”卡尔

薛定谔·德·猫 蒯因·德·兔紫

皮浪·德·朱[⑥] 奥尔特·冯·加塞特[⑦]

弗拉基米尔·列农

著鸣音乐家

岛莱秘·珐骚 阿拉斯加的劳伦斯[⑧]

帕尔霉甲腻[⑨] 阿里戈·搏衣脱[⑩]

---

① 九鬼周造(1888—1941),日本哲学家。

② 杜威(John Dewey,1859—1952),美国哲学家、教育家、心理学家,实用主义的集大成者。

③ 柏罗丁(Plotinus,204—270),又译普罗提诺,古罗马哲学家,被誉为新柏拉图主义之父。

④ 马丁·鲍曼(Martin Bormann, 1900—1945),纳粹党秘书长,希特勒私人秘书。

⑤ 乔达诺·布鲁诺(Giordano Bruno, 1548—1600),意大利思想家和科学家。

⑥ 皮浪(Pyrrho,前 360—前 270),古希腊哲学家。

⑦ 何塞·奥尔特加-加塞特(José Ortega y Gasset, 1883—1955),西班牙思想家,著有《大众的反叛》等。

⑧ 戏仿美国电影《阿拉伯的劳伦斯》(*Lawrence of Arabia*, 1962)。

⑨ 戏仿古巴著名奶酪品牌 Parmesano(常被古巴人读成 Parmegiano)。

⑩ 阿里戈·博伊托(Arrigo Boito, 1842—1918),意大利剧作家和作曲家,此处故意写做“Coito”,西班牙语中为“性交”的第一人称单数形式。

车尔尼姑	塞西莉亚·波丽·露·法布尔①
肖米萨屈②	翁法勒的油面酱③
极乐布利斯④	磨洋笛
马利兹·反叛者⑤	鞑尔鞄尼（布雷舞曲发明者）⑥
噜哮啰·狒狸狮·駃驱驰⑦	伊戈尔·斯特拉威士忌⑧
阿拉姆·恰恰(恰)图良⑨	圣路易·蓝⑩
芭芭拉·塞力昂	达利利·米罗⑪

---

① 塞西莉亚·波尔·冯·法布尔(Cecilia Böhl von Faber)，西班牙女作家费尔南·卡瓦耶罗(Fernán Caballero，1796—1877)的本名。

② 戏仿拉丁文 Missa brevis，意为“小弥撒曲”。

③ 油面酱(Roux)，戏仿法国作曲家圣桑(Charles Camille Saint-Saëns，1835—1921)的交响诗《翁法勒的纺车》(Le Rouet d'Omphale)。

④ 阿瑟·布利斯(Arthur Bliss，1891—1975)，英国作曲家。

⑤ 南非马利兹反叛事件(Maritz Rebellion)，发生于 1914 年 9 月 15 日至 1915 年 2 月 4 日，布尔人反对南非联邦政府的一场叛乱，以失败告终。

⑥ 朱塞佩·塔尔蒂尼(Giuseppe Tartini，1692—1770)，意大利小提琴家和作曲家。

⑦ 鲁杰罗·乔瓦内里(Ruggiero Giovannelli，1560—1625)，意大利作曲家，Rugir 在西班牙语中有“咆哮”的意思。Felis(狒狸狮)与 Equus(駃驱驰)分别是拉丁文的猫属与马属。

⑧ 伊戈尔·斯特拉文斯基，俄裔美国作曲家，见 280 页注。

⑨ 阿拉姆·伊利奇·哈恰图良(Aram Ilyich Khachaturian，1903—1978)，苏联作曲家。

⑩《圣路易蓝调》，美国音乐家汉迪(W. C. Handy，1873—1958)创作于 1914 年的蓝调(布鲁斯)名作。

⑪ Darii 为亚里士多德逻辑学中三段论第一格的三种形式(Modus Barbara，Modus Celarent，et Modus Darii)之一。

绘哗家

米关朗基罗	委拉斯闭兹
莱奥纳多-达尔·文西	毕家没锁[①]
牟利落[②]	碧纱罗[③]
格列乔托[④]	爱德加不加[⑤]
勿怯裸[⑥]	保逻·深更[⑦]
列妮·瑞芬斯达林[⑧]	索丰尼斯芭·安古肖拉
文森特·焚稿[⑨]	硌牙[⑩]

不可说

美那叁·特蕊娃[⑪]

（在加拿大）　　性女贞德（在法国）

---

① 毕加索(Pablo Picasso,1881—1973),西班牙画家。

② 牟利罗(Bartolomé Esteban Murillo, 1618—1682),西班牙画家。

③ 毕沙罗(Camille Pissarro,1830—1903),法国新印象派画家。

④ 格列柯(El Greco, 1541—1614),西班牙画家;乔托(Giotto, 1267—1337),意大利画家。

⑤ 埃德加·德加(Edgar Degas, 1834—1917),法国印象派画家。

⑥ 保罗·乌切洛(Paolo Uccello, 1397—1475),意大利画家。

⑦ 高更(Paul Gauguin, 1848—1903),法国后印象派画家。

⑧ 雷妮·瑞芬斯达尔(Leni Riefenstahl, 1902—2003),德国女导演,因为纳粹拍摄纪录片《意志的胜利》等而受非议。

⑨ 梵高(Vicent van Gogh, 1853—1890),荷兰后印象派画家。

⑩ 戈雅(Francisco Goya,1746—1828),西班牙画家。

⑪ 戏仿法文 ménage à trois,意为"三角家庭"(夫妇双方与其中一方的情人同居)。

李太白（在墨城）　　大汴勋人（在日本）

菲勒斯·基拔撒[1]（在墨西哥）　　艾基尖（在委内瑞拉）

露西尔·爆球[2]（在哈佛）　　孔恰·挨斯皮扎[3]（在乌拉圭）

亢慕义（在美国）　　切·银径（在古巴）

孔下·皮硌[4]（在乌拉圭）　　诺·毕云涛（在古巴，西班牙，美国）

乔万尼·扬鞠[5]（在墨西哥）　　沃尔特·庇滋吨（在苏联）[6]

佟·辟嫣（在法国）　　W. C. 约翰斯（在美国）

列夫·达达多维奇·勃朗施坦（在苏联）

至于他和西尔维斯特雷所说的“演员表”，包括一千个无法念出的，无法记住的演员名字？哦不，但是，不要：太多了，真的。想想。我的神啊，这一切，一切，以

---

① 菲洛·贝尔加撒(Felo Bergaza，1917—1969)，古巴音乐家。

② 露西尔·鲍尔(Lucille Ball，1911—1989)，美国女演员和模特。

③ 孔恰·埃斯皮纳(Concha Espina，1869—1955)，西班牙女作家。Espina 在西班牙语中有“刺”的意思。

④ 孔恰·皮克尔(Concha Piquer，1906—1990)，西班牙女歌手和演员。此处的 Concha Pica 字面上有“阴部瘙痒”的意思。

⑤ 乔万尼·贝尔加(Giovanni Verga，1840—1922)，意大利作家。Verga 在西班牙语有“男性生殖器”的意思。

⑥ 沃尔特·庇斯顿(Walter Piston，1894—1976)，美国作曲家和音乐理论家。piss 在英文中意为“撒尿”，而 Piston 形似西文中的指大词形式，就成了“尿多的人”。

及其余都死在那边在舞台，在后台，在手术台，在那里他不再生存（或者毁灭，不再提问，不再投下影子？）这位大托托南·托托，达赖，The Mostest[1]，而医生，那个吸血鬼，永远不会知道把他剩下的部分还给别人，给身边的秃鹰，给尘世的后果，就像一位颠倒的弗兰肯斯坦博士。但是（但是：这个词，*但是*，总会掺进来）在随后的尸检中，在肉铺（因为甚至把他放在一张大理石桌上），在显影的暗室里，那里，医生知道他有实际的考虑，他卖弄的预测（或鼻痤）是真的，这混蛋就知道这些。至于我，当今象形文字的无名抄写员，可以告诉诸位更多，比如最后一件事没有权利我已经）他为　　　打开他　　　：名字

　　他的念出他的名字）以及他看了一眼又闭上并

没看见　　　，　　从未　　　但是　　　，从未　　　知道

　　　从未　　因为——没有　　　但是在手术台上，最终，

号句 机缝纫与伞雨[2]

① 英文，意为“极品”。

② “缝纫机与雨伞在手术台上的相遇”，法国作家洛特雷阿蒙（Comte de Lautréamont，1846—1870）的名句，被视为超现实主义的代表性意象。

第八次

我梦见自己是一条蚯蚓，粉红的，去安培德拉多街的家里看我母亲，正上着楼梯，不过我是站着的就像现在这样，并没人大惊小怪。我上着楼梯，虽然是白天仍然很黑，在一处楼梯平台上有一条黑虫子，他强暴了我。然后我待在河中间一块石头上和我的小虫子在一起，他们都是粉红的跟我一样，只有一条小虫子有几个黑斑点，他是最黏我的那个。于是我用尾巴把他推开他又回来我再推开。我想把他和其他小虫分开而他可怜地看着我，但他越是这样我越生气。突然我猛地一推，他掉进水里。

当她唱起波丽露

生活是一种向心的混沌？不知道，我只知道我的生活是一种夜间混沌只有一个中心就是“拉斯维加斯”在中心的中心是一杯朗姆酒加水或朗姆酒加冰或朗姆酒加苏打然后从十二点起待在那儿，我到的时候正是第一场秀结束，主持人一边向尊贵可亲的观众告别，一边请他们继续观赏第二场也是今夜最后一场秀，乐队奏起滥情怀旧的曲子，好像马戏团铜管乐队风格从嘭啪-啪换成四二拍或八六拍的节奏组在演练某个旋律：这种蹩脚的古巴夜店管乐风一心要模仿科斯特拉尼茨[①]实在让人别扭，虽然我这么说话也很别扭就像库埃就像艾力波就像其他六百万居民在这个独奏音乐家之岛上她的名字是古巴，我正用手蹭着杯子想着说出了这个名字那个冷静的小人在我里面用只有我能听见的声音低声说我就要跌倒当瓶中的精灵即我本人低声说“古巴”，她就出现了高兴地跟我打招呼，晚上好亲爱的吻在我脸颊和后颈的相会处我从酒瓶墙掩映的镜中望去就看见了“古巴”，整个人从没这么高这么美

---

① 科斯特拉尼茨（André Kostelanetz，1901—1980），俄裔美国音乐家，流行乐团指挥。

这么骚向我微笑，我转身揽住她的腰，你好吗美女“古巴”，我对她说我叫她美人儿我吻她嘴唇她也吻我对我说，很好很好很好我不知道她说的是亲吻凭第二性特有的第六感内在接触做出的判断还是说她灵魂上的健康，就像阿历克斯·拜尔的说法，因为肉体上看得出来非常健康，或者她仅仅是在庆祝这夜晚与相遇。

离开吧台我们找了张桌子在这之前她没忘向我讨了枚硬币投进点唱机不是别的歌正是那首波丽露《渴望的相遇》她的主题曲就像 The music is round'n round① 是夜总会这个谋杀音乐的乐队的主打歌，我们坐下。你这么早在这边干吗我问她，她回答你不知道我现在在“一九零零”表演吗，我可是头号大腕亲爱的，别管他们怎么说就看他们掏多少钱，“山区”那边真让我有点烦，我是一切的中心，我溜到这儿或者去“圣幺汉”或者去“山洞”两场秀之间想去哪儿去哪儿所以我现在就在这儿，油昂德斯蛋？嗯嗯我明白，“古巴”你现在就是我的混沌的中心，我这么想没对她说但她知道因为我正握住她的一只乳房在紫外线的黑暗里一件件衬衫看起来好像苍白鬼魂的床单一张张脸看起来泛紫或者根本看不见或者看起来好像蜡像，取决于肤色种族和酒精，在那里人们从一桌溜达到另一桌他们穿过现在已经空旷的舞池一会儿在这儿一会儿在那

① 指二十世纪三十年代美国爵士流行曲《音乐不停》(The Music Goes Round and Round)。

儿不管在哪儿干的事都一样都在做爱更好的说法是“做死”因为每个人都在一刻不息地杀死爱只剩下性，在这些绕桌运动中每个人改换伴侣但不换活计，我突然觉得我们是在一个水族箱里，所有人，也包括我，我曾经以为，自鸣得意地认为别人都是水族箱里的鱼而现在我们所有人都是，我决定下潜到“古巴”的深沟穿过从衬衣磅礴而出的浪峰托庇于她未除毛的腋下（这是跟肖瓦娜·曼加诺[①]或者索菲亚·罗兰或其他意大利女演员学来的时尚），我就在那里游泳，潜水，过自己的生活，我想我就是夜之海的库斯托少校[②]。

就在这时我抬起头就看见一条大鱼，一艘水下运行的大帆船，一艘人肉潜艇在撞上我的桌子把它压扁之前停住。你好宝宝那声音低沉庄重像我的声音一样沉溺于朗姆酒。是“星星雷亚”。我想起维克托·佩拉，愿他安息，不他没死只是医生要求他要么早睡要么就再也不用起床，我想起他是因为他懂得当自己说“星星雷亚”是大黑鲸时在说什么，我估计某天晚上她也曾向他显现就像此刻她出现在我面前，我对她说怎么样埃斯特雷亚我不知道是这句话自己脱口而出还是我说的，她在打晃儿，一只手按在桌

---

① 肖瓦娜·曼加诺（Silvana Mangano，1930—1989），意大利电影演员，曾于二十世纪五十年代访问古巴；苏菲亚·罗兰（Sophia Loren，1934—　），意大利女影星。

② 雅克-伊夫·库斯托（Jacques-Yves Cousteau，1910—1997），法国海洋探险家，他拍摄的科考影片曾赢得广泛的国际影响。

上好像铺上了桌布，重新找到平衡后对我说，还那样，La La La，那一瞬间我以为她在为胸中的大号校准，其实她是在挑我的毛病——埃斯特雷亚（就是“星星”的意思）前面得加定冠词“La”以示独一无二（就成了“星星雷亚”），我总是那样顺从，好的“拉”·埃斯特雷亚，她喷涌的大笑中止了桌与桌之间的川流，我甚至觉得她的笑声熔断了点唱机的运转，她笑累了就走开，我必须说明她与“古巴”之间没说一个字因为她们互相不说话，我猜是因为一个不用音乐唱歌的歌手从不跟一个歌声就是音乐或音乐多过歌声的歌手说话，说来有点对不起她的朋友也是我的朋友们，“古巴”让我想起奥尔加·（首）级落地[①]，是这些喜欢人造花和缎面裙和尼龙软垫家具的人最喜欢的古巴女歌手；我喜欢“古巴”有别的原因不是她的声音不是她的声音不是她的声音，是可以摸可以闻可以看，而声音都做不到或许除了一个声音，“星星雷亚”的声音，那声音被大自然戏谑地保存在肉和脂肪和水组成的赘疣壳子里。我还是那样不公平对吗，阿历克斯·拜尔别名亚历克西丝·史密斯[②]？

这时候乐队开始奏舞曲，我正在节奏的波浪中打转，

---

① 奥尔加·级落地（Olga Guillotina），指古巴最著名的波丽露女歌手奥尔加·吉洛蒂（Olga Guillot，1922—2010），卡夫雷拉·因凡特是她的仰慕者。Guillotina 的意思是断头台。

② 亚历克西丝·史密斯（Alexis Smith，1921—1993），出生于加拿大的好莱坞女演员。

怀里的声音咯咯笑着对我说，你这是迷路了吧，我仔细一看发现是伊蕾妮塔，我心想自己把“古巴”丢哪儿去了，但没问为什么在跟伊蕾妮塔跳舞，伊-蕾-妮-塔，她叫伊蕾妮塔，伊蕾娜应该是她的名字不是别名，因为我自己好像被同盟国包围的瑞士身边人人都有别名[①]，伊蕾妮塔对我说你要摔倒了，没错，我用自己的行动证实了这一预测，摔倒的同时心想，她是从桌子底下出来的，是的从那里出来因为她总在桌子下面正合适，但真的合适吗她个子并没有那么小但不知道为什么我总觉得她个子特别小，只到我肩膀但身材完美，或许大腿或大腿能看到的部分没那么完美，不像牙齿或牙齿能看见的部分，我希望她不要让我一起笑因为我可不想在看她大腿的时候像我当初看见她的牙齿，一笑露出拔牙后的空洞，但她的身体是我见过最美的比例最好的以及一张放荡的脸就像身体的镜子，我忘掉了“古巴”，忘得完全彻底干净。但我没能忘掉“星星雷亚”，因为她又在后面惹出一阵热闹，就在俱乐部入口，人都跑过去我们也跟着跑。在入口旁边的沙发上，就在门边上，在最黑暗的一侧有个巨大的黑影在耸动在咆哮在向地面沉降，人们抬起来让她又倒回沙发上，那是烂醉的“星星雷亚”哭声号叫怒气大爆发，我走近她身边被她丢在地上的一只鞋绊倒在她身上，她看见是我就一把搂住用两根陶立克式圆柱紧紧抱住我对我说哭着抱着我说，哎

---

① 西语中“aliados”（同盟国）与“alias”（别名）形式相似。

哟心肝啊太疼了太疼我以为是她身上哪儿疼就问她，她重复着太疼太疼了我问她为什么疼她说，哎哟心肝啊他死了，她哭起来没说是什么或是谁死了，我挣脱出来这时候她喊了一句，我的亲儿，说了一遍又一遍我的亲儿，最后说他死了就栽倒在地晕了或死了但其实只是睡着了因为她开始打鼾跟刚才喊叫一样响，我甩开人群他们还试着把她扶到沙发上，我找到了门就出去。

我在整条因方塔街上走着，到 23 街的时候碰上一个卖咖啡的小贩他总在这一带流动问我要不要来一杯，我对他说不了谢谢我还得开车实际上我不想喝咖啡因为我想继续醉着醉着走路醉着生活醉到睡醉到坠醉到毁。一杯不喝所以我喝了三杯咖啡[①]开始和卖咖啡的聊天，他告诉我他每天从夜里十一点到早晨七点都在拉兰坡，我想怪不得我们从来没碰见过那正是我的拉兰坡时段，我问他挣多少钱他说七十五比索每月不管卖掉多少每天其实是每夜卖一百到一百五十杯的样子他说，这个，他的小手抚摸那个巨大的保温壶，每月能挣差不多三百比索还有别人卖，所有的都归老板。我不知道跟他说什么因为我现在喝的不是咖啡而是朗姆酒在石头上并没在海边像你们想象的那样而是坐在吧台忽然想给麦卡雷娜打电话等到了电话亭才想起来我不知道她的电话，正好看见

---

① 戏仿西语谚语“给不爱喝汤的人来三碗”（Al que no quiere caldo, tres tazas），即被迫忍受不喜欢的事物。

墙上写满了电话号码我就选了个号码因为反正我已经投了币我拨了等着铃响铃铃铃终于出来一个非常虚弱，疲惫的男人的声音，我问是奥尔加·吉洛蒂吗，男人用他没有声音的声音回答，不是先生，我就问您哪位？那人说喂，我对他说啊哈是你奥尔加的姐姐喂尔加，他怒冲冲地抗议喂这么晚了不该打扰别人，我请他见鬼去挂了电话拿起叉子开始认真切我的牛排我听见背后有音乐响起是个女孩在唱歌忍住不说词她是音乐悬疑的女王娜塔莉亚·古（铁蕾丝，她的真名）我意识到自己在21俱乐部吃牛排我有时候就像现在习惯猛地一抬右手让衬衣袖子离开外套袖子往后褪，当我抬起胳膊一道光柱晃得我睁不开眼只听见有人在叫名字我停下来人们冲我鼓掌很多人，光熄灭在我脸上落到几张桌子以外有人这时又在叫另一个名字牛排还是那一块但夜总会变了因为我正在“热带乐园”但我不光不知道自己是怎么来的走着开车还是别人捎我甚至不知道是不是同一个晚上，埃姆西继续介绍来宾仿佛一个个都是名流，在世界的某个地方应该存在这出闹剧所戏仿的原版，我猜是在好莱坞，这个词我现在不光说出来就连想到都觉得累，我在桌与桌之间的空隙里一路跌跌撞撞在领班的帮助下才来到院子里，离开前向他敬了个军礼。

我回到城市夜里清新的空气让我辨认出街道到了拉兰坡然后继续然后在因方塔拐弯停在“拉斯维加斯”旁边，已经关门了有两个警察在门口，我问怎么了他们回答出事了让我走自己的路，态度生硬，我说我是记者他们就友好地回答说抓了拉罗·维加斯，这儿的老板，因为刚刚发现他是毒品贩子，我问其中一个警察，刚刚？他笑了对我说，记者先生请憋找麻烦我对他说不麻烦我继续走我的路，因方塔和洪堡街，走着，走到一处阴暗角落有几个卫生垃圾桶我听见桶里传来歌声我开始绕着垃圾桶转圈看看是哪个垃圾桶在歌唱好把它介绍给尊贵的来宾，我从一个桶转到另一个又一个桶这时我听见甜蜜的声音来自地下，周围的食物残渣脏纸片和旧报纸这一切颠覆了垃圾桶“卫生”的冠名，我看见在报纸堆下面有一处干涸的下水道，人行道路面上的铁篦子那应该是某个地方的排气口，这家店看来在下面，在街道下面或地下室或地狱音乐圈的烟囱，我听见钢琴声和钹响和一首缓慢黏稠湿润的波丽露和掌声和其他的音乐和其他的歌我待在那儿听着感觉音乐和词语和节奏从我裤脚上升钻进我身体里，一曲终了我才意识到从这些铁篦子里鼓涌出来的是“一九零零”的空调排出的热气，我在街角拐了个弯走下红色的楼梯：墙壁涂成红色，楼梯铺着红色地毯，扶手裹着红色天鹅绒，我一头扎进音乐里杯盏的喧闹里酒精和烟雾和汗水的气味里彩色的光线里人群里我听见那首波丽露的著名结尾，光线，酒杯和亲吻，爱情之夜已结尾，再会再会再会，这是“古巴”·维内嘉丝的主旋律，我看见她出来致意高雅又美丽从头到脚一身天蓝色，再次致意半露出浑圆的酥胸仿佛锅盖那神奇之锅烹出唯一能让男人成仙的食物，性爱的珍馐，我很高兴看着她致意，微笑，活动她不可思议的身体扬起她美丽的头并没在唱歌因为这样更好，看见“古巴”比听她唱歌要好得多因为看见她的人都爱她，但听见她认识她的人就不会，永远不会。

第九次

我没跟您说过我是寡妇么？我和劳尔结了婚，邀我去聚会的那个男孩。他们全家都参加了婚礼，在望海区耶稣堂，教堂里全是上流社会的人，我一身白纱而我丈夫隔着面纱在整个弥撒中间都在看我，非常紧张。他和我结了婚，就在他得知我，怎么说呢，大夫？在我……您还记得那个故事吧，他那个在浴室里藏骷髅的弟弟？就在那晚之后一天他来戏剧学院找我，我们出去了几次我们发生了相当亲密的关系然后我离开，怀了孕。他那时候名叫阿图罗，现在还叫这个名字，事后再也不理我，我就去见他哥哥劳尔把一切告诉了他，他当时就决定和我结婚我们就这样结了婚。但到了新婚之夜，我们是去巴拉德罗度蜜月，在他父母给我们留下的房子，他父亲还为结婚送了他一辆新车。新婚之夜他和我聊到很晚，我上楼睡觉的时候他一个人在楼下，跟我说随后上来。然后就是三个小时之后，我被电话叫醒，是警察局的人，他们说他遇上一场车祸。他在生死之间挣扎了三天最后还是死了。他在医院恢复意识之后做的第一件事，就是叫我的名字，然后没再说话，在神志不清的时候说了些什么，没人能听懂。我跟他的家人说他出门去给我找点吃的所以才会那么晚还在街上。有两件事我无法解释：他到底上街去找什么因为家里根本不缺吃的，还有他在往哈瓦那方向的公路上开了两小时是去做什么。此后他们家对我总是很冷淡，但在我女儿出生的时候却表现得非常绅士，两年以后更加绅士地把她从我身边成功夺走带到纽约去，理由是我过着艺术家的堕落生活他们是这么跟法官说的。女儿长着和劳尔一样的脸，但这一次长到了正确的身上。

当她唱起波丽露

下雨了，下的这场雨让我看见报社窗后的城市好像在烟雾里迷失，下雨时城市被裹在垂直的雾里，下雨让我回忆起“星星雷亚”，因为雨抹掉了城市却抹不去回忆，我回忆起“星星雷亚”的巅峰时代也回忆起她的陨落，何时何地如何。现在我不再去“奈特克路布”，按“星星雷亚”对夜店的叫法，因为解禁之后他们把我从娱乐演出版挪到了政治新闻版我整天拍政治犯炸弹燃烧瓶和死人，横尸街头杀一儆百，仿佛死人除了自己的时间还能停止其他时间似的，我又开始值夜，但这是一种忧伤的值夜。

我有阵子没去看“星星雷亚”，我不记得多久也没有她的消息直到在报纸上看见广告说她要在卡普丽舞台首秀，我到现在也不知道她如何从人的量变积累到质变。有人告诉我一个美国经纪人在“拉斯维加斯”或塞莱斯特酒吧或者 0 和 23 街之间的拐角听到她唱歌，就签了她，我不清楚，反正她的名字在广告上，我读了两遍因为一开始简直不能相信然后确认了真的很高兴：这么说“星星雷亚”终于升空我说我开始害怕她一直以来的信心是某种征兆因为我总害怕这种人对命运有信心同时又否认运气偶然和命运本身，他们有一种确信，一种对自己的信心，那么坚定只能用预定论来形容，现在我不仅把她看成是一个独特的自然现象，更当作是一个形而上的怪物：“星星雷亚”是古巴音乐的马丁·路德，永远坚定不移，仿佛不会读也不会写的她能在音乐中谱出自己的圣经。

那天晚上我从报社溜出来去看首演。已经有人告诉我她因为排练紧张虽然一开始能准时后来就逃了一两次重要的彩排被罚了钱还差点被从节目单里拿掉没这么做只是因为在她身上已经花了不少钱，而且她还拒绝乐队伴奏，但是因为当初没留心听人念合同上面写得清楚必须接受公司的所有要求有一条专门提到乐谱和化妆，但她不认识第一个词而且显然第二个也一样，肯定的，因为在下面，就在酒店老板和经纪人签名旁边，有一个巨大的 X 代表她的签名，所以她必须跟着乐队唱。这些是艾力波讲给我的，他是卡普丽的鼓手要跟她一起演出，他告诉我是因为知道我对“星星雷亚”的兴趣也因为他来报社给我解释讲和因为他的某个举动差点让我放弃“星星雷亚”的故事乃至整个故事。我从希尔顿街去皮迦尔穿过 N 大街时在停车场旁边的松树下雷蒂洛·美迪科大楼对面，看见了艾力波正跟在“圣约翰”演出的美国人中的一个聊天，我凑了过去。是弹钢琴的那个，他们不是在聊天而是在争论，我打招呼的时候看见那个美国人脸色很奇怪，艾力波把我拉到一边问，你会说英语吗，我说，会一点儿，他对我说，你看，这边我朋友有点问题就把我带到美国人那儿，在这种诡异的情形中把我介绍给他，用英语告诉钢琴师由我照顾他又转过来对我说，你有车吧，我说对，有车，他说帮我个忙，给他找个医生，我说，干吗，他说，找个医生给他打一针因为这哥们儿疼得没法坐下弹琴但半小时后必须弹，我看了美国人一眼他的脸色像是真的疼我就问，他怎么了，艾力波说没事，就是疼，拜托，照顾他一下他是个好人，帮我这个忙，我得去演出了，因为第一场秀快完了，又转向美国人跟他解释了又对我说，再见，就走了。

我们上了车找医生不是在街上而是在我脑子里，因为找个愿意给瘾君子打一针的医生在白天都不容易，在夜里就更难，每当我们开过一处坑洼或穿过一条马路美国人就呻吟起来还大叫了一回。我试图让他告诉我究竟怎么了他解释是在肛门我开始以为又是个堕落的家伙后来他说只是痔疮我提议送他到急救中心离这儿不很远，但他坚持说只要打一针镇定剂就能全好，缩到座位里哭着因为我看过《金臂人》[①]所以很清楚他到底疼在哪儿。这时候我想起在帕塞奥公寓住着一个朋友是医生，我就去了把他叫醒。他被吓着了以为是袭击中的伤者，被炸弹炸着的恐怖分子，或者也可能是被秘密警察追杀的人，但我告诉他我没犯事儿，我对政治不感兴趣我离一个革命者的最近距离是两米五的焦距，他说好吧，让我把人送到诊所，他随后就

---

① 《金臂人》(*The Man with the Golden Arm*, 1955)，美国电影，主人公为吸毒者。

去给了我地址。我带着已经晕过去的美国人到了诊所，就在我试图叫醒他下车让他在门廊坐下等医生的时候偏偏碰上了巡逻的警察。警察过来问我怎么回事我告诉他钢琴师是谁是我的朋友他很疼。警察问我他怎么了我告诉他是痔瘘警察重复了一句，痔，瘘，我跟他说，对，痔瘘，但他那样子比我刚见到的时候更奇怪，警察就对我说，不会是那号人吧，他说着对我做了一个危险的手势我对他说，不，当然不是，他是个音乐家，这时候我拉来的乘客醒了，我对警察说要把他送进去又对他说留心好好走路因为身边的这位警察在怀疑，看来警察明白了什么，因为警察坚持要陪我们进去我还记得进去时铁栅栏的吱嘎声在房前的院子一片沉寂中月亮照着花园里的锯叶棕和冰凉的柳编沙发，照着我们凌晨时分坐在贝达多露台上的奇特组合，一个美国人一个警察和我。这时候医生赶到，打开灯看见警察又看见我们在那儿，半昏迷的钢琴师和担惊受怕的我，医生的表情活像基督和犹大亲吻时从肩头看见来抓捕自己的罗马差役。我们进去警察也跟我们一起，医生让钢琴师躺在一张桌上让我到客厅等着，但警察坚持在场想必是用警觉的眼睛检视了肛门所以出来的时候样子很满意，医生叫我对我说：这个人的问题很严重，我看见他睡着了，医生又说，我刚给他打了一针，但这是绞窄性痔疮必须马上手术，这下轮到我吃惊了，因为到最后还是我运气好：我抽错了彩票居然还中了奖。我给他解释这个人是谁我怎么碰上的他让我先走，说他会把人带到诊所离得不远剩下的事由他负责，就出门把我送到街上，我道了谢也谢谢警察，那位继续巡逻。

在卡普丽还是平常那拨人，也许稍微满些因为是周五又是首演的日子，但我还是找到了一个好桌位。我跟伊蕾妮塔一起去的，因为她总想见名人即使是通过仇恨的路径，我们坐下来等待星光时刻"星星雷亚"将登台升到音乐的天顶，我无聊中四下打量看见女士缎光闪耀男士脸上一副穿了长底裤的表情以及会为了一束尼龙花而疯狂的老女人们。一阵紧密的鼓点之后主持人很高兴向尊贵的来宾介绍世纪大发现，丽塔·蒙塔涅儿之后最天才的古巴女歌手，世上独一无二明星中的明星就像艾拉·菲茨杰拉德和卡提娜·拉涅里和丽韦尔塔·拉马克[①]的女歌手，适合各种口味的开胃沙拉——还有利于消化。灯光熄灭，一架防空探照灯射出白色光柱打在舞台背景的紫红大幕上，从幕布褶皱中探出一只血肠色的手摸索入口的缝隙，其后伸出大腿状的手臂，手臂之后是"星星雷亚"深褐色的话筒攥在手里好像一根金属手指迷失在她的脂油手指之间，最终全身出现：唱着《轮转之夜》往前走，台上现出一张黑色小圆桌配小椅子，"星星雷亚"走向这个音乐咖啡厅风格的布景，身穿银色长礼服磕磕绊绊，黑头发搞出一个能

① 丽塔·蒙塔涅儿(Rita Montaner，1900—1958)，古巴女歌手和演员；艾拉·菲茨杰拉德(Ella Fitzgerald，1917—1996)，美国爵士歌手；卡提娜·拉涅里(Katyna Ranieri，1927—2018)，意大利女歌手和演员；丽韦尔塔·拉马克(Libertad Lamarque，1908—2000)，阿根廷演员和探戈歌手。

让蓬帕杜夫人[①]也感到惊悚的发型，她过来坐下椅子桌子和她本人都摇摇欲坠，但她继续唱着若无其事，压倒了乐队，偶尔恢复到她之前的声线用她不可思议的声音充满了整座大厅有一瞬间我忘掉了她奇特的化妆，她的脸在台上已经不是丑而是怪诞：紫黑，厚嘴唇涂成猩红，那一对拔光的眉毛画得纤细僵直往日里都藏在“拉斯维加斯”的暗影中。我猜阿历克斯·拜尔应该会格外享受这一伟大时刻，我一直待到她结束，为了支持也因为好奇和遗憾。果然不受欢迎，倒是有帮捧场的疯狂鼓掌我猜一半是她的朋友另一半是酒店自己的人和雇来的托儿或者没花钱进来的。

演出结束我们去看她，果然没让伊蕾妮塔进她的化妆室，门上一颗银光闪闪的大星星像是新贴上不久我记得很清楚因为我都印在脑子里在等“星星雷亚”最后一个接见我的时候。我走进化妆室里面全是花和娘娘腔的玩意儿来自五大洲七大洋的“圣米歇尔”粉丝，两个黑白混血的助手给她梳头和打理衣服。我跟她打招呼说我多么喜欢演出多么好，她冲我伸出一只手，左手，仿佛那是教皇的手我握了下她侧脸笑了笑没说什么没有没有：一个字也没有，只有一个侧脸的笑忙于对镜子搔首弄姿对仆人吹毛求疵，表情中那种虚荣，就像她的声音，像她的手，像她本人，

① 蓬帕杜夫人（Madame de Pompadour，1721—1764），法王路易十五的情妇，社交名媛。

两个字可以形容：怪物。我尽量有礼貌地离开化妆室，说我改天，改夜再来，等她不这么累这么紧张，她朝我笑笑那侧脸的笑好像一个句号。我知道她离开卡普丽后来去了“圣约翰”唱歌，只配一把吉他，获得真正的成功还录了张唱片因为我买来听了，后来她去圣胡安去加拉加斯去墨西哥城不论到哪里她的嗓音都成为人们热议的话题。她去墨城的时候没听私人医生的意见高海拔会对她的心脏造成极大负担她还是去了那边直到一天晚上吃了顿大餐早上消化不良叫来医生消化不良变成心脏病发作在氧气舱里躺了三天第四天死了然后为了运送她回古巴安葬的费用在墨西哥公司和古巴经纪人之间引发了一场争执后来他们打算当作普通货物托运航运公司认为灵柩不能算普通货物需要特殊运送于是他们打算把她塞进装干冰的箱子就像送到迈阿密的龙虾这种身后的侮辱行为遭到她忠心仆人们的愤怒抗议最后就把她留在墨西哥在那里安葬。我不知道这番热闹是真是假，我只知道她死了用不了多久就没人再记得她活着的时候我曾认识她而现在那个人形的怪物，澎湃的生机，那个独一无二的个体只剩下一具骷髅，就像那成百、上千、百万千万虚假和真实的骷髅，在墨西哥这个满是骷髅的国家，就在蛆虫饱餐她遗留下的三百五十磅生命盛宴之后，她的确会被遗忘，就是说没影儿了，留下的只剩一张平庸的唱片封面品味恶俗而淫秽那上面是世界上最丑的女人，彩色，闭着眼睛张开大嘴在肝脏似的嘴唇之间紧挨着一只手攥着麦克风，而我们这些认识她的人知道那不是她，绝对不是“星星雷亚”，那里面录制的糟糕的悦耳声音不是她天籁之声，而这就是她留下的一切过不了六个月顶多一年，关于照片和她嘴唇和金属阴茎的黄笑话就会过气，两年后她就将被彻底遗忘这才是最可怕的地方，因为我最痛恨的东西就是遗忘。

但我也做不了什么，因为生活在继续。前一阵，在给我转版面前，我去了“拉斯维加斯”那里重新开放还继续演出秀和小加场还是以前的同一拨人每晚都去直到早上，在那儿有两个姑娘，新去的，两个漂亮的黑人姑娘唱歌不带伴奏，我想起了“星星雷亚”和她的音乐革命这种风格的延续比一个人一个声音更长久，名叫“双子星”的这两个姑娘唱得非常好很成功，我带她们出去一起的还有我的评论家朋友，里内·莱亚尔， 我们送她们回家在路上，就在淡水街的拐角，在我等红灯的时候，我们看见一个小伙子弹吉他，看得出是个乡下人，一个可怜的小伙子喜欢音乐就自己来，里内让我停了车我们在五月的小雨里下了车躲进小伙子待的拱廊下我向他引见“双子星”告诉这位乐手她们疯狂爱音乐但只敢冲澡的时候唱歌不敢跟音乐唱，弹吉他的小伙子人特别谦卑，特别天真特别善良，他说来试试，试试不用怕我给您们伴奏如果唱走了我就跟上，又说了一遍，来吧，试试，试试，“双子星”唱了起来他尽力伴奏我觉得这两个美丽的黑姑娘从来没唱得这么好，我和里内·莱亚尔鼓起掌来，店员和老板还有一些路过的人也鼓掌，我们在已经变成大雨的雨幕中跑，弹吉他的小伙子用他的声音送行，不用怕您们唱得非常好只要愿意就能走得更远，我们钻进我的车里到了她们家，在车里等雨停天晴了我们继续聊继续笑直到车里忽然沉寂我们听见，清楚极了，车外，几下敲门的声音“双子星”觉得是她们的母亲，但都很奇怪因为母亲人很耐斯不会干这种事，一个姑娘说，随后我们又听见了敲门声都安静下来，又听见一次我们下了车她们进去发现母亲还睡着而家里再没有别人整个街区这个点儿都在睡觉我们很奇怪，“双子星”开始聊起死人和闹鬼，里内贡献了几个牾斯忒罗幽灵梗，我说该走了因为我得早睡，里内和我就回到哈瓦那我在想“星星雷亚”一直没说话，等回到市中心，拉兰坡那边，我们下来喝咖啡碰见了伊蕾妮塔和她一个不知名的女友从“埃尔南多的藏身处”出来，我们邀请她们去“拉斯维加斯”已经没有秀也没有小加场什么都完了，只剩下点唱机我们待了差不多半小时边喝边聊边笑边听唱机，然后天快亮了，就送她们去了一家海边的酒店。

第十次

大夫，我又不能吃肉了。不像以前，我在每块牛排上都看见那头母牛不肯走进我们镇上的屠宰场，四蹄抵进土里牛角插进屠宰场的门上，拼命挣扎最后屠夫出来，就在街上捅了它一刀，鲜血沿着排水道哗哗地流好像下雨天流的水。这回不是，厨娘已经知道要给我把肉烤到变黑。但是，您知道吗，我嚼，我嚼，我嚼我嚼我嚼就是咽不下去。就是下不去。您知道吗，大夫，我还是少女的时候，跟男孩出去之前都要空着肚子，不然我就会吐？

巴恰塔

I

说来可惜悟斯忒罗斐冬没能跟我们一起来，因为我们在滨海大道，时速六十，八十，一百，从阿尔门达雷斯河过来，就像库埃说的，这条西印度的恒河，左边是双重地平线，墙堤和褶皱的蓝线，分隔海水的疤痕。可惜了悟斯忒罗斐冬不会跟我们一起来，越过混凝土和阳光的地平线，看一缕缕海水碧绿澄蓝靛蓝深紫幽黑的混合，即使皮姆①的刀也无法分割。可惜悟斯忒罗斐冬现在没跟我们一起来，和阿塞尼奥·库埃和我这个下午在滨海大道，在库埃的车上滑行好像 travelling② 从“乔雷拉”堡垒到贝达多网球俱乐部的球场，沿着永远的滨海大道一直往左，直到我们拐弯（我们必定会拐弯），在右边是里维埃拉酒店，就像一个方盒子旁边配一块蓝肥皂（带花纹的大鹏蛋：赌场的欢乐穹顶），还有加油站正对着事故频发的杀人环道，这个服务区是滨海大道黑暗荒漠中的光明绿洲，在尽头是永远的大海，在一切之上，是令一切美好的天空，另一座花纹穹顶：宇宙大鹏蛋，一块无穷大的蓝肥皂。

和库埃一起出游就等于像库埃一样说话，思考，联想，趁他没出声我正好看看海，看迈阿密摆渡驶向海湾水

---

① 爱伦·坡长篇小说《阿瑟·戈登·皮姆历险记》（*The Narrative of Arthur Gordon Pym of Nantucket*，1838）中的主人公。

② 英文，“移动摄影”。

道，沿着护堤航行，像是在钻出平铺的云层后把防波堤当作了大海，那云仿佛天然的蘑菇云，一朵可食用的蘑菇最终会被饥渴的咸洋流吞掉，看傍晚的太阳怎样在福斯卡大厦三十层的每一扇窗户上发现金砂粒，把淫秽的庞然大物变成黄金国只需把金色填料塞进这颗供人栖居的巨型蛀牙，观看伴随着独一无二的快感，这快感来自以恒定速度接近特定的一点，这就是电影的秘密，此时某个旋律响起，可能是伴奏，背景音乐，而演员库埃的声音将幻景补完的同时摧毁了它。

——你觉得六十迈的巴哈怎么样？——他对我说。

——什么？——我问。

——巴哈，约翰·塞巴斯蒂安，启示者安娜·马格达莱娜的出轨的巴洛克丈夫，跟他和谐的儿子卡尔·维德里希·埃马努埃尔[1]形成对位的父亲，波恩的瞎子，莱潘托的聋子，神奇的独臂人[2]，著有指导一切灵性囚徒的手册，《赋格的艺术》——他对我说。——老巴乔[3]会怎么说呢，如果他知道自己的音乐游荡在哈瓦那的滨海大道，在热带，时速六十五公里？什么更让他害怕？什么让他恐惧？游荡时持续的低音节奏？还是空间，他严整有序的音

① 指约翰·塞巴斯蒂安·巴哈次子，音乐家卡尔·菲利普·埃马努埃尔·巴哈(Carl Phillip Emmanuel Bach，1714—1788)。

② 戏仿贝多芬(生于德国波恩，晚年失聪，人称“波恩的聋子”)与塞万提斯(因在著名的莱潘托海战中英勇负伤，手臂残疾，人称“莱潘托的独臂人”)。

③ 库埃故意将“巴哈”(Bach)说成更像西班牙语人名的“巴乔”(Bacho)。

波能达到的距离？

——我不知道。没想过——真的从来没想过，无论从前还是现在。

——我想过——他说。——我想这种音乐，这种精妙的庞大音乐会——他在卖弄做作的词语中留出空白让音乐填充——创作出来是为了在魏玛聆听，在十七世纪，在德国宫廷，在音乐厅，巴洛克式的，在大烛台的光耀中，在一种不仅是空间的而且是历史的寂静中：一种为永恒而作的音乐，就是说，为公爵宫廷而作。

滨海大道从车底穿过变成一个沥青的平面，两侧是被硝石蛀蚀的房子和无穷无尽的护堤，上方是多云或部分多云的天空和太阳正以不可挽回之势，就像伊卡洛斯，落下大海。（为什么来这套摹仿？我总是到最后变成别人：告诉我我怎么说话我就能说出我是谁，意思是说出我跟谁来往[①]）。我现在听着巴哈在库埃评点的间隙想象着如果牾斯忒罗斐冬活着会编出怎样的语言游戏：巴哈，巴哈士奇，巴士拉，巴士底坑（分布在水泥地上，打断了滨海大道的空间连续），芭哈娃娃，巴哈瓦那，巴恰塔，巴恰恰恰——听他用一个词编出一部辞典。

——巴哈——库埃说——抽雪茄喝咖啡搞出轨就像所有哈瓦那男人一样，现在跟我们一起溜达。你知道他为咖

① 戏仿西班牙语俗语“告诉我你跟谁来往，我就能说出你是怎样的人”（Dime con quién andas，y te diré quién eres）。

啡写了一首康塔塔——他在问我?——还给雪茄写了一首，并作诗一首我会背:“每当我拿起我的雪茄点燃/抽烟为了打发时间/我坐下抽一口思绪万千，/停留在一个悲伤灰暗又空洞的画面:/这证明了我已经/在烟雾中深陷”——他停止引用和背诵。——你觉得老巴哈怎么样?简直就是我们的乡村音乐风格，古巴巴哈，哈!——他安静下来倾听，为了让我倾听——听听这协奏部，老西尔维斯特雷，滨海大道让他变成了古巴人同时还是巴哈又不是巴哈。物理学家们会怎么解释?速度会成为永久的延长符吗?阿尔贝特·史怀哲①会怎么说?

他在说非洲斯瓦希里语吗?我心想。

库埃一边开车一边哼着音乐摇头晃脑，时而握拳向前表示 forte（有力地），时而张手向下表示 pianissimo（极弱），走下一级级无形的、想象的音乐阶梯，好像手语专家在翻译演说。我想起了《心声泪影》，简直就像刘·艾尔斯，他脸上摆出那种最真诚的戏剧俗套表情，无声中与简·怀曼交谈，面对着查尔斯·比克福德和阿格妮丝·摩尔海德的仰慕，或者说无知，总之都在无声中。②

——你难道听不出老巴哈是怎样摆弄 D 调吗，怎么设立他的模仿，怎么让变化出人意料地出现，但总是在主旋

---

① 史怀哲，德国哲学家，著有《论巴哈》，见 282 页注。

② 《心声泪影》(*Johnny Belinda*，1948)，美国电影，讲述聋哑女贝琳达的故事，由简·怀曼(Jayne Wyman)、刘·艾尔斯(Lew Ayres)、查尔斯·比克福德(Charles Bickford)和阿格妮丝·摩尔海德(Agnes Moorehead)等人主演。

律允许和提示的情况下，从不提前，从不滞后，但仍能让人惊奇？你不觉得他是个完全自由的奴隶？哈，老伙计，他比奥芬巴哈更好，我发誓，因为他在here，hier，ici，[①]这里，在这哈瓦那的忧伤里，而不在什么巴黎的欢乐里。

库埃对时间有种迷恋。我的意思是他在空间里寻找时间而我们不断的、无休止的出游就是这种追寻，汇成一次无穷尽的滨海大道之旅，就像现在，但也可以是每天每夜的每一时刻，走遍那些老房子被龋蛀的风景，那些在马塞奥公园和拉蓬塔城堡之间的老房子，最终也成了人类从大海抢来修筑滨海大道的东西：另一道礁石围栏，永远接收着硝石和海露，每当起风浪的日子，大海冲上街道拍击房屋寻找被夺走的岸，同时建造新的海岸，生成另一道岸，然后是那些公园，现在的隧道从那里开始，椰子树和榄仁树和海葡萄并没完全抹去牧羊草场的模样，都怪太阳晒蔫了绿地烤焦了青草留下一片麦秸黄，过量的尘埃在光芒中成为另一堵墙壁，然后是港口的酒吧："新牧人"，"两兄弟"，还有"堂吉诃德"，在那里希腊海员手拉着手跳舞而妓女们在一边嬉笑，圣方济各修道院的教堂正对着老市场和海关，代表着不同的历史时代，各国先后的统治时期，都印刻在这个广场（在英国人占领哈瓦那时期及当时的版画里俨然一派威尼斯风光），而在宝拉林荫道尽头的

① here，hier，ici 分别是英、德、法文，意为"这里"。

那些酒吧，提醒人们在哈瓦那，海边的散步要么从码头开始要么在码头结束，然后沿着海湾的柔和曲线我们一次次跑到瓜纳瓦科阿和雷格拉，去酒吧，从港口的另一边看哈瓦那，仿佛从国外看，在“墨西哥”和“领航员吧”（坐落在水里的木桩上），聆听和观看每半小时一班的水上巴士，然后我们会沿着整条滨海大道回到第五大道和马里亚瑙海滩，要不就继续到马丽尔港或钻进海湾隧道，从马坦萨斯出来吃东西然后去巴拉德罗海滩玩半夜返程，凌晨回哈瓦那：一直在说话一直在说闲话讲笑话也一直讲哲学或讲美学或伦理学：关键在于看起来我们不工作，在古巴，在哈瓦那，这是唯一成为上等人的方式，是库埃和我希望已经达到，希望达到，试图达到的目标——我们总有时间来谈论时间。当库埃谈论时间和空间，在我们所有的时间里走遍所有那些空间，我曾以为只是消遣而我现在知道，是这样：他是为了做不一样的事，另一种事，我们在空间中跑遍的同时他成功地避开了他一直想回避的东西，我想，就是走入时间之外的另一空间——或者更明白些，——就是回忆。正跟我相反，因为比起经历我更喜欢回忆，或者经历的同时确知这些永远不会失落因为我可以唤起它们应该是时间这就是现在最令人困扰的如果时间存在最令人困惑的就是让现在变得最令人困扰的东西……我可以在回忆的时候再次经历，最好让动词“录制”（唱片，磁带）跟英语里一样是 record[1]，也是回忆，因为就是这个，是跟阿塞尼奥·库埃相反的地方。现在他在谈巴哈、奥芬巴哈或许还有路德维希·费尔巴哈[2]（谈论巴洛克作为体面借鉴的艺术，谈到与那位奥地利人兼快乐的巴黎人[3]和解，因为他说在音乐的森林里他知道自己永远不会成为一只夜莺，并赞扬那位晚期黑格尔派将异化的观念应用于诸神的创造），但这些不是回忆，恰恰相反。这应该叫，硬记。

——你发现了吗，老伙计？这家伙是加法，但给人感觉像乘法。巴哈平方。

就在那一刻（没错，就在那一刻）世界沉寂了：在车上，在广播里，在库埃那儿，音乐停了。主持人说话——听起来很像库埃，声音像。

“女士们先生们，您刚才听到的是 D 大调大协奏曲，作品第 11 号第 3 首，作曲安东尼奥·维瓦尔第。（停顿）小提琴：伊萨克·斯特恩，中提琴：亚历山大·施耐德……”

我爆出一阵大笑，相信阿塞尼奥也笑了。

——年轻人——我对他说——热带文化啊。你发现了

---

① 英文，意为“记录，录音”；西文 recordar 意为“回忆，记起”。

② 路德维希·费尔巴哈（Ludwig Feuerbach，1804—1872），德国哲学家，“青年黑格尔”学派成员。

③《快乐的巴黎人》是由奥芬巴哈的轻歌剧《巴黎人的生活》改编的独幕芭蕾舞剧。

吗，老伙计？——我对他说，模仿他的口气，但更加卖弄不够友善。他没看我，说：

——实际上，我说得也没错。巴哈一辈子都在偷维瓦尔第的东西，不光是维瓦尔第——他想用广征博引来找回面子，我看他来劲儿了：——还有马切洛——他说着，发音清晰到位，马，切，洛——还有曼弗雷蒂尼和维拉契尼甚至埃瓦利斯托·费里切·达尔阿巴科[①]。所以我说加法。

——你应该说减法，“捡”法才对吧[②]？

他笑了。好在库埃的幽默感远胜过羞耻感您刚刚收听的是我们的‘伟大乐谱’系列节目本期人物是……他关了广播。

——但你确实没错——我对他说，表示拥护。我是“拥士”熙德[③]。——巴哈就像人家说的，是音乐之父，受法律保护，但维瓦尔第常常向安娜·马格达雷娜挤眼睛。

——维瓦尔第第一！——库埃笑着说。

——如果牾斯忒罗斐冬在这个时间机器里他早就会说

---

① 曼弗雷蒂尼（Francesco Manfredini，1684—1762）、维拉契尼（Francesco Maria Veracini，1690—1768）、埃瓦利斯托·费里切·达尔阿巴科（Evaristo Felice Dall'Abaco，1675—1742）皆为巴洛克时代的意大利作曲家。

② 西语中 sustracción 兼有“减法”和“偷窃”的意思。

③ 熙德是西班牙中古史诗《熙德之歌》（*El Cantar de Mio Cid*）的主人公，人称“勇士熙德（el Cid Campeador）”；此处戏仿作“拥护者熙德”（el Contemporizador）。

维巴哈尔第或维巴哈·维瓦尔第或巴瓦尔第说上一晚上。

——好吧，那你觉得六十迈的维瓦尔第怎么样?

——我觉得你应该开慢点。

——八十迈阿尔比诺尼，一百迈费斯高巴蒂，五十迈奇马罗萨，一百二十迈蒙特威尔第，杰苏阿尔多多少迈发动机看着办——他歇了口气，兴奋多过喘息，然后继续：——没关系，我说过的话依然有效，我正想在飞机上听帕莱斯特里那会是怎么样。①

——一个声学奇迹——我说。

II

敞篷车车轮滚动，仿佛下面有轨道，飞奔在滨海大道悠长的弧线上，我看见库埃又一次专注于驾驶，与发动机连成一体，就像方向盘。然后他谈起某种独一的感受，就是说，我无法分享的感受（就像死亡或大便），不仅仅因为这是一种宗教经验还因为我不会开车。他说有些时候汽车和公路和他自己都消失了，三者合而为一，旅程、空间和目的地，而他，库埃，感觉道路完全属于他就像身上穿的衣服，尽情品味着干净清爽的衬衣贴身时的愉悦，那是

---

① 阿尔比诺尼（Tommaso Albinoni，1671—1751）、费斯高巴蒂（Girolamo Frescobaldi，1583—1643）、奇马罗萨（Domenico Cimarosa，1749—1801）、蒙特威尔第（Claudio Monteverdi，1567—1643）、杰苏阿尔多（Carlo Gesualdo，1566—1613）、帕莱斯特里那（Giovanni Pierluigi da Palestrina，1525—1594）皆为意大利作曲家。

一种肉体的愉悦，像交媾一样深刻，与此同时他，库埃，只觉无拘无束，在空中，飞翔，却没有任何中介物在他与外在环境之间，因为身体已然消失而他，库埃，就是速度。我曾跟他说起弓与箭，射手与靶子，还把那本小书[①]借给他，但他对我说禅宗说的是永恒而他说的是瞬间，两回事儿。现在，面对拉蓬塔的红绿灯，红灯，他终于回到现实世界。

我向公园望去，曾经是殉道者公园（也叫恋人公园）的地方，自从小海湾下面的隧道挖开，整个公园变成了又一座废墟，就像监狱的残存和妓院大墙的遗址，而公园，就像所有的博物馆，变成另一种遗骸。突然，在黄昏阳光的反照中，就坐在榄仁树下，但像往常一样，朝着太阳，我看见了她。我告诉库埃。

——那又怎样？——他对我说。——她是个疯子。

——我知道，但奇怪的是她会在那儿，从十年前就一直没换地方。

——估计还会待上好一阵子。

——你知道吗——我对他说——得有十年了。不，没有十年：八年或七年……

——或五年或昨天——库埃打断我，他以为我在开玩笑。

---

① 指德国哲学家奥根·赫里格尔（Eugen Herrigel，1884—1955）的《射艺中的禅》。

——不不，我认真的。几年前我头一次看见她，在那儿说啊说啊说。简直是一个人的海德公园大集会。我挨近坐下，她还在说，因为她没看见我，什么也看不见，我觉得她说的东西非常奇异，充满象征，就跑去找一个朋友家，一个高中同学叫马蒂亚斯·蒙特-维多夫罗的，就住在附近，我要来笔和纸也没解释，因为他那时候也写作或者想要写作，回去记下了她演讲的一个片段，跟我听过的一样，因为到了某个点，就像自动钢琴的循环纸卷，她就会停下来重复，一直如此。我听到第三次的时候记了下来，确定一字不差，除了标点符号，我就站起来走人。她还在继续演说。

——放哪儿了？

——不知道。应该就塞在某个地方。

——我还以为你写进小说了。

——不，没有。我一开始丢了，后来找着了但已经不觉得那么有意思，唯一让我惊奇的是字迹变胖了。

——怎么个胖法？

——因为是圆珠笔，老式的那种，纸也比较粗，写的字就洇了，几乎认不出来写的是什么。

——诗性正义——库埃说，启动汽车慢慢开到公园旁边，看着疯女人坐在她的长凳上，这下我看清楚了。

——不是她——我说。

——什么？

——我说不是她。是另一个。

库埃看了我一眼，意思是，你确定？

——对，没错。是另一个。那女人是黑白混血，但有点像中国人。

——这个也是黑白混血。

——是，但更黑。不是那个。

——你说不是就不是。

——对，我敢肯定。要不我下车看看。

——不用，没必要。是你认识她，不是我。

——的的确确不是她。

——可能也不是疯子。

——可能。可能就是个可怜的女人来乘凉。

——或者来晒太阳。

——来海边坐坐。

——这种巧合我喜欢——库埃说。

我们继续向前，经过阶梯剧场对面的时候他建议去“启明星”酒吧喝一杯。

——我有日子没来了——他说。

——我也是。我都忘了是什么样了。

我们要了啤酒和小食。

——有意思——库埃说——世界的轴心变得好快。

——怎么了？

——从前这里是哈瓦那白天和黑夜的中心。阶梯剧场、滨海大道的这一段，弗埃萨到普拉多那些公园，卫都大道。

——就好像哈瓦那又一次回到塞西莉亚·巴尔德斯[①]的时代。

——不，不是这个意思。这里曾经是中心，如此而已。然后是普拉多，就像以前的大教堂广场或旧广场或市政府。过些年就移到加利亚诺和圣拉斐尔和尼普顿那边，现在是拉兰坡。我好奇这个流动的中心会停在哪里，很有意思，就像城市和太阳，从东到西运动。

——巴蒂斯塔想要让城市穿过小海湾。

——没前途。你等着瞧吧。

——谁？巴蒂斯塔？

他看了我一眼笑了。

——你什么意思？

——我？我没意思。

——你知道我从不谈政治。这就是我的政策。

——但我知道你怎么想的。

——好吧，咱俩都知道。

——我也这么想——我说。——没人能让这座城市穿过小海湾。

——没错。你看卡萨布兰卡和雷格拉怎么衰落的。

我看了看衰落中的卡萨布兰卡和雷格拉。我看了看拉卡瓦尼亚。我也看了看莫罗堡。最后我看了看库埃，他喝着他的啤酒就像干其他所有事一样，演员任何时候都要摆

---

① 指比利亚维德的小说《塞西莉亚·巴尔德斯，或天使山》，见174页注。

pose，有时候还是侧面像。

III

我们聊了一阵城市，这是库埃喜爱的话题之一，他认为不是人建造了城市，而正相反，他带着那种考古学的乡愁谈论建筑，仿佛在谈论有血有肉的人，房子建起来的时候满怀着希望新生，诞生，然后和里面住的人一起成长和衰弱，最后被遗忘或推倒或老死，在原地又立起新房子，又一轮循环。很美，对吧，这建筑的史诗？我告诉他这好像《魔山》的开头，汉斯·卡斯托尔普登场，带着库埃所说的“自负的生命冲动”，来到疗养院，自信满满，健康无忧，兴高采烈地借度假来探访这白色地狱，没几天却发现自己也得了肺痨。“我喜欢，”阿塞尼奥·库埃说，“我喜欢这个类比。那个时刻就像关于生活的寓言。我们进入生活，满怀年轻无瑕的信念，相信生活中只有纯净和健康，但很快发现自己也是病人，被同样的脏东西污染，生存就是腐烂。道林·格雷和他的画像。”

我小时候常来这个公园。就在这里这一片玩，我坐在墙上，看那些军舰进进出出，就像现在我看着领航员的小艇驶向大海，而这里，小城堡（就是老城墙上一座塔楼的废墟）旁边，我有一天教我弟弟骑车，我猛地一推，他飞了出去撞在长凳上，车把扎进胸膛，吐着血晕了过去，就像死了一样过了半小时或十分钟我都不知道，但我知道是我干的，然后一年或两年后，我弟弟得了肺结核我还想着是我干的。我告诉了库埃。

——西尔维斯特雷，你不是这里的，不是哈瓦那人，对吧？

——不是，我从乡下来的。

——从哪儿？

——比拉纳。

——靠，巧了。我是萨马斯的。

——很近。

——没错，就在旁边，就像人家说的隔着鸡叫那么远。

——三十二公里一百零六个弯儿，说是二级公路还不如叫三级。

——靠，我以前常去比拉马，避暑。

——是吗？

——咱们应该在那边碰见过。

——你是什么时候去的？

——打仗的时候。四四年、四五年，我记得是。

——哦那不会。我那时候已经住在哈瓦那了。虽然，有时候也去度假，如果有钱的话。但那时候我们是真穷。

侍应生过来又给我们上了些炸虾，打断了我们的对话，我很高兴。我们喝酒。我发现最近眼前有黑点出现。飞蝇。可能是尼古丁的积垢，有毒的斑点。或者某种批评的沉淀。那里应该积攒了所有我看过的烂电影，某种性而上疾病（应该是“形而上”，都怪我的打字机任性）。或者是视网膜上的宇宙焦痕。或者是只有我能发现的火星人。我并不担心，但有时候我想这可能是 fade-out[①] 的开始，某一天我的屏幕会亮起黑光。这一天迟早会到来，但我说的是失明，不是死亡。这种彻底的剧终黑屏将会是对我的电影之眼的最大惩罚——但对我的记忆之眼无效。

——你记忆力如何？

我吓了一跳。阿塞尼奥·库埃，有些时候表现出少见的推理天赋。我说少见是对一个演员而言。他是夏洛克·福尔摩斯[②]。

——足够好——我回答。

——足够好是多好？

——非常好。特别好。我能回忆起几乎一切而且有时候还记得我回忆的次数。

——那你应该改名叫富内斯[③]。

我笑了。但我看着港口想到大海和回忆之间肯定存在某种关系。不光广阔深沉而永恒，而且都是一波波持续的，相同的无休止的浪潮。此刻我坐在露台上喝着啤酒一阵微风吹来，风来自海上，热风，从午后开始吹，这种午后气息的记忆在反复的奇袭中来到，那是完全的记忆，因

---

① 英文，指电影中画面的淡出，渐隐。

② 夏洛克（Shylock）是莎士比亚剧作《威尼斯商人》中的犹太商人；福尔摩斯（Sherlock Holmes）是柯南·道尔笔下的大侦探。

③ 指阿根廷作家博尔赫斯的名篇《博闻强识的富内斯》（Funes，el memorioso），主人公能够记住一切，不知遗忘为何物。

为在一秒或两秒后我记起来一生中所有的午后（当然我不会一一列举，读者朋友）坐在公园看书抬起头感受午后或者躺在一个小木屋里听风吹过树林或者在海滩吃杧果染上一手的黄色浆汁或者坐在窗边听一节英语课或者去我叔叔家坐在摇椅上脚不沾地新鞋越来越重，永远吹着这种轻柔温吞带咸味的风。我觉得自己是回忆的滨海大道。

——为什么问这个？

——不为什么。顺便问问。

——不行，你得告诉我为什么。说不定我们想得一样。

这就是我的原罪，总是要跟别人想得一样。阿塞尼奥看了我一眼。他看东西有时会斜视，但那不算缺陷，更像是眼神运用的效果呈现。我想起柯哒说过在每个男演员身上都藏着一个女演员。他说话前停了几秒钟，嘴巴张开呈现为某个常见元音的形状。马龙·白兰度学派。

——喂，你能好好回忆起一个女人吗？

——什么女人？——我吃了一惊。又是不会抹除未来的预知一击？[①]

——随便哪个女人。你选。但必须是你爱过的女人。你总爱过一两次吧，真正的那种？

——当然。跟所有人一样。

我应该说不止跟所有人一样。我试图回忆几个女人但

① 戏仿法国诗人马拉美的名句“骰子一掷不会改变偶然”。

却不能专注于任何一个，就在我要放弃的时候，我想起一个，不是女人是女孩。我回忆起她金黄的头发，她高高的额头和她浅色的眼睛，几乎是黄色，还有她丰满的嘴唇和苹果下巴和她长长的腿和穿凉鞋的脚和她走路的样子，我回忆起自己在公园等她的时候回忆起她的笑，微笑时露出完美的牙齿。我描述给库埃听。

——你爱过她？

——对。我觉得。对。

我应该告诉他是非常爱，迷失/找回自己的那种爱，从前没有过以后也没有。但我什么也没说。

——你没爱过，老伙计——他对我说。

——你说什么？

——我说你没爱过，从来没有，那个女人不存在，是你刚刚编出来的。

这时候我应该勃然大怒，但我是那种人，换了别人都气得口吐白沫我也发不了火。

——你凭什么这么说？

——因为我知道。

——但我跟你说了我爱过，爱得很深。

——不，不，那是你以为，你相信，你想象你爱过。其实并没有。

——是么？

——是的。

他停下来喝了一口又用手帕擦汗和嘴上的啤酒。这动作好像精心设计过。

IV

那后背（这后背因为我在这里看她，或者照人们常说的，她就在我眼前），那/这后背，另一个后背属于女人，女孩，瞬间的徒劳的爱——一去不返？——我不觉得会返回。没必要。回来的是别的女人，但那个时刻（黑色领口中露出的后背，贴身的缎面晚礼服，下沿展开好像西班牙跳舞女郎，伦巴舞者的裙摆，完美的双腿足踝没有尽头，令人过目难忘，礼服正面大开领，露出颀长的颈子直延伸到胸部，她的脸和她金黄/直垂/披散的头发，腼腆中带顽皮的微笑闪烁在丰厚的嘴唇，从容地抽烟和交谈，不时会纵声一笑来展示大大的嘴中大而整齐的牙齿让人想吞下去，她的眼睛她的眼睛她的眼睛永远无法描述，无法形容在那天夜里以及她/那眼神好像另一种大笑：永恒的眼神）一去不返 这恰恰成就了时刻与记忆的宝贵。这个形象此刻强力入侵我的脑海，几乎无须刺激，我想比起被动记忆，强力的，不可抑制的记忆能更好地捕获逝去的时光，因为不需要泡在茶里的玛德琳小点心[①]或过去的香气或任何自我认同的失误，需要的只是突如其来，悄无声息，夤夜而至，让回忆的小偷撬开我们现时的窗户。不必奇怪这记忆会产生晕眩：那种内在下落的感觉，那种突发

① 指法国作家普鲁斯特《追忆似水年华》中的著名片段。

的、无定的旅行，那种两个层面因可能的猛然下落而产生的接近（现实的平面之间是物理的垂直下落，而现实的平面与记忆的平面之间是想象的水平下落）让我们知道：时间，像空间一样，也有自己的万有引力。我想把普鲁斯特嫁给伊萨克·牛顿。

V

——真的，老伙计——库埃还在说着——因为如果你真的爱，如果你真的爱过你什么也不会记得，你根本记不住嘴唇是薄是厚还是宽。或者你能记住嘴但你不会记住眼睛如果你记住颜色你就记不住形状，你永远，永远，永远不可能做到记住头发额头眼睛嘴唇下巴和腿和穿鞋的脚还有个公园。永远不可能。因为要么不是真的，要么你没爱过。你选吧。

我受够了这个记忆贩子。我为什么非选不可？我想起《碧血金沙》[①]结尾的地方：

“金帽子”（贝多亚饰）：少尉大人，我能捡起我的帽子吗？

少尉：捡吧。

（画外音响起：预备——瞄准——开枪！一阵枪声。）

听着，如果你真的爱过你就会奋力，拼了命地记住她的声

---

① 《碧血金沙》（*El Tesoro de Sierra Madre*，1948），美国导演约翰·休斯顿执导的电影。

音……是声音，你做不到或看不见你眼前的她的眼睛停留在记忆的灵体外质[①]——“记忆的灵体外质”，艾力波也是这么说。谁发明的？库埃？塞塞·艾力波？埃德加·爱伦·卡德克？[②]——你只会看见那双看着你的瞳孔至于其他，相信我，都是文学创作。或者你会看见那张嘴靠近你会感觉到亲吻，但你看不见那嘴也感觉不到那吻只有从中调停，拦在中间就像裁判的鼻子，但不是那一次的鼻子，而是另一个鼻子，你看到她侧影时的鼻子或者你第一次看见她时的鼻子（未完待续）。

他继续说着而我按自己的习惯让视线从不同角度越过对面的说话人，我从他头上看过去我看见在椰子树后面在拉卡瓦尼亚上方的一群内地鸽子仿佛一幅幻景，一种光学幻觉，眼中的白色飞蝇——天空不是“平静的屋顶”[③]而是一方生硬的天花板，一面镜子把太阳的白光反射成灼热炫目的金属蓝，无可抵御的光耀仿佛水银流淌在贝利尼[④]式天空的无辜，纯粹之蓝下面。假如我是拟人法爱好者（牾斯忒罗斐冬会称我为“大力拟人水手”[⑤]）我会说

---

① 灵体外质（ectoplasma），据说是灵媒在降神的恍惚状态中发出的一种黏性体外物质。

② 埃德加·爱伦·坡（Edgar Allan Poe，1809—1849），美国作家；爱伦·卡德克（Allan Kardec，1804—1869），法国作家，通灵学的创始人。

③ “这平静的屋顶”（Ce toit tranquille...）出自法国诗人瓦莱里长诗《海滨墓园》的第一行。

④ 贝利尼（Giovanni Bellini，1430—1516），意大利文艺复兴时期威尼斯画派画家。

⑤ 西语中拟人法为 Prosopopeya，Popeye el Marino 是动画人物大力水手。

残忍的天空——回应高尔基愚蠢的抒情：大海在笑。不，大海不笑。大海环绕我们，包围我们，最终大海为我们洗去边界，平整我们打磨我们就像对待岸边的卵石，比我们活得久，漠然无情，就像宇宙间的其他一切，任凭我们成为沙砾，克维多的尘土①。这是世界上唯一永恒的事物，尽管如此我们仍可衡量它，就像时间。大海是另一种时间或可见的时间，另一种钟表。大海和天空是水钟的两个量瓶——正是如此：一个永恒的，形而上滴漏。从海上，从滨海大道这时驶来摆渡船，进入港口的狭窄水道，几乎在跟街上的车辆相对而行，我看清了它的名字，"法翁"②，从时间之海传来阿塞尼奥·库埃那训练有素专为空中放送的声音：

——你看见的不是她，你看见的是她的碎片。

我想到塞莉亚·玛格丽塔·梅纳，想到朗德吕③的女人们，想到所有因被分尸而出名的女人。当他说停下，喘口气的时候，我对他说：

——伙计，柯哒，那位明星御用摄影师说得对。每个男演员身上都藏着一个女演员。

他听懂了我的暗示，明白我并不是说他娘娘腔什么

① 指西班牙诗人克维多的名句："……必化作尘土/却是热恋的尘土"。

② 法翁（Phaon），摆渡船的名字，来自古希腊传说中的美少年船夫，据说诗人萨福为其殉情。

③ 塞莉亚·玛格丽塔·梅纳（Celia Margarita Mena），哈瓦那二十世纪四十年代的著名案件的受害者，被其情人杀死分尸；朗德吕（Henri Landru，1869—1922），法国人，被称为"现代蓝胡子"，曾杀死自己的历任妻子。

的，是我了解他的部分或全部秘密，就闭了嘴。他的脸色非常严肃，我开始后悔并诅咒自己这个毛病：在最糟的时刻对人说最好的事情或者在最好的时刻说最糟的事。我精通不合时宜的艺术。他只顾喝酒甚至没说，妈的没法跟你聊天，只是沉默着看着黄色的液体把杯子染黄，从颜色气味味道上判断应该是啤酒，因天气和午后和回忆变得温热的啤酒。他叫侍应生过来。

——再来两杯冰凉的，先生。

我瞟了眼他的脸仍能看见卡里特拉提斯或利奥遇见阿霞时的光彩，他知道她就是**她**。意思是，**She**①。

——抱歉，哥们儿——我对他说，我是说真的。

——没关系——他说。——我确实犯了奸淫，但那是在别的地方，而且那娘们儿也死了——他笑了笑，马洛（克里斯托弗·马洛，不是菲利普·马洛）②或文化拯救了我们。我想起有一次没文化或文化害死了一个女人。是谢丽·温特斯在《死之拥抱》里，跟罗纳德·考尔曼上床前对他说，“灭了灯”③，而老罗纳德，可怜的家伙，现在

---

① 戏仿英国作家哈格德（H. Rider Haggard，1856—1925）名作《她》（*She*，旧译作《三千年艳尸记》），卡里特拉提斯、利奥和阿霞皆书中人物。

② 克里斯托弗·马洛（Christopher Marlowe，1564—1593），英国诗人和剧作家；菲利普·马洛（Philip Marlowe）是美国推理小说家雷蒙·钱德勒（Raymond Chandler，1888—1959）笔下的人物。库埃的话在戏仿克里斯托弗·马洛《马耳他岛的犹太人》（*The Jew of Malta*，1952）第四幕第一场中的台词。

③《死之拥抱》即美国电影《双重生活》（*A Double Life*，1947），由谢丽·温特斯和罗纳德·考尔曼主演。

已经死了，在现实和电影里都是，他在那部电影里发了疯，因为不停在电影里的百老汇扮演奥赛罗，已经分不清什么是戏什么是生活，这家伙，考尔曼，对她说，“我会熄灭了灯火关上灯，这个感谢威斯汀豪斯和爱迪生电气公司我还能使它再放光明，但什么地方有那从天上盗来的神火能再点燃你的光亮？”[①]然后扑向倒霉的妓女谢丽，扼住她的脖子就这样（What the hell are you doing you are a sex maniac or what oughh oughhh[②]），她比苔丝狄蒙娜还无辜，因为她不知道什么奥赛罗什么伊阿古也不知道莎士比亚因为她是个无知的女招待，而这害死了她。从文学的角度来说是一桩完美罪行。

VI

我们向上，换条路线，走圣拉撒路。我不喜欢这条街。是条虚假的街，我的意思是第一眼看上去，开始会觉得是个像巴黎或马德里或巴塞罗那的城市可马上就显出乏味，十足的外省气息，一到马塞奥公园就变成哈瓦那最荒僻最丑陋的街道之一。白天无情暴晒，夜里充满敌意，唯一让人舒服的地方只有普拉多和慈善孤儿院和哈瓦那

---

① 《奥赛罗》第五幕第二场中男主人公的台词：“熄灭了灯火，然后再扑灭生命的火？我若是熄灭你，你这熊熊燃烧的蜡烛，我如一旦翻悔，还可使你再放光明；但是我若扑灭你的生命之火，你这天生尤物，我不知什么地方有那从天上盗来的神火能再点燃你的光亮。”（梁实秋译）

② 英文，“你要干什么你是个性变态还是怎么啊啊呃”。

大学门口的台阶。有一样东西在圣拉撒路是我喜欢的，就在头几个街区，是海的惊喜。开车穿过哈瓦那，朝贝达多方向，如果你有幸是个过路人，只需沿着街区的节奏，转过头向右飞快地瞟上一眼，一个街口，一段墙然后在后面，是海。说惊喜是相对而言：有惊喜，又在意料之中，不是与海邂逅而是最后被海惊袭。有点像库埃刚才与巴哈-维瓦尔第-巴哈的经历。而且，一直存在忧虑或希望：滨海大道的墙堤会上升，会因为公共事业局不同领导的任性而抬高，就再也看不见海，只能从天空推测——天空是海的镜子。

——你在找什么？——库埃问我。

——海。

——什么？

——海，伙计，永远在重新开始。

——不好意思，我还以为你看见了海伦。

——我从没见过哪个女人有那么耐看。现在值得看的只有海。

我们都笑了。显然我们有自己的密钥来开启黎明和日落。然后库埃，将以演员的记忆力，继续他的引文玫瑰经（口中喃喃就像在念经），背诵上一路。

“然而此时，当八月如同慵懒肥胖的飞鸟缓慢地击打翅膀穿过苍白的夏日飞向颓废和死亡的月亮……”

我说什么来着？

“……更巨大也更邪恶。”

是福克纳，他在拿我的偶像开心。这是报复。

——瞧瞧，老伙计，他是怎么描写蚊子的。再来一点，他说是日夜开放的吸血鬼。

我笑了。不，我只是微笑。

——你要怎样？——我对他说。——这是他的第一部小说[①]。

——是吗？难以相信。那我给你来一段后来的？比如《村子》？“在冬天降临前的秋天，从那时起人们将一边变老，一边数算时间和为事件定下日期。”

——不过这个译文很烂你不是不知道。要知道……

——你看，老伙计，你肯定比我清楚……

——……再说那段是在写一个很戏剧性的事情，很悲惨……

——……福克纳翻译得棒极了，在英文里一定更糟糕。

——福克纳，伙计，他是个诗人，就像莎士比亚，是另一个世界，读他不能像捉跳蚤似的细抠严抓。莎士比亚也有他的“名言警句”，就像加勒比电台里说的。

——这不用你提醒——库埃说。——我现在都忘不了那场景，不管演多少次我还是觉得突兀，不幸的奥菲利娅（弥宁·布虹内丝[②]饰）在坟墓那一场，冲动的哈姆雷克

① 指福克纳的早期作品《蚊子》（*Mosquitoes*，1927）。

② 弥宁·布虹内斯（Minín Bujones，1925—1997），古巴女演员。

斯·拜尔扑向墓穴，那里片刻间变成了晾干版的棉兰老海沟[①]，斥责悔恨中的雷欧提斯[②]说他不会祷告！而痛苦万分的亲兄弟，鄙人我，就会抓住自以为是的王子的脖子，但哈姆雷忑会一字不差地说出（按阿斯特拉纳·马林的译本）：“请阁下把尊手从我颈上移开。”就这么平静。

——这能证明什么？

——没什么。我什么也不想证明。我们在聊天，对吧？还是说你把我当成了伊丽莎白时代的法官？

他降下遮光板又从兜里掏出他白天黑夜不离身的墨镜，黑夜白天时而摘下时而戴上，展示他富于表现力的眼睛，为镜头而生的眼神，或者用墨黑的谦虚暂时遮蔽。

“And the blessed sun himself a fair hot wench in flame coloured taffeta”[③]——应该让你来引。或者说，来“吟”？

——为什么？

这是一位王子（就像你）对一个丑角（就像我）所说的台词；而后者，是比你和我加起来还要好的谋士。

——说清楚点。

“Marry，then，sweet wag，when thou art king，let

---

① 即菲律宾海沟，地球上最深的海沟之一。

② 雷欧提斯（Laertes）系莎士比亚《哈姆雷特》中的人物，奥菲利娅的兄长。见《哈姆雷特》第五幕第一场。

③ 引自莎士比亚《亨利四世》上篇第一幕第二场：“那光明的太阳自己是一个穿着火焰色软缎的风流热情的姑娘……”（朱生豪译）

not us that are squires of the night's body be called thieves of the day's beauty..."[①]——法斯塔夫，这家伙，是个大人物，靠。另一个是哈尔王子。《亨利四世》，第一幕，第二场。

库埃在引用时拥有无比（或无聊）的记忆力，但他的英语摆脱了安的列斯群岛口音却带着轻微的印度腔。我想到约瑟夫·希尔德克劳特，《雨季来临》中的精神导师。[②]

——你为什么不写作？——我突然问他。

——你为什么不问我为什么不翻译？

——不。我觉得你可以写作。只要你愿意。

——我也曾经想过——他没再多说。他指着街道给我看然后说：

——你看。

——看什么？

——那个告示牌——他指了指（用指头）具体位置，同时放慢速度。

那是一个公共事业局的告示牌，写着“工程方案，巴蒂斯塔总统，1957—1966。这才是男人！”[③]我大声读了出来。

---

① 英文，“乖乖好孩子，等你做了国王以后，不要让我们这些夜间的绅士们被人称为掠夺白昼的佳丽的窃贼……”（出处同上）

② 指美国电影《雨季来临》（*The Rains Came*，1939）；约瑟夫·希尔德克劳特（Joseph Schildkraut，1896—1964），美国著名演员。

③ 巴蒂斯塔将军在古巴独裁时期的宣传口号。

——工程方案巴蒂斯塔总统一九五七至一九六六这才是男人。好吧，怎么了?

——数字，伙计。

——嗯，看见了。两个日期。那怎样?

——两个数字加起来是二十二就是我出生的日子而且我的名字和我的两个姓加起来也是二十二——他说二十二而不是像其他古巴人那样说二系二。——最后的数字，六十六，也是个完美数字。就像我的数字。

——敢问结论是?

——就是说我越了解文字我就越喜欢数字。

——哈好吧——我说着心想，见鬼去吧，另一只老虎的无限花纹[①]，但嘴里说：——卡巴拉主义者。

——毕达哥拉斯灵药，对文学惊愕症很有效。或者说一惊一乍，按我们东方省的说法。

——你真的相信数字吗?

——这几乎是我唯一相信的东西。二加二永远等于四，哪天如果等于五了你就可以撤了。

——但你不是一直数学不好吗?

——那不是数字，是对数字的使用。有点像彩票，那是对数字的剥削。毕达哥拉斯的定理不如他的那些忠告有用：不要吃蚕豆或不要杀白公鸡或不要在戒指上出现神的形象或不要用剑灭火。还有三样重要的事：不要吃心脏，

---

① 指阿根廷作家博尔赫斯的诗作《另一只老虎》。

离开祖国以后不要回去以及不要冲着太阳小便。

我笑了，街道正通向马塞奥公园和慈善孤儿院。但那跟我的笑无关。库埃松开方向盘伸开手臂大叫：

——Thalassa！Thalassa！①

他又开起玩笑，哼着华尔兹曲《浪潮之上》，围着马塞奥公园绕了三圈。

——快看，快看，海天一色诺芬！——他说。

——你不是不喜欢海吗？

——你想听我给你讲一个梦吗？

他没等我同意就开始讲起来。

VII

阿塞尼奥·库埃的梦：

我坐在滨海大道向大海望去。我坐在墙堤上面朝街道，但我在看海虽然背对着它。我坐在滨海大道看海。（重复源自梦境，奇异感也一样。）没有太阳或者阳光不太强。总之太阳很好。我感觉很好。我不孤独，很明显。在我身边有一个女人，她应该有极美的脸庞，如果能看到的话。好像跟我在一起，陪伴我。至少没有紧张感也没有欲望只有女伴带来的愉快，她曾经很美或者曾经是欲望的

---

① 色诺芬（Xenofonte，前440—前355），古希腊作家，他在《远征记》讲述了一万希腊雇佣军远赴波斯助小居鲁士争夺王位，最后由色诺芬率领历尽艰辛从波斯归回希腊的历史。第四卷中描写希腊雇佣军在山顶望见大海时齐声呼叫："Thalassa！Thalassa！"（大海！大海！）

对象但只是曾经。她应该穿的是晚装，但我并不惊奇。我也不觉得她标新立异。滨海大道不再挨着海：一条漫长的白色海滩把我们分开。有人在晒太阳。还有些人游泳或在沙滩上划桨。有些孩子在白色闪耀的水泥平地上玩耍，挨近堤墙。现在阳光很烈，非常猛烈，过于猛烈，我们所有人都感觉被冲击，被碾压，被这突如其来的阳光烧灼。某个危险的迹象或模糊的预示立刻变成了现实：海滩——不仅仅白色沙滩，大海不再是蓝色而变得苍白，不仅是泥沙，连海水也一起升腾，卷落又涌起。猛烈的阳光让我女伴的黑色晚装开始燃烧，她看不见的脸突然变白变黑变成灰。我从墙上跳下海滩或朝向一度是海滩的地方，现在只是一片灰烬荒原，我跑了起来，把我的女伴抛在脑后，因害怕而遗忘，忘掉了自己的温情以及拥有她的喜悦。所有人都在跑，除了她，留在墙堤那里静静地燃烧。我们跑啊跑啊跑啊跑啊跑啊跑向海滩，现在已经变成一面巨大的伞影。跑到阴影里就意味着得救。我们还在跑（有个孩子摔倒而另一个坐在地上，可能是没了力气，但没人在意包括孩子母亲，她还在跑，尽管边跑边回头看了一眼）我们马上就要到达白色的沙白色的海以及现在的白色天空组成的伞影。当我看见伞的影子在白光中消散，那一刻我也分辨出柱影的形状不是伞形而像一朵蘑菇，不是抵御死亡之光的保护伞，它本身就是光。在梦里这一刻好像已经太晚或已经不重要。我继续跑着。

VIII

——这是对罗得[1]神话的现代科学版改写。或者科学的危险——我对他说，同时意识到自己有卖弄之嫌。

——有可能。总之你可以看出不管是我还是我的潜意识还是我的返祖恐惧我们都不喜欢海。不管是海是大自然还是星际空间。我相信，就像福尔摩斯说的，空间的集中有助于思想的集中。

——斗室中的波爱修斯[2]。幽闭恐惧症的慰藉。

——那倒不是，因为你也可以举出柏拉图的学园来干翻我。但我确实从没见过任何露天的实验室。我打算在国家图书馆某个小单间里结束我的一生。

——从毕达哥拉斯读到布拉瓦茨基夫人[3]。

——不。是解梦猜中奖号码下注。

——埃利法斯·利未[4]会如何评价？

我们终于离开上了滨海大道，我看见云彩正远离城市组成一道白灰色偶尔显粉色的墙在海与地平线之间。库埃全速奔驰。

---

① 据《圣经·旧约·创世记》第19章，亚伯拉罕的侄子罗得举家离开罪恶之城索多玛时，他的妻子因违背神谕转头回望索多玛而化为盐柱。

② 波爱修斯(Boethius，477—524)，古罗马哲学家，著有《哲学的慰藉》。

③ 布拉瓦茨基夫人(Madame Blavatsky，1831—1891)，俄国通神学家和作家。

④ 埃利法斯·利未(Eliphas Levi，1810—1875)，法国神秘学家，著有《伟大奥秘之钥》。

——你知道吗古巴文学从不写海？我们都注定逃不出，按萨特的命名法，存在之孤岛。

——不奇怪。你没看见马塞奥公园的骑马像，马屁股对着大海的汪洋？这里的人坐在堤墙上的时候都像我在梦里那样背对着海，全神贯注看着柏油路混凝土和过往车辆的风景。

——奇怪的是马蒂说比起大海他更喜欢山间的溪水。

——那你准备拯救这种修辞异常吗？

——不知道。不过有一天我会写写海。

——靠。你连游泳都不会。

——这有什么关系。要按你说的，唯一可能的诗人只有埃丝特·威廉斯[①]。

——看见没？你开始理解我和数字的关系了——他对我说。

我在卡雷尼奥大楼偏远/漆黑/透风的门廊间寻找，越过圣拉撒路碉楼，在城堡式酒店的底层是梅赛德斯·奔驰，出售所有的旅行可能（配件自选）库埃会很感兴趣，而在高层，玛丽·托内丝[②]开设只对富人的著名妓院，需要事先电话预约和验明主顾身份，那里提供所有的情爱可能（姿态自选），我很感兴趣却也不至于太沉迷，我曾在

① 埃丝特·威廉斯（Esther Williams，1921—2013），美国游泳运动员和电影演员，曾出演《出水芙蓉》。

② 玛丽托内丝（Maritornes）是塞万提斯笔下的客店丑女佣，见《堂吉诃德》第一部第十六章。

那里结识过一个独臂姑娘，一个美貌的哑巴（都因为她近乎永恒的古老职业），我继续在门廊间寻找，在那里太阳留下可平息的阴影，快到米提奥加油站我发现了报复的机会，阿塞尼奥·库埃的报应女神：一个卖彩票的人摊开一张写着数字的竖幅彩色海报，另一只手展示彩票同时吆喝着所有的幸运可能，但我们听不见他的声音。我指给库埃看对他说：

——哲学的悲剧收场。

IX

空间在空间里？阿塞尼奥·库埃似乎想要证实这一点，引证福尔摩斯反驳我就是证明，就像现在飞驰在滨海大道，朝着相反的方向，或者说像钟摆，在摇摆的另一幅度。他专注于驾驶，趁风景没被他演员的侧影干扰，我望着闪耀的天空，遥远低垂的云朵虚假地充实，好像幻想的岛屿，大海延展在车窗和护墙外不远处。车又经过“乔雷拉”，像是电影连映中提醒观众离场的信号，但库埃没有进隧道而是绕过去，开上二十三街，在上面的红绿灯前停下来，按按钮，车篷降下好像某种人造天空。我想起了凡尔登电影院。我们继续，风裹住我们也压迫和拦阻我们：这是新自由的唯一限制。从桥上看阿尔门达雷斯河，岸边茂密的树丛和木码头，阳光反射在泥流上，活像康拉德笔下的河。我们从门多萨街往下一小段就右转走德尔里奥大道。我们又一次看见告示牌不要丢石子有女人和孩子，库埃认为简直是洛尔迦的意外附体，还有比亚布兰卡公路上那个，唯独甘塞多意思是到甘塞多街之前不能拐弯，但库埃非说这是同名企业的又一处独占产业，以及比尔特摩街的另一个告示，慢行，关爱我们的小孩他想夜里偷偷把“小孩”这个词换成“**小受**”，还有在坎塔拉纳斯公路上的广告牌美味摩尔人和香喷喷的黑佬，请进，意思是黑豆配米饭在哈瓦那俗称“摩尔人和基督徒”，他说这是给安德烈·纪德的特别邀请——他念成安德烈·纪，所以我问他这位杰出的中国小说家是谁。我们聊告示牌聊到海滩上那个，超现实主义风格，写着禁止骑马下海。辛格在瓜纳波海滩？①还有阿尔弗雷德·T.基莱斯无心插柳的幽默：在《海报》杂志工作室的外墙上，没有常见的禁止张贴海报，而是禁止张贴匿名讽刺。还有谜一般的禁止乱扔狗，在利内阿街一处府邸的围墙上，原来背后有一段少为人知的历史，那里的主人是一位女百万富翁，将宅子变成狗狗的救济院，于是人们有了不想要的狗崽就从栅栏上扔进去——空中即时通道直达神圣庇护所。库埃还想在“河湾”酒吧的告示内有热狗前面加上当心！或者在各种待售空地的接受议价中间加上无诚意的字样。也是他想起了在墨西哥某人发出的最后通牒，为了警示运送物料的司机不要乱停卡车，公告如下：**禁止一切唯物主义者停车**！阿塞

① 约翰·米林顿·辛格(John Millington Synge，1871—1909)，又译沁孤，爱尔兰剧作家，其代表作为《骑马下海的人》；瓜纳波(Guanabo)海滩，位于哈瓦那东部。

尼奥·库埃永远不出意料，永远一鸣惊人花样翻新。就像大海。

我们上了七大道又穿过第五大道（库埃称之为第五高潮）拐上第一大道：他又附赠我圣拉撒路街让我再一次看见海，这次的大海零星分布在加州风格别墅和悬空露台和私家庄园和酒店和布兰吉塔剧院[1]（无比尊敬的比里亚托·索劳恩·伊·苏卢埃塔议员先生希望拥有世界上最大的剧院就问：目前哪个是最大的？别人告诉他，纽约无线电城音乐厅，六千个座位，于是布兰吉塔就多出二十座）和私人浴场和公共浴场和空地之间（接受议价）那里的野草直长到了路基上），到了街尽头，我们拐向第五大道，经过整条第三大道从隧道旁边上去，当这条花园之路出现，我们以时速一百公里穿过飞逝的花园，我知道了阿塞尼奥·库埃为什么开得那么快。

他并不想狂吃公里就像人们说的（奇怪在古巴很多东西都可以入口，我们不光吃掉空间，还能吃掉女人意思是跟她上床，吃球和吃屎是白痴的同义词，吃绳子意思是挨饿，穷困潦倒，吃蜡烛是做鸭，吃别人手里的就是被对手驯服，如果有人什么事干得好或者特别出众，叫作一口吞）他是在穷尽公里这个词，我想他的目的就像我试图记住一切的愿望或者像柯哒希望所有女人只有一个阴道（尽

---

① 布兰吉塔剧院（Teatro Blanquita）号称当时世界最大的剧院，位于墨西哥城第一大道 804 号，现名卡尔·马克思剧院。

管他用的不是阴道这个词）或者像艾力波听见远处有鼓声就勃起或者像死去的牾斯忒罗斐冬想成为语言本身。我们都是全体主义者：想要全部的智慧、幸福，将终结与开端联合而永垂不朽。但库埃错了（我们都错了，也许除了一个人，牾斯忒罗斐冬，他现在或许已经不朽），因为如果时间不能逆转，空间就不能穷尽。由此我可以问他：

——咱们去哪儿？

——不知道——他对我说。——你点我唱[①]。

——完全没想法。

——你觉得马里亚瑙海滩怎么样？

我很高兴。刚才我还以为他会说马丽尔。这样下去有一天我们会碰见青龙或白虎或玄龟。库埃也会找到他的天涯海角。我不是说过吗？突然车在十二街刹住，因为是红灯。我死死抓紧。

——“空气造就了飞鹰，”沃夫尔冈·歌德——库埃说。——“红绿灯创造了刹车，”沃兹基·硕德。

X

我们沿着伞盖树荫（月桂或伪月桂，蓝花楹，开花的凤凰木，还有远处，公园里巨大的榕树，公园被街道分成两半，我从来记不住那条街的名字，这些巨树好像是唯一的一棵菩提树在亵渎的镜像游戏中重复）继续，当我们经

---

① 指贝尼·莫雷的流行曲《你点我唱》。

过离海岸最近的松树林，我闻到了海的气息，咸味溢来，好像敞开的贝壳，我想就像柯哒说的，海是性器官，另一个阴道。两边闪过“小海滩”，“康尼岛”，“伦巴宫”和“潘琴”和“佩德罗酒馆”（到晚上就是一枚音乐牡蛎包含着黑珍珠“乔里”[①]唱着打着鼓嘲笑自己也嘲笑一切：世界上最该出名的笑星也可能是最不出名的）还有那些小酒吧，咖啡馆，油炸摊，就像在港口大道，标记出路线的开始和结束，到了比尔特摩街，第五大道的椰枣树换成了大腹便便的白头王棕，我就知道了我们要去的地方，圣塔菲之路。很快（因为库埃踩了油门）我们离开比利亚诺瓦区和“皮肯基肯”（皮啃-鸡啃）（令人难忘的一晚），经过高尔夫球场，看见锚泊地和停泊的豪华快艇，然后在海湾尽头，地平线之后又白又厚实的云层像滨海大道的另一道墙堤。

——你去过罗本多巴吗？

——去过，记得是跟你一起。是个住宅区……

——我是说罗本多酒吧——库埃说。

哈伊玛尼塔斯是个很受欢迎的海滩，但从圣塔菲公路上看过去只是一些扁平、丑陋的混凝土建筑和一间急救站以及一两个混乱的酒吧，一条河被丛林包围，积存的河水不是蓝色褐色或绿色而是脏灰色，太阳一照泛起亮光，大

---

① “乔里”（El Chori，本名 Silvano Shueg Hechevarría，1900—1974），古巴传奇音乐家，据说海明威、马龙・白兰度都是他的崇拜者。

海虽然看不见但就在半个街区外，微风从河道吹过来好像从烟囱上升。

——不记得——我记得我这么说的。——就叫这名字？

——不。叫奥德赛。

——老板肯定叫荷马。为什么不叫埃涅阿斯酒吧？

——你肯定会惊讶，酒吧叫老底嘉①，是老板的姓，名字叫胡安。胡安·老底嘉。

——诗歌诞生于惊讶。

——这地方很神奇。你马上就知道。

我们向右转，上了一条柏油尚黑的新街道，混凝土浇筑的路灯柱高而弯曲，向公路低下头好像菲茨杰拉德时代的新潮女郎在追寻爱情，好像远古猛兽在伸着脖子追踪猎物，又好像火星人在窥视我们的逍遥学派文明。路尽头有一家酒店或试图成为酒店，一座方形建筑。我们左拐，与海平行，就像这座富人独享的威尼斯的条条河道，幸福的业主们可以把汽车停进 cart-port，游艇泊入 yacht-port②，被各种逃逸的可能所护翼。我明白了这就是库埃们的天堂。设计（或者其实施）是虚假的，不真实的，但就像这个国家的一切，由大自然赋予了真正的美。“旅行者”库埃说得对，这的确是个神奇的地方。我们到了酒

① 老底嘉（Laodicea），古代城市，公元前三世纪安条克二世所建，位于今土耳其境内。《圣经·新约·启示录》中曾提及。

② 英文，分别为“车港”、“游艇港”。

吧，就在一座木桥上，在周边的河道上，面朝一个大湖，也是人工的，太阳映在湖面化为金砂，矿脉，海洋的黄金纹路。在酒吧前有一片海葡萄和海岸松组成的小丛林。我看见五棵棕榈树被巨大的千年芋覆满树干，另一棵树上的攀缘植物死了，让这第六棵棕榈树在同伴中显得格外赤裸。

——就这里，阿门——库埃说。我以为他会说阿克梅。

——往回走——我请求。

——干吗？

——往回走，拜托。

——你想回哈瓦那去？

——不是，就往回倒一点，二三十米。倒车，不是掉头。

——后退？

——对。

他倒了车。按我们来的速度往后窜了五十米的样子。

——现在慢慢回去。别着急。

他照做了，我闭上一只眼。我看见河道，锚泊地和平行的大海慢慢过去，最后酒吧和池塘和植被都在单一维度上向我们靠近，尽管有颜色，在我记忆中正如我刚刚看见的那样还是立体的，光线在风景中摇曳，就像在电影里。我感觉自己是菲利普·马洛在雷蒙德·钱德勒的某本小说里。或者罗伯特·蒙哥马利[①]出演，钱德勒小说改编的

① 罗伯特·蒙哥马利（Robert Montgomery，1904—1981），美国导演、演员，曾执导和主演由钱德勒同名小说改编的黑白电影《湖底女人》（*Lady in the Lake*，又名《湖上艳尸》，1947），全片采用男主角的主观视角拍摄。

电影。或者更好，镜头充当蒙哥马利-马洛-钱德勒的眼睛，在《湖底女人》里最精彩，令人难忘的时刻，我在“阿尔卡萨”电影院看的，1946 年 9 月 7 日。我告诉了库埃。我没法不说。

——我的天啊你已经彻底疯了——他对我说着下了车。——疯到家了——他说着往前走。——那是电影——他给出最终诊断。

我们穿过忍冬藤架，旁边是一片草坪，但不是草而是海苔藓。我们进了酒吧。那是一间暗室，我看见深处有模糊的方形的一汪水，随后才发现是个鱼缸。在后面有门朝向我们进来的方向，光线还有些刺眼。有人说话，在身后，一个女人的声音，“有耳可听的就应该听，”许多男人女人在发笑，看不见人，只有无形的声音。库埃跟酒吧招待或店主打招呼，对方立刻回应，仿佛好久没见或者刚刚在他家见过，带着亲热的惊讶。库埃跟我解释那是谁，但我没听，着迷地打量鱼缸，有一条小鳐鱼在打转，无休无止。那是条横纹鲼。库埃告诉我一直有这么一条，一直会死一直换新，但他也分不出来，这一条是前身还是替补。

我们喝着酒。库埃要了一杯戴吉利不加糖多加柠檬。演员的食谱，我对他说。不是，他说，只是做你该做的事：追随**大师**。我要了杯莫吉托，兴致勃勃地观察，在手里把玩这个古巴的隐喻。水，植物，糖（褐糖），朗姆酒和人工制冷。一切完美混合，盛在一个杯子里。供养了七

（百万）人。我要跟库埃说吗？他会自我才华大放飞。休斯[①]说一个被捆住的人比一个自由的人更可怕，也许是因为他随时可能挣开。我对库埃的才华也抱有同样的担心。但我是个大无畏的人。我跟他说了于是他叫来侍者或他的朋友，让照样再上一轮（没忘记预先提醒，老规矩，不要拿走杯子空了也不要紧），库埃放开手脚，放开自控，不：应该说解放了的普罗米库埃，投入到生命与人类与永恒的杂耍中。我为读者省去愚蠢的对话形式，直接献上阿塞尼奥·库埃全集。或者更好的说法，他的学说汇纂。我不知道有没有价值。不管怎样，至少能用来杀死库埃最仇恨的东西：时间。

XI

一个古巴“引”君子的自白[②]

论鸦片[③]：

引自六指头陀（清，猫儒腥学派）语录：

“鸦片是中国人的宗教。”

马克思（他问我马克斯应该读过黑格尔吧？格劳乔。

---

① 指兰斯顿·休斯（Langston Hughes，1902—1967），美国非裔诗人。

② 戏仿德·昆西《一个英国瘾君子的自白》（*The Confession of an English Opium-Eater*）。

③ 阿塞尼奥·德昆（库）西（埃）开始指点江山，激扬文字。当然，小标题出于记录者之手。——原注

格劳乔·马克斯，不是格劳乔·黑格尔）：

“工作是人民的鸦片。

公民凯撒[1]：

“电影是观众的鸦片。”

西尔维斯特雷·鄙人（清影朝）：

“鸦片是盲人的电影。”

萨特前四世纪，克里斯托弗·马洛：

浮士特劳斯（他这么说的，随后严肃更正了）浮士德：Where are you damned?

摩菲斯多德：In hell.

浮士德：How comes it then thou art out of hell?

摩菲斯多德：Why this is hell![2]

浮士德之日：

关于《化身博士》[3]有很多诠释：有些很机智（博尔赫斯），有些很流行（维克托·弗莱明），还有些产生混

① 戏仿美国电影《公民凯恩》（*Citizen Kane*，1942）。

② 克里斯托弗·马洛《浮士德博士的悲剧》第一幕第三场：

——“神罚你们到何处？”

——“到地狱。”

——“那你如何出得地狱？”

——“啊此处即地狱！”

③ 英国作家史蒂文森（Robert Louis Stevenson，1850—1894）的小说。

乱（让·雷诺阿）。[①]注意我跟你说的是文学和影视。当代文化。肯定还有很多我遗漏的，但我觉得没有一个诠释版本——不论是魔幻的精神分析的还是理性主义的——能揭示真正的奥秘（停顿。阿塞尼奥·沃尔夫冈·库埃德歌要为自己的话平添几分戏剧性，手里拿着第二杯酒）。史蒂文森的中篇小说——西尔维斯特雷，记在你的小本本上——就是另一个版本的浮士德神话。

艺术与门徒：

“Neither the lunar nor the solar spheres,

Nor the dry land nor the waters over earth

Nor the air nor the moving winds in the limitless spaces

Shall endure ever:

Thou a'one art! Thou alone![②]

Rag Majh Ki Var

《息克教圣典》

---

① 维克托·弗莱明（Victor Fleming，1889—1949），美国导演，曾执导《绿野仙踪》和《乱世佳人》，1941 年将《化身博士》搬上大银幕；让·雷诺阿（Jean Renoir，1894—1979），法国导演，曾执导由《化身博士》改编的黑白电影《科德利尔的遗嘱》（*Le Testament du docteur Cordelier*，1959）。

② 英文，意为“无论月亮抑或太阳空间，/干燥之地或水满之所/无论空气抑或移动于无尽空间的风/无一能永/**尔乃同一种艺术！尔自己！**”

库瓦菲斯[①]：

“没有野蛮人我们会怎样？

这些人仿佛就是答案。”

男人运动写真：

“The condom is a mechanical barrier used by the male” [②]

——伊丽莎白·派克，医学博士

《女人一生的七个时期》[③]

肥倮特奥·萨马涅戈会怎么说，隐藏的《巫民尼亚》作者[④]？

每到夜深时，总有一个问题在我耳边回响，是个意大利腔的声音：维托里奥·坎波罗真的存在过吗[⑤]？

英国人在浴室：

---

① 戏仿卡瓦菲斯(C. P. Cavafy，1863—1933)，希腊诗人。

② 英文，意为“避孕套是一种供男性使用的机械性屏障”。

③ 莎士比亚《皆大欢喜》第二幕第七场：“人的一生中扮演着好几个角色，他的表演可以分成七个时期。”(朱生豪译)

④ 此处作 Fileteo Samaniego 是戏仿菲洛特奥·萨马涅戈(Filoteo Samaniego，1928—2013)，厄瓜多尔作家，著有诗集《女神巫米尼亚》(*Umiña*，1960)等。

⑤ 维多利奥·坎波罗(Vittorio Campolo，1903—1968)，阿根廷著名拳击手。此处戏仿阿根廷女作家维多利亚·奥坎波(Victoria Ocampo，1890—1979)。

尤里卡浴缸[①]（香克斯有限公司出品，巴恩黑德，苏格兰；参见卡内伊海滩的锡拉库萨酒店）应该为阿基米德的发明工作提供了相当的便利。（或者这是有关英国水暖工汹涌澎湃的幽默感的又一证明？）

虚无是永恒的另一个名字：

虚无比存在更多。虚无永远在此处，潜伏着。存在必须让自身呈现。存在从虚无中来，努力显明自身然后再次消失，消失在虚无中。

我们并不生活在虚无中，但虚无以某种方式生活在我们之中。

虚无不是存在的反面，存在是其他形式的虚无。

天堂缪斯或了结库埃之结的酷劫：

新大陆的发现者把我们的海牛当成了美人鱼：乳房，近似于人的脸及其交媾的方式，都促成了这一类比。但他们没注意到其他更古巴的象征，仅仅因为是植物。

棕榈树，具有女性线条的树干和绿色长发的羽饰，是我们的美杜莎。

烟草（淡巴菰，对那些黑暗角落里的外国人而言就是名牌雪茄）燃烧起来是另一种不死鸟：看似熄灭，死亡之

① 尤里卡(Eureka)：希腊文，"我发现了"；相传古希腊学者阿基米德在浴盆中洗澡时找到了灵感，大喊："我发现了！"

时，火的生命从它的灰烬中升腾。

香蕉是热带的九头蛇许德拉：斩下水果的头立刻长出新的，植株萌发生的新命。

茶的康塔塔，咖啡的夜曲，马黛茶的赋格：

咖啡催化性欲。茶催化知识。马黛茶就是一团苦涩，原始的残渣，在纽约 1955 年一个宿醉的黎明。（我说的是自己，也多少是你，西尔维斯特雷。我不在乎科学家怎么说。所以我举了这个遥远的私人例证。）

咖啡馆在 12 街和 23 街的街角，黎明时分，天亮了起来，清晨滨海大道的风吹在脸上，刺激我的感官而速度（速度的迷人之处在于把物理行动变成形而上经验：速度把时间变成空间——我，西尔维斯特雷，告诉他电影能把空间变成时间，库埃回答，那是另一种超出物理学的经验），速度，我自己，从正面和侧面同时被晨风吹打，空空的肚子和疲倦让你意识到自己肉体的存在，带着失眠者幸福的清醒四处游荡，无休无止的一个晚上，一-个-全-是-耳-语-和-背-景-音-乐-的-晚-上，镌刻，就在这时候喝咖啡——一杯简简单单三分钱的咖啡——黑咖啡，什么也不加，当“瘦子”，那长长的孤单的影子①，结束了他的守夜，之前已经吓到了梦游人，上早班的工人，疲倦的

① 戏仿哥伦比亚现代主义诗人何塞·亚松森·希尔瓦（José Asunción Silva，1865—1896）《第三夜曲》中的诗句。

巡夜人，被露水和精液浸湿的婊子，他们所有人，哥伦布公墓门前夜间动物园的所有生灵，配上柴可夫斯基或普罗科菲耶夫或斯特拉文斯基（他的音乐癖会一直延伸到韦伯恩和勋伯格还有，我的神啊，一定会被弄死，埃德加·瓦雷兹）[①]，这些“瘦子”念都念不出来的名字，回响在23街和12街（注意23加12等于35而3加5等于8同时2加3以及1加2分别等于5和3，加起来也是8：那个街角注定要跟死亡有关：8在彩票号码中对应的是死人，你知道的：这就解释了为什么墓地在萨巴塔和12街，距离一个长街区，12和23是墓地在哈瓦那的通俗同义词）在他可怜的便携唱机里带划痕的音乐——这半杯水和香气和黑色变成（在我里面）一种寻找的急迫，女演员们的艾力波，名叫N或M或M或N，到家里把她们从聚光灯下的梦中唤醒，在她慵懒的睡意和我清醒的守望和永恒夏天上午肿胀的热气之间，做爱做爱做爱——做到加快，加快，快（库-埃）。

喝茶总是能让我干事情，想事情，想做点什么——我说的是精神层面。

这应该可以用科学解释，与叶状刺激或血液循环或颅

① 柴可夫斯基（Pyotr Ilyich Tchaikovsky，1840—1893）、普罗科菲耶夫（Sergei Prokofiev，1891—1953）、斯特拉文斯基皆为俄罗斯作曲家；安东·韦伯恩（Anton Webern，1883—1945）、勋伯格（Arnold Schoenberg，1874—1951）为奥地利作曲家；埃德加·瓦雷兹（Edgard Varèse，1883—1965）为法裔美国作曲家。

相学家所谓的头颅皮下灌注，以及太阳神经丛交感微颤有关。但我不想知道，我不想看见①，不想了解什么科学假说。不要告诉我，西尔维斯特雷。别。

我为马塞多尼奥·费尔南德斯感到遗憾，也为博尔赫斯，也许还有比奥伊·卡萨雷斯，尽管我已经准备好为“胜利”·奥坎波的失利而开心②：马黛茶无法造就一种文化。

*Godspeed*③：

你觉得坐飞机听帕莱斯特里那④太可笑。对，维多利亚神甫⑤是我的副驾驶⑥。不过你想没想过速度对文学的影响。请想一下，就是这个现象：一架往来于伦敦和巴黎之间的飞机，巴黎-伦敦返程抵达的时候比出发时还快了五分钟。那如果一个人以每小时 5 千或 6 千公里移动然后发现他思考的速度比运动还慢会怎么样？这个人还是帕斯卡认为的同一根会思考的芦苇吗？居然你有时候还觉得我开得太快。

---

① 西班牙诗人加西亚·洛尔迦《为伊格纳修·桑切斯·梅西亚所作的哀歌》中反复吟唱的名句：“我不想看见……”

② 马塞多尼奥·费尔南德斯（Macedonio Fernández，1874—1952）、比奥伊·卡萨雷斯（Bioy Casares，1914—1999）和维多利亚·奥坎波都是二十世纪重量级的阿根廷作家；维多利亚（Victoria）字面上有“胜利”的意思。

③ 英文，意为“一路平安，一切顺利”。

④ 帕莱斯特里那，意大利文艺复兴时期作曲家，见 389 页注。

⑤ 维多利亚神甫（Francisco de Vitoria，1486—1546），西班牙文艺复兴时代的神学家和法学家，国际法的创始人之一。

⑥ 戏仿美国电影《上帝是我的副驾驶》（*God is My Co-Pilot*，1945）。

我为什么不写作：

你常常问我为什么不写作。我可以告诉你是因为我没有历史感。我需要花上一整天时间来想第二天。我永远做不到，像司汤达那样说，我将在2058年被阅读。（加起来是15或33，个位和十位相加都是6，而这个偶数在镜子里有一个奇数形象：9。）Domani e troppo tardi.①

另外，我无论对普鲁斯特（他说的是“普鲁～”，发音无比清晰），还是詹姆斯·乔伊斯（库埃念成擅莫似·乔意思）或者卡夫卡（他精心修饰的声音听起来像“咔不咔”）都毫无敬意。圣三位一体，在二十世纪不崇拜他们就等于丧失写作资格——我到了二十一世纪也没法写作。

贝城比贡布雷对我更有意义，这是我的错吗？是，我想是的。你也是吗？你会把这个叫作钱德勒综合征。②

关于劳拉·阿克敦伦？

性欲导致腐败，绝对的性欲导致绝对的腐败。③

*Way of Livink*④：

---

① 意大利文，意为“明天已太晚。”

② 贡布雷（Combrai）是普鲁斯特《追忆似水年华》中的小镇；贝城（Bay City）是雷蒙德·钱德勒小说中的场景城市。

③ 戏仿英国阿克顿勋爵（Lord Acton，1834—1902）的名言：“权力导致腐败，绝对的权力导致绝对的腐败。”

④ 意为“随性生活”。

我活在随性，混乱，无序之中。这混沌必定百分百属于生活的另一隐喻。

谁会是我的口技演员？

The Time Killer[①]：

马尔菲公爵夫人[②]宽恕了刽子手因为没有这些人她自己也会死于流感。干吗那么仇恨希特勒？他杀的那些人里大部分本来也活不到现在。应该发起一场运动，到联合国，或者任何地方，控诉时间这个屠杀人类的罪犯。

形而上学混沌或生命混沌之例证：

埃拉与伽巴撸死[③]的寓言：我卷入了与胡安·布兰科的暧昧斗争，他外号扬·德怀特，《悲歌》的作者（署笔名乔万尼·比安奇）[④]。我们晚上八点从他家出来去帕塞奥和萨巴塔的街角。胡安要了杯巧克力奶昔，我要的是番茄汁。他，番荔枝冰激凌，我阿塞尼奥·库埃：草莓配奶

① 英文，意为"时间杀手"。

②《马尔菲公爵夫人》是英国剧作家约翰·韦伯斯特（John Webster，1580—1632）的代表作之一。

③ 埃拉伽巴路斯（Heliogábalo，即 Heliogabalus，204—222），罗马皇帝，以荒淫著称。

④ "扬"和"乔万尼"分别是西语人名"胡安"在波兰语和意大利语中的对应变体；"布兰科"、"怀特"和"比安奇"即西班牙语、荷兰语和意大利语中的"白色"。

油。JB[①]：菠萝汁然后再来个维生素V8——而我，夹肉三明治。胡安吃下一份面包加牛排，因为他知道主菜时代已来临。我要了份米布丁：生有时，死有时，前菜有时，甜点有时。[②]胡安·布兰科嚼着一份面包布丁，我小口对付一个芝士汉堡。JoB要了马萨雷[③]，鄙人番石榴蛋糕。(见鬼，我们耗尽了菜单和生命！)伊(胡)万(安)要了一升牛奶，西伯利亚一般冰凉，西巴利斯[④]一般奢侈。一见此情此景我立刻打出手势"马上回来"，脸色苍白泛蓝，跑了出去，奔向生死攸关的厕所。当然是我输了。My kingdom for a cow! [⑤]等我回来的时候，胡安，让，约翰内斯，约翰，若昂[⑥]，正在服用泡腾健胃消食片。但盛牛奶的大杯，啊哈，已经空了。他们会保存起来，用铂和铱浇铸后珍藏于耐力博物馆。Ave Ioannis Vomituri te

① JB是胡安·布兰科姓名的首字母，同时也是苏格兰威士忌品牌"珍宝"(Justerini & Brook)的缩写。

② 戏仿《圣经·旧约》："生有时，死有时。栽种有时，拔出所栽种的，也有时。杀戮有时，医治有时。拆毁有时，建造有时。哭有时，笑有时。哀恸有时，跳舞有时。抛掷石头有时，堆聚石头有时。怀抱有时，不怀抱有时。寻找有时，失落有时。保守有时，舍弃有时。撕裂有时，缝补有时。静默有时，言语有时。喜爱有时，恨恶有时。争战有时，和好有时。"(传道书3:2—8)

③ Job是《圣经》人物约伯；马萨雷(masarreal)是一种古巴甜食。

④ 西巴利斯(Síbari)，意大利古代城市，以豪奢著名。

⑤ 英文，意为"我愿用整个王国换一头奶牛！"，再次戏仿莎士比亚《理查三世》第五幕第四场中的著名台词："My kingdom for a horse!"见335页注。

⑥ 分别是西语人名"胡安"在法语、德语、英语、葡语中的对应变体。

Salutant. SPQIB.[①]

我们回到他的公寓。这天晚上挤满了音乐学院的女生。她们这是第三次，天哪，来听“贝九”，那个“被捆锁的怪物”的交响曲，某天就在这里一位音乐宁芙就是这么称呼贝多芬的。你别紧张，Silver Tray[②]，另一位姑娘还坚持称之为“波恩的瞎子”[③]。这时候听“聋子”还太早，看杜塞[④]又太晚，又一个姑娘（她们凭自发的堕落行动）把我领到阳台，让我兴奋得暗暗搓手。然而我们只做了一件事，就是再次证明了相对论。她指着一处亮光给我看，金星，她告诉我，启明星。问题不在于现在是傍晚，也不是欲望的失落，而在于我望过去只看见一个黄色下流的灯泡在某露台上闪烁。一切神圣的东西都烟消云散了，但我什么也没说，我相信布莱希特，他说真相不必告诉全世界。

在这个“嗨战”之夜我们半夜下了楼，所有人，在马拉松之后吃点东西。姑娘们，这些音乐迷妹坚持，在路易斯·范[⑤]饱受折磨的灵魂和美国胜利唱机公司薪水优厚的

---

① 拉丁文，意为“呕吐者·胡安，吾人向你致意”；SPQR 为拉丁文缩写，即“罗马元老院与人民”（Senatus Populusque Romanus），这里加上的 IB 是胡安·布兰科姓名拉丁文转写的首字母（拉丁语中 J 与 I 相同）。

② 英文，意为“银托盘”，与西尔维斯特雷的名字读音相似。

③ 贝多芬生于波恩，晚年耳聋，这里故意说成“瞎子”，见 382 页注。

④ 爱莲诺拉·杜塞（Eleonora Duse，1858—1924），意大利女演员。

⑤ 路易斯·范（Luis Van Rooten，1906—1973），生于墨西哥的好莱坞演员。

工程师们为我们提供精神食粮之后不该再摄取太物质的食物。我们表示同意，摆出心悦诚服的脸同时用哼唱掩饰打嗝儿。

啊，奥斯卡·荒尔德野[①]：

"There is a land full of strange flowers and subtle perfumes... a land where all things are perfect and poisonous." [②]

666 冲锋[③]

他又回到数字，那就是他的 666 冲锋，阿塞尼奥·库埃热爱数字就像爱他自己——或反之亦然。

3 是**至高之数**，近乎**第一数**，因为是第一个质数，即只能被自身和一整除。（库埃说的是**独一**。）

你不觉得奇怪吗 5 和 2 这两个数字那么不同又那么相像？（我没表示异议，他也没解释为什么。）

数字 8 是解开**奥秘**的另一把钥匙。它由两个 0 组成又是第一个立方数。**大递进**，就是说，2，是它的立方根而 8 是两倍的 4，后者是典型的几何或毕达哥拉斯数字。这一

---

① 《啊，奥斯卡·荒尔德野》（*Ah oscarwilderness*）是对尤金·奥尼尔剧作名《啊，荒野》（*Ah，Wilderness*！）的戏仿。

② 英文，意为"那是一片开满奇异花朵的土地，香气微渺……在那片土地上一切完美而剧毒"。出自奥斯卡·王尔德的书信。

③ 《轻骑旅的冲锋》（*The Charge of the Light Brigade*，又译《英烈传》，1936），英国电影。666 是《圣经》中敌基督的数字。

切都是纵向的，并且 8 在古巴彩票里代表死亡，而 64，在彩票里就是大写的死亡，**大死亡**。8 × 8 = 64 我相信你知道。（我点点下面的头表示肯定。）在古代那是献给波塞冬的数字，那位尼普顿诺诺①，在古巴有以他命名的街道和雕像还有灯塔，是你的最爱。那条街，别忘了，从中央公园开始。

这同一个数字累了就躺下，就伸长，没有穷尽，就是无穷大∞。（或者它的象征，那是我们关于无限唯一的有限知识，我对他说。他没听见。）空间是一张普洛克路斯忒斯之床②。

数字五（抱歉，库埃，老伙计，是 5）在中国数字神话学中是一个魔力数字：他们发明了五感，五种身体器官，等等。

数字 9 是另一个表现“奇特”的数字。当然，它是 3 的平方，3 是第一个真正的奇数，因为 1 是独一，是基础，我们的母亲。（那零呢？我问。）那是阿拉伯人的概念，他对我说。0 不是数字。（但那是我们的无穷，我说。我们的起点和终点。他微微一笑。还跟我做了个手势，那个通俗手印代表都行或很好——或者啥也没有。）9 加 9 是 18 而 9 乘 9 是 81。翻过来掉过去，镜中的数字。你会

---

① 波塞冬与尼普顿分别是希腊罗马神话中海神的名字，哈瓦那有一条尼普顿街；路易吉·诺诺（Luigi Nono，1924—1990），意大利作曲家。

② 普洛克路斯忒斯是希腊神话中的强盗，强迫旅客身高者睡短床，用斧子砍断伸出的肢体，身矮者睡长床，强行拉长身体。

发现，把个位与十位的数字相加我们总能回到 9。

你知道不知道比起奇数和偶数来质数是很奇怪的？（我不知道。）是的，质数的序列是不连贯的随机，到现在还没完全揭示。永远不会。只有大数学家和大魔法师才找得到质数——或者说有这个可能。

（那么阿塞尼奥·库埃，在他们中间，会占什么位置？）

我现在要向你展示真正的完美数字。（他停下看了我一眼。）你不觉得奇怪吗在几乎所有的打字机上，就像你的打字机，数字符[①]在 3 上面，好像在说这就是**数字**？这就是数字幻方。

（他煞有介事地抄起一张餐巾纸又从兜里拿出我的钢笔。他开始写数字。）

4　　9　　2

（他停住。我猜是要做加法。）

4　　9　　2

3　　5　　7

（他停下不写看了我一眼。都是质数，他说。）

4　　9　　2

3　　5　　7

8

---

① “数字符”(signo de número)即中文里的井字符“＃”。

（我们希望最后这个数不会像你一样醉倒，我对他说。稍微把持不住，像艾力波说的，我们就将落入无穷大的魔爪。）

4	9	2
3	5	7
8	1	

（稳定属于你，他对我说，微笑着，也属于我。）

4	9	2
3	5	7
8	1	6

（他朝纸上看了一眼，一副大获全胜的样子，仿佛发明了或正在发明这个数字方阵。）

好了。幻方完成。相当于一个圆，他看着我期待我问为什么。（为什么？）因为不管你怎么加都等于 15。水平相加，垂直相加，斜线相加，都是 15。而且注意，把个位和十位，1 和 5，相加得 6，就是最后一个数字，把个位和十位相减得 4，就是第一个数字。

你看到了，没有 0。历史上证明幻方早于阿拉伯人，因为从前用的是字母来代替数字。对我来说这就是生命的幻方。

（我想说他是晚期欧几里得，但在他的回答中看到了早期毕达哥拉斯。）

否认你的虚无。否认 0。

随机文学

（在这里我发表了评论——众人中只我一个：但我总是这样：总要对我面前的一切做出反应，哪怕是镜子里的自己——我指责他被数字冲昏了头而他朗诵作为回答：）

我只信任不确定的事物
只有清晰的事物才让我觉得模糊
除了确定本身之外我从不质疑
在偶然中我把知识找寻
当我赢得一切，就在失丧中退隐

弗朗索瓦·维庸

*Ballade du Concours de Blois*①

（这是文学。我对他说了么？）

不，文学是**可能的杰作**：你得重写《红与黑》，一页接一页，一行接一行，一句接一句写，一个词接一个词，一个字母接一个字母地写。你还得把一个个句号逗号都放在同样的位置，非常小心地避开原来的句号逗号。你得放好那些 i（还有那些 j，我补充）上的点儿，不要移动原来的点儿。谁能这么做写出一本完全不同的书，一模一样但不同，就能完成这部**杰作**。只要署上名（皮埃尔·梅纳

① 维庸（François Villon，1431—1463），法国文艺复兴时期诗人；诗题为法文，《布卢瓦城堡雅集之歌》。

尔[1]，我插了一句——阿塞尼奥没反驳只是说：你也这么以为？）署名（他来了个博尔赫斯式的停顿）司汤达，这部**完全的杰作**就完成了。

（这是用隐显墨水描画的蓝图。）

不。连计划也用不着。对我来说唯一可能的文学，是一种随机文学。（就像音乐？我问。）不，不需要任何乐谱，只要一本字典。（我应该是想到了牾斯忒罗斐冬，因为他立刻纠正：）或者说一个完全无序的单词表，在那里你的朋友芝诺不仅将与阿维森纳[2]牵起手来，这很容易因为一个是 Z 一个是 A 打头，而且都距离豆菜饭或来复枪或月亮不远。和书一起，分发给读者一组起书名用的字母和一对骰子。有了这三样东西，每个人都可以做出自己的书。只需要掷骰子就可以。掷出 1 和 3，那就找第一和第三个词或者 4 号甚至 13 号词——或者所有这些词，以任意顺序来读，从而减少或增加了偶然性。列表里词语的排序也完全是随机的，这个顺序也可以用掷骰子决定。可能到那时候我们就会有真正的诗歌了，诗人也变成制作者或新一代的吟游诗人。所谓的随机文学也不是某种比拟或隐喻。Alea jacta est， 意思是骰子已经掷出，我猜你知道。

（嗯，我资道，我说。你干吗不把这个叫随文机学？）

---

① 指阿根廷作家博尔赫斯的名篇《〈吉诃德〉的作者皮埃尔·梅纳尔》。

② 芝诺（Zenón），公元前五世纪的希腊哲学家和数学家，见 351 页注；阿维森纳（Avicena，980—1037），波斯哲学家、科学家和医学家。

那就又成了牾斯忒罗斐冬学。

（其实，他也有个跟你很相似的想法。）

是吗？什么？我知道吗？

（他是在担心还是感兴趣而已？很相似，真的。牾斯忒罗斐冬认为可以用两三个词做一本书而我知道他甚至用一个词就写了一页。）

那恰诺·波索比他早，1946年就干过。（是吗？）

想想那首瓜拉恰舞曲《Blen blen blen》[①]。歌词不能再简单：

① 戏仿古巴爵士音乐家恰诺·波索的同名曲。

总谱

Blen blen blen blen blen blen blen blen blen blen blen
blen blen blen blen blen blen blen blen blen blen blen blen
blen blen blen blen blen blen blen blen blen blen blen blen
blen blen blen blen blen blen blen blen blen blen blen blen
blen blen blen blen blen blen blen blen blen blen blen blen
blen blen blen blen blen blen blen blen blen blen blen blen
blen blen blen blen blen blen blen blen blen blen blen blen
blen blen blen blen blen blen blen blen blen blen blen blen
blen blen blen blen blen blen blen blen blen blen blen blen
blen blen blen blen blen blen blen blen blen blen blen blen
blen blen blen blen blen blen blen blen blen blen blen blen
blen blen blen blen blen blen blen blen blen blen blen blen
blen blen blen blen blen blen blen blen blen blen blen blen
blen blen blen blen blen blen blen blen blen blen blen blen
blen blen blen blen blen blen blen blen blen blen blen blen
blen blen blen blen blen blen blen blen blen blen blen blen
blen blen blen blen blen blen blen blen blen blen blen blen
blen blen blen blen blen blen blen blen blen blen blen blen
blen blen blen blen blen blen blen blen blen blen blen blen
blen blen blen blen blen blen blen blen blen blen blen blen
blen blen blen blen blen blen blen blen blen blen blen blen
blen blen blen blen blen blen blen blen blen blen blen blen
blen blen blen blen blen blen blen blen blen blen blen blen
blen blen blen blen blen blen blen blen blen blen blen blen
blen blen blen blen blen blen blen blen blen blen blen blen
blen blen blen blen blen blen blen blen blen blen blen blen
blen blen blen blen blen blen blen blen blen blen blen blen
blen blen blen blen blen blen blen blen blen blen blen blen
blen blen blen blen blen blen blen blen blen blen blen blen
blen blen blen blen blen blen blen blen blen blen blen blen
blen blen blen blen blen blen blen blen blen blen blen blen
blen blen blen blen blen blen blen blen blen blen blen blen
blen blen blen blen blen blen blen blen blen blen blen blen

关于这个塞诺维娅·坎普鲁维[①]会怎么说?

乌尔德里卡·马尼亚斯[②]会怎么说?

弗吉尼亚·伍尔芙(你会称之为弗吉尼亚·鲁尔福)又会怎么说?

“你与我一起化作泥土,烟雾,尘埃,阴影,虚无。”[③](谁怕?)

如何杀死一头大象:土著方式[④]

在非洲很少有足够深的河流能让大象这样的巨兽被迫游水,常常能看到迁徙的兽群涉水而过。一般水只没到(大象的)膝盖,但有时候也会没过大象全身。于是它们走在河床上,只把长鼻子露出水面,好像能呼吸的潜望镜。

本地的猎人(不是盗猎人)会利用大象过河的时机。他们把重物绑在投枪上,从独木舟投到浮潜的巨兽身上。重量使长鼻沉没,De Olifant[⑤]就淹死了。

八小时后(不是钟表时间,非洲时间)皮囊内产生的

---

① 塞诺维娅·坎普鲁维(Zenobia Camprubí, 1887—1956),西班牙作家和翻译家,诗人希梅内斯(Juan Ramón Jiménez,1881—1958)的妻子。

② 乌尔德里卡·马尼亚斯(Ulderica Mañas, 1905—1985),古巴女摄影家。

③ 西班牙巴洛克诗人贡戈拉(Luis de Góngora,1561—1627)十四行诗中的名句。

④《射杀一头大象》(Shooting an Elephant,又译《猎象记》)是英国作家乔治·奥威尔的散文名篇。

⑤ 荷兰雪茄品牌,字面有“大象”的意思。

气体会使大象浮起来，就好像一只扎着鱼叉的鲸鱼，本地猎人就轻松得到了猎物。

（这显然，是一段摘抄。他从什么鬼地方翻出来的，这个形而上的查理·麦卡锡[①]）？

Popuhilarity[②]：

有人说形而上词汇的流行是因为可以用在任何场合。

Pascalma[③]：

&人们把抽象的美德当成了自己的美德。所谓道德迷信。

&每当有人说，我从不奉承有权人，他的意思是不应该奉承有权人。我们都把奉承献给强者也接受弱者的奉承。后半句揭露出另一种声明的虚伪：我不喜欢别人奉承。这是黑格尔唯一的非凡发现（我特设的鬼脸，西尔维斯特雷出品），古老的主奴关系，深刻得让人忘记了同一个人曾经说过：“人所知者多过所不知者。”

&法国人把理智当成美德，而那不过是一种恶习：是对人生一厢情愿的看法，其实是混乱。至少我的生活（我

---

① 查理·麦卡锡（Charlie McCarthy）是美国口技演员埃德加·卑尔根（Edgar Bergen，1903—1978）的著名人偶。

② 自造的英文词，由 popular（“流行，通俗”）和 hilarity（“欢闹，狂欢”）合成。

③ 自造词，Pascal（法国哲学家帕斯卡），calma（镇静），alma（灵魂），palma（棕榈）……

唯一多少有所了解的生活）是混乱。

有人眼中生活是逻辑有序的，也有人包括我眼中是荒谬混乱的。艺术（就像宗教或科学或哲学）是另一种把秩序之光强加于混沌之暗的尝试。你是幸福的，西尔维斯特雷，你可以或者你以为你可以用语言做到。

&很遗憾：艺术总在努力模仿生活。乌拉喜亚“开开心心”①：当生活复制艺术的时候。

唯一永恒的是永恒

&死亡是回到起点，完成循环，返回到全部的未来。就是说，也回到过去，就是说，回到永恒。如果愿意你可以加上点儿 T.S.艾略特（他差点说成替死爱虐），比如 Time present and time past②或格特鲁德·斯泰因那句，你喜欢的那句③。

&生命是死亡换了形式的延续。（反之亦然，我说。）

&生命不过是半个括号热切地期待另一半。我们只能延迟**大来临**（或者**大降临**，对你来说，西尔维斯叶芝④）

---

① “开开心心”（Happy-happy）是小号手何塞·玛利亚·乌拉喜亚（José María Ulacia）1943 年的流行曲。

② 英文，“现在与过去的时光”，出自艾略特的《四个四重奏》之“焚毁的诺顿”。

③ 指美国作家格特鲁德·斯泰因（Gertrude Stein，1874—1946）广为流传的名言：“玫瑰是玫瑰是玫瑰是玫瑰。”

④ 指诗人叶芝的诗作《第二次降临》（The Second Coming）；在古巴西语中，“降临”（venida）也有性高潮的意思。

从中打开其他括号：创造，游戏，学习——或那个**大括号**（），性。（你的**大降临**放那儿更合适，我对他说。他笑了。）这是生命的正字法。

&死亡是一视同仁的矫正器：上帝的压路机。

&死亡是看不见的老虎，缅甸人这么说。对我来说不是老虎，是看不见的汽车。我的看不见的敞篷车。有一天我会撞上或被她压过去或者被她甩到永恒的街道，时速一百。

你知道多发男和秃头女①的故事吗，相约撒马利亚故事的克里奥约版本？一个多发男走在街上看见了死神而死神没看见他，他听见死神说，“我今天必须带走一个多发男。”他赶紧跑进一家理发店对理发师说，“剃光。”他回到街上十分高兴，一根头发也没有。死神，就是秃头女，走来走去找多发男，累得要死，看见这个光头就说，“好吧，既然找不着多发男，我就把这个秃子带走。”

这个故事告诉我们：所有人都是要死的，但有些男人死得更快些。

&弗洛伊德忘了另一个犹太人，所罗门王的智慧：性不是人在生与死之间唯一的动力。还有另一个，虚荣。比起性的活塞，生命（以及另一种生命，历史）更多地是被虚荣的轮子所驱动。

&奥尔特加（何塞·奥尔特加-加塞特，不是多明

① “秃头女”(la Pelona)在西语文化中是死神的绰号。

戈·奥尔特加[①]）说过，我是我自己及我身处的格局。（一个希伯来人会说，我说，我是我自己及我身受的割礼。）

&恶人总是得胜：亚伯是第一个失败的。[②]

&并不是上帝庇护恶人所以恶人比善人多。是因为一个恶人顶得上一群善人。

&当受害者比当凶手好。

&里内说，他总是把一切都跟舞台联系上，恶不会调度布局，恶人知道怎么演出精彩的第一幕，不错的第二幕，但总是失败在第三幕。这就好像男孩遇见女孩/男孩失去女孩/男孩找到生命中的女孩。恶人在莎剧中下场会很惨——在第四幕和第五幕。但那些独幕剧的人生呢？

&恶习比美德更真实：我们认为亚哈船长比水手比利·巴德[③]更可信。

&善害怕恶，而恶嘲笑善。

&地狱的地基可以由善意铺成[④]，但其他部分（测绘，建筑和装饰）都出自恶意。建设可不是容易的事。（把《神曲·地狱篇》当作工程手册——西尔维斯特雷）

&恶是善的最后避难所。（“反之亦然”，一个低低的

---

① 多明戈·奥尔特加（Domingo Ortega，1906—1988），西班牙著名斗牛士。

② 亚伯（Abel），《圣经》人物，亚当之子，被其兄该隐所杀。

③ 亚哈（Ahab）和比利·巴德（Billy Budd）分别为美国作家麦尔维尔小说《白鲸》和《水手比利·巴德》中的人物。

④ 英国经济学家和政治哲学家哈耶克的名言：“通往地狱的路，都是由善意铺成。”

声音说，喝醉的声音。）

&恶是善换了形式的延续。（反之易燃！）

我们不是又回到起点了吗？

（我不知道我们永远也不会知道，因为这里我已经厌倦了给这位苏格拉底当柏拉图。）

XII

我盯着鱼缸看。也有一些无名的小鱼我没看到，因为执着的、不休止的、幽灵般的鳐鱼一直转着圈子，每当到达石块间隐藏的点就亮出它苍白病态的脸，随即消失在死水的黑暗里，然后重新出现，一刻不停。我感觉到一种意料之中的残忍，毕竟这只是一条鱼。是蝠鲼，库埃（又名古巴林奈[1]）说，并为我解惑说它们在被捕获后最多活一个月，即使在大水池里也不行，就像鲨鱼一样，会趴在池底不动拒绝游水窒息而死。大自然的荒谬：一条淹死的鱼。鲨鱼和鳐鱼都不是鱼，库埃继续给我上课。我感谢关于鳐鱼的信息，更感谢鳐鱼的存在，鳐鱼在致命水箱里的严酷处境，因为我忘了阿塞尼采·库埃却想起了德拉库拉伯爵，令人难忘的贝拉·卢戈西扮演，我在蝠鲼巨大胸鳍的扇动中，奇异苍白的脸上，强光和阴影间穿梭的执着中认出了他，我还看见了不祥的美人卡罗尔·波兰德在《吸

① 林奈（Carl von Linné，1707—1778），瑞典博物学家，现代生物分类学之父。

血鬼的印记》[①]里的样子，和老贝拉一起（贝拉拿着杯蜡，牾斯忒罗斐冬会这么说）在浪漫主义的蜘蛛网后面，走下巴洛克式的楼梯直到静穆的哥特式窗前观察了一会儿受害者——她正恰到好处地睡在浪漫派风格的窗帘间“新艺术”风格的沙发上——并没在意风格上的错乱（德拉库拉不是室内设计师，虽然看起来颇像）合身扑向充满诱惑的颈子：肉体的应许之地，行走的血库，爱与痛的对象，会让那位 “神圣祖父”为之疯狂，肥硕浮肿又贪婪，他端坐在沙朗通影院[②]带装饰钉的扶手椅上，喝着桑格利亚[③]吃着玫瑰色的肝脏仿佛爆米花，随后在蝠鲼的又一次海下教堂巡游中，我看见双重不死的卢戈西出于无穷的邪恶被一个小小的十架受难像吓得不轻，在同一个回忆的镜头中我看见我叔叔在某次家庭争端中爆发渎神的狂怒，扯下自己的护身符用脚一通践踏又丢进院子里，下午刚丢掉但到了晚上从电影院看《吸血鬼》回来，就像“疯狂医生”[④]一样提着灯笼在花园里，这个夜间的基督教的驼背

① 贝拉·卢戈西（Bela Lugosi，1882—1956），罗马尼亚演员，在《德拉库拉》（*Dracula*，1931）、《吸血鬼的印记》（*The Mark of the Vampire*，1935）等电影中扮演了吸血鬼伯爵的经典角色；卡罗尔·波兰德（Carol Borland，1914—1994），美国女演员，在《吸血鬼的印记》中塑造了令人难忘的吸血鬼少女露娜。

② “神圣祖父”指萨德侯爵，他死于沙朗通（Charenton）疯人院。

③ 桑格利亚（sangría），西班牙水果酒饮料，字面也有“血液，流血”的意思。

④ 指美国电影《疯狂医生》（*The Mad Doctor*，1933）及《市场街的疯狂医生》（*The Mad Doctor of Market Street*，1942）。

的第欧根尼[①]，找遍了整个花园世界，直到找着那个受难像才回去睡觉，那个黑暗之夜在院子里什么也没发生，因为我一直从床上不错眼珠地盯着，即使有什么生物经过也看不见因为太黑了就像所有乡间没有月光的夜晚，一片漆黑，但满月的时候，当狼毒乌头开花，狼人就出来撒播恐怖，穿过走廊，月光下长长的游廊，每当一根柱子的影子落在脸上他就变得更像狼几分（这是个很妙的电影手法，早在发明渐溶液之前，让小朗·钱尼[②]变成狼形怪兽）然后跑起来，毫无忌惮，穿过花园好像游走的箭，跳过栅栏奔向原野进入苍白的树林，那林间的空地被致命的月光的空白照亮，找到了尼娜·弗彻[③]，攻击她杀死她。杀死之前强暴了她？还是之后？离开了，有能力犯罪，却没能力爱？孩子们不懂这些。成年人会想到这些神话是性无能的幻想，从金刚开始的传统总是让怪兽劫持女主角，但劫来之后就不知道拿她怎么办，只能把爱情的火药消耗在叹息的礼炮上。孩子，那个跟我如此相似的孩子，坐在那里承受甜美的折磨，只看见尼娜·弗彻那雪白，美丽，无生气的身体。不，不是尼娜·弗舍，不，尼娜也是狼，狼女，母狼，猊娜·狒猹，就像那位富有，娇小，没主见的西蒙

---

① 传说古希腊哲学家第欧根尼曾经在白天打着灯笼寻找真正的人。

② 小朗·钱尼（Lon Chaney Jr.，1906—1973），美国名演员朗·钱尼之子，也是演员，以出演狼人、吸血鬼、科学怪人等恐怖片角色闻名。

③ 尼娜·弗舍（Nina Foch，1924—2008），出生于荷兰的美国演员，曾主演《狼人之泣》（*Cry of the Werewolf*，1944）。

妮·西蒙[①]，沉默中围着温水泳池打转的豹女，在健身房/闺房，她把晨衣留在池边，她看不见的身影让一扇扇门吱呀开合，游走穿梭于一个个存物柜之间，我想象中她像猫一样乌黑野性：喷火的眼睛诱惑肯·史密斯，獠牙毕露的口中滴下涎水，带着野兽的喘息亲吻肯特·史密斯，精心打磨的利爪爱抚，揉搓，攫紧，撕裂，粉碎可怜的肯特·史密斯热恋的灵魂和发情的肉体，这简直是一件憾事，一桩罪行让这美人儿染上猫科的怪癖，就像另一件可怕的惨事，那个可怜的墨西哥女孩，在《豹女归来》里，不仅穷还得在边境的黑暗之夜里出门采购，当她回到家，马上要到家的时候，她已经在惊吓中走了一路，仿佛世界上只有她一个人，走在孤寂的街道，背后传来隐秘的脚步声在追近，她越走越快，越走越快，跑了起来，跑啊跑啊跑一直跑到家门口敲啊敲啊敲却没人开门，就像在噩梦里，随着脚步声出现一个黑色邪恶凶猛的影子，那猛兽就在紧闭的门前把她撕碎，太不公平，只留下木门上凶残的爪印，无辜的鲜血顺着门轴可怕地流淌而狡诈的猛兽已经在夜幕中离去，它黑色的邪恶被黑色的夜晚（和剧本）所掩护，当我 1944 年 7 月 21 日来到当代影院时，只有八九

① 西蒙妮·西蒙（Simone Simon，1910—2005），法国演员，与美国演员肯特·史密斯（Kent Smith，1907—1985）主演《豹女》（*Cat People*，1942）和《猫人的诅咒》（*The Curse of the Cat People*，1944），后者的西语版片名译为《豹女归来》（*El Regreso de la Mujer pantera*），但此处提到的情节属于另一部美国电影《豹人》（*Leopard Man*，1943）。

个人零散在座，但渐渐地，不知不觉中，我们挨到了一起，当电影演到一半时我们已经成了一堆睁大的眼睛汗毛倒竖的手外加破碎神经的集合，在电影虚构的惊恐之乐中合而为一，就像我在 1947 年 1 月 3 号在雷帝奥影院看《异世界来客》[①]时一模一样，但那是另一种恐怖，跟我，我们，聚会中抱成一团的共同感觉不一样，我现在明白那种恐怖不那么古老，是当下的恐怖，几乎是政治的恐怖，从一开始就浮现，当科学家和飞行员和观众，我们所有人，冒险者们，试图判定从天而降埋在冰里的物体的模样，就见它暴露在鱼缸里，在极地的玻璃柜里，我们所有人站在那儿，在边缘，他们看见，我们看见，我看见，它是圆的，好像一个盘子，那就是，没错，这个：一架飞碟。**他们**！

幸好现在外面还是白天。

XIII

我们喝了酒，我们喝着酒。库埃刚才去了洗手间，但这里还有他的六个空杯子排成一排，第七个杯子还剩一半。嘛异鼍·特立尼达[②]！有一天我去他家，贫民区的一个房间里，耶西·费尔南德斯跟我一起去采访他，他搞了个秘密仪式为我撒出一堆贝壳儿，在黑暗中，他的房间在

① 《异世界来客》(*The Thing From Another World*, 1951)，美国科幻电影。

② 嘛异鼍·特立尼达(Mayito Trinidad)，古巴巫师，在哈瓦那的萨泰里阿教(结合天主教与非洲部落信仰的一种宗教)圈子里颇有名气。

正午时的阴暗里，一根小蜡烛照亮贝壳，非洲古巴版本的俄耳甫斯秘仪，我想起他给我的三个忠告，想起他给我讲过的那些传说，他称之为部落的秘密，非洲传说，如今是古巴传说。三。记者先生（在古巴没有人是作家，这个职业不存在，那天国家图书馆的管理员就是这么跟我说的，我填借书单的时候在职业一栏填了这个错误的词，作家），他对我说，大记者你不要让任何人用你的笔（我都是用打字机）也不要让人用你的小机机，他对我说，不要让别人用你的梳子，也不要喝东西喝到一半回来再喝。就是这么跟我说的。然而，半满或半空的杯子就在那里，阿塞尼奥·库埃却还没回来。他唯一相信的魔法就是数字的巫术，加起来得到终极数目就像刚才，去洗手间之前，他把一九六六又加起来，结果又是二十二，然后再相加再相加，结果是最终的数量，他称之为终极量，是七——他名字就是七个字母。我不得不告诉他，我从来没见过任何名字能一会儿拉长到二十二然后一会儿又缩短到七，这不叫名字，这叫手风琴。作为回答，他就去了厕所。

我们刚才在讨论，我们讨论着喝了第六杯酒因为谈话又一次，自发自动，落在库埃口中的主题，这回不是性也不是音乐更不是他未完结的警句集合。我猜他停在这里东拉西扯都是为了避开那个问题，唯一的问题，我的问题。然而是库埃在提问，不问不休：

——那我算什么？又一个平庸的读者？译者，另一种叛徒？

他用一个手势阻止了我，俨然疏导谈话的交警。

——我们不要讨论细节，拜托，更不要报人名。把这事留给萨尔瓦多·布埃诺，我知道你是拉丁专家，精通我们的美洲以及那整套挂满了羽毛笔的武器架子，把这事留给安德森·因贝特，桑切斯或者他的接班人[①]。但我，阿塞尼奥·库埃，我认为所有的古巴作家，所有——他把前后的“s”音念出了回响，被朗姆酒浸湿——你可能是个例外，我这么说不是因为当着你的面，你知道的，而是因为——我确实没在你背后，我说——因为我隐隐有介种感觉——我表示感谢。——不客气。但是，别急，得加个括号或者用音乐术语表达，一个休止符。你这一代的其他人都不过是福克纳和海明威和多斯·帕索斯[②]的糟糕读者，最时髦的不过是模仿可怜的斯科特和塞林格和斯泰伦，仅以那些S打头的为例[③]——用S写开头？我问他，但他根本没听见，——还有博尔赫斯最糟糕的读者，还有读了萨特却没读懂，也不懂帕韦泽[④]但还是读，读纳博科夫也不

---

① 以下皆为文学教授和评论家：萨尔瓦多·布埃诺（Salvador Bueno，1917—2006），古巴人；恩里克·安德森·因贝特（Enrique Anderson Imbert，1910—2000），阿根廷人；路易斯·阿尔伯特·桑切斯（Luis Alberto Sánchez，1900—1994），秘鲁人。

② 约翰·多斯·帕索斯（John Dos Passos，1896—1970），美国作家，代表作为“美国三部曲”。

③ 斯科特即斯科特·菲茨杰拉德；塞林格（J. D. Salinger，1919—2010），代表作为《麦田里的守望者》；斯泰伦（William Styron，1925—2006），著有小说《躺在黑暗中》《苏菲的选择》等。这几位美国作家的名字都是以字母S开头。

④ 帕韦泽（Cesare Pavese，1908—1950），意大利作家、诗人。

懂也没感觉——他对我说。——如果你让我说说前几代人只需把我说到福克纳和海明威的地方换成海明威和福克纳再加上赫胥黎和托马斯·曼和异性恋的劳伦斯[①]，要凑齐全套就再加上赫尔曼·黑塞，妈呀，还有吉拉尔德斯——他说成吉拉德斯，幸好不是拉德斯基[②]——还有皮奥·巴罗哈和阿索林和乌纳穆诺和奥尔特加，也许还加上高尔基，即使我得着陆在共和国最新一代的作家真空带。还有谁？一些零散的名字比如……

——刚才是你说不要报人名。

——现在有这个必要了——他顿了下又继续，只为了加上这一句。——你那拨人，你们那代人里，也许雷内·霍尔丹[③]。如果他能抛弃影评里卖弄的浮华，忘掉另一条第五大道和《纽约客》。再往后就是蒙特内格罗还有救，不算他欠发达状态的散文，《没有女人的男人》还不错，以及李诺·诺瓦斯的两三个短篇，他是位大翻译家。

——李诺？拜托！你是没读过他翻译的《老人与海》。第一页就至少有三个硬伤。我都不忍心继续挑下去了。我不喜欢失望。完全出于好奇我扫了眼最后一页。他

① 戏仿英国作家劳伦斯（D. H. Lawrence，1885—1930）和英国军官“阿拉伯的劳伦斯”（Lawrence of Arabia，1888—1935），后者据说是同性恋。

② 吉拉尔德斯（Ricardo Güiraldes，1886—1927），阿根廷作家，著有《堂塞贡多·松布拉》等；拉德斯基（Joseph Radetzky von Radetz，1766—1858），奥地利陆军元帅，老约翰·施特劳斯著名的《拉德斯基进行曲》即为他而作。

③ 雷内·霍尔丹（René Jordán，1928—2013），古巴影评人，1962年后定居美国。

甚至把圣地亚哥回忆里非洲的狮子翻成“海狮”！见了鬼了。

——你让我说完。你简直是个少数派参议员。我知道你说的，我还记得在戈斯那本书[①]里他把帆船翻成杯子，所以出现了两百个杯子在阿尔及尔港迎接柏柏尔海盗。

——航海史上最伟大也最骇人的一次祝酒。

——没错，但你别忘了他是使用通俗语言的先行者。我说翻译家的时候是开玩笑，其实想说他很好地把福克纳和海明威改写成西班牙语。

——古巴语。

——好吧，古巴语就古巴语。除了李诺和蒙特内格罗和卡里翁[②]的个别东西，坦白地说，我没看出有别人。皮涅拉？我不想谈戏剧。原因显而易见——显而易见的原因总是隐藏得最深。

——阿莱霍呢？——我问他，被带入了这个游戏和对话。

——卡彭铁尔？

——还有别人吗？

——有啊，安东尼奥·阿莱霍，我的一个画家朋友。

① 指菲利普·戈斯（Philip Gosse，1810—1888）的《海盗史》（*The History of Piracy*，1932）。

② 米盖尔·德·卡里翁（Miguel de Carrión，1875—1929），古巴作家。

——这么说还有个卡彭铁尔，拳坛之紫罗兰或兰花①。没错，我说的是阿莱霍·卡彭铁尔。

——那是最后一位法国小说家，他用西班牙语写作回报了埃雷迪亚②——在他嘴里变成了埃雷迪啊。

我笑了。

——你笑了？这很古巴。在这里必须把真话当俏皮话说才会被接受。

他停下来一口气喝掉了那杯戴吉利，就像一个句号。句号也能喝吗？有些蘑菇是可以吃的。我决定把开头和结尾连起来，让谈话圆满结束。

——那你准备做什么？

——不知道啊。不过你不用担心。到时候就知道了。一切都有可能，除了当作家。

——我是说你准备做什么工作。

——这是另一个问题。我目前谋生，借用你的词汇，是靠一种所谓货币惯性的经济物理学现象。金钱在我手里会超出，你懂吗，浪洛费极限③，只要我的钱包和我能顶住，能应付环境压力和金属疲劳周期——特别是银子这一

① 指乔治·卡彭铁尔（Georges Carpentier，1894—1975），法国拳击手，演员和飞行员，据说出席活动时常在胸前佩戴一朵兰花。

② 指古巴诗人何塞·玛利亚·埃雷迪亚（José María Heredia，1803—1839）。

③ 洛希极限（Límite Roche），物理学术语，指卫星运行轨道与主星之间的理论临界距离，但此处库埃故意说成 Límite del deRoche，近似西班牙语中的“浪费，挥霍”（derroche）。

特定金属问题尤为严重。我甚至能应付外太空飞行，只要我把所有都换成铜板[1]，谁都知道铜最耐受，比镍币还厉害。

我笑了。喝酒让库埃回到了原点。现在说话带出柯哒和艾力波风格，有时候还像牾斯忒罗斐冬。

——我知道你要往哪儿引。——他对我说。——你想知道我往哪儿去。

——不光是在公路上。

——你可以在任何意义上问，只要你愿意。我知道。但我要倒数第二次给你引句话。你记得——他不是在问我，在对我说。——“C'est qu'il y a de tragique dans la Mort，c'est qu'elle transforme notre vie en destine.”[2]

——很有名的话——我讽刺了一句。在这种情况下我也尽量从众。

——实际上没有公路，西尔维斯特雷。只有惯性。多种惯性或一种重复的惯性。惯性和宣传，以及有些情况下，各占一部分。这就是生命。死亡不是宿命，但却把我们的生命变成宿命。这好像俗话说的，灯尽油干，也是一种宿命。不是吗?

我点了点头，头偏到了一边。酒精作用，不是表示强调。

---

① 戏仿古巴俗语:“换成铜板，花得更久。”

② 法文，意为“死亡中有悲剧，因为她把我们的生命变成宿命”。出自法国作家安德烈·马尔罗(Andre Malraux，1901—1976)的《人的境遇》。

——灯尽油干。民间智慧。按这种酒精型苏格拉底助产术我可以问你，那么死亡（或死亡，如果你喜欢加码强调的话，马尔罗模式）就是某种宿命?

他停了一下说伙计再来同样的，对侍者说。或者是老板。

——真奇怪一张照片总在定格现实的同时把它变形。

这是一句话的结尾，好像说的是德语，我意识到他在说什么，因为我为了接上对话追随他的视线，投出一条Z形的轨迹到达里面墙上的照片。你呀避雷死山谷。比你呀累死山谷。比尼亚雷斯山谷。

——你看在近景处有一个阳台。近景这个术语[①]也是柯哒 e le altri[②] 的常用词。但现在，就现在，阳台和棕榈树和山丘和远处的云和背景的天空成了同一个东西。一种现实。一种摄影的现实相对比尼亚雷斯的现实。另一种现实。一种非现实。或者借用你的术语，一种元现实。你看出没有，一张照片如何成为形而上现象?

我想到他的警句集以及形而上学词汇的流行，想到这时候就差柯哒过来点头赞同。柯哒之所以叫柯哒是因为牾斯忒罗。让他来，他来了才能用溴化银做秀。会有一个给笑话大王的灵薄狱吗?或者一个牾斯忒罗斐地府?如果没有，那他去了哪儿?在天上?在那些尘埃颗粒，就像柯哒

① 此处利用西班牙文中“近景”（primer término）与“术语”（término）的形似做语言游戏。

② 意大利文，意为“及其他人”。

的化合物，显出的蓝色里，仍是地心引力的囚徒？或者超出了洛希极限，在离开地球的一只铃铛都变成无数碎片的地方？但牾斯忒罗斐冬不是铃铛，也不是他的灵魂。一只灵-铛，也会在洛希极限之外变成碎片吗？牾斯忒罗斐冬会变成一个固体魂球滚动在星际的冰冷中？我想了很多，不是现在，是别的时候，我想到灵魂的外省，我是说，鬼魂、幽灵生活的地方。借助现代物理学和天文学我应该能解决这个问题吧？这不是第一次物理学哺育形而上学，参见：压力是·多的，历代炼金术士，拉蒙·撸尔，德日出[①]：但这现象让我惊奇，现在更是。我知道身后的外省，永无乡，忘川在哪儿，因为看了《海报》杂志上一则关于天体物理学的报道，谈到光速和相对论，提到地球附近的一个区域，有一团气态岩浆状物体，在那里光能够达到超出极限的速度：超出最终边界，最大速度，物理学家所发现的形而上终极。这篇文章和一个几乎无关紧要的事实，都重合于库埃的车上，刚才我坐在车上想着这文章的时候看见挡风玻璃，时速八十因为库埃那时或之前说我们这速度比起音速简直是乌龟爬，我就告诉他对一个以光速旅行的人来说我们根本没动弹，他听了很高兴，这时我看见了气泡，我想到光以超出自己的速度旅行又想到那些以这种速度旅行的微粒会觉得他们慢光中的同胞在乌龟爬，

① 拉蒙·鲁尔（Raimundo Lulio，又作 Ramon Llull，1232—1315），西班牙哲学家，神学家，神秘主义者；德日进（Teilhard de Chardin，1881—1955），法国哲学家，神学家，古生物学家。

我想到或许还有更快的速度，相比之下这些微粒就像没动一样，这样想下去，就像中国套盒，我感觉一阵眩晕仿佛掉进虚空里，速度比下落的概念更快。在那时，就在那一刻（我永远不会忘，为了不忘我一到家就记了下来），我看见了玻璃上的气泡。我不知道您们知不知道，书页另一边的诸位，汽车上的玻璃，挡风玻璃，是由两层同样厚度的透明板组成，被一张看不见的塑料片隔开。车窗不会因为塑料纤维而失去透明性。三层片随后在十倍于最终薄板耐受极限的压力下合而为一。在看似同样材质的表面的某一侧，渗入了一点点空气——一丝呵气，一次呼吸，一声叹息的千分之一——形成了我眼前的这个气泡。我想到了，很自然，洛夫克拉夫特①和他此前创造的生物以及气态岩浆并再次想到光速。会不会以太里也住满了幽灵，“最终呼吸”的无数气泡在虚空的大气泡里？会不会在这些幽冥气泡上奔跑着光的微粒？我觉得这里有太多事情要想，太少实质可相信。最终假设：气态岩浆应该由鬼魂最后的叹息组成，而空洞，宇宙以太，会一一安顿过往的灵魂，后者经由形而上的洛希极限被射向以太的边界。吾人的牾斯忒罗斐冬，吾斯忒罗斐冬，会在语谄以太里吗？在假设的严肃部分，在光谱（是个好词）在重力光谱中我看见尤里乌斯·凯撒·库埃的气态遗骸，他在寻找她不可见的鼻子，克莱奥帕特拉柳莎，看到柏拉图，本质的灵魂，

① 洛夫克拉夫特（H. P. Lovecraft，1890—1937），美国幻想小说家。

在出席另一场会饮，不是阴影的集会而是苏格拉底泡沫的飨宴，看见淡雾成形的圣女贞德宛如一团磷火燃烧，却不显鬼魅形状，看见莎士比亚近乎完整无缺地包裹在他修辞的气泡里，看见“独臂人”塞万提斯和他朦胧或缥缈的肢体，贡戈拉会这么说，气态的贡戈拉在他身边，环绕着委拉斯凯兹失重的手，正要用黑光，以及克维多热恋中燃烧的星尘来作画，更近处，更近，几乎在界限的这一边，我看到了谁？不是一架飞机不是一只阴影之鸟那是超级牾斯忒罗斐冬，正乘着自己的光旅行并对我说，在耳边，在我望远镜的耳边，来快来，你什么时候来，还打着各种不良手势用超音速的声音耳语，可看的太多啦，这比阿莱夫[①]更棒，几乎比电影更棒，我正准备起跳，从时间的跳板飞跃，这时库埃尘世的声音把我带回了人间。

——不是这样吗？

——困扰你的问题在于照片是固定的。不能动。

他发出一声听不见的声响。有听得见的声响吗？民间愚蠢。耳朵听不见的声响。**浑耳摸鱼。充水不闻。傻话只配冤家听。同行耳最聋。养子为患。有其父必有其马虎。早起的马不要看牙口。疏而不漏。免费的鸟有虫吃。天网**

① 指阿根廷作家博尔赫斯的短篇名作《阿莱夫》，小说主人公在名为“阿莱夫”的神秘之点中看见了整个宇宙。

恢恢，欲速不达。[1] 有必要，见鬼，搞一场谚语革命。谚语大全一吊 a la lanterne.[2]十条震撼毛的格言。士兵们，二十个世纪从这句话看着你们！[3]民间智屌。一个幽灵在欧洲徘徊，那是萨特的幽灵，斯大林的幽灵。罪行，多少自由假汝之名而行。树木如树人。预备。瞄准。树～～倒～～～～啦！只有美（真）丽（理）能让我们成年[4]。不是这样吗？不是这样吗？不，是这样。

——**不是这样吗**？我跟你说的是生活，见鬼，不是照片。

从酒吧深处传来一声嘘。

——要嘘回家嘘去——库埃喊道。

——嘘尔维斯特雷为您效劳——我说，俨然是“庸士”熙德，提高了音量但不针对任何人。

——我跟你说的是生活，伙计。

——好吧，不过别大嗓门，mon viux[5]。

无可置疑的酒精（神）化征兆。应激性法语。伏特打

---

① 分别戏仿谚语“浑水摸鱼”“傻话只配聋耳听”“充耳不闻者最聋”“同行是冤家”“养虎为患”“有其父必有其子”“免费的马不要看牙口”“欲速不达”“早起的鸟儿有虫吃”“天网恢恢疏而不漏”。

② 不规范的法文，源于法国大革命时期的口号，意为“吊死他们！”

③ 戏仿美国记者约翰·里德的书名《震撼世界的十天》；拿破仑远征埃及时的名言：“士兵们，四十个世纪从金字塔看着你们！”

④ “只有真理能让我们成年”，古巴学者和教育家何塞·德拉·鲁斯-卡瓦耶罗（José de la Luz y Caballero，1800—1862）的名言。

⑤ 错误的法文，应为 mon vieux，意为“老伙计”。

开电池释放酒精。多少安培，按杯？陆安培[①]——西班牙裔法国科学家。他的名字原本是安培雷斯。他祖父，陆祖安培，移民法国骑着大象翻越比利牛斯山寻找自由女神拉马克[②]，最后死在巴黎。安培葬于法兰西，简称安息。Ohm y Soit qui mal y pense.[③] “让他们发明去吧，”[④]乌纳穆诺看着那家人穿越巴斯克地区时说。出自《西班牙百科全输》。

——在这个国家说话都不允许了。

——是不允许喊叫。

——屁，重要的不是形式，是内容。所说的东西。

——不是说好了你不打算谈政治？

他微笑。他笑了。他又严肃了。One two three. 他沉寂了一会儿。嘘声的效果？

——你看，他们刚给了我一个答案。

我看了看，但没看到答案。我看见一杯莫吉托和七杯戴吉利。六杯空着一杯满着。

---

① 安培（Ampere，1775—1836），法国物理学家，电流的国际单位即由其姓氏命名。

② 丽贝尔塔·拉马克（Libertad Lamarque，1908—2000），阿根廷女影星，阿根廷和墨西哥电影黄金年代的代表人物之一；丽贝尔塔（Libertad）在西语中意为“自由”。

③ 不规范的法文，应为“Honi soit qui mal y pense”，意为“心怀邪念者可耻”（英国嘉德骑士团的训令，也见于英王室纹章），此处将第一个词 Honi 改为 Ohm（“欧姆”，德国物理学家，国际电阻单位以他的名字命名）。

④ 西班牙思想家乌纳穆诺发表于 1898 年美西战争后民族危机时的名言，抨击科学主义与脱离精神层面的“发展”。

——我看见两个答案。

——不，不——库埃说——只有一个。

——你看得倒简单。禁-酒运动。

——只有一个答案。对于我的问题。唯一一个。

——那到底是什么答案？

他在酒精的涌动中凑过来在我耳边低低的声音说：

——我要去山区。

——现在去夜场太早，凌晨场又太晚。不会开门的。

——去山区，不是“山区”[①]。

——去尼卡诺尔·德尔·坎波[②]，现在？

——不，见鬼，我要上山。去造反。去打游击。

——啊？！

——我要投奔菲德，菲德尔。

——你醉了兄弟。

——不不，我说真的。我是醉了。潘乔·比利亚一直都醉着那又怎么样。拜托，求求你，别再看潘乔·比利亚进来没有。我是说真的。我要上山。

他往下滑。我抓住他一只袖子。

——等等。得先把账付了。

他挣开，一脸不耐烦。

——马上回来。我去厕所，俗称尿尿屋。

---

① “山区”(el Sierra)是上文曾多次提及的酒吧，而山区(la Sierra)则指马埃斯特腊山脉，菲德尔·卡斯特罗曾于1957至1959年间在此山区打游击。

② 马里亚瑙市的一个区，在哈瓦那以西。

——你疯了。这就好像外籍军团的志愿兵。

——厕所？

——什么厕所不厕所。我是说上山，去打仗。就好像加入外籍军团。

——将来就是国民军团。

——你这样下去会变成罗纳德·考尔曼[①]。先是一堆“善行”然后觉得自己是奥赛罗，最终死在电影里死在生活里死得不能再彻底。

“深沉的死亡，根本的死亡，死亡的死亡。死亡。最终的，可可，可怕的，无可挽回的死亡。”[②]他用尼古拉斯·纪廉的刚果嗓子朗诵着。我继续：我会是纪廉·班吉河，纪廉·卡松戈，纪廉·马雍贝山，尼古拉斯·纪廉·兰迪安[③]？

——“众水之间怎样的谜团！”[④]

——什么谜团什么斯芬克斯家谱！尼古拉斯应该做的是去趟户籍管理处。

——我的名字会是什么，究竟？我的名字会是什么，

---

① 指美国演员罗纳德·考尔曼（Ronald Colman，1891—1958）主演的电影《善行》（*Beau Geste*，又译《万世流芳》，1939），其中有三兄弟加入外籍军团的情节。

② 戏仿西班牙诗人加西亚·洛尔迦《为伊格纳修·桑切斯·梅西亚所作的哀歌》（1934）中的诗句。

③ 尼古拉斯·纪廉·兰德里安（Nicolás Guillén Landrián，1938—2003），古巴电影人和画家，诗人尼古拉斯·纪廉的侄子。

④ “众水之间怎样的谜团！”出自古巴诗人尼古拉斯·纪廉的诗作《姓氏》。

酒精？我的名字会是什么，经久？我的名字会是什么，旧井？

——两泡水之间怎样的谜团！说到水，我必须去趟小便池或嘘嘘坑，这两种称谓都可以都适用。

——与人方便。

他又开始降下图尔基诺峰巅①（他的小板凳），但没完成动作。他转向我吹了声长哨，我以为他要再点一杯，但我看见他把食指水平贴在垂直的嘴唇上。或者相反？

——Sssssss。33—33。

——又是卡巴拉？

现在他该说一加一等于二也等于十一，而十一乘二是二十二乘三是三十三而三十三加三十三等于六十六，这是个完美数字。阿塞尼奥诺查丹玛斯②。但他又发出响声，十分执着。

——Sssss。33—33。有“山羊”。捱斯，艾，捱姆。③

我看了一眼，谁也没看见。迫（库）害（埃）幻想症。是，是有个侍者换了衣服往外走，往运河，穿着便衣。

——那是个 camariere veneziano④。

---

① 图尔基诺峰（Pico Turquino），古巴最高峰，在马埃斯特腊山脉。

② 诺查丹玛斯（Nostradamus，1503—1566），法国十六世纪预言家。

③ “33—33”指 33.33 比索，是“山羊”（当时古巴巴蒂斯塔政府的密探）每月领到的支票金额，由首字母缩写为 SIM 的情报机关发放。

④ 错误的意大利文，其中 camariere 应为 cameriere；意为“威尼斯侍者”。

——33—33。他化装了。都是混蛋。都在盖世太保那里和柏林剧团[①]学习过。都是乔装改扮的魔术师。你都想不到。

我笑了。

——算了吧，老伙计。还是卡巴拉吧，因为根本没有SIM的人。

——SSS。藏起来。

——SS更好。Schützstaffel[②]。

——藏起来藏起来。

——怎么藏？最好我也伪装起来。变成变色龙。

——让我来。我是伪装之王。演员的化身。你知道吗如果我是司汤达会被读到1966年？这是我的幸运年。

我还能说什么？现在他开始给我解释一九六六——见鬼，他怎么在厕所待了这么长时间。我过去找他。他正对着镜子看自己，这是他常做的事。我甚至见过一次他对着玻璃杯看自己。我的杯子。幸亏镜子跟厕所一样，都是公共的。这个那喀索斯很费水银。我跟他说了。他跟我引用苏格拉底，那位跟马蒂一样，对所有事情都发表过意见。他说苏格拉底说过，一个人应该在镜子里看自己。如果没问题，可以得到证实。如果有问题，还可以改正。如果问题没法解决怎么办，就像我的问题？苏格拉底不知道。库

① “柏林剧团”(Berliner Ensemble)是德国戏剧家布莱希特和妻子在民主德国政府支持下于1949年创办的演出团体。

② 德文，“纳粹党卫军”，简称SS。

埃也不知道。先给我登记上。我要去小便。那喀索斯·库埃继续他垂直的溪流。然而，他对我说，你知道吗，我看自己不是为了看有没有问题，只是为了知道我是否是自己。是否还在这里。而不是别人在我的皮囊里面。那你可得注意皮肤了，那是你的主立面，俗称正面。我是否是，是否在这里。我在这里。这是回声吗，库埃～～哎？透明的水银花瓣占卜：我知道/我不知道/我知道/我知道。你在这里，我对他说。是的，我在，他说。我在。但我是自己吗？不管怎样我知道刚才呕吐的人是我，他指了指厕所的一个角落。但是我呕吐吗？他又指了一下。我看了，又对着他上看下看。是他，刚才是他吗？一切无可挑剔，不管怎样。无可挽回，牾斯忒罗斐冬会这么说如果他能照镜子的话。德拉库拉呢？他怎么知道自己是自己，在场，存在？吸血鬼在镜子里看不见自己。那老贝拉怎么梳他的中分？这些思考让我眩晕恶心。我能呕吐吗？库埃对我说可以，任何人都可以，只要有的可吐。我走近一个无味马桶，像往常一样，这名字名不副实。有一次我尿在冰块上，在“小佛罗里达”，哈瓦那老城著名的酒吧。海明威在那儿烂醉如泥。乞力马扎罗的泥。现在那个黑人（打扫厕所的酒吧还是酒吧的厕所？）打扫“小佛罗里达”厕吧的黑人告诉我这是为了去臭味，小便遇热气会激化。很海明威，把阳性基化。我在冰上留下我的痕迹。我看着那个白色褐色黄色的容器，它好像一把吉他，其实是结肠状的竖琴。有风就有响声。我没呕吐。我把手指伸进嘴里。我还没吐。我把手指伸进嘴里。我吐不出来。我掏出手指。可能是我没的可吐？萨特式恶心，没错。形而上学，嘘而下学。我出来。我照镜子。是我通过镜子在看自己吗？还是我的另一自我？或忒·惠特我。爱丽西奥·加尔西托拉尔漫游拉斯比亚斯王国？[①]对这些恶搞爱丽丝·法耶[②]会怎么说？爱丽丝漫游陷阱。爱丽丝漫游险境。爱丽丝漫游宪警国。

——你知道你怎么了吗？——我问阿塞尼奥·窟埃，他正要出来但没找到合适的洞口。

——怎么？

——你已经厌倦了增大减小升高降低跑来跑去但到处，到处都有那些兔子在发号施令。

——什么兔子？

他开始在我双脚间找兔子。

——兔子。会说话会看表会组织指挥一切的兔子。这个时代的兔子。

——对酒精中毒谵妄来说太早，对于诸神来说太迟。[③]西尔维斯特雷，见鬼。玩笑够了。

——不，我是跟你说真的。

---

① 爱丽西奥·加尔西托拉尔（Alicio Garcitoral，1902—2003），西班牙作家和政治家，西班牙内战爆发后流亡美洲；拉斯比亚斯（Las Villas）是古巴中部的一个省。

② 爱丽丝·法耶（Alice Faye，1915—1998），美国女演员和歌手。

③ 戏仿海德格尔的名言："对于诸神我们来得太迟，对于存在我们来得太早。"

——你怎么知道?

——爱丽丝告诉我的。

——爱黛拉[①]。

——爱丽丝。这是另一个。

但克星·库埃几乎是个终结辩论的天才。他给我指了下门,他终于靠自己找到了。木门上刻着一颗爱心。上面穿插着小箭头,甚至还有字母缩写(G/M)。

——General Motors[②] 的广告——我对他说,想先下手为强。

——不对——他从胯部[③]一语中的。——是一矢钟情。

XIV

我现在跟他说还是等晚些时候?或许这样他会忘记打游击的激情。或者已经忘了?神经机能病。错误计划的实现。“添乱器”:Addling machine.[④]见鬼!或许真会上山,库埃是个该死的神经机能病患者。我等他付了账。我们现在上山吗?我出来,大海,池塘,是另一面镜子。别

---

① 《爱黛拉告诉我的》是一首二十世纪五十年代流行的恰恰恰舞曲。

② 美国通用汽车。G/M也是作家吉列尔莫·卡夫雷拉·因凡特和妻子米丽亚姆的姓名缩写。

③ “从胯部”(desde la cadera)戏仿英文“from the hip”的字面义,其实是“不假思索”的意思。

④ 自造的英文词,戏仿 adding machine(计算器);*Lady Addle*(《埃道夫人》),英国作家玛丽·邓恩(Mary Dunn,1900—1958)的讽刺小说。

再照自己，免得摔倒。在码头有个孩子在朝平缓的水面丢石片，啪的一声响，滑翔，弹起，击水两次，三次最终打破镜面消失在其后，永远。在码头有个渔夫没有影子站在光里，达·芬奇会把这称作世界之光，渔夫从小艇上收鱼。他拽出一条又大又丑的鱼，海怪。一条发臭的鱼在摩托艇上。会是什么鱼？库埃从酒吧出来。边走边自言自语。

——怎么了？

——What am I? A jester? A poor player.[①] A pool player?[②]

——到底怎么了？

——没事，我们没钱了，就像达达尼昂[③]说的。没前没后也没中间。丁点儿不剩。妈的。

——什么？

——我们完了。Kaputt. Fini. Broken.[④]我们被抢光了。我跟酒吧的人吵了一架。这手弄的。

——你应该说这手肘抬的。[⑤]这些矫形术隐喻。

——你有钱吗？

——不多。

---

① 英文，意为“我是谁？一个小丑？一个太糗的玩家”。

② 英文，意为“一个台球玩家？”

③ 达达尼昂是大仲马小说《三个火枪手》中的人物。

④ 分别是德文、法文和英文中的“完结”或“破产”。英文为误用，应为Broke。

⑤ 西班牙语中“抬起手肘”(empinar el codo)有酗酒的意思。

——跟往常一样。

——对，跟往常一样。

——不用担心。你处于贫穷的惯性中。会改变的而且很快。

——What are you? A sooth-sayer?[①]

——也许也许也许[②]。此处应有奥斯瓦尔多·法雷斯的音乐。

我朝码头走去。

——阿塞尼奥这种鱼叫什么?

——见鬼我哪知道。你以为我是博物学家吗?

没银子的博物学家。吉耶尔莫·恩里克·库埃，外号阿塞尼奥·哈德森[③]。为您效劳。

——这是什么鱼?——我问渔夫。

——这不是鱼——库埃说。——这是鱼肉。鱼，就像人，死后就改了名。你叫西尔维斯特雷，你一死立刻就改叫尸体。

渔夫看了一眼我们两个。他会是迈克·马斯卡雷尼亚

① 英文，意为"你是谁？算命的?"

② 二十世纪五十年代的波丽露流行曲名。

③ 吉耶尔莫·恩里克·哈德森(Guillermo Enrique Hudson，即 William Henry Hudson，1841—1922)，阿根廷出生的英国博物学家和鸟类学家，此处戏仿他的《拉普拉塔的博物学家》(*The Naturalist in La Plata*，1895)，plata 在西语中有"银子"的意思。

什吗[1]？

——这是鲱鱼。

——不是非鱼，是是鱼。——库埃说。

渔夫看了他一眼。不，不是迈克：不暴躁也不捕鲨鱼。这个湖也不是太平洋。

——您别理他——我说——他喝醉了。

——不，我没喝醉。我是醉鬼。我在镜子里隐约看见了。

渔夫收起吊艇钩，鱼叉，鱼绳和鱼竿。库埃盯着那条鱼看。

——我知道是什么了。是那兽。我们把它翻过来就应该能看见 666。兽的数字，字的寿数[2]。

我扶住他胳膊免得他绊倒落入水里或掉进鱼里。

——你觉得呢西尔维斯特雷？

——你觉得我会怎么觉得？——我模仿坎汀弗拉斯的腔调问他[3]。

——你不觉得这个 666 是一切性病的解药吗？魔法银弹。木桩插心，白天睡觉。

---

① 迈克·马斯卡雷尼亚什（Mike Mascarenhas），电影《虎鲨》（*Tiger Shark*，1932）中的渔夫。

② 指《圣经·新约》里预言的恶兽：“……凡有聪明的，可以算计兽的数目，因为这是人的数目，它的数目是六百六十六。”（启示录 13：18）

③ 坎汀弗拉斯（Cantinflas），墨西哥喜剧电影中由马里奥·莫雷诺（Mario Moreno，1911—1993）塑造的人物。

——你还醉着兄弟——我对他说，还带着墨西哥口音。

——醉着的人是……

——潘乔·比利亚。

——不，是和你重名的音乐人，雷维尔塔斯[①]，你看看他写的东西。

——应该是听，不是看。

——去听吧，去看，去触摸《森塞马亚》。

他开始哼唱，脚踏着码头的木板打拍子。阿塞马亚·库埃。

——需要艾力波来给你伴奏——我对他说。

——我们会是个令人遗憾的二人组。现在令人遗憾的只是我。

确实。但我没说出来。有时候，我也能很谨慎。他停下不跳的时候我很欣慰。

——你不觉得，西尔维斯特雷，说真的，如果一个人知道自己的宿命就是永永远远成为这条死鱼，他会改变吗，不是成为完美，而是尝试成为另一种样子？

——好像道林·格雷的鱼肉——我说，同时感觉到自己的不合时宜。我就是这样：前一分钟说话合宜，下一秒

① 西尔维斯特雷·雷维尔塔斯（Silvestre Revueltas，1899—1940），墨西哥作曲家，他曾改编尼古拉斯·纪廉的诗篇《森塞马亚（或杀死蟒蛇之歌）》。

就肆无惮忌。这是我的性格，我的蝎子和青蛙①，脾气和秉性，等等。

他转了半圈走开。好像我们就走了。这个池塘，这个小湖，这个伪造的小海湾就是我们的世界尽头吗？然而不是。他走到码头的另一端。他和打水漂的男孩聊起来。他们挨得很近，库埃在爱抚他或者在揪他的一只耳朵，跟他开玩笑。收买人心。独裁者、母亲以及公众人物总会假装和小孩子小动物相处得很好。库埃能做到爱抚一条鲨鱼，只要旁边有观众见证。他差点就去爱抚海中的兽。已经快看不见他俩。天色全速暗下来。光线以光速奔向阴影。昏暗，黑暗，彼岸。我往哈瓦那望去。像是有道彩虹。不，是云彩，云脚还闪着太阳的彩色。从码头看不到海，只能看见这面绿色，蓝色，脏灰色，现在几乎是黑色的镜子。城市却被光照亮，不是人工光或阳光，像是自己的光，哈瓦那在发光，闪亮的海市蜃楼，近乎一个承诺，对抗刚开始笼罩我们的黑夜。库埃挥手招呼我就过去。他给我看一块石头，告诉我是她送的，我才看出来朝海里丢石头的不是男孩是个穿短裤的女孩，小姑娘边走边看着库埃，冲他笑，好像在跟他做鬼脸，库埃甜蜜地感谢她，我听见有人在黑暗里，叫着安赫莉卡过来。我很高兴又有点难过，当

---

① 据传出自伊索寓言：蝎子请求青蛙背它过河，到河中间时却违背诺言用毒针蜇了青蛙。青蛙临死前十分不解，因为蝎子这样做也会害死自己，蝎子回答这是它的本性。

时不知道为什么，但立刻就明白了。我不喜欢男孩，但很喜欢女孩。我也想跟她聊聊，近处感受她的可爱。现在她跟身边的一个影子走了。她父亲，我猜。

——看。上面有字。

我看不清。近视眼，一个人看字太多结果到了黄昏什么也看不清。

——我什么也没看见。

——你快瞎了，见鬼。你马上就只能在回忆中看电影了。——我看了他一眼。——抱歉伙计——他立刻对我说，一只胳膊搂过来。——我就不亲你了，你不是我的菜。

真是个人物！

——你是坏人中的坏人——我对他说。

他笑了。他知道这个著名的古巴俗语。日落的关键。格劳·圣马丁[①]说：所有的朋友们真正的朋友们古巴精神是爱，叽里呱啦，他当总统的时候在演讲里就这样形容他的政治对手。当然是巴蒂斯塔。那位“男子汉”杀的人比时间还多吧？[②]

我们在棕榈树间穿行，我指给他看哈瓦那，闪亮之城，希望之城，在都市地平线上，石灰的摩天大楼仿佛象

---

① 拉蒙·格劳·圣马丁（Ramón Grau San Martín，1887—1969），曾两任古巴总统（1933—1934，1944—1948）。

② 古巴独裁者巴蒂斯塔被其拥护者称为“男子汉”。

牙塔。圣克里斯托瓦尔庇护的白色之城[1]。她应该叫卡萨布兰卡[2]而不是摩洛哥的那个城市更不是港口另一边的小渔村。我指给阿塞尼奥看。

——那是粉饰涂白的坟墓，西尔维斯特雷。不是新耶路撒冷，我的老伙计，是索摩拉。如果你愿意，也可以叫蛾多玛。[3]

我不同意。

——但我爱她。她是个可爱的睡美人白色之城。

——你不爱。她现在是你的城市。但不是白色也不是红色，是粉色。是个温吞的城市，温吞人的城市。你是个温吞的家伙，西尔维斯特雷，老伙计。你不冷也不热。我早知道你不会爱，我现在知道你也不会恨。你是这个：作家。一个温吞的旁观者。我很愿意把你吐出去，但我不能因为我已经把能吐的都吐了。[4]另外，你是我的朋友，真见鬼。

---

① 哈瓦那原名“圣克里斯托瓦尔·德拉·哈瓦那”(San Cristóbal de la Habana)。

② 卡萨布兰卡(Casablanca)在西语中是“白色房子”的意思。

③ “粉饰的坟墓”，语出《圣经·新约》(马太福音 23:27)；索摩拉(Somorra)和蛾多玛(Godoma)戏仿《圣经》中被毁灭的罪恶之城索多玛(Sodoma)和蛾摩拉(Gomorra)。

④ 《圣经·新约》：“我知道你的行为，你也不冷也不热。我巴不得你或冷或热。你既如温水，也不冷也不热，所以我必从我口中把你吐出去。”(启示录 3:15—16)

——你也想想精神层面。我现在是帕格尼尼[1]，魔法小提琴和账单的主人，最强大的骑士钱先生[2]。

——你没有信仰的么？——他开玩笑地对我说。——就没有什么对你是神圣的？Have you no honor？[3]

“The best lack all convictions”，我引诗回答他，但没来得及说出后面，“While the worst are full of passionate intensity”，因为他已经篡改了：

——The *Beast* lack all convictions，while the words are full of passive insanity. 你喜欢 The Second Coming[4]？

——喜欢——我说，以为他在说叶芝——一首伟大的诗。Things fall apart，the center cannot hold...[5]

——我更喜欢第三次。

——第三次什么？

——第三次降临。The Third Coming.

他走向车子，隐喻性地跑着。在我们乡下，小时候，会把这样不体面的时刻叫作，撒开了比喻。民间修辞？

---

① 帕格尼尼(Niccolò Paganini，1782—1840)，意大利小提琴大师；Paganini在古巴西语中也有“付账者，冤大头”的意思。

② 西班牙巴洛克诗人克维多的名句：“最强大的骑士/正是钱先生”(Poderoso caballero/es don Dinero)。

③ 英文，意为“你就没有荣誉感吗？”

④ 英文，出自叶芝的名诗《第二次降临》：“善者信心尽失，恶者却充满激情的狂热。”后一句被库埃篡改成：“那兽信心尽失，词语却充满了被动的疯狂。”

⑤ 英文，同出自《第二次降临》：“一切都四散，守不住中心……”

XV

风在抬升，紫色，一切变成紫红绛紫洋红海蓝和黑色，阿瑟·戈登·库埃[1]点亮车灯把扑面的风切成深暗的气团，冲向公园私家花园和疾驰的房屋，激起透明的紫外光带，紧随汽车奔涌，然后留下化作我们背后的黑夜，因为我们往东走，黄昏看起来不过是一抹非常浅的蓝色颤抖，在背后，在地平线和同样黑色的云栅上面，不仅仅因为太阳确实落入大海，也因为我们在移动，加速直奔城市，在比尔特摩的树荫下，离开圣塔菲之路，西方，时速六十，八十，一百，而库埃的脚永不满足，要把道路变成速度的深渊，而加速已经加成自由落体。继续飞奔，行驶在水平的悬崖上。

——你知道自己在干什么吗？——我问他。

——返回。

——不，老伙计，不对。你是想把大街变成莫比乌斯环。

——请解释，拜托。我预科没上完，你知道的。

——但你知道什么是莫比乌斯环。

——马马虎虎。

——那么你就应该知道你要这么开下去到不了哈瓦那，会开到第四维度，你想要的是想把街道延续变成不仅

① 戏仿美国作家爱伦·坡的长篇小说《阿瑟·戈登·皮姆历险记》。

是回环还是时间的轨道，这辆车就是你时间的陀螺，布莱克·布雷福德[1]。

——这才叫有文化。从莫比乌斯和时空连续到金氏特稿，西尔维斯特文化。

我都没看清圣托马斯·德·比利亚诺瓦大学葱形穹顶的立面，都变成白色灰色绿色的斑点流逝在夜里。

——小心。这么快会撞死人的。

——死的只会是静寂，西尔维斯特雷。静寂和夜晚的无聊。

——你这是狂奔。

——这有罪么？我告诉你，唯一的罪就在于我不是猎隼。你知道猎隼怎么做爱吗？它们在令人晕眩的高空相拥，然后鸟喙对鸟喙自由落体，在啄咬中飞行，双双被无法承受的高潮攫住——他这是在朗诵吗？。——猎隼，在结束相拥后，急速上升，高傲又孤独。现在做一只猎隼吧，我的职业将是爱的猎鹰术。

——你喝醉了。

——酩酊的眩晕。

——你醉得和其他酒鬼没有区别，拜托，别再找文学的托词。你不是埃德加·爱伦·库埃。

他变了腔调。

---

① 《布莱克·布雷福德》(*Brick Bradford*)是二十世纪三十年代流行于美国的连载科幻漫画，由金氏特稿社(King Features Syndicate)发行，曾改编为同名电影。

——不，我不是。我也不装作自己是。但如果我真醉了，告诉你那是我驾驶技术最好的时候。

这也许是真的，因为他恰到好处地减速让第五大道和第十五街之间的双重信号灯由红变绿仿佛被我们的惯性带动。

我冲他微笑。

——这就叫作交感反应。

库埃点了点头。

——你今天坐的是物理幻觉的双座自行车。——他对我说。

这时候他温柔地刹了车因为有群狗正穿过马路，三个穿红制服的男人跟着，手里紧紧抓着牵狗的皮带。

——给跑狗场的猎兔狗。你千万别说，拜托，说我跟他们一样，追着一只虚幻的兔子。

——会是一幅粗俗的图画，显然。

——另外，别忘了精神层面。没人为我下注。

——或许你的口技演员。

——他是个糟糕的象棋选手，或者，像你说的，太糗选手。你知道象棋跟所有拼运气的游戏截然不同。从没有人押鲍特维尼克①因为他没有对手。

① 米哈伊尔·鲍特维尼克(Mikhail Botvinnik，1911—1995)，俄罗斯国际象棋大师，世界冠军。

——如果卡帕布兰卡[①]跟他下，通过某种通灵方式，我接受一切对赌的下注。

——押你的神话赢。哈真疯狂。

我微笑着想象这场灵界的对决，又想起我的一位先祖和老匠人，不只是科学意义上的棋手因为他还是个直觉派，无可救药的唐璜，永远开心的棋手，把象棋当作扑满的失败者因为输了棋就笑，与梅泽尔的象棋手相反，不是下棋机器也不是科学家：是一位艺术家，一个心灵棋士，a chest-player，a jazz-player，[②]一位上师，象棋禅师，像贩马人给最无良或最无耻的弟子上不朽的大师课。

“我记得有个朋友，缺乏天赋的爱好者，每天下午到他的俱乐部下棋。在他的对手中有一个经常赢他，这让他非常不快。一天他给我打电话，跟我说了他的事请我帮忙。我让他研读棋谱这样很快就会有转机。他对我说：“好的；我会的；但请告诉我当他走这一步那一步的时候我应该怎么办。”他给我讲了对手的开局也说了之后对手哪几步最令他困扰。我告诉他怎样避开那种令人蒙羞的局面并让他注意几个节点；但我特别强调要读棋谱按书里说

---

① 何塞·劳尔·卡帕布兰卡（José Raúl Capablanca，1888—1942），古巴国际象棋大师，多次获得世界冠军，被称为“国际象棋界的莫扎特”和“象棋机器”。曾在前苏联著名导演弗谢沃罗德·普多夫金（Vsevolod Pudovkin，1893—1953）的影片《象棋热》（*Chess Fever*，1925）中出镜。

② 英文，利用 chess（“国际象棋”）与 chest（“心胸”）的形似，意为“一位心事玩家，一位爵士玩家”。

的做……没几天后我碰见他的时候整个人兴高采烈。一看见我就说："我按你的话做了效果非常好。昨天我赢了那家伙两次。"大师在他**最后的教导**中如是说。没让人去买马，但我知道在他的教导与禅师的教导及弓道之间存在某种关联，如果知道死神以我的生命为代价下一盘棋，我只会请求一件事：让卡帕布兰卡为我出战。这个名字发光的佛教大师是守护天使，有了他，那位平庸的弗谢沃罗德（虽然电影白痴们称之为"伟大的普多夫金"）唯一的好电影，与正道唯一的相遇，才有资格叫《象棋手》，卡帕布兰卡应该是主角也是其中仅有的亮点，就像黑马最终跃出他轻盈的双手落在雪的白色表层[①]，带出或多或少的象征意味。

他优雅地转过赛艇俱乐部的环岛，又拐上第五大道，几乎是在松林下遛弯，两个人被照亮，被照晕，被照得千疮百孔，光芒来自康尼岛灿烂的眩晕，酒吧电流的欢乐，街灯的发光标志以及对面车辆头灯的闪亮速度。当我们绕过乡村俱乐部的黑暗环岛，我看见库埃又凝神在驾驶上。这是种恶习。你是个空间上瘾者，我说但他没听见。或者我其实没说？我们穿过大街和夜晚，裹在速度中，在温和温柔的风中，在海洋和树木的气味中。这是个可喜的恶习。他跟我说话但没看我，全神贯注在街道或他双重的酩酊里。三重。

---

① 卡帕布兰卡（Capablanca）字面上有"白色表层"的意思。

——你还记得牾斯忒罗斐冬那些文字游戏吗?

——那些回文?我没忘，我不想忘。

——你不觉得很有意思吗，他从未想到那个最好的，最复杂也最简单，可怕的那个? *Yo soy*.[1]

我拼出来，从后向前读出来：yos oY，然后回答：

——并没觉得。为什么?

——我这么觉得——他对我说。

此时的城市是一个量子之夜。街灯的灯泡身侧飞掠所过之处显形泛黄，无论路边的铺面还是人行道上等车的行人或苍白夹杂黑色条纹的树木，不再是树干和枝条树叶都融入黑暗的立面，也是一道孤零的发蓝的白光，试图从上方照亮更大区域却只是让事物和人们变形，变成一种病态的非现实，有时候，是一面瞬时的窗口，橄榄石材质，从中能看见一幅家园景象，因为陌生反而显得永远平和，幸福。

——牾斯忒罗斐冬，他是你的朋友也是我的朋友——我差点说出口：不是吧！——他有个缺点，除了粗俗以外。就像那天晚上——见鬼，他还耿耿于怀：这种回忆就叫作过往憎恨——他性格上的缺陷就在于太在乎词语，在乎得过分，仿佛词语永远被书写却从没被人说过除了他自己，所以就不是词语而是字母和字母重组和图画游戏。而我负责的是声音。至少，这是唯一我真正习得的职业。

---

① 西班牙语，“我是”。

他突然沉默，戏剧性十足，就像他常干的那样，我盯住他的侧影，嘴唇被仪表盘琥珀色的亮光依稀勾勒出形状，抖动着提醒我他就要继续发言。

——随便说一句话。

——干吗？

——说吧。

伴随着请求的是他执着的表情。

——好吧——我说，感觉有点可笑：一个有声陷阱：调试看不见的麦克风，我想说一二三试音，但还是说了别的：——我想想——我也沉默了一下，然后说：——Mamá no es un palíndromo pero ama sí（妈妈不是回文但主妇是回文）。

向那位如今常遭受非议的**亡者**致敬。

从库埃的嘴唇发出熟悉而又诡异的声音。

——Ísama orep omordnílap núseón ámam.

——这是什么东西？——我微笑着问他。

——就是你刚说的，只不过反过来说。

我笑了或许有点敬佩。

——这是我在录音时学会的小花招。

——你怎么做的？

——很简单，就像反着写字。你唯一要做的就是一小时一小时地录那些狗屎节目，不可思议的对话，简直没法说或者至少没法听，沉默的交谈，乡村喜剧或城市悲剧，那些人物比小红帽还难以置信，你需要用一种非人的天真来泯灭自我，这么做的同时心里一清二楚，全怪你的声音，他们所说的美声，你永远当不了大灰狼，只能浪费你的时间仿佛那是你可以重新捡回的东西，好像紧挨喷水管道入口的喷泉人鱼像。

我请他再来一次。库埃酷，酷埃。

——觉得怎么样？

——绝了。

——不，不——他拒绝我的恭维仿佛我在向他要签名，把我当成粉丝。——我是说听起来怎么样。

——听起来？不知道。

——你再听一遍——他又倒读了几个句子。

我不知道说什么好。

——你不觉得像俄语吗？

——有可能。

——吗语俄像得觉不你？

——不好说。更像古希腊语。

——你怎么知道古希腊语怎么说？

——拜托那也不是什么秘密语言。我的意思是我有些朋友学哲学的会说——我本来想说操哈瓦那口音，不过他不像开玩笑的样子。

——听起来像俄语，真的。我听力很好。你应该听听完整的录音，听一段你就能发现西班牙语倒过来就是俄语。你不觉得好奇，奇怪吗？

不觉得。现在感到奇怪可当时并不觉得。当时我只诧异在他的声音里没有一点喝过酒的影响。开车的时候也看不出来。当时还让我吃惊的是，他谈到时间和人鱼和水。但光顾着惊叹于他的言语杂技，却没留心那是我唯一一次听见阿塞尼奥·库埃把时间当作多少有价值的东西。

XVI

我们从卡尔萨达街进入哈瓦那。第十二街的红绿灯没红，我们朝文化宫开过去好像一支佛家的箭——是唵，不是嗡的一声——我看不到特鲁查大酒店，它弯弯曲曲的花园和古老的豪华浴场（当年，上帝啊，那是世纪末，还坐落于城墙外一个遥远的庄园外号贝达多，正应了勒·库埃布西耶[1]的话，他认为音乐是流动的建筑）今天是一座荒废的迷宫，隔壁殖民时代的剧院现在是酒店，也算不上酒店，一家破败的客栈，衰落不堪，我对这些废墟做不到无动于衷[2]，因为那是我无法忘怀的东西。在帕塞奥我们被车流拦下。

——你认真的?

——什么认真的?

——你真的认为俄语是西班牙倒过来?

——千真万确。

——上帝啊!——我喊起来。——我们简直是连通

---

① 勒·柯布西耶(Le Corbusier，1887—1965)，法国著名建筑师。

② 出自古罗马诗人贺拉斯《颂诗之二》。

器，连通杯，连通大帆船。这跟牾斯忒罗斐冬的理论珠联璧合，他认为西里尔字母（他会说：犀利耳）倒过来就是拉丁字母，就像你在镜子里读俄语。

——牾斯忒罗斐冬在开玩笑，跟往常一样。

——你知道没有什么玩笑。一切都是认真说的。

——或者也可以说一切都是玩笑。生活对他来说就是个彻底的玩笑。哦，你可能更愿意说，**祂**。人性所在，无涉神圣。[1]

——就是说，对他而言没有认真的东西。同样，也没有玩笑。亚里士多德逻辑学。

他又启动了车。开车前先用嘴画出一个惊叹号，吉米迪恩库埃[2]。

——见鬼，老伙计——他对我说。——如果我用这架时间机器把你送到当年那些诡辩家那里，没人会怀念你。

——你还说呢，你现在只需停下这辆驷马车，从你这Quatre Chevaux[3]下来杀死一头公牛取出肝脏来预测未来看我们能不能冲到萨第斯[4]还是回到海上。——他微笑。——但我建议你搞个前苏格拉底二重奏。我们完全可

---

① 戏仿古罗马作家特伦斯的格言：Homo sum et nihil humanum a me alienum puto.（人性所在，我无例外。）

② 詹姆斯·迪恩（James Dean，1931—1955），英年早逝的美国电影演员。

③ 法文，意为“驷马，四匹马”。

④ 萨第斯（Sardis），古国里底亚的首都，今土耳其境内；也指纽约剧院区著名餐厅 Sardi’s。

以成为戴孟与皮嬉亚斯[①]。

——Who's who? [②]

——你点我唱。

——我没看出来你有志于为我牺牲。

——那这算什么，陪着你当你的乘客，永远坐在自杀VIP座上？

他笑了但并没挪动在油门上的脚。

——而且，我已经准备好替代你的位置，随时。

他没听懂或不愿意懂。对不配合的听众多说话也不行。[③]要给他数据，给他看数字。可惜。我本可以现在说的。我只好自言自语。自慰性言说。解梦（遗）。La solution d'un sage n'est que la polution d'un page.[④]随侍和他的对子。草刺。[⑤]有人只看见别人（屁）眼中的草刺却看不见自己（屁）眼中的棍子。[⑥]独眼国中，瞎子称王。[⑦]红灯区谚语集。Red Light District. 是妓女发明了红

---

① 戴孟与皮西亚斯（Damón y Fintias），古罗马传说中的刎颈之交。

② 英文，意为"谁是谁？"

③ 戏仿西班牙语谚语"对好听众不用多说话，明人不用细说"。（Al buen entendedor，pocas palabras.）

④ 法文，意为："智者的解决之道不过是污染一张纸。"其中 pollution 除"污染，亵渎"外也有"遗精"的意思。

⑤ 西语中"随侍"（paje）、"对子"（pareja）与"草刺"（paja）形似。

⑥ 戏仿《圣经·新约》："为什么看见你弟兄眼中有刺，却不想自己眼中有梁木呢？"（马太福音 7:3）

⑦ 戏仿西班牙谚语"瞎子国中，独眼称王"，类似"山中无老虎，猴子称大王"。

绿灯吗？不，发明者在巴黎有一座纪念碑。The Sun also Rise 里出现过。太阳照常升起。小说里唯一升得起的东西。[1] The Sun Only Rise. 只有太阳升起。可怜的杰克·巴恩斯。在月亮上可能会运气好些，重力小。把所有火药都用在爱情礼炮上？肖邦的《梅女们》[2]。根据夜总会主持（上师）的理论，每个男人射精的次数是固定的，不论何时何地如何（只要和你在一起）[3]消耗。如果在年轻时射了五十次，老了就少五十次。准头就是自己的事了。小伙子，你很在乎性的问题啊。我从没见过一个人不在乎性的问题的。谁说的？阿道私·涸续漓。哈我早知道不是你。随笔不是你的长项。随笔，essais，essays，又称试笔。或时弊，对阿道司·赫胥黎而言。他死了吗？没，他还活着。老作家不死，老死的是天鹅。[4]但没什么人说起他。靠，又是三叉戟老头和人鱼[5]。凡事必三。在古巴文学里总有这个。就像埃菲尔铁塔在巴黎。我看见了/ 我没看见/ 我看见。多棒的拱廊。拱廊还是溃疡？[6]拜托，不

---

① 暗示海明威《太阳照常升起》中的男主人公杰克·巴恩斯不举。

② “梅女们”（La Sylphilis），与“梅毒”（syphilis）形似，戏仿肖邦的《仙女们》（*Les Sylphides*）。

③ 波丽露舞曲《一生》（Toda la vida）中的歌词。

④ 阿道司·赫胥黎（Aldous Huxley，1894—1963），英国作家，《天鹅老死》（*After Many a Summer*，*Dies the Swan*，又译《夏来夏去天鹅死》，1939；西班牙文版译为 *Viejo muere el cisne*）是他的小说名。

⑤ 指海明威的《老人与海》。

⑥ 西语中 arcada 兼有“连拱廊”和“胃溃疡”的意思。

要说什么溃疡。闭紧嘴巴，不进蚊子。是苍蝇。[1]是蚊子。夜里没有苍蝇。再见尼普顿。在“卡尔梅洛”餐厅有人在吃饭，大剧院灯光通明，醉意酩酊。就像你。Sss。三十三，三十三？不，音乐开始的地方语言就应该消失。[2]海因里希。嗨希特勒。嗨海涅。有音乐会。巴哈威尔第夫？有音乐会，恩娜·菲利皮[3]将用她的竖琴战斗，极慢板的华尔兹[4]。序曲和快板。不再有性。见鬼是拉威尔[5]，著名的无性人。虽然我不知道他在昂蒂布怎样。别忘了伊达·鲁宾斯坦[6]曾在一张桌子上跳舞。那又怎样？她叫伊达，有了“去”就得有“来”吧？Harping in the dark.[7]伊娜？不，是艾特娜[8]蹦蹦跳跳，弹着萨尔斯堡的莫尔，创造萨泽多[9]的竖琴声波在萨尔托兹气泡水里，天蓝的里拉琴手[10]用恬懒的甜烂的排箫（不是吹箫），天蓝

---

① 西班牙语谚语：“闭紧嘴巴，不进苍蝇”，喻祸从口出，慎言少失。

② 德国诗人海因里希·海涅的名言。

③ 恩娜·菲利皮（Enna Filippi），意大利竖琴演奏家。

④ 法国作曲家德彪西的作品，即《极慢板的圆舞曲》。

⑤ 莫里斯·拉威尔（Maurice Ravel，1875—1937），法国作曲家。

⑥ 伊达·鲁宾斯坦（Ida Rubinstein，1885—1960），俄罗斯芭蕾舞演员；Ida在西班牙语中有“去 ”的意思，与Venida（“来”）相对应，而后者也有“性高潮”的意思，见444页注。

⑦ 英文，意为“黑暗中的竖琴”，戏仿美国歌曲《黑暗中的华尔兹》。

⑧ 艾特娜（Edna Purviance，1895—1958），美国默片演员，卓别林的“卓女郎”。

⑨ 萨泽多（Carlos Salzedo，1885—1961），法国竖琴演奏家。

⑩ “天蓝的竖琴手”（liróforo celeste）出自尼加拉瓜大诗人鲁文·达里奥的诗句。

的抒琴。抒琴？是这么写。那弹抒琴的女子呢？淑女。埃娜把她精神的乐声变成物质：把竖琴马克思化了。[①]或者是埃特纳火山[②]打嗝儿？可能是克莱伯。埃里希·克莱维尔。[③] Eines wohl temperiertes Kleiber.[④] Eine Kleiber Nachtmüsik.[⑤] Ein feste. 真的受够了。Ein feste Brandeburg.[⑥]No good.[⑦]Komm Süsser Todd-AO.[⑧]没用。会不会是切利比达奇[⑨]，切利比达·芬奇，切罗贝达奇，切-贝达多，切·贝多芬，英雄着，改变着第三（drei[⑩]）运动[⑪]，库埃贝多达，加-速，因为（他说）发现了覆满尘土的乐谱（一顶旧假发）在萨尔斯多堡从而证明（to demons trate，where demons fear to trate[⑫]）埃尔德波尔

---

① 指美国喜剧演员哈勃·马克斯，擅演奏竖琴，有"竖琴手"之称。

② 埃特纳火山（Monte Etna），欧洲海拔最高的活火山之一。

③ 指埃里希·克莱贝尔（Erich Klabier，1890—1956），作曲家和乐队指挥，曾于二战期间旅居哈瓦那。西语中 Klabier 与 Klavier 发音相同，Klavier 是德语中的"钢琴"。

④ 德文，意为"平均律钢琴曲"，巴哈最著名的键盘作品之一。

⑤ 德文，应为 Eine Kleine Nachtmusik，《弦乐小夜曲》（莫扎特）。

⑥ 德文，意为"一场聚会"，"一场（巴哈）在布兰登堡的音乐会"。

⑦ 英文，意为"不好"。

⑧ 德文，意为"来吧，甜蜜的死亡"，同为巴哈作品。

⑨ 切利比达奇（Sergiu Celibidache，1912—1996），罗马尼亚指挥家。

⑩ 德文，意为"三"。

⑪ 指贝多芬的第三交响曲，即《英雄交响曲》。

⑫ 英文中 demonstrate 为"证明"，形似 demons tread（"魔鬼驻足"），意为"魔鬼不敢驻足之处"，戏仿十八世纪英国诗人亚历山大·蒲柏的名言"天使不敢驻足之处，愚人横冲直入"。

和克莱伯尔甚至西尔维娅&瓦尔·特布鲁诺[1]都屎误了所以阿道芙·茜特乐做得对千方百计不让瓦尔特弹贝多芬，en-Saltzyando, Reichearsing, fffeisant des repetitions[2]，不，不像法语，那个**法国人说**，让那个年轻人，告密者，即将死去就像那个乐迷在音乐厅里所希望的，那个**告密者**，从藏身的阳台听见音乐，在读《追袭，日》[3]，fastidiare il souvenire d'un grand'umo（人性爵士或任性绝食）[4]同时切利比德在演奏《鹦雄交响曲》因为他们两个都上了快速阅读课。被加速的读者们。Gli scelerati.[5]于是我们在大街转弯，总统大道，总统高潮。众所周知他们都是混蛋，耗尽了就拿副总统换上。

我看见她的时候她正走在人行道上。阉人也会流口水。我跟库埃说了。

——谁？——他问我。——阿尔玛·马勒·格罗皮厄

① 《西尔维娅和布鲁诺》(*Sylvie and Bruno*，1889)是英国作家刘易斯·卡罗尔的小说；瓦尔特·布鲁诺(Walter Bruno，1876—1962)，德国指挥家和钢琴家。

② 错误的法文，大意为“排练”；前面的 ensayando 和 rehearsing 也分别是西班牙文和英文中的“排练”，但羼入了德文的 Saltz(“盐”，萨尔茨)和 Reich(“帝国”)。

③ 戏仿卡彭铁尔的小说《追袭日》，其中告密者被独裁者的警察追捕，与此同时音乐会上在演奏贝多芬的《英雄交响曲》。

④ 拼写有误的意大利文，大意为“烦扰大人物的回忆”。

⑤ 错误的意大利文，意为“被选者”。scelerati 与西文 acelerados(“被加速的”)形似。

斯·魏菲尔[①]吗?

——Spermaceti. Sperm-whale. 鲸蜡油。

——Whale? I mean, where? [②]

——介里！介里！On starboard, sir. 右舷。

酷无畏船长[③]一眼望去。

——靠。真喝高了。我没看见一个，我看见两个。

——是两个。请原谅我的内语言，但我只认识外边这个。柯哒的朋友。

——亲密朋友。

——外面那个，伙计。对你来说是元语言。以及挺语言。

——见鬼什么眼神。

——你应该说什么眼镜。

——去感谢本·富兰克林·德拉诺[④]吧。一个焦点一个妞。对于异性你具备双焦点。Contraria contrariis curantur.[⑤]

——双辣点。火辣的黑白混血妞。

---

① 指阿尔玛·马勒(Alma Mahler，1879—1964)，作曲家，生于维也纳，她的三任丈夫分别是作曲家马勒、建筑家格罗皮厄斯、作家魏菲尔。

② 英文，意为“鲸鱼？我的意思是，哪里？”

③ 戏仿吉卜林的小说《无畏船长》(*Captains Courageous*，1897)。

④ 本杰明·富兰克林(Benjamin Franklin，1706—1790)，美国科学家、发明家、政治家和文学家；富兰克林·德拉诺·罗斯福(Franklyn Delano Roosevelt，1882—1945)，美国第32任总统。

⑤ 出自西方医学之父希波克拉底的拉丁文格言，大意为“相异者愈之”。

——你真的认识她?

——是的伙计是的。柯哒给我介绍过。

——这种姑娘不该介绍，应该馈赠。

她们走到街角。确实是她，叫什么名字来着?

看来是和女友一起。Le amiche.[①] The tits of lovelyness.[②]双性焦点。可称为四联剧，三部曲，甚至五部曲，如果有人敢达到这个数字的话。六到九呢，69连播? 弗洛伊德说过，对待原始社会的女人就像对待孩子一样，可以引诱她们尝试任何经验。他没提欠发达地区的女人。他不认识。不过这位超级发达。她是被引诱还是大自然母亲的影响? 不存在自然。一切都是历史。癔史。癔史是向心的混沌。抱歉，我是说历史。弗洛伊德还说人能接受最极端的口唇爱抚，但却在使用爱人的牙刷时产生犹豫。朱丽叶? 怎么，达令罗密? 你又用我的碧-云-涛了吗? 西格蒙德错了。我随时预备到达牙刷到不了的地方。Where brushes fear to sweep.[③]见鬼，她们在十五拐弯了。十五街，抱歉伯特兰[④]。Where Russells fear to

---

① 意大利文，“女友”；亦指意大利导演米开朗基罗·安东尼奥尼的电影《女朋友》(*Le amiche*，1955)；niche在古巴俗语中有“黑”的意思。

② 英文，意为“可爱之乳”，戏仿英国作家瑞克里芙·霍尔(Radclyffe Hall，1880—1943)的女同小说《寂寞之井》(*The Well of Loneliness*，1928)。

③ 英文，意为“刷子不敢清扫的地方”。

④ 伯特兰·罗素(Bertrand Russell，1872—1970)，英国哲学家和逻辑学家。

think.[1]从我们眼前溜了。快掉头库埃快掉头。库～埃快。

——倒回去。

他看了我一眼表情好像在说我没听错吧？烦人的广播范儿，仍在扮演库埃·亚哈船长在追逐蕾丝嫫比敌，但立刻大转舵，敞篷车转向，抢风破浪，带着里面的一切承载，包括这个罗盘座或log，罗革，玛各地的歌革[2]，玛各罗歌革，然后，钻入街道的狭窄运河。麦哲伦·库埃。库哲伦。麦酷伦。麦卡雷娜！对就是这个名字。记忆法。记忆钩沉法。阿塞尼奥·萨巴斯蒂安·库伯特[3]收帆停船，下锚在另一个街角，右手边。吃水深度，五西班牙尺，三西班牙尺，Mark Twin[4]！现在放下小艇，鱼叉瞄准。

——她叫麦库雷娜。麦卡雷娜。

——看我一个人搞定。

靠，那我只能留在船上了。叫我以实玛利吧[5]。他打开舱口，借着驾驶灯在后视镜里照了照镜子。捋了捋头

---

① 英文，意为“罗素不敢思考的地方”。

② “玛各地的歌革”出自《圣经·旧约》（以西结书 38:2）。

③ 塞巴斯蒂安·卡伯特（Sebastian Cabot，1476—1557），十六世纪意大利航海家。

④ 美国作家马克·吐温（Mark Twain，1835—1910），这一笔名本意是领航术语“水深两浔”；英文 Twin，“孪生子，双胞胎”。

⑤ 麦尔维尔的小说《白鲸》的开篇句。

发。真是头发癖。这小伙儿从尤尔·伯连纳[1]那儿一点儿没学到。他过去。一个人。英勇王子[2]。英姿勃起。带着他口中之剑。走向林莽。

——要活的，弗朗克·库克[3]。

我从我这边的后视镜看了一眼，看见他沿着左边的人行道往前，她们正从镜子街走来。近了。九八七六五四三二一嘣！异性相撞。相联。When works collide. When words collide.[4]他跟她们说话。见鬼他会跟她们讲什么？库西莫多和艾丝美拉达的故事。[5] 艾湿美拉达，性会幸会。他想对艾丝美拉达伸出手——及其他一切部分。没别的意思。但你真丑哇小伙子。我天生的。抱歉。但你比尤利西斯的东道主还丑，叫什么来着？波吕肥陋厮，啊没有冒犯的意思。库西莫多绞尽脑汁想来想去怎么拿下小艾丝美拉达。他想啊想啊。叮～咚！有了！他去圣妈院门口卖滴水兽模型，明信片和其他傻傻的纪念品。创业先行者。他有钱了，就像几乎所有的弄潮儿一样，众所周知。他抛下自己在高空哥特房顶下的秃鹰小巢，搬到毕加乐

---

① 尤尔·伯连纳（Yul Brynner，1920—1985），好莱坞演员，著名的“光头影帝”。

②《英勇王子》（*Prince Valiant*，又译《豪迈王子》，1954），美国电影。

③ 弗兰克·布克，美国动物收藏家，电影导演和演员，见 141 页注。

④ 英文，意为“当工作相撞时。当词语相撞时”，戏仿美国科幻电影《当世界相撞时》（*When Worlds Collide*，又译《当世界毁灭时》，1951）。

⑤ 卡西莫多和艾丝美拉达都是法国作家维克多·雨果的小说《巴黎圣母院》中的人物。

区。雇用了那里最美的美人儿，带她去内勒塔吃饭，算最好的餐厅了在那个时代（十三世纪，糟糕的世纪：所有那时候出生的人都死了）又请人给自己画了一两幅细密画，请的是枫丹白露派的艺术家，众所周知那是最好滴。他挑逗娼妓乳头的英姿第二天就闪耀在塞纳河左岸所有的报纸和告示牌上。都出自泰奥夫拉斯托·勒诺多[①]之手。人们开始谈论库西莫多。Le Tout Paris 整个巴黎都认识他。大家亲切地称他为库多戏。有些人，还美国式地叫他莫迪。这些人在巴士底狱度过几夜之后把那里叫作 The Bastill，把蜂蜜水叫作 drink of hydrohoney，跳个乡村舞也会叫 country-dance，总之领先于自己的时代。Quel horreur le Franglais 可怕的法格力士。都怪金雀花王朝[②]的那些人来来去去。吊死英国佬！We shall take care of thee lateh[③]，圣女贞德。库西莫多重复着旅行和选择。他今天去的是 le Equus Insanus，taverne。[④] 可怕的法式拉丁文。Quod scripsi scripsi[⑤]——拉伯雷乌斯[⑥]。Vae vatis.

---

① 泰奥夫拉斯托·勒诺多（Teofrasto Renaudot，即 Théophraste Renaudot，1586—1653），法国医生，记者和慈善家。

② 曾统治英格兰的法国安茹家族。

③ 英文，意为“我们会晚点再照顾你”。

④ 拉丁文，指巴黎著名的脱衣舞夜总会“疯马秀”（Le Crazy Horse Saloon）。

⑤ 拉丁文，是审判耶稣的罗马总督彼拉多所说的话：“我所写的，我已经写上了。”（约翰福音 19:22）

⑥ 戏指法国作家拉伯雷（François Rabelais，1494—1553）。

Carmen et error.[1]摹本誊写在所有羊皮卷。艾丝美拉达，她不认字，就像绝大多数人一样（这样报纸总卖不完所以销声匿迹了我们要等上五个世纪才能在巴黎读上日报），就开始，像绝大多数人一样，看小画儿。库西莫多与卡门与讹若尔。库西莫多与美人与天堂处女。这个库西莫多会怎样？她开始（在开始看小画儿的同时）自问。游荡在香榭丽舍大街，大军团街圣日耳曼区，成为留言牌上的流言。或者流言里的留言牌。艾丝美拉达越发好奇，决定近处看看库西莫多。恐怖。更近些。更恐怖。更近些。艾丝美拉达有这个习惯，跟男人交谈时，一紧张就会扣上再解开他的衬衫扣子。库西莫多是个巨人，在真实生活和诗歌中都是。艾丝美拉达更近了。她开始玩起扣子。但库西莫多不再对这个装扮成吉普赛人的黑白混血姑娘感兴趣。何必呢？那些姑娘多的是，而且比她打扮得更好，et quel metier![2] 按中世纪的说法，他重新扣好了裤门襟。鬼知道他在跟她们聊什么。天那么黑姑娘们不可能认出他来。哦当然，是声音。“我的爱，你知道我用一颗心的全部力量爱着你。”狗屁的磁性嗓音。一颗赫毬力之心。聊着。聊着走着。有门道。有经验。聊着向这边走来。号角响起，号声吹响。天使的队列近了。他们到了。我打开门下

---

① 拉丁文，意为“一首诗和一个错误”，语出古罗马诗人奥维德，控诉自己遭受的不公的流亡。

② 不规范的法文，意为“这叫什么工作！”

车。幸好光线不好。我感觉有点儿寡喜莫多。我调出我的性感声道。纯粹的摹仿。我是爱的变色龙。变·色龙。

——晚上好。

阿塞尼奥作介绍。老朋友。都是朋友。真正的朋友穿越时间穿越事物，公共事物，古巴精神就是爱/树叶沙沙响鸟儿仍歌唱/落下的水是古巴的水[1]朋友们说话算数的是女人。西尔维斯特雷，蓓巴和麦卡雷娜。麦卡雷娜和蓓巴，西尔维斯特雷本人。你好。很荣幸。认识你很高兴。不可能……比我更高兴。咯咯笑。我给人印象不错。是我说的吗？是，因为阿塞周到·库埃很有教养地打开敞篷车的隔音门为了带给您激情和罗曼司的新征程/在那里美人发号施令/在那里交媾随时发生/在那里贞洁有心无能/那里会有卡玛·库埃"游荡的骚人"/自丛林深深处在蛮荒非洲的绝佳黑暗之心传来一声喊叫强暴者泰蛮卡苦埃又名山泰，人猿泰山的表哥但一夫多妻热爱动物钢铁小攻。这孩子。谁在说话？男孩你别想就这么敞着篷开。不是麦卡雷娜。我可不坐。就这么没遮没挡？你没看我们刚做完美容吗。说话的是另一个。见鬼她叫什么来着？别催我。绅士不催人。我的记忆是狗屎。蓓巴。蓓巴·马特尔瓦著名的巧克力商标，百事可乐给你欢乐。小姐，没有纳松牌香肠做的肉汤。真是苏哈利托[2]。作为有效广告的色

---

① 古巴总统格劳·圣马丁的政治口号。

② 苏哈利托(Suaritos)，古巴电台主持人，他播出的广告多为双关语。

情[①]。香肠只要沃特，血肠只要我的[②]。女士，请四肢着地，给我们四小时让你从哈瓦那爽到纽约——国夹航空。你的手干净吗，小姐？请用露华浓指甲油，不让青春付东流。您不用动手，也不用让您女朋友动手，衬衣让佩雷斯家全手活儿定制。我们上中学的时候就学这些广告编段子，配上丛林音乐：女士一家之烛/把手指插进屁股/我试过了，试过了/太好了，太爽了。是你去美发厅，不是我，我再不陪你去。说话的是麦卡雷娜，麦卡雷娜绕过我的好望脚，周游阿利吉耶里·窟隘[③]然后坐在了后面。好望角不仅仅好望。好运交。我经过麦哲雷娜海峡，蹭到了一只乳房，我感觉。还是一对？女性时尚倾向于同志……请不要想歪了。我是说同质化，我差点被沉睡的舌头绕住，强行同化大自然成对的造物。两只乳房，两片臀部而所有时尚都要把它们变成一个。库埃按下按钮。我们坐在了凡尔登电影院里，甚至能听见背景音乐的声音。他还放起了丹尼尔·阿姆菲捷阿塞尼奥夫。还是巴库埃列伊尼科夫？不会是埃里希·沃夫尔冈·科恩戈尔德吧[④]？那混蛋

① 戏仿德·昆西的名篇《作为优雅艺术的谋杀》。

② 血肠（morcilla）在俗语中指男性生殖器。

③ 爱德蒙·邓蒂斯（Edmundo Dantés）是大仲马小说《基督山伯爵》中的主人公，名字形似“（但丁《地狱》式的）可怖世界”（El mundo dantesco）。

④ 丹尼尔·阿姆菲捷阿特罗夫（Daniele Amfitheatrof，1901—1983），俄罗斯出生的意大利作曲家和指挥家；康斯坦丁·巴卡列伊尼科夫（Constantin Bakaleinikoff，1896—1966），俄罗斯作曲家；埃里希·沃夫尔冈·科恩戈尔德（Erich Wolfgang Korngold，1897—1957），奥地利裔美国电影作曲家。

打开了广播。“技术就是经验的浓缩。”奶粉的浓缩。间接的音乐为爱情做预备。“司机朋友们”（几乎跟库埃一模一样的声音打断了音乐，好像永远发情的猫的呼噜）请在您的爱车广播上轻轻点开我们的频道。风会带走言语，但音乐永不凋谢。现在请听“古巴”·维内嘉丝的浪漫之声，由卡西诺牌丝袜赞助，“驾驶员”比洛托和维拉的波丽露舞曲，《难忘的邂逅》。艳匹古出品。”烟屁股！这叫什么词儿。“古巴”·维内嘉丝。波丽露女王的浪漫之声。叫“国民代婊”才对。狗屎。维拉和他的副驾，驾驶员和他的副维拉，普洛托和贝拉，普洛托夫和贝利亚[①]，波丽露界斯达汉诺夫运动[②]实践者。阿塞尼亚托·库布里克系牢车篷，带着我们所有人起动奔向爱情、疯狂和死亡之夜。您们想不想听特里斯荡，小伊索尔的故事？[③]请注意收听本台接下来的章节。

这是模仿古巴广播电台的说话方式，所谓下一章节不过就是我面对桅杆的两年中又一段，鲁滨逊·库鲁埃和他的西尔维斯特五在莱斯波斯岛上。[④]

库埃避开十七街不是因为迷信，而是因为纯粹出于数

① 贝利亚（Lavrendi Beria，1899—1953），斯大林的左右手，苏联秘密警察负责人。

② 斯达汉诺夫运动，见334页注。

③ 戏指中世纪传奇中的主人公特里斯当（Tristán）和伊索尔（Isolda），同“特利斯当和伊瑟”，见276页注。

④ 鲁滨逊·克鲁索和“星期五”是英国作家丹尼尔·笛福的小说《鲁滨逊漂流记》中的人物。

字及个人原因他更偏爱二十一，我们回到大道，向着海开去。在利内阿街遇到红灯停了下来，我看见麦卡雷娜的脸，美丽，从肉桂色变得纸灰色都因为该死的钨丝灯，那一刻我发现她的斑点，就像一片阴影掠过鼻梁。我感觉她有察觉就对她说：

——柯哒有天晚上给我们介绍过。

——他也这么说——她指指库埃，长指甲染的颜色本该是红色，如果不是有青金石、玉髓或绿玉髓（只有这些名词能反映这地狱般的颜色）的灯泡在我们头上照着，闪亮的公众之敌。

——阿塞尼奥，买内姆。阿塞尼奥·库埃。

可怕的英吉利主义者把什么都自动往英语翻。他不说傻瓜说“哞聋”，不说机会说“尝死”，不说好像说“细姆”，不说对不起说“骚瑞”，例子太多了。可怕的英格利牙语。改天我们再谈你的问题，俚诺·诺瓦斯。

——哎呀——说话的是另一个女人，那个叫蓓巴的。——真的哎。您系演员，我在电视上常看见。

这个已经不是女孩的女人曾有某位非洲先祖迷失在与其他热带河流的交汇中。像黑白混血其实不是，但只有古巴人或巴西人或一位福克纳才能看得出来。她黑头发，长发刚打理过，眼睛大又圆，化了妆，嘴巴不光是肉感甚至可以说堕落，就像人们常说的。精英的智慧。就好像形式不仅可以被光线勾勒，拥有维度占据一定空间，甚至还能承载道德概念。给达·芬奇的伦理学。画笔一挥就是道德问题。脸是灵魂的镜子。龙勃罗梭[1]的塌鼻子罪犯。O tempera, O mores.[2]依此类推。她应该很美但此刻只是一座胸像，一个阴影中的头颅。我看见库埃在照镜子，不，他在借着镜子偷看。他在后视镜里窥视麦卡雷娜。好像在说咱们换换，或者类似的东西。我要让他见鬼去然后下车。或许我应该留下并说，算我一个。或许我反而能赚到。见鬼，我不喜欢老女人。年龄歧视。女人二十五岁就算老？你疯了。你是个变态。一个感性疯子，性疯子。你最终会变成最初的亨伯特·亨伯特[3]。或哼伯特或亨伯忒。或亨普丁克。韩塞尔＆葛雷特[4]。葛雷特在前。你也成为倒错的亨伯特。妈的！还不如阉人有劲。有劲·尤内斯库。我要去有内斯库，不是无内斯库（UNESCO）工作。你等等。Have you no honor? No country? No loyalty to royalty- royalty to loyalty? 这个麦卡雷娜没有那么年轻，另一个也没有那么老。One at a time.[5]专注在你身边

---

① 龙勃罗梭(Cesare Lombroso，1835—1909)，意大利精神病学家，刑事人类学派的创始人；根据其天生犯罪人理论，塌鼻子也可以是鉴定罪犯的面貌因素之一。

② 有误的拉丁文，应为 O tempora，O mores（“哦这是什么时代，什么风尚！”），源自西塞罗的《反喀提林演说》第一篇。

③ 亨伯特·亨伯特(Humbert Humbert)，纳博科夫的小说《洛丽塔》中的男主人公。

④ 亨普丁克(Engelbert Humperdinck，1854—1921)，德国作曲家，《韩塞尔和葛雷特》(*Hänsel und Gretel*，1891)是他最著名的歌剧作品。

⑤ 英文，意为“你没有荣誉吗？你没有国家吗？没有对王室的忠诚——对忠诚的罔失吗？”“一次一个。”这几句是马克斯兄弟在喜剧电影《歌声俪影》(*A Night at the Opera*，1935)中的台词。

的那一个。一鸡在手。不要贪恋别人家的鸡。好好看看。一点不差。谁说差？谁先看见她的？我还是我？十九岁和三十六，二十四，三十八。卡巴拉？不，是统计学。Cuban bodice. Cuban boy. Cuban body. Body by Fischer.①麦卡雷纳什·兰坡拉尔②在拉兰坡展出。安帕汽车公司。乌贼汽车公司。性汽车公司。通奸汽车旅馆。开腐特车。以此蕾推。

——什么？

——喂孩子你在吗走神走到云彩上了？

——快从云彩下来回到非现实③——这是约翰·塞巴斯蒂安·库巴哈的平均律。——此处应配上伊西德罗·洛佩兹的音乐。

——对不起您我没听见——我道歉。

——西尔维斯特雷老伙计，精神点儿。在这儿我们要以你相称，不要说您。所有人。从左到右，你库埃，你蓓巴，你麦卡雷娜，都腻在一起。

她们笑了。这混蛋就会对女士亲善，就像我对象棋。我无可救药，但可操控。请叫我冯·齐柏林。我会努力，

---

① 英文，意为“古巴女胸衣，古巴男孩，古巴身体。费希不得出品车身”。美国费希博德公司（Fisher Body）曾为通用汽车的车身供货商。

② 纳什（Nash）和兰布雷尔（Rambler）都是当时流行的美国汽车型号。

③ “快从云彩下来回到现实”出自美国著名特哈诺音乐人伊西德罗·洛佩兹（Isidro López，1929—2004）的波丽露舞曲。

我既能上到宫廷，也可下到茅屋，哪怕是汤姆叔叔的小屋。[1]亲民的努力。应该下到人民中去，下到他们的双腿中去——她们。跪着喝下人性善良的奶水。民粹主义。我将成为民粹主义者。别叫我冯也别叫齐柏林，叫我割朋长老[2]。

——你说什么，蓓巴？

他们听见的是我的声音。并不像阉人。我不是贝（被）哥（割）。或许是根矮黄瓜，又称矮子丕瓜[3]，但我的声音不错——善于模仿其他声音，比如这次和蔼专注又亲民的声音。

——你干什么，孩子？

——审美家。

什么？两人异口同声。二重唱。无伴奏。

——我在美人之间漫游。

笑声。库埃的笑。

——些谢。

——不孩子，不是说现在。我问你干什么工作。演员，你是演员吗？

---

① "能上到宫廷，也可以下到茅屋"系戏仿经典戏剧《唐璜·特诺里奥》中的句子及美国斯托夫人的小说《汤姆叔叔的小屋》(1852)。

② "割朋长老"(starets Capón)应为葛朋长老(starets Gapón)，东正教神职人员，在俄国1905年革命期间曾组织工人示威游行，要求向沙皇递交请愿书，后遭军队镇压，葛朋本人也死于混乱中。

③ "矮黄瓜"(Pepino el Breve)，戏仿"矮子丕平"(Pipino el Breve，714—768)，法兰克国王，加洛林王朝的创立者。

——我是作……

库埃像那位图书馆员一样插进打断了我。

——他是记者。《海报》的。你们记得吗，阿尔弗雷德·特尔莫·基莱斯和“禁止张贴匿名讽刺”和安德烈的封面？哦对了，你们太年轻了不会知道这些。

微笑。

——谢谢你们的好意——蓓巴说。——不过这杂志在街上有卖的，又不是老古董。

还算好。有点幽默感。有感总比没有强。——只不过我们都是在美容店里读到的。对吧蓓巴？

——女性的特权——库埃说。——我们没资格进入那种神圣的地方，

——我们都猜测那里面有丰饶女神的奥秘——库埃说着看了我一眼，见鬼的人文主义者脸谱。但他又说：

——我们只能在剃须店里读。

——或者在牙医店里读。——我说。

他看了我一眼，从镜子里，眼神里带着感激。这是我的情感教育。就叫我威廉迈斯特[1]吧，不叫以实玛利。

——您，你干什么呢？——麦卡雷娜问。

——我干伪装。

我感觉库埃看着我，当量超过麦卡雷娜和蓓巴“啥”

---

① 指歌德的成长小说《威廉·麦斯特的学习年代》(*Wilhelm Meisters Lehrjahre*，1796)。

惊讶分贝的总和。我决定无视库埃。我是个无休的反叛者[①]。

——他开在玩笑。他很谦虚的——库埃说。

——谦虚的刘别谦，为您们及沙皇效劳。

我感觉她们没听懂。我没理睬库埃。

——这位——库埃说——是古巴头一号记者，我说头一号不是因为他在哥伦布登陆的时候做过专访，虽然他长着印第安人的脸。

她们笑了。电台的优势。

——说起哥伦布——库埃说——要往哪里探险，今夜我们的飞帆?

——或者说非凡，我是说这张脸——我说，指指麦卡雷娜。微笑。她们不知道去哪儿。她们回答库埃。麦色的踌躇。你来选我们负责唱我们跳或者来别的。XYZ及其他。

——你们觉得找家俱乐部、酒吧或者夜总会怎么样。

——我不能去——蓓巴说。

——她不能——库埃说。

——我们不能分开——麦卡雷娜说。

——请问双生花想去哪里?

我感觉在库埃的声音里听到一个调子，没有乐感，只有疲倦。糟糕。库市恐慌。可能会引发爱欲破产。

---

① 戏仿美国电影《无因的反叛》(*Rebel Without a Cause*，1955)。

——我不知道——蓓巴说。——你们决定。

更糟。我们又回到永远的终极竞技场。“选一个女人，爱抚她，问她想要什么然后就是恶性循环，”尤内斯库·唉。“无法把结尾与开头分开。幸福的动物，”库罗托纳的阿尔克莽[①]。“但愿所有的女人只有一个头（maiden-head）”，库里古拉。[②]他又开始说话。

——好吧，找一个干净但不太明亮的地方[③]？比如“尊尼之梦”？

——“俊尼”不错，对吧蓓巴。

蓓巴想了下。她一个接一个把所有人看了遍然后玩侧影游戏：她盯着库埃的侧影又同时向我展示她脸部的线条，肆无忌惮。漂亮的嘴。冷静者的爱娃·加德纳。[④]迷醉者的夏娃。她张开嘴。她对库埃说，这人很可爱，用第三人称指库埃，这种做作、感性的说话方式在古巴，在哈瓦那很时兴。民间智魅。就像电影明星，她说完闭上嘴。你永远不该张开，蓓巴·加德纳。仅限于在电影院的黑暗里，库埃说。在夸他自己的美貌。微笑。真美。（我是说蓓巴。）库埃又往后看了一眼，正当红绿灯让我们停下

① 克罗托纳的阿尔克莽（Alcmeón de Crotona），公元前五世纪的毕达哥拉斯学派医学家。

② 再次戏仿古罗马暴君卡里古拉的名言：“但愿人民只有一个头，这样就能一次都砍掉！”见 335 页注；maiden-head，英文，字面为“处女-头”，影射 maidenhead（“处女膜”）。

③ 戏仿海明威的《一个干净明亮的地方》。

④ 爱娃·加德纳（Ava Gardner，1922—1990），美国女演员。

（常规时间打断了空间连续的自然间断）在滨海大道上，他问麦卡雷娜：

——我们以前见过吗？

——我在电视里常看见您也听过。

——我们没见过面吗？真人。

——有阔能。或许在柯哒家或者在拉兰坡那边。

——以前没有？

——多久前？——我察觉到在她的疏远里有一丝疑问。

——当你更年轻的时候。三四年前，你大概十四五岁。

——我不记得了，正的。

正点的美人从不记得。幸好。蓓巴打断得也很好，她说，好吧帅哥你问问自己的心，你更喜欢谁，孩子你选择吧。当然是你，美女，库埃说，无意冒犯在场的各位，但你是唯一的。我感觉在她是小女孩的时候就认识，但我并不喜欢小女孩，只喜欢小女人。胸口长屌的直男。[1]啊好吧，蓓巴说，这就不一样了。介样更好。麦卡雷娜笑了。库埃笑了。我觉得自己有义务模仿他们，但笑之前在心里提问，蓓巴明不明白屌这个词的意思。没人回答我，包括我自己。我们去不去？库埃问，蓓巴说去，麦卡雷娜高兴

---

① 戏仿西文谚语 de pelo en pecho（“胸口长毛”），形容有男子气，此处将 pelo（毛发）换成 pene（阴茎）。

得跳起来还看了我一眼，充满承诺。我激动地搓手，在心里。相信我，这有相当难度。阿塞尼奥·库埃看了我一眼，充满毁诺。灵魂的手紧握到抽搐。

——Silver Starr.①

他的声音，也充满承诺，但带着疑惑或问询的语调。

——Yeah?

——Sheriff Silver Starr，We're running outa gas.②

他用上了得克萨斯口音。此刻他是西部治安官。或副警长。

——Gas? You mean no gasoline?③

——Horses all right. Trouble in July. I mean the silver，Starr. Long o'women but a little this side of short on moola or mazuma. Remember? A nasty by-product of work. We need some fidutia，pronto!④

——I have some，I've already told you. About five pesos.⑤

——Are you 疯了? That won't get us not even to the

---

① 原文为英文，音译为"西尔维·斯塔尔"，与西尔维斯特雷近似；同时戏仿美国电影《银星》(*The Silver Star*，1955)。

② 英文，意为："西尔维·斯塔尔治安官，我们快没汽儿了。"

③ 英文，意为："汽儿? 你是说汽油?"

④ 英文，意为："灰常滴正确。麻烦在七月。我是说银子，斯塔尔。女人是不缺但这边短的是钱，票子。记得吗? 烦人的工作副产品。我们需要一些物资，马上!"

⑤ 英文，意为："我有一些。我跟你说过。差不多五比索。"

边境。[1]

——Where can we get some more?[2]

——Banks closed now. Only banks left are river banks, because park 长凳 are called benches in English. Hold up impossible.[3]

——What about Códac?[4]

——No good bum. Next.[5]

——The Teevee Channel?[6]

——Nothing doing. They've got plenty o'nuttin for me.[7]

——I mean your loan shark.[8]

——Nope. He's a sharky with a pnife, and a wife. Not on talking terms.[9]

I laughed. 我是说，我笑了。

---

① 英文，意为："你疯了吗？那点还不够到边境的。"

② 英文，意为："到哪儿能搞到更多？"

③ 英文，意为："银行都关门了。没关门的只有河岸，因为公园长凳在英语里叫 benches。打劫也不可能。"

④ 英文，意为："柯哒呢？"

⑤ 英文，意为："不咋样。换个人。"

⑥ 英文，意为："电视台？"

⑦ 英文，意为："不靠谱。我的事他们完全派不上用场。"

⑧ 英文，意为："我是说给你放贷的那个大耳窿。"

⑨ 英文，意为："不成。这窿哥手里有劈刀，家里还有老婆唠叨，没法正经谈事情。"

——Johnny White, then?[1]

Outa town. Left on a posse. He's a deputy sheriff now.[2]

——And Rine? [3]

他没声了。点点头。

——Righto! Good. Ol' Rine. It's a cinch. Thanks, Chief. You're a genius.[4]

他向左拐然后向右最后从相反方向回到滨海大道——花的时间还没有我写这行字的时间长。船上的女孩们，被离心力、向心力、科里奥利力或许还有潮汐，即月亮的吸引，后者对女性影响颇大，搞得颠来倒去晕船了，都对船长表示抗议。

——嘿，你在干吗亲爱的？想杀死我们吗？

——要是还这样我们就下车蓓巴。

阿塞尼奥开得温柔了些。

——还有——蓓巴说——不能老是说英格力士还不带字幕。

我们笑了。阿塞尼奥向蓓巴伸出一只手就消失在黑暗

---

① 英文，意为："约翰尼·怀特怎么样？"

② 英文，意为："出城了。跟着治安官一伙人走的。他现在是治安官的副手了。"

③ 英文，意为："那么里内？"

④ 英文，意为："对头！好人老里内。非他不可。谢谢，头儿。你是个天才。"

里。他的手，不是蓓巴消失，她看上去美极了，那怒气冲冲的样子（一半是装的）。

——我忘了我得给一个朋友带口信，很着急，刚想起来。工作上的麻烦。

——孩子吃点滋补片儿吧。

我们笑了，库埃，和我。

——我会的。明天。我明天会需要的。

蓓巴和麦卡雷娜笑了。这回她们听明白了。

——另外，蓓巴，亲爱的——库埃接通了他的浪漫嗓音，我们这些朋友称之为“胡安·莫内达斯你的声音好美”，出自一部可怕、甜腻、可憎的广播小说，作者是菲利克斯，皮塔，罗德里格斯，更广为人知的称呼是菲利皮塔，“小毛绒”——请按精神层面理解。[1]我刚才正跟西尔维斯特雷说，说我多么爱你，虽然我腼腆的天性不允许自己把这种激情向你表达。我跟他说，跟这个人，说我在心里为你作了一首诗，但无法在我天真的唇间吐露都因为害怕这位专业批评家的无情批评也害怕其他人的反应——麦卡雷娜领会了暗示马上说，跟我没关系，因为我什么也没说，而且我特别喜欢，安赫尔·布埃萨[2]！不是因为你，美人儿，是说其他不在场但我希望，有一天会出现的人。

---

① 菲利克斯·皮塔·罗德里格斯（Félix Pita Rodríguez，1909—1990），古巴作家和记者。

② “不是因为你，美人”是古巴诗人何塞·安赫尔·布埃萨（José Ángel Buesa，1910—1982）的诗句。

我还跟这位敬爱的文坛同人和友人说道，我的心为你搏动一百次每分钟只希望能和你的心跳同步。这就是让我分神的真实真切的原因给您们带来不快也给这辆宝贵的车造成了损害。没有冒犯各位的意思。

蓓巴很高兴或者看起来很高兴。

——啊呀太美了。

——念念吧，库埃，拜托——我对他说。

——对对阿塞尼奥·库埃——麦卡雷娜兴奋不顾身。

——摆托了小哥，念念，我最喜欢诗人和乡村斗歌风格了。

库埃在方向盘上扬起另一只手。就是在蓓巴那里消失的那只。激情澎湃的库卡蓝贝开了口，带着混凝土的耳语。[1]

——蓓巴我的至爱，一直被我珍藏在这里，我的胸口，永永远远，就在我的钱包旁边，这些难忘的言语让我的内心充满了无可言表的情感。停顿。激情和弦。来真的了。主旋律。致蓓巴（b这个音在阿塞尼奥·库埃罪恶的唇间颤抖，恩里奎·圣蒂斯特万的本地版本[2]）我的身体与（悬停性连词）灵魂（情感重音）都属于她，我的诗

① 库卡蓝贝(Cucalambé)，古巴诗人胡安·克里斯托瓦·那坡勒斯·法哈尔多(Juan Cristóbal Nápoles Fajardo，1829—1862)的外号，《细灰的耳语》是他最有名的诗集，这里 hórmigo(细灰)被说成 hormigón(混凝土)。

② 恩里奎·圣蒂斯特万(Enrique Santisteban，1910—1983)，古巴电视男星。

歌，出自心灵及其他内脏。此处应有锣声，拜托，夜间录音师。自由体诗行将我与我的偶像连接。连续的鼓声。一见钟鸣。吹嘘-主旋律。（埃兹拉·傍震糕[1]扬起他无毛的侧脸，他颤抖的声音充溢车内。真应该听听阿塞尼奥·库埃的声音也看看随行女士们的脸。灵车上最伟大的秀。[2]）

假若你叫作巴蓓塔不叫蓓巴·马丁内斯

阿

啊

啊，只要你说，

只要你用你的嘴巴说[3]

Contraria contrariis curantur[4]，

似乎太容易说给我们这些反抗疗法的信徒。

假若你说，蕾丝比亚[5]，用你的腔调，

---

① 这里把诗人埃兹拉·庞德的姓氏 Pound 变成 Poundquake（pound cake，“磅饼，蛋糕”；quake，“震颤”），读音类似 pancake（“粉饼”）。

② “灵车上最伟大的秀”（The Greatest Show in Hearse）：戏仿美国电影《地球上最伟大的秀》（*The Greatest Show on Earth*，又译《戏王之王》，1952）；这里 Earth（地球）被换成 hearse（灵车）。

③ 戏仿聂鲁达《船歌》（Barcarola）的开头。

④ 拉丁文，意为“相异者愈之”，见 494 页注。

⑤ 蕾丝比亚（Lesbia）古罗马诗人卡图情诗中的女主角。

O fortunatos nimium，sua si bona norint，Agricolas[①]

就像贺拉斯。

（或者维吉尔

普布留斯？）

或者仅仅是

Mehr Licht[②]，

那么容易

任何人在一个黑暗时刻

都会说。

（甚至歌德。）

假若你说蓓巴，

我是说，假若你说，

蓓巴，

不是让你喝一杯[③]。

假若你说

大海！大海！

学色诺芬用希腊方式

或者学瓦雷里永远重新开始[④]，

---

① 拉丁文，出自古罗马诗人普布留斯·维吉尔的《农事诗》其二，引申义为"身在福中不知福"。

② 德文，意为"更多的光"，据说是歌德临终时最后的话。

③ Beba在西班牙文中与祈使句"请喝"形式相同。

④ 戏仿法国诗人瓦莱里长诗《海滨墓园》中的诗句："大海，大海啊永远在重新开始。"（卞之琳译）

发音，当然，完美发出那最后的 a 和 á

别忘加重音符号。

或者你也不

也不学

圣

琼

佩斯

说出

阿纳纳巴斯[①]

假若你说

Thus conscience does make cowards of us all[②],

是的我看见她在呢喃

就像劳伦斯爵士和约翰爵士，

劳伦斯·奥利弗，吉尔古德[③] et al.

或者学阿斯泰·尼尔森[④]的阴郁表情有声版，配维

---

① 戏仿法国诗人圣-琼·佩斯（Saint-John Perse，1887—1975）在北京任职期间所写的长诗《阿纳巴斯》（Anabase）；“阿纳纳巴斯”（Ana-na-base）在古巴俗语中有“安娜没屁股”的意思。

② 英文，意为“理智让我们全变成懦夫”，出自哈姆雷特的独白，《哈姆雷特》第三幕第一场。

③ 劳伦斯·奥利弗（Laurence Olivier，1907—1989），英国导演、演员，约翰·吉尔古德（John Gielgud，1904—2000），英国演员，二人都是著名的莎剧演员。

④ 阿斯泰·尼尔森（Asta Nielsen，1881—1972），丹麦女演员，曾在默片《哈姆雷特》（1921）中出演女版哈姆雷特。

他风[①]

假若你说

蕾丝比亚在我的床单中，

怀着爱情：

假若你说，蕾丝比亚和蓓巴，

或更好哦，蕾丝北鼻·蓓巴，

假若你说

La chair est triste，helas，et j'ai lu tous le livres![②]

虽然是谎话，对书籍

你只知道封面和书脊，

而不是书册自己

除了某个遗失的标题：

A la Recherche du Temps[③]及其他

或 Remembrance of Things Past Translation[④]

（多好，

但那该

多好

蓓巴，只要你把书本念成嘴唇！[⑤]

---

① 维他风（vitafón）早期商业电影中用唱片伴音的技术。

② 法文，意为“肉体真可悲，唉，万卷书也读累”（卞之琳译），法国大诗人马拉美《海风》中的诗句。

③ 法文，意为“追寻时间及其他”。

④ 英文，意为“追译逝去的事物”，戏仿法国作家普鲁斯特的《追寻逝去的时间》（又译《追忆似水年华》）。

⑤ 法文中“书”与“嘴唇”分别是 livres 和 lèvres。

这样你不再是你，
我不再是我，
更不是你，
我或我，
你：
假若你说 viande 而不说 chaire[①]，
尽管你说话好像没少喝马提尼克的马蒂尼。
我将是幸福的拿破破
雄狮，面对你肉欲，病态，可食用的约瑟芬[②]。）
假若你说，小蓓巴，
Eppur（或 E pur）si muove[③]
就像伽利略的申辩
这位反悔的天文学家面对人群的指责
说他娶了又老又丑的妓女
并无通奸的慈悲。
假若你说，蓓巴，
蕾丝蓓巴，
即使你读音不对头：
假若你借助你那灵活，欢快仿佛

---

① 法文，viande 意为“肉，肉体，食物”；chaire 应为 chair，意为“肉，肌肤”。

② 拿破仑的第一任皇后约瑟芬·博阿尔内出生于西印度群岛的马提尼克岛。

③ 意大利文，意为“但它确实在动”，伽利略面对宗教裁判所的著名自辩词。

拥有生命的舌头

把一点希腊文，少许拉丁文和乌有的亚兰文变成活语言。

或者重复四万四千遍再重复

或者只有 144，

前面的数字，

四万四

千，写成文字，为的是这位，而后一个数目

写成数字是为了一个隐秘，隐藏的命运。

假若你跟我的喇嘛重复

（拉·任波·切）

或者仅仅一位谦卑的上师

假若你跟他学会，咕咕哝哝：

唵嘛呢叭咪吽

没有反应，

当然。

假若你对我结一个手印

将中指高举，悬停，

拇指和另一根，将被称为食指，

两指，四指，其他所有指头，

收拢或匍匐。

假若你能许我如此荣幸

我不再是我

因为将是中阴

而非诗人。

但这样变得复杂。

太复杂。

假若你能说出

一句更简单，平易的话。

假若你能说出它，

假若我能和你一起说出

小天地和我们一起，

mali mir，

伊说道：

Ieto miesto svobodno!

Svobodnó![1]

啊，假若你不叫蓓巴，叫作巴蓓塔·马丁内斯!

阿塞尼乌斯·库埃图鲁斯归于沉默，而沉默在车上闪闪反光好像水银，墨丘利变成了珀伽索斯[2]。我差点鼓掌。之所以没鼓是因为听见蓓巴（或蕾丝比亚）声音里的困惑。更可能是因为她迅速的回应：

——但小盆友啊我不姓马丁内湿。

——啊，是哦——库埃非常严肃地说。

——对，而且我也不喜欢巴瘪这名儿。

---

① 错误的俄文，大意为“这地方空荡荡”。

② “墨丘利”与“水银”是同一个词（Mercury）；珀伽索斯（Pegaso）希腊神话中生双翼的飞马。

——是巴蓓塔。

——总之不喜欢。

麦卡雷娜说话了。

——而且太奇怪了亲爱的。我发誓一丁点儿都没听懂。

怎么办？答案是不知道，就算我们真会俄语而不是从镜子里——列宁也不知道，车尔尼雪夫斯基[①]更不知道。来搭救我们的，却是亨利·福特[②]。库埃把油门踩到底——或者说，踩到了里内家里或 Chez Rine 或 Rine's 或 Ca' Rine。*Dom Rinu*.[③]

XVII

——晚上好，小姐们——库埃说，回到车里重新掌舵。——抱歉称您们为小姐，但我还不认识诸位。[④]

肾上腺素，0。红血球，0。马克斯反应为负。幽默，未被欣赏。

——里内在吗？

——耶死。

他开动的时候是在模仿加里·库珀[⑤]，歪了下想象中

① 《怎么办？》是俄国哲学家和作家车尔尼雪夫斯基的代表作。

② 亨利·福特(Henry Ford，1863—1947)，美国福特汽车公司的创始人。

③ 分别是法文，英文，意大利文，俄文，意为“里内家”。

④ 戏仿格劳乔·马克斯的幽默名言。

⑤ 加里·库珀(Gary Cooper，1901—1961)，美国演员，与墨西哥女演员凯蒂·乔拉杜（Katy Jurado，1924—2002）出演电影《正午》(*High Noon*，1952)。

的牛仔帽。白骑士在此，拯救者。救世主·库埃。

——我们一年没见了——我模仿凯蒂·乔拉杜在《正午》里墨西哥坦皮科口音的哑嗓。

——我资道[①]——加里·库（埃）珀回答，得克萨斯口音。这是西班牙语的西部片，方便观众。自我批判。

——里内说什么？

——他张嘴了。

——很大？

——巨大。

——多大。

——巨～大——库埃说。

——一头里氏龙，牾斯忒罗斐冬会说。

——里内谁啊？——蓓巴问。

——一个自然界的奇葩。

——历史上的奇葩。

——到底是男的是女的还是什么？

——什么——我说。

——是一个我们的侏儒朋友，库埃说。

——侏儒？——麦卡雷娜问。——他不是柯哒的那个记者朋友？

——耶死。

——正是他——我说。

① 以上两句为电影《正午》中的西班牙语台词。

——但我见过他不是侏儒一点也不侏。

——以前是。

——怎么会?

——他抽缩了。

——啥?

——就是收缩了，美女——我说。——他吃了蘑菇，致幻的毒蘑菇，一尿尿就撒气了。

——他现在是世界上最高大的侏儒。

——骗人！——麦卡雷娜说。——您们真以为我们会信吗?

——如果我们都信的话我想不出您们为什么不信——库埃说。

——女人并不比男人优越——我说。

——虽然我个人对女人毫无不满——库埃说。

——我也是——我说。——而且，我最好的朋友里很多都是女人。①

她们笑了。终于。我们也笑了。

——说真的，到底谁?——蓓巴问。

——我们的一个发明家朋友——库埃说。——真的。

——从前他本来叫芙里内②，但时光流逝第一个字没了。缺钙。

---

① 戏仿美国总统富兰克林·罗斯福的话:“我最好的朋友里很多都是共产党人。”

② 芙里内(Friné，即 Phryné)，公元前四世纪古希腊著名交际花。

——现在叫里内，以及，莱亚尔。

——但他是个大发明家——我奋力压过库埃，免得让游戏发生语言学转向。

——灰～常棒！——库埃说，带着广播腔的重音。

——真的吗！——麦卡雷娜说。——在古巴没有发明家。

——少但是有。——我说。

——这里什么都是外来的——麦卡雷娜说。

——真阔怕！——库埃说。——对祖国缺乏信心的女人会生早产儿。

——你就差说一句——我说，——先生，发明都是白人的事。

——这里需要的是一种民族主义——库埃说，操的是集会演说腔调。

——看看那些日本人——他朝外面一指。——哦，已经看不见了。他们消失在历史的地平线。

——另外——我说——里内是外国人。

——真的吗？——蓓巴问。——哪儿的？

赶时髦之风比圣灵更大，随着意思吹。[1]

——实际上他没有国籍——库埃说。——彻底的外国人。

---

① 语出《圣经·新约》："风随着意思吹，你听见风的响声，却不晓得从哪里来，往哪里去，凡从圣灵生的，也是如此。"(约翰福音 3:8)

——对——我说。——他出生在一艘联合果品公司在危地马拉包租的船上，挂着利比里亚国旗行驶在公海。

——父亲是入圣马力诺籍的安道尔人，母亲是拿巴基斯坦护照的立陶宛人。

——啊乖乖这也太复杂了——麦卡雷娜说。

——这就是发明家的生活——我说。

——天才就是有能力忍受一切——库埃说。

——除了不能忍受的——我说。

——姑娘丁点也别相信——蓓巴说。——他们逗你玩呢。

我以前在哪儿听过这句话？应该是什么语录。行业的智慧。To the unhappy few.①

——是真的——库埃的声音严肃起来。——他是个天才发明家。可能是人类发明轮子以来的最伟大贡献。

蓓巴和玛卡雷笑了，笑得很卖力，好让我们看出她们听懂了。只不过她们是从轮子另一侧着手。从轴。Axis. Axes. Sexa.②

——我是说真的——库埃说。

——说真的他是说真的——我说。

---

① 英文，意为“致不幸的少数”。戏仿莎士比亚《亨利五世》第四幕第三场中的台词：“We few, we happy few, we band of brothers.”（“我们，是少数几个人，幸运的少数几个人，我们，是一支兄弟的队伍”，朱生豪译。）

② 英文，Axis 和 Axes 分别是“轴”及其复数形式，Sexa 是 Axes 的回文形式，暗含“性”的意思。

——一个大发明家。特·大。

——那他发明了啥?

——一切没被发明的。

——再没别的，因为他认为是徒劳。

——总有一天他会得到应有的承认——库埃说——会用他的名字给天选绿帽者命名。

——就像卡蒂勒·孟戴斯[1]，举个例子。

——或者牛顿·美迪尼亚[2]，我的物理老师转世。

——或者比尔希略·皮涅拉。

——还有“星星雷亚”，ci-devant[3]罗德里格斯。

——那小埃拉斯莫·托雷呢?他现在就在马索拉[4]。

——医生?

——不，病人。但等他出来的时候就能掌握关于发疯的第一手最新资料。一位马索拉朋友[5]。

——我完全相信。说到底，照格劳的说法，人人都有里内。[6]

——拜托，先生们，请好歹说说，到底这个里内都发

---

① 卡蒂勒·孟戴斯(Catulle Mendès，1841—1909)，法国作家。

② 牛顿·梅迪纳(Newton Medina)，哈瓦那大学物理学教授。

③ 法文，意为“往昔，以前的”。

④ 马索拉(Mazorra)，哈瓦那的精神病院。

⑤ 戏仿西班牙作家加尔多斯(Benito Pérez Galdós，1843—1920)的小说《曼索朋友》(*El amigo Manso*，1885)。

⑥ 总统拉蒙·格劳·圣马丁因纵容腐败等原因下台。“人人都有糖吃”是他谈及古巴国内腐败的名言。

明了神马。

——我们会给你个清单，别担心，小可爱。

库埃，一边开着车，一边假装在读一份长长的清单，好像传令官展开看不见的羊皮卷。

——例如，里内发明了脱水的水，融化于科学一掷不会改变干渴[①]，阿拉伯日益严重的缺水问题。特供联合国的发明。

——而且如此简易。

——只需往阿拉伯长袍的口袋里丢几颗水胶囊就能下沙漠。

——或上沙漠。那就得把骆驼挂一档。

——你走啊走啊走啊找不着绿洲也没有输油管和拍电影的，这时候“叮咚”！掏出你的小胶囊，扔进杯子里，融化于水你就有了一杯水。速溶。足够两个贝都因人喝。帝国主义的讹诈一去不复返！

她们没笑。她们没理解。她们在期待真实的发明或者别的轮子？我们继续。就是这样，在不理解中，产生了基督教，共产主义甚至立体主义。我们只需要找到自己的阿波利奈斯[②]。

——现在进一步推出了蒸馏水药片。抗菌效果有

① 再次戏仿法国诗人马拉美的名句“骰子一掷不会改变偶然”，见397页注。

② 阿波利奈尔（Apollinaire，1880—1918），法国诗人，艺术评论家，超现实主义先驱；阿波利奈斯（Apollinaris）矿泉饮料名。

保障。

——与此同时，他也发明其他发明。比如说，丢了把又没有刃的刀子。

——或者没有任何风能吹灭的蜡烛。——我说。

——真是个让人眼前一亮的点子。

——而且简单。

——怎么样？

——每根蜡烛上都印上红字标签，写着：请勿点燃。

——一开始他本想把蜡烛涂成红色用黑字写上“炸药”，但这太巴洛克。另外，还是有风险，考虑到自杀者或阿斯图里亚斯的矿工。

——以及恐怖分子。

她们没笑。

——另一个天才的发明是城市安全套。

出现某种疑似笑声。

——就是用一个巨大的充气尼龙袋把城市包起来。

——这一发明属于日后被称为里内气体时期的代表作之一。

——它能为热带或沙漠城市挡住阳光，或者为风暴区的城市挡住狂风，为北欧城市挡住寒流。

——虽然挡不住污染——我说。

——此外——库埃继续——还可以按区域控制降雨，因为充气袋上有拉锁能分区打开让积存的水落下去。天文观测站只需要负责预报，比如说，“今天将在贝达多区降雨，”然后给控制袋子的人一个信号，“贝达多阵雨，劳驾。”

女性队伍中出现了失望情绪。但已经没有任何人能阻止我们。

——这一传奇时期的另一发明是充气街道，上面跑的汽车都配备沥青或混凝土做的轮胎，按个人喜好。一个简单的对调节省了大量钞票。

——想想将来司机们能省下多少轮胎钱。

——然而，此发明存在一个特质上的缺陷。问题不大但烦人。充气街道会被扎漏气。不过只需来一条广播通知。加勒比电台广播通知：第五大道路段改线，今晨被扎。请各位司机朋友绕行第三或第七街，直到充气工作完成。哔哔哔。下一分钟将有更多发明。

她们一声不吭。

——还有滚动城市的发明。人不用出行去城市，城市自己过来。比如一个人来到终点站……

——一个人？两个怎么办？

——都一样。会平等对待。站点走向所有人。这两位停下来，嗯，就像一个人似的在站台。“马坦萨斯什么时候到？”他问一位检票员。“马坦萨斯应该马上就到，按时刻表。” 后面传来一个声音。“卡马圭什么时候到？”“嗯，卡马圭会晚点一会儿。”大喇叭里播放通知：“去往比那尔德里奥的乘客请注意！比那尔德里奥将停靠在 3 号站台。”去往比那尔德里奥的乘客立刻行动起来，携带好随身行李，从站台跳上城市，马上开城。

没反应没反应没反应。

——还有小规模、更低调的发明。

——简陋但实在。

——比如不用汽油的滚动汽车，全靠重力。仅需把所有街道修成下坡即可。壳牌公司将会发现自己壳里的珍珠已经不值钱。

没。反。应。

——类似这种公共工程的大师之作还有滚动人行道。

——有三种变档速度。

——共三种滚动的无尽人行道，一种在外侧，给步履匆忙的人（可根据不同城市的特征、经济状况和地理分布调整），中间的给那些散步的或想要约会迟到的人或游客，最里面的人行道最慢，给那些想浏览橱窗的，和朋友聊天的，在某个姑娘窗下献殷勤的人。

——最里面的人行道有些地方还设有椅子，给老人、残疾人和伤残军人。给孕妇让座是必须的。

没—反—应。

——还有能写音符的打字机。

——想想看如果莫扎特看见这么一台。

——将会有立体声速记员，旋律速记员或速记旋律员。

——柴可夫斯基可以让秘书坐在自己膝盖上。

——更妙的是新的音乐写作系统能为我们所有人进行

音乐扫盲。

——这项发明太具革命性以至于在所有的音乐厅都被明令禁止。在日内瓦专门签订了一项协议禁止其使用。他的萨克骚风，大提情的代用品，也遭受了同样的命运。

——其实很基础，跟里内所有的东西一样——他爷爷就生在基辅。只需简单地（也不需要划好的谱纸）在乐谱上写哒啦啦辣，哒啦啦利或者嗡-啪-啪-帕或者妮妮-妮妮-妮昵，视音乐特征而定。批注写在边上：更快，慢，激动的，鼻音的快板，肥胖而庄严的或哇啦哇啦叫似的。这是唯一保留传统方式的地方。比如，啪啪啪帕～～，就是贝多芬第五交响曲的开头，这一首里内已经几乎全用新方法转写。乐谱，当然了，就叫啪啪谱。总有一天人们会发现，里内在音乐史上的重要性远大于车尔尼①。

没有反应的你在没有反应中没有了反应。最后一搏。

——最后的发明，**终极**大发明，最终反武器。反原子弹或反氢弹或反钴弹。

——这些炸弹，美女们，都会裂变。而里内的反炸弹能聚合。

——当一颗炸弹掉下来，一个自动装置射出一颗反炸弹，以对方裂变同样的速度、同样的强度聚合，这样敌方的炸弹就变成从天上掉下来的一团铁坨。也许会砸到某个

① 车尔尼（Carl Czerny，1791—1857），奥地利作曲家，钢琴家和音乐教育家。

建筑，把路上砸出坑来，砸死某只动物。

——就跟掉下一片厚瓦片没区别。

——第二天见报，**战况简报**：昨日一头不幸的母牛死亡，归属情况不详，死因是一枚敌方投向我方英勇人民的原子弹。很快这些毫无心肝的凶手会为他们的罪行付出代价。我方军队继续执行胜利的战术撤退。贰谋部长官，夏蒙懂将军。

一阵彻底的沉默。我们好像劳斯莱斯的广告，因为我只听见汽车仪表盘的嘀嗒声。没人吭一声。只有阿塞尼奥·库埃，发出一声吼叫同时猛踩刹车，才没撞上一个胖子。那个烦人的行人刚从惊吓中缓过劲儿，一蹦就占领了人行道或者说丧失了对大街的占领，在马路牙子上转圈子，尥蹶子，活蹦乱跳，像个夜间活动的娘炮。我听见一串笑声，笑成一片，笑声比哑巴更古巴。我们的乘客们笑着揉着肚子还看着后面又比画又诈唬，冲着那头在跳《恐惧波尔卡》的大象。她们笑了足足好几个街区。

我们本来是想带她们急匆匆之中兜兜风，到尊尼或俊尼（两种叫法都可以）——但不太成功。现在，在里面，冰冷的空调屋里来一杯亚历山大，一杯戴吉利，一杯曼哈顿和一杯自由古巴，各喝各的，我们还在努力用自己的才华折磨她们。对她们来说，很显然，更像是风寒而不是风趣或风流——她们不会为这类笑话露出牙齿。然而，我们还继续胳肢她们，把笑话结扎起来一个接一个。为什么呢？也许因为阿塞尼奥和我觉得有意思。也可能因为在我们的幽默血管里还有酒精乙烷基残留。或许我们高兴是因为轻松，轻松的快乐，我们在快乐中将她们征服，轻而易举地用高潮颠覆了道德重力，因为根据我的观点，勃起是坠落的反面。至少我是这么想的，我不知道阿塞尼奥·库埃是否有同感。现在是我们两个同时决定成为她们的“加拉赫&谢恩”①，她们的“阿伯特&科斯特洛”②，她们的“卡图卡&堂哈梅”③，她们的“加拉斯特洛/阿伯特谢恩·家里牛&匹得罗④和卡图卡哔哩哔/哈梅哩哔哩和阿伯特斯特洛和加拉谢恩和家里牛匹得”，专为她们定制。我们从牾斯忒罗（想入）非非开始，当然，这是身后但并非迟到的致敬，致敬那位大师，牾斯忒啰嗦，我的牾斯忒罗非懂老师。

——你们听过西尔维斯特雷·**这位**在公园赤身裸体的故事吗？

很好的开头。吸取了轮子的教训。女性感兴趣的是裸体，不是我。

---

① “加拉格&谢恩”（Gallagher & Shean），由加拉格（Edward Gallagher，1873—1929）和谢恩（Al Shean，1868—1949）组成的美国歌舞剧二人组。

② “阿伯特&科斯特洛”（Abbot & Costello），指巴德·阿伯特（Bud Abbot，1879—1974）和卢·科斯特洛（Lou Costello，1906—1959），被誉为美国演艺史上最成功的二人组之一，曾在上世纪四五十年代合作了近四十部电影，塑造了著名的“二傻”喜剧形象。

③ “卡图卡&堂哈梅”（Catuca & Don Jaime），古巴喜剧形象，由塞尔希奥·阿塞巴尔（Sergio Acebal）和佩佩·德尔坎波（Pepe del Campo）扮演。

④ “家里牛&匹得罗”（Garriño & Pidero），指古巴喜剧组合阿尔伯特·加里多（Alberto Garrido）和费德里科·皮涅罗（Federico Piñero）。

——拜托，库埃，再说我就苦唉了——我声音里充斥的是伪装的羞耻。

女性更浓厚的兴趣。

——库埃快说。

兴趣更浓厚。

——快说快说。

——好吧。

——求求你库埃。

——我们（笑声）**这位**和艾力波……牾斯忒罗斐冬（笑声）和艾力波和我在公园……

——库埃。

——我们（笑声）**这位**和艾力波……

——如果你真要说请你起码好好说。

——（笑声）我们嗯**这位**，你说得对（笑声），没有艾力波。

——你知道他不可能在。

——对，不在。（笑声）我们牾斯忒罗斐冬和**这位**和……牾斯忒罗斐冬在吧？

——我不知道。是你讲故事不是我。

——不，这就是你的故事。

——你的。

——是我讲但却是关于你的所以是你的。

——是两个人的。

——好吧，就算是两个人的。故事是这样的（笑声）

这位（咯咯笑）和我还有柯哒我记得。不，没有柯哒。是艾力波。是艾力波吧？

——不是艾力波。

——不是。好像艾力波不在。那么就是**这位**（笑声）和柯哒……

——柯哒不在。

——不在吗？

——不在。

——好吧最好你自己来讲，你比我更清楚。

——谢谢。我有一个能充气的记忆囊。我们（笑声）这位和牾斯忒罗斐冬和我，我们四个……

——这儿只有三个。

——三个？

——对三个。数数。你和牾斯忒罗斐冬和我。

——那就是咱们两个，因为牾斯忒罗斐冬不在。

——他不在？

——对，我不记得他在而我的记忆力极好。你记得他在吗？

——不，我不知道。我不在。

——没错。好吧，我们（笑声）我们在（笑声）我们约在公园（笑声）柯哒和我……我在吗？

——你可是不一般的记忆大师，记得吗？麦默瑞先生，不忘之王。

——对，我确实在。我们都在。不，我不在。我应该在。对吧？如果我那时候不在，我现在又在哪儿？救命！救人哪！我赤身裸体在公园里迷路啦！来人哪！

笑声来自我们两个。一直是我们俩，只有我们在笑。她们甚至都没意识到这个牾斯忒罗斐冬版本的惊愕交响曲[①]就是从未开始的故事。我们发明了新的娱乐。为了谁？为了不要汤的人，上三碗烫吉诃德形而上骑士驽骍难得不吃东西[②]。

——要不要我给诸位唱首歌？

这个笑话是牾斯忒罗斐冬从一位可敬的疯子那里偷来的而阿塞尼奥·库埃又将其无限完善，又占为己有。小偷偷小偷[③]。现在我是他的回力球前墙，他的 straight-man[④]，他肉身的马塞洛[⑤]，由于麦卡雷娜或蓓巴或她们两个说“啊”，意思是“真烦人”，我赶紧开始。女士们先生们。Ladies & Gentlemen. 我们非常高兴地介绍。We are glad to introduce（库埃用一根手指做了个淫秽的手势：他的独家手印）to present，第一次也是唯一的一次，once and only，伟大的～！To the Great！阿塞尼

---

① 戏仿海顿的第 94 号交响曲《惊愕》。

② 戏仿塞万提斯《堂吉诃德》前言中的一首十四行诗，假托勇士熙德的坐骑巴别卡与堂吉诃德的“驽骍难得”之间的对话；“形而上”讽刺瘦到抽象。

③ 西文谚语“小偷偷小偷，不会被拘留”或“偷贼者可恕”（Ladrón que roba a ladrón，cien años de perdón）。

④ 英文，意为“喜剧演员的搭档”。

⑤ 墨西哥著名喜剧角色“丁当”（Tintán）的搭档，绰号“El Carnal”，有“肉体的，俗世的”之意。见 347 页注。

奥·库埃！阿塞·票房无（砒）双（霜）！音乐。此处应有掌声。乐队奏响，进入主题。一位伟大的国际歌手。曾在斯卡拉献声，缪斯就卡在拉链中。还在卡耐基大厅演唱。曾作为少女[1]特邀艺术家，后来再没被邀请过……

我们的乘客又发出刚才的声响仿佛那是被自己吃掉的东西。无聊与厌烦的嗝儿。太多的形而上汤。我赶紧来一点爱国主义元素推进表演，模仿那个男高音他每次都会发出喔喔声来掩饰自己的失败：自由古巴万岁！

——请配配配合古巴艺术家。

库埃清了清嗓子。咪咪咪，咪—咪。——我凑过去，手里拿着盐罐。

——请问你准备唱首什么？

——应听众的邀请，我要唱《三个词》。

——标题很美——我说。

——这不是标题——库埃说。

——是另一首歌？

——不是。就是同一首。

——那歌名是什么？

——我正在路上走/碰上小死驴一头/我并没用脚足-采（我右脚的复姓）从它身上迈过来。[2]

---

① 此处的少女（Virgo）与前面“可敬的疯子”，似指刘易斯·卡罗尔和他笔下的小女孩爱丽丝。

② 戏仿古巴诗人尼古拉斯·纪廉的诗作《我正在路上走》：“我正在路上走，碰上了死神……”见 326 页注。

——对一首歌来说这名字有点长。

——这不是这首歌的名字。也不是有点长的名字。这是个相当长的名字。

——不是这首歌的名字？

——不是。这是标题的名字。

——那标题是什么？

——我忘了，但我可以告诉你叫什么。

——叫什么？

——蕾伊娜。

——是这首歌。我知道。美极了！

——不，不是歌。这是一个朋友的名字。

——一个朋友？那就是献给她的了，对吧！

——是这首歌的朋友。

——一位狂热的粉丝。

——并不狂热。确切地说是怀疑论者，如果我们说是谁而非是什么，我会说是这首歌的朋友。

——到底是什么歌？

——我这就说。

——你说什么？

——三个词。

——这就是那首歌！

——不，这是标题。歌是标题下面的东西。

——标题下面是什么？

——副标题。

——再下面呢?

——副-副标题。

——那么,见鬼,到底是什么歌?

——我的名字是阿塞尼奥,不是见鬼。

——**到,底,是,什,么,歌?**

这里

加上

那里

——这是另一个标题。

——不是。是歌。

——什么歌?只有三个词。

——《三个词》,没毛病,先生。

——但你根本没唱,靠!

——我从来没说我要唱这首歌。“靠”是哪位?我不认识。而且我刚才说的就是我这就说而不是唱,《三个词》。

——不管怎么样,是很美的作品。

——这不是作品。作品是另一个。

我们刹住。她们没笑。她们没动静。她们甚至都没抗议。她们对存在而言已死——对虚无也是。

游戏结束,但只对我们而言。对她们来说从未开始,只是阿塞尼奥·库埃和我在自娱自乐。宁芙仙女用她们失明的眼睛望着酒吧里黑夜中的黑夜。Women！阿塞尼奥说。即使上帝不存在也必须发明上帝好让他创造女人出来。这是我的声音，半严肃半开玩笑。

XVIII

我觉得我们是在那时候很有默契地（牾斯忒罗斐冬会说是摩西似的）开始思索，为什么要逗她们笑。我们算什么？小丑，一号和二号，打哈哈的两个掘墓人或人类，平平常常的普通人，凡人？追求她们不是更简单吗？毫无疑问，那才是她们所期待的。库埃，更果断或更老练，开始在街角展开**呢喃第一号**，而我对麦卡雷娜说我们干吗不出去走走。

——哪儿去？

——外面。就我们。去月光下。

没有月光甚至没有新月，但爱情就是由这些俗套组成的。

——我不知道蓓巴是……

——什么巴士？

偷鸡蛋的狗，尽管藏在鸵鸟群里[①]。

——我是说我不知道蓓巴是不是乐意。你明白吧？

——你不需要征求她同意。

① 戏仿西文谚语“偷鸡蛋的狗，烫了嘴也不长记性”，喻屡教不改，尤指男女关系上的不忠。

——现在不用。过后呢？

——过后怎么？

——她会说这说那说傻话。

——那又怎么样？

——什么怎么样！她养活我。

我早猜到了。我没说，只说有意思并摆出感兴趣的脸，高仿泰隆·库埃[①]。

——她和她丈夫收留了我。

——你不用跟我解释。

——不是解释，我告诉你好让你知道为什么我不能去。

这是利己主义与利他主义之争。

——不要让别人替你活。

爱 vs 爱自己。

——不要把该今天享受的留到明天。

啊“伊壁鸠鲁式冷漠”。

库埃的道理赢了。即使在性别之战中，虚无也是唯一禁用的武器。她像是因为我古巴版的及时行乐论陷入了思考，或者至少做出思考的样子，这已属难能可贵，接下来保持着同一表情，余光扫了一眼蓓巴·“收容所”。她在最暗的角落被遗忘，裹在蜜丝佛陀的香氛中。我们赢了。

---

① 泰隆·鲍华（Tyrone Power，1914—1958），美国演员，曾主演《太阳照常升起》（1957）等。

老品达和我。

——好吧，走。

我们出来。到外面好多了。露天咖啡是个伟大的发明。上方红蓝绿闪耀着招牌“尊尼之梦”忽明忽暗。异国色彩。霓器时代。在并非一直发光的广告牌的黑暗间隙里，我脚下一滑，但我的滑稽感比平衡感发挥得更好，把打滑变成了舞步。

——我眼花了——我解释一下。我总爱给出解释。词语。

——里面很黑。

——我不喜欢那些俱乐部就不喜欢这一点。

她很奇怪。是因为我单复数混用?

——不喜欢?

——不。我也不喜欢跳舞。跳舞是什么?音乐。一男一女。紧紧抱着。在黑暗里。

她没说话。

——你应该说这有什么不好——我解释。

——我不觉得有什么不好。虽然我也不喜欢跳舞。

——不，你说，跟我重复：这有什么不好?

——这有什么不好。

——音乐。

没用。她一点笑的意思都没有。

——这是个“阿伯特＆科斯特洛”的老笑话。

——都是什么人。

——美国大使。是个复合名。就像奥尔特加 & 加塞特。

——哦。

混蛋。欺负小朋友。

——不是。这是另一个笑话。是两个美国电影笑星。

——我不认识。

——在我小的那会儿他们很有名。《阿伯特 & 科斯特洛大战幽灵》。《阿伯特 & 科斯特洛大战科学怪人》。《阿伯特 & 科斯特洛大战狼人》。很搞笑。

她做了个模糊的表情，模糊 & 共鸣。

——你那时候还小呐。

——对。兴许还没出生。

——兴许你没出生。我是说，你出生在以后，兴许。

——对。一九四零左右。

——你不知道自己哪年出生？

——差不多吧。

——不害怕吗？

——干吗害怕？

——应该让库埃听听。没什么。至少你知道自己出生了。

——我不就在这里吗？

——证据确凿。如果你跟我一起在床上，那就是铁证如山了。Coito ergo sum[①]。

当然她没听懂。我觉得她甚至没听见。我没有时间惊讶自己的直奔主题。当一个害羞的人走上跳板时往往会发生这种情况。

——拉丁文。意思是你撕扯，你思考你就存在。

你就是个大混蛋!

——因为你思考，你就在这里，走着，跟我一起，在星星的热力下。

如果你继续这样说下去你就完了。你是简，我人猿泰山。反-语言。

——您们真复杂。甚么都搞复杂了。

——你说的对。全对。

——太能说啦。说啊说啊说。

——更对。你击中了笛卡尔的要害。

我说的是契卡·尔[②]。

——嗯，这个我可知道。

我当时肯定大吃一惊。就像阿塞尼奥·库埃那天在曼波俱乐部，一天晚上，充斥着妓女，堆满坤包的桌子和阿拉斯的音乐——阿拉斯·德·卡希诺，那段时间很流行，某个疯狂爱上他嗓音的姑娘把五张唱片一遍接一遍地放，

---

① 意为“我媾故我在”，戏仿笛卡尔的拉丁文名言 Cogito ergo sum（我思故我在）。

② 契卡是俄肃清反革命及怠工非常委员会（简称全俄肃反委员会）的俄文缩写音译。

到后来我都背下了每张唱片的结尾以及下一张的开头，串在一起仿佛是一首长长的曲子。库埃开始像往常一样卖弄学识，跟一个妓女聊起来，人很漂亮，美女，告诉她我叫西色诺芬，他叫居鲁士库埃，我来和他一起并肩战斗在这场性别之战，我们的曼波远征[①]，这时候另一桌有个妓女，独自一人，上了点年纪（在曼波一个三十岁的姑娘就是老奶奶，巴尔扎克老奶奶）这位蓝眼睛的姑娘，温柔地问库埃，对抗大流士·科多曼吗？然后登坛开讲《远征记》仿佛身临其境仿佛那是一万名妓女向大海撤退，原来这是位师范生因为历史的偶然（大家叫她爱丽丝，但她告诉我们她真正的名字，有点奇怪，叫维吉尼亚·儒布利斯或儒不俚雅）以及经济因素来干这行时间不久，跟别人不一样，其他人都是从小女孩的时候就在这里了，谁能相信阿塞尼奥·汤因比·库埃[②]，又称大流士·库埃多曼，丢下那银片睡袍光闪闪的半裸甜心，这位爱卖弄的大象居然和维吉尼亚·如怖蕾丝，那位古代&中世纪史教师睡了？她会教他些什么呢？我一下回到现实。只过了不到两秒钟。相对论在记忆领域的应用。

——也叫“抓四 K”。我会玩。蓓巴教我的。扑客也是。

见鬼。要是男人玩桥牌就像女人玩扑克。扑客。

---

① 暗示古希腊作家色诺芬的《远征记》，见 410 页注。

② 汤因比（Arnold J. Toynbee，1889—1975），英国著名历史学家。

——嗯，就是这个。

我决定变换话题。或者，回到另一话题。车轮回环。把伊利亚德许配给巴哈蒙德。[①]

——你不喜欢跳舞吗？

——不你相信吗，我不怎么喜欢。

——为什么呢？你长了喜欢跳舞的脸。

见鬼，这也属于种族歧视。面相巫术。

她应该回答我跳舞是用脚，不是用脸。

——是吗？你相信吗我小时候疯了似的喜欢跳舞。但现在，不知道。

——小时候不算数。

她笑了。这回真是笑了。

——您们真奇怪。

——您们是谁？

——你和你的那个朋友。库埃。

——为什么？

——不为什么。很奇怪。说话奇怪。干事儿也奇怪。一模一样，两个怪人。而且说啊说啊说。说那么多干吗？

她该不会是个文学批评家 in disguise？麦卡雷娜：真名玛伽·麦卡锡[②]。

---

① 米尔恰·伊利亚德，著名宗教史家，见 175 页注；巴哈蒙德（Federico Bahamontes，1928—　），西班牙自行车运动员，1959 年环法冠军。

② 英文，意为“伪装”。“玛伽”（Maga）是科塔萨尔长篇小说《跳房子》中的人物。玛丽·麦卡锡（Mary McCarthy，1912—1989），美国作家和批评家。

——可能你说得对。

——就是嘛。

我必须做出某些表情因为她加了一句：

——但你一个人的时候好点。

还好。是客气？

——谢谢。

——不阔气。

我看见她看着我，直直的，阴影中能看见她的眼睛，几乎能感觉到在灼烧，熊熊烈火。

——我觉得你人不错。

——是么？

——是的，说真的。

她看着我站在我面前看着我的眼睛耸起肩膀翘起脖子扬起脸张开嘴，我想原来女人是以猫的形态理解爱情。她从哪儿学会这个好像跳舞的姿势？没人告诉我因为没有人。只有我们两个，我握住她的一只手，但她挣脱了同时还挠我一下，不是故意的是无意识。

——我们去那边。

她用头往后面一努，黑暗里，水边。这么害羞？河的另一边闪烁着滨海大道的灯光。我看见一颗星从“乔雷拉”后面落进海里。我们走着。我握住一只看不见的手。她也握住我的手，很用力，指甲都嵌进肉里，看不见的指甲。我转过身吻她感觉到她的呼吸，肉感，比黑夜比夏天更温和，是呵气，灵光，是另一条河，用她的亲吻她的气味她的爱情声响她狂野又熟悉的香水味（因为我隐约闻到香奈儿，莲姿丽姿，不确定，我不太懂行）充满，满溢在旷野，她用力地吻我，猛烈，粗暴，在嘴上，用舌头撬开我的嘴唇，咬我的嘴唇，外面和里面，黏膜，舌头，牙龈，在寻找什么，我猜是在找我的灵魂，又攥住我的手，那手已经变成爪子按在脖子上——我想起了西蒙妮·西蒙我不知道为什么，我知道为什么，在那里的黑暗中，我以吻还吻所有的吻都是一个吻，我以德拉库拉的方式吻在她脖子而她说，她喊着嗯嗯嗯，我掀开她的衬衣她没戴胸罩，内衣或 brassieres，也叫 soutien-gorges，我只想着那些亲吻那些爱抚来自她熟练的双手留着指甲在寻找一个爱情的缺口，我设想她梦见自己是一个不用保护网也不戴 Maiden-form 牌 bra 的走钢丝人在今夜，我在心里面笑了在外面还忙着让我的舌头周游在她赤裸的（我险些说成赤道的）乳峰和纽扣之间，纽扣共两颗并不像两条滑走的鱼儿更像两颗惊现的乳头，我从原路慢慢返回，从脖子回到我在她嘴里的家重新亲吻她，重新开始，她也已经找到了自己的路，她内在的路然后

突然推开我。她看着我身后我以为来了人，我看她能在暗中视物不禁疑惑她身上会不会有斑点或条纹，我心想，她已经完全变黑了又一直盯着看，我猜是蓓巴来了。不，不是蓓巴。谁也不是。没有人。Personne. Nessuno.①

① 分别为法文和意大利文，意为“没有人”。

什么也没有。

——怎么了?

她还在看我身后，我转过身，飞快，一百八十度，在我身后没有人，什么也没有，只有黑夜，黑暗，阴影。我感到害怕或至少有点寒意——虽然很热，非常热，在河边。

——发生什么了?

她好像丢了魂儿，被什么东西催眠，是我没看见，不会看见，永远看不见的东西。火星人在岸边。他们会坐船过来吗?见鬼，就算火星人在黑暗里也看不见。我几乎看不见她。我摇晃她看不见的肩膀。但她还是没醒过来。我想要不要打她一耳光。轻轻的。打女人很容易。而且这样她们都能醒过来。在所有的电影里。如果她还我一耳光呢?也许她不是那么有教养。我放弃了，我不想在黑暗里莫名其妙地打架。我又摇晃她的肩膀。

——你怎么了?

她猛地一挣同时绊倒在下面暗处鼓起的什么东西上，就在我们身边。修隧道的时候留下的土堆。也许是淤泥堆。河就在这儿。能听到河水冲击着她的呼吸，这是一幅缺乏逻辑的画面，但有什么办法，这时候就没有逻辑可言。在这种时候逻辑和勇气和热气一起跑掉了，从身体的某个毛孔。我扶住胳膊拉她起来，我看见她仍然没看我。很让人惊奇，一个人置身黑暗中的时候能看见那么多东西。她没看我，没有，但已经不是那种迷失的眼神在空无中寻找。

——怎么回事？

她看了我一眼。会是什么？

——怎么回事？

——没事。

她开始抽泣，捂住脸。其实没必要，黑暗是最好的手绢。也许不是为了捂住眼睛而是相反，为了保护眼睛。我拉开她的手。

——怎么了？

她闭上眼睛紧闭嘴唇整张脸成了一张黑夜里的鬼脸。妈的。我的眼镜赛山猫。应该说猫头鹰。我是灵魂的猫头鹰。

——靠，到底怎么了？

脏话有魔力吗？有点像咒语，因为她立刻开始说话迸发狂怒势不可当，完胜库埃和我，因为她说话时有一种内在的暴力和激烈，呈现结结巴巴的效果。

——我不要。不 不。我不要走 我不要回去。

——去哪儿？你不想回哪儿去？回“尊尼”？

——回蓓巴家我不要跟她回家 她打我她把我关起来不让我跟任何人说话任何人 求求你别让我回去我不要回去 她把我关在小黑屋里不给我吃不给我喝什么也不给还打我只要一开门看我往窗外看就把我绑在床脚打我狠狠打我整天整星期没饭吃 你看我这么瘦 不 我不要回去 见鬼我不要跟她回去 她是个坏人 虐待我还让他也虐待我我

根本不想跟这家伙在一起我不要我不要我不要 天哪 我不回去 我跟你一起 真的你让我跟你一起 我不回去 你别让他们带我回去。

她鼓着眼睛看着我，然后甩开我跑起来，向着河，我觉得。我追上去紧紧按住她。我不算强壮，应该算胖，所以我一边按住她一边呼呼喘气，但她也不很强壮。她安静下来，好像平复了，又从我的肩头望过去，这不难，现在是在找某个具体，精确的东西。找到了。在黑暗里。

——他们来了——她对我说。见鬼的火星人。是库埃和蓓巴。只有一个火星人。就蓓巴自己。喊着，这边怎么啦？

——没事 没事。

——出什么事了？

——没——我说。——我们从这边走，很黑，麦卡雷娜滑了一跤。但没什么。

蓓巴走得更近看了她一眼/ 看了我们一眼/ 看了她一眼。又一只夜行猛兽。能在黑夜里用目光穿透你。戈耳工[①]百分百。

——没在编故事吗？她有演戏癖。

见鬼。演戏癖。精彩的命名。罕见的智慧。

——没，我什么也没说。我发誓。我们什么也没说。不信你问他。

---

① 戈耳工（Gorgona），希腊神话中的蛇发女妖，目光能令人石化。

什么鬼？我，成了证人。妈的。我们说什么来着？你要还是不要？

——这边发生什么事啦？

库埃。拯救者。库埃。我认出了他的声音，友好的声音，永恒的声音。

——没什么。麦卡雷娜绊倒了。

——A quoi bon la force si la vaseline suffit[①]——库埃说。

她们什么也没说，仿佛不存在，在黑暗中沉默。莎士比库埃成功地把事情转向玩笑。

——收起你们的剑拉上拉链，沾了夜间的露水与河水会生锈的，[②]我们回城堡去。

我们回到俱乐部。小尊尼之梦？妈的。没有空调的噩梦。[③]从我身边经过的时候她对我说（低声）求你了 别让她把我带走 可怜可怜我 然后走向蓓巴·马丁内斯，或者其他见鬼的名字。她们直接去了洗手间，我趁机把事情都讲给库埃听。

——兄弟，不要走进那良夜——他对我说。——我很同情你。你真走运。你碰上了个疯子。那位姨妈，因为真是她姨妈，你不相信但我相信因为当姨妈比当别的更容

---

① 法文，大意为“有凡士林就够了，何必勉强”。

② 戏仿莎士比亚《奥赛罗》第一幕第二场中奥赛罗的台词。

③ 戏仿美国作家亨利·米勒的小说《空调噩梦》（*The Air-conditioned Nightmare*，1945）。

易。普通人都简单，巴洛克都来自文化。如果不是她姨妈为什么非说是？她姨妈，把一切都告诉我了，就在你们出去的工夫。看见你们出去她就替你担心。那姑娘是个危险的疯子，甚至会攻击人。正在接受治疗。严格的治疗。电击。不是在马索拉，还好。加里加西亚。就像你说的，加里加西亚博士的小屋。[①]被关过一两次。她从家里逃出来干了什么你应该知道了，我相信你刚才在外面已经知道。幻象，兄弟，活生生的经验。对作家来说是好事，对生活来说是狗屎。我知道。

——我告诉你另一位不是姨妈什么的。其实是凶猛的蕾丝边，把对方变成恐惧囚犯。

恐惧囚犯！见鬼！干吗不去找性爱警察？

——你以为麦卡雷娜是谁？圣女埃菲赫尼亚？棕皮肤贞女？她当然是。她们都是。但这些，就像你的好友艾力波在自以为模仿阿尔多罗·德·科尔多瓦[②]时说的，压根儿不重要。我们是谁你和我？道德法官吗还是什么玩意儿？你不是一直说道德就是大股东们牵制彼此的协议？没错，当然，of course，bien sure，natürlich[③]，那位姨妈或对你来说所谓的姨妈或随便哪种意义上的姨妈，是个蕾丝

---

① 曼努埃尔·加里加西亚医生（Manuel Galigarcía）在哈瓦那开设心理精神科诊所；《卡里加里博士的小屋》（*Das Kabinett des Doktor Caligari*，1920）是德国导演罗伯特·维内（Robert Wiene，1873—1938）的默片名作。

② 阿尔多罗·德·科尔多瓦，墨西哥演员，见102页注。

③ 分别是英文，法文，德文，意为“当然”。

边或随便什么她想成为的角色，在她房间里在她床上的半小时或一小时或两小时内，但她也是个人，在其他时间也是人，而那位，她，给我讲了她跟侄女、义女或养女的事情。我不觉得她在撒谎。我看人很准。

上帝啊。在我出去这会儿他变成了荚。夺尸者来过了把一枚巨型豆荚放在他身边，现在跟我谈话的这个是阿塞尼奥·库埃的复制品，一具僵尸，来自火星的二重身。①我告诉他，他笑了。

——说真的——我对他说。——很认真的。我应该看看你的肚脐。你是模仿库埃的机器人。

他笑。

——就算是机器人也会有肚脐。

——好吧，随便一个痣，胎记或伤口，伤疤。会在身体的另一边。

——那么我就不是二重身。我是自己的镜像。埃库·奥尼塞阿。镜中语言里的阿塞尼奥·库埃。

——我跟你说，很认真的，这个女孩有问题而且非常严重。

——当然有问题，但你又不是精神医生。就算你想变成精神医生，在我这儿也行不通。精神治疗只会导致灾难。

---

① 指美国科幻电影《夺尸者入侵》(*Invasion of the Body Snatchers*，又译《天外魔花》，1956)，剧中外星人从火星来到地球小镇，用豆荚状物把人类复制。

——尤内斯库说的是算术。[①]

——都一样。精神病学，算术，文学都导致灾难。

——喝酒导致灾难。开车导致灾难。性爱导致灾难。任何东西都导致灾难。电台导致灾难——他做个表情好像在说，不用你提醒——水导致灾难甚至咖啡加奶也导致灾难。一切导致灾难。

——我知道自己在说什么。不能进入禁止的花园更不用说吃知善恶树。

——吃树？

——吃树上的果子！该死的逻辑学家！你想让我给你引用全文，跟你念念吗——我做手势表示不用，但已经太晚：——“园中各样树上所出的，你可以随意吃，只是知善恶的树所出的，你不可吃……”[②]

——那么最好就是别动弹。当一块石头。

——我现在跟你说的是具体的真实的眼前的事，而且，很危险的事。我比你更懂生活，强一千倍。别理那个女孩，忘掉她。让她姨妈或爱谁谁去管她。那是她的使命。你的使命是别的。随便什么：别的。

——快闭嘴人来了！

她们来了。都恢复如新。是说麦卡雷娜，因为蓓巴从不失态。麦卡雷娜换了个人。意思是，还是那个，一模一

① 指尤内斯库的荒诞剧《课堂》（*La Leçon*，1951）。

② 出自《圣经·旧约》（创世记 2：16—17）。

样，原来那个她。

——我们得绉了——说话的是姨妈或蓓巴·马丁内斯或巴蓓塔，用她变乱的语言。——已经晚过头了。

这修辞术。Gimme the gist of it, Ma'am, the gift to is, the key o'it, the code.[①]库埃说好的，要来账单又用里内的钱付了账。我们回到哈瓦那市区，女士们需要我送到哪里，埃尔南多·科尔特斯·库埃问，姨妈说就到咱们碰见的那里，离我们住的地方非常近，库埃说好的，礼貌并没有妨碍勇气[②]，他跟姨妈说过得非常开心，一切都非常好，要打电话给他，给了自己的电话号码还像广告歌一样不断重复直到姨妈记住，她说自己什么也没答应但或许会给他打电话，我们到了总统大道把她们放在十五街的街角，所有人友好告别，麦卡雷娜下车时连我的手都没握更没有给我留下手指间一张苦涩的纸片，也没告诉电话号码。甚至没挠我，除了在记忆中。这就是生活。有些人总是走运。他们会得救，从不会落到德拉库拉的城堡里也从不读太多的骑士小说，因为我们知道阅读兰萨萝塔和阿玛迪斯·戴高乐和白骑士[③]的冒险故事总会导致灾难。应该继续，被动地，去电影院——至少那里真实的女性只会把

① 英文，爵士圈行话，大意为"给我要点，女士，礼物，关键，密码"。

② 埃尔南·科尔特斯（Hernán Cortés，1485—1547）与皮萨罗（Pizarro，1478—1541）同为西班牙殖民者；cortés 和 bizarro 在西语中分别有"礼貌"和"勇气"的意思。

③ 兰萨罗特（Lanzarote）、阿玛迪斯·德·高拉（即"高卢的阿玛迪斯"，Amadís de Gaula）及白骑士蒂朗都是欧洲骑士小说中的人物。

我们导向池座。是引座员。虽然或许，在瑞士那边，一个流亡的白俄常常认为她们也会导致灾难。[1]那怎么办？留在金·诺瓦克[2]身边？自慰不也导致灾难吗？至少我小时候他们是这么告诉我的，会得肺结核，会坏脑子，会耗尽精力。见鬼。活着就不可避免地导致灾难。

XIX

这儿需要透气，库埃说，停下车打开车篷。然后他从十二街下去穿过利内阿街我们又回到莫比乌斯地区或片断，俗称滨海大道，来来回回。

——真正需要的是牾斯忒罗斐冬——我说。

——别来疯子死人和伟大逝者这套了。你听的鬼故事太多了。就是这么回事。

——你知道什么是鬼吗？

他看了我一眼脸上写着下地狱吧或者见鬼去吧，然后做了个彻底无力的表情。我无可救药。

——鬼或者显灵就是消失的人又回来或者说没有抛弃我们。你不觉得神奇吗？不能死的死人。就是说，不死者。当我说神奇，注意，我想说的是超常，壮观，伟大。或著名，如果你在卡马圭[3]待过。或者在阿根廷。

---

① 指作家纳博科夫，他生命中最后十六年住在瑞士的酒店里。其小说《黑暗中的笑声》里的男主角爱上了影院引座员。

② 金·诺瓦克(Kim Novak，1933—　)，美国性感女星。

③ 古巴第三大城市，卡马圭省首府。

——我理解你的意思，但是，ti prego[①]，也理解理解我。我记得跟你说过一个死人对我来说已经不再是一个人，人类，而是一具尸体，一个东西，还不如一样物品，是废品，因为已经毫无用处，只能腐烂变得越来越丑。

出于某种原因这次谈话让他变得神经质。

——你为什么不肯把牾斯忒罗斐冬埋葬？已经开始发臭了。

——你知道埋葬一位伟人的价格吗？

他没懂。我开始念一张记忆中的清单：

3 块柏木板 ································	\$ 3,00
5 磅黄蜡 ································	1,00
3 磅金色钉子 ································	0,45
2 盒巴黎细钉 ································	0,40
2 盒蜡烛 ································	0,15
给制棺人的酬金 ································	2,00
合计 ································	\$ 7,00

——七比索？

——七个响当当的比索。还得算上付给掘墓人的费用。总共就算十比索，十一比索。

① 意大利文，意为“求求你，请……”

——这是牾斯忒罗斐冬下葬的开销?

——不，这是马蒂下葬的开销。悲哀，是吧。

他什么也没说。我不是，我们都不是马蒂主义者。有一段时间我很崇拜何塞·马蒂，但后来出了那么多蠢事那么起劲儿想把他变成圣徒，所有的混球都想打他的旗号，搞得我听见马蒂主义者这个词都心烦。还不如换个词：马蒂斯主义者。但真的是很悲哀，很悲哀这是真的，真的很悲哀他真的死了，就像牾斯忒罗斐冬，这就是死亡，把所有的死人变成了一个孤零零的长影子。这就叫永恒。当生活把我们分离，分开，个体化，死亡把我们重聚在一个巨大的死人中。见鬼，我快变成哲学家了。哲谑家。我会利用他的拐弯，不知道为什么，在尼普顿灯塔，决定把我的问题留到以后，我的那个问题，唯一的问题。不要把你昨天能做的留到明天。Carpe diem irae：珍惜审判日。[①]一切皆推延。谋事在命，成事在天，推延在人。西尔维斯特雷·哲噱家。狗屎。

——好吧——我对他说——在这次奔向空无的郊游之后，在这一季[②]（译自法文，如果各位允许的话，我估计不会有人阻止），这一季地狱里的停留之后，在这次深入滨海风暴之后，这次文化移植、渗透或污染之后，总之不管你叫什么都无所谓，我要去做我的噩梦去了，不那么令

① 此处把两句拉丁文格言混在一起：carpe diem（抓住那日子，及时行乐）与 dies irae（神怒之日，最后审判日）。

② 指法国诗人兰波的《地狱一季》（*A Season in Hell*，1873）。

人困扰、更无辜的梦。

——现在去电影院太迟说再见又太早。

——我说的是做无害的噩梦不是躁动的梦。我要回家睡觉，缩成一团：回到子宫，回归母亲怀抱之旅。更舒服更安全也更好。应该一直往回走。就像一位智者借一位女王之口所说的，这样你就可以记得更清楚，因为你能记住过去和未来。我喜欢记忆胜过冰激凌。

——等等，等等，罗德里戈。夜晚正年轻，就像另一位智者借里内之口说的。或者马克斯说的，今夜的空气好像美酒。还有很多可看的，感谢上帝，和马自达[①]——并不是亚述的人造灯光之神，你知道的。去吃饭怎么样?

——我不饿。

——饭菜创造饥饿，特里马尔基奥[②]会这么说。我们的弹药舱还充足。在尘嚣中我们不会失落里内先生或里内的馈赠。我们还足够来一场盛宴，足够让莱萨马兴奋，让皮涅拉冷淡。我将是拥有废弃塔楼的亲王。源自奈瓦尔。[③]

——我真不饿。

——好吧，那你陪我去。你会忘掉这些日常启示。喝

① “马自达”指阿胡拉·马兹达(Ahura Mazda)，波斯琐罗亚斯德教中的神祇，日本汽车品牌“马自达”由此而来。

② 古罗马作家佩特罗尼乌斯的小说《萨蒂利孔》(*El Satiricón*)中的人物。

③ 法国象征主义诗人奈瓦尔(Gérard de Nerval，1808—1855)的十四行诗《被废黜者》(El desdichado)第二行：“Le Prince d’Aquitaine à la Tour abolie”(废弃塔楼旁的阿基坦王)。

一杯矿泉——忘川水加柠檬，冰块和糖。这叫麻醉奶。然后我把你放到家门口。睡一觉，新的一天是清晨。[①]

——Danke[②]。你太周到了。我还以为你会把我放到地铁口，subway，tube 或 subte，在文明国家是这么叫也是这么用。就是说，在那里寒冷属于富人也属于穷人。

——再待一会儿。

——不，我想回家。

——你不会是想现在把这写下来吧?

——不，怎么会。我有阵子不写了。

——提醒我明早十元店一开门就去买个健康手环送给你。广告上推荐说作家犯痉挛用这个最好。

——混蛋，谁给你看的剪报?

你。西尔维斯特雷一世，第一个来到的人，我说的是在-亚当-之前，在克里斯托瓦尔·哥伦布力波之前发现古巴（·维内嘉丝）的探险家，第一个登月的人，在学会之前就教授一切的人，单数，一把手，普罗提诺的太一[③]，亚当，无与伦比者，古代大师，一番[④]，头号人物，伊索。致敬。我，二，你的阴之阳，你的禅的能量，大跨越，门徒，复数，二号人物，二把手，二叶亭四迷，数字

---

① 这里故意把俗语“清晨是新的一天”（意即“事情会好起来的”）反转过来。

② 德文，意为“谢谢”。

③ 普罗提诺（Plotino，205—270），新柏拉图学派哲学家，认为“太一”是万物之源。

④ “一番”（ichiban）日文，意为“第一”。

2，向你致意，我要死了[①]。但我不想一个人死。我们继续，就像天启者柯哒说的，继续做双生子，艾力波的古巴版阿巴库亚双子神，朋友啊朋友，你跟我走。

还想怎么样？我对恭维话没有抵抗力。另外，库埃一直没减速，跟往常一样。没有要把我扔下的意思。

——好吧，我跟你去。只要你答应慢点开。

——Da[②]，沙皇老爹。每小时多少俄里？

我们就当遛弯，在库埃的马车上回到了贝达多。我指着地平线让他看。

——倒是可以给环球影业当背景，拍我跟黑兰奇·杜波依斯[③]的那场对手戏。

在地平线上正有场风暴发生。我让他停车好看清楚些。值得看而且也不费什么。里内会喜欢的，尽管他害怕大自然。每分钟划过五十、一百道闪电，但听不见雷声，顶多在偶尔没有车经过的时候，传来沉闷的低响。小槌敲响远处的定音鼓，艾克多尔·柏辽兹·库埃说。[④]（我笑了，但我没告诉他笑什么。）闪电从海飞向天，又从天飞向海，红色的球状，燃烧的水银箭，白色的条纹，蓝白色

---

① 据说古罗马时代斗兽场中的角斗者在开场前会向凯撒致敬："凯撒万岁，将死之人向你致敬。"

② 模仿俄语，意为"是"。

③ 杜波依斯（Dubois）指美国话剧及同名电影《欲望号街车》中的女主角布兰奇·杜波依斯，布兰奇（Blanche）有"白色"的意思。

④ 艾克托尔·路易·柏辽兹（Hector Louis Berlioz，1803—1869），法国作曲家。

炫目的飞天根系，天空会瞬间通明二到三秒然后归回黑暗又立刻迸发一朵火花与地平线平行飞射直到熄灭或落到海里激起光的泡沫在水中，海水平静漠然接受风暴，同时倒映着这一侧港口的灯火。这时有另一场风暴在左边成了天与海的镜子。我看见又一场风暴一场接一场。有五场不同的风暴在地平线上。

——热烈庆祝某个被遗忘的七月四日[①]——库埃说。

——这是东方波。

——啥?

——名叫东方波。

——现在风暴也有名字啦，跟龙卷风一样？这是亚当命名癖。马上就会给每朵云彩都起个名字。

我笑了。

——不是。是一种大气现象从东部过来波及整个沿海地区然后在洋流或海湾里消失。

——见鬼你是从哪儿知道这些的?

——你不看报吗?

——只看大字标题。在我里面有个文盲或老花眼。或一个女人，就像你和柯哒说的。

——不久前有篇文章说这种“电气现象”，作者署名

① 1862年7月4日，刘易斯·卡罗尔与小女孩爱丽丝泛舟泰晤士河，成为《爱丽丝漫游奇境》的缘起。

是米亚斯工程师[1]，护卫舰舰长，气象局局长。

——海军之荣耀。

我们又看了一会儿风暴，天空和海洋已经变成了某种万景画似的弗兰肯斯坦博士的小屋。

——感觉如何？

——是从咱们那边过来的。

——从“尊尼之梦”？

——从东方省[2]，见鬼。

——护卫舰舰长及陆军少校，工程师卡洛斯·米亚斯，不是指出生的东方，而是最抽象的，原初的，“排气菊花”（俗称为“风之玫瑰”）即罗盘所指的东方，就在地图上画的风神埃俄罗斯的右耳朵上。

他开动了，我们以天文学家的平稳步伐前进。

——我想象这要是在以前——库埃说——人们会以为是地狱上来透透气。你怎么说，古代大师？

——他们会解释成伏尔甘或赫淮斯托斯[3]和奥林匹斯熔炉，甚至朱庇特和他的多重怒火。

——别扯那么远，历史就是你的时间滨海大道。我说

---

① 卡洛斯·米亚斯（José Carlos Millás，1889—1965），古巴气象学家，领护卫舰舰长军衔（根据古巴军制，相当于陆军少校），曾任国家气象局局长。

② 古巴最东边的一个省。

③ 伏尔甘（Vulcano），罗马传说中的火神和工匠之神，对应希腊神话中的赫淮斯托斯（Hefesto）；朱庇特（Júpiter），罗马神话中的众神之王，对应希腊神话中的宙斯，以闪电为武器。

中世纪。

——你没看书上写着那是个黑暗时代吗？连电气风暴的照亮也享受不到。就像半夜地道里的烧炭工。我猜他们会解释成另一种神的怒气。其实他们也不是很需要。中世纪，别忘了，没降临到热带。

——那印第安人呢？

——我们这些红皮人热爱天上和地上的大草原，不在乎诸神的烟花设施。

——诸神的烟花设施。一个印第安人这么说话。你不别扭吗？

——我切诺基人[①]。力量给我允许。

——他们很有文化吗？

——你没听说过矛盾者吗？

——没有。是什么？一个部落？

——部落中的一个阶层。草原上的武士。都是战斗中的勇士，耍兵器的好手，马背上的健儿，有资格打破部落的律条，不用动武。

——道德问题呢？

——很有意思。真的。矛盾者是性爱高手，恐怖笑话大王，总是干与别人期待相反的事。他们不跟任何人打招呼，也不理其他矛盾者。他们有自己行事的准则。比如，有个故事讲一个老妇人觉得冷，就去找一位矛盾者请他为

---

① 北美易洛魁人的一支。

自己搞张皮子取暖。矛盾者甚至没有理睬，那可不是应当对老人的态度。老妇人一边回到自己的帐篷一边诅咒这新时代再没有什么尊重，以前的传统都完了，我们这些印第安人会落到什么地步要是“发情公牛”大酋长还活着就不会出这种事。但事情出了，时间飞逝，一只秃头鹰飞过营地[1]。大清早老妇人起来就发现一张人皮在自家的帐篷口。又是恶心又是失望，老妇人去长老会那里抗议。长老们聚集开会决定施以惩罚。惩罚老妇人！考虑到她的年纪，也就是训斥了一番。愚人啊（他们说，我猜想，用印第安人语言中类似的词），过错在你，全是你的错。你不知道吗老太太，不能向矛盾者请求任何事？那个可怜的被剥皮的人的灵魂诅咒都将落在你和你家人头上。印第安正义。

——狠有意系。呸里·霉森[2]叽道这案子吗？

——By heart.[3]梅森就是个矛盾者。就像菲利普·马洛。就像夏洛克·福尔摩斯。没有哪个伟大的文学人物不是。堂吉诃德就是早期矛盾者的典型。

——那你和我呢？

我想告诉他，我们该谦虚一点。

---

① 戏仿古巴作家何塞·马蒂诗作《玫瑰小鞋子》中的诗句：“时间飞逝，一只鹰飞过大海。”

② 佩里·梅森（Perry Mason）是美国侦探小说家厄尔·斯坦利·加德纳《梅森探案》系列作品中的主角，见336页注。

③ 英文，意为“背得出，记住”。

——我们不是文学人物。

——等你写下这些夜间冒险呢？

——那我们也不会是。我将成为一个抄写员，另一个评注者，上帝的速记员，但永远不会是你的创造者。

——这不是问题所在。问题是，我们会不会成为矛盾者？

——到了最后一章我们就知道。

——霍尔考·顿尔菲德[①]是矛盾者吗？

——当然。

——杰克·巴恩斯[②]呢？

——偶尔。坎特威尔上校是个很好的矛盾者。海明威也是。

——同意。

——我采访过他一次，他跟我说他有奇克索人的血脉。或者奥吉布威人？

——在这些部落也有矛盾者？

——有可能。在大草原上一切都有可能。

——那么在过去的大草原上，高康大，是矛盾者吗？

——不是，庞大固埃也不是。拉伯雷[③]是。

---

① 霍尔顿·考尔菲德（Holden Caulfield）是美国作家塞林格的小说《麦田里的守望者》中的主人公。

② 杰克·巴恩斯（Jack Barnes）和坎特威尔上校（Colonel Cantwell）分别是美国作家海明威的小说《太阳照常升起》和《渡河入林》中的主人公。

③ 高康大和庞大固埃是法国作家拉伯雷小说《巨人传》中的主人公。

——于连·索雷尔[①]呢？

我好像在连词和专有名词之间听见口头的省略号，轻微的疑惑，一座必要的同时也是恐惧的桥梁，一丝冒险的语气？或许没听到，但在库埃嘴边确实浮现出一个古代微笑。

——不。索雷尔是法国人，法国人吗你看得很清楚，都忙着当理性主义者忙到发疯，都是自觉自愿的反-矛盾者。连雅里[②]也不是矛盾者。从波德莱尔开始一个也没有。布勒东，那么想当，却是离矛盾者最远的，伪矛盾者。贝尔[③]本来可以的，如果生在英格兰的话，像他的朋友拜伦爵士。

——阿方索·阿莱呢？

——阿莱是，来啊：附送一个回文。[④]

——你说是就是。

——谁发明的这游戏？

——好吧：是你。但现在你别拿走球棒、手套和球。

我笑了。这是个现代微笑吗？

——雪莱也算一个？

---

① 于连·索雷尔（Julián Sorel）是法国作家司汤达小说《红与黑》中的主人公。

② 阿尔弗雷德·雅里（Alfred Jarry，1873—1907），法国作家，先锋戏剧的先驱。

③ “贝尔”指司汤达，其原名马里-亨利·贝尔，见211页注。

④ 阿方斯·阿莱，法国作家；“阿莱是”（Sí Allais）在西文中恰好构成回文，正反念都一样。

——不，但玛丽，他妻子，是，玛丽·雪莱：弗兰肯斯坦的弗兰肯斯坦博士的弗兰肯斯妲博士。

——艾力波是矛盾者吗？

——思维这么跳跃也不能把你变成矛盾者。顶多是个抽风式的提问者。

他笑了。他知道。我已经向他发布了我的预言，上面印着“Rx”①。

——我不觉得他是。艾力波是个狂妄、自负的家伙。

——那阿思希勒图斯？

既然他能思维大跳跃我也能。

——是个矛盾者。还有恩科尔皮乌斯。吉托也是。特里马尔基奥，不是。②

——尤里乌斯·凯撒呢？

——是，当然是！而且他是个现代人。如果他在这儿，都能跟咱们聊天，毫不费劲。甚至连西班牙语都会说。拉丁口音的西班牙语听起来会是什么味儿？

在他的嘴唇间出现，透明的，源自早期希腊雕塑的仿古微笑。黑夜起了渲染的作用，而且，是侧面像。

——卡里古拉呢？

——或许是所有矛盾者里最伟大的。

我们在帕塞奥掉了头，沿着那些天然露台往上走，历

① 国际通用的缩写，意为“处方药”。

② 阿思希勒图斯（Ascilto）、恩科尔皮乌斯（Encolpio）、吉托（Gitón）和特里马尔基奥（Trimalción）都是古罗马小说《萨蒂利孔》中的人物。

史把它们变成了花园，我总是把这里和跟平行的总统大道搞混，我们又从二十三街向下到拉兰坡，从M街拐弯然后掉头到哈瓦那希尔顿，经过二十五街上了L街直到二十一街。

——你看谁来了——库埃对我说，——说到罗马王。①

我还以为是盖乌斯·凯撒穿着他金色的罗马凉鞋走在拉兰坡。是另一个现代人，不然去问希特勒和斯大林。他会喜欢拉兰坡而且几乎没有不和谐之处。不会比那匹被他任命为首相的马更不和谐。但那不是凯撒也不是“煽动者”②。

——S. S. 力波特来了——库埃说——歪着身子。他酒精和山羊皮都过载了。

他给我指着街的另一侧，在对面的人行道上。

——古巴松调版的圣-埃克苏佩里③？

——是的，先生。

我仔细看了看，绕开某人碍事的侧影。

——那不是艾力波。

——不是？

① 西文谚语，“说到罗马王，王冠眼前亮”（Hablando del rey de Roma, asoma su corona），相当于“说曹操，曹操到”。

② 罗马暴君卡里古拉曾荒唐地让他的马“煽动者”当元老院议员。

③ 圣-埃克苏佩里（Antoine de Saint-Exupéry，1900—1944），法国作家和飞行员，《小王子》作者。

他边刹车边仔细看了一眼。

——你缩的对。不是。见鬼太像了。你看，每个人都有自己的双重身，或者就像你说，从火星进口的机器人，反正这儿所有东西都是进口的。

——也没那么像。

——这就是说即使双重的概念也是相对的。一切最终，都减缩为一个视角的问题。

我决定开始。人工引发启示，既然我这么擅长即兴发挥。

——告诉我件事。你跟薇薇安睡过吗？

——薇薇安·丽[1]？

——我是说真的。

——你想说布兰奇·杜波依斯高贵的最初化身不认真？

——真的我是说真的。

——或者，你想说的是，薇薇安·史密斯-科罗娜·伊·阿尔瓦雷斯·德尔·雷阿尔？

——对。

他趁机在二十一街拐弯，向国民饭店全速航行。库埃·基德船长[2]。是为了不回答？我们进入领地，穿过酒店的绿植大堂。

---

① 薇薇安·丽（Vivien Leigh，1913—1967），即费雯丽，英国女影星，曾出演电影《欲望号街车》中的女主角布兰奇。

② 基德船长（Captain Kydd，1655—1701），英国著名海盗。

——你想在哪儿吃饭?

——你忘了我说过不想吃饭。

——你觉得蒙塞纽尔怎么样?

——随你的便。你就把我当成你的精神伴媪。

他行了个礼。

——好吧，去 21 俱乐部。我把车停在那儿。有个朋友总是好的，慧眼盯住你的高头大马。[①]

或斜眼，我想。我们进入停车场把车停在灯下。库埃回来拿钥匙。他看了眼天。

——你觉得会下雨吗，戈维尔纳神甫[②]?

——应该不会。风暴还在海上。

——好吧。我猜阅读战报比上战场更能培养出好士兵。徕似够。

——并没写会不会变天。

他看了我一眼，歪着头，眉毛嘲讽中拧在一起，加里库·格兰特[③]。

——我是指气象学——我说。他在入口付了钱。

——拉蒙在吗?

——哪个拉蒙。

——唯一的拉蒙，拉蒙·加西亚。

---

① 戏仿西班牙文谚语“自家眼里，高头大马”，类似“情人眼里出西施”。

② 戈维尔纳神甫(padre Governa)，古巴气象学家，任教于耶稣会在哈瓦那的伯利恒学院。

③ 加里·格兰特(Cary Grant，1904—1986)，英国电影演员。

——问题是我也叫拉蒙，拉蒙·苏亚雷。

——非常抱歉。另一位拉蒙在吗？

——他休息。有事找他？

致加西亚的信[1]，我想着还差点说了出来。

——就是问候一下。就说阿塞尼奥·库埃问起他。

——库埃。很好。我明天告诉他或者给他留个条如果没见着他的话。

——没关系。就是打个招呼。

——放心吧。

——谢谢。

——不客气。

凡尔赛礼仪。如果国民饭店会说话[2]。我们走在棕榈树下我停步望着一位赤裸的宁芙水仙，在酒店喷泉中托着永恒之水的杯子，赤足踮着脚尖立在那里，被黑夜环绕却同时被一架射灯照亮，灯光把明明是私密的迷醉，近乎内在的自恋置于大庭广众之下，仿佛一个女孩正在浴室镜子里打量自己赤裸的身体，突然发现一只偷窥的眼睛横加干涉。这叫作淫秽。

——漂亮吧。她有点喝高了，喝这永远不停的水。高

---

① 《致加西亚的信》（*A Message to Garcia*，1899）是美国人阿尔伯特·哈博德所写的畅销书，讲的是美西战争期间为古巴起义军领袖加西亚送信的故事，1936 年被搬上银幕。

② 戏仿法国导演萨卡·吉特里（Sacha Guitry，1885—1957）的影片《如果凡尔赛宫会说话》（*Si Versailles m'était conte*，又译《凡尔赛宫艳史》，1954）。

兴些，西尔维斯特雷，皮格马利翁和孔狄亚克[①]总是分不开。她疯魔了，就像所有的女人。而且，对我的口味来说太干净了。She's spoiling her flavour.[②]

他为什么非要装出那种英式发音，结果出来的是牙买加味儿？

——我认识一两个不疯的。

——More power to you.[③]但别出你的地盘。这是个善意的建议。

见鬼谁要他给建议了？库独之心小姐[④]。

——It's a watering Lilly[⑤]——他看见我继续观赏那个水中的祸水就说。我没对他说的是转弯的时候我闭着一只眼睛摇摄追拍。

在卡普丽酒店的赌坊门口，阿塞尼奥跟卖栀子花的瘸子打了个招呼，买了一支花还跟他说了些什么，我没听见因为没兴趣。

——你在衣领上插栀子花吗？

——我根本没有衣领。

——那你买了干吗？

---

① 孔狄亚克（Etienne Bonnot de Condillac，1714—1780），法国哲学家。

② 英文，意为"她正在变味"。

③ 英文，"给你更多力量"，意为"那就祝你成功，祝好运"。

④ 戏仿美国作家纳撒尼尔·韦斯特（Nathanael West，1903—1940）的小说《孤独之心小姐》（*Miss Lonelyhearts*，又译《寂寞芳心小姐》，1933）。

⑤ 英文，戏仿"睡莲"（water lily）。

——我在帮助残疾人。

——生活之战中致残。

——遇见杰克·巴恩斯或亚哈船长我一样帮助。再说，惊艳马上会出现。

从黑夜的高帽礼帽里突然蹦出一只兔子。一只酷酷的豚鼠。库鼠。跟爱水的宁芙一模一样。

——库埃，我亲爱的！看看这是谁！

——你好，美女。塞壬仙女[①]，这支花送给你。可以插花瓶。还有，给你介绍一个朋友。西尔维斯特雷·古德耐，这是伊蕾妮塔·塔妮蕾伊。

——你总是这么有风度。哎呀这名字真帅！很高兴认识你——她露出牙齿仿佛某种标志。

——夜间风度，夜香树[②]。

——非常荣幸，美女草[③]。

——有趣。喔你们简直一模一样。

——你能分出谁是库埃谁是酷爱?

她笑了。她跟麦卡雷娜和蓓巴不是一个圈子。

——可你们两个我都爱。

——各爱各——库埃说。

她走了，一轮亲吻笑声和道别还有来维加斯这边看我

① 塞壬(Sirena)去掉首字母S即女孩的名字伊蕾娜(Irena)，伊蕾妮塔是昵称。

② 夜香树(Galán de noche)是一种热带植物，字面义为“夜间的美男”。

③ 美女草(belladona)又称颠茄草或别拉多娜草，字面义为“美丽的女士”。

找一天。

应该是一夜，像今天一样，库埃说完转向我：

——我跟你说什么来着？

——你自己的地狱地形学你最了解。

——这叫拉兰坡在西班牙语里。是古巴语，抱歉。

在二十一俱乐部门口，我对他说。

——我脑子里全是那女孩。

——伊蕾妮塔？

我看了他一眼，用他的典型眼神之一。

——那个小雕塑？不会吧，西尔维斯特雷。

——别瞎扯。

——芙洛洛是个男人①，我提醒你。

——是麦卡雷娜，见鬼。我没法不想她。被她施魔法了。她是个魔卡·雷娜。

库埃停下来，握住帐篷的柱子，仿佛花园的墙壁是井边的护栏。

——你再说一遍。

我也被他的口气惊住了。

——她是个魔卡·雷娜。

——重复一遍，拜托。只说名字。

——魔卡·雷娜。

---

① 芙洛洛（Florо）是古巴拳击手弗伦蒂诺·费尔南德斯（Florentino Fernández，1936—2013）的外号。

——我就知道！

他往后一蹦，张开手拍在额头上。

——怎么了？

没什么没什么他对我说，然后进了餐厅。

XX

阿塞尼奥·库埃点了烤鸡、炸土豆和糖水苹果和鸡胸沙拉。我点了一个汉堡，菜泥汤和一杯牛奶。他边吃边谈论鸡肉，有粗鲁之嫌。我感觉在重复自己，又回到了向风群岛。

——我忽然想到——他说——餐桌与性爱之间存在某种（紧密）关联，上床和上菜都属于同样的拜物教。我年轻的时候或者说更年轻的时候，还是青少年——他说成“情骚”年——若干年前，我特别爱吃鸡胸每次都点。一天一位女友跟我说男人喜欢胸脯肉而女人喜欢大腿。她看起来似乎每天在午饭的时候都在验证这个理论。只要公寓做鸡肉的话。

——鸡翅鸡脖子和鸡胗都是谁吃的？

是我，当然。我总是会被谈话的风向带偏。

——我不知道。估计那是穷人的鸡肉。

——我有个更好的假设。我给你推荐个三人组：超人，德拉库拉伯爵和奥斯卡·王尔德。按这个顺序。

他笑了随后又皱起眉头，还是同一个鬼脸。表情杂技员。

——我想这个女人说了些有趣的东西，如果说的是真的。我还想到我的这位女友（她的名字我就不提了，因为你认识），非常诗意或者说非常俗气，那时候读的是，我估计，弗吉尼亚·伍尔夫[①]。但我今天回忆起那次谈话有点悲伤，因为发现自己比起胸肉更喜欢大腿肉。

——我们变得女性化了？

——我担心更糟：理论面对粗暴的实践轰然失败。

轮到我笑了，我笑得很由衷。毁灭天使不应该有幽默感。别人也是。幽默也导致灾难。

——你知道吗，我现在也是更喜欢大腿胜过鸡胸，不仅喜欢鸡大腿看女人也更多看大腿？甚至不久前我还梦见一场梦境宴席给我上的菜是赛德·查理斯[②]的大腿配炖土豆。

——炖土豆象征着什么？

——我不知道。但在你隐藏的金发女友的疯狂观点中能看出某种逻辑，——他听到金发时惊讶地看了我一眼然后微笑，我差点要对他说，基本的推理，我亲爱的库·华生[③]，但我还是继续。——以前我更喜欢鸡胸，而那时候流行的，对我来说，是珍·罗素，凯瑟琳·格雷森，以及

① 弗吉尼亚·伍尔夫（Virginia Woolf，1882—1941），英国作家和批评家。

② 赛德·查理斯（Cyd Charisse，1922—2008），美国女演员和舞蹈家，见129页注。

③ 大侦探福尔摩斯的名言。

稍晚些，玛丽莲·梦露和简·曼斯菲尔德，还有《萨宾～娜》！[1]

——你梦见她们谁了？请把手绢给我。[2]

——我们都活在借来的梦里。

我停下了就好像我对甜品感兴趣似的。我要了布丁和之后的咖啡。库埃要了 strawberry short-cake[3] 和咖啡。甜品是个错误。要 strawberry short-cut 不是错误，但我去模仿斯坦尼斯拉夫斯基体系的戏剧性停顿，模仿他和其他人就是错误。这时候侍者又心血来潮问先生们要不要之后来点餐后甜酒。我说不。

——有君赌矛盾酒[4]吗？

——您说什么？

——有没有君度。

——有，先生。您要来一杯吗？

——不，给我一杯君度。

——我说的就是这个。

——不，您问我，而不是跟我说，要不要来一杯。但

---

① 珍·罗素（Jane Russell，1921—2011）、凯瑟琳·格雷森（Kathryn Grayson，1922—2010）、玛丽莲·梦露（Marilyn Monroe，1926—1962），简·曼斯菲尔德皆为美国女影星；《萨宾娜》（*Sabrina*，又译《龙凤配》，1954），美国电影。

② 西文中"手绢"（sonador）与"爱做梦的人"（soñador）形似。

③ 英文，意为"草莓松饼"；short-cut，意为"近路，捷径"。

④ 此处把 Cointreau（法国君度甜酒）说成 Cointreaudictorio，形似西文中的"矛盾者"（Contradictorio）。

您没说一杯什么。

——可您之前问的是君肚儿。

——也可以是个朋友的名字。

——您说什么？

——算了。开个玩笑，而且纯属私人问题。给我一杯本笃会。不要端个本笃会修士上来，拜托，一小杯本笃会甜酒。

——好的先生。

我没笑。没来得及。我甚至来不及想起来我们在说什么。

——杰伊·盖茨比是矛盾者吗？

我给出一个反射性回答。

——不是，迪克·戴弗和门罗·史塔尔都不是。菲茨杰拉德自己也不是。①相反，都是些老套乏味的人物。福克纳也不算。奇怪的是他书里唯一的矛盾者都是黑人，高傲的黑人，就像乔·克里斯默斯和卢卡斯·博尚，或许，加上几个一心想发迹的或贫穷的白人，不是萨托里斯一家也不是其他贵族，太麻木不仁。②

——亚哈是不是？

---

① 杰伊·盖茨比(Jay Gatsy)、迪克·戴弗(Dick Diver)和门罗·史塔尔(Monroe Starr)分别是美国作家菲茨杰拉德的小说《了不起的盖茨比》《夜色温柔》和《最后一个大亨》中的主人公。

② 乔·克里斯默斯(Joe Chrismas)，卢卡斯·博尚(Lucas Beauchamp)和萨托里斯一家分别是福克纳小说《八月之光》《去吧，摩西》和《萨托里斯》中的人物。

——不是。比利·巴德更不是。

——美国文学中唯一的矛盾者是混血种人。或者行为像混血种人。

——我不知道你从哪儿得出的结论。我可没说。什么叫“行为像混血种人”？这是行为主义和种族偏见的诡异混合。

——拜托，西尔维斯特雷，我们在谈文学，不是社会学。再说了，是你说海明威是矛盾者因为他是半个印第安人。

——我没这么说。我也没说海明威是半个印第安人，是他自己在一次访谈里跟我说他有印第安血统。谁能当半个印第安人？按你的意思一半儿大胡子，白皮肤戴眼镜而另一半儿没胡子，棕皮肤，黑头发而且眼神如鹰？欧内斯特是白人带着草帽穿粗花呢夹克，而大酋长海·明威披着一身羽毛要么抽着他的土著烟斗要么攥着他的战斧？

我是属于弱者和侍者的佩里·梅森，特别是那些脆弱的侍者。库埃做了个表情，非常专业，表示绝望。

——你想怎样？跟你一起痛哭？吃下一条鳄鱼？①喝一碗乳鸽汤？

---

① 戏仿莎士比亚《哈姆雷特》第五幕第一场中的台词：“哼，让我瞧瞧你会干些什么事。你会哭吗？你会打架吗？你会绝食吗？你会撕破你自己的身体吗？你会喝一大缸醋吗？你会吃一条鳄鱼吗？”（朱生豪译）

——不，kronprinz Ameld，这不是《丹麦年代记》①。但是，请允许我告诉你，矛盾者的名称来自于一本社会学著作。

——那又怎样？我们在谈文学，对吧？

我不想表示赞成，说我对社会学感兴趣就像牾斯忒罗斐冬现在对存在概念的兴趣，向他坦承或许我们在把矛盾性还给印第安人。

——在游戏文学。

——这有什么不好吗？

——对文学不好。

——幸好。有那么一瞬间，我害怕你会说，对游戏不好。我们继续？

——为什么不呢？继续，我可以告诉你麦尔维尔是个厉害的矛盾者而马克吐温也是，但哈克·芬不是，汤姆·索亚也不是。或许哈克的父亲是如果我们对他了解更多的话。吉姆永远是，一个奴隶。就是说一个反-矛盾者。所以汤姆和哈克都不是矛盾者，否则他们和吉米一接触就会爆发。②

---

① 丹麦文，意为"哈姆雷特王子"；《丹麦年代记》（*Gesta Danorum*），十二世纪丹麦历史学家萨克索·格拉玛提库斯（Saxo Grammaticus）的历史著作，《哈姆雷特》的故事即来源于此书。

② 哈克贝里·芬、汤姆·索亚和吉姆都是美国作家马克·吐温小说《哈克贝里·芬历险记》及《汤姆·索亚历险记》中的人物。

——允许一场轻微的惊恐。[1]（请用墨西哥口音，please.）这个概念不会是出自后爱因斯坦物理学吧朋友？

——是的。算命人爱德华[2]式的。为什么？

——没什么。Obrigado.[3]演出继续。

——美国所有矛盾者中最矛盾的一个，你猜不到是谁吗？

——我不敢，害怕起爆。

——埃兹拉·庞德。

——谁能猜到？

我看了他一眼。我用手做出帆船，不，杯子的形状，把手，双手送到嘴边，朝里面呼了口气然后吸气。印第安仪式。

——怎么了？

——我呼气妨碍你吗？

——没有。

——我呼气有味儿吗？

我把人体水分的气息朝他的脸喷过去，就好像靠近窗玻璃或者凑近镜子刮胡子因为眼镜被遗忘在梦中。

——没。一点没有。我看上去有这种表示？

---

① 古巴诗人莱萨马·利马的诗句。

② 算命人爱德华（Edward Fortune Teller）戏仿美国演员爱德华·罗宾逊（Edward G. Robinson，1893—1973）在电影《灵与肉》（*Flesh and Fantasy*，1943）中扮演的角色。

③ 葡萄牙文，意为“谢谢”。

——没。只是我的问题。我在想口臭先生来拜访过我，他发动了一千艘希腊战船都怪海伦·蔻蒂[1]的一个吻。

——你呼气的味儿跟我一样，吃的喝的和聊的。而且，在下风处的不是我。

——各个姿势都能闻到呼气。

——偶尔还侧身。[2]

我们笑了。

——再来一局?

——这比玩多米诺骨牌好。

——至少可以不穿背心玩。你父亲应该就是这样。

——他不玩多米诺。什么也不玩。

——他厌世?

——不。他过世了。

他笑了因为知道这是个笑话，就像说以我父亲的灰烬起誓，当然是烟灰缸里的，我父亲没死也不抽烟也不喝酒也不玩。节制? 不，是古巴人。就像我面前的这位：阿塞尼奥·苦挨。

——你穿背心吗，阿塞尼奥?

——不，我才不穿。你呢?

——不，我也不穿。也不穿长内裤。

---

① 美国美容美妆品牌。

② 古巴笑话："战胜口臭的方法是侧身说话。"

——好好好。我们继续?

——你点我唱。

——往哪儿搁克维多? 又称可谓·多。这位堂帕科先生是不是? [1]

——第一个问题解决了,就像很多问题一样,被博尔赫斯解决,他说克维多不是一位作家而是一种文学。他也不是一个人,是人性。他那个时代西班牙的历史。他不是矛盾者,因为历史在那时候是矛盾的。

——这样的话塞万提斯和洛佩都不是矛盾者。

——洛佩尤其不是。这位"天赋异禀的裁缝"(噢彩凤),最幸福的天才,是莎士比亚的对立面。

——也是马洛的。

——他是我们所有人的父亲。

——你也是个矛盾者?

——这是个修辞手法。

——谁? 马洛还是你?

——我说话的方式。

——当心。说话的方式也就是写作的方式。你到最后只能用修辞画格儿,印刷纸叠小鸟,写字像蛛爬,蛛如此类。

——你也认为修辞要为糟糕的文学负责吗? 这就像把物体落地归咎于物理学。

---

① 指西班牙诗人克维多,帕科(Paco)是弗朗西斯科的昵称。

他用不断飞舞的手翻过谈话的这一页。

——你认识的人里哪些是矛盾者？我是说，认识的真人里。

——你。

——我是说真的。

——我也是。

——“我正在路上走……”

——我是认真的。

——我也是。

——你是，真的，一个矛盾者。

——你也是。

——我在说真的。

——我也是。你甚至有最初的矛盾者的特质，按你的话说。

——是吗？

虚荣。能让任何人迷失尤其是那些已经误入歧途的人。啊所罗门！

——是的。你是印第安人。或半个印第安人。抱歉，我是说你有印第安血统。

——以及黑人和中国人的血统，也许还有白人。

他笑了。他在笑声中用头的动作说不。他怎么做到的？

——你是玛雅人。照镜子看看。

——不，因为那样我将成为阿兹特库人或印库人。①

他没笑。他应该笑了但却摆出更严肃的鬼样子。

——你看。现在你就在证明。不需要有印第安血统。只有一个矛盾者会有这样的表现，这样的行为。

——真的吗？

他不太高兴。

——真的。

——你为什么不写一本书，论作为艺术门类的矛盾？

——实际上你和我都不是矛盾者。我们一模一样，就像你的朋友伊蕾妮塔说的。

——同一个人？二而一。两个人但只有一个真正的矛盾。

我把餐巾纸丢到桌上，这动作没有别的意思。但有些动作不可避免地产生意义，当餐巾落在桌布上，白上加白，我们两人知道这就好像把毛巾扔进擂台。②冒进的泪袋。铆劲的累态。游戏已经结束。

——什么时候进行复仇赛？

——好不容易才赢了你，打了十五回合还来？

——请把这当做一次技术性 KO③，OK？

---

① 玛雅、阿兹特克和印加同为前哥伦布时代的美洲古文明。

② 拳击比赛中把白毛巾扔进拳台代表认输。

③ KO 为拳击比赛术语，英文“knock out”的缩写，意为“击倒”。

——好吧，施梅林·酷埃[1]。明天。改天。下个赛季。雾月二十。

——为什么不现在？这样我可以学东西。

好吧，阿塞尼奥·盖茨比，拳击台宣传牌上著名的“大库埃”，这可是你自找的。

——最好是我跟你学，阿塞尼奥。我还有个游戏。你比我更了解。

——说来听听。

——我先给你讲个梦。你记得吗？我们之前聊过梦。

——聊的是胸。

——胸和梦。

——多美的题目，给托马斯·沃尔夫。Of breasts and dreams.[2]

——我们来聊聊另一种文学，梦的文学。

我停下。你们有否见过这种行为，一个人真的在交谈中停下，不说话不继续，词语和表情都同时停止，声音沉默手势静止？

——让我给你讲讲，拜托，那个梦，来自那个隐秘的女友，就像你的女友那样隐匿又那样明显，几乎。你会感兴趣的。非常像你，你的梦。

---

① 马库斯·施梅林(Max Schmeling，1905—2005)，德国拳击手，世界重量级拳王。

② 托马斯·沃尔夫(Thomas Wolfe，1900—1938)，美国作家，著有《时间与河流》(*Of the Time and the River*，1935)等小说。

——我的梦？是你讲有个梦。

——我说的是你给我讲的那个，今天下午。

——今天下午？

——在滨海大道的时候。在经过很多次马塞奥公园的滨海大道。

他想起来了。他不愿意被我提醒。

——那是个圣经式的梦 á la page[①] 按你的说法。

——这个也是。我的女友，我们的女友，讲了这个梦。

女友的梦

她睡着了。在做梦。她记得是夜里在梦的夜里。她知道自己在做梦但梦中的梦属于另一个做梦者。在梦里变黑非常黑。她在梦里从梦中醒来看见在她的现实-梦中一切都是黑色。她很害怕。她想开灯，但够不着开关。如果手臂能变长就好了。但这种事只在梦里发生而她现在醒着。是吗？手臂开始变得越来越长穿过整个房间（她能感觉到，觉得自己能看到房间更黑了在梦-现实中）但很慢，非常慢，非 常 忄曼，就在手臂向着光朝向灯光按钮的方向行进时，有人，一个声音在梦里，倒数，从九开始，正当数到零的时候她的手够到了开关，亮起一道白-白光，不可思议，可怕的，恐怖的白。没有声音但她担心或知道

① 不规范的法文，意为“最新的，时髦的”。

发生了爆炸。她在惊恐中起来发现自己的手臂又恢复了原状。或许变长的手臂是梦里的另一个梦。但她害怕。不知道为什么她去了阳台。从那里看到的景象极其恐怖。整个哈瓦那，相当于整个世界，在燃烧。建筑物被摧毁，一切都被毁灭。光来自烈火，爆炸（现在她确定发生了一次启示录般的爆炸：她记得在梦里自己在想着同一句话）照亮了一切仿佛白昼。从废墟中出来一位骑手。是一个白色的女人骑在一匹灰马上。她纵马来到阳台所在的楼前，而阳台出于某种奇迹竟然完好无损，悬在烧焦的铁条间，女骑手在阳台下停住朝上看，微笑。她赤身裸体披散长发。是戈黛娃夫人吗[①]？然而不是。那位女骑手，那个苍白的女人是玛丽莲·梦露。（她醒来。）

——你觉得怎么样？

——会解梦找人忏悔又努力治疗疯子的是你。不是我。

——但很有意思。

——或许。

——更有意思的是我们的女友，我的女友，又做了这个梦在之后的梦里都是她自己骑在马上，每一次都是白马。

他什么也没说。

---

① 戈黛娃夫人（Lady Godiva，990—1067），十一世纪英国考文垂伯爵夫人，据传曾为帮助民众减税而裸身骑马穿过市区。

——这梦里有很多事情，阿塞尼奥·库埃，就像在莉迪亚·卡夫雷拉的那个梦里，她给你和我讲的，记得吗？就是你开着新车去她家她送了你一个贝壳护身符然后你又给了我，因为你不相信黑人的魔法，莉迪亚给我们讲了几年前她梦见一轮红太阳从地平线升起整个天空和大地都沐浴在鲜血中，太阳长着巴蒂斯塔的脸，几天后就发生了三一零政变[①]。让我想起来这个梦，也可能是某种预言。

他继续沉默。

——梦里有很多事情，阿塞尼奥·库埃。

——天地之间有更多的事情，我亲爱的西尔维斯特雷，比你一肚子的学问更多。

我笑了么？我记得笑了。

——你想知道什么？

我不笑了。库埃脸色苍白，皮肤紧贴在颅骨上，好像蜡像。俨然一副骷髅架子。一盘鱼，我想了起来。

——我？

——对。你。

——关于梦？

——我不知道。你应该知道。有阵子，从几小时前我感觉，我看你想要跟我说点什么。话几乎都到你嘴边了。

---

① 巴蒂斯塔（Fulgencio Batista，1901—1973），古巴军事独裁者，1940—1944年任古巴总统，于1952年3月10日发动军事政变，再度掌权，直到1958年卡斯特罗领导的古巴革命军取胜后流亡国外。

刚刚你问我，借着那个假冒艾力波，问我什么事，我记得，是关于薇薇安。

——不是我看见他的。

——也不是你做的梦。

——不，不是我。我跟你说了。

这时候大厅里一阵混乱，人们离开桌子和吧台，向门口跑去。库埃喊了一声也跑过去。我站起来问怎么了。

——没什么，见鬼，你真是星象大师。你自己看。

我看了。下雨了，一场暴雨，倾盆而落。伊瓜苏瀑布群。尼亚加拉落涛。调戏（谐）沃德丽拉琴。[1]沃德丽·拉琴是谁？亨伯特·埃雷迪亚的加拿大小女友。请给我，因我感到……

——不是我的错。我又不是上帝的挑水人[2]。

——我应该把车篷升上去的。见鬼！

——车库会有人管。

——鬼才会管。除非我自己去。你太天真。

但他又回到桌边坐下喝咖啡，一派平静。

——你不去吗？

——我他妈才不去。估计这会儿车里头已经变成巴特

---

① “尼亚加拉落涛”出自古巴诗人何塞·玛利亚·埃雷迪亚的《尼亚加拉》；开篇句即“调谐我的里拉琴，请给我，因我感到……”（Templad mi lira, dádmela, que siento...）

② 挑水人（Gunga Din）是英国作家吉卜林的同名诗作中的人物，一位印度挑水人。

利特海沟[1]了。等雨停了我再去——他朝街上看了一眼——如果停的话。不管怎么说我们在这儿待上一阵。

我也坐下。终归车不是我的。

——别管进水了——他对我说。——听我说。你不是要听吗?

他告诉了我一切。或几乎一切。故事在本书第 61 页。讲到致命的子弹。他停下来。

——但是你没受伤吗?

——受伤了，我那天就死了。实际上我现在是自己的鬼魂。见鬼等等。

他又要了咖啡。一支雪茄。你要吗?两支雪茄。一支罗密欧给那位一支朱丽叶给我。他的真名应该是慷慨的库埃。精彩的库埃，配上回忆和雪茄[2]。故事现在终于可以讲到结尾了。

我看见从天降下另一位大力的天使，披着云彩，说话的声音好像雷声。我没听见他所说的。在天空中说话的声音这一次对我说话，他说得云山雾罩就像他在云中的头。天空变得清晰，我看见在中央有一颗熄灭的太阳，然后，在空中同一个地方，出现一盏灯，

---

① 巴特利特海沟(la fosa de Bartlett)又称开曼海沟，是加勒比海地区最深的海沟。

② “罗密欧与朱丽叶”是古巴雪茄著名品牌;“慷慨”(generoso)和“精彩”(espléndido)都是雪茄的规格。

两盏，三盏灯——然后，是单独一盏灯就像锥形管挂在白色天花板上。天使在他手中拿着一本书-手枪。是圣安东吗？那不是一本书-手枪，甚至不是书，就是一把长手枪，在我的眼前晃动。我想那会是一本书因为我每次听到手枪这个词，就想要伸手拿书。①

这些都源于饥饿。直到听见他说的话。

——走吧。

——走哪儿去？ 去饭馆？去跟湿了的宁芙上床？去街上去再次挨饿？因为说话的是他不是祂。

——走吧，走吧——他又说了一遍。——你是个好演员。你更适合当艺术家而不是作家。

我想跟他解释（都是饥饿的错）作家能成为最好的演员，因为能给自己写对话，但我一个字也说不出来。“走吧，走吧，”带来惊喜和金钱的男人说。他说话的声音里好像有恐惧。但那不是恐惧。

——走吧。去上面。我有个活儿给你。

我站起来。有点费劲但我还是站了起来，靠自己。只有自己。

——这样我喜欢。准备开始。

我还不能说话。我看了天使一眼，向他道谢没让我吃掉小书卷，无声地道谢。我用自己的声音和那人

① 戏仿纳粹德国盖世太保创始人戈林的“名言”：“每次我听到文化这个词，就想要掏手枪。”

说话。

——什么时候？

——什么什么时候？

——什么时候我开始干活？

——哈——他笑了。——对啊。明天来运河这边。

我抖掉灰尘，倒下又起来的人想象中的灰尘，拉撒路综合征，我出来了。在离开之前我看了天使最后一次，再次向他道谢。他知道为什么。我很遗憾没能吃掉小书卷。不管多么苦，我都吃出神粮——或黄油饼的味道。[①]

——你觉得怎么样？

——如果是真的那太神了。

---

① 这一段戏仿《新约·启示录》第10章："我又看见另一位大力的天使从天降下，披着云彩，头上有彩虹，脸面像太阳，两脚像火柱。他手里拿着展开的小书卷。他右脚踏海，左脚踏地，大声呼喊，好像狮子吼叫。呼喊完了，就有七个雷发出声音。七个雷发声后，我正要写出来，就听见从天上有声音说：'七个雷所说的，你要封上，不可写出来。'我所看见的那踏海踏地的天使向天举起右手，指着创造天和天上之物、地和地上之物、海和海中之物、直活到永永远远的那位起誓，说：'不再有时日了。'但在第七位天使要吹号的日子，上帝的奥秘就要成全了，正如上帝向他仆人众先知所宣告的。我先前从天上所听见的那声音又吩咐我说：'你去，把那踏海踏地之天使手中展开的小书卷拿过来。'我就走到天使那里，对他说，请他把小书卷给我。他对我说：'你拿去，把它吃光。它会使你肚子发苦，然而在你口中会甘甜如蜜。'于是我从天使手中把小书卷接过来，把它吃光了，在我口中果然甘甜如蜜，吃了以后，我肚子觉得发苦。天使们对我说：'你必须指着许多民族、邦国、语言、君王再说预言。'"

——每个字都是真的。

——靠!

——那我给你省省脏话和演戏的力气。剩下的部分我不讲了。

——但是子弹呢?为什么你没死?你怎么受了伤还活下来的?

——一颗子弹也没打中我。我可以跟你说他枪法不好，但不是真的。空弹。好撒玛利亚人只想吓唬我，顺便开开心。之后他给我解释了，给我涨了工资，让我当主演，最终成了男一号。然后他跟我说只是给我个教训，但结果自食其果，被我吓着了。你看看。诗性正义。你别忘了我去坎达莱斯王①宫廷里的时候可是自称诗人或吟游歌手。

——那看起来像死了是怎么回事?

——可能是饥饿。或恐惧。或我的想象。

他没说清楚是他那时候的想象还是现在的。

——或者三者的混合。

——那麦卡雷娜呢?是同一个女孩?你确定?

——为什么你的问题都是三个三个的?

---

① 坎达莱斯王(Candole，或 Candaules)，古希腊吕底亚国王，据希罗多德《历史》记载，国王曾向臣子盖吉兹(Gyges)夸耀王后的美貌，并强令盖吉兹藏入卧室偷窥王后裸体。王后察觉后给盖吉兹两个选择，要么杀死国王要么被杀。盖吉兹无奈之下再次潜入卧室杀死国王，迎娶王后。

——万物皆三。Everything happens in trees[①]，人猿泰山会这么解释。

——肯定是同一个。老了一点儿，被生活消磨了，被她那种生活，没有堕落但确实在当下已疯狂，鼻子上带着那斑点。这是让我搞不明白的地方。

——她跟我说是癌症。

——狗屁癌症。那是歇斯底里的症候。

——也可能是红斑狼疮。

——见鬼。听起来要死。不管那是什么把我搞糊涂了所以我整晚上都在看着她。

——我看见了以为你喜欢她。我还害怕你会改主意。那个姨妈或假姨妈我一点都不喜欢，不管样子多吸引人。

——我喜欢她？你什么时候见过我喜欢黑白混血妞？

——有可能。她是个美人儿。

——她以前美得不得了但我也不喜欢。顶多15岁。

——见鬼。

他又要了咖啡。他打算熬上一夜吗？你为什么不喝茶，我问，他没理会我的语气。或者提问里就没有语气？这里的茶泡得特别浓而且味道糟糕。切斯特顿说茶，就像所有来自东方的东西，一旦浓烈起来就会变成毒药。他是指咱们的东方省吗？我问。他笑了，但什么也没说。这一

---

① 英文，意为“一切都发生在树上”。西班牙文中的“三”（tres）与英文中的“树”（trees）形似。

次我确定自己掌握骰子。但阿塞尼奥·库埃在世上一切游戏之中最感兴趣的还是他的叙事扑克。就现在。

——我跟你说省省脏话并不包括对异性美妙之处的描写，恰恰相反。有些在任何地方都没法讲。在神奇的那天时间停止了。至少，对我而言。之后我掉进比梦中的，那幻觉的深井还要深的洞里，那些事情，我不得不做的事情，西尔维斯特雷，让我成为现在的我！如果我现在还算什么的话。你不会相信。所以我没跟你讲。再说现在是你要呕吐，而我可不会，我喜欢鸡肉。我这么说是因为尼采大师说过，真正重要的事情只能用犬儒的方式或孩子的语言来谈论，而我不会装小孩说话。

在自愿的犬儒主义之外，还有自我同情，伟大的怜悯，阿塞尼奥·库埃对埃库·奥尼塞阿的同情，他就是这么称呼他的第二自我或二弟自我。啊猜你要·苦挨。爱哭·傲女在家。我等着他再说，但他闭嘴了。

——那薇薇安？

他掏出墨镜戴上。

——放过你的墨镜吧，没太阳。这也不是个干净明亮的地方。看看。

桌子上满是烟灰，我猜那是他不留心洒下的。忽然飞来一个黑点，我一开始以为是眼睛飞蝇症，后来看出是一只蝴蝶，一只虫子落在袖子上。我用手指一弹就散了。那是一绺烟絮，让我很奇怪因为从来没在晚上见过。我想这是为什么。应该是因为工厂晚上不开工。有些白天晚上都开工。比如说，糖厂，还有普恩特斯·格兰特斯的造纸厂。飞来更多的烟絮，落在我的外套上衬衣上桌上然后在地上逐滚，很多，就像一场黑色的雪。

——我以为是只蝴蝶。

——在我家乡叫夜蛾子。

——我们那边也是。这里叫扑灯蛾。在我们那儿据说会带来坏运气。

——在萨马斯正相反，都说是好运的象征。

——都要看之后发生了什么。

——也许。

他不喜欢信徒间的怀疑主义。我从手里捡起一片，几乎在发光，黑色，在苍白的生死线和命运线之间，滚向金星丘最后落在地上，飞走。

——这是烟絮。

——几乎纯粹的碳结成片。如果结晶化那就是钻石。

库埃发出一声脆响，用舌头，嘴唇，嘴。

——如果我外婆有轮子就成了福特 T 型车。靠！——他摘下又戴上墨镜。——是风和水弄破了烟囱把烟尘带进了厨房。

是这样，我惊讶于他的日常智慧。我从没想过厨房，破口的烟囱，另一半球的暴雨：将烟絮跟它的生产者联系在一起。库埃，实用主义者，叫来侍者跟他说，指着桌子，让他擦干净，再关上厨房半开的门。

——优质服务——他说——只在 21 俱乐部。

我又想起在他里面有只实用主义的鹦鹉：广告主持人。

——我手脏了——他对我说，站起身去了洗手间。我也去了洗手间，并觉得这不是偶然。

XXI

我也去了洗手间并觉不得这是偶然：为了指示正确的门（也有不正确的门：建筑学中的伦理：在立面：在入口：lasciate omnia ambiguitá voi ch'entrate[①]：没有似是而非的门）以现实主义手法画了一顶高筒礼帽。一个鱼篓。表示“男士，绅士”。预见了我的到来？我对库埃说，在摇摆门前，门后传来小便的声音。是先有 W.C.还是先有酒吧？我用另一个提问作为回答，立即引来回答兼提问。怀亚特·厄普尼奥·库埃[②]敏捷地掏出双枪。

——你觉得自己是绅士吗？

他是左撇子？我不知道，但人家叫我西区嗑客，西部射屌王。

——不，是玩笑大王——我射出六颗笑声的子弹：这些笨拙，盲目，无可挽回的笑声，我无法解释是怎么命中目标的——另外，我不知道哪样更糟：是绅士还是数字。

---

① 意大利文，意为“抛弃一切暧昧吧，由此进入之人”，戏仿但丁《神曲·地狱篇》第三歌地狱门口的箴言，见 315 页注。

② 怀亚特·厄普（Wyatt Earp，1848—1929），西部警长，美国历史上的传奇人物。

我看见他离开时双手高举，以为他在投降。但不是，他去洗手池清洗照镜子又重新打理发缝。他是个发缝偏分完美主义者。他在真实生活中不是左撇子，但在镜子里却是。

——那你呢，你什么也不相信？

——信啊。信很多东西，几乎什么都信。但不信数字。

——那是因为你连加法都不会。

这倒是真的。我确实不怎么会加。

——但你不是说数学就好像彩票吗？

——数学是的，但代数中的一些元素不是。在毕达哥拉斯和他的定理之前就有数字的魔法，比埃及人还要早得多，肯定。

——你相信的是宿命女士颈环上的宝石或者幸运女神腰子里的结石①。我相信别的东西。

他照着镜子用手抚过因深夜更加尖锐的颧骨，抚过苍白的脸颊，微分的下巴。认出了自己。

——这就是脸吗？

我没说过吗？特洛伊的埃海伦，特异的埃涅阿斯，特啰嗦的埃及人，特拉维亚的埃诺②——引发一千句废话：

——一个人二十二岁进入原始森林到出来的时候还没

① 西班牙文中 cálculo 一词兼有“结石”和“计算”的意思。

② “埃诺·德·普拉维亚”(Heno de Pravia)，西班牙香皂品牌。

致富？我是“本大叔”活生生的反例，不是那个大米牌子，西尔维斯特雷，而是威利·洛曼[1]的兄弟，本。

——本·莱如此。与前者毫无亲属关系。

——你知道的。你知道我活过，很危险。

——你活着。

——对，我活得很危险。

可怜的穷人版尼采。古巴的尼切[2]。

——我是说你活着，活着本身就危险。我们都活得很危险，阿塞尼奥·卢皮诺[3]。我们都生活在危险中。

——危险得要死。你这么说是因为我们都要死。

——要活。我这么说是为了活，要活下去，就像你说的，不管怎样。

他看着我，用食指在镜中指了我一下，我不知道那是左手还是右手。

——一个矛盾者。你说的是电影、文学还是真实生活？或者还要等待，就像好莱坞 Monogram 出品的老连续剧，等到最后一集？标题叫，揭去面具还是毙利小子的反击？

他做了一个摇手柄的滑稽动作。

---

① 威利·洛曼（Willy Loman）是美国剧作家阿瑟·米勒《推销员之死》中的主人公，他的哥哥本去阿拉斯加闯荡，发财致富。

② 尼切（Niche）古巴方言，意为“黑人”。

③ 艾达·卢皮诺（Ida Lupino，1918—1995），英国导演、演员、制片人，曾执导和主演《危险边缘》（*On Dangerous Ground*，1951）。

——对电影你是相信的。

——是沉浸不是相信。我在电影院长大。我含着银幕出生。

他装作在镜子里写看不见的字。

——也相信文学?

——我一直用打字机写作。

他做了个夸张模仿写作的动作，比起作家更像个女打字员。

——你相信写作还是作品?

——我相信作家。

——老滑头，那你相信雨果吗，我们在巴黎的父，创造悲惨世界的主?

——Neverd hear of them.[①]

——但你是相信文学的，对吧?

——为什么不呢?

——相信还是不相信?

——相信，相信。当然相信。我一直相信，会永远相信。

——那数字和文字之间有什么区别?

——你别忘了过去、现在、将来两位对人类历史影响最大的人从未写过一个字，没有读过任何东西。

我从镜子里看了他一眼。

---

① 错误的英文，应为 Never heard of them，意为“从未听说过他们”。

——拜托，库埃，这个梗太老了。基督格拉底。你的二人组，神话神秘神经分裂，分成基督和苏格拉底。当你说文学，亲爱的，我理解的就是文学。就是说，另一种历史。就算接受你的观点，我还要问一句，如果没有柏拉图和使徒保罗，你那两位又会在哪儿呢？

仿佛作为回答，一个上了年纪的人走进厕所。

——Que sais-je? C'est a toi de me dire, mon vieux.[1]

进来的男人一边小便一边看了我们一眼。他看起来表情很奇怪，仿佛我们在说希腊语或阿拉米语。会是一位早期先知吗？或者一位晚期柏拉图主义者？有生理需要的普罗提诺？

——Moi? Je n'ai rien à te dire. C'etait moi qui a posé la question.[2]

那男人停止小便朝我们转过身。我看见他还没拉上拉链。他举着两只手。突然他开始说话，比世界上任何事情都让我们吃惊——如果在天堂的这一边还有什么能让我们吃惊的话。

——Il faut vous casser la langue. À vous deux![3]

狗屎的报应女神。To defatecate.[4]这是个法国人。一

---

① 法文，意为："我怎么知道？应该是你告诉我，老伙计。"

② 法文，意为："我？我没什么可告诉你的。是我提出的问题。"

③ 法文，意为："应该拔下你们的舌头。你们俩！"

④ 将英文中两个词 defecate（"排便"）和 fate（"命运"）拼在了一起。

个喝醉了的法国人。赤色傻文主义者。库埃反应比我更快，扑向那家伙嘴里说着你说谁，妈的，说谁，随后，仿佛是给自己配音，à qui vieux con à qui dis-moi[①]，抓住两只胳膊把老头推到便池（这位侵入者突然在厕所里变老了）他忽然发出咕噜噜的奇特声音 mai monsieur mais voyons[②]表情活像是要溺死在浅水里。这时候我觉得该干预一下。我从腋下扳住库埃。他好像酒还没醒，而可怜的法国佬把莫里哀的语言变成了默哀的语言，好容易从混乱的三角中挣脱，又滑倒了一两次，终于从画着鱼篓的门逃出去。我估计他的领结还打得好好的。我跟库埃说了，估计会把我们从厕所直接送到墓地去。我们即将当场笑死。

我们出来的时候人已经不在了。我以为库埃要走，但他只是从玻璃门里探了下头。

——见鬼，还在下雨。

然后他笑了说 le cabrón est sorti même sous la pluie. He went wet away singing in the rain.[③]我们笑了。回到桌边，他问我，越过肩膀，标准奥逊·威尔斯风格，模仿得极其逼真，俨然刚刮过胡子的恐怖阿卡丁先生。[④]

---

① 法文，意为“你说谁，老蠢货，给我说”。

② 不规范的法文，意为“喂先生我们瞧瞧……”

③ 法文和英文，大意为“这混球冒着雨走了。他滴着水唱着雨中曲”。《雨中曲》（*Singing in the Rain*，1952），美国电影。

④《阿卡丁先生》（*Mr. Arkadin*，1955），美国导演奥逊·威尔斯（Orson Welles，1915—1985）执导的电影。

——你觉得我的 *anuttara samyak sambodhi* 怎么样？①

他想说他的死亡和新生：他的形而上复活。在古巴我们所有人都很有文化，如果古巴就等于我的朋友圈的话。我们除了危险的法语，还会不少微妙的英语，足够的传统西班牙语以及附带的若干梵语。我祈求不要在邻居里出现一位菩提达摩。我看了看他，也带着做梦的脸。

——你还没从死人中出来。

——That's what you think.② 那你是什么？一个灵媒。

——你先回答我。

——回答什么？

——我问你薇薇安的事。

——我不记得。

——你肯定记得。

——你别忘了记性好的人是你，不是我。我不记得。

——你到底有没有跟薇薇安睡过？

他看起来很自然或者他的表情显得很自然。

——有。

——拜托，摘下那该死的眼镜。你不需要伪装。这儿没人认识你。

---

① 梵文，意为“阿耨多罗三藐三菩提”。

② 英文，意为“那是你以为”。

是真的。只有我们在餐厅里。有两三个客人坐在吧台，背朝我们，女歌手和她的钢琴伴奏，并没有唱歌。因下雨暂停。

——那她，是处女吗？

——拜托，我一向不注意这些细节。再说也是过去的事了。

——对，过往和远方[①]那女孩为你要死要活你还到处闲逛往井里下毒。[②]马洛。另一个马洛。所有了解你的人我们都了解你的那些典故。可以讲了。

——我不是要说这个。

他话音里带着难过。我不相信是为了薇薇安或者任何人除了名叫阿塞尼奥·库埃（及其外号）的家伙。我差点觉得他就要模仿“丁当”跟我说，“别这样我很受伤！”

——你在艾力波之前？

——我不知道。艾力波什么时候跟她睡的？

——没跟她睡过。

——那我只能是永远在他之前。

——你知道我想说什么。

——我知道你说了什么。就是我听到的。

——你在所有人之前？

---

① 戏仿英国作家赫德森（William Henry Hudson，1841—1922）的《远方与过往》（*Far Away and Long Ago*，1918）。

② 仿克里斯托弗·马洛《马耳他岛的犹太人》第二幕第三场中的台词：“我有时到处闲逛，往井里下毒。”（朱世达译）

——我没问过她。我从来不问这类问题。

——伙计，得了，你可是条老狗。

——是老手，an old hand。这么说高雅一些。

——现在就别来这套花花公子范儿了。你最先跟薇薇安睡的？

——有可能。但是，说真的，我不知道。她在学校学芭蕾，从小。再说，我们都喝多了。

——那就是说她跟力波特撒谎了？

——有可能。如果他说的是真的。对，她撒谎了，真见鬼。女人们总是撒谎。所有女人。

他接下来说的话，是如此令人惊诧除非亲耳听到都不会相信。这是个充满惊诧的麻木之夜。

——“Allzulange war in Weibe ein Sklave und ein Tyrann verstecke[1]——比引语本身更令人惊讶的是他的德语发音，模仿某个演员。库埃德·于尔根斯[2]。——Oder, besten Falles, Kühe.”[3]弗里德里希·尼采，im Also Sprach Zarathustra[4]——我正要对他说，别气我了！——说出一个需要庙宇的真理：在女人身上很久以来藏着一个奴隶和一个暴君，在最好的情况下，一头母牛。是的哞错。母牛，山羊，没有灵魂的动物。低等物种。

---

① 德文，意为“很久以来，女人身上藏着一个奴隶与一个暴君”。

② 库尔德·于尔根斯（Curd Jürgens，1915—1982），德国电影演员。

③ 德文，意为“或者，在最好的情况下，母牛”。

④ 德文，意为“出自《查拉斯图拉如是说》”。

——并不是所有女人。你母亲就不是一头母牛。

——得了，西尔维斯特雷，净是情感俗套和城市做作。就算她是母牛我也不会觉得受冒犯。你又不认识我母亲。我不是公车司机也不是马车夫，怎么说都行。但我会感觉受冒犯，如果你继续来这套，愚蠢的宗教裁判所审问。是，我是跟薇薇安睡了，怎么了。我是第一个跟她睡的。是她跟艾力波撒了谎。

——那天晚上，我给你介绍力波特那晚，你已经跟她睡过了？

——是。我记得是。是。是的，先生。

——你还是西比拉的男朋友的时候？

——够了！你比谁都清楚我不是西比拉的男朋友，我不是任何人的男朋友，我厌恶这个词就像我憎恨固定的关系，我跟她一起就像你那天晚上跟薇薇安一样。如果说我运气比你好那也不是我的错。

是这样吗？是我嫉妒？她是我的记忆拼图，需要爱情补全？

——那你为什么那天晚上让我很尴尬，当我说她跟人睡觉你就搬出你的永恒-童贞打字机理论，当着力波特的面？

——上帝啊，你竟然信这个？那不是给成年人的剂量。只供鼓手专用，免得跟可怜的家伙艾力波说出真相。

——是因为你那时候就已经跟她睡过。

——不先生！是她在利用。她想让我嫉妒。她永远不会跟他睡因为他是个黑白混血，又穷得叮当响。你忘了薇薇安·史密斯-科罗娜是上层社会的女孩？

可怜的阿塞尼奥·游艇库，你也是上层社会的？

——到此为止。演出结束。落幕。

他站起来。要了账单。

——真正让你痛苦的是自己的尴尬。行了，请用这句话当后记。

是这样吗？我宁可接受这样的论点，对尴尬的恐惧，而不是对薇薇安·史密斯的爱情。但我不会让自己输给阿塞尼奥·故（事）埃。我了解他。太他妈了解。

——坐下，拜托。

——我不会再说一个字。

——你可以听着。我现在要说了。我来做最后陈述。

——真的？

他坐下。他付了账，点起一根烟用黑色包银的烟嘴。现在他会一根接一根抽上一夜，直到用烟雾充满这房间，这餐厅，这宇宙。烟幕。怎么开始？我整个晚上，整个白天，从好几天前就一直想跟他说的。真相时刻来临。我了解库埃。他坐下就是为了跟我下这盘语言象棋。

——来吧。我等着你呢。发球。我不要口水球。

我说什么来着？大众棋赛，手球。

——我要告诉你那个做梦女人的名字。她叫劳拉。

我等着他跳起来。我等了好几个星期，我等了整整一天，一下午，前半夜。现在不用再等了。我有诸位没有的条件：他和我脸对着脸。

——是她做了那个梦。

——所以？

我感觉一阵尴尬，从没这么尴尬。

——那个梦，是她做的。

——你已经说了。还有什么？

我闭上嘴。我试图找到谚语格言之外的东西，一个有待完成的语句，词语，某个四处散落的句子。不是球也不是棋，是组装起一个谜语。不，纵横字谜。

——我前些天认识的她。一两个月，准确地说。我们约会，我们在一起了。我觉得，嗯，我相信。不。我要和她结婚。

——和谁？

他很清楚和谁。但我决定按他的规则进行。

——和劳拉。

他做了个表情仿佛没听懂。

——劳拉，劳拉·海伦。劳拉·海伦·迪亚。

——Never heard of her.①

——劳拉·迪亚。

——迪亚斯。

——对，迪亚斯。

——不对，你刚才说迪亚。

① 英文，意为“没听说过她”。

我脸红了吗？我怎么知道？库埃说到底，不是我的镜子。

——你见鬼去吧。这时候了还咬文嚼字。

——是字音。你的问题主要在于发音。

——发个鬼音。

——你生气了？

——我？为什么？正相反，我感觉非常好，非常放松。就像一个没有秘密的人。让我感觉不好的是你在这儿，这个样。

——你想让我怎么样？外边在下雨。

——我是说，当我对你说我想跟劳拉结婚的时候，你就这个样。

——什么？

——这样，就像你现在。

——我没看出来为什么你跟我说你想结婚我就得摆出指定的姿势。而且你只是想。我这个侧面像还可以吧？

——那名字呢？没让你想起什么？

——这名字很普通。在电话簿上至少有十个叫劳拉·迪亚斯的。

——但这是劳拉·迪亚斯。

——是，你的未婚妻。

——别瞎说。

——好吧，你的女朋友。

——拜托，阿塞尼奥，我坐在这儿跟你说话而你一点反应都没有。为什么。

——第一，是我把你拉到这儿来的，现在我几乎要后悔。

真的吗？至少他坚持过是真的。

——第二，你跟我说要结婚。你想结婚。首先我祝贺你。我是第一个吧？我会去参加婚礼，很可能。我会送一份礼物。适合居家的礼物。你还想怎样？我可以当你的见证人。伴郎，如果是在教堂办的话，只要不是圣胡安·德·雷特兰教堂，我讨厌那家，你知道的：那儿没有钟楼，用大喇叭放钟声的录音：一家电台教堂。我做不了更多了，说实话。其他部分，老伙计，你得自己来。

我在微笑？我在微笑。我笑了。

——好吧，没有什么可做的。

——有，把我介绍给你女朋友。

——你见鬼去吧。给我一根烟。

——你抽香烟？这真是一个充满启示和秘密音乐的夜晚。我以为你只抽烟斗或者甜食和咖啡之后赠送的雪茄。

我看了他一眼。我从他肩膀上看过去。一幅舞台场景。运动的人群。雨停了。人们走进餐馆。出去。一个侍者在门前撒锯末。

一九三七年的一个晚上我父亲带我去电影院，我们经过镇上的大咖啡馆，“瑞士人”，带百叶帘的旋转门，大理石桌子，吧台上贴着一幅有赤裸宫女的大画，是广告赠品北极啤酒是人民的啤酒，人民从不会选错！以及永远在应许中的黄油饼和好像睡美人的蛋白酥被关在玻璃柜里还有彩色糖果罐。我们在门厅里看见，那天晚上，一道深色的，浸湿的锯末线。这一条线直延伸到走廊尽头，在兴奋的评论者之间蜿蜒前进。在那家东方省的咖啡馆里上演了一出西部片。一个冲动的男人挑战他的对手要求生死决斗。他们曾经是朋友但现在是敌人，两人之间的那种仇恨只存在于曾经是同志的对手之间。“我见到你就杀了你，”其中一个说。另一个男人，更谨慎或者不那么熟练，以耐心、勇气和信心做了准备。第一个男人那天晚上看见对手坐在吧台，喝着淡朗姆酒。他推了把百叶帘，几乎是从街上喊了一声，“转过身来，邱罗，我要杀了你。”开枪。那个叫邱罗的人感觉胸口一震，倒向铁皮柜台，同时也掏出左轮手枪。开枪。门口的对手脑门中枪倒下。命中邱罗的子弹（偶然因素）被他的银眼镜盒挡了一下，他总是带着眼镜盒（习惯因素）在上衣里面，左侧，心脏的位置。锯末以卫生的慈悲掩盖了挑战者愤恨、迷失的鲜血，他现在已经是死人。我们继续走。到了电影院，我父亲十分痛心，我十分兴奋。我们看了一个肯·梅纳德①的老电影，当时正首演。“响尾蛇”系列。这部血腥寓言的美学寓意在于，身穿黑衣，勇猛的神枪手梅纳德，神秘邪恶的“响尾蛇”和美丽苍白善良的姑娘都是真人，活生生的人。而邱罗和他的对手（都是我父亲的朋友），地上的

① 肯·梅纳德（Ken Maynard，1895—1973），美国西部片演员。

血，戏剧性的笨拙决斗都属于梦与记忆的迷雾。哪天我会写下这个故事。我给他讲了，就这样，讲给阿塞尼奥·库埃。

——很博尔赫斯——他对我说。——可以叫《坏人和好人的主题》[①]。

他没明白。他不会明白。他不懂这不是一个伦理寓言，故事的意义就在于本身，我讲是为了交流某些清晰的回忆，一次怀旧的练习。毫无对往昔的怨恨。他不会明白。就这样吧。

——邱罗点的是什么？

——见鬼我哪知道——我对他说。

——不会是一杯餐后甜酒吧？

——我跟你说了不知道。

——你不明白。

他叫来侍者。

——您叫我，先生？

——请给我们上两杯邱罗点的东西。

——什么？

我看了一眼。是另一个侍者。

——两杯甜酒。

——君肚儿，本笃，玛丽不理莎？

是另一个侍者吗？

---

① 戏仿博尔赫斯的短篇《叛徒和英雄的主题》。

——有啥上啥。

走了。是另一个。从哪儿出来的？从后面的工厂？从鱼篓里？

——死了的那个叫什么？

——我不记得了。

我纠正了一下。

——我从来就不知道。其实。

侍者回来拿着两小杯餐后甜酒，颜色按现代主义诗人的说法是琥珀色。

——为了邱罗的好运和更好的枪法——库埃说着举起他的杯子。我没笑，但我想或许他开始明白了，忍不住接受了祝酒。

——To friendship①——我说着一口喝干。

我伸手做出近乎戏剧性的动作去付账或试图付账这时已经太迟，我发现，通过触觉，钞票的新踪迹——或新钞票的踪迹。在我脸上看出来惊喜吗？我掏出兜里所有的纸片。有三张旧比索，经过利益的多番爱抚后已经发黑发皱，上面的马蒂几乎变成了马塞奥，还有另外两张，库埃或许会称之为甜美的纸片。两张折叠的白纸，我立刻想到是麦卡雷娜给我留的便条。但另一张呢？蓓巴留下的便签？巴别传来的消息？致加西亚的信？我打开来看。倒霉。

---

① 英文，意为“为了友谊”。

——是什么？——库埃问我。

——没什么——我说，想转换话题。

——小秘密……

我把纸片丢在桌上。他拿起来看了。他也丢回桌上。我捡起来，卷成一团扔进烟灰缸。

——真倒霉——我说。

——哈，你这是什么好记性——库埃说着模仿“印第安人”贝多亚[1]。——应该是空调的原因。

我又捡起纸片，在大理石桌面上展平。我猜阿塞尼奥·库埃并不是最后的莫希干人[2]，这世界上还有其他的好奇者。

无法刊发

西尔维斯特雷，里内的翻译很糟糕——这么说是避免使用其他形容词，那将是一句脏话。我恳求你在里内稿子的基础上另写一稿。我也发给你英文原稿让你看看里内是怎么完成，按你的话说，他的元阐释。赶紧做事，不要只做爱做的事。别忘了我们这星期还没有短篇可发，所以只能塞一篇卡多索[3]，这个穷人

---

① 墨西哥演员阿方索·贝多亚(Alfonso Bedoya，1904—1957)，在美国电影《碧血金沙》中扮演强盗“金帽子”。

②《最后的莫希干人》是美国作家库柏(James Fenimore Cooper，1789—1851)的小说，曾多次被搬上银幕。

③ 卡多索(Onelio Jorge Cardoso，1914—1986)，古巴作家，以乡村背景的短篇小说知名。

的契科夫，或者皮塔，他没有外号。（里内的话还是会付他翻译费的。他为什么非要用那个可怕的笔名罗纳多·R.佩雷斯？）

GCI

PS，你别忘了按时给我写个引言。想想上周发生的事。头儿气得嘴里直冒泡，Fab（我们的清洁剂赞助商）的泡泡。给文根摩特[①]。

12 磅（黑体）

附注 ……………………………………………………

美国短篇小说家 ……………

威廉·坎贝尔，与著名的汤罐头生产商并无任何亲属关系，1919 年生于肯塔基州波旁郡，曾从事多种职业直到发现自己的写作志业。现居新奥尔良，在路易斯安纳的巴吞鲁日大学任西班牙文学教师。已出版两部大获成功的小说（《全冰爱丽丝》和《联邦间谍的南非地图》），及多篇短篇小说和文章发表于美国知名期刊。此外，他还是近期在首都举行的第二届

① 文根摩特(José Luis Wangüemert,1926—2000),古巴记者。

哈瓦那拉力赛的机动通讯员。从他的哈瓦那见闻中诞生了这篇精彩的小说，不久前刊载于 *Beau Sabreur* 杂志。其中的自传性表述造成了绝妙的文学效果，要知道坎贝尔至今是固执的单身汉，清心的寡欲者，且还不满四十岁。这则长标题的短篇小说，对古巴读者而言具有双重或三重的吸引力，《海报》杂志很乐意向读者推出它的第一个西班牙文版本。现在我们把好文交在好读者的手中——反之亦然。

——倒霉——我说。

——你不能明天弄引言吗?

——我明天天亮就得起。

——至少你已经完成翻译了。

——我希望。

——什么叫你希望?

——我只做了一件事，就是拿起里内的译文把所有放在名词前面的形容词挪到后面。

——反之亦然。

我笑了。我捡起桌上的纸片，又揉成一团扔进角落里。

——见鬼去。

——你也是——库埃对我说。

我掏出一张钞票放在桌上。

——这什么意思?——库埃问。

——一比索。

——我看见了，妈的。你这是在干吗?

——付酒钱——我对他说。

他笑了，那种演员的勉强的笑。

——你在回忆里出不来了。

——什么?

——你就是邱罗，老伙计。你没听见侍者说的话吗?

——没有。

——你刚刚喝了给顾客的毒芹。[①]本店赠送。

——我没听见。

——或者你还在想着里内的翻译或演绎或背逆，永远忠实的里内，纯按字面义理解?

——已经不下雨了——这是我的回答。我们出门，上路。

XXII

今夜不会再下雨了。

——时间证明布里亚·萨瓦兰[②]是对的——库埃说着边走边看边比画。——在今天发明一道新菜比发现一颗新星更重要。(他指向宇宙)。这么多星星。

天空放晴，我们在天穹下走到国民饭店。

——我应该买一个抽水泵。我请你坐船兜风。

---

① 据传苏格拉底是喝下毒芹汁从容赴死。

② 布里亚·萨瓦兰(Jean Anthelme Brillat-Savarin，1755—1826)，法国律师和美食家。

我没应声。一切都在黑暗和沉寂中。连酗酒的玩偶[1]也黯淡沉寂。被雨水灌醉。库埃没再说什么，我们的脚步听起来颇有历史感。在天空中一片沉默，持续了十多个光-分。等我们到了车那里，还没到就看见，因为车库的灯仍亮着，我们看见有人已经合上了车篷升起了车窗。

——封闭得很好——库埃钻进去说。——全是干的。

我坐到我的位置上，永远的自杀座位。我们出发，在门口停住他下来叫醒守夜人想给他小费。值班的人没要。还是那位，另一位拉蒙。我朋友的朋友就是我的朋友，他说。库埃向他道谢并致晚安。明天见。我们走了。我们走得不远，开了足足五分钟后他才把我放下，尽管离我家只有四个街区，因为两点之间最短的线，对阿塞尼奥·库埃来说，就是滨海大道的曲线。

——我死了——他伸直身子对我说。

——你要亚麻布用作裹尸吗?

——李诺·诺瓦斯?

——不，麻织。无论如何，用李诺丝[2]。

——我今天晚上不想再死一回了。就像你的马克斯说的，Better rusty than missing.[3]

---

[1] 指“热带乐园”夜总会门口喷泉中的女舞者雕像，出自古巴雕塑家丽达·隆加之手。

[2] 李诺(Lino)在西班牙文中意为“亚麻”。

[3] 英文，出自喜剧演员格劳乔·马克斯的名言，当别人问他为什么把手表放进洗手池，他如此回答:“生锈总比丢失好。”

——你考虑考虑找个伴儿陪你共度永恒，不然就得独自回家了。

——我的老伙计，你忘了**老人**。

——老人与祸害？

——**老祸害**，就是他说 le vrai néant ne se peut ni sentir ni penser[①]。更别提交流。

——**Quel salaud!**[②] 这是个**大矛盾者**。

他拉下手闸，出自惯性半转向我。库埃活在外层空间，无论是引力摩擦力还是科氏力都无法减弱他的冲动。

——你在犯下一个失误。

我想起英格丽·宝儿曼，可怜的女人，她还以为梧斯忒罗斐冬说得对，可怜的男人，把失误说成失足。英格丽·“萌”，秃顶，加上“卷毛”伊蕾妮塔，昨晚那位，说双胞胎里哪个抹发泥（不知道其中有个是托尼），以及伊迪丝·卡贝尔，双重的可怜人，凭着她的性女贞德和特拉普派发型[③]，她们可以当“卷毛”，“拉里”，“萌”。“活宝三人组”。[④]可怜女。可怜男。所有人。我们两个也是可怜人。为什么梧斯忒罗斐冬不在凑不成三人组？不在更好。他不会明白。没有符号。只有喧哗以及，或许有，

---

① 法文，意为“真正的虚无既不能感知也不能思考”，出自法国哲学家萨特的《存在与虚无》。

② 法文，意为“真肮脏”。

③ “特拉普派(的)”(trapense)，天主教西多会中的支派。

④ “萌”(Moe)、“卷毛”(Curly)和“拉里”(Larry)，是美国著名喜剧组合“活宝三人组”(The Three Stooges)的成员。

骚动。

——是吗？是关于萨特，第三个千年的圣奥古斯丁，你的 Third Coming？

——不孩子不。再说不是我的是你的。

——Wordswordsworth.[①]

——你将犯下生命中第一个真正无法弥补的错误。是你自找的。然后其他错误就会自己上门，问题严重了。

——净重还是毛重？

——我是严肃的。绝对严肃，严肃到可怕。

——严肃到累死。阿塞尼奥，拜你的托，到现在谁还会严肃对待我们？

——我们自己。就像吊杆演员。你觉得吊杆演员会这样自我质疑吗，在空中，在进行双重或三重致命跳跃的同时：我够不够严肃或为什么我要搞这些徒劳的蹦跳而不去做一些严肃的工作？不可能。会掉下去。把其他人也带下去。

——就像那些错误。牛顿第一定律。所有的苹果都会落下，就像疑惑的吊杆演员，掉下去。

——好，你别说我没试着提醒你。结婚吧然后你的生活就完了。我的意思是，你明白，你现在的生活。那是另一种命运，双重死亡。

---

① “Words，words，words”，“词语，词语，词语”，《哈姆雷特》第二幕第二场中主人公的台词；华兹华斯（William Wordsworth，1770—1850），英国浪漫派诗人。

——我很明白你的意思。

有时候我可以成为西尔维斯特雷·影射版。他斜眼看了我一眼做怪相扮鬼脸，做出口型“只……”。

——只是个忠告。跟我无关。

也不是完全无关，我想。剩下的就是传教。阿塞尼奥·罗德斯库埃。[1]

——我可以回答你用克拉克·盖博在船上的宴席或会饮中说的话，当时乘客们都不愿意接纳那个白金色的幽灵，珍·哈露，盖博就决定带着她去其他疯狂之海上探索[2]，引用俘虏把头伸进绞索时说的，“这是我永远不会忘记的一课。”我向你保证，我将把你的忠告在早饭前服用，并且保持右侧卧。

他松开手闸。我下车。

——I'll bet your wife，在西班牙语就叫赌上你的寡妇。Spellbound. B,o,u,n,d.[3]

——我还以为你是认真的。

——在游戏之内认真。

---

① 塞西尔·罗德斯(Cecil Rhodes,1853—1902),英国商人和殖民者,南非钻石大王。

② 指克拉克·盖博和珍·哈露主演的电影《中国海》(*China Seas*,1935)。

③ 英文,I'll bet your wife 意为“我赌上你的老婆”,戏仿 You bet your life(“是的,没错”);Spellbound,“被迷惑”,希区柯克的心理惊悚片《意乱情迷》(又译《爱德华大夫》,1943),这里故意取 spell bound 的字面意:“拼出 bound 这个词”。

——搞孔球欠伤的庸敢蔫青人。[1]自由译文版。

他松开手闸。我下车。

——阿比西尼亚[2]。

我从车后转过去，几乎绕了一圈。走过身边的时候他对我说，约翰·塞巴斯蒂安，不是巴哈是埃尔卡诺[3]，le vent du bonheur te souffle au cu[4] 和 please end well your trip around the underworld, and sleep well, bitter prince and marry then, sweet wag,[5]这是一则预言性引文，考虑到我不懂法文不懂英文也几乎不懂西班牙文的邻居们，有必要提高音量：

——非常感谢屁眼儿[6]，粑粑先生。

我大喊这也是鄙人的荣幸，Lord Shit-land![7] E. M. 福斯特错了，错误连连[8]，他以为伦敦就是全世界泰晤士河就是大海而他的朋友们就是全人类。谁会背叛他的祖国或祖母国（他的祖母国就是我们这些（不）智人的祖国）

---

① 再次戏仿美国流行歌曲《高空秋千上的勇敢年轻人》。

② 阿比西尼亚（Abyssinia），戏仿英文“I'll be seeing ya”，意为“后会有期”。

③ 胡安·塞巴斯蒂安·埃尔卡诺（Juan Sebastián Elcano，1476—1526），西班牙水手，在麦哲伦死后率众完成首次环球航行。

④ 不规范的法文，意为“愿幸福之风吹拂你的屁眼”。

⑤ 英文，意为“请结束你在地下世界的旅行，好好睡吧，痛苦王子，好吧，甜小伙”，戏仿莎士比亚《亨利四世》上篇第一幕第二场中的台词，上文中库埃曾引用过。

⑥ 意为“少来这套，没什么可谢”。

⑦ 英文，意为“屎地领主”；戏仿 Shetland（苏格兰设得兰群岛）。

⑧ 戏仿西班牙诗人阿尔贝蒂的诗作：“鸽子错了/错误连连……”

来保存一个朋友，明知道可以背叛朋友之后把朋友放进罐头保存，就像会思考的梨？为什么不说真的朋友们古巴性就是爱，阿塞尼奥·德尔蒙，也是西尔维斯特雷·利必食[①]。

他松开手闸。我下车。

——等你知道谁是隐藏的矛盾者，写信告诉我哈——他喊着压过“库埃库埃库埃”的引擎轰鸣发动汽车。——给我写信 a poste restante[②]——回声在狭窄的街巷中复制，分裂，掩盖了他的——“明天见”。

在汽车抛下的沉默中登上楼梯两旁是开花的海枣树我独自穿过黑暗的走廊在沉默中并不害怕狼人或豹女我上了电梯在沉默中我打开电梯间的灯又关上在黑暗里上升在沉默中我进了家门在沉默中我脱下衬衣和鞋在沉默中在沉默中我去厕所小便我摘下牙齿在更深的沉默中在沉默中在暗中我把假牙放在帆船里在杯子里在沉默中我藏起牙齿的显圣物在上面药箱后在沉默中我去厨房喝水在沉默中喝了三碗在沉默中三碗仍然口渴在沉默中我挺着膨胀的肚子离开用手掌轻轻拍着整个腹部圆球在沉默中来到阳台但只看见被照亮的窗户在沉默中广告卡瓦耶罗丧葬专营在沉默中也埋葬女士[③]在沉默中我拉上百叶窗在沉默中我回到自己房间在沉默中脱光衣服在沉默中我

---

① 德尔蒙(Del Monte)和利必食(Libbys)皆为美国罐头食品品牌。

② 法文，意为“邮件留局待取”。

③ 卡瓦耶罗(Caballero)字面有“男士”的意思。

打开窗户在沉默中窗外飘进最后一晚的沉默在沉默中有个沉默的词语叫静寂夜我听见在沉默中无声的滴水从上面的阳台在沉默中我在沉默中抽我的世界和平烟斗我看见仿佛巴哈死亡的雪茄如何在沉默中在灵性的沉默中在比空无更多的东西在沉默的烟雾中——从我的窗户被照亮的沉默空洞我看了又看直到变圆消失，一切在沉默中，又向亥维赛层的另一侧望去空中的黑暗大草原更远处更远处的更远处还更远处那里就是这里所有的方向不存在的地方或一个没有地方的地方没有上下没有东西，永无-永无，我能用这双将被虫子吃掉的眼睛看见，民艰智毁，我看见，又是群星，不多的几颗：七颗沙砾在海滩：海滩本身是一粒沙在另一个海滩本身也是一粒沙在另一个海滩也是一粒沙在另一个海滩，小海滩，小港湾或池塘或水坑，组成许多洋海中的一个，这些海都在现象之洋的一个气泡里，那里没有星星因为星星丢失了名字：太空逝界，我心想牾斯忒罗斐冬会不会一样地扩展他鬼魂的符号奔向我记忆中的红色，粉红色，又想到一光年也能把空间变成有限的时间同时把时间变成一个无限的空间，一种速度，感觉一阵**眩**你母亲昨天会对你说不要朝那口无底的井里伸头今晚你会再次问她为什么无底她会再次重复因为通向世界的另一边你又想知道在世界的另一边有什么你另一个母亲又会对你说有一口无底的井**晕**帕斯卡式眩晕曾经-将会比火星人穿到我身体里，在血腥的帆船[①]里携带吸血鬼或培育未知的细菌更可怕，那就是其实没有火星人也没有彼岸没有虚无或许只有虚无，恐惧中害怕入睡更害怕失眠反之亦然，我睡着了睡了整个晚上整个白天和另一个晚上的一段所以当我醒来已经是凌晨一切在沉默中我是沉睡的黑湖生灵我摘下眼镜和嘴里的烟斗擦掉落在嘴上的灰，他松开手闸，我下来，又进入长长的昏暗走廊，我是说昏迷的走廊，然后就在这时，我说出一个词，感觉像是女孩的名字（我不明白：黎明的关键）我又睡着dream着梦见第七十三页的海狮：海象，海像什么：sea-elephants[②]. Tradittori[③].

---

① “血腥帆船”（veleros sanguíneos）应为“血管”（vasos sanguíneos），再次戏仿李诺将 velero 当作 vaso 的错译。

② 英文，意为“海-象”。

③ 意大利文，意为“叛徒”。据传源出但丁的名言：“译者即叛徒。”

第十一次

我跟我丈夫大吵了一架，因为我哭的时候把他吵醒了。我在哭，他在睡。我不想吵醒他，但他自己醒了。他已经睡着了一会儿而我睡不着，因为我在想一个我们镇上的小女孩非常可怜。您不记得那个厨房里的女孩了吗，我在里卡多父母家里看见的？我记不清是她还是她妹妹还是一个非常像她的女孩。问题在于这个小女孩非常可怜，可怜极了还是孤儿。她寄居在面包师家睡在面包店，干非常多的活儿，和我一样大，但非常瘦小非常不幸都驼了背又非常腼腆，只跟我和另一个一起玩的女孩说话。这个女孩在面包店工作晚上就睡在店里，收留她的面包师和他妻子睡在家里的一个房间。面包师刚结婚不久，是他妻子在结婚以前收留的这女孩，一天晚上店里传来响动，他妻子醒来因为听见声音就去面包店里发现面包师上了我好朋友睡觉的吊床，光着身子还掀起我朋友睡觉穿的粗布裙想要强暴她或者已经强暴了。他威胁她如果说话就杀了她，但为了不让她喊叫已经往她嘴里塞了块面包，这就是他妻子看到的场景。整个镇子都愤怒了要私刑拷打，两个乡村宪警把他带走了，那男人边走边哭，在身边是他女人和他女儿（因为和我们玩的另一个小女孩就是面包师的女儿，他是鳏夫有这个十岁的女儿，在家里另一个房间睡觉）人们冲他喊着而他女儿说：“你不再是我父亲了”而他女人也骂他喊着让他去死。他被判了十年，女人和孩子也从镇上搬走了，而那女孩，我的小朋友，被另一家收养，我常去那边玩，离我家十来个街区，但在同一个镇上。在很长时间里那些男孩都去找她取乐，甚至连老年人都说对她可以随便摸随便揉甚至强奸（他们没说强奸这个词而是别的词，您懂我的意思）她总是哭我冲他们喊向他们丢石头还跟我的小朋友说这不是真的，这是他们开玩笑而她哭着说，“他们不是开玩笑，不是开玩笑”，我看着她一天天更畏缩。后来我们就来了哈瓦那。

我跟我丈夫讲过。我跟他讲过很多次，但他却跟我吵，因为他说看起来这些都发生在我身上而不是我朋友身上。说实话，大夫，我真不知道是我还是我朋友或者我自己编的。虽然我确定不是我编的。但是，有时候我想我的小朋友其实就是我。

尾　声

空气纯净我喜欢空气纯净所以我在这里我喜欢香水他这么以为对我做鬼脸鬼脸鬼脸和 鬼脸太多鬼脸让我

发疯我喜欢浓缩香水 他这么以为 我要去闻他的臭屁股 有什么比纯净空气更好 大自然的纯净空气 我喜欢太阳和浓缩香水 他对我做鬼脸鬼脸和鬼脸屁股坐在我脸上 到处都是水他们就把臭屁股压在你脸上 先生们多么没道德又肮脏的人

我跟德国人一起 猴子惩罚你 猴子人类肉体为什么抓住我的手 肯定要把它吃掉 肯定要煮熟吃掉 这猴子追着我不放 追着我 告诉我您的道德原则 我是抗议宗 我抗议这些野蛮行为 蟒蛇粉鳄鱼粉癞蛤蟆粉疯了疯了疯了

告诉我您的道德 您的道德原则 您的宗教

为什么不告诉 我不是纸牌算命的不是巫婆也不是看庙人 我全家都是抗议宗 现在您把我搞乱 为什么强加给我您的律法恶心的律法

搞乱种族 搞乱宗教 搞乱一切 天主教的道德原则不是阿巴库亚教不是通灵论 空气不是您的 这不是您的家① 您的大嘴到处喷

那股臭气毒害我的大脑细胞到腐烂我真受够了 搜查搜查搜查 猴子来了带着刀子搜查我 掏出我的肠子 肚子看看是什么颜色 真受够了

---

① 古巴革命后，在哈瓦那许多人家门口都有标语或铭牌："菲德尔，这是你的家。"